GOLDM

Buch

Houston in der drückenden Hitze des texanischen Sommers: Eine Serie brutaler Gewaltverbrechen erschüttert die Stadt. Für Police Detective Stuart Haydon deutet alles darauf hin, daß die mexikanische Todesschwadron *los tecos* für die Morde verantwortlich ist. Doch wer steht hinter den grausamen Ausführungsorganen? Als bei einem Schußwechsel der Freund und Partner Haydons getötet wird, hält auch dieser sich nicht mehr an die Spielregeln und begibt sich immer tiefer in einen Morast aus Korruption und Machtgier, dem er nur mit äußerster Brutalität und Gerissenheit Paroli bieten kann.

Autor

David L. Lindsey lebt und arbeitet in Austin, Texas. Er war lange Jahre Lektor und hatte einen kleinen Verlag, bevor er selbst zu schreiben begann. Detective Stuart Haydon ist die sympathische Hauptfigur seiner Romane, deren neuester für den Edgar-Allan-Poe-Preis nominiert wurde.

»Die besondere Fähigkeit von David L. Lindsey liegt nicht allein in der Intensität des sich steigernden Schreckens oder der faszinierenden Mischung aus Polizeiarbeit und medizinisch orientierter Ermittlungsarbeit, sondern in der absolut lebendigen Zeichnung seiner Person.«

PUBLISHERS WEEKLY

Von David L. Lindsey ist als Goldmann-Taschenbuch erschienen:

Sog der Gewalt (9765)

DAVID L. LINDSEY

TODES SPIRALE

R O M A N

Aus dem Amerikanischen von
Michael Kubiak

GOLDMANN VERLAG

Deutsche Erstausgabe
Titel der Originalausgabe: Spiral
Originalverlag: Atheneum, New York

Der Goldmann Verlag
ist ein Unternehmen der Verlagsgruppe Bertelsmann

Made in Germany · 12/90 · 1. Auflage

Umschlaggestaltung: Design Team München
Umschlagillustration: ZEFA – Stockmarket, Düsseldorf
Satz: IBV Satz- und Datentechnik GmbH, Berlin
Druck: Elsnerdruck, Berlin
Verlagsnummer: 9908
Ge · Herstellung: Gisela Ernst
ISBN 3-442-09908-0

Für Joyce,
una mujer de paciencia

Prolog

Eigentlich gefiel Jerry Lowell die Vorstellung, mit Mexikanern Geschäfte zu machen, überhaupt nicht. Jeder, der in Texas aufwuchs, erfuhr zwangsläufig einige Dinge über Mexikaner, und was man erfuhr, ermutigte einen nicht gerade dazu, mit ihnen Geschäfte zu machen. Aber dieser Mexikaner war überprüft worden. Die Bankiers hatten ihren Teil getan, und ein Ermittler hatte für fünfhundert Dollar pro Tag ebenfalls seine Leistung erbracht. Soweit sie es beurteilen konnten, war der Mexikaner in Ordnung.

Tatsache war, daß Jerry immer etwas nervös reagierte, wenn er nach Houston kam, obgleich er das durch betonte Forschheit überspielte. In seinem Gewerbe gab man überhaupt nichts zu, außer daß man in einer Rakete saß und daß, falls jemand ein gottverdammtes Vermögen verdienen wollte, der Betreffende schnellstens zusteigen sollte. Aber für mehrere Jahre schon hatte Houston den Ruf, die absolut schnellste Rakete der Welt zu sein, und obwohl sie im Augenblick etwas bockte und hustete, erwartete niemand, daß sie völlig den Geist aufgab, und einige Leute behaupteten, daß sie schon bald wieder Fahrt aufnehmen und am Ende das gesamte Universum hinter sich lassen würde. Houston war noch immer der größte Geldmarkt – ein Riesenrummel –, und man konnte sich immer noch überraschen lassen. Der einzige Punkt war, daß man niemals mit Sicherheit wußte, ob man in Houston schnell genug dachte. Vor allem wenn man von außerhalb kam wie Jerry.

Lowell überprüfte sich im Geiste, während er im Schoß an seiner Hose zog und versuchte, seine Geschlechtsteile in der Unterhose zu ordnen. Er trug seine heimische Austinsche Geschäftemacher-Uniform: knubbelige Straußenleder-Cowboystiefel; supergestärkte Levi's-Blue jeans, supergestärktes maßgeschneidertes himmelblaues Oberhemd, eine speziell für ihn angefertigte schwere Goldkette, die sich in seinem Brusthaar versteckte wie in einem Nest und aus seinem offenen Kragen funkelte, ein Bill Blass-Sportsakko, das großzügig geschnitten war und kaschierte, daß Jerry um die Taille herum etwas dicker geworden war. Er schüttelte sein linkes Handgelenk, um sicherzugehen, daß die Rolex Oyster Perpetual, die er locker trug wie ein Schmuckarmband, damit sie unter seinem Hemdärmel hervorrutschen konnte, auch tatsächlich zu sehen war. Er sah auf seinen Klassenring der Business School der Universität von Texas, der so groß war wie ein Pferdeapfel, aber verdammt viel härter, und auf den eigens für ihn angefertigten Goldtropfenring an seiner anderen Hand. Er dachte an seinen roten Porsche 928 S, während er sein makellos rasiertes Kinn massierte und den Duft seines Eau de Colognes aufsog. Irre, dieses Polo. Er liebte den Geruch.

Er war bereit für den Mexikaner.

Selbst wenn man in Austin Millionen gemacht hatte, kam man sich, sowie man nach Houston ging, vor wie der sprichwörtliche kleine Bruder. Die Stadt war so... verdammt groß. Dieses verfluchte Nest hatte keine Skyline, es hatte gleich drei oder vier. Im Augenblick stand er im fünfundvierzigsten Stockwerk eines Gebäudes. Greenway Plaza war das drittgrößte von dem, was Städteplaner Houstons »hoch-benutzerintensive urbane Zentren« nannten und was für Jerry immer noch die »City« war. Zur Linken, über die scheinbar solide Decke aus Baumwipfeln hinweg, konnte er den West Loop District rund um Post Oak erkennen, und zur Rechten, über weiteren Baumwipfeln, sah er die größte ursprüngliche City. Die Stadtlenker hatten so viel Land zusammengefaßt, daß Houston sich nun auf nahezu sechshundert Quadratmeilen ausbreitete, also soviel Fläche einnahm wie Dallas, Denver, Atlanta und San Francisco zusammen. Verdammt noch mal.

Aber für eine Weile hatte sich Houston von seiner ungezügelten, aggressiven Baulandverwertung zurückgezogen. Dallas ließ es ebenfalls etwas langsamer angehen, und Austin, das mehrere Jahre lang der heißeste Tip im Lande für den schnellen Umschlag von Grundstücken gewesen war, streckte allmählich alle viere von sich. Vor einigen Jahren hatten sich die Finanzjongleure der Nation auf Austin gestürzt wie Kakerlaken auf Küchenabfälle, und niemand bekam zwei Jahre lang in der Staatsmetropole ein Auge zu. Vermögen wechselten den Besitzer mindestens zweimal am Tag, während honorige Geschäftsleute, Banker und Konzernmanager ihre Geschäfte aushandelten, bis der Blutdruck verrückt spielte und ihre Gesichter rot anliefen, während sie Grundstücksparzellen hin und her schoben, als wären es Koksladungen bei einer Herrenparty. In Panik kaufen, mit Profit abstoßen. Auf keinen Fall einen Rückzieher machen, denn ewig kann es nicht so weitergehen.

Und es ging nicht weiter. Das große Grundstücksroulette war mittlerweile nur noch eine selige Erinnerung – genauso wie das Ölbarrel für sechsunddreißig Dollar. Banker machten Gesichter, als litten sie an Verstopfung, das »Dreißig-Tage-Vorkaufsrecht« war nur noch eine altmodische und bedeutungslose Phrase, und der Stadtrat hatte die Schraube der Baulandbeschränkungen und Grundstücksverwendung angezogen. Die Zeiten hatten sich geändert.

Daher war der Mexikaner durchaus in Erwägung zu ziehen. Er machte seine Geschäfte bereits mit Eigentumswohnungen und Hotels auf South Padre Island, er hatte einige Citygrundstücke in Houston erworben, ihm gehörten Hotels in New Orleans, Bürogebäude in San Antonio, Fitneßclubs in Dallas, Skihotels in Vail, eine Rundfunkstation in Atlanta. Er besaß zwei Häuser in Houston. Er hatte Bankkonten in der Schweiz und in Panama. Woher hatte er das ganze Geld? Jerrys Philosophie lief auf die Frage hinaus: Wen interessierte das schon? Wenn es von einem sauberen Konto stammte, dann war es auch sauberes Geld. Der Gesetzgeber konnte nicht ernsthaft von ihm erwarten, daß er sich nach der Herkunft jedes Dollars erkundigte, der durch seine Hände floß. Das Geld verriet nichts über die Moral dessen, der damit arbeitete.

Jerry Lowell ließ sich all das durch den Kopf gehen, als die Tür hinter ihm aufging und George Crisman in den Konferenzraum hastete. Crisman war der Agent. Er nannte sich selbst gern »Geschäftsförderer«. Als Anwalt stieß er gelegentlich auf Gelegenheiten für bestimmte Geschäfte, an denen, wie er wußte, Jerry interessiert sein konnte. Er setzte niemals eigenes Geld ein, doch wenn die Geschäfte abgeschlossen wurden, dann kümmerte er sich um die juristische Abwicklung, für die er gut bezahlt wurde, und außerdem kassierte er auch noch eine Art Vermittlungsgebühr. Als in Houston bekannt wurde, daß Benigo Gamboa Parra seine Fühler nach Austin ausstreckte, telefonierte Crisman mit Lowell, der sofort seine Verbindungen spielen ließ. Innerhalb von vierundzwanzig Stunden hatte er bestes Bergland außerhalb von Austin gefunden und sich grundsätzliche Zusagen von den Eigentümern besorgt; damit versetzte er Crisman in die Lage, einen Besprechungstermin festzulegen. Crisman liebte Besprechungen.

»Okay, Jerry. Gamboa ist auf dem Weg nach oben. Bist du bereit?«

»Klar doch.« Lowell wies hinter sich auf vier orangefarbene Pappzylinder mit Metalldeckeln. »Ich habe die Karten, die Parzellierung, die Luftaufnahmen und was sonst noch dazugehört.«

Eine Frau, die gekleidet war, als wäre sie geradewegs von der Rampe der jüngsten Valentino-Modenschau in Paris heruntergestiegen, schlenderte in den Raum, gefolgt von zwei Männern in weißen Kellnerjacken, der eine mit einem silbernen Servierwagen, der andere mit einem Tablett mit Geschirr, silbernen Zigarettenspendern und einem Arrangement aus frischen Blumen. Es war noch zu früh für alkoholische Getränke. Die Frau wies die Kellner an, den Tisch zu decken, und zeigte ihnen, wohin sie jeden der vier gelben Notizblöcke sowie den jeweils dazugehörigen Drehbleistift aus vierzehnkarätigem Gold auf dem Mahagonikonferenztisch legen sollten. Neben jeden Block gehörte ein Kristallaschenbecher, neben jeden Schreibstift ein Taschenrechner. Die Frau verließ den Raum. Crisman überprüfte die Anordnung mit einem schnellen Blick und folgte ihr. Jerry sah zu den Kellnern hinüber, die Vorbereitungen trafen, Kaffee auszuschenken. Dampf stieg aus der Kaffeekanne, als die Tür aufging und Crisman erneut eintrat, diesmal gefolgt von vier Männern in Busineßanzügen.

»Mr. Gamboa«, sagte Crisman, »dies ist Jerry Lowell.«

Lowell trat vor und drückte dem ersten der vier Männer die Hand. Benigo Gamboa paßte nicht in Jerrys Kategorie des »typischen Mexikaners«. Der Bursche war ein gepflegter Citymensch. Eher spanisch, dachte Lowell. Kein indianisches Blut. Alle vier waren mit Achthundert-Dollar-Anzügen bekleidet. Jerry sah an Mr. Gamboas Handgelenk keine Rolex Oyster.

»Es ist mir ein Vergnügen«, sagte Gamboa lächelnd.

Er hatte keinen bleistiftdünnen Schnurrbart.

»Das ist mein Berater, Mr. Sosa«, sagte Gamboa, trat zurück und wies auf einen kleineren, hakennasigen Mann in einem grauen Anzug.

Jerry schüttelte auch ihm die Hand. Er schaute zu den anderen Männern, die nicht vortraten, und niemand machte Anstalten, sie vorzustellen.

Gamboa und Sosa zeigten ein strahlendes Lächeln und begaben sich zu den schwarzen Ledersesseln an der Tischseite, von der aus sie aus den Fenstern auf das Panorama der Skyline blikken konnten. Während sie sich setzten und Platz für ihre Aktenkoffer schufen, schlenderte einer der Männer, die nicht namentlich vorgestellt worden waren, gemütlich durch den Raum und öffnete beiläufig eine der anderen beiden Türen, die aus dem Konferenzsaal hinausführten – sie gehörte zu einer Angestelltentoilette. Er ging dann zur zweiten Tür, stellte fest, daß sie zu einer Garderobe gehörte, und spazierte dann zurück zu seinem Platz neben dem Eingang zum Konferenzsaal. Sein Partner schritt die Fensterwand ab, sah zum Summit Tower auf der anderen Seite der Plaza und begutachtete die schmale Fensterbank. Schließlich baute er sich unweit der Kellner auf, die abwartend neben dem Kaffeeservice ausharrten. Die Aktion war den Kellnern nicht entgangen. Sie schauten sich verstohlen an und warteten unbehaglich auf weitere Instruktionen.

Jerry versuchte die Bewegung im Saal zu ignorieren, begab sich zur anderen Tischseite und nahm gegenüber den beiden Mexikanern Platz.

»Möchte jemand Kaffee?« fragte Crisman.

»Ja, bitte«, antwortete Gamboa dankbar.

Es wurden einige Unverbindlichkeiten ausgetauscht, während der Kaffee serviert wurde. Als die Kellner ihre Aufgabe erfüllt hatten, kehrten sie an ihre Plätze zurück, und Crisman begann noch einmal den Grund der Zusammenkunft darzustellen. Während Crisman redete, zeigte Jerrys Gesicht einen Ausdruck konzentrierten Interesses für die zur Diskussion stehende Angelegenheit, bemerkte jedoch gleichzeitig, daß die beiden Namenlosen die Kellner durch unmißverständliche Gesten nötigten, den Raum zu verlassen. Als die Tür hinter ihnen zufiel, war Crisman gerade dabei, richtig zur Sache zu kommen und erste Zahlen zu nennen. Jerry erinnerte sich plötzlich an Zeitungsmeldungen über mexikanische Drogenbarone und Leichen, die in den Kofferräumen von abgestellten Wagen gefunden worden waren. Er betrachtete noch einmal die beiden Namenlosen. Mein Gott. Sie sahen aus wie gorillaähnliche Leibwächter aus *Miami Vice.* Dann sagte er sich, er solle nicht zu phantasieren anfangen. Das war die typische mexikanische Schau. Er war hergekommen, um ein Grundstücksgeschäft unter Dach und Fach zu bringen, und täte besser daran, sich ausschließlich darauf zu konzentrieren.

»Soll Mr. Lowell Ihnen noch einmal die Lage des in Frage kommenden Baulands erläutern?« fragte Crisman.

»Ich glaube, das wird nicht nötig sein«, erwiderte Gamboa lächelnd. »Wir haben uns schon selbst darüber informiert. Ich denke, wir kennen die Grundstückssituation und -qualität in Austin und Umgebung gut genug.«

Crisman nickte respektvoll. »Na schön. Möchten Sie noch etwas wissen, ehe wir weitermachen?«

»Ich denke, nein«, sagte Gamboa.

Crisman nickte wieder. »Sehen Sie sich dann schon in der Lage, ein Angebot abzugeben?«

»Wir freuen uns, Ihnen ein Angebot von fünfzehntausend Dollar pro Morgen machen zu können«, sagte Gamboa. »Wir können die Verhandlungen gleich an Ort und Stelle führen und das Geschäft endgültig abschließen.«

Eine Pause trat ein, in der Crisman ein neutrales Pokergesicht aufsetzte und jeder der Anwesenden Lowell gespannt ansah. Lowells Gesicht verzog sich zu einem leichten Stirnrunzeln. Vierundzwanzig Stunden vorher hatte er hunderttausend Dollar für ein Besichtigungsrecht der 265 Morgen hinterlegt, die an Gamboa zu verkaufen er angeboten hatte. Das Land gehörte ihm nicht. Er hatte jedoch mit den Eigentümern gesprochen, die ihrerseits das Grundstück erst vor sechs Wochen für siebentausend Dollar pro Morgen erstanden hatten, und ihnen erklärt, er sei daran interessiert, mit ihnen ein Geschäft zu machen. Sie teilten ihm mit, daß sie das Land für zehntausend Dollar pro Morgen anbieten wollten, hätten aber noch keine Schritte in dieser Richtung unternommen oder irgendwelche Unterschriften geleistet. Es war bestes Bauland in den Bergen westlich von Austin, nicht weit von den Seen entfernt und an Land angrenzend, das, wie Gerüchte besagten, von kanadischen Investoren großräumig erschlossen werden sollte. Jerry glaubte, den letzten bedeutenden Grundstücksdeal in Mitteltexas riechen zu können und bot den Eigentümern zwölftausend Dollar an. Das bedeutete, daß sich sein eigener Gewinn aus jedem möglichen Geschäft aus dem ergab, was er über die zwölftausend Dollar pro Morgen hinaus erzielen könnte.

Während die vier Männer schweigend dasaßen, gab Jerry sich größte Mühe, ein nachdenkliches Gesicht zu machen. Wenn er Gamboas Angebot annahm, dann würde er selbst 795 000 Dollar nur sechsunddreißig Stunden nach Aufspüren des Landes verdienen. Aber das konnte er unmöglich tun. Er konnte nicht gleich beim ersten Angebot einschlagen, jedenfalls nicht nach dem, was er über die finanziellen Möglichkeiten des Mexikaners in Erfahrung hatte bringen können.

»Ist das das Äußerste, was Sie mir als Angebot nennen können?« fragte Jerry. Er hatte sich entschieden, die Wangen noch mehr nach innen zu ziehen und sein Stirnrunzeln zu verstärken.

»Das ist unser Angebot«, sagte Gamboa. Sein Lächeln hatte sich verflüchtigt und einem Ausdruck aufrichtigen Bedauerns Platz gemacht.

Jerry sah Crisman an. »Ich fürchte, ich muß einmal telefonieren«, sagte er. »Haben Sie ein Büro, in dem ich ungestört bin?«

»Sicher«, sagte Crisman. Er drückte auf einen Knopf auf einer kleinen Tafel dicht vor der Tischkante.

»Entschuldigen Sie mich für fünf Minuten, Mr. Gamboa?« fragte Jerry. »Ich muß das mit meinen Leuten in Austin besprechen.«

»Natürlich, ich verstehe«, Gamboa lächelte.

Die Frau, die vorher schon in dem Raum gewesen war, öffnete die Tür und brachte Jerry in ein Büro am Ende des Korridors. Nachdem sie ihm erklärt hatte, er könne direkt wählen, verließ sie das Zimmer und schloß die Tür hinter sich. Einige Sekunden lang blieb Jerry regungslos stehen, während sich ein zufriedenes Grinsen auf seinem Gesicht ausbreitete. Dann schlug er sich mit der flachen Hand auf den Schoß, ging in die Hocke, ballte die Hand zur Faust und stieß sie in die Luft. Er fing an zu lachen, pfiff leise vor sich hin, während er sich auf die Ledercouch fallen ließ, seine Hand immer noch zwischen den Beinen, und die Straußenlederstiefel hochreckte und damit in die Luft stieß, als ritte er einen wilden Bullen in einem Rodeo – was er tatsächlich niemals auch nur entfernt in Erwägung gezogen hatte. Als er sich lange genug auf diese Weise herumgewälzt hatte, stand er auf und versuchte, wieder eine ernste Miene aufzusetzen. Er ging zu einem Spiegel und gab sich Mühe, seinen Gesichtsausdruck unter Kontrolle zu bekommen, dann raffte er sich auf, für die letzte Runde wieder in den Ring zu steigen und alles zu riskieren.

Als er in den Konferenzraum zurückkehrte, steckten Gamboa und Sosa die Köpfe zusammen, und Crisman kam gerade aus der Angestelltentoilette. Das war gut. Er hatte sie allein gelassen.

Jerry umrundete den Tisch und ging zu seinem Platz. Dabei machte er eine ernste Miene, als müßte er eine schlechte Nachricht verkünden.

»Ich brauche von Ihnen ein höheres Angebot, Mr. Gamboa«, sagte er. »Es haben sich noch andere Interessenten gefunden.«

Crisman griff nach seinem Cross-Bleistift und drehte die Bleimine hinein. Jerry dachte, daß er ihm das Ding sicherlich in den Hals jagen würde, wenn Gamboa die Segel strich.

»Was müssen wir auf den Tisch legen, um das Grundstück zu bekommen?« fragte Sosa. Gamboa hatte sich zurückgelehnt.

»Ich fürchte, es müssen mindestens siebzehntausend sein, Mr. Sosa. Tut mir leid.«

»Einverstanden.« Sosa sagte es ohne einen Hauch von Anspannung, so als hätte er einen Fernseher erstanden.

Jerry Lowell hatte in weniger als sechsunddreißig Stunden aus dem Verkauf eines Stücks Land, das noch nicht einmal ihm gehörte, einen Gewinn von 1 325 000 Dollar erzielt.

Mr. Benigo Gamboa Parra hatte sogar ein noch besseres Geschäft gemacht. Die 4 505 000 Dollar, die er in 265 Morgen bestes texanisches Bauland investierte, waren, genaugenommen, nicht einmal sein eigenes Geld.

1

Der Sommer kam schon früh. Bereits im März hatte sich der milde Küstenwinter verzogen, und der Frühling war eine zu vernachlässigende Jahreszeit: ein paar friedliche Tage Anfang Mai. Während der letzten Tage des Monats waren die Temperaturen in Rekordhöhen geklettert, und die üblichen Frühjahrsregen waren nur vereinzelt und recht mager gefallen. Die schweren grauen Gebirge der Wolken über dem Golf, die sich so unerwartet schnell auftürmen und sonst den Tag mit wahren Sturzbächen warmen Regens verdunkeln konnten, waren zwar ständig vorhanden, trieben jedoch schnell mit den südlichen Winden als strahlendweiße Watteberge über die Stadt hinweg, um schließlich einen makellos klaren Himmel zurückzulassen. Im Juni verzeichnete man zwei Wochen mit Spitzentemperaturen, und mit Anbrechen des Julis befand Houston sich mitten in einem der heißesten und trockensten Sommer der Geschichte dieser Stadt. Es war die Zeit der langen Tage und die Nächte des Sirius, des Hundesterns.

Die alte Belgrano-Villa stand am südöstlichen Rand der City. Als das Anwesen vor mehr als hundert Jahren erbaut wurde, war der Grund Teil eines weitläufigen Landstrichs gewesen, der sich bis ins küstennahe Flachland erstreckte, fast in dem Hochwassergebiet der Bayous, die sich den entlegensten Buchten des Golfs zwanzig Meilen im Osten entgegenschlängelten. Nach der südlichen Tradition des neunzehnten Jahrhunderts erbaut, bestand das Haus aus Ziegeln und Kalkstein und aus breiten Holzveranden in beiden Stockwerken, die Zugang zu der sparsamen und trägen Golfluft bieten sollten, die über die umliegenden meilenweiten mit mickrigen Sträuchern bewachsenen Ebenen und bis in die osttexanischen Zypressen- und Kiefernwälder zog. Das Haus stand inmitten eines Zypressenwaldes, der von einer hohen Mauer umgeben war, deren Krone mit scharfkantigen Eisenlilien bekränzt war.

Nun befand sich alles, was von dem Anwesen noch übrig war, innerhalb dieser braunen, brüchigen Mauern. Die hohen Zypressen und Eichen waren geblieben und warfen ein ewiges Zwielicht auf ein Grundstück, das schon so lange unberührt dalag, daß niemand sich daran erinnern konnte, es jemals anders gesehen zu haben.

Das alte Haus selbst war gut versteckt, verhüllt vom dichten Unterholz welken Unkrauts und Grases, verloren in dem Gewirr verfilzter Schneebeeren- und Schmetterlingsranken. Die einst bewaldete Landschaft war von unordentlichen Straßen eines der städtischen Latinoviertel zerschnitten und durchzogen, das sich bis an die schartige Grundstücksmauer herangeschoben hatte. Der Houston Ship Channel war weniger als eine Meile entfernt, und auf halber Strecke zu den Buchten endeten die Barrios dort, wo sich riesige Ölraffinerien am Kanal festgesetzt hatten.

Der Eingang zum Belgrano-Anwesen befand sich an der Chicon Street im Herzen des Barrio, wo seine mit Graffiti verschmierten Mauern den Gehsteig abriegelten, die verrosteten Türflügel schief über einem Streifen weißen Kalkmörtels hingen, der sich bis etwa einen Meter hinter den Toren erstreckte, etwa eine Armeslänge weit, wenn man durch die Gitterstäbe griff, wo die glatten Pflastersteine im Laufe der Jahre herausgerissen worden waren. Die Leiche lag auf diesem Flecken kalkigen Staubs.

Es war kurz vor halb zehn Uhr morgens, und die Hitze hatte die Insekten in dem pergamenttrockenen Unterholz auf der anderen Seite der Mauer geweckt. Die rechte Schulter des toten Mannes und sein ausgetretener rechter Schuh waren soeben vom fahlen Licht der Morgensonne berührt; der übrige Körper befand sich im bläulichen Schatten, umwogt vom durchdringenden Summen der Fliegen.

Er lag auf dem Rücken, die Beine ausgestreckt, die linke Schulter befand sich unter dem Gitter, als hätte er versucht, unter den Eisenstäben durchzukriechen. Bekleidet war er mit einem anthrazitgrauen Anzug mit hellgrauen Nadelstreifen. Das Jackett war mit einem einzigen Knopf in Taillenhöhe geschlossen. Ein schmuddeliges weißes Hemd, der Kragen offen und ohne Krawatte, war über dem von den Jackettrevers gebildeten V zu erkennen. Die Hände steckten tief in den Jackettaschen, wobei die Daumen herausragten, als posierte er für ein drollig altmodisches Foto. Er trug abgewetzte schwarze Schnürschuhe, doch die Schnürsenkel fehlten, und die leeren Ösen vermittelten einen Eindruck von Beraubung. Er schien ein Mexikaner von Anfang Dreißig zu sein, stämmig, nicht groß.

Mitten aus der bleifarbenen Stirn des Mannes, dicht über seinen Augenbrauen, ragte ein einzelner Zimmermannsnagel hervor. Er war nicht hastig hineingetrieben worden; es sah sehr fachmännisch und ordentlich aus. Ein Ende eines kurzen, dünnen, schwarzen Fadens war an dem Nagel festgeknotet, und das andere Ende des Fadens war um eine große rote Ameise geschlungen. Die Ameise versuchte vor dem Faden zu fliehen und krabbelte dabei in einem flachen Bogen auf dem verträumten Starren der offenen Augen des Mannes hin und her.

2

Mordschauplätze, so dachte Haydon, als er vor dem still daliegenden Körper stand, waren irgendwie eine widersprüchliche Sache. Die kleinsten Konstanten, wie man sie definierte, änderten sich nie: ein verbrecherischer Tod, ein Kain, ein Abel. Die Veränderlichen waren unzählige: Zeit und Ort und Begleitumstände. Es war nicht die Suche danach, wann oder wo oder warum Menschen töteten, die die Aufklärung eines Mordes zu einer mühseligen Angelegenheit machten. Es war die Gewißheit und Unausweichlichkeit, daß man sich an jedem Tag, der heraufzog, darauf verlassen konnte, daß der Mensch den Beweis lieferte, sogar nach Tausenden von Jahren zunehmender Zivilisation total unfähig zu sein, seine urtümlichsten kriminellen Impulse im Zaum zu halten. In dieser einen Hinsicht war er erschreckend beständig und unverbesserlich.

Die Sonne stieg am Firmament immer höher und drängte die Schatten weiter zurück in die düstere Zufahrt. Der billige Anzug war voller Staub. Wer immer die Leiche dorthin gelegt hatte, hatte sie in dem Kalkmörtel herumgewälzt, bis sie in der Position war, in der sie sein sollte. Die Täter hatten sich nicht an den grauen Flecken auf dem dunklen Stoff gestört, sich aber alle Mühe gegeben, die Rockschöße glattzuziehen, so daß sie sich unter dem Rücken des Toten nicht hochrollten. Haydon achtete auch auf die Socken. Durchsichtiges graues Nylongewebe mit dunklen Längsstreifen. Tropisch luftig.

Es war keine häßliche Szene, aber sie war ganz gewiß beunruhigend, und zwar wegen der seltsamen bleiernen Blässe des blutlosen olivfarbenen Fleisches und natürlich wegen des Nagels und der angebundenen Ameise.

»Schon mal so was gesehen?« fragte Mooney. Er hielt zwischen zwei dicken Fingern den letzten Bissen eines Stücks Kuchen, das er sich aus einem Automaten gezogen hatte, als sie das Revier verließen.

Haydon schüttelte den Kopf, während seine dunkelbraunen Augen die Leiche mit einer einzigartigen Konzentration studierten, die jede weitere Reaktion ausschloß. Er stand da mit verschränkten Armen, wobei seine gerade, schlanke Gestalt einen deutlichen Kontrast zu der eigentümlichen Unordnung eines Mordschauplatzes bildete. Sein kräftiges schwarzes Haar war sorgfältig gestutzt, und die Schläfen wiesen allmählich genug graue Strähnen auf, um ihn gesetzt erscheinen zu lassen. Er war sich des breiten Bandes Sonnenschein bewußt, der auf die Schulterpartie seines Anzugs fiel, wie eine Heizlampe eindrang und den Schweiß in die Poren unter dem hohen Kragen seines Hemdes lockte. Korrekt wie eh und je, die Seidenkrawatte zu einem adretten Knoten gebunden, die Schuhe auf Hochglanz poliert, stand er vor der schäbig gekleideten Leiche und versuchte die seltsame Erscheinung und Haltung des Toten in irgendeinen vernünftigen Zusammenhang zu bringen.

Hinter ihm, außerhalb des Tatortes, der mit gelbleuchtendem Plastikband abgesperrt worden war, konnte er die vier uniformierten Beamten zu der Schar von fünfzehn bis zwanzig Menschen reden hören, die sich auf dem Gehsteig und der von Streifenwagen abgesperrten Straße versammelt hatten. Haydon mochte es nicht, wenn seine Bemerkungen am Tatort von Fremden mitgehört wurden. Jeder Streifenpolizist, der etwas über die Technik von Morduntersuchungen kannte, wußte das.

Tatsächlich hatte Haydon den Ruf, eine sehr persönliche und manchmal sogar exzentrische Verhaltensweise bei seinen Untersuchungen an den Tag zu legen. Das war allgemein bekannt und reichte weit über das Polizeipräsidium hinaus. An erster Stelle stand seine Sturheit in der Forderung absoluter Abgeschlossenheit und Ungestörtheit für seine Ermittlungen wie auch für sich selbst. Er unterhielt eine von ständigen Spannungen geprägte Beziehung zu den Nachrichtenmedien und verabscheute es, wenn entweder seine Fälle oder sein Name in irgendeinem Zusammenhang öffentlich genannt wurden. Er betrachtete es als absolute Schändung, seine Erscheinung in Bildform reproduziert zu sehen. Diese Besessenheit war in der Vergangenheit durch die Tatsache, daß er der Chefermittler in einer Reihe aufsehenerregender Fälle gewesen war, bis zur Zerreißprobe belastet worden. Zudem war Haydons Privatleben dazu angetan, beim geringsten Anlaß die Aufmerksamkeit der Medien auf sich zu lenken. Er war der einzige Sohn eines angesehenen und wohlhabenden internationalen Anwalts, dessen Tod Haydon ein beträchtliches Erbe verschafft hatte. Abgesehen von seiner Arbeit führte er ein sehr zurückgezogenes Leben mit seiner Frau Nina, einer Architektin, in der alten und geräumigen Residenz seiner Familie in einem eleganten Stadtviertel. Es war fast schon eine natürliche Reaktion aller, die ihn nicht sehr gut kannten, sich zu fragen, warum er überhaupt arbeitete, und dazu noch als Detective der Mordabteilung. Aber mit seinen vierzig Jahren und nach dreizehn Jahren beim Morddezernat hatte Haydon diese Fragen unter seinen Kollegen längst verstummen lassen. Im Polizeipräsidium war sein Ruf ein völlig anderer, wenngleich nicht weniger rätselhaft.

»Meinst du, da steckt irgendeine Bande dahinter?« Mooney griff in die Tasche und holte die Wachspapierverpackung heraus, in der der Kuchen gesteckt hatte. Er wickelte den Kuchenhappen in das Papier, verstaute ihn in seiner Hosentasche und leckte sich die süßen Krümel von den Fingern ab.

Haydon zuckte mit den Achseln. »Wenn das wirklich der Fall ist, dann waren sie ungewöhnlich kreativ.«

Mittlerweile summten ein paar Fliegen herum, obgleich es nichts gab, was sie hätte anlocken können. Es gab kein Blut. Wenn der Tod eine Folge des Nagels war, so hatte man die Schweinerei, die dadurch verursacht worden war, an einem anderen Ort zurückgelassen und das Gesicht des Mannes sorgfältig gesäubert.

Die Männer vom kriminaltechnischen Labor und der Ermittler des ärztlichen Leichenbeschauers trafen zur gleichen Zeit ein, und die uniformierten Beamten drängten die Schar der Neugierigen noch weiter zurück, als die Transporter anrollten. Der Polizeifotograf war der erste, der über die Absperrung stieg und auf Haydon zukam.

Er blickte kurz auf die Leiche, wandte sich zu Haydon um und wollte etwas sagen, während er in seinen Fotokoffer griff, und dann riß er seinen Kopf wieder herum und starrte auf die Leiche.

»Allmächtiger Gott«, stieß er hervor. »Was ist *das?*«

»An dem Faden ist eine Ameise festgebunden«, sagte Haydon. Er kannte diesen Fotografen nicht. »Sie sehen es, wenn Sie näher herangehen. Sie befindet sich dicht vor seinem Haaransatz. Ich möchte scharfe Nahaufnahmen.«

Mooney ging hinüber, um mit dem Ermittler des Gerichtsarztes zu reden, einem ehemaligen Detective der Mordabteilung. Zusammen begannen sie den Fundort abzumessen, während Mooney die Einzelheiten auf der Rückseite eines Umschlags aufzeichnete, den er von der Ablage des Wagens genommen hatte.

Haydon ging näher an die hohe Mauer heran und betrachtete den Kalkmörtel, die Torflügel und die Zufahrt. Die Pflastersteine, wo die Zufahrt innerhalb der Mauer wieder begann, ragten hervor, und totes Gras von der Farbe vertrockneter Maiskolben wucherte in den Ritzen. Die Zufahrt beschrieb etwa zwanzig Meter nach der Einfahrt einen abrupten Schwenk nach links und verschwand um eine Ecke verdorrter Sträucher und Unkrautbüschel. Haydon ging zum Tor, hob einen kleinen Klumpen Kalkmörtel auf und schleuderte ihn ins Unkrautdickicht. Er konnte die Grashüpfer in dem trockenen Unterholz umherspringen hören. Die summenden Insekten überdeckten die Laute der Stadt.

Haydon lehnte sich gegen die Mauer und schaute in den Sonnenschein, während er eine Sonnenbrille mit Horngestell aus seiner Jackentasche zog und aufsetzte. Dann wandte er sich den Schaulustigen zu.

Unter ihnen befanden sich auch drei oder vier Highschoolkids in der Stammeskleidung ihres speziellen Barrio. Ein Mädchen mit einem einzigen baumelnden Ohrring hatte die Hand auf den Mund gepreßt und den Kopf von der häßlichen Szene halb abgewendet, als könne sie es nicht ertragen, sie zu betrachten, während sie die Leiche jedoch nicht aus den Augen ließ, als Finn tat, was er tun mußte, um die Temperatur der Leiche festzustellen. Ein paar Frauen mittleren Alters drängten sich unweit davon zusammen und unterhielten sich leise. Ein rotgesichtiger Lieferwagenfahrer, auf dessen Namensschild der Name »Red« stand und dessen Brottransporter am Ende des Blocks vor Montoyas Lebensmittelladen parkte, ließ seinen Kaugummi knallen und seine Aufmerksamkeit zwischen dem toten Mexikaner und den vorwitzigen Brustwarzen unter dem dünnen Oberteil des Mädchens mit dem gelben Ohrring hin- und herwandern. Da waren auch zwei ältere Männer, die Stammgäste der La-Perla-Bar auf der anderen Straßenseite zu sein schienen, und ein Friseur, der einen weiten kurzärmeligen Nylonkittel trug und eine Zigarette hinter sein Ohr geschoben hatte.

Da waren auch noch vier oder fünf andere, aber keiner von ihnen fesselte Haydons Aufmerksamkeit als Individuum. Sie waren lediglich »Menge«, ein Hinterkopf, ein leeres Gesicht, ein Viertelprofil.

Als sie ihre Routine erledigt hatten, kamen Mooney und der Ermittler des Gerichtsarztes zu Haydon. Finn, den jedermann außer Haydon Jimbo nannte, war vermutlich fünfzehn Jahre älter als Mooney und der äußeren Erscheinung nach sein genaues Gegenteil. Hochgewachsen und mager, wirkte er schon von der Last seiner Jahre gebeugt. Seine achteckige randlose Brille schien sich tief in seinen Nasenrücken gegraben zu haben, und sein Gesicht wies ein oder zwei weiße Flecken auf, wo er sich Muttermale hatte wegbrennen lassen.

»Da haben Sie aber was Hübsches gefunden, Stuart«, meinte Finn.

»Es sieht ganz danach aus«, sagte Haydon. Aus der nervösen Art, in der Finn seine Lippen verzog und wiederholt seine gleichmäßigen weißen Zähne aufeinanderbiß, schloß Haydon, daß er sich an eine neue Zahnprothese zu gewöhnen versuchte. »Sind Sie mit ihm durch?« fragte er.

»Ich habe alles, was ich brauche.«

»Dann wollen wir uns die Sache mal genauer ansehen.«

Die drei Männer gingen zu der Leiche und hockten sich hin. Haydon bückte sich tiefer und roch am Mund des Toten, dann schaute er sich seine Füße an. Der Mann hatte seine Lederschuhe nicht sonderlich gepflegt. Sie waren abgewetzt und zerkratzt, die Absätze waren außen völlig schiefgelaufen, und die Spitzen wiesen leicht nach oben – Anzeichen dafür, daß die Schuhe für seine Füße etwas zu groß waren. Haydon schob einen gelben Bleistift in den Innenrist eines Schuhs und hebelte ihn vom Fuß herunter. Er drehte ihn mit dem Bleistift im Staub um und las den Markennamen auf der Innensohle. Man konnte nur ein Wort auf dem fleckigen Lederfutter erkennen: Canada.

»Kanada!« schnaubte Mooney. »Ein Mexikaner aus dem gottverdammten Kanada. Entzückend.«

Ed Mooney besaß nichts von Haydons Zurückhaltung. Er war übergewichtig und nahm weiter zu. Dazu war er Ire, ungeduldig, geschwätzig, voller Vorurteile und gottlos. Sie waren Partner seit vier Jahren, seitdem Haydon sich dafür eingesetzt hatte, daß Mooney von der Sitte zur Mordabteilung versetzt wurde. Es war eine Veränderung, die sich Mooney seit Jahren herbeigesehnt hatte, die man ihm jedoch immer verweigert hatte, weil seine eigene reizbare Persönlichkeit in den oberen Diensträngen des Präsidiums, wo solche Entscheidungen getroffen wurden, böses Blut gegen ihn erzeugt hatte. Die beiden Männer waren seit den Tagen auf der Akademie befreundet, und ihre gegensätzlichen Persönlichkeiten ergänzten sich wie Zahnräder eines Getriebes, anstatt sich aneinander zu reiben und sich gegenseitig abzustoßen.

Sie betrachteten das Loch am dicken Zeh der dünnen Socke, durch das sich ein schmutziger, verhornter Zehennagel geschoben hatte, und ein weiteres Loch, ein größeres, an der Ferse. Haydon fragte sich, wo der fehlende Schnürsenkel abgeblieben sein mochte.

Vorsichtig durchsuchte er die Anzugtaschen. Nichts in der Innentasche oder der Brusttasche, nichts in den Hosentaschen. Indem sie sich gegen das Tor lehnten, packten Mooney und Finn die Leiche an der rechten Schulter und hoben sie an, während Haydon schnell die Gesäßtasche überprüfte. Nichts.

Haydon spürte die Feuchtigkeit unter den Manschetten seines Hemdes, den salzigen Schweiß, der das Krokodillederband seiner Armbanduhr klebrig machte. Plötzlich wurde seine Aufmerksamkeit auf die feuchten Flecken an den Jackentaschen des Mannes gelenkt, die seine Hände verbargen. Er griff nach unten und zog am rechten Jackenärmel, indem er den Stoff dicht unterhalb des Ellbogens erfaßte. Es gab einen leichten Widerstand – aufgrund der beginnenden Totenstarre, dachte Haydon, und er hielt den Rockschoß mit der anderen Hand fest, während er beherzt an dem Ärmel zog. Als die Hand schließlich herausrutschte, zog sie das Innenfutter mit.

»Scheiße«, sagte Mooney.

Die Hand lag mit der Handfläche nach oben im Staub. Im Todeskrampf hatten die Finger sich zu einer Klaue mit fünf blutverkrusteten Wunden verkrümmt, wo sich die Fingernägel befunden hatten. Drei der Finger waren völlig verdreht, einer war nach hinten gebogen. Das Taschenfutter war von dem geronnenen Blutserum verkrustet, das aus den Wunden ausgetreten war.

»Der muß jemanden aber ganz schön geärgert haben.« Finn drehte den Kopf zur Seite und spuckte in den Staub.

Haydon richtete sich in eine kauernde Haltung auf und zog am Arm des Toten, bis er seine linke Schulter unter dem Tor hervorgezerrt hatte. Er hockte sich rittlings auf die Leiche und, indem er sich wieder bückte, zog er auch den anderen Arm aus der Sakkotasche. Auch diesmal wurde das Innenfutter mit der Hand herausgezerrt. Wieder die verstümmelten Fingerkuppen.

Haydon beugte sich vor und untersuchte die Finger. Zuerst glaubte er, daß die Fingernägel fehlten, dann erkannte er, daß die Fingerspitzen bis zur Unkenntlichkeit zermanscht worden waren. Die Enden der Finger waren mit irgend etwas plattgeschlagen worden. Sie waren angeschwollen, und das erschwerte erheblich, eindeutig festzustellen, was mit ihnen geschehen war.

»Verdammt. Jemand hat diesen Mex aber gründlich bearbeitet«, sagte Mooney.

Haydon streifte seinen Partner mit einem Seitenblick. Ed Mooney schien diesmal nicht wie sonst seinen Spaß zu haben. Sein Gesicht war gerötet, und das rührte nicht allein von der Hitze und seiner Beleibtheit her.

Haydon konzentrierte sich wieder auf das Gesicht des toten Mannes und erkannte, daß seine Züge vorwiegend indianisch waren. Es war unmöglich zu entscheiden, ob er Mexikaner, Salvadorianer, Kolumbianer, Kubaner, Guatemalteke oder sonst was war. Houston war ein Zufluchtsort für Menschen aus ganz Lateinamerika. Ein Zufluchtsort und manchmal auch eine Durchgangsstation. Die Leiche hatte einen Schnurrbart, der nur ein paar Tage alt war. Eine relativ frische Narbe – etwa ein anderthalb Zentimeter langer Halbmond – befand sich unterhalb des rechten Auges.

»Es bilden sich schon Gase«, sagte Finn und wies auf den pinkfarbenen Streifen zwischen den leicht geöffneten Lippen der Leiche. »Sie drücken seine Zunge heraus. Wir sollten ihn lieber ins Kühlhaus bringen.«

Haydon sagte nichts. Er betrachtete den Nagel in der Stirn. Es war ein langer, galvanisierter Ziernagel, und er ragte etwa zweieinhalb Zentimeter in einem leichten Winkel aus der Haut. Obgleich die Wunde an der Einstichstelle des Nagels sauber und blutlos war, erschien es Haydon als besonders gespenstische Form einer Verstümmelung, noch erschreckender als der Zustand der gefolterten Hände.

Die Ameise lebte noch, rührte sich aber nicht und saß am Rand des öligen Haaransatzes des Mannes. Haydon nahm wieder seinen Bleistift und stieß sie an. Die Ameise krabbelte drei Zentimeter, ehe sie wieder verharrte, den Kopf am Beginn des dichten Haarschopfs. Der Faden war vor dem ausladenden Bauch des Insekts um seinen Körper geschlungen.

Haydon verstaute den Bleistift in seiner Tasche, und die drei Männer standen auf.

»Der Nagel hat ihn nicht umgebracht«, sagte Finn knapp.

»Das glaube ich auch nicht.« Haydon schaute auf die Ameise. »Ich denke, Sie können ihn mitnehmen«, sagte er. »Wenn Vanstraten dort ist, würden Sie ihm bestellen, daß wir rüberkommen, und ihn bitten, mit allem zu warten, bis wir da sind?«

»Klar doch«, versprach Finn und gab seinen Helfern ein Zeichen, mit der Bahre zu kommen.

Haydon und Mooney machten Platz, während die gerichtsärztlichen Helfer die Aluminiumbahre auseinanderklappten, die Leiche auf die Laken betteten, sie zudeckten, dann die Bahre anhoben und zur Hecktür des Transporters rollten.

»Willst du den nicht dem Chicano-Team überlassen?« fragte Mooney. »Der Typ ist doch ganz eindeutig kein Ire.«

Haydon schüttelte leicht den Kopf und blickte weg. Er sah die Straße hinunter, blinzelte im grellen Licht. Er fragte sich, wie viele Leichen er schon bei morgendlichem Sonnenschein gesehen hatte. Er hätte es wirklich gern gewußt. Ein Gesicht kam ihm sofort in den Sinn, und er erinnerte sich an das satte goldene Licht, in dem der alte Mann gelegen hatte. Sein Name war Petersen, und er hatte jedes Fenster in seinem seltsamen kleinen Haus mit bernsteinfarbenem Glas versehen. Er war schon drei Tage tot gewesen, als sie endlich bei ihm erschienen waren, und seine Katze hatte auf seiner Brust gesessen und bereits die eine Hälfte der fetten Unterlippe des Mannes weggefressen. Mr. Petersen und seine Katze, die im schweren goldenen Licht zu schweben schienen. Da war das kalte blaue Licht einer Januardämmerung, in dem er die Leiche eines Jamie Frank Carlisle betrachtet hatte, dessen Mörder ihm mitten in den Nabel geschossen und ihn auf dem Rücksitz seines Wagens zurückgelassen hatte, mit den nackten Füßen in einem Styroporeiskasten voll kalten Wassers. Er erinnerte sich an das unheimliche apfelgrüne Licht auf dem jungen Mädchen, das er nur wenige Minuten nach einem Hagelsturm im Frühling gesehen hatte. Sie lag nackt und mit dem Gesicht nach unten in einem Hinterhof, vergewaltigt und erwürgt, mit weißen Hagelkörnern im schwarzen Haar und einem einzelnen großen, vom Licht wassergrün gefärbt, das in der kleinen Einbuchtung oberhalb ihrer Hüften zerschmolz. Er dachte an das perlweiße Licht auf den vom Wasser umspülten Brüsten der Prostituierten Sally Steen, die in den aufgewühlten Fluten des Buffalo Bayou aufgetaucht war wie eine Meerjungfrau. Er erinnerte sich an…

»Man könnte meinen, es regnet bald«, sagte Mooney.

Haydon brauchte einige Sekunden, um wieder in die Wirklichkeit zurückzukehren. »Das wird es wohl«, sagte er.

»Und wie«, knurrte Mooney. »Und dann dürfte an dieser gottverdammten Braeswood wieder alles unter Wasser stehen. Ich sag' dir eins, die Stadt sollte da drüben Tauchausrüstungen verteilen. Zum Teufel noch mal, ich hätte nichts dagegen, wenn es ein Jahr lang überhaupt nicht regnen würde. Eine kleine Dürre würde diesem Sumpf verdammt guttun.«

»Behalten wir ihn«, sagte Haydon und meinte den Fall. Er hatte ein Taschentuch hervorgeholt und wischte sich damit über die Stirn.

»Verdammt, mir ist es egal. Ich wette, das wird eine ganz schöne Scheiße. Diese Kerle sind rachsüchtige kleine Scheißer. Die würden so was doch immer wieder tun.«

»Schon möglich«, sagte Haydon, aber er glaubte es nicht. Dieses Arrangement von Nagel und Ameise war kein Racheakt oder irgendeine besonders blutige Revanche oder eine Strafe für Untreue in einem Liebesverhältnis. Es war eine genau berechnete Inszenierung, viel zu speziell, um der Laune eines Augenblicks entsprungen zu sein. Und dann die mißhandelten Finger. In ihrer Verstümmelung steckte Methode; das war keine wahllos zuschlagende Brutalität, keine spontane Abscheulichkeit. Diesen Punkt genau zu untersuchen, würde sich sicherlich lohnen. Er würde den Mann gern kennenlernen, der den Faden an Nagel und Ameise gebunden hatte.

»Ich habe mir den Namen der alten *mamacita* aufgeschrieben, die den Typen gefunden hat. Du wolltest doch nicht mit ihr reden, oder?«

»Wir können sie später verhören, falls es nötig sein sollte«, sagte Haydon und faltete säuberlich das Taschentuch, um es wieder in die Tasche zu stecken.

Mooney betrachtete die Mauer und das Tor, als würde ihm zum erstenmal deren Vorhandensein bewußt. »Steht das Anwesen leer?«

»Es sieht verlassen aus, nicht wahr?« sagte Haydon, ohne die Frage zu beantworten. Er ging zum Tor und blickte wieder durch das Eisengitter. »Ich glaube, niemand hat etwas gesehen«, meinte er, wandte sich um und schaute auf die Straße.

»Nichts. Die ersten beiden Beamten am Fundort haben mit den Leuten gesprochen, die herumstanden. Niemand hat etwas gesehen, niemand weiß etwas. Der Friseur – es war auch ein Friseur unter den Leuten – war derjenige, der sie gefunden hat. Er kam die Straße herauf, um seinen Laden zu öffnen, und sah sie hier drüben neben dem Toten liegen. Er wußte überhaupt nicht, was los war. Er dachte, es hätte irgendein Massaker gegeben, weil er nur Leichen herumliegen sah. Er hat dann die Polizei benachrichtigt. Dann kam er wieder hierher zurück, sah, daß sich die Frau bewegte, und schloß daraus, daß sie nur ohnmächtig geworden war. Er half ihr hoch.«

Haydon dachte für eine Minute nach. Er schaute auf dem Gehsteig in beide Richtungen und dann auf die staubige Straße. Der Verkehr war recht spärlich, nahm aber allmählich zu. Das Sonnenlicht wurde härter.

3

Blas Medrano Banda drehte sich auf die Seite und schaute durch das offene Fenster ins Licht des späten Morgens. Es war unmöglich, sich auszustrecken; das Bett war kaum mehr als eine schmale Pritsche. Das beste, was er tun konnte, war, regelmäßig seine Lage auf den klammen Laken zu verändern und sich von den blauen Plastikflügeln des Ventilators, der auf einem freien Stuhl stand, feuchtheiße Luft über den Körper fächeln zu lassen. Trotz der Dürre blieb die Luftfeuchtigkeit unverändert hoch, vor allem hier in der Nähe des Bayou. In dieser Stadt war man immer irgendwie klebrig.

Er hatte schon vor langer Zeit gelernt, daß Geduld in manchen Angelegenheiten die große Kunst war. Wie viele Stunden hatte er seinen Geist in jenem Kontinuum herumwandern lassen, das seine Erinnerung war, ein unbegrenztes Vergnügen, das ein ebenso unbegrenztes Spektrum an Emotionen wachrufen konnte? Nun war es Geduld, die gefordert wurde. Um die Fähigkeit zu wahrer Geduld zu erlangen, mußte man Spiele mit der Zeit erfinden, mußte man sich einen verborgenen Punkt in Platos eindringlichem Bild von der Ewigkeit suchen und ihn im Geist festhalten, auch gegen den eigenen Willen, wenn es sein mußte. Kindheit. Pater Donato. Und das Thema Geduld. Der Priester stand vor der Jungenklasse und war mit seiner Weisheit am Ende. *Quo usque, Catilina, abutere patientia nostra?* »Wie lange, Catilina, willst du unsere Geduld noch auf die Probe stellen?« Cicero hatte Pater Donato immer gute Dienste geleistet, sogar dann, wenn er zutiefst frustriert war. Und in jener Schule in Guadalajara hatte es viele Gründe für Frustration gegeben.

Das Nebelhorn eines Schleppers blökte durch die Vormittagshitze. Von einer Eiche jenseits der vertrockneten Sträucher klang das kehlige Gurren einer klagenden Taube durchs Fenster, traurig und tröstend, als riefe es ihn heim. Er stellte sich vor, daß sie den weiten Weg von Jalisco hierhergeflogen war, über Hunderte Meilen Wüste und braune Berge hinweg, nur um sich hier auf einem Ast niederzulassen und ihn zu rufen und seine Erinnerung in Gang zu setzen.

Warum sonst war ihm der Priester gerade jetzt in den Sinn gekommen? Das lag so weit zurück, noch vor der Zeit, als Blas seinen Glauben verloren hatte, nicht an Gott – er dachte nicht mehr an Gott –, sondern an die Menschen. Was bedeutete es, wenn ein Auswanderer wieder an die Heimat zu denken beginnt? Eigentlich kein richtiger Auswanderer, sondern ein Mann wie er selbst, eine Art ungehorsamer Jonas auf seiner Suche nach Tarsis. Oder, genauer ausgedrückt, der sich vor Gott versteckt. Vor Gott verstecken. Das sei ein oxymoronisches Vorhaben, hatte Pater Donato erklärt. Und später, als Blas die Hoffnungen, die der Priester in ihn gesetzt hatte, enttäuscht und sich statt dessen einer Politik und Philosophie verschrieben hatte, die so radikal anders war, hatte der alte Mann im großen und ganzen das gleiche gesagt. Aber zu dieser Zeit trieb er dem Ende einer langen und grausamen Krankheit entgegen. Er war so zerbrechlich und lag bereits im Sterben, alles brachte ihn zum Weinen. Es war gleichgültig.

Selbst die Dürre war in dieser Stadt eine Quelle für nostalgische Gefühle. Sie waren jetzt seit vier Tagen hier, und jeden Abend ging er hinaus, um auf dem Grundstück umherzuwandern, nachzudenken und eine Zigarette nach der anderen zu rauchen. Wenn er durch das Unkraut ging, ließen die Distelschoten ihre verdorrten Samenkörner rasseln wie die Kürbisrasseln die mit Spitzkletten gefüllten Huicholes, gefangen in diesem Fegefeuer der regenlosen Zeit. Manchmal konnte er auch den Staub riechen, der in der Nachtluft hing wie ein feuchtigkeitsloser Nebel, der von den Wagen aufgewirbelt wurde, die auf der unzureichend gepflasterten Straße jenseits der Mauer vorbeifuhren. In all den Jahren, die er nun unterwegs war, hatte er feststellen müssen, daß Staub überall auf der ganzen Welt den gleichen Geruch hatte. Und dennoch erinnerte er ihn immer an zu Hause.

In diesem Augenblick jedoch schaute er aus dem Fenster ins weiße Licht eines klaren Tages. Er trug nur eine Khakihose, deren Beine er fast bis zu den Knien hochgerollt hatte. Das alte Haus hatte dicke Wände und tiefe Fenstersimse, und auf einem stand ein Wasserkrug, in dem er sich gelegentlich die Hände benetzte und sich dann durch das schwarze Haar strich, bis es durchfeuchtet war und ihm nicht mehr in die Stirn fallen konnte. Er lag auf der Seite und wartete.

Ireno war überfällig. Diese Tatsache nahm er zur Kenntnis. Er wünschte sich, sagen zu können, daß er sich deshalb keine Sorgen machte. Wenn er ein Indianer wäre wie Ireno und Rubio, dann hätte er wahrscheinlich die richtige Psychologie, jene gleichmütige Geduld bei unbewegtem Gesicht, für die sie so berühmt waren und die die *mestizos* und *criollos* einer aus Einfalt geborenen Gleichgültigkeit zuschrieben. Aber Blas wußte es jetzt besser. Er hatte lange genug mit Ireno zusammengearbeitet, um die beinahe Zen-gleiche Geduld als das zu erkennen, was sie war. Ireno konnte den hageren Körper des Todes über eine Meile schattenloser, flacher Wüste auf sich zukommen sehen und ihn mit einem ruhigen und stetigen Herzschlag erwarten. Die Geduld befand sich in seinem Geist, oder besser ausgedrückt, an dem Ort weit hinten, wo der Geist nicht mehr Geist ist, sondern Seele.

Blas lauschte. Alte Häuser knackten und knarrten bei heißem Wetter. Erst vor wenigen Minuten war Rubio an seiner Zimmertür vorbeigegangen und hatte gemeint, daß draußen irgend etwas im Gange sei. Er dachte an die beiden anderen, Rubio und Teodoro, die durch die Jalousien nach draußen starrten, sich bemühten, etwas zu erkennen, gleichzeitig aber auch darauf bedacht waren, nicht gesehen zu werden. Er konnte die Intensität ihrer kombinierten Ängste spüren, ähnlich einer greifbaren Energie in der Stille. Wie die Hitze im Haus. Er lag auf der Seite und wartete und hatte den Rücken dem leeren Zimmer zugewandt, der Tür, die ins ebenfalls leere Haus führte und zu den

Vorgängen auf der Straße. Es war ein Test, den er mit sich selbst veranstaltete, um festzustellen, ob er unberührt bleiben konnte. Er fragte sich, ob jemand den Raum betreten und ihm von hinten in den Kopf schießen würde.

Er hörte die Bodenbretter unter Schritten im Korridor knarren, und jemand blieb in der Türöffnung hinter ihm stehen.

»Blas!« Rubios Stimme war nur ein rauhes Flüstern. »*Es la policia.* Sie haben irgend etwas am Tor zu tun.«

Ein Flattern entstand in seiner Brust, und dann fing sein Herz sich, fand wieder seinen Rhythmus, während er sich umdrehte und sich auf die Kante seiner Pritsche setzte.

»Was meinst du damit? Was haben sie am Tor zu tun?« Der alte Fußboden fühlte sich unter seinen nackten Füßen rauh an.

»Irgend etwas. Ich weiß es nicht.«

Rubios Sprache wurde gelegentlich von einem gedämpften Pfeifen begleitet, das von einer Scharte in seiner Unterlippe herrührte, wo zwei weiße Zähne – ein Schneide- und ein Eckzahn – ständig in der Lücke im dunklen Fleisch zu sehen waren. Eine alte Messerwunde aus seiner Jugend, sein erster Kontakt mit der Gewalt, dachte Blas. Ein bitterer Witz, denn Rubio hatte tatsächlich seitdem mehr als seinen normalen Anteil an Gewalt erleben dürfen.

»Da sind Leute. Polizeiwagen.« Rubio geriet nicht so leicht in Panik. Er hatte weitaus mehr Erfahrung als jeder andere von ihnen. Er war auf der Straße gut, kannte sich in den Barrios von San Antonio genausogut aus wie in Houston. Blas sah in seine Indianeraugen und erkannte darin den Kojoten.

»Kommen sie herein?« Er stand auf und griff hinter sich nach der Heckler-Pistole, die auf dem Fenstersims lag.

Er folgte Rubio den Flur hinunter und in ein anderes Zimmer – leer bis auf seine zwei Pritschen und zwei Stühle, auf die wattierte Kleidungsstücke drapiert waren. Ein paar Holzkisten standen herum, auf denen automatische Waffen, zum Teil zerlegt, lagen. Zwei Fenster befanden sich an der Straßenseite des Zimmers, und während Blas auf eins zuging, trat ein junger Mann davon zurück, um ihm Platz zu machen.

Dies war Teodoro Anicas erster Ausflug, und er war eifrig darauf bedacht, alles richtig zu machen. Er entspannte sich niemals. Trotz der Hitze zog er sich nie bis auf die Unterwäsche aus wie die anderen; er wollte sich nicht überrumpeln lassen. Während Blas hinter dem Fenstersims niederkniete und vorsichtig die Jalousie anhob, konnte er spüren, wie Teodoro ihn beobachtete. Er wußte, daß der junge Mann in seinem Gesicht irgend etwas zu lesen versuchte. Diese Verehrung ärgerte ihn. Er hatte keine Geduld mit Anicas fanatischem Eifer, den Auftrag zu erledigen.

Die Indianer behielten ihre Gedanken für sich. Gott wußte, warum sie es taten. Sie waren Ausgestoßene, soweit es die Brigade betraf, aber die Brigade benutzte sie, weil sie in dem, was sie taten, die Besten waren. Vorurteile hatten ihre praktischen Grenzen. Blas selbst versuchte nicht über all das nachzudenken. Es mußte getan werden, und er tat es, also zur Hölle damit. Teodoro hingegen trug seinen Brigadenstolz auf der Stirn geschrieben. Blas und Teodoro blickten auf eine gemeinsame kulturelle Vergangenheit zurück: eine *criollo*-Herkunft, eine wohlhabende Familie, sturer Konservatismus, fanatischer Katholizismus, die byzantinische Erfahrung der Autonomen Universität von Guadalajara, die fanatische Verschwiegenheit und Bruderschaft der Brigade. Aber er empfand keine Verwandtschaft. Die Begeisterung des Jungen stieß ihn ab.

»Fernglas«, flüsterte Blas und streckte eine offene Hand nach hinten, während seine Augen weiterhin durch den Schlitz starrten, den der Daumen seiner anderen Hand geschaffen hatte.

Teodoro holte das Zeiss-Glas aus einem kleinen Rucksack neben seiner Pritsche und reichte es ihm.

»Halt mal die Jalousie auf«, befahl Blas. Teodoro hockte sich neben ihn und hielt den Schlitz auf. Blas legte die Heckler-Automatik zwischen seinen Knien auf den Boden und stellte das Fernglas auf seine Augen ein. *»Poquito más.«*

Teodoro hob die Jalousie leicht an, und Blas legte das Vorderteil des Glases auf die absplitternde Farbe des Fenstersimses. Die Büsche und die übrige Vegetation waren so dicht, daß er nur kleine Ausschnitte von der Straße durch die Lücken in dem braunen Pflanzendickicht erkennen konnte. Er sah die Polizeifahrzeuge und machte die Menge der Gaffer auf dem Gehsteig aus. Sie schauten auf etwas, und so wie sie standen und sich zusammendrängten, schien das Tor tatsächlich im Mittelpunkt des Interesses aller zu stehen. Plötzlich erhob sich ein Mann hinter einem Gewirr von Ranken und Ästen und sah auf seine Füße, wobei sein dicker Bauch die Schöße seiner Sportjacke auseinanderdrückte, während er sich den Schweiß aus dem Gesicht wischte. Dann richtete sich noch ein zweiter Mann auf. Er war größer, schlanker und gediegen gekleidet. Er trug eine Krawatte und einen leichten Sommeranzug; er stand kerzengerade da, und sein Haar war sorgfältig frisiert.

Zwei andere Fahrzeuge trafen ein, beides Transporter, und Blas erkannte den Leichenwagen. Der Schweiß unter seinen Armen wurde eiskalt.

»Verdammt!« Er fuhr vom Fenster zurück. »Bleibt hier. Ich muß mir das mal aus der Nähe ansehen.«

Er wollte nicht denken. Er konzentrierte sich auf das, was seine Beine und Füße taten, die Treppe hinunter, umdrehen, weiter hinunter und in die Eingangshalle. Dort rannte er nach hinten und stürmte durch die Tür in der Hinterfront des Hauses, die sich auf die lange Veranda öffnete. Er kauerte sich zusammen und folgte der Veranda bis zum Ende des Hauses, verharrte, stieg dann leise herunter und huschte bis zum Dickicht in Richtung Tor. Die Zypressen hielten das Sonnenlicht ab, während er sich über den weichen, federnden Teppich aus trockenem Laub und verdorrten Zweigen bewegte.

Das knisternde Rauschen der Polizeisprechfunkgeräte war nun zu hören, aber er konnte noch nichts sehen. Er kroch ein paar Meter auf Bauch und Ellbogen, bis er die Zufahrt zum Haus einsehen konnte, die vom Tor auf das Gelände führte. Die granulatgleichen Überreste der abgestorbenen Zypressenblätter klebten an seinen verschwitzten Unterarmen und drückten sich in seinen Ellbogen, als er das Fernglas hob und hindurchsah. Er war etwa fünfzig bis sechzig Meter vom Tor entfernt. Auf diese Distanz holte das Fernglas alles bis direkt vor seine Nase.

Er drehte an der Scharfeinstellung, drehte zu weit, drehte wieder zurück und ignorierte alles bis auf das Stück Erdboden unterhalb des Tors. Der Körper, der im Kalkmörtel lag, schob sich ins Sehfeld. Er erkannte zuerst den Anzug, dann Irenos Gesicht. Verdammt, verdammt. Er starrte wie gebannt hinüber, und seine Augen versuchten durch die Linsen dorthin zu kriechen, während er am Okular drehte, um das Bild noch schärfer zu bekommen und die Vergrößerung zu steigern. Er hielt den Atem an, als er den Nagel sah. Er wußte, was daran festgebunden war. *El hijo de la chingada!* Lucas Negrete hatte eine Nachricht hinterlassen, und indem er das getan hatte, hatte er die Polizei bis vors Tor geführt. Es war ein unverschämtes Manöver. Und ein kluges. Das Spiel hatte begonnen.

4

Haydon und Mooney verließen die Old Spanish Trail Road, eine breite geschäftige Schnellstraße, die sich zwischen der South Main und der Interstate 45 erstreckte, und fuhren dann über die durch eine Mittellinie geteilte Auffahrt. Das neue Gebäude stand am Rand einer mehrere Dutzend Morgen großen Asphaltfläche, die als zusätzlicher Parkraum für den südlichen Anbau des Medical Centers diente. Schilder waren an beiden Enden des Platzes angebracht, eins an der Bareswood und eins auf dem grasbewachsenen Mittelstreifen des Old Spanish Trail verrieten, wo man sich befand. Es gab Tore und Kettenzäune, die die Plätze umgaben. Die Räume des ärztlichen Leichenbeschauers befanden sich außerhalb der Tore.

Das Foyer des neuen Gebäudes roch nach Mörtel, heißer Teerpappe und frischer Farbe. Haydon fragte sich unwillkürlich, wie lange diese Gerüche von Optimismus und einem neuen Anfang sich wohl halten würden. Er und Mooney zeigten am Empfang ihre Ausweise vor und gingen zu einem der vier Autopsiesäle.

Dr. Harl Vanstraten stand an einer Seite des Raums und schlüpfte gerade in seinen Chirurgenkittel. Selbst auf diese Entfernung schien seine hochgewachsene, athletische Gestalt weitaus deutlicher hervorzutreten als alles andere in dem Raum. Sein dünner werdendes Haar war adrett gescheitelt, sein Gesicht hätte nicht glatter rasiert sein können, und seine scharfgezeichneten nordischen Züge paßten zu dem deutschen Akzent, mit dem er sprach.

»Eine klassische Mördersuche, nicht wahr, Stuart?« Vanstraten lächelte, als Haydon eintrat, und sein Bariton hallte in dem sparsam möblierten Raum wider.

Er wandte sich einem Glasschrank zu und nahm ein frisches Paar Chirurgenhandschuhe aus einem offenen Karton. Nachdem er Talkum in sie hineingestreut hatte, schüttelte er sie sanft, ehe er mit seinen kräftigen Händen hineinschlüpfte.

»Ich war gestern mit Renata in einem Schauspiel im Alley-Theater«, sagte er und strich die Handschuhe glatt. »Das erste Mal seit Wochen.«

Haydon betrachtete den breiten Rücken seines Freundes. »Hat es dir gefallen?«

Vanstraten lachte und wandte sich um. »Ich weiß es nicht. Es gab da einen langweiligen Augenblick – gegen Ende des ersten Aktes –, in dem meine Gedanken zu irgend etwas hierher zurückkehrten – zu einer Frau, die während einer Vergewaltigung starb. Zwischen den einzelnen Akten schaffte ich es irgendwie, mich mit Renata über das Stück zu unterhalten, aber ansonsten erinnere ich mich an gar nichts. Entschuldige, ich muß die Bänder wechseln.«

Haydon schaute ihm nach, wie er um die Ecke bog und sein Büro aufsuchte, und versuchte, seine mißliche Lage zu verstehen. Vanstraten war ein hoffnungsloser Tagträumer, was seine Frau in Rage brachte. Er bewegte sich in gesellschaftlichen Kreisen, die ihn zu einer sehr beliebten Persönlichkeit erhoben hatten. Er war gern mit Menschen zusammen, aber häufig achtete er gar nicht auf sie. Wenn er etwas sah oder hörte, was seine Gedanken plötzlich in eine ganz andere Richtung abgleiten ließ, dann war er nicht mehr ansprechbar, manchmal erholte er sich schnell genug, um die Situation zu retten, manchmal jedoch schaffte er es nicht. Für Renata war das sehr peinlich, aber eigentlich verletzte er sehr selten jemanden durch dieses exzentrische Verhalten. Vanstratens Geist wanderte auf verborgenen Wegen und strebte Zielen entgegen, von deren Existenz die meisten Menschen nicht einmal etwas ahnten.

Zwei Autopsietische aus Aluminium standen nebeneinander in der Mitte des beinahe phosphoreszierenden Lichts in dem Saal. Über jedem Tisch hing ein verchromtes Mikrofon neben einer einzelnen Operationslampe von der Decke herab. Darüber ließen Milchglasoberlichter das reine, helle Tageslicht herein. Der Mexikaner war die einzige Leiche im Raum. Jimbo Finn stand neben ihm, unbeholfen vornübergebeugt, als hätte er einen Hexenschuß. Der Kopf des Mexikaners war in eine Plastiktüte geschoben worden, die um seinen Hals zugeklebt worden war. Finn würde es nicht zulassen, daß die Ameise sich von ihm entfernte.

Als Vanstraten zurückkam, knetete er seine Handschuhe und straffte die Latexhaut um seine Finger. Er kam sofort zur Sache.

»Haben Sie die Bilder, Jimbo?«

Finn nickte. »Habe ich.«

»Schön, Richard, können wir anfangen?«

Richard Hull war seit zehn Jahren in der Leichenhalle beschäftigt und der einzige der Angestellten dort, dem Vanstraten gestattete, ihm zu assistieren. Er war ein umgänglicher schwarzer Mann, fast so groß wie der Leichenbeschauer selbst, der die Leichen in so respektvoller Art betreute, als würden sie noch immer Furcht und Scham empfinden können.

Während Haydon, Mooney und Finn zusahen, begannen Vanstraten und Hull die Kleider des Toten vorsichtig zu entfernen, als wären sie sein wichtigster und wertvollster Besitz. Der Prozeß war sehr umständlich, da die Totenstarre sich nun sehr viel stärker bemerkbar machte als noch vor einer Stunde, als sie die Taschen des Toten durchsucht hatten. Vanstraten beschrieb jedes Kleidungsstück peinlich genau und wies besonders auf die

Flecken in den Taschen der Anzugjacke hin. Sobald er die Beschreibung eines Kleidungsstücks abgeschlossen hatte, gab er es an Hull weiter, der es in einen Plastiksack stopfte, diesen zuklebte, ihn mit einem Etikett versah und beiseite legte.

Nach dem Entfernen der Socken lag der Mexikaner nackt auf dem Rost in dem Aluminiumtisch, unter dem Wasser floß, welches das Blut wegspülen sollte. Erst zu diesem Zeitpunkt bemerkte Haydon den Geruch von Desinfektionsmitteln und das Gurgeln in den Abflußrinnen.

Vanstraten nahm eine Schere, zerschnitt den Klebestreifen um den Hals des Mannes und nahm den Plastiksack ab. Die Ameise, die am Nagel festgebunden war, sah jetzt noch seltsamer aus als zu dem Zeitpunkt, als der Mann auf dem schmutzigen Gehsteig gelegen hatte. Die Ameise hatte sich vor der klimatisierten Luft in einen Augenwinkel geflüchtet und sich auf die Größe einer kleinen Erbse zusammengerollt.

Vanstraten stieß zwischen den Zähnen einen Zischlaut aus. »Sehr gut. Ich habe so etwas noch nie gesehen. Ganz bestimmt keinen Nagel mit einer daran festgebundenen Ameise. Nein, niemals.« Er schüttelte den Kopf, zog die Ameise hoch und ließ sie an dem schwarzen Faden baumeln. »Eine große Ameise«, sagte er, bückte sich und betrachtete sie eingehend. »Angebunden mit einem Zwirn. Schwarzer Polyesterfaden.« Ein großer Mann, der seine forschende Energie auf das Rätsel eines kleinen roten Punktes konzentrierte. Er schüttelte wieder den Kopf, schnitt den Faden durch und ließ die Ameise in ein durchsichtiges Plastikröhrchen fallen, das Hull ihm hinhielt und schnell verschloß. Das Plastikröhrchen erhielt ein Etikett und wurde auf die oberste Ablage eines Aluminiumkarrens gelegt, den Hull an den Tisch herangerollt hatte. Es war die erste Probe von vielen, die am Ende, wenn Vanstraten die Untersuchung abschloß, in verschiedenen Flaschen, Gläsern, Pfannen und Bechern den Karren besetzen würden.

Ohne ausdrücklich dazu aufgefordert zu werden, trat Finn mit seiner Kamera vor und begann wieder zu fotografieren. Als er die erste Serie beendet hatte, drehten Hull und Vanstraten den Toten um, und Finn schoß weitere Bilder. Dann hoben Hull und Vanstraten den Rost mit dem Körper an und legten ihn auf eine Bahre, die Hull durch den Saal zur Radiologie schob.

Während sie warteten, erkundigte sich Vanstraten: »Und wann hast du diesen Kameraden gefunden, Stuart?« Sie gingen auf eine Seite des Saales zu einem Schreibtisch. Vanstraten zündete eine Dunhillzigarette aus einer roten Schachtel an, die auf dem Schreibtisch lag. Er bot eine davon auch Haydon an, der aber schüttelte den Kopf. »Entschuldige, das habe ich ganz vergessen. Du hältst tatsächlich durch, nicht wahr?«

Haydon nickte. »Ich rauche noch Zigarren. Aber nur ein paar pro Tag.«

Vanstraten sah ihn mit einem leisen Lächeln an. »Sehr gut, Stuart.« Er hielt die Zigarette hoch und betrachtete sie. »Also, wann hast du ihn gefunden?«

»Wir kamen gegen zwanzig nach neun, halb zehn dorthin. Ich gehe davon aus, daß er um kurz nach neun gefunden wurde.«

»Und was ist mit dieser Ameise?«

»Ich habe keine Ahnung.«

Vanstraten nickte und legte die Stirn in Falten. »Hast du irgendeine Idee? Das ist wirklich etwas Neues. Was denkst du? Eine Warnung? Eine Art Markenzeichen, eine Unterschrift?«

Haydon schüttelte den Kopf. »Simple menschliche Grausamkeit«, entschied er.

»Ich glaube, das wird eine seltsame Sache«, sagte Vanstraten nachdenklich und schien von dieser Aussicht nicht enttäuscht zu sein.

»Sie sind alle seltsam«, sagte Haydon. »Sie sind allesamt Routine und zugleich seltsam und einmalig.«

»Das ist ja tatsächlich eine Portion Philosophie«, stellte Vanstraten grinsend fest.

»Ja, genau.« Haydon sah den Pathologen an.

Vanstraten lachte. Die Tür zum Röntgenraum schwang auf, als Hull und der Radiologe die Leiche wieder in den hellen Lichtkreis schoben. Die Autopsie begann.

Indem er den Fußschalter des Mikrofons betätigte, begann

Vanstraten mit einer monotonen statistischen Litanei: Datum, Autopsie-Nummer, John-Doe-Nummer und eine Aufzählung der bei der Autopsie anwesenden Personen. Die Daten seiner äußeren Inaugenscheinnahme: Körpergröße, Gewicht, Hautbeschaffenheit, körperliche Entwicklung, Fettverteilung, Augenfarbe, Haarfarbe, Zustand von Ohren, Mund, Hals, Genitalien, Beschädigung der Hände, Verfärbungen im unteren Bauchbereich, unterhalb der linken Brustwarze, unterhalb beider Nieren und an den Genitalien.

Mit seinem Skalpell führte Vanstraten schnell einen großen Schnitt in der Brust des Mannes abwärts in Form eines großen Y, dessen obere Äste an jeder Schulter begannen und sich unterhalb der Brustwarzen kreuzten. Der Schnitt setzte sich auf der Mitte des Bauchs fort, umrundete den Nabel und lief im Schambereich aus.

Unterstützt vom stillen Hull, löste Vanstraten die Haut von den Rippen, so daß sie auf beiden Seiten zurückgeschlagen werden konnte und dabei nicht nur die Rippen selbst freigelegt wurden, sondern auch die Bauchhöhle. Mit einer langstieligen Schere, die aussah wie ein stumpfnasiger Asttrimmer, begann Vanstraten die Rippen zu durchtrennen, indem er sich in einer nach außen führenden Kurve von unten nach oben bis zum Schlüsselbein hochbewegte. Als er dies auf jeder Seite beendet hatte, hob er das gesamte Teil, das Brustbein inklusive, heraus und legte es beiseite. Nun war der Inhalt der Brusthöhle zugänglich. Zu diesem Zeitpunkt lagen sämtliche Innereien des toten Mannes, vom Hals bis zum Schambein, frei, um von Vanstraten begutachtet zu werden.

»Nun kommt der Augenblick für philosophische Betrachtungen, Stuart«, sagte Vanstraten und lächelte Haydon an. Er wies auf die Leiche. »Das dort ist das, was wir sind. Ob reich oder arm – wir besitzen alle dieses wundervoll komplexe System, das selbst den raffiniertesten Computer mit all seinen verwirrenden Mikrochip-Fähigkeiten wie ein primitives Kinderspielzeug aussehen läßt. Der menschliche Intellekt ist nicht fähig, ein so kompliziertes System zu konstruieren...«

Es war wirklich so, dachte Haydon, niemals würde jemand so etwas zuwege bringen. Und dennoch, was konnte der Mensch nicht kraft seines Intellekts erreichen, was konnte er mittels brutaler, roher Leidenschaft bewirken. Jeder Idiot konnte sich zu einem Gott aufschwingen. Er betrachtete unverwandt die Leiche und hoffte dabei, er könnte sie irgendwie anders sehen. Aber am Ende, dachte er, spielen sie nur. Sie haben keine Vorstellung... überhaupt keine Idee, was sie wirklich in diesen kurzen, gierigen Momenten getan haben. Es erschien so vollkommen absurd.

Er sah zu, wie Vanstraten mit dem begann, was sich nachher als erschöpfende Untersuchung erweisen würde. Ihm wurde klar, daß er in der nächsten Stunde mehr erfahren würde, als der Mann jemals über seinen eigenen Körper gewußt hatte. Wie ein Seher des Altertums würde Vanstraten in den Schlingen und Windungen herumsuchen, als deute er die Zukunft, als hätte jedes Organ eine Stimme und würde jede Stimme eine Geschichte erzählen. Und dennoch, in einem anderen Sinne blieben sie für immer völlig unwissend. Von den wahren Eigenschaften dieses Mannes konnten sie nie etwas erfahren. Sie konnten niemals in seinem Gesicht den lebendigen Geist erkennen, niemals den Klang seiner Stimme oder seines Lachens hören, niemals bei ihm den komplizierten Wechsel von Scham und Trauer erleben. Die unwissenschaftliche Sache namens Leben hatte sich bereits von ihm getrennt und sich verflüchtigt.

Die Autopsie dauerte lange. Wenn Haydon den Wunsch äußerte, bei einer Obduktion persönlich anwesend zu sein, war es wirklich mehr als nur routinemäßiges Interesse, und er wünschte sich mehr als nur eine allgemeine Erklärung – das wußte Vanstraten. Deshalb waren die Ausführungen des Pathologen sorgfältig und detailliert, durchsetzt mit zahlreichen parenthetischen Bemerkungen, die in dem offiziellen Bericht nicht mehr erscheinen würden.

Als der Augenblick kam, in dem Vanstraten das Cranium aufschnitt und das Gehirn herausnahm, wandte sich Haydon ab und trat hinaus in den Korridor. Er war lang und weiß und leer. Die Jahre, in denen er Autopsien beigewohnt hatte, hatten ihn erzogen. Er litt fast gar nicht mehr unter einem Unwohlsein, und wenn, dann nur bei Kindern und einigen Frauen. Aber während der vergangenen fünf oder sechs Monate hatte sich etwas verändert – die Schädeluntersuchungen schienen ihn zu irritieren. Zuerst stellte er es als ein vages Unbehagen fest, das er für eine vorübergehende übertriebene Reaktion auf eine Routine betrachtete, an die er sich vor vielen Jahren gewöhnt hatte. Aber sie blieb, und bei diesem Vorgang nahm seine Erregung sogar zu – bis zu einem Punkt, an dem ihm der Schweiß ausbrach, sein Herzschlag sich beschleunigte und am Ende nur noch raste. Einmal glaubte er sogar ohnmächtig zu werden. Inzwischen weigerte er sich ganz einfach, bei der Obduktion des Schädels zuzuschauen; es war unerträglich geworden. Es war nicht die Übelkeit, die ihn störte, sondern etwas anderes. Vielleicht, so dachte er, war es etwas wie Angst, obgleich er sich darüber im klaren war, daß das keinen Sinn machte. Trotzdem war es etwas in dieser Richtung.

Er konnte Vanstratens Bericht durch die Tür hören. Als der Pathologe damit begann, der Sekretärin, die den Bericht schreiben würde, seine Instruktionen zu geben, wußte Haydon, daß er mit der Autopsie fertig war. Er atmete tief durch und kehrte in den Saal zurück.

»Das war's«, sagte Vanstraten, sah Haydon an, der nicht mehr an den Autopsietisch trat, sondern in der Nähe der Tür stehenblieb. »Laß mich aufräumen und saubermachen, und dann gebe ich dir einen ersten Überblick. Komm.«

Haydon nickte und folgte Vanstraten zu seinem Büro. Hinter ihnen hatte Hull den Plastiksack mit den Organen verschlossen und wieder in die nun leere Körperhöhle gelegt. Er begann die Haut wieder darüberzuschlagen als Vorbereitung für die letzte Naht.

Als Vanstraten aus dem angrenzenden Waschraum in sein Büro zurückkam, zündete er sich eine Zigarette an. Er war geradezu peinlich korrekt gekleidet und trug einen seiner berühmten dreiteiligen Anzüge. Die französischen Manschetten hatten die vorschriftsmäßige Länge und waren mit kobaltblauen Porzellanknöpfen geschlossen. Vanstraten kleidete sich in dieser altmodischen europäischen Art, seit Haydon ihn kennengelernt hatte, und fiel niemals auf die aktuellen Einfälle berühmter Designer herein.

»Du bekommst einen schriftlichen Bericht in ein oder zwei Tagen«, sagte Vanstraten und ließ sich in seinen Sessel hinter dem Schreibtisch sinken. »Er wurde praktisch zu Klump geschlagen, Stuart. So einfach ist das. Er starb schnell an einem schweren Herztrauma. Aber vorher hat er viel leiden müssen. Fast alles, was an Verletzungen und Beschädigungen hinzukam, wurde ihm nach seinem Tod zugefügt. Der Tritt gegen das Brustbein war der *coup de grace.* Der Nagel wurde längere Zeit nach seinem Tod eingeschlagen.«

»Wie lange war er zu diesem Zeitpunkt schon tot?«

»Ich muß raten, aber ich würde annehmen, daß sein Tod vier oder fünf Stunden, bevor man ihn fand, eingetreten war. Die Rektaltemperatur am Fundort war normal und nur wenige Zehntel höher als zu dem Zeitpunkt, als wir mit der Autopsie begannen. Unter normalen Umständen bewahrt eine Leiche ihre normale Körpertemperatur während der ersten vier oder fünf Stunden. Dann beginnt sie in ziemlich genau bemessenen Schritten zu sinken. Unter *normalen* Bedingungen.«

Haydon blickte aus dem Fenster von Vanstratens Büro. Mooney und Flinn waren nicht zu sehen. Hull hatte die letzte Naht gesetzt und wusch die Leiche.

»Ich glaube... mir kommt es so vor, als wäre er von sehr erfahrenen Leuten verprügelt worden, Stuart«, fügte Vanstraten hinzu und drückte seine Zigarette aus. »Bei einem Kampf auf der Straße, bei einer Prügelei, bekommt der Kopf immer eine ganze Menge ab. Die Leute treten ihre Gegner gern gegen den Kopf, sie schlagen ihn aufs Pflaster, gegen eine Mauer. Aber abgesehen von dem Nagel hat der Kopf keinerlei Spur von Gewaltanwendung aufgewiesen, desgleichen waren auf der Haut nur wenige Anzeichen zu sehen, wenn man bedenkt, welcher Art seine inneren Verletzungen sind. Sein Mörder kannte sich in der Technik verdammt gut aus.«

»Und die Hände?«

»Vorsätzliche Folter. Ich habe die Röntgenbilder gesehen, als ich dort hinten war.« Vanstraten hielt seine Hände zur Verdeutlichung hoch. »Die ersten ein oder zwei Glieder an mehreren Fingern jeder Hand sind praktisch zu Matsch zerschmettert worden. Seine Handgelenke sind stark verrenkt und weisen tiefe Einschnitte von Schnüren auf. Man könnte annehmen, daß er an den Handgelenken aufgehängt und dann verprügelt worden ist.«

Haydon schwieg.

Der Autopsiesaal war leer bis auf den nackten toten Mann auf dem glänzenden Aluminiumtisch.

Sowohl Haydon wie auch Vanstraten hatten sich für Berufe entschieden, die mit Rätseln zu tun hatten. Sie wußten, daß Methode, Details und Beharrlichkeit die Instrumente ihres Handwerks waren, aber auch, daß sehr oft die Intuition der Schlüssel zur Lösung eines Falles war. Vanstraten hatte gerade die ersten drei Instrumente angewendet. Haydon würde sich schließlich auf das vierte verlassen.

5

Als Haydon aus Vanstratens Büro kam, warteten Mooney und Finn am Empfang. Sie unterhielten sich darüber, welches Lokal das nächste und beste war, um das Mittagessen einzunehmen.

»Jimbo will zum Essen zu Lockwood's«, sagte Mooney und zog seine Hose hoch. »Willst du auch mitkommen?« Es war ziemlich klar, daß Mooney für sich die Entscheidung schon getroffen hatte.

Haydon schaute auf die Uhr. »Ich würde vorher lieber zur Chicon zurückfahren und mit dem Friseur reden«, sagte Haydon. Tatsache war, daß er zu diesem Zeitpunkt keinen Bissen heruntergebracht hätte. In dieser Hinsicht war sein Mangel an innerer Distanz ein Schwachpunkt. »Ich kann auf dem Rückweg in das Lokal kommen und euch mitnehmen.«

Mooney sah Haydon aus den Augenwinkeln an. »Nee, ich fahre mit dir. Wir können später essen.«

»Zum Teufel, Leute, laßt mal«, sagte Finn und biß seine neuen Zähne zusammen. »Wenn ihr fertig seid, können wir uns dort treffen. Wir haben dann ein spätes Mittagessen. Ich verhungere schon nicht. Wann? Um welche Zeit?«

Mooney schaute Haydon fragend an.

»Das ist prima, Finn«, meinte Haydon. Ihm war es wirklich egal. »Dann sehen wir uns um zwei.«

Haydon fuhr. Mooney zog seine Anzugjacke aus. Er stöhnte und ächzte dabei und verrenkte sich auf dem Beifahrersitz. Er stülpte die Jacke auf links. Dann drehte er an den Knöpfen und Hebeln der Klimaanlage herum, verstellte die Düsen im Armaturenbrett, bis sie alle auf sein rotes Gesicht gerichtet waren, das stets überhitzt aussah.

»Ich hätte lieber Mountie werden sollen«, sagte er und klappte seine Sonnenblende herunter. »Ich würde in einem kalten Land umherreiten, auf einem faulen Pferd sitzen, eine rote Jacke tragen, die zu meinem Gesicht paßt, und einen Sam-Brown-Gürtel um den Bauch haben.« Er schnaubte. »Erinnerst du dich noch an den Mountie, der kürzlich bei uns war, um in der Cammarata-Sache auszusagen? Es ging da um einen Haufen Bänder von angezapften Telefongesprächen. Heiße Sache.« Er kicherte. »Er meinte, unser Kautionssystem sei die größte Scheiße. Er konnte es gar nicht begreifen. Damit könnten doch alle wieder abhauen, sagte er. Erst werden sie verhaftet, dann läßt man sie wieder laufen, meinte er. Kein Wunder, daß wir soviel Abschaum auf den Straßen haben. Er fing richtig an, sich zu ereifern.« Mooney drehte wieder an einer der Düsen. »Irgendwie hatte er da ein gutes Argument.«

Haydon sagte nichts dazu. Für eine Weile schwiegen beide. Haydon wußte genau, daß Mooney etwas sagen wollte, und schließlich tat er es auch.

»Diese Autopsie heute hat dich wohl etwas mitgenommen, nicht wahr?« Mooney schaute Haydon nicht an, sondern beschäftigte sich wieder mit der Klimaanlage, als wäre die Frage nur nebensächlich gestellt worden und die Antwort von geringem Interesse. »Ich hab' gemerkt, daß du ziemlich früh ausgestiegen bist.«

»Ich habe schon genug Autopsien miterlebt«, sagte Haydon unverbindlich.

»Ich kann es auch nicht vertragen, wenn sie Köpfe auseinandernehmen«, meinte Mooney. Diesmal stellte er sich die Sonnenblende anders ein.

Haydon war überrascht. Mooney hatte es gemerkt.

»Das macht dir schon seit längerem zu schaffen, nicht wahr?«

Haydon wollte nicht näher darauf eingehen. »Im Grunde nicht«, log er.

Nicht einmal von Nina ließ sich Haydon bis ins letzte ausfragen. Mooney wußte das natürlich, und Haydon wußte, daß er es wußte. Deshalb verfolgte er interessiert Mooneys unbeholfene Versuche, sich an das Thema heranzutasten. War sein eigenes Verhalten so ungewöhnlich gewesen, daß Mooney so untypisch reagierte und versuchte, ihm ein Bekenntnis zu entlocken?

»Wenn lange genug etwas verfolgt wird, und zwar etwas derart Ungewöhnliches wie dies, dann legt es sich einem irgendwann aufs Gemüt«, behauptete Mooney. »Ganz gleich, wer und wie man ist. Es scheint, als machten die Menschen gewisse Phasen durch.« Mooney überlegte einige Sekunden. »Wie lange kennen wir uns jetzt, zwanzig Jahre?«

Fünfzehn, dachte Haydon. Mooney übertrieb immer. Nichts war jemals gut genug für ihn, so wie es war.

»Aber ich wette, ich hab' dir noch nie von Patty Sherrill erzählt.«

»Ich glaube nicht«, sagte Haydon. Also würde er nun etwas über Patty Sherrill erfahren.

»Sie arbeitete als Aufseherin bei der Sitte. Ist jetzt pensioniert. Wir gingen nach Feierabend schon mal zusammen einen trinken. Sie war zehn, zwölf Jahre älter als ich. Kannte 'ne Menge Geschichten.« Eine Eigenschaft, die in Mooneys Werteskala ganz oben rangierte. Er streifte die Schuhe ab und spielte mit den Zehen. »Mein Gott, tut das gut. Patty hatte das zweifelhafte

Vergnügen, die Mädels zu filzen, die wir reinbrachten. Sie erzählte mir einmal, sie müsse im Laufe der Jahre so um die zweitausend durchsucht haben. Kein besonders angenehmer Job, wenn man bedenkt, was einem alles begegnet. Du weißt ja, man tut es einfach und ignoriert alles andere. Man tut es und sieht zu, daß man es hinter sich bringt.

In einem besonders langen Sommer wollte es der Zufall, daß die Mädels tonnenweise Drogen herumschleppten. Natürlich mußte Patty diese Baby Dolls filzen, um nachzusehen, was sie sich in die Schlitze gesteckt hatten. Das scheint der Lieblingsplatz gewesen zu sein. Sie hat so viel gefilzt, daß ihr das Ganze plötzlich immer seltsamer vorkam. Sie bekam einen richtigen Rappel, wenn sie wieder ran mußte. Sie konnte sich nicht zusammenreimen, was mit ihr geschah, warum sie jedesmal fast durchdrehte. Sie konnte ihren Geist einfach nicht mehr davor verschließen. Und sie fing an, genau das Gegenteil zu tun, nämlich genau auf alles zu achten, als würde sie die Dinger studieren. Größe, Form, Zustand. Sie machte das richtig gynäkologisch. Und dann hatte sie eines Tages diesen Traum.«

Mooney schaute aus dem Fenster. »Verdammt, sieh dir das mal an!« Er deutete auf mehrere Männer, die einen Wagen zu einer Tankstelle am Ende des Blocks schoben. »Mexikaner.« Er schüttelte den Kopf. »Stuart, du fährst doch nun schon dein halbes Leben in der Stadt herum. Wie oft hast du schon gesehen, daß Mexikaner so eine alte Rostlaube zu irgendeiner Tankstelle schieben? Du kannst es nicht zählen. Ich weiß nicht. Ich meine, wenn sie doch Geld genug haben, um zu tanken, wenn ihnen der Sprit ausgeht, warum tun sie ihn dann nicht rein, ehe er alle ist? Diese Typen sind wahrscheinlich vor 'ner Viertelstunde an dieser Tankstelle vorbeigekommen. Ich begreif' das nicht. Ich kann mir das nur so erklären: Sie schieben ihre Autos gern durch die Gegend. Das scheint für die ein Ritual zu sein.«

Während sie vorbeifuhren, schob Mooney seinen Kopf dicht ans Fenster heran, so daß sie ihn sehen konnten, und schüttelte den Kopf in einer übertriebenen Demonstration von Abscheu. Einer der Männer hob den Kopf, brüllte einen Fluch und zeigte ihm dann den Finger. Mooney lachte zufrieden und lehnte sich zurück.

»Patty hatte also diesen Traum«, nahm er den Faden seiner Geschichte wieder auf. »Einen Mösen-Alptraum. Sie hatte ihn eine Woche lang jede Nacht. Immer den gleichen Traum. Sie machte Jagd auf Mösen. Das war das eigentlich Seltsame daran. Eigentlich hätten die ja hinter ihr her sein müssen, aber das war nicht so, es war genau umgekehrt. Alle Haarfarben an den Dingern, alle Arten. Sie hat mir davon erzählt und sich einen ganzen Katalog unterschiedlicher Typen zurechtgelegt. Schließlich hatte sie die Dinger ja den ganzen Sommer zur Genüge betrachtet. Sie hatten winzige Beinchen, und eine ganze Herde davon lief vor ihr davon, bewegte sich dabei ganz schnell und abgehackt, wie in den alten Stummfilmen, und die Haare flatterten im Wind, und ab und an drehte sich eine um und schnappte nach ihr. Und andere schnappten, ohne sich umzudrehen. Sie sagte, sie konnte dieses seltsame Schmatzen hören, wenn sie zuschnappten. Sie erzählte, in ihrem Traum trüge sie immer einen Chirurgenhandschuh über dem Kopf wie eine Bademütze, und alle Finger ragten hoch und wackelten wie ein Hahnenkamm. Sie hatte furchtbare Angst, daß eine dieser Mösen stehenblieb und sich auf sie stürzte, aber das passierte nie, und sie rannte immer weiter hinter ihnen her. Sieben Nächte lang.«

Mooney schüttelte den Kopf. »Mondo bizarro. Dann, eines Nachts, hatte sie diesen Traum nicht mehr, und von da an nie mehr wieder. Das war es dann. Sie hatte bei ihrem Job auch keine seltsamen Anwandlungen mehr. Sie hat das Ganze einfach aus ihrem Geist verbannt. Sie war kuriert. Ich fragte sie: ›Patty, warum hast du sie überhaupt verfolgt?‹ Sie antwortete, sie wüßte es nicht, aber sie glaubte, es hätte irgendwas mit Freud zu tun. Danach hat sie noch weitere sechs Jahre Mösen gefilzt, bis sie den Dienst quittierte.«

Im Laufe der Jahre hatte Haydon Hunderte von Mooneys seltsamen Geschichten gehört, aber die noch nie. Alles erinnerte Mooney an irgendeine Geschichte. Aber Haydon konnte nicht ignorieren, daß diese einen didaktischen Charakter hatte. Offensichtlich handelte es sich um eine moderne moralische Legende für Haydon, der nach Mooneys psychoanalytischer Auffassung, so schien es, an der gleichen jobbedingten Störung litt wie Patty, die Aufseherin. Die heilende Moral schien folgende zu sein: Wenn Haydon einfach weitermachte, würde die Natur schon wieder ihren normalen Gang gehen, und am Ende wäre er »geheilt«. Es war nun mal so, daß Menschen bestimmte Phasen durchmachten.

Mooney blieb nach dieser Geschichte ungewöhnlich still, und Haydon hatte etwas, worüber er nachdenken konnte.

Die Sonne hatte sich um wenige Grade vom Mittagshöchststand entfernt, und der Asphalt der Straße wurde weich, als Haydon den braunen Polizeiwagen am Bordstein parkte und die Zündung unterbrach. Er und Mooney drehten sofort die Fenster herunter.

Man mußte die Chicon verstehen, um sie richtig einschätzen zu können. Sie verlief mitten durch einen der Barrios unweit des Schiffskanals, und wie die meisten Barrios der Stadt verfügte dieser über einen Überfluß an Bäumen, die ihm einen gewissen Reiz verliehen. Wenn man nicht gerade ein ausgeprägter Realist war, wirkte der Barrio sogar ausgesprochen schön: Wenn es regnete und der Nebel von der Küste hereintrieb und man die Straße wie durch einen Schleier wahrnahm, der die Einzelheiten verhüllte, und bei Nacht, wenn die Dunkelheit die rohen Kanten abschliff und die Straßenlaternen alltägliche Dinge wie Zauberwesen erscheinen ließen und die glitzernden Schilder und Reklameschriften in den Kneipenfenstern eine verlogene Heimeligkeit signalisierten.

Aber gegen Mittag bestand die Chicon fast nur aus rauhen Kanten. Sie hatte zwei Fahrspuren mit genügend Platz, so daß die Wagen in Zweierreihen am zerbröckelnden Bordstein parken konnten. Der Asphalt war löcherig, und die unterbrochene gelbe Linie, die die Mitte der Straße anzeigte, war fast zur Unsichtbarkeit verblaßt. Beide Straßenseiten wurden von massigen Telegrafenmasten gesäumt, die ein Gewirr von schweren schwarzen Kabeln trugen, die über der Straße hin und her gespannt waren, als wäre jede Leitung erst im nachhinein installiert worden. Die Schilder an der Chicon waren konsumentenfreundlich gehalten: *»Salem que frescura!« »Qué pareja,* Canadian Club!«

Auf der anderen Straßenseite, zur Linken, erstreckte sich die mit Graffiti übersäte Mauer, die die tote Hülse des alten Hauses wie eine Muschel beschützte. Ein Lebensmittelladen befand sich an der Ecke des nächsten Blocks, und dahinter war ein Laden mit einem Schild über der Tür, auf dem stand: *»Ropas Usada.«* Daneben war die Tres-Marias-Bar. Die beiden Blocks davor enthielten eine kleine chemische Reinigung, einen Schuhladen, die Los-Cuates-Bar, einen Laden für Autoersatzteile, eine Bäckerei, die La-Perla-Bar und den Friseur.

Die Bars, eigentlich waren es eher Cantinas, waren der unabwendbare schleichende Tod aller Wohngegenden. In diesem Barrio rund um die Chicon gab es davon mindestens drei Stück pro Block, und sie waren die Schauplätze von vielen Morden, die in der Stadt passierten. Diese Bars waren gewöhnlich kleine, finstere, enge Höhlen, häufig nur ein flüchtig umgebautes Haus, in dem nur Bier und Wein ausgeschenkt wurden. Ein großer Teil der Kundschaft bestand aus jungen und nichtregistrierten Arbeitern aus Mexiko und El Salvador, die sich ihren ersten und vordringlichsten Traum im Land der unbegrenzten Möglichkeiten erfüllt hatten: eine Pistole zu besitzen. Die war ein notwendiges Teil, um ihren Machismo zu verteidigen und das Geld zu schützen, das sie verdient hatten und nach Hause schicken wollten – anstatt es auf eine Bank zu bringen. In der kochenden Mittagshitze schienen diese Bars völlig verlassen zu sein, doch Haydon wußte, daß man dort einsame Tagestrinker auf Küchenstühlen an Holztischen sitzen sehen konnte.

Haydon wischte sich mit seinem Taschentuch über die Stirn. Die Temperatur im Innern des Wagens war in den wenigen Minuten ohne laufende Klimaanlage sprunghaft gestiegen.

Mooney schaute durch die Windschutzscheibe auf das Schaufenster des Friseurladens und sah den Friseur, der Haare schnitt und gelegentlich zu ihnen herüberblickte.

»Dieser Typ sieht aus wie ein Friseur, okay, aber er ist nicht *unser* Friseur«, stellte er fest.

»Hören wir uns mal an, was er zu erzählen hat.«

Während Haydon um die Motorhaube des Wagens zum Bürgersteig ging, hörte er auf einem der schattigen Hinterhöfe einen Papagei rufen. Aus Mexiko. Es gab einen blühenden und einträglichen schwarzen Markt für Papageien, aber Hunderte von ihnen starben jedes Jahr an Herzschlag und Ersticken, wenn mexikanische *fayuqueros* sie an allen möglichen und unmöglichen Stellen in jeder Art von Fahrzeug versteckten, das die Grenze überquerte. Die großen farbenfrohen Vögel mit einer ähnlich hohen Lebenserwartung wie Menschen waren auf den tristen Straßen der Barrios sehr gefragt.

Der Friseurladen war ein kleines rechteckiges Gebäude mit Seitenwänden aus Asbestplatten. Die Eingangstür ließ sich vom Gehsteig aus über drei Zementstufen erreichen, aber um zu den Stufen zu gelangen, mußte man sich um einen Telegrafenmast herumschlängeln, der mitten auf dem Bürgersteig stand. Herrera hatte den Mast für seine Zwecke genutzt, aus Trotz vielleicht, und ihn bis in die Höhe der Dachkante seines Hauses rot, weiß und blau angestrichen. Es war die auffälligste Erscheinung auf der ganzen Straße. Spatzen hatten den Transformator an der Mastspitze mit ihren unordentlichen Nestern nahezu ganz zugedeckt, und ihre kalkhaltigen Ausscheidungen bildeten auf dem Gehsteig einen knapp einen Meter weiten weißen Kreis um den Fuß des Mastes. Der Friseur nickte ihnen zu, als sie seinen Laden betraten und sich auf den erbsengrünen Vinylpolstern der Chromsessel niederließen. Haydon griff nach einer Ausgabe des *Impacto.* Das Titelblatt der Illustrierten wurde von einem mexikanischen Sänger beherrscht, der strahlend lächelte und in ein chromblitzendes Mikrofon sang. Er trug einen glänzenden taubenblauen Anzug und stand vor einem Hintergrund in Flamingorosa. Mooney blätterte ein zerfleddertes Exemplar von *People* durch. In dem Friseurladen roch es nach süßlichem Haarwasser und Puder.

Der Friseur legte letzte Hand an einen Mann mittleren Alters und drehte den Sessel, in dem sein Kunde saß, dann herum, um den Haarschnitt im langen Spiegel hinter dem Sessel begutachten zu können. Der Mann betrachtete sich selbst aus den Augenwinkeln. Während er den Kopf mitdrehte, nickte er und sagte: *»Bien.«* Der Friseur nahm den Umhang vom Hals des Mannes und bürstete ihm die Innenseite des Kragens mit einem kleinen Haarpinsel aus, den er mit einem duftenden Puder bestreut hatte. Der Mann erhob sich, zahlte und trat hinaus. Er stützte sich an dem bunten Telegrafenmast ab, als er die Stufen hinunterstieg.

Haydon legte die Illustrierte beiseite und stand auf, während der Friseur ihn abwartend ansah und den gestreiften Umhang ausschüttelte.

»Wir wollten eigentlich zu Ernesto Herrera«, sagte Haydon, griff in die Tasche und holte seine Polizeimarke hervor.

»Ernesto ist mein Bruder«, sagte der Friseur. »Ich bin Ricardo.« Er lächelte und ließ einen einzelnen goldenen Schneidezahn blitzen. Seine lange Oberlippe zierte ein dünner Schnurrbart, der in der Mitte in zwei Bögen zur Nase hochstieg.

»Ist Ihr Bruder nicht da?« fragte Haydon.

»Nein, er ist nach Hause zum Essen. Vor zwei kommt er nicht zurück.« Sein Gesicht wurde schnell ernst. »Das war eine schlimme Sache da drüben, nicht wahr? Ernesto hat mir davon erzählt.« Er hielt inne. »Mann, ich habe hier schon viel gesehen, wissen Sie. Schießereien, Messerstechereien, Prügeleien, aber das ist die erste *Nagelei!*«

Er konnte nur mühsam ernst bleiben, bis er es ausgesprochen hatte, dann ertönte ein abgehacktes Lachen, gefolgt von einem »Scheiße!« Haydon vermutete, daß er diesen Scherz bei jedem Kunden angebracht hatte, dem er heute den Umhang um den Hals gelegt hatte.

Hinter sich hörte Haydon Mooney sarkastisch bemerken: »Oh, das war aber ein ganz fauler Witz.«

»Wann machen Sie Feierabend?«

»Feierabend? Um sechs. Donnerstags um neun, aber heute ist kein Donnerstag.«

»Dann kann ich Ihren Bruder hier bis sechs Uhr antreffen?«

»Ja sicher, klar. Ernesto redet sicherlich gern mit Ihnen über die Sache.«

»Ich hoffe, daß er einen etwas anderen Humor hat als sein Bruder«, meinte Mooney, stand auf und verließ vor Haydon den Laden.

Ein anderer Kunde kam herein, während sie hinausgingen. »Hallo, Javier«, grüßte Herrera gutgelaunt. *»Qué dice?«*

Sie standen am Rand des gegenüberliegenden Gehsteigs und betrachteten das Tor. Es gab an der Mauer kein Anzeichen für das, was im Lauf des frühen Morgens dort passiert war. Sie überquerten die Straße und näherten sich dem schmiedeeisernen Tor. Haydon schaute in das welke und dürre Dickicht, das das Haus umgab.

»Von innen ist ein Schloß vorgehängt«, sagte Mooney. Er griff hinein und hob es an. Er schaute es an, ließ es schnell wieder fallen und schüttelte seine Hand. »Scheiße, heiß!« Er steckte seine Finger in den Mund. »Die Messingfläche um das Schlüsselloch herum ist verkratzt.« Sein Anzugärmel war von den alten Gitterstäben mit Rost beschmiert, aber er achtete nicht darauf.

Er ging zu den Torangeln an der Wand und untersuchte sie. »Der Rost in den Scharnieren ist glattgeschliffen. Sicherlich nicht durch regelmäßige Benutzung, aber vielleicht wurde das Tor vor kurzem mehrmals geöffnet.«

»Da drin kann man so gut wie nichts erkennen«, sagte Haydon. Sie wandten sich um und marschierten über die staubige Straße zurück zu ihrem Fahrzeug.

Haydon startete den Motor, und Mooney schaltete die Klimaanlage auf höchste Leistungsstufe. Sie warteten einen Augenblick, bis der Kompressor anfing, kühle Luft zu liefern, ehe sie die Fenster hochdrehten.

Sie folgten der Grundstücksmauer bis zum Ende des Blocks und bogen nach links ab. In der Mitte der hinteren Mauer, von beiden Ecken des Grundstücks gleichweit entfernt, befand sich ein hohes Eisentor mit vertikalen Gitterstäben. Haydon bremste und stieg aus. Mooney blieb im Wagen, während er die Straße überquerte. Hier waren die Scharniere offensichtlich abgenutzt, und das Vorhängeschloß war gut geölt. Haydon betrachtete den staubigen Boden hinter dem Tor, wo sich ein dürrer Bambusstrauch aus dem staubigen Erdreich geschoben hatte. Über ihm reichten ausladende Zypressen und Eichen mit ihren schweren Ästen über die Mauerkrone. Ansonsten gab es nur wenig zu sehen.

Haydon kehrte zum Wagen zurück. Sie setzten die langsame Fahrt um den Block fort und versuchten einen Blick von dem Haus zu erhaschen, ehe sie sich auf der Chicon in Richtung Harrisburg entfernten.

6

Haydon entschuldigte sich und versprach, später auf die Einladung zurückzukommen. Er war einfach nicht in der Stimmung für ein gemeinsames Essen oder ein Gespräch, daher setzte er Mooney bei Lockwood's ab. Finn erklärte sich bereit, Mooney später zum Präsidium zurückzubringen.

Haydon fuhr nach Norden, bog auf die Fannin ein und passierte den westlichen Teil des Medical Centers. An der Einfahrt zu einem der Krankenhausparkhäuser befand sich eine Baustelle, und ein Polizeibeamter trat auf die Straße, um den Verkehr anzuhalten, damit Wagen das Parkhaus verlassen konnten.

Haydon fädelte sich auf der linken Spur ein und bog auf den Sunset Boulevard ab. Nach wenigen Minuten rollte er durch das Säulentor am Haus und folgte der sachten Biegung der gepflasterten Zufahrt zum Seiteneingang. Er parkte den braunen Dienstwagen im Schatten.

Als er die Eingangstür öffnete, begrüßte ihn die Kühle des alten Hauses. Als sein Vater das Haus aus Kalksteinen gebaut hatte, die er sich 1943 aus einem Steinbruch in den Bergen von Texas hatte liefern lassen, hatte er erklärt, daß die schweren, geschliffenen Steine sie vor den glühenden tropischen Sommern schützen würden; wie ein Keller würden sie eine natürliche Kühle erhalten. Er hatte sich nicht sehr geirrt, obgleich er wahrscheinlich die Hitze der Houstonschen Sommer unterschätzt hatte. Das alte Haus brauchte dennoch nur eine Klimaanlage, um die Feuchtigkeit zu vertreiben. Die Marmor- und Granitböden waren immer angenehm kühl. Im wahrsten Wortsinn war es ein Refugium, ein Zufluchtsort vor Hitze und Hektik. Es gab Tage, in denen Haydon dieses Haus überhaupt nicht verlassen wollte.

Haydon nahm seine Beretta ab, legte sie auf den Dielentisch neben der Tür zur Bibliothek und ging durch das Eßzimmer in die Küche. Nina wandte ihm den Rücken zu. Sie belegte Brote auf dem Fleischhauklotz in der Mitte des großen Raums.

Haydon blieb stehen und betrachtete sie. Ihr zimtfarbenes Haar war zu dem vertrauten Knoten zusammengesteckt, aus dem sich eine oder zwei Strähnen gelöst hatten. Sie kräuselten sich im Nacken über dem Kragen ihrer rehbraunen Seidenbluse. Die Bluse steckte in einem weißen Leinenrock, der bis zu ihren Knöcheln herunterreichte und einen Blick auf ihre weißen Strümpfe in flachen Schuhen gestattete, die zur Bluse paßten. Sie gefiel ihm wie immer in ihren Sommerfarben, die einen wundervollen Kontrast zu ihrer dunklen Haut bildeten.

Sie fuhr herum.

»Gut, daß du es bist«, sagte sie, und in ihrem Gesicht leuchtete ein Lächeln auf, als sie ihn sah. Dann wandte sie sich wieder den belegten Broten zu.

»Mache ich dich nervös?« fragte er, legte seine Arme um ihre Taille und drückte sie an sich.

»Du machst mich nicht nervös«, erwiderte sie.

»Aber du wußtest nicht, daß ich es bin.«

»So etwas machst du doch immer«, sagte sie und schob sich ein Stück Räucherschinken in den Mund. »Möchtest du Poupon darauf?«

»Du hättest eine Schürze umbinden sollen«, entgegnete er und holte eine aus einer Schublade. »Nein, nur ganz einfachen Cheddar. Nichts Geräuchertes.«

»Mir schmeckt der Geräucherte aber.« Sie zog den Kopf ein, als er das Oberteil der Schürze darüberstreifte.

Haydon ging zum Kühlschrank und nahm ein Glas Oliven und eine Gurke heraus. Mit einem Schälmesser schnitt er die Gurke in dünne Scheiben und legte mehrere davon auf jeden der beiden Teller, die Nina bereitgestellt hatte.

»Wirst du heute nachmittag zu Hause oder im Studio arbeiten?« fragte er, während er Oliven für sie beide aus dem Glas fischte.

»Im Studio«, antwortete Nina. Sie legte Salatblätter auf jedes Brot und dann Tomatenscheiben. »Es wäre zu umständlich«, sagte sie und schnitt die Sandwiches durch. »Ich habe die groben Entwürfe hinter mir. Ich brauche jetzt den Zeichentisch, das Winkeleisen und so weiter.«

»Was für Pläne sind es denn?« Haydon öffnete eine Flasche weißen Burgunder.

»Die Hofgärten für Loeffler und Mancini.«

»Kenne ich die schon?« Er schenkte etwas Wein in zwei Bistrogläser.

»Ja, du kennst sie.« Nina nahm ihren Teller und ein Glas, hielt inne und küßte ihn. Dann ging sie in den Wintergarten, der an die Terrasse grenzte. Haydon folgte ihr, stellte sein Gedeck neben ihres auf den Glastisch und schaute aus dem Fenster auf den Rasen und das Lindenwäldchen.

»Ich war schon seit drei Tagen nicht mehr im Treibhaus«, stellte er fest. »Ich muß die Feuchtigkeitsanlage überprüfen. Pablo meinte, gestern sei sie in Ordnung gewesen.«

»Wenn er meint, daß sie in Ordnung ist, warum mußt du sie dann überprüfen?«

Er aß einen Gurkenstreifen. »Ich habe auch nicht nach Cinco geschaut, ehe ich heute morgen losfuhr.« Haydon vermißte den alten Collie, der sonst immer im Schatten auf der Terrasse lag.

»Setz dich, Stuart«, sagte Nina. »Iß.«

Sie aßen einige Minuten lang schweigend, und dann sagte Nina: »Was hat Dr. Boren gestern wegen Cinco gesagt?«

»Daß er einfach zu alt ist. Die Sommer setzen ihm sehr zu.«

»Hat er Schmerzen?«

»Boren glaubt es nicht. Er ist nur erschöpft. Er sagte, es würde ihm nicht schaden, wenn er soviel schläft. Er soll es ruhig tun.«

Haydon trank von seinem Wein.

»Aha. Und wie war es heute vormittag?« Nina wechselte das Thema. Es war kein geeigneter Augenblick gewesen, sich nach Cinco zu erkundigen.

»Ich habe die meiste Zeit bei einer Autopsie verbracht.«

»Na, prima.«

»Sie wurde am Ende richtig interessant.«

»Wundervoll.«

Haydon grinste. »Du hast mich gefragt.«

Nina erwiderte das Lächeln. »Eigentlich müßte ich doch einiges gelernt haben.« Sie aß eine Olive und hob ihr Glas. »Auf dich, mein Lieber.«

»Möchtest du über etwas anderes reden?«

»Ja, bitte.«

»Wo ist Gabriela?«

»Du hörst nicht zu«, sagte Nina, schüttelte den Kopf und nahm einen weiteren Bissen von ihrem Brot.

Haydon sah sie an.

»Ramona Salazar ist mit ihr in die Stadt gefahren, um noch ein paar Einkäufe zu machen.«

»Stimmt ja«, sagte Haydon. »Ich hatte es vergessen. Hat sie ihren Paß verlängern lassen?«

»Das habe ich getan.«

»Hat sie schon ihr Flugticket? Ich habe gehört, daß einige Flüge gestrichen worden sind wegen der Unruhe da unten.«

»Ich hab's besorgt.«

Gabriela Sauceda hatte schon bei Haydons Eltern gearbeitet, als sie noch ein junges Mädchen war und sie in Mexico City wohnten. Sie war mit nach Houston gezogen, ein Jahr bevor Stuart geboren wurde, und Haydon hatte sein Zuhause niemals ohne sie erlebt. Nach dem Tod seiner Eltern war er mit Nina in die Familienvilla gezogen, und es stand niemals zur Diskussion, ob Gabriela, die nie geheiratet hatte, dableiben würde oder nicht. Haydons Vater, Webster, von Anfang an ein wohltätiger Arbeitgeber, hatte ihr geholfen, die amerikanische Staatsbürgerschaft zu erlangen, und dafür gesorgt, daß sie finanziell abgesichert war. Jedes Jahr im Sommer hatte sie einen Monat Urlaub, um ihre Eltern in Mexico City zu besuchen. Im Laufe der Jahre hatte das Leben der Haydons sich mit dem der Saucedas immer enger verbunden, da Webster und nach ihm Stuart einer Reihe von Nichten und Neffen Gabrielas die Übersiedlung in die Vereinigten Staaten erleichtert hatten.

Gabriela sparte von ihrem Lohn nur wenig für sich selbst. Jahr für Jahr wurden monatliche Schecks an ihre Familie geschickt, in der Gabriela die älteste von fünf Töchtern war. Als ihre Schwestern heirateten und Familien gründeten, bewahrte Gabrielas Geld die Eltern vor Armut. Auch nachdem sie gestorben waren, schickte Gabriela weiterhin Geld an ihre Schwestern.

Nina und Haydon dachten an Gabriela, als sie auf die sonnenüberflutete Terrasse schauten. Dann sagte Nina: »Ich habe ihr am Ende doch von Ramona erzählt.«

»Ach?« Haydon drehte den Kopf zu ihr. »Und?«

»Zuerst war sie ein wenig reserviert, um es gelinde auszudrükken. Das war gestern, als wir zusammen in der Küche waren und den Braten vorbereiteten. Ich erklärte ihr, daß ich in Zukunft mehr im Studio arbeiten muß und deshalb weniger Zeit habe, ihr zu helfen. Ich habe mir alle Mühe gegeben, daß es so klang, als wäre es für mich besonders angenehm, wenn wir jemand bekämen, der ihr hilft. Natürlich erwiderte sie, daß sie niemanden braucht und niemals Hilfe von mir erwartet hat. Ich sagte, daß mir das klar ist, aber wir hätten beide immer viel Spaß gehabt. Und jetzt würde es für mich doch etwas zu hektisch, und wir sollten uns darum kümmern, jemanden zu finden, der meinen Teil der Hausarbeit erledigt. In der Weise lief das Gespräch weiter, und dann brachte ich schnellstens Ramonas Namen ins Spiel, denn ich weiß, wie gern Gabriela sie hat.« Nina trank von ihrem Burgunder. »Sie sagte, daß Ramona vielleicht für ein paar Tage in der Woche kommen könnte, und ich habe Gabriela die Entscheidung überlassen. Jedenfalls haben wir es geklärt.«

»Hast du schon mit Ramona gesprochen?«

Nina nickte. »Sie ist bereit, Gabrielas Anweisungen zu folgen. Sie kennt Gabriela gut genug, um zu wissen, daß es ihr nicht leichtfallen wird, zuzugeben, daß sie allmählich zu alt wird, um sich angemessen um alles zu kümmern. Ramona ist ein liebes Mädchen. Und sie hat Gabriela viel zu verdanken. Gabriela hat sie immer behandelt wie eine Tochter.«

»Als ich heute morgen losfuhr, habe ich Gabriela in der Küche ein Lied singen hören, ›La milagrito en la maizal‹. So verärgert kann sie gar nicht sein.«

Nina lächelte. »Es wird ihr gefallen.«

Sie beendeten die Mahlzeit, und während Nina in der Küche aufräumte, beschloß Haydon, nach Cinco zu sehen und dem Treibhaus einen Besuch abzustatten. Er trat in den strahlenden Sonnenschein auf der Terrasse und ging die Stufen hinunter. Pablo hatte die Berieselungsanlage links von der Terrasse aufgedreht, und ein feiner Wassernebel trieb auf die Linden zu und verbreitete in der heißen Luft den würzigen Geruch feuchter Pflanzen. Zwei Blaumeisen und ein ganzer Schwarm Stare hüpften im Gras herum und genossen den künstlichen Regen, und eine Nachtigall hatte ihren Posten in einem Busch bezogen, von dessen Blättern das Wasser tropfte, und ging jede Note in ihrem Repertoire durch, als gäbe es für sie kein Morgen mehr.

Haydon schlenderte durch den Lindenhain zum Treibhaus. Er schaute nach den Vogelhäuschen, die in den Ebenholzbäumen hingen, und betrat dann das Gewächshaus. Er warf einen Blick auf die Meßgeräte an der Wand neben der Tür. Die Temperatur war in Ordnung, desgleichen die Luftfeuchtigkeit. Während er dort stand, liefen die Ventilatoren an der Decke an und fächelten eine zähe Brise durch die oberen Zonen des Dachs aus Milchglas. Alles war bestens. Er ging schnell über die schmalen Wege zwischen einer Miniaturlandschaft aus ansteigendem und abfallendem Gelände und Kalksteinen und Bäumen, die bis an die Decke reichten. Überall waren Bromelien zu sehen, die von Bäumen herabhingen.

Nach einem Moment wandte er sich um und ging zurück und

durch die Tür nach draußen. Er folgte dem gepflasterten Weg an einer Kirschlorbeerhecke entlang zu dem weißen Badehaus, umrundete es und gelangte zu einer Freiluftdusche, die von einem Gitter abgeschirmt wurde. Cinco lag auf den kühlen Steinen; ein Deckenventilator, der auf dem Schattendach über ihm befestigt war, erzeugte eine träge Brise. Erneut drang Haydon der Geruch von feuchten Pflanzen in die Nase.

»Wie geht's dir, alter Freund«, erkundigte sich Haydon. Er hockte sich nieder und kraulte Cinco hinter dem Ohr. Er schaute auf die scheckige Schnauze des Collie, die allmählich richtig weiß wurde. Cinco seufzte kurz und gab dann ein langes, tiefes Brummen des Wohlbehagens über soviel Aufmerksamkeit von sich. Seine Augenbrauen zuckten, als Haydon mit ihm sprach, doch seine Augen schlossen sich langsam wieder. Haydon massierte das dünne Fell.

Haydon schaute durch das Gitter zu den Rasensprengern auf der Wiese. Er fragte sich, ob Cinco die nassen Pflanzen roch, und ob er den Duft genauso genoß wie er. Er überlegte, ob dem Hund kühl war oder ob er innerlich ausbrannte. Das war das Schlimmste daran, daß er nicht mit ihm richtig sprechen konnte. Haydon wußte eigentlich nicht, wie es ihm wirklich ging. Er konnte selbst erkennen, daß Cinco nicht zu leiden schien. Boren hatte das bestätigt, aber wußte Boren das wirklich so genau? Die Zeit hatte für den alten Hund eine andere Bedeutung gewonnen oder vielleicht auch nur einen anderen Wert. Haydon glaubte nicht, daß ihm nun alles gleichgültig war. Wenn er das Ende auch noch nicht vor sich sah, so mußte er zumindest erkennen, daß alles anders war. Was beschäftigte den Geist eines alten Hundes an den langen Tagen seines Endes? Erinnerte er sich? Fand er in diesen Erinnerungen Vergnügen? Bedauerte er vielleicht das eine oder andere? Spielte die Zeit seiner Erinnerung irgendwelche Streiche, oder erkannte er am Ende die Wahrheit, die hinter allem steckte?

7

Die schwarze überlange Limousine mit den getönten Scheiben verließ Charlie T's Parkplatz in der Greenway Plaza, wandte sich auf der Richmond nach Westen und rollte direkt ins grelle Licht der Nachmittagssonne. Ihr folgte ein mitternachtsblauer Mercedes. Beide Wagen ließen sich im fließenden Verkehr zum Loop 610 mittreiben. Im Mercedes saßen zwei Männer in Straßenanzügen und mit dunklen Sonnenbrillen und blickten stirnrunzelnd in das helle Licht. Sie hatten während des langen Lunchs sehr gut gegessen und an einem Tisch gesessen, der nur wenige Meter von dem Mann entfernt gewesen war, den sie beschützen mußten, dem Mann, der bei *Côte de veau* mit drei anderen Männern über geschäftliche Dinge gesprochen hatte. Die späte üppige Mahlzeit, die Hitze und die Monotonie des Verkehrsstaus zusammengenommen ließen sie etwas nachlässig werden.

Während sie die Weslayan passierten und die Eisenbahnschienen überquerten, verließen die beiden Wagen die linke Spur, um an der Post Oak Road nach rechts abzubiegen. Während sie auf die Ampel an der Zubringerstraße zurollten, bemerkte der Chauffeur der Limousine auf der linken Spur einen verzweifelten Motorradfahrer, der sich bemühte, die Aufmerksamkeit auf sich zu lenken. Das Gesicht des Motorradfahrers war hinter einer verspiegelten Schutzscheibe verborgen, aber er schaffte es, dem Fahrer klarzumachen, er solle ihn vorbeilassen, ehe das Ampellicht wechselte, damit er auf den Zubringer gelangen konnte. Er hatte zu lange gewartet, um die Spur zu wechseln. Der Chauffeur hob die Achseln und winkte ihm.

Der Motorradfahrer bedankte sich mit einem Handzeichen und lenkte sein Motorrad vor die Limousine. Plötzlich starb sein Motor ab, und er drehte hektisch an der Benzinzufuhr neben seinem linken Bein und blickte nervös auf die Ampel. Der Chauffeur fluchte und ließ den Motor der Limousine aufheulen. Zwei Wagen hinter der Limousine schoß ein zweiter Motorradfahrer, ebenfalls mit verspiegeltem Sturzhelmvisier, aus der Guiton Street und jagte auf dem Geröllstreifen Richtung Kreuzung.

Die Ampel sprang auf Grün. In diesem Augenblick startete der Motorradfahrer vor der langen Limousine plötzlich sein Motorrad und lenkte es quer zum Verkehrsstrom, während er eine Maschinenpistole aus seinem Anorak riß und damit auf die Windschutzscheibe zielte. Gleichzeitig bremste der zweite Motorradfahrer neben den beiden Leibwächtern im Mercedes, die erst in diesem Moment begriffen, daß irgend etwas im Gange war. Ehe sie reagieren konnten, feuerte er zwei Salven aus seiner eigenen Maschinenpistole ab, zerschmetterte die Fenster des Mercedes und erschoß die beiden Wächter. Der Mercedes machte einen Satz vorwärts, krachte auf das Heck der Limousine, während der erste Motorradfahrer das Feuer auf die Windschutzscheibe eröffnete. In seinem plötzlichen Todeskampf rammte der Fahrer den Fuß auf das Gaspedal, und der schlanke Wagen knallte gegen den überraschten Schützen, der sein Feuer fortsetzte, während sein Motorrad von der Schnauze des schweren Wagens niedergepflügt wurde. In einem Funkenregen schlitterten Schütze, Motorrad und Limousine über das Pflaster und die Kreuzung und krachten gegen die Betonbegrenzung der Überführung. Die Maschine der Limousine heulte, und die Heckräder wirbelten eine dichte schwarze Qualmwolke in die Luft, während der Schütze an die Begrenzung gepreßt wurde.

Der zweite Motorradfahrer tauchte hinter der wie irr hüpfenden Limousine auf und bestrich mit kühler Professionalität die dunklen Fenster mit kurzen Feuerstößen aus seiner Maschinenpistole. Glassplitter schleuderten in die Luft und über die Kreuzung. Als das Magazin leer war, ersetzte er es seelenruhig durch ein neues und fuhr näher an die Frontpartie der Limousine heran. Er schien kurz zu zögern, ehe er mehrere Salven in den halb unter dem Wagen verborgenen Körper des anderen Motorradfahrers jagte. Den Rest des Magazins entleerte er in die Fensterhöhlen des Fonds.

Er hielt inne, um ein letztes Magazin nachzuladen, und verlängerte die Wahnsinnsszene, als kontrolliere er allein den Gang der Zeit und als hätte er überhaupt keinen Anlaß zur Furcht. Dann, in einer fließenden Bewegung, legte er sich die Maschinenpistole quer auf den Schoß und schlängelte sein Motorrad durch die Wagen der entsetzten Verkehrsteilnehmer auf der Kreuzung. Er beugte sich tief über den Lenker, legte sich in eine Linkskurve und verschwand über die Auffahrt der Schnellstraße.

8

Haydon fuhr eine Stunde vor Ende seiner Schicht mit dem Wagen in die Garage des Präsidiums in der Risener Street. Die Verwaltung hatte ein neues strenges Sicherheitssystem installiert, das schon lange überfällig gewesen war. Es gab nun eine vierundzwanzigstündige Überwachung der Lobby, um sämtliche Besucher überprüfen zu können. Sicherheitspersonal war an den Fahrstühlen und in den Gängen postiert, und jeder, der keine Uniform trug, mußte ständig deutlich sichtbar eine Identifikationsmarke bei sich führen. Der Zugang zu bestimmten Bereichen war nur mit Hilfe spezieller elektronisch abtastbarer Ausweiskarten möglich. Die Sicherheitsbeamten sind dadurch in der Lage, jede Bewegung im Gebäude genau zu verfolgen.

Nach einigen Renovierungsarbeiten war die Mordabteilung ein heller Arbeitsplatz geworden und erstickte nicht mehr in Unordnung. Die abgestoßenen Stahlschreibtische, die dort seit den fünfziger Jahren gestanden hatten, waren verschwunden, und die neuen standen in Nischen, die außerdem mit Regal, Licht, CRT und Telefon ausgestattet waren. Aber es gab dort noch immer keine Fenster.

»Also fuhr dieses Mädchen mit einem Imbißkarren über die East Gulf Bank Road, wo die Bürogebäude stehen und die kleinen Minisupermärkte und so weiter. Habt ihr schon mal in so einen Imbißkarren reingeschaut?«

Mooney hielt inne, um einen Schluck aus einem Halbliterbehälter Milch zu nehmen. Er versuchte, seine Magengeschwüre vor seiner Grillmahlzeit mit scharfer Soße, Zwiebeln und Bier zu schützen.

»Das sind sicherlich keine Luxusküchen. Und dieser Karren erst recht nicht, Lollys Alter hatte die Klimaanlage nicht repariert, und so fuhr sie mit dem Wagen durch die Gegend und schwitzte wie eine Baytown-Hure.«

Vier Männer bevölkerten das Büro, Martinez und Clavo von der Chicano-Truppe, Wiever vom Raub am Ende des Korridors und der Veteran Dick Small – ein Name, mit dem es sich nicht gerade leicht leben ließ –, der die Story bereits drei- oder viermal gehört hatte, dem sie aber so gut gefiel, daß er immer wieder gern lauschte, wenn Mooney sie zum besten gab. Haydon konnte sich auch an sie erinnern, aber sie klang, als hätte Mooney sie etwas aufpoliert.

»Also, Lolly trug immer diese engen Jeans, die aussahen, als würden sie jeden Augenblick ihren Blutkreislauf lahmlegen. Die saßen so knapp, daß man bei einem Mann nicht nur das Geschlecht, sondern auch die Religion erkannt hätte.« Mooney stellte den Milchbehälter an den Rand seines Schreibtisches. Mit todernstem Gesicht fuhr er fort: »Und dazu trug sie immer ein weißes T-Shirt und nichts darunter.« Er ließ seinen Blick im Raum von einem zum andern wandern, dann wölbte er seine Hände dicht über seiner Buddhawampe und verzog das Gesicht zu einem Grinsen. »Dazu war Lolly mit einem Paar Titten gesegnet, die praktisch ein eigenes Leben hatten. Also wirklich, diese Schätzchen wackelten mit den Schwänzen und machten Männchen. Warzen so groß wie Susan B. Anthony-Silberdollar. Wenn sie auf dich zukam und stehenblieb, dann brauchten diese Dinger 'ne geschlagene Minute, um zur Ruhe zu kommen, und ich schwöre euch, für die nächsten sechzig Sekunden hast du nichts anderes mehr gesehen.«

Haydon grüßte mit einem Kopfnicken in den Raum, nahm seine Beretta ab und legte sie in die Schublade in seiner Nische. Er griff sich seinen blauen Kaffeebecher vom Schreibtisch und ging zur Kaffeemaschine, während Mooney mit seiner Schilderung fortfuhr. Haydon sah Dystal durch das Glasfenster im Lieutenantsbüro. Er redete gerade mit einem seiner Detectives, der ihm gegenüber auf der anderen Seite des Schreibtisches saß, und er sagte etwas, das der Detective sich offenbar dringend merken sollte. Dystals massige Schultern waren hochgezogen, während er sich auf seine kräftigen Unterarme stützte und mit einem dikken Zeigefinger hin und her wackelte. Er fixierte den Detective eindringlich, als er aussprach, was ihm so wichtig war.

Haydon nahm sich beim Kaffeeholen Zeit und rührte ihn öfter um als nötig. Er hoffte, daß Mooney bald zum Ende kam. Dann entschied er, daß er nicht mehr warten wollte. Er umrundete die Einsatzzentrale, bis er ein leeres Büro fand, und ging hinein.

Das erste Telefongespräch führte er mit der Rechtsabteilung der Verwaltung des Harris County. Es dauerte nicht lange. Das zweite Telefonat war ein Ferngespräch mit der Staatsverwaltung von Texas. Er machte sich dabei eine Menge Notizen und bat gelegentlich darum, die Namen genau zu buchstabieren.

Während er nach dem zweiten Anruf den Telefonhörer auf die Gabel zurücklegte, klang aus dem Eckbüro der Einsatzzentrale brüllendes Gelächter zu ihm herüber. Mooneys Pointe. Er wartete noch eine Minute, bis alle das Büro verlassen hatten, dann ging er wieder dorthin zurück.

Mooney stopfte gerade seinen Milchbehälter in einen Papierkorb, der von alten Computerausdrucken überquoll. Sein Gesicht war vom heftigen Lachen noch immer gerötet. Er lachte immer über seine Witze, ganz gleich, wie oft er sie erzählte.

»Du hast einige leckere Grillspezialitäten versäumt, Stuart. Du hättest wirklich mitgehen sollen.«

»Das nächste Mal«, erwiderte Haydon und nahm in seiner Nische Platz. »Ich habe gerade mit dem County telefoniert. Das alte Haus gehört einer Firma. Der Teco Corporation.«

»Was immer das sein soll«, meinte Mooney gleichgültig.

»Dann habe ich in der Staatsverwaltung angerufen und mir die Namen und Adressen der leitenden Angestellten dieser Firma geben lassen. Es sind allesamt Mexikaner.«

Mooney blickte auf. »Tatsächlich?«

»Der Grundstücksmakler hat ebenfalls einen mexikanischen Namen. Sein Büro befindet sich am Southwest Freeway. Wir sollten uns morgen einmal mit ihm unterhalten.«

Mooney nickte heftig, hielt Haydon sein Handgelenk entgegen und klopfte auf seine Armbanduhr. »Das Wort, das im Augenblick am zutreffendsten ist, lautet *mañana.* Ich hatte gehofft, ich könnte mich heute etwas früher aus dem Staub machen. Was meinst du dazu, Stuart? Wir haben schon zwanzig vor drei.«

Haydon betrachtete seinen Kaffee. Er wußte nicht, warum, zum Teufel, er ihn sich geholt hatte. Während die beiden Männer beieinander standen und ihre Pistolen aus den Schubladen holten, bemerkten sie die Unruhe in der Einsatzzentrale und hörten Dystals dröhnende Stimme.

»Alle mal herhören«, brüllte Dystal. Er war in die Mitte des Raums getreten. »Wir haben gerade die Meldung von einer Schießerei an der Richmond und Loop erhalten. Zwei Typen auf Motorrädern sind an eine Limousine rangefahren und haben sie mit automatischen Waffen beschossen. Desgleichen einen Mercedes direkt dahinter. Vier oder fünf Männer wurden erwischt, darunter auch einer der Schützen. Lapierre und Nunn sind schon unterwegs, aber sie werden bei dieser Sache Hilfe brauchen.«

Er rief die Namen von fünf Ermittlerteams auf, deren Schicht gleich zu Ende gewesen wäre. Er wollte, daß sie dablieben und weiterarbeiteten.

Haydon wandte sich wieder zu seinem Schreibtisch um und rief Nina an.

9

Verkehrstechnisch hätte es zu keinem ungünstigeren Zeitpunkt passieren können. Es war fast vier Uhr, und die Nachmittagssonne stand senkrecht über der Überführung. Der Verkehr war völlig zum Erliegen gekommen. Die Verkehrsteilnehmer, die zufällig genau über der Kreuzung steckengeblieben waren, hatten Logenplätze für ein erstklassiges Massaker. Der Verkehr auf der Richmond wurde an der Weslayan nach Norden und Süden umgeleitet, und Wartezeiten von bis zu fünfundvierzig Minuten mußten in Kauf genommen werden. Der stadteinwärts fließende Verkehr auf der Westseite des Loop wurde an der Richmond-Kreuzung ohne Schwierigkeiten auf die Zubringerstraßen verteilt, wodurch der Tatort unterhalb der Überführung, wo die Limousine und der Mercedes schließlich gestrandet waren, relativ abgeriegelt war.

Haydon mußte den Wagen im Präsidium auftanken. Zwei blau-weiße Einheiten fuhren vor ihnen. Als sie auf der Kreuzung ankamen, hatten die Kollegen die Absperrungen bereits postiert. Ein drei Meter breiter Korridor, der mit Plastikbändern begrenzt war, führte bis zur Guiton-Kreuzung. Alle Leichen befanden sich noch an Ort und Stelle. Der kriminaltechnische Kombiwagen und der Leichenwagen parkten mit offenen Türen in der Nähe, und mehrere Detective-Gespanne begutachteten die beiden Wagen und unterhielten sich mit Verkehrsteilnehmern, die sich während der Tatzeit in der Nähe der Kreuzung befunden hatten.

Haydon parkte etwa fünfzig Meter von der Kreuzung entfernt. Er und Mooney stiegen aus und gingen zu den demolierten Fahrzeugen. Bob Dystal entdeckte sie und kam ihnen entgegen, wobei sich seine bärenhafte Gestalt leicht nach vorn neigte, während seine großen Stiefel über den heißen Asphalt stampften. Er schnitt mit seinem Taschenmesser ein Stück Tinsley's Kautabak ab, klappte das Messer mit seiner massigen Hand zusammen und schob sich mit der anderen das Kautabakstück in den Mund. Er blinzelte im Sonnenlicht trotz seiner Sonnenbrille.

»Eine höllische Angelegenheit«, sagte Dystal, während sie näher kamen, wandte sich um und ging neben ihnen her. »Sieht aus wie ein gezieltes Attentat.« Er schilderte kurz den Tathergang, wie er sich aus den Aussagen der Augenzeugen rekonstruieren ließ. Die drei blieben bei dem Mercedes stehen.

»Laut Führerschein heißt der Typ am Lenkrad...« Dystal blätterte in einem zerknitterten und schweißfleckigen Notizbuch. »Raul Saenz Sales. Der Typ neben ihm ist Vicente Gonzales Gonzales.«

Sie schauten durch die zerschmetterten Fenster auf die beiden Männer, die auf ihren Plätzen saßen, als würden sie schlafen. Der Kopf von Saenz lehnte an den zersplitterten Überresten seines Fensters; Gonzales' Kopf war gegen seine Kopfstütze geschleudert worden, sein Mund stand offen, als würde er schnarchen. In ihren Gesichtern und Oberkörpern befanden sich Löcher. Die Eintrittswunden sahen relativ harmlos aus, aber beide Männer hatten eine enorme Menge Blut verloren, das an den Lehnen ihrer Sitze klebte und auf Rücksitz und Fenster gespritzt war.

Die drei gingen zu der Limousine. Alle sechs Türen des Fahrzeugs standen offen. Einige der Detectives wichen zurück, um ihnen Platz zu machen.

»Der erste Mann auf dem Rücksitz ist Jerry C. Lowell aus Austin«, sagte Dystal nach einem Blick in sein Notizbuch. »Der Typ da drüben ist Ramón Sosa Real, mexikanischer Führerschein, Adresse in Mexico City, und dieser Bursche da ist George L. Crisman aus Houston. Der Chauffeur ist Esteban G. Moreno, wohnhaft in Houston. Ein Mietvertrag für diesen Wagen auf Sosas Namen befand sich im Handschuhfach.«

In der Limousine stank es nach Exkrementen und Blut. Niemand hätte die Männer identifizieren können, bevor sie in der Leichenhalle gewaschen worden waren.

»Was haben sie benutzt?« fragte Haydon.

»Ach, Scheiße«, knurrte Dystal wütend und spuckte einen Strahl bräunlichen Saftes aus. »Wir haben insgesamt fünfundvierzig leere Patronenhülsen in der Umgebung des Wagens gefunden.«

»Mac-10er?«

»Ich denke schon. Die Augenzeugen haben gesehen, wie sie die Magazine der Waffen wechselten, aber sie haben nichts gehört. Ich nehme an, daß sie Schalldämpfer verwendet haben. Richtig professionell.«

»Sie sagten, einer der Motorradfahrer wurde getötet?«

»Ja. Kommen Sie mal hier herüber.«

Sie folgten Dystal um die Motorhaube der Limousine. Der

Wagen hatte sich halb auf die Fahrbahnbegrenzung geschoben und dabei den Motorradfahrer unter seinen Vorderrädern zerquetscht. Der nackte Oberschenkel des Mannes, in der Länge bis auf den Knochen aufgerissen, der inmitten des roten Fleisches als weißer Streifen zu sehen war, ragte unter dem Hinterrad seiner Maschine hervor. Sein Kopf – immer noch mit dem festgeschnallten und von Kugeln zerschmetterten Helm – lag unter dem Motor des Wagens. Eine der Kühlleitungen, die von dem Motor wegführten, hatte sich losgerissen und war in das verspiegelte Helmvisier an der Stelle, wo sich normalerweise ein Gesicht hätte befinden müssen, eingeschlagen. Haydon roch versengtes Fleisch. Der Rest des Mannes war unter dem Motorrad begraben und nicht zu sehen. Hellgrüne Kühlerflüssigkeit, vermischt mit Blut, bildete unter der glänzenden schwarzen Vordertür der Limousine eine marmoriert schillernde Pfütze.

»Ich glaube nicht, daß der Typ einen Ausweis bei sich hat«, meinte Dystal. »Ich kann noch nicht mal sagen, ob sein Motorrad ein Nummernschild hat.«

»Wurde zurückgeschossen?« fragte Haydon, als er plötzlich die Einschußlöcher im Helm des Motorradfahrers bemerkte.

Dystal schüttelte langsam den Kopf und sah auf die Schweinerei an der Motorhaube der Limousine. »Die Zeugen sagen aus, daß der zweite Schütze, nachdem er die Mercedesbesatzung ausgeschaltet hatte, hierher kam und dem verunglückten Motorradfahrer den Rest gegeben hat.« Dystal musterte Haydon durch die dunklen Brillengläser. »Wie gefällt Ihnen das?«

Ein anderer Detective näherte sich und stellte dem Lieutenant Fragen über den Abtransport der Leichen. Dystal drehte sich zu ihm um, antwortete ihm und entfernte sich. Mooney trat ans Heck der Limousine und betrachtete die Kreuzung und ihre Umgebung.

»Sie haben sich einen idealen Ort ausgesucht, Stuart. Der dichte Stop-and-go-Verkehr hat ihnen genügend Zeit verschafft, sich an ihre Zielobjekte heranzuschleichen. Keine Chance für die Limousine oder den Mercedes, sich in diesem dichten Stau einen Fluchtweg zu suchen, als die Schießerei begann. Leichter

Zugang zur Schnellstraße, und die Motorräder konnten sich schnell zwischen den stehenden Fahrzeugen hindurchschlängeln. Ein Polizeiwagen hätte sie niemals verfolgen können, selbst wenn er zum Zeitpunkt des Geschehens in direkter Nähe gestanden hätte.«

Haydon nickte. »Das sieht nicht nach einer Amateurnummer aus, oder?«

Die sinkende Nachmittagssonne stand noch nicht tief genug, um Farbe anzunehmen, und ihr grelles weißes Licht wurde wie ein Funkenregen von den Chromflächen der stehenden und fahrenden Autos reflektiert. Fahle rote und blaue Farbtupfer der Polizeifahrzeuge rollten auf den schmalen Randstreifen und zwischen den Stützpfeilern der Straßenüberführung hin und her. Das Stimmengewirr aus den Sprechfunkgeräten rief unter der Hochstraße ein vielfältiges Echo hervor und vermischte sich mit dem steten Dröhnen des Verkehrs.

Die Ermittler des ärztlichen Leichenbeschauers untersuchten die Toten systematisch. Ihnen folgten der Polizeifotograf und dann die Spezialisten aus dem kriminaltechnischen Labor.

Peter Lapierre stand mitten auf der Kreuzung mit einem Schreibbrett und einem Bleistift und gab mehreren Streifenpolizisten mit Maßbändern Anweisungen. Er machte sich sorgfältig Notizen, während sie ihm Entfernungen und Umfänge, die Länge von Bremsspuren, Form und Ausmaß von Kratzern und Winkelmaße zuriefen. Niemand konnte Peter Lapierre in der Analyse eines Tatorts übertreffen, und jedes Team der zur Hilfe geholten Detectives hatte längst den Auftrag bekommen, einen speziellen Aspekt des Tatorts genauer zu untersuchen und darüber einen Bericht anzufertigen. Lapierre und Nunn vermerkten alles und koordinierten weitere Informationen.

Haydon und Mooney folgten dem aus Plastikbändern gebildeten Korridor, der sich am Rand der Richmond bis zur Guiton erstreckte. Nunn war dort mit zwei Streifenpolizisten, die mit gesenkten Köpfen über den Randstreifen gingen und das Gras absuchten, das auf dem Bankett der Guiton wuchs. Ein Stück weiter waren ein Polizist und eine Angestellte des Labors in die

Hocke gegangen und betrachteten etwas, das auf dem Erdboden lag.

Nunn sah auf, als sie sich näherten.

»Eine schöne Sauerei, nicht wahr?« sagte er und blinzelte in die Sonne.

»Das kann man wohl sagen«, gab Mooney ihm recht. »Schon was gefunden?«

Robert Nunn war ein idealer Partner für den peniblen Lapierre. Er war schlank, Anfang Dreißig mit einem blonden, ordentlich gestutzten Schnurrbart und glattem Haar. Er war mit Leib und Seele Detective und nahm jede Gelegenheit wahr, juristische Seminare und Kurse zu besuchen. Sein einziges Interesse waren seine Arbeit, seine Frau und seine Zwillingstöchter, die er geradezu anbetete.

»Nichts«, sagte Nunn, zog sein Jackett aus und warf es sich über die Schulter. Zwischen seinen Schulterblättern war ein dunkler Schweißfleck zu sehen. »Der Schütze, der entkommen konnte, kam aus dieser Straße. Mir kommt es so vor, als hätte er hier irgendwo geparkt und auf die Limousine gewartet. Ich habe gehofft, daß er während der Wartezeit eine Zigarette geraucht hat oder so was. Er könnte einen Kaugummi gekaut, Erdnüsse geknabbert oder eine Cola getrunken haben.« Er lachte und schüttelte den Kopf. »Unter Umständen hat er sogar eine Nachricht hinterlassen.«

»Keine Reifenabdrücke des Motorrads?« fragte Haydon.

Nunn schob sich mit den Fingern eine Haartolle aus der Stirn.

»Nun, ich glaube, wir haben etwas«, sagte er und wies zu dem Polizisten und der Frau in fünfzig Metern Entfernung. »Sie versuchen gerade einen Abguß herzustellen.«

Mooney redete weiter mit Nunn, während Haydon über das Bankett zu der Frau im weißen Laborkittel schlenderte. Sie kniete jetzt, mischte eine Latexbasissubstanz mit einem Katalysator, rührte schnell um und prüfte die Konsistenz.

»Der Staub ist sehr fein, aber das Sprühfixativ müßte eigentlich helfen«, sagte sie zu dem Polizisten, der nun ebenfalls kniete und zwei Kartonstreifen zu beiden Seiten der feinen Spur im

Sand hochhielt. Die Frau war noch jung und hatte ihr sandfarbenes Haar zu einem Pferdeschwanz gebunden. »Wenn man dieses Zeug zu zähflüssig mischt, dann zerdrückt es den Abdruck. Und wenn es zu dünn ist, wird es nicht hart.«

Sie achteten nicht auf Haydon, der hinter der Frau stehengeblieben war und ihr über den gebeugten Rücken schaute. Der Reifenabdruck war nur klein. Das Bankett neben der Straße war vorwiegend mit grobem Geröll bedeckt. Er war überrascht, daß sie überhaupt diese kleine Sandfläche gefunden hatten.

Vorsichtig goß die Frau die Latexmischung, die nun die Konsistenz von Dickmilch hatte, in die Vertiefungen des Originaleindrucks im Sand. Die Flüssigkeit erhärtete sich in wenigen Sekunden. Als die Frau das Gummistück vom Boden hochnahm, war es weitaus deutlicher und brauchbarer, als Haydon erwartet hatte. Das Fischgrätmuster des Reifenprofils war deutlich und zweifelsfrei zu identifizieren.

»Es ist scharf«, sagte sie zufrieden. »Vermutlich war es ein ganz neuer Reifen.«

Haydon wandte sich ab und verließ die beiden.

»Was für ein Motorrad war es denn?« fragte Haydon, als er wieder bei Nunn war.

Der Detective grinste. »Ich habe Mooney gerade erzählt, daß von allen Leuten in diesem Stau nur drei darauf geachtet haben. Zwei Männer behaupten, es sei eine Kawasaki gewesen, der dritte hat keinen Zweifel, daß es sich um eine Suzuki gehandelt hat.« Nunn schaute wieder ins Gras. »Wahrscheinlich war es eine Harley.«

»Hat irgend jemand gesehen, ob die Schützen Amerikaner oder Latinos waren?«

Nunn schüttelte den Kopf. »Sie trugen Visierhelme, deren Sichtfenster verspiegelt waren. Ich vermute, sie können das bei dem da drüben feststellen, obgleich es für mich so aussieht, als sei von seinem Gesicht nicht mehr viel übrig.«

»Danke, Robert«, sagte Haydon. »Wir kommen später noch einmal zu Ihnen.«

Nunn nickte und suchte weiterhin den Straßenrand ab.

Während sie sich dem Mercedes näherten, blätterte Dystal die restlichen Papiere in den Brieftaschen der beiden Mercedesinsassen durch.

»Diese Jungs haben für einen Sicherheits- und Wachdienst hier in Houston gearbeitet«, sagte Dystal und hielt Plastikausweise hoch. »Personal Security.«

»Sie hätten sich lieber noch einen Lehrfilm ansehen sollen«, stellte Mooney trocken fest. »Vielleicht hätte auch eine halbe Stunde mehr Training gereicht.«

Die Männer aus dem Mercedes waren die ersten, die abtransportiert und in Leichenwagen verladen wurden. Dann kam ein Abschleppkran der Polizei und bockte den Mercedes auf. Ein weiterer Leichenwagen setzte rückwärts an die Limousine heran. In diesem Moment bemerkte Haydon vier Fernsehkameras, die auf sie gerichtet waren, und zwei Reporter, die »Vor-Ort«-Berichte drehten, während die Leichen aus den offenen Limousinentüren herausgezogen und auf Aluminiumbahren geladen wurden. Es war nicht Haydons Fall, daher schwieg er und trat nur einige Schritte zurück, um außer Sicht zu sein.

Als der letzte der vier Männer verladen war und der Leichenwagen den Tatort verließ, kam der zweite Abschleppwagen heran. Ein Mann befestigte ein Seil an der hinteren Stoßstange der Limousine. Die Detectives ließen nach und nach ihre augenblickliche Arbeit ruhen und versammelten sich um das zerschmetterte Fahrzeug und wandten dabei der Sonne den Rücken zu. Nun würden sie selbst sehen können, ob sich aus dem, was von dem toten Attentäter noch übrig war, irgendwelche Rückschlüsse ziehen ließen. Als der Abschleppfahrer den Gang einlegte und von der Betonbegrenzung zurücksetzte, begann das verbogene und zerknitterte Metall der Limousine zu knarren. Mit einem schrillen Kreischen glitt der Wagen die Schräge herunter und zerrte das Motorrad ein Stück mit, weil es sich im Kühlergrill und im Motorraum verkeilt hatte. Der behelmte Fahrer rutschte weg. Sein Oberkörper hatte sich am Lenker verhakt. Seine Beine waren fast vom Rumpf abgetrennt. Ein Gesicht für eine Identifikation gab es nicht mehr.

Niemand sagte etwas, als die Besatzung des dritten Leichenwagens den Fahrer von seiner völlig zertrümmerten Maschine hob. Die Leiche zerfiel in drei Teile, die sie in richtiger Reihenfolge auf die Bahre betteten. Da war auch ein Anorak, stellenweise mit Gewebefetzen und Blut verklebt. Dystal befahl, den Anorak auf den Boden zu legen, damit er die Reißverschlußtaschen durchsuchen konnte. Sie waren ebenso leer wie die Taschen der Jeans. Die Turnschuhe sahen aus wie Millionen andere. Die Maschinenpistole fiel aufs Pflaster. Sie war geknickt, und zwei einzelne Finger klemmten in der Knickfalte. Die Leichenwagenfahrer bedeckten den Motorradfahrer mit einem Laken und luden die Bahre in ihren Wagen.

Die Leute vom Abschleppwagen entfernten, so gut es ging, die Motorradtrümmer von der Limousine, damit auf der Fahrt keine losen Teile auf die Fahrbahn fielen. Als der Abschleppwagen schließlich abrückte, folgte ihm auch der letzte Leichenwagen und fädelte sich in den Verkehr ein.

Die Detectives versammelten sich an einem der Betonpfeiler in der Mitte der Überführung und verglichen ihre Notizen miteinander. Sie hörten sich reihum die Informationen, die in den vergangenen anderthalb Stunden zusammengetragen worden waren, an. Die Sonne stand noch weit über dem Horizont, und die Wärme unter der Hochstraße war trocken und drückend.

Als die Männer alle bekannten Fakten aufgezählt hatten, trat ein kurzes Schweigen ein, ehe Dystal meinte: »Okay, Pete, haben Sie alles aufgenommen?«

Lapierre zog seine Notizen zu Rate. »Marshall und Coates kümmern sich um die beiden im Mercedes. Singleton und Watts übernehmen Lowell und Crisman. Haydon und Mooney klemmen sich hinter Sosa, den Chauffeur und die Autovermietung. Ich kümmere mich um die Fingerabdrücke, die DEA und die ballistischen Untersuchungen. Nunn hilft mir dabei. Ich muß dann später noch einmal mit Ihnen reden, um alles durchzugehen.«

»Soweit, so gut«, sagte Dystal. »Möchte noch jemand irgendeinen Gedanken äußern, ehe wir von hier verschwinden?«

Niemand sagte etwas. Sie wußten, was als nächstes kam.

»Okay«, sagte Dystal mit einem tiefen Seufzer. »Wir müssen die Leichen eindeutig identifizieren und die Angehörigen benachrichtigen. Das kann bis tief in die Nacht dauern – also nichts wie los. Morgen früh will ich bei Dienstbeginn alle wiedersehen, ob ausgeschlafen oder nicht. Ich will diese Sache mit allem Nachdruck verfolgen, bis wir eine greifbare Spur haben.«

10

Die Räume der Executive Limousines befanden sich an der Westheimer, nicht weit von der Chimney Rock Road und der Galleria entfernt. Haydon stellte seinen Wagen auf dem freien Parkplatz vor dem weißen einstöckigen Gebäude ab und ging zur Eingangstür, während Mooney um das Haus herum zum Service schlenderte. Ein Schild an der Tür verkündete, daß das Büro von neun bis achtzehn Uhr geöffnet war. Es war Viertel vor sechs, aber die Tür war bereits verschlossen. Haydon ging über einen überdachten Weg neben einem Beet mit welken Zinnien zur Seitenfront des Gebäudes und folgte Mooney zur Rückfront.

Zwei farbige Männer wuschen in einer der Serviceboxen eine Limousine, und Mooney sprach mit ihnen.

»Es ist geschlossen«, sagte Haydon und ging auf sie zu.

Einer der Männer in Gummistiefeln und Gummischürze schaute auf die Uhr.

»Eigentlich sollte vor sechs nicht zu sein.«

»Das steht auch auf dem Schild«, entgegnete Haydon. »Aber die Tür ist verriegelt.«

Die beiden Männer wechselten einen vielsagenden Blick über das Dach der Limousine hinweg, und dann schaute derjenige, der Mooney am nächsten stand, auf die Rückfront des Gebäudes und wies mit dem Kinn auf einen Lincoln, der neben dem Hinterausgang stand.

»Das ist der Wagen vom Boß. Sie müssen nur gegen die Hintertür hämmern. Er ist noch hier.«

»Wie heißt er denn?« erkundigte sich Mooney.

Der Mann bückte sich und tauchte seinen Waschhandschuh in einen Eimer mit Seifenschaum. »Val-ver-de. Jimmy Valver-de. *Mista* Val-ver-de.« Er grinste seinen Partner über das Dach der Limousine hinweg an und fuhr fort, den Wagen mit dem Handschuh und Seifenlauge abzuwaschen.

Mooney fragte den Mann: »Wie viele von diesen verdammten Dingern waschen Sie an einem Tag?«

»Zu viele«, antwortete der Mann, »für das, was ich bezahlt kriege.«

»Verdammt richtig, Pooch«, pflichtete sein Kumpel ihm bei.

»Warum das denn? Ist Valverde ein Geizkragen?« fragte Mooney. Er heizte die beiden allmählich an. Wenn er das Gespräch beendet hatte, dann hatte er mehr erfahren, als sie jemals freiwillig einem Weißen, geschweige einem Cop, erzählt hätten.

Haydon wandte sich um und ging zur Hinterfront des Hauses. Die Tür dort wurde von dichten Wacholderbuschreihen flankiert, die sich bis zu den Gebäudeecken erstreckten. Er klopfte an die Tür. Keine Reaktion. Er klopfte erneut, lauter diesmal, und rief Valverdes Namen.

Jemand erwiderte den Ruf, aber Haydon konnte die Worte nicht verstehen. Er wartete, und plötzlich wurde die Tür aufgerissen.

»Ja? Ja?« Ein Mann Ende Dreißig sah ihn an. Er war verärgert und gab sich keine Mühe, das zu verbergen. »Wir haben geschlossen«, sagte er.

»Mr. Valverde?«

»Ja. Stimmt.« Er musterte Haydon von oben bis unten. »Wer sind Sie?«

Haydon hielt seine Marke hoch. »Detective Haydon von der Houston Police. Ich muß Sie kurz sprechen.«

Valverde sah ihm jetzt direkt ins Gesicht. »Was ist los?«

»Ich habe einige Informationen für Sie. Darf ich hereinkommen?«

»Informationen? Was für Informationen?«

Haydon nickte nur.

»Okay. Warten Sie. Lassen Sie mir fünf Sekunden Zeit«, sagte Valverde und schloß die Tür.

Haydon verstaute geduldig sein Lederetui in seiner Tasche. Er sah zu Mooney hinüber, der seine Jacke ausgezogen und sich lässig über die Schulter gelegt hatte, während er mit den beiden Wagenwäschern schwatzte. Sie hatten ihre Arbeit unterbrochen, lehnten grinsend an der Limousine und hörten Mooney zu.

»Was ist los?«

Haydon drehte sich um und sah Valverde in der weit offenen Tür stehen. Sein Benehmen wirkte herausfordernd, aber es lag auch ein Anflug von Besorgtheit darin.

»Mr. Valverde, eines Ihrer Fahrzeuge war in einen Unfall verwickelt. Ich muß Ihnen einige Fragen stellen.«

»Ein Unfall?« Valverde verzog das Gesicht. »Wo? Ein schwerer?«

»Darf ich hereinkommen?«

»Ja, sicher. Kommen Sie in mein Büro.«

Valverde machte kehrt und bedeutete Haydon, ihm zu folgen. Sie gingen durch einen dunklen Flur, dessen Wände mit Holzimitat getäfelt waren. Der Hirtenteppich roch muffig. Während er Valverdes Rücken betrachtete, bemerkte Haydon, daß eine der Gesäßtaschen seiner Hose sich nach außen gestülpt hatte und unter seinem Gürtel klemmte, deshalb warf die Hose an der Taille Falten. Es sah aus, als hätte er sie überhastet angezogen.

Sie betraten ein Büro auf der linken Seite des Flurs. Ein Schreibtisch und ein Barschrank standen in einer Ecke. Es gab einen tragbaren Fernseher mit angeschlossenem Videorecorder auf einem Klapptisch, eine Reihe Flaschen mit billigem Brandy auf einem Servierwagen und ein Sofa mit brauner Polsterung. Haydon hätte wetten können, daß jedes Teil in einer einzigen Ladung bei einer Büromöbelkette zum Aktionspreis erstanden worden war. An den Wänden hingen Fotos von der Skyline von Houston bei Nacht.

Eine Brünette, zehn Jahre jünger als Valverde, tat so, als würde sie den Schreibtisch aufräumen. Haydon hatte den Eindruck, daß sie nicht so ganz in diese Umgebung paßte. Sie schien für Valverdes Verhältnisse etwas zu reich zu sein. Ihr rosafarbenes Seidenkleid hatte eindeutig mehr gekostet als Valverdes Einrichtung.

»Das kann auch später noch gemacht werden, Celia«, sagte Valverde betont munter, während er um den Schreibtisch ging.

»Ich schicke noch die restlichen Rechnungen weg«, sagte sie und drängte sich an ihm vorbei. Valverde ließ ihr nicht viel Platz.

Während sie an Haydon vorbeiging, blickte sie kurz zu ihm auf und sagte: »Entschuldigen Sie mich« und lächelte ihn, von Valverde unbemerkt, an. Haydon schaute ihr nach, als sie den Raum verließ. Sie hatte hübsche Beine, und sie waren nackt.

Haydon sah Valverde an, der mit einem frechen Grinsen hinter dem Schreibtisch stand. Valverde wußte, daß die junge Frau Klasse hatte, und er war stolz darauf, daß Haydon es erkannt hatte. In typischer Geschäftemacherlogik dachte er, daß die Tatsache, ein solches Mädchen in seiner Nähe zu haben, seine Position um einige Grade verbesserte. Es kam ihm nicht in den Sinn, daß er durch den direkten Vergleich nur noch schlechter abschnitt. Während Haydon beobachtete, wie Valverde sich mit der wichtigtuerischen Geste des ausgewiesenen Frauenbeglükkers die postkoitale Entspannungszigarette anzündete, fragte er sich, warum sich das Mädchen mit einem solchen Schleimer abgab.

Haydon zog die Kopie des Mietvertrags, die er im Handschuhfach der Limousine gefunden hatte, aus der Tasche und reichte sie Valverde.

»Vor zwei Stunden wurde dieses Fahrzeug von zwei Attentätern auf Motorrädern beschossen. Ihr Fahrer, Esteban Moreno, und der Mann, der diesen Vertrag unterschrieben hat, Ramón Sosa Real, gehörten zu den vier Männern, die dabei getötet wurden.«

Valverde sah plötzlich aus, als hätte Haydon ihm mitten ins Gesicht geschlagen. »Mein Gott!« Er ließ sich schwer in seinen Schreibtischsessel fallen und starrte den Mietvertrag an. »Verdammt! Was soll das, beschossen? Was heißt beschossen? Was ist passiert?«

Haydon erzählte ihm in knappen Worten, was vorgefallen war. Valverde sah ihn ungläubig an. Er drückte die Zigarette aus, die er gerade erst angezündet hatte.

»Wir müssen feststellen, ob Sosa auch hier in Houston eine Adresse hatte«, erklärte Haydon. »Wir haben nur seinen mexikanischen Führerschein mit einer Adresse in Mexico City. Ich gehe davon aus, daß Sie noch weitere Informationen haben außer den Daten, die in dem Mietvertrag stehen.«

Valverde starrte Haydon an und schüttelte langsam den Kopf. »Verdammter Mist«, sagte er vage. »Das war ein Cadillac *Ogara,* um Himmels willen! Das verdammte Ding kostet fünfundfünfzigtausend! Verdammt!«

»Ihr Wagen steht im Polizeipräsidium in der Stadt. Sie können ihn abholen lassen, sobald unsere Leute vom kriminaltechnischen Labor ihn eingehend untersucht haben.«

»Ich glaub' das nicht«, flüsterte Valverde. »Unfaßbar.«

Haydon warf einen Blick auf die blinkenden blauen Digitalziffern am Videorecorder. Das Band, das gerade auflag, stand auf Pause. Eine Hülle, die die Aufschrift eines Videoverleihs trug, lag auf dem Gerät. Der Film hatte den Titel *Schwedische Ferien.* Nur für Erwachsene.

»Mr. Valverde, haben Sie noch weitere Informationen über Mr. Sosa?«

Valverde sah Haydon an, und sein Geist fing endlich wieder an zu arbeiten und die Frage zu begreifen. »Äh, ja, aber hören Sie…« Er schluckte krampfhaft, führte eine Hand zu seiner Unterlippe und massierte sie zwischen Daumen und Zeigefinger, während er nachdachte. »Die Sache ist die: Ich mache mit einer ganzen Menge reicher Leute Geschäfte. Sie achten sehr… auf Diskretion. Ich versichere ihnen immer, daß diese Daten vertraulich behandelt werden.« Er schaute Haydon mit einem Gesichtsausdruck an, der um Verständnis für seine Position bat.

»Ich brauche in dieser Angelegenheit möglichst schnell Informationen«, sagte Haydon und ging zum Ende des Sofas. Er beugte sich vor und zog an etwas, das unter einem der Kissen hervorlugte. Die Strumpfhose, die sich zwischen Haydons Fingern und dem Sofa spannte, war hauchdünn, zartrosa und wies ein Rosenblütenmuster auf. Ohne etwas zu sagen, hielt Haydon sie hoch, faltete sie sorgfältig zusammen und legte sie in einen der Ablagekästen auf Valverdes Schreibtisch.

Valverde beobachtete ihn, schürzte nachdenklich die Lipen und nickte. Er stand auf, ging zu dem Archivschrank und holte einen Ordner aus der Ablage. Er ließ ihn auf den Schreibtisch fallen und setzte sich wieder.

»Sehen Sie«, begann er, »also, dieser Mann war einer meiner besten Kunden. Ich meine, ähnliche Kunden gehen einfach zum nächsten Unternehmen, wenn sie mitbekommen, was passiert ist und ich mitten im Scheinwerferlicht stehe. Sie wissen, was ich damit andeuten will? Sie brauchen mich nicht. Ich brauche sie.«

»Machen Sie sich darüber keine Sorgen«, beruhigte Haydon ihn.

Valverde verdrehte die Augen und reichte Haydon den Mietantrag.

Haydon warf einen Blick darauf. »Der wurde 1983 ausgefüllt.«

»Richtig. Seitdem nimmt er meine Dienste in Anspruch. Er ist, wie gesagt, einer meiner besten Kunden.«

»Stimmt die Adresse noch?«

»Ja, ich denke schon. Die Fahrer melden sich immer dort.«

»Ist das seine Adresse?«

»So steht es da.«

»Das ist alles ein bißchen vage. Unter Beruf steht nur ›Manager‹.«

Valverde hob die Schultern. »Ich dränge meine Kunden normalerweise nicht, sich detaillierter zu äußern. In dieser Stadt wimmelt es von Managern. Deshalb heißt dieses Unternehmen ja auch Executive Limousines. Ich wende mich nun mal an die Leute aus den oberen Schichten.«

»Wie oft haben Sie an Sosa vermietet?«

»Diesen Wagen hatte er seit vier Monaten durchgehend. Er bezahlt immer für einen Monat im voraus.«

»Und davor?«

»Mal einen Monat, mal drei Monate. Ziemlich regelmäßig.«

»Wie regelmäßig?«

»Zwei-, dreimal im Jahr.«

»Hatte er immer einen bestimmten Fahrer?«

»Er bevorzugte Moreno. Den beschäftigte er seit zwei Jahren.«

»Warum?«

»Moreno hatte eine spezielle Ausbildung im Sicherheitsbereich. Zwei meiner Fahrer sind als Fluchtfahrer geschult. Sie wissen schon, Wenden auf der Stelle, Handbremseneinsatz, kontrolliertes Schleudern, Aufspüren von Verfolgern, das ganze Kinoprogramm, wenn Sie so wollen. Das ist jetzt ganz groß in Mode. Jeder hat Angst, überfallen zu werden. Terrorismus und Kidnapping. Ich habe zwei meiner Leute auf einen Drei-Tage-Kursus geschickt. Wenn einige meiner Kunden sich mit solchen Fahrern sicherer fühlen, dann sollen sie sie bekommen. Ich berechne für derartige Dienste zwanzig Prozent zusätzlich.«

»Sind Ihre Männer besonders gut in Fluchtmanövern mit überlangen Limousinen bei besonders dichtem Verkehr?« fragte Haydon.

»Heh, hören Sie mal«, verteidigte sich Valverde. »Ich hab' sie in diese verdammte Schule geschickt. Sie haben dort Urkunden für ihre Leistungen bekommen.«

Genau das war es, dachte Haydon, das war Valverdes Lebensprinzip: stets die Nase vorn zu haben und gleichzeitig abgesichert zu sein, daß ihm niemand etwas anhaben konnte.

»Wenn Sosa so sehr auf Sicherheit bedacht war, warum hat er dann kein gepanzertes Fahrzeug benutzt?« wollte Haydon wissen. »Hat er jemals einen solchen Wunsch geäußert?«

»Ich habe keine kugelsicheren Fahrzeuge«, sagte Valverde. »Früher mal, da hatte ich eins. Aber die Investition ist einfach zu groß. Außerdem, wenn jemand tatsächlich um jeden Preis einen meiner Kunden erwischen will, dann hält ein gepanzerter Wagen ihn sicher nicht davon ab. Diese KD-2er, diese mit Teflon beschichteten Dinger, die gehen doch durch wie durch Butter.«

Haydon musterte Valverde eindringlich. »Sie wissen aber eine Menge über KD-2, Mr. Valverde.«

»Ich hab' davon in einer Illustrierten gelesen«, versuchte sich Valverde erneut zu verteidigen. »Die Leute in diesem Gewerbe, Sicherheitsleute, die reden doch ständig davon. Ich sagte Ihnen ja, daß das jetzt die ganz große Sache ist.«

Haydon wechselte das Thema. »Auf welche Bank schreibt Mr. Sosa seine Schecks immer aus?«

Valverde sah Haydon an. Der Mann war völlig durchsichtig, dachte Haydon. Man konnte in seinem Gesicht deutlich sehen, wie seine Gedanken arbeiteten. Das war ganz eindeutig eine Frage, die unterschiedliche Folgen nach sich ziehen konnte. Es galt, alles genau abzuwägen.

»Daran erinnere ich mich nicht mehr«, sagte er.

»Dann sehen Sie doch in Ihren Unterlagen nach«, schlug Haydon vor.

»So etwas habe ich nicht in meinen Unterlagen vermerkt«, sagte Valverde. »Das tut niemand.«

»Unterzeichnet Sosa die Schecks selbst, oder besitzt ein anderer eine Vollmacht, das für ihn zu tun?«

Valverde dachte auch darüber nach.

»Vielleicht kann Ihre Sekretärin sich erinnern«, meinte Haydon.

»Sosa unterschreibt sie, glaube ich. Ja, Sosa selbst.«

»Hat er immer mit Scheck bezahlt?«

»Hat er.«

»Drei Jahre lang?«

»Genau.«

»Er ist Ihr bester Kunde, bezahlt immer mit Scheck, und Sie können sich nicht an den Namen seiner Bank erinnern?«

»Stimmt.«

Haydon schaute Valverde schweigend an. Er fand den Mann deprimierend. Genauso wie seine Möbel war er um einige Stufen von der Klasse entfernt, die er anstrebte. Sein Ansehen bekam man zu Ausverkaufspreisen. Und ihn selbst bekam man praktisch nachgeworfen. Das einzige Problem bestand darin, daß man wahrscheinlich auch dann noch mehr bezahlt hatte, als er wirklich wert war.

»Mr. Valverde, dies sind Ermittlungen in einem Mordfall«, sagte Haydon. »Sie können dafür belangt werden, daß Sie Informationen vorenthalten oder Falschaussagen machen.«

Valverde starrte Haydon an. Dann ließ er den Kopf zwischen seine Schultern sinken.

»Er hat jedesmal bar bezahlt«, sagte er düster. »Der Bursche hatte immer eine Menge Geld bei sich. Solche Leute leben in einer ganz anderen Welt als Sie und ich, klar? Er will bar bezahlen, also was soll ich tun? Soll ich sagen: ›Prima, vielen Dank, aber ich hätte lieber einen Scheck?‹ Ich habe keine Lust, mir Ärger einzuhandeln. Die paar Dollars, die er bezahlen mußte, die waren für ihn gar nichts. Kleingeld. Im wahrsten Sinne des Wortes. Mit solchen Leuten legt man sich nicht an, und man macht ihnen keine Vorschriften. Scheiße.«

Haydon hörte geduldig zu.

»Sehen Sie, diese reichen Mexikaner, die sind doch die richtige Klassenummer. Er hat mit dem Kies nicht herumgefuchtelt. Alles sehr diskret. Nur ein neutraler weißer Umschlag. Vielen Dank, Mister. *Ich* trete einem solchen Typen nicht auf die Zehen.«

»Haben Sie keinen Verdacht gehabt?«

»Was? Wie bitte?« Valverde schien plötzlich aufzuleben, beugte sich vor und stützte sich auf den offenen Ordner. Seine Augen weiteten sich, und er drehte in einer Geste der Unschuld die Handflächen auf der Tischplatte nach oben. »Verdacht? Welchen Verdacht sollte ich denn haben? Seit wann ist Bargeld denn ein schlimmes Wort? Mein alter Herr war stolz darauf, keine Schulden zu haben. Er bezahlte alles bar, oder er kaufte nichts. Und ich soll bei Bargeld jetzt mißtrauisch werden? Bei *Bargeld,* um Himmels willen!«

Valverde trug viel zu dick auf. Haydon hatte jetzt genug von soviel Schauspielerei. »Ich brauche Esteban Morenos Adresse«, sagte er. »Hat er so etwas wie eine Familie?«

Valverde sank in seinem Sessel wieder nach hinten. Sein Gesicht war angespannt. Das war der Punkt, vor dem er Angst gehabt hatte.

»Eine Mutter, einen Bruder und eine Schwester«, sagte er knapp.

»Sie müssen benachrichtigt werden. Jemand muß die Leiche identifizieren.«

»O Scheiße, das ist ja furchtbar.«

»Geben Sie mir die Adresse«, forderte Haydon.

Auf der anderen Seite herrschte langes Schweigen.

»Sehen Sie, dieser Bursche hat zweieinhalb Jahre bei mir gearbeitet«, sagte Valverde niedergeschlagen. »Ich tue es. Ich informiere die Leute.«

»Kennen Sie denn die Familie?«

Valverde schloß die Augen und nickte. Als er sie wieder aufschlug, sah er Haydon an und wies mit einem Kopfnicken in Richtung Vorzimmer.

»Das gerade war seine kleine Schwester. Celia Moreno.«

11

Haydon brachte Mooney zum Polizeipräsidium zurück, wo er mit dem Papierkrieg, der ihren Teil der Ermittlung betraf, anfangen und einen Bericht über den Belgrano-Mord tippen sollte, der einstweilen zurückgestellt werden mußte. Ehe er das Präsidium verließ, rief Haydon Nina in ihrem Studio an und teilte ihr mit, daß er noch länger, vielleicht sogar den ganzen Abend, zu tun hatte. Sie sagte, die Entwürfe für die Gärten würden nur langsame Fortschritte machen, und da er sowieso nicht zu Hause wäre, wollte sie sich ein Sandwich kommen lassen und ebenfalls länger arbeiten. Sie versprach ihm, bis Mitternacht zu Hause zu sein.

Sosas Heim befand sich, natürlich, in River Oaks. Haydon überraschte das gar nicht. Seine Adresse in Mexico City lag in Lomas Altas, einer der gediegensten und elegantesten Gegenden im westlichen Teil der Stadt. Die kapriziöse Schwester des ehemaligen mexikanischen Präsidenten José López Portillo hatte sich dort mit Mitteln fragwürdiger Herkunft während der Regierungszeit ihres Bruders eine extravagante Villa gebaut. Sosa hatte also höchstrangige Gesellschaft gehabt.

Es gab keine Mauern oder Tore, die das italienisch anmutende Anwesen an der Inverness schützten, dafür schirmten hohe Hekken die Einfahrt vor der stillen Straße ab. In der hereinbrechenden Abenddämmerung sah Haydon die Wächter zuerst nicht, die neben ihren Wagen in der Einfahrt standen. Als er von der Straße abbog und auf die Hecke zurollte, traten zwei Männer in Straßenanzügen ins Licht seiner Scheinwerfer. Sie machten keinerlei Anstalten, ihre automatischen Waffen zu verbergen.

Haydon drehte das Fenster herunter und hielt seine Polizeimarke im gleichen Moment hoch, als der Strahl einer starken Taschenlampe in seine Augen stach. Wut stieg in ihm hoch, aber er schwieg und kämpfte gegen den Drang an, dem Mann die Taschenlampe aus der Hand zu schlagen. Er konnte wegen des grellen Scheins nichts erkennen, aber er konnte hören, daß der zweite Mann in ein Walkie-talkie sprach.

Es erfolgte eine krächzende Antwort, und der Mann mit der Taschenlampe sagte: »Sie können weiterfahren, Señor.« Er ließ den Lichtstrahl über die Zufahrtsstraße wandern. »Wir bedauern, Ihnen Unannehmlichkeiten bereitet zu haben.«

Haydon war überrascht, daß sie gar nicht gefragt hatten, wen er aufsuchen wollte, aber das hatte eigentlich nichts zu bedeuten und konnte ihm nur recht sein. Er wußte nicht, ob Sosa verheiratet war, eine Familie hatte oder allein lebte.

Er legte den Gang ein und fuhr auf die in weiches Licht getauchte Loggia zu, die sich über die ganze Hausfront erstreckte. Ein Mann eilte die Treppe hinunter, um ihn willkommen zu heißen und die Wagentür zu öffnen, sobald er den Motor abgestellt hatte.

»Darf ich bitten«, sagte der Mann, während Haydon aus dem Wagen stieg. Er half ihm mit einem Kopfnicken als Begrüßung heraus und bat ihn, ihm zu folgen. Haydon hatte den seltsamen

Eindruck, daß er erwartet wurde und der einzige war, der nicht wußte, was als nächstes geschehen würde. Ihre Schritte erzeugten auf den Steinen knirschende Laute, als sie schnell die Treppe hinaufgingen. Rechts und links lehnten Männer mit automatischen Waffen an den Säulen, und ein weiterer stand an der Tür. Haydon wußte, daß an dieser aufdringlichen Demonstration von Bewaffnung nichts Ungesetzliches war, aber sie ärgerte ihn trotzdem. Diese Belagerungsmentalität schien weitaus besser in den Mittleren Osten oder nach Lateinamerika zu passen, aber die Demonstration erinnerte ihn daran, daß sich diese Haltung auch unter wohlhabenden amerikanischen Bürgern immer weiter verbreitete – vor allem in Texas, wo das Recht, Waffen zu tragen, fast als göttliches Gebot betrachtet wurde. Größtenteils war dieses Recht in der Vergangenheit umsichtig und behutsam wahrgenommen worden, aber das schien nicht länger der Fall zu sein. Nun gab es praktisch auf jeder Straße einen Cowboy. In diesem Staat waren alle bewaffnet.

Die schwere hölzerne Eingangstür schwang auf, und ein dünner junger Mann, der eine Brille mit Schildpattgestell trug, begrüßte Haydon. Er hatte einen Anzug und ein kräftig gestärktes weißes Hemd aus Oxfordtuch an.

»Bitte, kommen Sie doch herein, Detective Haydon«, bat er und trat zurück, damit Haydon in die Vorhalle gelangen konnte. Eine geschwungene Doppeltreppe aus taubengrauem Marmor führte von dieser Halle aus zu einer Galerie im zweiten Stock. Ein schwerer Kandelaber hing von der hohen Decke herab und verlieh dem polierten Marmor zusätzlichen Glanz. »Mein Name ist Efren Gamboa. Mein Vater erwartet Sie zu einem ausführlichen Gespräch in der Bibliothek.«

Gamboa? Haydon sagte nichts. Offensichtlich war es auch nicht nötig. Alles schien genau nach Plan zu laufen – nach dem Plan eines anderen.

Die beiden Männer gingen über den schwarzen Marmorfußboden zu einer schweren Holztür. Der junge Mann öffnete die Tür, und sie betraten einen weiten und üppig dekorierten Raum. Haydon erkannte schnell, daß es sich nur dem Namen nach um eine Bibliothek handelte, die mit jenen Werken ausgestattet war, die zu den Standardutensilien von Innenarchitekten gehörten, deren Kunden den Anschein von Intellektualität erwecken wollen. Mächtige Wälzer mit zueinander passenden Ledereinbänden mit Goldprägung standen in den Mahagoniregalen. Da waren Exemplare in dunklen Ledereinbänden, des hübschen Kontrastes wegen von anderen in rotem und grünem Saffianleder abgelöst, und dazwischen sah man die gelben Rücken pergamentgebundener Werke. Foliobände lagen auf den unteren Regalbrettern. Ein schwerer Bibliothekstisch beherrschte die eine Seite des Raums. Er war geschmückt mit einem riesigen antiken Globus auf einem Messingständer und einmaligen Stücken präkolumbianischer Skulpturen unter einzelnen Plexiglashauben. Dort war kein Platz mehr, für eins der großformatigen Bücher.

Der junge Mann führte Haydon zu einer ledernen Sitzgruppe auf einem großen Orientteppich, der so reichhaltig und detailliert gemustert war, wie Haydon es selten gesehen hatte. Es war ein Chinese mit Goldmotiven in Creme und Rosé.

Ein Mann Anfang Sechzig erhob sich aus einem der Sessel und wartete in gemessener Würde, daß der junge Mann Haydon zu ihm brachte. Während sie sich näherten, trat der ältere Mann vor und streckte seine Hand aus.

»Ich muß mich Ihnen vorstellen, Mr. Haydon. Ich bin Benigo Gamboa Parra. Mr. Sosa arbeitete für mich.«

Haydon schüttelte Gamboas Hand.

»Sie haben mich erwartet?« fragte Haydon.

»Nicht speziell Sie, sondern die Polizei.«

»Wie haben Sie von seinem Tod erfahren?«

»Mr. Haydon«, sagte Gamboa, und sein Gesichtsausdruck zeigte Trauer und Langeweile, »ich beschäftige mich sehr intensiv mit Sicherheitsproblemen. Eine solche Tragödie stößt niemandem in meinen Diensten zu, ohne daß ich davon augenblicklich in Kenntnis gesetzt werde.«

»Aber wie haben Sie davon erfahren?« wiederholte Haydon beharrlich seine Frage. Sein Tonfall war höflich, aber nicht ohne einen gewissen Nachdruck.

»Natürlich.« Gamboa begriff und nickte in Anerkennung von Haydons Position. »Ich saß zu dieser Zeit in einer anderen Limousine. Wir hatten über Funk Kontakt miteinander. Wir hörten die Schüsse, und mein Fahrer brachte mich sofort hierher zurück. Meine Sicherheitstruppe kann den Polizeifunk abhören. Sie haben die Entwicklung der Dinge verfolgt.« Er schaute seinen Sohn an, der sich entschuldigte und den Raum verließ. »Bitte, nehmen Sie Platz, Mr. Haydon.«

Gamboa setzte sich und knöpfte seine Anzugjacke auf, so daß das Kleidungsstück etwas bequemer fiel. Sie war aus aschfarbener Seide maßgeschneidert, und die Farbe entsprach seinem welligen grauen Haar. Dazu trug er eine Brille mit leicht getönten Gläsern.

»Ich weiß, daß Sie eine Reihe Fragen stellen wollen. Ich werde alles in meiner Kraft Stehende tun, um Ihnen zu helfen.«

»Ich bin sicher, daß Sie keine Ahnung haben, warum dieser Anschlag verübt wurde«, sagte Haydon knapp und hielt seinen Zorn im Zaum.

Die Anspannung im flachen Tonfall seiner Stimme entging Gamboa nicht. Er sah Haydon einige Sekunden an, als wolle er ihm Zeit lassen, sich zu entspannen. Die Augen des Mexikaners wirkten wachsam, obgleich die Haut und das Fleisch in ihrer Umgebung vom Alter schlaff waren. Ein Hauch von Melancholie lag in ihnen, die andeutete, daß sein Leben nicht ohne gewisse Tragödien verlaufen war.

»Ich habe eine Million Ahnungen und Ideen, Mr. Haydon. Ich umgebe mich nicht ohne Grund mit all diesen absurden Sicherheitsmaßnahmen.« Gamboa rückte seine Brille zurecht und lächelte müde. »Ich war viele Jahre in der mexikanischen Politik tätig«, erklärte er. Er schien zu meinen, daß dies Erklärung genug war.

»Sind Sie noch aktiv?«

Gamboa schüttelte den Kopf. »Nach meiner Amtszeit während der Regierung von José López Portillo setzte ich mich zur Ruhe. Die Belastungen sind für den oft auf *mañana* ausgerichteten mexikanischen öffentlichen Diener genauso groß wie für

Ihre hochangesehenen Regierungsmitglieder. Als Präsident Portillo sein Amt niederlegte, war auch für mich der Zeitpunkt gekommen, abzutreten. Ich habe einen großen Teil meines Lebens meinem Land geopfert. Es war eine Pflicht. Es war richtig, daß ich es tat, aber man lebt nicht ewig. Ich muß an meine Familie denken. Sicher, wie Sie bestimmt gesehen haben, sind meine Kinder erwachsen, aber mexikanische Familien bleiben länger zusammen, als es hier üblich ist. Ich bin nicht zu alt, um keine Freude mehr an Kindern zu empfinden. Ich kann ihnen auch noch bei ihrem beruflichen Werdegang behilflich sein.«

»Haben Sie noch andere Kinder?«

»Zwei Söhne, zwei Töchter. Efren ist mein zweiter Sohn. Er hat in Harvard Jura studiert. An der Alma Mater unseres Präsidenten de la Madrid. Eine gute Wahl für einen jungen Mann.«

»Wie war Ihre Beziehung zu Sosa?«

»Ramón war viele Jahre mein guter Freund und Helfer. Bevor ich in die Politik ging, war ich Geschäftsmann, der mit einigem Erfolg gesegnet war. Da ich meine geschäftlichen Belange nicht weiterverfolgen konnte, während ich mich politisch betätigte, setzte ich Mr. Sosa als meinen Repräsentanten ein. Er nahm während meiner politischen Arbeit meine Interessen wahr.«

»Haben Sie eine Idee, warum ein Attentat auf ihn verübt worden sein könnte?«

Gamboa schüttelte erneut den Kopf, wobei er die Augen langsam schloß und wieder öffnete.

»Nein. Sie waren nicht hinter dem armen Ramón her. Sie dachten, daß *ich* in der Limousine sitze.«

Haydon studierte ihn eingehend. »Sie scheinen sich dessen sicher zu sein.«

»Wie ich schon sagte, es gibt Gründe für meine Sicherheitsmaßnahmen.«

»Sie glauben, daß Ihr Leben durch oppositionelle politische Gruppierungen in Mexiko in Gefahr ist?« Haydon schien noch immer nicht zu begreifen. Gamboa setzte seine charmante Väterlichkeit ein, um der offensichtlichen Absicht von Haydons Fragen auszuweichen.

»Mr. Haydon, Mexiko wimmelt von Fanatikern. Das ist unsere Schande und unser Stolz zugleich. Schließlich könnte man die Väter unserer Revolution durchaus auch Fanatiker nennen. Ihre übrigens auch. Aber alle Mexikaner sind leidenschaftliche Menschen, nicht einfache Mitläufer und Gleichgültige, wie es sie hier gibt. Vielleicht gibt es einige Fanatiker, die mit meiner Politik nicht einverstanden sind. Niemand kann erwarten, von jedermann geliebt zu werden, und ganz gewiß nicht ein Angehöriger der Regierung. Wenn er allseits beliebt wäre, würde er seine Arbeit nicht anständig erledigen. In Mexiko gibt es Leute, die meinen, daß jemand schon deshalb ein Verbrecher ist, weil er reich ist. In meinem Land gibt es viele Anlässe zur Hoffnung, aber es läßt sich nicht leugnen, daß viele Menschen immer noch ohne Schulbildung sind. Die Unwissenheit unter unseren Armen ist eine Schande für uns alle. Die Enttäuschungen, die solche Leute erleben, animieren sie, nach den schwächsten Strohhalmen zu greifen. Man bringt ihnen bei, die zu hassen, die mehr haben als sie. Ihnen wird weisgemacht, daß ihre Armut eine direkte Folge unseres Reichtums ist. Ihre Bitterkeit ist verzehrend und unvermeidbar, und daß sie von den Linken regelrecht ausgenutzt werden, ist verständlich.« Gamboa seufzte und ließ seine Blicke durch den Raum schweifen. »Mexiko hat viele Probleme, Mr. Haydon. Ihnen mögen Sie primitiv erscheinen. Sie fragen sich sicherlich, warum wir keine Fortschritte erzielen. Warum wir unser Volk nicht ausbilden können, warum es diese furchtbare Kluft zwischen den Reichen und den Armen gibt, warum wir wirtschaftlich nicht produktiver und ehrlicher sein können. Eben warum wir nicht so sein können wie ihr Amerikaner.« Sein Blick wandte sich jetzt endgültig Haydon zu. »Nun, trotz unserer Mängel verraten wir uns nicht. Wir müssen vielleicht ständig über die Schulter nach hinten schauen, während wir ins einundzwanzigste Jahrhundert treten, aber wir werden dort ebenso sein wie alle anderen. Und eine andere Generation wird die Dinge meistern, die uns noch bedrohen und herausfordern. Man wird mehr Antworten finden, und es wird mehr Hoffnung geben.«

Ein Ausdruck der Resignation ersetzte nach und nach das

Leuchten, das kurzzeitig die würdevollen Augen Gamboas erhellt hatte.

»Unterdessen müssen wir uns den Realitäten der Situation stellen«, sagte er. »Um Ihre Frage zu beantworten, Mr. Haydon: Ich kenne niemanden, der den Wunsch haben könnte, mich zu ermorden. Ich weiß nur, daß ich in meiner Wachsamkeit niemals nachlassen darf. Ich kann niemals genug Augen haben, die meine Umgebung beobachten. Ich kann niemals genug Ohren haben zu hören.«

Haydon saß still da, atmete den kräftigen Duft des Leders ein, auf dem sie saßen, und schaute Benigo Gamboa an. Er fragte sich, welche komplexe Wahrheit wohl hinter dem steckte, was er sagte. Er glaubte nicht, daß der alte Mann nur vage Vorstellungen von seinen Verfolgern hatte. Es konnte durchaus sein, daß er viele namenlose Feinde hatte, aber Haydon war überzeugt, daß ihm *diese* Feinde bekannt waren.

»Mr. Gamboa, kannten Sie einen der anderen Männer, die bei dem Angriff getötet wurden?«

»Ja.« Gamboa nickte schwer. »Ja. Da waren zwei Sicherheitsleute in einem Mercedes. Ich kannte sie nicht persönlich. Da war der Chauffeur der Limousine. Er hat uns mehrere Jahre lang gefahren. Auch ihn kenne ich nicht persönlich. Sosa hat sich um solche Arrangements gekümmert. Und dann waren da Mr. Crisman und Mr. Lowell. An diesem Morgen waren Mr. Sosa und ich mit ihnen zusammengetroffen. Ich hatte vor, Mr. Lowell Grundstücke in Austin abzukaufen.«

»War er dort Immobilienmakler?«

»Und Bauherr, ja.«

»War Crisman auch im Baugeschäft tätig?«

»Nein. Er war hier in Houston Anwalt. Wir trafen uns in seinem Büro im Coastal-Tower-Gebäude an der Greenway Plaza. Er hat den Kontakt zwischen mir und Mr. Lowell hergestellt. Wir haben an diesem Morgen eine mündliche Vereinbarung getroffen, und ich habe die beiden Männer zum Lunch eingeladen. Wir aßen gemeinsam bei Charlie T's. Es war ein ausgedehntes Mittagessen, bei dem wir uns ausgiebig über das Land unterhielten.

Wir nahmen nach dem Essen noch einige Drinks, und als wir gingen, wollten Ramón und Mr. Crisman Mr. Lowell in sein Hotel bringen –«

»Wo ist er abgestiegen?«

»Im Westin Galleria. Und danach sollte Ramón Mr. Crisman zu seinem Büro bringen.«

»Warum sind Sie nicht mit ihnen gefahren?«

»Ich verlasse einen Ort häufig in einem anderen Fahrzeug als in dem, mit dem ich gekommen bin. Mein Sicherheitschef hält das für besser.«

»Haben Sie diesen Überfall erwartet?«

»Nicht mehr als einen zu jeder anderen Zeit, wie ich schon sagte.«

»Warum sind die Sicherheitsleute der Limousine und nicht dem Fahrzeug, in dem Sie unterwegs waren, gefolgt?«

»Darüber weiß ich nichts Genaues. Sämtliche Transportfragen werden von meinem Sicherheitschef, Lucas Negrete, erledigt. Sie können gern mit ihm darüber reden.«

Sicherheitschef. Gamboa bediente sich noch immer der Sprache von Regierungsangehörigen. Aber irgendwie schien das weniger eine Gewohnheit aus der Vergangenheit als vielmehr das vertraute Vokabular eines Mannes zu sein, der sich selbst als genauso wichtig betrachtete wie jeden anderen Würdenträger.

»Ist Mr. Negrete schon lange bei Ihnen?«

»Vier Jahre, fast fünf.«

»Welche Ihrer Familienmitglieder leben zur Zeit bei Ihnen in Houston?«

»Nur der Sohn, den Sie kennengelernt haben. Meine Frau und meine Töchter kommen ab und zu aus Mexiko herüber.«

»Und ihr ältester Sohn?«

»Der hat sein eigenes Geschäft in Monterrey und seine eigene Familie. Er besucht mich gelegentlich.«

Haydon überlegte einen Moment lang. »Mr. Gamboa, können Sie sich irgend etwas vorstellen, irgend etwas denken, das uns bei der Aufklärung der Morde behilflich sein könnte? Gibt es irgendwelche spezielle politische Gruppen, linke Organisationen, feindliche Parteien, Dissidenten mit Kontakten in Houston, die irgendwie entfernt eine Rolle bei diesem Verbrechen gespielt haben könnten?«

Gamboa schüttelte langsam den Kopf, während Haydon sprach. »Niemand«, sagte er mit einem matten, bedauernden Lächeln. »Tatsächlich gebe ich mir alle Mühe, an eine solche Sache nicht zu denken. Es liegt kein Nutzen darin, wenn man sich deshalb Sorgen macht. Das überlasse ich anderen.«

Haydon nickte, dann erhob er sich.

»Übernehmen Sie es, Mr. Sosas Familie zu benachrichtigen?«

»Natürlich. Ich werde jemanden zu seiner Frau schicken. Meine Leute werden alles veranlassen, was die Beisetzung betrifft.«

»Vielen Dank«, sagte Haydon. Er ärgerte sich über sich selbst. Er hatte das unbehagliche Gefühl, daß er sich bei diesem Gespräch hatte manipulieren lassen. »Ich hoffe, wir unterhalten uns noch einmal.«

»Ganz gewiß.« Gamboa stand ebenfalls auf und ging mit Haydon zur Bibliothekstür.

Als sie die Eingangshalle betraten, wandte sich Efren Gamboa von den vorderen Fenstern ab, wo er mit verschränkten Armen gestanden hatte und auf das weiche Licht auf der Loggia geschaut hatte. Sein Gesicht war von einem Ernst erfüllt, der bei einem jungen Mann seines Alters ziemlich ungewöhnlich ist. Er schien sich noch nicht an die Waffe unter seiner Jacke gewöhnt zu haben.

12

Sie saßen unter einer matten Deckenlampe, während Insekten über ihnen einen langsamen, schwirrenden Tanz aufführten. Ein großer, quadratischer Standventilator war in eins der Fenster gestellt worden. Obwohl er mit höchster Umdrehungszahl lief, wirbelte der Luftzug nur träge die muffigen Gerüche des Hauses durcheinander. Sie hätten auch auf die lange Veranda im ersten Stock gehen können, aber sie suchten instinktiv Schutz. Draußen hielt einer von ihnen zwischen den verdorrten Büschen und Zypressen Wache.

Blas Medrano hatte eine Zigarette an der anderen angezündet, aber er rauchte eher, um nachdenken zu können, als aus Nervosität. Ein verwitterter Holztisch stand vor ihm, bedeckt mit braunem, fettigem Papier, aus dem sie die Tamales und Tacos gegessen hatten, die sie in einem Café in der Nachbarschaft gekauft hatten. Daneben standen eine Flasche Wein und drei Gläser.

Blas sah Professor Daniel Ferretis' *guayabera* an. Sie war aus gekämmter Baumwolle und hatte eine hübsche Stickerei auf dem vorderen Teil. Außerdem prangten ganz vorn zwei makellos runde gelbe Flecken Orangenöl. Er fragte sich, ob dem Professor das bewußt war. Rubio rauchte auch. Seine Zigarette klemmte in der Scharte seiner Unterlippe, während er geistesabwesend mit einem Schlüssel auf die Tischplatte klopfte. Blas konnte nicht feststellen, ob das Klopfen einen bestimmten Rhythmus hatte, oder ob es einfach nur ein willkürliches Geräusch war, das sich zum Summen des Ventilators und der Insekten gesellte.

Ferretis unterdrückte ein Rülpsen und schenkte sich noch etwas Wein in sein kleines Glas. Sein Haar wurde bereits schütter – er war gewiß nicht viel älter als Ende Vierzig –, und er hatte einen ausgeprägten Bauch. Er wirkte ziemlich verweichlicht, was wohl eine Folge seiner hauptsächlich sitzenden Tätigkeit an der Universität war. Sein Gesicht machte eher einen zarten Eindruck, der durch die Brille mit rechteckigen großen Gläsern und einem rotbraunen Gestell noch unterstrichen wurde. Er war glatt rasiert, und auf jeder Wange leuchtete ein rosiger Fleck, eine natürliche Röte, die noch mehr zu leuchten begann, wenn er sich erregte.

»Demnach glauben Sie, daß Ireno Negretes Männern alles verraten hat?« fragte Ferretis zornig.

»Alles, was ihm einfiel«, sagte Blas. »Und wahrscheinlich

auch einige Lügen – alles Mögliche eben. Negretes Methoden sind nicht primitiv, und nach einer Weile erzählen seine Opfer alles, in der Hoffnung, daß er endlich aufhört. Danach steht Negrete vor dem Problem, die Wahrheit von den Lügen zu trennen.«

»Warum haben Sie dann den Überfall durchgeführt?«

»Weil ich wußte, daß Negrete nicht in der Lage war, die Wahrheit zu erkennen. Da er nicht genau wußte, ob es passieren würde oder nicht, verfolgte er seinen ursprünglichen Plan weiter und ließ Gamboa auf die Straße. Negrete traf jedoch eine eher halbherzige Vorsichtsmaßnahme und ließ ihn vor dem Restaurant in einen anderen Wagen umsteigen. Er hatte damit Glück.«

»Aber er kennt dieses Haus.«

»Er weiß jetzt erst Bescheid, aber er war sich noch nicht sicher, als er Irenos Leiche hierhergebracht hat. Er durfte das Risiko, sich mit der örtlichen Polizei anzulegen, wenn er uns überfiel, nicht eingehen. Deshalb hat er die Leiche nur hergeschafft und abgewartet, was passiert.«

Ferretis leerte sein Weinglas und meinte: »Also bin ich in Gefahr.«

»Natürlich, und die anderen auch. Jeder und alles, worüber Ireno irgend etwas wußte.«

»Verflucht«, schnappte Ferretis. Er überlegte einen Moment, dann sagte er: »Ich werde denen in Guadalajara von Teodoro erzählen. Oder wollen Sie das tun?«

Blas schüttelte den Kopf. »Machen Sie nur.«

»Ich werde erzählen, daß er von seinem Motorrad aus gekämpft hat und gefallen ist wie ein tapferer Soldat. Ich erzähle, daß Sie persönlich bei ihm waren. Sein Vater wird sehr stolz sein.«

»Ja, erzählen Sie ihnen das, Professor. Es war wirklich wunderbar, was Teodoro von seiner kleinen Kawasaki aus geleistet hat.«

Ferretis musterte ihn über den Tisch hinweg. Der sarkastische Unterton in Medranos Stimme war unüberhörbar. Er hatte Medrano persönlich bisher noch nicht kennengelernt, aber sein Ruf unter den *tecos* war bemerkenswert. Deshalb war Ferretis auch hierhergekommen. In jener düsteren Schattenwelt, in der er sich bewegte und lebte, war er eine Berühmtheit, aber Ferretis hatte nicht damit gerechnet, einen Mann anzutreffen, der seinem Gewerbe derart kritisch gegenüberstand.

Blas spürte die prüfenden Blicke des Professors, aber es war ihm gleichgültig.

»Erinnern Sie sich noch an das Gebet der Teco-Brigade, Professor?« Es war eine rhetorische Frage; er wartete auch die Antwort gar nicht ab. »Ich erinnere mich noch an jedes Wort, obgleich ich es vor langer Zeit gelernt habe. Es gibt da eine Stelle: ›...und verströme mein Blut jubilierend über die Erde meiner Heimat, so daß die, die nach mir kommen, dorthin zurückkehren und sagen: Er starb für Gott und für Mexiko.‹ Mein Gott, das sind wunderbare Worte«, sagte er mit beißendem Spott. »Meinen Sie nicht auch, Professor? Teodoro Anica: Märtyrer der Garde der Auserwählten.« Er richtete seine Blicke auf Ferretis, und der Klang seiner Stimme wurde fast beiläufig. »Es bedeutet überhaupt nichts, verstehen Sie. Vielleicht sogar noch weniger als nichts.«

Ferretis erwiderte seinen Blick. Was sollte das? Dieser Sohn von Apolinar Medrano Mallen, des legendären *teco de choque,* schien sich auf einem sehr schmalen Grat zu bewegen.

»Wollen Sie, daß ich sie bitte, jemand anderen herzuschicken, der seinen Platz einnimmt?« fragte Ferretis und ignorierte Blas' Bemerkung.

Blas schüttelte wieder den Kopf. »Das wird wohl nicht nötig sein.« Er musterte Rubio, der sich aus allem heraushielt. Ein schlauer Kojote. Das war die richtige Methode, um zu überleben. Dann sah Blas zum Professor, der sich nun ein weiteres Glas Wein einschenkte und einen Schluck trank. Er mußte über eine ganze Menge Dinge nachdenken. Monate intensiver Planung standen auf dem Spiel, und er spürte die zunehmende Spannung, den wachsenden Druck.

Das knirschende Brummen eines Industriekrans, der Handelsschiffe am Schiffskanal belud, drang zusammen mit dem feuchten, leicht modrigen Geruch des Bayou durch die offenen Fenster herein. Als der Kran verstummte, klang der seltsame Ruf einer Eule durch die Zypressen. Blas war diese melodramatische Ironie des Augenblicks beinahe peinlich. Wie konnte das reale Leben nur so sein? Ob es den anderen beiden Männern auch aufgefallen war, konnte er nicht feststellen, denn er wich ihren Blicken aus.

Der Professor hatte es wahrscheinlich nicht bemerkt. Er war ein Ökonom, ein Politikwissenschaftler. Das unterbewußte Leben war nicht seine Sache. Er beschäftigte sich nur mit Dingen, die er anfassen und beeinflussen konnte. Er versuchte demokratische Regierungssysteme zu erhalten und den schleichenden Krebs des Kommunismus zu stoppen, der an den Eingeweiden von Lateinamerika nagte und das Herz der Vereinigten Staaten bedrohte. Er befaßte sich mit Juden und Jesuiten und der Konterrevolution. Und der Geheimhaltung.

Falls Rubio die Eule gehört hatte, dann zeigte er nicht, daß ihm die Ironie dieses zeitlichen Zusammentreffens bewußt geworden war. Aber auch er hatte den Ruf wahrscheinlich gar nicht bemerkt. Für ihn wäre es vielleicht ein Symbol gewesen, ein Totem, ein Zeichen, das die dunklen Elemente ansprach, die mit seinem indianischen Blut durch seine Adern kreisten.

Als die Eule ein zweites Mal rief, stellte Ferretis sein Glas auf den Tisch.

»Diesmal, Blas, darf es keine Panne geben«, sagte er. »Niemand hat erwartet, daß es einfach wird. Negrete ist hervorragend. Aber wir können nur noch einen einzigen Versuch riskieren. Die Schießerei war sogar nach amerikanischen Maßstäben sehr spektakulär. Hierzulande ist man an solche Vorfälle nicht gewöhnt.«

»Sie werden annehmen, daß es irgend etwas mit Drogen zu tun hat«, sagte Blas. »Und das wird auch jeder glauben, der die Abendnachrichten gesehen hat oder morgen die Zeitung liest.«

»Wahrscheinlich haben Sie recht«, sagte Ferretis. »Aber die Polizei wird nicht allzulange brauchen, um in diese Sache Licht zu bringen. Wenn Sie ihn diesmal wieder verfehlen und es in die

Zeitung kommt wie die Schießerei, dann kommen sie unserer Sache auf die Spur. Negrete wird sie direkt zu Ihnen führen. Er kann das tun, ohne irgendwelche unangenehme Publicity für Gamboa hervorzurufen. Er ist in solchen Dingen sehr geschickt.«

»Er hat es bereits getan«, sagte Blas.

Ferretis sah Blas an. »Wie werden Sie es versuchen?«

Blas verabscheute diese Frage. Die Sucht des Professors nach Details und den fragwürdigen Reizen des Kampfs in vorderster Front widerte ihn an. Wie ein Etappengeneral liebte er es, über den Krieg zu reden, sich den Geruch von Kordit in seiner Phantasie vorzustellen, vom Ansteigen des Adrenalinpegels zu träumen, sich in Gedanken heldenhafte Aktionen auszumalen und den Triumph des Sieges nachzuvollziehen. Die Nachhut war für Blas nur noch verachtenswert, nicht weil sie einen Krieg ohne Risiko führte, sondern weil sie einfach nicht genügend Vorstellungskraft hatte, die Wirklichkeit zu erkennen: den Geruch von Erbrochenem und Blut, den Anflug von Panik und Grauen, die aus Feigheit geborenen Reaktionen, die Verzweiflung der Niederlage. Es gab einfach zu viele Professoren, zu viele Generäle und viel zu viele Teodoro Anicas, die begierig waren, sich für utopische Ideologien zerfetzen zu lassen.

»Es wird schnell geschehen«, sagte Blas. »Und bald.« Er war sich bewußt, daß der Professor nur seinen Job tat. Guadalajara überwachte die Einheit. Sie machten das immer und überall. Sie nannten es »Betreuung«, aber Blas kam es oft vor wie ein Netz. Jedesmal, wenn er sich bewegte, zitterten die Schnüre, und eine Nachricht wurde nach Mexiko übermittelt. Es war nur zu ertragen, weil er wußte, daß sich auch der Professor mit Spionen und Wächtern herumschlagen mußte. *Las orejas,* die Ohren, waren überall. Es lag in der Natur der Brigade, mißtrauisch zu sein und stets informiert zu bleiben.

Andererseits war es Blas' Natur, überleben zu wollen, und er wußte, daß das einzig wahre Geheimnis nur das war, welches allein im Geist existierte. Wenn es irgendeine andere Form annahm, dann geriet es in Gefahr, entdeckt zu werden.

Ferretis machte Anstalten, noch etwas anderes zu sagen, aber Blas schnitt ihm das Wort ab.

»Werfen wir einen Blick in die Koffer«, schlug er vor.

Er gab Rubio, der während des Gesprächs versucht hatte, seinen Schlüssel in einen Riß in der alten Tischplatte zu bohren, ein Zeichen. Nun zog er ihn heraus und griff nach dem ersten von zwei Samsonite-Aktenkoffern, die auf dem Fußboden standen. Blas räumte das fettige Einwickelpapier weg, und Rubio stellte den Aktenkoffer auf den Tisch. Der Professor holte einen Schlüssel hervor, entriegelte die Verschlüsse und ließ sie aufschnappen. Während Rubio das Geld auspackte, begann Blas mit dem Zählen. Es waren ausschließlich Zwanzigdollarscheine – fünfzig Scheine pro Bündel. Als er mit dem Zählen aufhörte, lagen zweihundertfünfzig Päckchen auf dem Tisch. Insgesamt zweihundertfünfzigtausend Dollar.

Sie legten das Geld wieder in den Aktenkoffer, und Blas stellte ihn auf den Fußboden und hob den zweiten Koffer auf den Tisch. Sie wiederholten die Prozedur des Auspackens und Zählens: zweihundertfünfzigtausend Dollar.

»Jeder Koffer wiegt knapp über fünfundzwanzig Pfund«, sagte Ferretis und schenkte sich ein frisches Glas Wein ein. »Ich habe sie auf meiner Badezimmerwaage gewogen, nachdem ich sie über den Campus geschleppt habe.«

Blas schwieg. Er fragte sich, warum der Professor sie wiegen wollte, da ihr Gewicht für den Transport ohne Bedeutung war. Hatte er sogar für die trivialsten Dinge Interesse?

»Das wird ihnen ordentlich angst machen und sie lahmlegen.« Ferretis' Augen hatten einen nachdenklichen Ausdruck. »Sie werden sich fragen, wie weit diese Art von Justiz reichen wird.«

»Wann werden sie den Grund für das Attentat bekanntgeben?« wollte Blas wissen. Er zündete sich wieder eine Zigarette an. Seine Kehle war wund, und er schmeckte nicht mehr allzuviel von dem Tabak.

»Sobald es passiert.«

»Das wird uns wieder eine Menge kosten«, sagte Blas. »Ireno und Teodoro haben wir schon verloren. Sobald sie öffentlich unsere Beteiligung bekanntgegeben haben, werden die anderen Zielobjekte umfangreiche Sicherheitsmaßnahmen in die Wege leiten. Es ist hier schon schlimm, aber die Verluste der anderen Einheiten werden noch gravierender sein.«

»Das war ihnen längst klar«, sagte Ferretis trotzig. »Sehen Sie sich doch nur mal an, wie viele Mitglieder unserer Einsatzgruppe wir in Mittelamerika verloren haben, in San Salvador, Tegucigalpa, Guatemala City, in ganz Mexiko. Es ist ein Krieg im Gange. Das war zu erwarten. Aber es muß etwas unternommen werden, vor allem jetzt, wo die Nicaraguaner ostdeutsche Socken tragen und ihre Briefe mit Briefmarken bekleben, auf denen Karl Marx dargestellt ist. Eine schwache Regierung ist sozusagen eine Einladung für den Umsturz. Eine schwache Regierung kann keine nationale Sicherheit garantieren. Gamboa und seine Gesinnungsgenossen waren unvorsichtig und gierig. Ihr maßloses Eigeninteresse hat Mexikos wirtschaftliche Stabilität ins Schwanken gebracht. Auf ihre eigene Art und Weise haben sie dem Kommunismus den Weg geebnet. Wir werden an ihnen Exempel statuieren. Noch bevor de la Madrids Mannschaft abtreten muß. Wir haben auch ein wachsames Auge auf ihn und seine Minister. Von jetzt an werden sie sich alle vor dem Volk und vor der Gerechtigkeit verantworten müssen.«

Blas musterte den Professor, dessen Wangen jetzt von seinem aufgeblasenen kleinen Auftritt glühten. Blas konnte keinerlei Sympathie für die Dogmen des Professors aufbringen. Er hegte keine leidenschaftlichen Gefühle gegen Benigo Gamboa oder gegen López Portillo oder gegen einen von den anderen. Der alte Mann hatte nichts getan, was die Männer, die seinen Tod wünschten, nicht auch getan hatten. Sein Verbrechen bestand nicht darin, daß er gesündigt hatte, sondern daß er es in einem so ungeheuerlichen Maß getan hatte. Er hatte nicht gestohlen, sondern geraubt; nicht verführt, sondern vergewaltigt; nicht getötet, sondern dezimiert. Obgleich Blas die Unterscheidung begriff und die graduelle Abweichung erkannte, fühlte er sich dadurch nicht betroffen. Viel eher sah er in der Justiz genauso ein Vergehen wie in den Verbrechen. Aber auch das war bedeutungslos. Er hatte vor Jahren seinen Weg gewählt, und obgleich er nicht mehr an die Inhalte glaubte, war es jetzt zu spät, umzukehren. Zu spät, um zu protestieren.

Die Erregung des Professors war hingegen durchaus verständlich, da er auf einer Welle der Begeisterung ritt. Er hatte an der Beratung anderer teilgenommen, die diese Strategie entwickelt hatten, und war maßgeblich an der Aufstellung der Todesliste beteiligt gewesen. Obgleich er nur ein Chicano war und nicht der mexikanischen Nationalität angehörte, wurde er von der radikalen Rechten in Mexiko verehrt und hatte seine politische Erfahrung für deren Ziele eingesetzt. Er glaubte fest an die Domino-Theorie und war überzeugt, daß die extreme Lage in Nicaragua extreme Situationen an anderen Orten zur Folge hatte. Obwohl er Aufsätze schrieb, in denen er seine Ansichten dazu ausführlich darlegte und sie in akademischen und privat finanzierten Journalen auf der ganzen Welt veröffentlichte, war er vorsichtig genug, die Aufmerksamkeit der Medien nie direkt auf seine Person zu lenken. Er hatte kein Bedürfnis, zu einer öffentlichen Persönlichkeit zu werden. Nach seinem Verständnis waren die wahren Gestalter der Geschichte die unsichtbaren Ideologen, die Männer, die die starken, im verborgenen fließenden Ströme des politischen Denkens beeinflußten und den Kurs der Nationen von ihren Arbeitszimmern aus bestimmten.

In der Politik Lateinamerikas hatte der Professor mehr Einfluß, als in den Vereinigten Staaten möglich gewesen wäre, wo jeder Prozeß weitaus schleppender ablief. Und in Mexiko konnte er die bevorstehenden Veränderungen praktisch riechen. Eine geschickte Hand konnte dort aktiv an der Geschichte mitschreiben, indem sie die Demokratie und die Freiheit auf geradlinige Art und Weise verteidigte. Es war sicher, daß der Marxismus eine lebendige, atmende Bedrohung beider Amerikas war. Er mußte aufgehalten und ausgemerzt werden. Außergewöhnliche Methoden waren durchaus angemessen und gerechtfertigt.

»Tun Sie, was getan werden muß«, sagte er plötzlich. »Es ist mehr Geld da, wenn Sie es brauchen sollten. Die Bedeutung dieses Vorhabens ist nicht zu ermessen.«

»Ich brauche nicht mehr Geld«, sagte Blas.

Der Professor schwitzte jetzt heftig. Er nahm die Brille ab und wischte sich mit dem Zipfel seiner *guayabera* die Nase ab.

»Ich komme erst wieder her, wenn Sie mich holen lassen«, sagte er und setzte die massige Brille wieder auf seine Nase. Seine nun vergrößerten Augen blickten auf den Tisch.

»Schön.« Blas nickte. »Wir brechen heute abend auf. – Wenn es passiert, werden Sie es schon erfahren.«

»Gut, aber Sie müssen eine Nachricht im toten Briefkasten hinterlassen – in einem neuen, auf den wir uns geeinigt haben –, wenn Sie nach Mexiko aufbrechen. Darauf muß ich mich verlassen können.«

Blas tippte gegen seinen Kopf.

»Und schauen Sie zweimal täglich im toten Briefkasten nach, damit ich Sie im Notfall schnell erreichen kann. Ansonsten benutzen wir den Briefkasten nicht.«

Sie standen auf.

»Buena fortuna«, wünschte Professor Ferretis. Rubio führte ihn aus dem muffigen Raum, die Treppe hinunter, auf die Veranda, und zu dem hohen Tor hinter dem Haus.

Blas trat im ersten Stock auf die Veranda und betrachtete die funkelnden Monumente der Stadt im Westen. Er roch den Staub und dachte wieder an zu Hause. Es gab wenig, was er tun konnte, um seine Gefühle zu befriedigen.

13

Haydon verließ Gamboas Villa und fuhr in Richtung Polizeipräsidium, änderte aber seinen Entschluß und wandte sich nach Süden. Er dachte über Gamboa nach, über die Belagerungsatmosphäre auf seinem Anwesen, und über die Tatsache, daß er von dem alten Mann eigentlich gar nicht viel erfahren hatte. Es war ein langer Tag gewesen, und wie es mit den meisten neuen Fällen ist, bestanden die Akten dieses Falles hauptsächlich aus Fragen, und nicht einmal davon hatten sie genug. Irgend etwas beschäftigte ihn. Irgendwo in seinem Hinterkopf hatte er eine Information gespeichert, die hilfreich sein konnte. Aber sie lag verborgen unter den schnell aufeinanderfolgenden Ereignisssen der vergangenen fünf oder sechs Stunden. Er ließ seine Gedanken umherwandern und hoffte, daß sie irgendwann an etwas Bestimmtem hängenbleiben würden.

Während er an einer Ampel auf die Grünphase wartete, fiel ihm ein, daß Nina nicht zu Hause war. Er erinnerte sich an ein kleines Steakrestaurant nicht weit vom Southwest Freeway. Er suchte danach, fand es und stellte seinen Wagen auf den Parkplatz. Das Lokal war düster und hatte eher den Charakter einer verschwiegenen Spelunke, doch er hatte schon früher dort gegessen, und die Steaks waren ganz in Ordnung. Er setzte sich an einen Ecktisch und bestellte ein Filet, medium, mit Folienkartoffel. Dann ging er zur Salatbar, setzte sich danach wieder und starrte die Tischdecke an.

Er ließ noch einmal die Ereignisse des ganzen Tages Revue passieren, er ließ den Film ein zweites Mal durchlaufen und versuchte die kleinen Dinge zu sehen, die ihm vorher entgangen waren. Als die Serviererin sein Essen brachte, hatte sich eine Motte unter dem Kupferschirm der kleinen englischen Kneipenlampe verirrt, die mitten auf dem Tisch stand. Haydon blies die Kerze aus, wodurch seine Nische noch düsterer wurde, aber das machte ihm nichts aus.

Er aß ohne große Begeisterung, wobei seine Gedanken sich erneut den Ereignissen des Tages zuwandten. Plötzlich hörte er auf zu kauen. Er erinnerte sich an das, was in seinem Hinterkopf vergraben war, oder er glaubte sich zu erinnern. Er streckte die Hand aus und berührte einen losen Faden, der an der Tischdecke hing. Er mußte es überprüfen. Ganz gewiß mußte er es sich noch einmal ansehen.

Er erhob sich und ging ins Foyer zum Münztelefon. Er rief Mooney an.

»Steak, Scheiße!« sagte Mooney. »Weißt du, was ich gerade esse? Ein Fischbrötchen mit Mayonnaise und Salatblatt. Watts war draußen und hat für uns eingekauft. Das ist seine Vorstellung von einer tollen Mahlzeit. Ich kann gar nicht glauben, daß das mein Abendbrot sein soll, verdammt noch mal.«

»Ich bring' dir den Speck mit, den sie um das Filet gewickelt haben«, sagte Haydon. »Ich habe eine interessante Information über Gamboa. Und wie sieht es bei dir aus?«

»Nichts.« Mooney klang gelangweilt. »Im Augenblick bereiten sich alle auf den Feierabend vor.«

»Kannst du in etwa fünfundvierzig Minuten auf der Station sein?«

»Ich bin immer irgendwo auf Station.«

»Ich hab' da eine Idee, der wir auf den Grund gehen sollten.«

»Ich bin bereit. Vielleicht können wir noch irgendwo anhalten und Muscheln oder so was essen.«

Haydon vertilgte schnell sein Steak. Es würde wie ein Stein in seinem Magen liegen, und wenn er dank eines gnädigen Schicksals tatsächlich um zwölf Uhr zu Hause sein sollte, wie er mit Nina vereinbart hatte, dann würde er stundenlang nicht einschlafen können. Die Serviererin war verschwunden, deshalb entschied Haydon, auf eine zweite Tasse Kaffee zu verzichten. Er legte zwei Dollar auf den Tisch – eigentlich ein überreichliches Trinkgeld – und ging zur Kasse am Eingang. Die Kellnerin stand dort, unterhielt sich mit dem jungen Mann hinter der Kasse, der leuchtendweiße Zähne und buschige schwarze Augenbrauen hatte, die über der Nase zusammengewachsen waren.

»O mein Gott, das tut mir leid«, sagte sie, als sie Haydon entdeckte, und suchte in ihrer Schürze nach der Rechnung.

»Es ist schon gut«, wiegelte er ab. »Ich hätte Ihnen sagen sollen, daß ich es eilig habe.«

Sie addierte die einzelnen Posten mit einem Kugelschreiber und nahm sich sogar noch die Zeit, den Zettel umzudrehen und etwas auf die Rückseite zu schreiben: »Einen schönen Tag wünscht Ihnen – Candi!« in einer geschwungenen Handschrift, die die ganze Fläche einnahm.

Draußen schloß Haydon den Wagen auf und ließ die Klimaanlage eine volle Minute laufen, ehe er sich in den Verkehr auf der Kirby einfädelte.

Im Morddezernat sah es aus, als wären zwei Schichten gleichzeitig bei der Arbeit. Haydon ging zu Mooney, und schon fünfzehn Minuten später standen sie wieder auf der Straße. Als sie die Ausläufer von Chinatown auf der Preston erreichten, sahen sie geisterhafte Dampfschwaden aus den Luftschlitzen der Klimaanlage aufsteigen.

»Verdammter Mist«, sagte Mooney. »Das ist die letzte Scheiße.« Er schlug wütend mit der Faust auf die Klimaanlage und drehte das Fenster nach unten. Haydon tat es ihm gleich. Mooney nahm seine Krawatte ab und blickte mürrisch durch die mit Schlieren bedeckte Windschutzscheibe. Erst kein Steak und jetzt keine kühle Luft mehr.

»Weißt du«, sagte er, nachdem er einige Minuten vor sich hingekocht hatte, »es gibt in diesem beschissenen Job schon genug Unannehmlichkeiten, auch ohne daß die Klimaanlage ausfällt. Ich meine, eine Klimaanlage! In diesem gottverdammten Sumpf von einer Stadt ist so etwas eine absolute Notwendigkeit. Das ist doch schon fast so wichtig wie öffentliche Bedürfnisanstalten, verdammt noch mal!« Er griff zwischen seine Beine und betätigte den Feststellhebel seines Sitzes. Er schob die Lehne so weit wie möglich zurück. »Ich wundere mich sowieso, warum sie uns nicht gleich in diesen winzigen Schlitzaugen-Schlitten rumfahren lassen«, sagte er völlig zusammenhanglos. »Dann nämlich würde ich denen sagen, sie können mich mal, und mich zur Ruhe setzen.«

Haydon hatte sich in letzter Zeit eine Menge über eine vorzeitige Pensionierung von Mooney anhören müssen. Eine ganze Reihe Detectives hatten die Lust aufgrund der neuen, strengen Personalpolitik verloren, und Mooney war keine Ausnahme. Haydon erkannte die Gründe für ihre Unzufriedenheit an und schämte sich fast ein wenig, daß die neuen Geheimhaltungsvorschriften für ihn offensichtlich keine Härte darstellten.

Aber abgesehen davon machte sich Haydon schon seit einiger Zeit Sorgen, weil Mooney nicht besonders zufrieden zu sein schien. In einer schnellebigen Stadt, die größten Wert auf Jugend und modellathletenhafte Fitneß legte, gehörte ein dickleibiger, rotnasiger Cop von fünfundvierzig nicht unbedingt zur Creme der Gesellschaft. Mooney sah sich nun dem einsamen Mittelalter eines überzeugten Junggesellen gegenüber, und sein Freizeitleben verflachte zusehends. Er saß abends immer häufiger allein vor dem Fernsehapparat.

»Sieh mal nach, ob hier irgendwo eine Taschenlampe ist«, sagte Haydon. Mooney griff unter seinen Sitz und tastete dort herum. Er drehte sich ächzend um und schaute auf dem Rücksitz nach.

»Da hinten liegt eine kleine«, sagte er. »Ich habe meine Zweifel, daß frische Batterien drin sind. Wenn ja, dann ist sicher das Birnchen im Eimer.«

Nachdem sie in dunklere Straßen abgebogen waren, gelangten sie zwei Blocks vom Belgrano-Anwesen entfernt auf die Chicon. Aus den Cantinas an der Straße drang feurige mexikanische Musik mit ihren typischen Akkordeonklängen und simplen Akkorden von Amateurgitarristen nach draußen. Sie schlichen im Schrittempo an der Los-Cuates- und der La-Perla-Bar vorbei, sahen die Männer und Frauen im abendlichen Schatten davor herumstehen, erkannten die rötlichen Lichtpunkte ihrer Zigaretten, die sie in den Fahrzeugen rauchten. Der süße Duft von Marihuana wehte durch den feuchten heißen Abend zu ihnen herüber wie das schwüle Parfüm einer schwermütigen Frau.

Haydon fuhr an den Cantinas vorbei und parkte den Wagen auf der anderen Straßenseite gegenüber dem geschlossenen Friseurladen von Ernesto Herrera. Von dort, wo sie saßen, konnten sie den schwachen Schein gelblichen Lichts im Fenster im ersten Stock des alten Hauses erkennen.

»Es ist jemand da«, stellte Haydon mit leiser Stimme fest.

»Du willst doch wohl nicht einfach an die Tür klopfen, oder?« fragte Mooney.

Haydon lächelte. »Nein. Hinten gibt es einen anderen Eingang, praktisch eine Art Tür in der Mauer. Die möchte ich mir nur noch einmal ansehen. Mehr nicht.« Er drehte sich halb um, streckte sich über die Rücklehne seines Sitzes und griff nach der Taschenlampe. Er hielt sie unter das Armaturenbrett und knipste sie an. Ein gelber Lichtstrahl fiel auf Mooneys Schuhe auf dem Wagenboden.

»Mich laust der Affe«, sagte Mooney säuerlich. »Aber besonders hell ist es ja nicht.«

»Es reicht«, sagte Haydon. »Es dauert sowieso nur eine Minute.«

Er legte den Gang ein und lenkte den Wagen um die Ecke und durch die Straße auf der Ostseite des Hauses. Die Mauerkrone wurde von den Ästen der Bäume verhüllt, die auf der anderen Seite der hohen Mauer standen. Haydon fuhr bis zum Ende des Blocks und über die Kreuzung weiter bis zum nächsten. Er löschte das Licht und parkte vor einem kleinen Haus, dessen Fenster weit offenstanden. Drinnen brannte kein Licht, aber sie konnten ein Radio hören.

»Okay«, sagte Haydon. »Gehen wir zu Fuß zurück und überqueren die Straße vor der hinteren Mauer. Das Tor befindet sich genau in der Mitte. Ich will mir nur den Untergrund innerhalb der Mauer ansehen.«

Sie schlossen den Wagen ab. Haydon nahm die Taschenlampe, und Mooney folgte ihm mit dem tragbaren Funkgerät. Sie bogen auf der gegenüberliegenden Straßenseite um die Ecke und hielten sich im Schatten der Bananenbäume, die dicht neben den Zäunen innerhalb der Hausgärten standen. Als sie sich dem Tor gegenüber befanden, hielten sie inne und überquerten die Straße.

Die Straßenlaterne an der Ecke des Blocks brannte nicht, deshalb befanden sie sich in einem Halbdämmer und warfen lange Schatten, als sie den Gehsteig vor der Mauer erreichten. Mooney achtete auf die Straße, während Haydon den matten Lichtstrahl seiner Taschenlampe am Rand des schmiedeeisernen Tores entlangwandern ließ. Als er die Stelle erreichte, wo eigentlich das Vorhängeschloß hätte sein müssen, erlebte er eine Überraschung.

Er richtete sich auf und brachte seinen Mund dicht an Mooneys Ohr. »Es ist nicht abgeschlossen«, flüsterte er. »Ich versuche mal, es aufzumachen.«

Mooney wandte sich dem Tor zu und legte seine Finger auf die Scharniere, um das erwartete Quietschen so gut wie möglich zu dämpfen. Haydon schob das Tor auf. Es quietschte ein einziges Mal ziemlich laut. Haydon ging in die Knie und lenkte den Lichtstrahl auf den freien Untergrund zwischen dem Tor und einem dichten Bambusgebüsch. Er sah den feinen Staub, an den er sich noch erinnern konnte, und dann bemerkte er auch noch etwas anderes, nämlich das Fischgrätmuster von Reifenprofilen, die klar und deutlich im Staub zu erkennen waren. Instinktiv verfolgte er sie mit dem Taschenlampenstrahl bis zum Bambusgebüsch. Das Heck eines Motorrads glitzerte zwischen den Stangen.

Haydon hörte einen Hund in einer anderen Straße, ein hohes, schrilles, zitterndes Heulen, das in ein tiefes, kehliges Gekläff überging, einen Sekundenbruchteil, bevor die Salve aus einer automatischen Waffe über seinen Kopf hinwegjagte, als sei das Ende der Welt gekommen. Obwohl er es unmöglich gesehen haben konnte, war er sich bewußt, daß Mooney von den Füßen gefegt wurde und mit einem furchtbaren knurrenden Stöhnlaut auf den Gehsteig geschleudert wurde. So etwas hatte Haydon in seinem ganzen Leben noch nie gehört, und er stieß selbst einen Schrei aus. Seine Stimme wurde von der schnellen Folge krachender Explosionen zerhackt. Er nahm die Beretta in beide Hände, um die ratternde Salve mit eigenen ohrenbetäubenden Schüssen zwischen die Bambusstangen zu beantworten.

Dann trat Stille ein.

Für einen kurzen Moment war das Schweigen verwirrend. Sein Körper war so starr wie ein Knochen, sein Arm, der die Beretta hielt, war steif ausgestreckt.

Plötzlich stimmten alle Hunde im Barrio ein unglaubliches Geheul an. Haydon kam schwankend aus seiner Hockstellung hoch und stützte sich mit der linken Hand ab. Seine Ohren summten, und die Beretta war noch immer auf das Bambusgebüsch gerichtet. Er zitterte, kroch rückwärts zum Tor, und plötzlich kam ihm der Gedanke, daß er das Magazin geleert haben könnte. Er stolperte über Mooney, während das Geheul der Hunde seinen Kopf füllte und seine Gedanken verwirrte. Er erinnerte sich und spürte die eisige Reaktion des Schocks, als er sich mit einem Sprung aus der Schußlinie des offenen Tores brachte und Mooney zur Seite in den Schutz der Mauer zerrte. Er wußte, daß Mooney tot war. Er fühlte sich tot an, und die dunkle Pfütze, die sich unglaublich schnell über die hellen Steine des Gehsteigs ausbreitete, war für Haydon der Beweis, daß Mooney wirklich tot war.

Ein Automotor auf der andere Seite des Blocks heulte auf. Der Wagen näherte sich der Front des alten Hauses, Rufe ertönten jenseits der Mauer, Gebrüll, nur wenige Stimmen, das satte Klirren von eisernen Torflügeln, und der Wagen jagte davon.

Haydon saß auf dem sandigen Gehsteig, lehnte an der Belgrano-Mauer und hielt Mooneys Kopf im Schoß. Er dachte an Mooneys Magengeschwüre, als er das Sprechfunkgerät sah.

14

Haydon hörte, wie die Einsatzzentrale den Ruf absetzte – Beamter niedergeschossen. Das würde so gut wie jeden Streifenwagen ins East End holen. Und dann fragte die Beamtin ihn, ob mit ihm alles in Ordnung war. Er bejahte. Das Morddezernat übernahm, und Dystal war zu hören. Sein westtexanischer Akzent klang ungewöhnlich hart, nachdem er sich angehört hatte, was passiert war. Dystal wollte wissen, wie schlimm die Sache war, und Haydon teilte ihm mit, daß Mooney tot war. Der Lieutenant versicherte, daß sie auf dem Weg waren, und redete weiter. Haydon wußte, warum er das tat, und hatte keine Lust zuzuhören. Er schaltete das Funkgerät aus.

Der leere Gehsteig erschien wie eine leuchtende Kreidegrenze mit der Mauer als Hintergrund. Kein Mensch kam aus den Häusern, und nach einer Minute verstummte auch das Kläffen der

Hunde. Haydon betrachtete die schwarze Pfütze. Zwei oder drei Rinnsale bahnten sich einen Weg über den Gehsteig und sickerten über die Kante. Es war ihm gleichgültig. Er wollte eine Zigarette. Dystal würde sicherlich eine bei sich haben, oder vielleicht hatte auch einer der Streifenpolizisten eine. Seine Kleider waren schweißverklebt, und sein Gesicht war naß. Sogar an seiner Nasenspitze hatte sich ein Tropfen gebildet, und seine Mundwinkel schmeckten salzig.

In Gedanken trat er zurück und betrachtete sich. Eigentlich war es unvernünftig von ihm, Mooneys Kopf noch länger auf seinen Oberschenkel zu betten. Aber irgendwie erschien es ihm nicht richtig, ihn einfach auf den Gehsteig zu legen. Nicht jetzt jedenfalls, solange nur sie beide da waren und sie immer noch an dem Anteil hatten, was sie miteinander verband. Wenn erst einmal die anderen eintrafen, dann würde die Situation einen offiziellen Charakter bekommen, und dann war es egal, und er konnte Mooneys Kopf auf den Gehsteig betten. Wenn die anderen sich einfanden – fast dachte er »eindrangen« –, dann würde die seltsame Intimität eines auf engem Raum ereilten Todes sehr schnell vergehen. Mooneys Hinscheiden würde zu einem »Fall«.

Mooneys Kopf war überraschend schwer. Haydon betrachtete die enorme Wölbung von Mooneys Bauch und erinnerte sich an die Leiche, die direkt neben dieser Mauer gelegen hatte – auf der anderen Seite des Blocks. Das war erst an diesem Morgen gewesen. Er erinnerte sich an die Schuhe ohne Schnürsenkel, und er warf einen Blick auf Mooneys Schuhe, um sich zu vergewissern. Er betrachtete Mooneys Hände. Und als ihm bewußt wurde, daß er es die ganze Zeit vermieden hatte, sah er auch in Mooneys Gesicht. Obgleich er höchstens dreißig Zentimeter davon entfernt war, konnte er seine Züge nicht deutlich erkennen. Er konnte sich kein klares Bild davon verschaffen, wie der Tod aussah, der sich in Mooneys Körper eingenistet hatte.

Er dachte, daß es eigentlich ganz gut war, daß er keine Zigaretten bei sich hatte, denn dann hätte er wahrscheinlich eine angezündet. Dem ersten Beamten, der am Tatort eintraf, wäre es sicherlich ziemlich gefühllos erschienen, wenn er – mit Mooneys

Kopf auf dem Schoß und einer Zigarette im Mund – dagesessen hätte. Mooney wäre es sicherlich völlig egal gewesen, aber es hätte eben nicht gut ausgesehen.

Das Heulen der Sirenen drang zuerst gar nicht in sein Bewußtsein. Er dachte zwar die ganze Zeit an sie, aber er hörte sie erst, als sie schon ganz nah waren. Sie klangen kläglich.

Es war so lange still gewesen, daß Haydon schon fast erwartete, Mooney würde einen tiefen Seufzer ausstoßen, den Seufzer eines übergewichtigen Mannes, wie er es oft bei Überwachungen getan hatte, wenn er lange Zeit zusammengekrümmt und mit angezogenen Beinen hatte in einem Streifenwagen hocken müssen. Aber nun würde dieser Seufzer nie mehr ertönen, denn Mooney war nicht mehr da. Mooney war weg, verschwunden. Der nistende Tod hatte seinen Zauber vollbracht und ihn in die Unendlichkeit befördert – an einen Ort, den sogar der Tod vergessen hatte. Das war ein Teil dieses Zaubers, der Kern der Hoffnungslosigkeit. Er erinnerte sich an die Worte Catulls: »Verloren ist verloren, du weißt es genau, und die Vergangenheit ist verweht.« Haydon sah das unendlich schwarze Nichts des Niemals-Wieder.

Er wartete einfach, wiegte das, was der Tod in der heißen Nacht geschaffen hatte, und fürchtete sich vor dem herannahenden Ende ihres gemeinsamen Friedens.

15

Die Straßen an allen vier Seiten des Belgrano-Anwesens wurden mit Polizeiwagen abgesperrt, und Beamte klapperten paarweise die Häuser ab, die der Grundstücksmauer gegenüberstanden. Taschenlampenstrahlen durchschnitten kreuz und quer die Dunkelheit und tasteten sich durch das Dickicht des Geländes. Jedes Fenster in dem alten Haus war hell erleuchtet.

Dystal saß im fünften Wagen, der am Tatort ankam, wenngleich er der erste Vertreter des Morddezernats war. Er nahm

Haydon beiseite und hörte sich seine Geschichte an. Er setzte ihm nicht allzusehr zu, wollte aber alle Einzelheiten genau wissen. Haydon war sich bewußt, daß Dystal ihn eingehend beobachtete. Er hatte es erwartet. Haydon hatte nicht vorschriftsmäßig gehandelt, als er sein Funkgerät ausgeschaltet hatte und Dystal alle möglichen Vermutungen darüber anstellen mußte, was genau geschehen war. So hatte er keine Ahnung gehabt, was er am Tatort vorfinden würde. Er hatte also ausreichende Gründe, mit dem Schlimmsten zu rechnen.

Nachdem Dystal sich alles von Haydon hatte ein zweites Mal schildern lassen, begann er ihm Fragen zu stellen. Haydon erkannte, daß es um sehr viel mehr ging als um den Wunsch des Lieutenants, mehr zu erfahren. Haydon mußte sich bei den Tatsachen völlig sicher sein. Er würde seine Geschichte nämlich jedem der drei Teams erzählen müssen, die den Tod von Beamten im Einsatz untersuchten: das Team des Polizeipräsidiums, die Vertreter der Abteilung für Innere Angelegenheiten und die Ermittler der Staatsanwaltschaft des Harris County. Dystal testete ihn, steuerte ihn und gab ihm indirekt Tips. Er wollte selbst wissen, ob Haydon in der Lage war, die Situation zu meistern, und er wollte ihm helfen.

Es war der Anfang einer langen Nacht. Die Rollen wurden von den gleichen Darstellern gespielt, die sie immer spielten, aber die Besetzung war um zusätzliche Rollen vergrößert worden. Neben Dystal waren da noch mehrere Teams von Detectives, wie auch schon am Nachmittag, und die Ermittler für den Tod des Beamten im Einsatz. Anwesend waren zwei weitere Lieutenants des Morddezernats, der Captain und einer der stellvertretenden Chiefs. Das terroristenähnliche Attentat vom Nachmittag hatte bereits die oberen Ränge des Präsidiums in Alarmbereitschaft versetzt. Als sie am Tatort auf dem Belgrano-Anwesen eintrafen und erfuhren, daß Haydon und Mooney dem Verdacht nachgegangen waren, daß der Mord an dem Mexikaner mit dem Massaker am Nachmittag in Zusammenhang stand, waren alle erschrocken.

Haydon gab sich alle Mühe, die Ereignisse von diesem Morgen

einer kleinen Gruppe Detectives so ausführlich wie möglich zu schildern. Noch gab es keinen geschriebenen Bericht über den morgendlichen Vorfall, da er sehr schnell zugunsten der Ermittlungen im Zusammenhang mit dem Attentat, das ein paar Stunden später stattgefunden hatte, zurückgestellt worden war. Außerdem hatte er auch noch keine Zeit gehabt, den Inhalt seiner Gespräche mit Gamboa und Valverde zu Papier zu bringen. Es war klar, daß Haydon sobald wie möglich einen detaillierten Bericht verfassen mußte, um die Untersuchungen voranzubringen.

Nachdem er die neue Entwicklung kurz dargestellt und ein paar Fragen beantwortet hatte, blieb ihm nicht mehr viel zu sagen. Die Administratoren des Apparats gingen beiseite und diskutierten über kosmetische Probleme und ihre Sorge wegen der Presseleute, die hinter den Sperren auf der anderen Straßenseite zurückgehalten wurden. Die Beamten steckten die Köpfe zusammen, um Notizen zu vergleichen und die Strategien zu entwickeln, die sie für das Vorgehen der nächsten Tage brauchten. Haydon und Dystal waren wieder allein.

»Nehmen Sie sich noch eine Zigarette, bevor wir hinübergehen«, sagte Dystal, wies mit einem Kopfnicken auf das Haus und schüttelte eine Zigarette aus dem Päckchen.

Sie lehnten am Kotflügel von Dystals Wagen und rauchten, und während Haydon die Zigarette zum Mund führte, begann sein Arm unkontrolliert zu zucken. Beinahe verlor er seine Zigarette aus der Hand, dann ließ er die Hand sinken und hoffte, daß Dystal es nicht bemerkt hatte.

»Ich glaube, das brauchen Sie nicht alles über sich ergehen zu lassen«, sagte Dystal.

Haydon wußte, daß Dystal ihn, während sie auf der Straße gestanden und mit den anderen Detectives gesprochen hatten, dabei ertappt hatte, wie er zu den Scheinwerfern hinübersah, die die Bambusbüsche abtasteten.

»Ich sollte es aber«, antwortete Haydon.

Dystal nickte und ließ die Sache auf sich beruhen. »Pete wird in einer Sekunde draußen sein. Er hat dort drin alles in die Reihe gebracht.« Er zog an seiner Zigarette. »Der gute alte Pete.«

Haydon konnte das heiße Öl des Wagens riechen, an dem sie lehnten, und er lauschte dem gelegentlichen Krachen und Knakken des Metalls unter der Motorhaube. Er hörte auf der anderen Seite der Mauer jemanden husten und ausspucken und die leisen Stimmen der Männer, die sich in der Dunkelheit unterhielten.

Plötzlich waren diese Nebensächlichkeiten besonders wichtig für ihn. Solange er einen Sinn in ihnen sah und sie in dieses unwirkliche Gewebe der Nacht paßten, war er in der Lage, sein emotionales Gleichgewicht beizubehalten. Er bemühte sich, noch weitere Sinneseindrücke aufzunehmen: die Farbschattierungen, das leise Klirren und Klimpern einer nervösen Hand, die in einer Hosentasche mit Kleingeld spielte, der deutlich erkennbare Klang einer Frauenstimme, die aus einem der Übertragungswagen jenseits der Absperrungen herüberhallte.

Lapierre erschien in dem offenstehenden Tor in der Mauer und winkte ihnen zu. Haydon und Dystal traten ihre Zigaretten auf dem Gehsteig aus und näherten sich dem anderen Gehsteig. Sie blieben rechts und links von dem blutigen Laken stehen, das jemand über die Stelle gedeckt hatte, an der Mooney gelegen hatte.

»Okay«, sagte Lapierre in einem seltsam vorbereiteten Tonfall. »Der Schütze war etwa zwei Meter zehn von der Stelle entfernt, wo Sie stehen, Stuart.« Er richtete den hellen Lichtstrahl seines Scheinwerfers in das Bambusdickicht vor ihm und erhellte eine Schneise, die zwischen den Stangen klaffte. »Das war Ihre Schußlinie«, sagte er. »Zuerst er, dann Sie, aus einem geringfügig anderen Winkel.«

Sie standen da und starrten auf die enge Gasse zwischen in Schulterhöhe zersplitterten Bambusstangen. Weiter vorn war der Bambus in etwas geringerer Höhe zerfetzt, da Haydon aus einer hockenden Stellung geschossen hatte.

»Ich vermute, er hat nichts gesehen«, sagte Haydon. Es war nicht ganz klar, was er damit meinte.

»Wir haben einen eigenen Weg freigelegt«, sagte Lapierre.

Sie folgten ihm durch eine schmale Öffnung, die die Ermittler für die Leiche geschlagen hatten. Der Weg verlief nicht in gerader Linie zum Fundort, damit die Schußspuren erhalten blieben. Das Bambusgestrüpp war so dicht, daß sie die Lampe des wartenden Streifenpolizisten erst sahen, als sie nur noch wenige Schritte von ihm entfernt waren. Er stand seitlich neben der Leiche, die mit einem Laken zugedeckt war. Obgleich Haydon schon den ganzen Abend heftig schwitzte, wurde ihm erst wieder bewußt, daß ihm der Schweiß aus jeder Pore trat, als Lapierre das Laken wegzog.

Der Schütze lag auf der Seite auf einer kleinen Lichtung, die aus dem undurchdringlichen Bambus herausgehackt worden war. Die Beine lagen überkreuz – fast so, als wollte er davonlaufen. Sein Blut war wie schwarzer Matsch über die aufrechtstehenden Bambusstangen verspritzt, die sich hinter ihm befunden hatten. Haydons Magen verkrampfte sich, er hörte plötzlich überlaut das Rauschen seines Blutes, das mit vermehrtem Druck durch seine Adern gepumpt wurde. Seine Blicke saugten sich an den Einschußwunden fest. Sie waren nicht sauber. Die Kugeln waren von den dicht zusammenstehenden Bambusstangen abgelenkt worden und hatten sich gedreht. Sie waren auf ihrem Flug ins Trudeln geraten und hatten eher taumelnd ihr Ziel gefunden. Zwei Kugeln hatten das Gesicht getroffen: eine hatte ihm das linke Auge in den Kopf getrieben, die andere seine rechte Wange aus dem Gesicht gerissen. Eine Halswunde. Und eine, dachte Haydon, in der Brust.

Haydon starrte die Leiche an, bis er Dystal fragen hörte: »Haben Sie ihn schon mal gesehen?«

Haydon nickte. »Das ist Jimmy Valverde… der Autoverleiher.«

»Verdammt!« Dystal zuckte fast zusammen. Er wandte sich an Lapierre. »Holen Sie lieber jemanden her, und lassen Sie diesen Platz absperren.« Dann sah er Haydon wieder an. »Sind Sie sicher?«

»Das ist Valverde«, sagte Haydon wieder und betrachtete den Mann, der Bargeld bevorzugte und mit dem Körper von Celia Moreno gespielt hatte.

Die dünnen, unruhigen Lichtstrahlen der Handlampen ließen

den ausgestreckt daliegenden Mann vor Haydons Augen zittern, und als das Licht über die Bambusstangen glitt, erbebten die Stangen wie die wackligen Bilder eines Schattenspiels. Haydon hatte das Gefühl, als tauche er in eine Halluzination ein. Er konnte Fliegen summen hören, konnte sie aber nicht sehen. Benommen streckte er eine Hand aus und stützte sich an einem dikken Bambusschaft ab. Die Nacht hatte die Luft aus dem Bambushain herausgesogen und versuchte nun das gleiche mit ihm.

Er spürte, wie Dystals massige Hand seinen Arm ergriff.

»Kommen Sie, Peter.« Dystals Stimme war angespannt. »Machen wir, um Gottes willen, weiter.«

Sie wandten sich um und folgten Lapierre durch einen weiteren schmalen Gang. Haydon versuchte sich auf den wandernden Lichtstrahl zu konzentrieren, der über die aufragenden Bambuswände streifte und sie wie die Wände eines langsam enger werdenden Tunnels aussehen ließ. Plötzlich traten sie ins Freie, in ein größeres Theater, das von den Ästen alter Bäume bedeckt war. Zu ihrer Linken stand das alte Haus, und rechts von ihnen umstanden Detectives und Polizisten in Uniform einen erleuchteten Schuppen.

»Das ist ein altes Kutscherhaus«, sagte Lapierre, als sie näher herangingen. »Sie haben es als Garage und Werkstatt benutzt, wo sie ihre Motorräder präparierten.«

Sie sprachen mit den Männern, die sich dort aufhielten. Zwei große Platten Sperrholz lagen nebeneinander auf dem Lehmboden. Sie waren mit Fett- und Ölflecken übersät. Dosen mit Leichtöl und Kanister mit Benzin standen an einer Wand aufgereiht neben einem roten Kasten aus Blech, der mit einem Sortiment von Werkzeugen gefüllt war.

»Auf der Werkbank da drüben liegen Einzelteile von zwei verschiedenen Motorrädern«, sagte Nunn. Haydon hatte ihn bis zu diesem Augenblick noch gar nicht bemerkt. »Wir lassen gerade jemanden herkommen, der die Teile für uns aussortieren soll, um festzustellen, ob irgend etwas davon zu dem Motorrad paßt, das in die Schießerei verwickelt war.«

Wie betäubt folgte Haydon Lapierre weiter über einen Geröllpfad zur Hinterfront des alten Hauses, von dort auf die Veranda und weiter in die Küche. Obgleich sie nicht eingerichtet war, wie sie es unter normalen Umständen hätte sein müssen, konnte man sehr leicht erkennen, daß sie regelmäßig benutzt worden war. Der große Vorratsschrank, der früher einmal Nachschub für einen aktiven Haushalt geliefert hatte, war leer, aber ein kleiner Vorrat an Konservendosen, die glänzend und neu aussahen, befand sich auf einem der Schränkchen. Ein paar Töpfe und Pfannen lagen umgedreht auf dem Abtropfbrett neben der Doppelspüle. Da standen auch eine Plastikflasche mit Spülmittel sowie eine Dose Allzweckreiniger. Die Kontrollampen brannten an einem alten Gasherd, der dringend einer Reinigung bedurft hätte.

Sie verließen die Küche und gingen durch einen Flur in die vordere Eingangshalle des Hauses.

»Das Parterre ist größtenteils leer«, berichtete Lapierre. »Ein paar Zimmer sind mit Metallbetten und Matratzen möbliert, aber sie scheinen seit einiger Zeit nicht benutzt worden zu sein. Es sieht so aus, als ob dieses Haus eine Art Unterschlupf für Leute war, die auf der Durchreise waren und dringend ein Versteck brauchten. Aber es ist hier ziemlich sauber. Es wurde alles in Ordnung gehalten.«

Haydon verfolgte das Geschehen weitgehend unbeteiligt und versuchte keine Schlüsse aus dem zu ziehen, was er sah. Er war sich bewußt, daß sie durch ein Wohnzimmer mit Marmorkamin gingen. Er sah die Leute vom kriminaltechnischen Labor nach Fingerabdrücken suchen und Cola- und 7-Up-Dosen einsammeln. Ein paar Küchenstühle. Eine Frau, die Chirurgenhandschuhe trug, beugte sich über einen Küchentisch, auf dem Spielkarten verstreut waren, und benutzte eine Pinzette, um jede Karte hochzuhalten, während sie sie geduldig mit Puder bestäubte.

Und dann ging er wieder hinter Lapierre her zum Fuß der Treppe. Keiner der drei Männer berührte das lange Geländer. Haydon versuchte aufmerksam und wach zu erscheinen, und er war sich bewußt, daß er seine Bemühungen wahrscheinlich übertrieb. Er ignorierte eisern den großen feuchten Blutfleck, der sich auf seinem Hosenbein befand, allmählich steif wurde und wie eine lose Platte gegen sein Bein schlug, während er die Treppe hinaufging.

Als sie das obere Ende erreichten, unterhielten sie sich kurz mit einigen Streifenpolizisten, die auf dem Treppenabsatz Posten bezogen hatten, und konnten das grelle Aufleuchten von Blitzlampen sehen, das in einem der Zimmer zuckte.

»Hier oben sind fünf Zimmer«, erklärte Lapierre methodisch und wies auf die offenen Türen, die an den Balkon grenzten. »Zwei sind leer, in einem dritten stehen zwei unbenutzte Betten. Der vierte und der fünfte Raum wurden bewohnt. Das Zimmer hinter dem Fenster scheint im Augenblick die eindeutigsten Informationen zu liefern.«

Der Polizeifotograf kam aus dem Zimmer, als sie darauf zugingen. Mehrere Detectives untersuchten den Raum. Außer den beiden Pritschen, die mit Laken bedeckt waren und unter denen sich schmutzige Kleidung befand, standen verschiedene umgestürzte Kisten herum, die als Tische benutzt worden waren. Eine Anzahl leerer Munitionskisten für Geco-BAT 9-mm-Parabellumgeschosse war zu sehen, außerdem ein Plastiklimonadenkasten, der mit leeren Bierflaschen gefüllt war, vergilbte Ausgaben mehrerer spanischer Zeitungen, die in Houston erschienen. Eine Ausgabe des *Penthouse* lag auf dem Sims des Fensters, das zur Straße hinausging.

»Viel ist hier nicht«, meinte einer der Detectives. »Nur dieser Kram.« Er reichte Lapierre eine Zeitung aus Guadalajara – »von vergangener Woche«, sagte er – und ein kleines Taschenbuch – einer dieser dutzendweise in Mexiko erscheinenden Fortsetzungsromane über Leidenschaft, Verrat, Liebe und Tragödie.

»Und dies«, sagte der Detective und sah Lapierre an, während er vier Exemplare eines auf billigem Papier gedruckten Magazins namens *Replica* hochhielt. Die Umschläge zeigten grelle Illustrationen dessen, was die Schlagzeilen als Bedrohung der Demokratie bezeichneten: geifernde, bebrillte Juden, die verstohlene Blicke über die Schultern warfen und kabbalistischen Verschwörergruppen anzugehören schienen; Homosexuelle in aufreizenden Posen, die Kinder mit Süßigkeiten und Pornographie verderben wollten; eine politische Karikatur von einem riesigen Guerillero in Tarnkleidung mit langem Haar und einem Hammer-und-Sichel-Emblem auf seiner Mütze, der gerade ein südamerikanisches Land nach dem anderen verschlang und schon die Hand nach Mexiko ausstreckte; ein verschwörerisch schwarz gekleideter Jesuit, dessen Raubtierzähne die verderblichen Symbole der Söhne der Kirche zeigten, wie man sie von den Wandbildern von Siqueiros kennt.

»Lassen Sie mich mal sehen«, sagte Haydon. Lapierre reichte Haydon und Dystal je ein Heft, und die drei blätterten die Magazine durch.

»Was, zum Teufel, ist das?« fragte Dystal.

Haydon mußte seine ganze Energie zusammenraffen, um auf den Beinen zu bleiben. In tiefen Zügen sog er die schale Luft des alten Hauses und die tote, staubige Luft des Barrio ein.

16

Das La Colombre d'Or war ungewöhnlich in einer Stadt zeitgenössischer Glashotels, die darauf bedacht waren, große Scharen von Gästen zu ihren Innenhöfen, Fahrstühlen, Cafés und Restaurants zu locken. Mit nur fünf Suiten war es wahrscheinlich eins der kleinsten Luxushotels der Welt. Es befand sich in einer alten Villa am Montrose Boulevard, die einst die einundzwanzig Zimmer umfassende Residenz von Walter J. Fondren gewesen war, einem der Gründer von Exxon Oil. Als Hotel wurde es in der Art eines Landgasthofs geleitet, mit der Absicht, den Gästen das Gefühl zu vermitteln, sie besuchten das Heim eines großzügigen wohlhabenden Freundes. Jede der fünf Suiten war mit Einrichtungsgegenständen und Kunstwerken aus unterschiedlichen historischen Epochen möbliert und wurde täglich mit frischen Blumen, frischem Obst, einer Schachtel Pralinen, französischen Toilettenartikeln, Mineralwasser und einer Karaffe Brandy nach Wahl versorgt. Jeweils ein Angestellter stand vierundzwanzig

Stunden für jede Suite bereit, und die Gäste wurden mit äußerster Diskretion bedient. Jede Suite hatte eine private Telefonleitung. Es gab keine Telefonzentrale.

Er kam um kurz nach zehn Uhr abends an, ohne Reservierung, und hoffte, daß er Glück hatte. Er hatte Glück. Während er sich eintrug, sorgte der Concierge dafür, daß seine drei bordeauxroten Lederkoffer in die einzigen noch freien Zimmer gebracht wurden. Dann stellte er sich aus der Abendkarte sein Dinner zusammen und bat darum, es im Eßzimmer seiner Suite zu servieren. Auf der anderen Seite des Foyers saßen die Gäste ungestört in dem gedämpft erleuchteten Speisesaal, durch dessen große Fenster man auf Montrose blicken konnte. Die funkelnden Säulen der Innenstadt ragten über die dunklen Baumwipfel der alten Nachbarschaft hinaus.

Nachdem er zuerst einen Blick in die Bar und dann in die Bibliothek geworfen hatte, die als Aufenthaltsraum diente, stieg er die dunkle Treppe aus Nußbaum zu seinen Räumen in der ersten Etage hinauf.

Der Hausdiener hatte die drei Koffer am Fußende des Bettes abgestellt, wie er es verlangt hatte. Die Vorhänge vor den Fenstern, die zur Innenstadt hinausgingen, waren aufgezogen worden, und nur zwei Lampen brannten im Zimmer. Die Suite war geräumig und gemütlich und roch schwach nach Möbelpolitur und den provenzalischen Gerichten, die im Parterre serviert wurden. Er ging zu einem kleinen Tischchen und schüttete sich zwei Finger breit Brandy in ein Glas. Er kostete und spürte die Wärme in seiner Kehle. Der Nachgeschmack war köstlich, aber er hatte Hunger. Der Alkohol würde ihm schnell zu Kopf steigen. Er nahm einen weiteren Schluck und schaute sich in dem Raum um, ging zur Sitzgruppe, dann ins Eßzimmer, dann zurück ins Schlafzimmer, spürte die unmerkliche Bewegung des Holzbodens und hörte das gedämpfte Knarren unter den Perserteppichen.

Er blieb in der Mitte des Raumes mit dem Brandyglas in der Hand stehen und überlegte. Das Klopfen an der Tür ließ ihn erschreckt zusammenzucken. Es war eigentlich noch zu früh für das Abendessen. Aber es war wirklich das Dinner, und er beobachtete, wie der Hausdiener und das Zimmermädchen die Blumen aus der Mitte des Tisches schoben und Geschirr und Besteck an Ort und Stelle legten und dann die Schüsseln mit dem *carré d'agneau* auf den Tisch stellten. Plötzlich wurde ihm bewußt, daß er die Zeit gar nicht beachtete und angenehm im Nichts dahintrieb. Das Personal beendete seine Tätigkeit und trat abwartend zurück. Er bedankte sich und sagte, daß er sich selbst bedienen würde.

Er saß allein am Kopf des Tisches im gedämpften Licht, das ihm am liebsten war. Das Lammfleisch war besser, als er erwartet hatte – es war in der Tat exzellent –, und er achtete darauf, besonders langsam zu essen. Er ließ das gedünstete Gemüse auf der Zunge zergehen und kostete den Geschmack des Minzegelees voll aus. Er hatte einen starken guatemaltekischen Kaffee bestellt und darum gebeten, ihn so heiß wie möglich zu servieren – der Kaffee war perfekt.

Er schaute aus dem Fenster, sah alle möglichen Lichter jenseits der Scheiben und in den funkelnden Lichtpunkten auch ein seltsam leeres Augenpaar, das ihm den Atem raubte. Es war nicht die Fremdheit, die ihn erschreckte; es war das Erkennen. Wie war er so weit gekommen, so weit vorgedrungen? Er hatte sich selbst hinter sich gelassen, war über den Mann hinausgewachsen, der er früher einmal gewesen war und den er zu verstehen geglaubt hatte. Der Mann mit diesen Augen war woanders. Dieser Mann, der das Stück am Spieß gebratene Lammfleisch auf seiner silbernen Gabel balancierte und dessen reflektiertes Gesicht er musterte... die Wangenknochen... die Wangenknochen...

Einmal hatte Pater Donato ihn geschlagen. Donato hatte von den jungen Männern, die er unterrichtete, jede Art von Beschimpfung und Beleidigung zu hören bekommen. Sie alle verstanden Dinge, von denen sie glaubten, daß niemand anderer sie je zuvor verstanden hatte. Sie waren sicher, daß sie alles viel klarer erkannten als die schwerfälligen Priester, die sie ausbildeten. Sie äußerten häretische Theorien, sie liebäugelten mit der Verdammnis, und dennoch bewahrte Donato die ganze Zeit sein emotionales Gleichgewicht. Er unterband niemals ihre Ausführungen, sondern versuchte stets, ihre Neugier anzustacheln und zu lenken, den Schwung ihrer eigenen Fragen zu nutzen, um sie zu immer grundlegenderen Erkenntnissen zu führen. Nur bei einer einzigen Gelegenheit erlebte Blas, daß er die Kontrolle über sich verlor. Nur einmal, und Blas erschrak um so mehr, weil er gar nicht geahnt hatte, daß er sich auf gefährlichem Terrain bewegte.

Es war, nachdem er in die Autonome Universität eingetreten war und schon lange seine Absicht aufgegeben hatte, dem Jesuitenorden beizutreten. Donato hatte ihm diesen Schritt verziehen, und obgleich er sagte, er hätte das kommen sehen, konnte er seine Enttäuschung darüber nicht so einfach verbergen. Blas hatte schon lange gewußt, daß er für den Priester mehr geworden war als nur ein einfacher Schüler wie die anderen. Er war ein Sohn. Das verstanden sie beide.

Unausweichlich ergab es sich, daß die Politik der Universität für Blas nach und nach wichtiger wurde als alles andere. Er war ein *teco,* das nimmermüde Auge der Gerechtigkeit, der Kämpfer gegen den Verrat, der Enthüller des Betrugs, einer der ausgewählten Wächter der Demokratie. Erfüllt von den konservativen Philosophien, die an der Universität vorherrschten, wurde er zum leidenschaftlichen Vertreter einer neuen Art von Revolution, in der Jeffersonsche Ideale eine größere Rolle spielten als die so grandios klingenden Ideen, die aus der Revolution von 1910 erwachsen waren und durch mexikanische Politiker von den Mottenkugeln befreit wurden, sobald eine Wahl anstand, um dann sofort wieder ad acta gelegt zu werden, sobald sie ihre Ämter angetreten hatten. Zwischen den Wahlen regierten sie mit Hilfe von Korruption und Betrug.

Er war in seinem vierten Jahr an der Universität und versuchte, Pater Donato die Bedeutung der *teco*-Philosophie zu erklären. Der Priester, dessen gelocktes schwarzes Haar im letzten Jahr ergraut war, hörte ihm mit ruhig blickenden dunklen Augen zu. Es lag nichts Erfreuliches, nichts Angenehmes in der Begeisterung des jungen Mannes, kein Enthusiasmus für die großartigen Erkenntnisse dieser neuen Philosophie. Als Blas schließlich mit seiner verwegenen dialektischen Darstellung der frommen Rechten endete, tauchte Pater Donatos Hand wie aus dem Nichts auf und knallte voll auf seine Wange. Blas konnte sich deutlich an die Wucht erinnern, die hinter diesem Schlag gesteckt hatte, und an seine reflexartige Bewegung, als er aufsprang, mit der geballten Faust ausholte und sie nur wenige Zentimeter vor dem furchtlos funkelnden Blick das Priesters stoppte.

»Du erschaffst nichts Neues durch Zerstörung«, zischte Donato. »Nicht, wenn es um Menschen geht.« Tränen stiegen in die Augen des Jesuiten, als wollten sie das Feuer löschen, das ebenfalls in seinem Blick loderte. »Habe ich dir denn überhaupt nichts beigebracht, Blas? Habe ich uns beiden nur etwas vorgegaukelt?«

Blas stürmte ohne ein Wort aus dem Zimmer, und der Blick, mit dem Donato ihm nachschaute, prägte sich unauslöschlich in sein Gedächtnis ein. Diese Augen, tief eingesunken in den Höhlen, zeigten die gleiche innere Qual wie die Augen, die ihn nun aus der Nacht jenseits der Glasscheibe anstarrten.

Er wandte sich von dem Fenster ab und legte seine Gabel beiseite. Er schaute auf die restlichen Stücke Hammelfleisch auf seinem Teller. Hatte sich diese angespannte Diskussion um Politik oder Theologie gedreht? Beide Disziplinen mußten ausgelebt werden, während man sie studierte, oder sie konnten niemals Grundlage einer Überzeugung werden und blieben bedeutungslos. Pater Donato hatte einen Abgrund zwischen ihnen entdeckt, aber Blas war sich nicht bewußt, daß er einen solchen überwunden hatte. Die Distanz, die zwischen ihnen klaffte, war unbemerkt geschaffen worden, und der Hieb des Priesters hatte ihm bewußt gemacht, daß er auf der anderen Seite stand. Pater Donato konnte darüber nicht mehr überrascht gewesen sein als Blas selbst.

Danach hatte Blas mit seinem Lehrer nur noch ein einziges Mal gesprochen – zwei Jahre später. Blas hatte bereits die Laufbahn eingeschlagen, die ihn am Ende von allem abbringen sollte, was der Priester ihm vermittelt hatte. Aber er hatte gehört, daß der Priester sehr krank war, und in einem unbeholfenen Versuch, eine alte Freundschaft wiederzubeleben, hatte er ihn besucht. Nach einigen vergeblichen Bemühungen, ein Gespräch zu beginnen, hatte Blas einen Traum von sich geschildert, in der Hoffnung, den alten Mann etwas zu zerstreuen. Es war ein seltsamer Traum gewesen, eine Art Fabel der Verwirrung, des Verlustes, des Verirrt- und Verlorenseins. Der magere Priester hatte zu weinen begonnen. Verblüfft und verlegen hatte Blas sich umgewandt und war hinausgegangen. Sechs Wochen danach hörte er, daß Pater Donato tot in seinen Räumen aufgefunden worden war.

Heiliger Gott der Heere, General der Kampfbrigaden, laß mich als ersten in den heiligen Kampf ziehen, versage mir nicht den Platz an der Spitze. Verleihe meinem brennenden Herzen den Mut, daß ich den Befehlen fraglos gehorche.

Heiliger Gott der Heere, schenke mir die Genugtuung, den Sieg zu erleben, aber wenn es zuviel ist, worum ich bitte, dann laß mich für dich sterben, damit meine Seele sich Jahrhundert für Jahrhundert an dir erfreuen kann. Verströme mein Blut jubilierend über die Erde meiner Heimat, so daß die, die nach mir kommen, dorthin zurückkehren und sagen: Er starb für Gott und für Mexiko.

Heiliger Gott der Heere…

Vielleicht hatte Pater Donato tatsächlich die Zukunft gesehen. Vielleicht hatte er in Blas' Traum die Voraussage seiner endgültigen Niederlage in einem Kampf erkannt, die weitaus tragischer war als seine fehlgeleitete Politik. Blas würde das Rätsel Gottes niemals lösen, da er das Kernstück irgendwo in sich selbst verloren hatte. Er hatte den verstehenden Geist verloren, die Gabe des Unterscheidens. Für ihn war die moralische Landschaft eine wüste und leere Ebene geworden ohne Wegweiser oder Zeichen, die ihn leiteten. Gut und Böse existierten für ihn nicht mehr.

Blas legte die Serviette auf den Tisch und stand auf. Er betrachtete eine Mahlzeit, die keinen Reiz mehr auf ihn ausübte, und ging ins Schlafzimmer. Er griff nach dem ersten Koffer, warf ihn aufs Bett und stellte das Kombinationsschloß auf die ersten drei Buchstaben der Adresse des Belgrano-Anwesens ein. Er ließ die Schlösser aufschnappen und holte zwei in Plastik verpackte Garnituren neuer Unterwäsche heraus, dazu neue Sokken, neue Oberhemden, neue Krawatten, zwei Paar neue Schuhe, ein neues Rasierset. Aus der anderen Seite des Koffers nahm er zwei neue Anzüge, zwei lange Hosen und ein neues Sportsakko. Er hatte die Sachen innerhalb von zwei Stunden in drei verschiedenen Läden erstanden, die Anzüge zuerst, damit sie geändert werden konnten, während er seine Einkaufstour beendete. Er hatte etwas mehr bezahlt, damit die Änderungen sofort vorgenommen wurden. Die Verkäufer hatten einen tiefen Diener gemacht und sich bemüht, alles rechtzeitig zu erledigen. Geld, so wußte er schon seit langem, war das Blut des wahren Adels.

Als er alles weggeräumt hatte, stellte er den leeren Koffer beiseite und hievte den zweiten aufs Bett. Er stellte am Kombinationsschloß die ersten drei Ziffern der Telefonnummer seines Vaters ein, und die Schlösser schnappten auf. Vorsichtig öffnete er beide Seiten des Koffers. Er schlug die Klappe zurück, die eine Seite verhüllte, und holte eine Flugtasche aus Segeltuch hervor, dazu ein Stück Sperrholz, etwa vierzig Zentimeter im Quadrat, eine kleine Handsäge, einen Satz Schraubenzieher mit roten Plastikgriffen, einen in Folie eingeschweißten Kippschalter und einige Päckchen Holzschrauben verschiedener Größe. An allem klebten noch die Preisschilder des Metallwarengeschäfts.

Aus der anderen Seite des Koffers nahm er einen zugehefteten Plastikbeutel. »Post-Oak-Bastelmarkt« stand in gelben Lettern auf dem Beutel. Er riß ihn auf und holte einen grüngestreiften Kasten mit einem roten Dreieck über den Worten »Futaba: die Nummer eins unter den Fernsteuerungen« heraus. Er riß das eine Ende des Kartons ab und nahm einen Styroporkarton heraus, der einen Zweikanal-Radiosender, zwei Servomotoren, einen Empfänger und einen Batteriebehälter enthielt. Es war ein hübsches Set. Gringos machten immer alles so einfach. Man brauchte nur in ein Geschäft zu gehen und alles Nötige zu kaufen. Unglaublich.

Das erste Problem bestand darin, das Brett zu zersägen, ohne daß jemand es hörte. Er schaltete die Stereoanlage neben dem Bett ein und suchte sich einen Kanal mit lautem Jazz. Ein Saxophon hetzte gerade durch einige rasende Läufe. Er legte das Brett zwischen zwei Stühle, breitete eine Zeitung darunter aus, um die Sägespäne aufzufangen, schätzte die Größe ab und begann zu sägen. Er kam nur langsam voran, denn er mußte innehalten, sobald die Musik leiser wurde. Als er fertig war, legte er das Brett aufs Bett und stellte den Empfänger, einen Servomotor und einen Batteriebehälter an eine Kante. Mit den langen Schrauben aus dem Eisenwarengeschäft befestigte er alles und zog die Antenne auf ihre volle Länge aus und schraubte sie an das Brett. Dann stellte er mit Kupferdraht eine Verbindung mit dem Ende eines kleinen Stoßhebels und dem Kippschalter her und schloß das eine Ende des Hebels an eines der kleinen Löcher auf dem Servomotor an. Er überzeugte sich, daß der Draht straff gespannt war, als der Schalter in der Aus-Position stand, und dann verband er den Servomotor mit dem Batteriebehälter und dem Empfänger. Eins fehlte noch: eine kleine Glühbirne an den beiden Hauptleitungen des Kippschalters. Das Gerät war einsatzbereit.

Er nahm das Brett in die Hand und löschte das Licht. Er tastete sich durch die Suite und lehnte das Brett an den Eßtisch, dann ging er wieder zum Bett, überprüfte die Batterien im Sender und zog die Antenne aus. Er legte den Schalter um. Da waren zwei Kanäle in dem Sender, und er sorgte dafür, daß der Servomotor, der von dem Kontrollhebel gesteuert wird, an den rechten angeschlossen wurde. Das gedämpfte Licht auf dem Spannungsanzeiger leuchtete. Er kippte den Kontrollhebel nach links und achtete genau darauf, wieviel Spiel er hatte, ehe er den Servomotor auf der anderen Seite des Raums aktivierte. Der Servomotor übte sofort Druck auf den Schubhebel aus. Er schob den Hebel ganz weg, und die Glühbirne flammte auf. Er legte den

Knüppel nach rechts, und das Licht ging aus. Nach links an, nach rechts aus.

Er versuchte es mehrmals. An. Aus. An. Aus. An. Er konzentrierte sich auf das Licht, bis seine Augen ihm die Illusion vorgaukelten, daß er durch einen langen, finsteren Tunnel blickte. Das Licht wuchs, langsam zuerst, dann zunehmend schneller wie eine rollende Feuerkugel. Bis sie sein gesamtes Gesichtsfeld mit explodierendem Glanz ausfüllte.

Aus.

17

Als Haydon durch das Tor fuhr und sah, daß unten die Lampen brannten, wußte er, daß Nina schon informiert war. Vermutlich hatte Dystal sie angerufen. Er parkte den Wagen, und während er die Stufen hinaufstieg, öffnete sich die Haustür, und Nina trat in die Öffnung, umflossen von dem weichen gelben Licht hinter ihr. Sie hatte sich bereits zum Schlafengehen bereitgemacht. Das Haar flutete über ihre Schultern, und ihr langer Morgenmantel verbarg ihre Füße. Ihr Gesicht verschwand fast völlig im dunklen, blauen Schatten, aber er erkannte in der Haltung ihres Körpers ihre Empfindungen. In diesem Augenblick war alles, was sie ihm bedeutete, in dieser Erkenntnis zusammengefaßt. Es gab keine Worte irgendeiner Sprache, die ihn in die Lage versetzt hätten, auszudrücken, was er in diesem Moment von ihr wußte.

Sie legte ihre Arme um ihn, und sie hielten sich gegenseitig fest, während das gedämpfte Licht der Lampen in der Eingangshalle die Nacht aussperrte.

»Es tut mir so leid«, sagte sie nach einer Minute, und ihre Stimme klang weich.

»Hat Bob dich angerufen?« fragte er.

Er spürte, wie sie nickte.

Er wich etwas zurück, behielt aber seinen linken Arm um sie

geschlungen, und achtete darauf, daß das blutgetränkte rechte Hosenbein sie nicht berührte.

»Laß uns nach oben gehen«, sagte er. »Ich möchte mich frischmachen, und dann reden wir.«

Sie gingen gemeinsam die Treppe hoch, und er war sich des befriedigenden Gefühls bewußt, das ihm zuteil wurde, als er ihren Körper in seinem Arm spürte, wie er sich im Gleichklang mit dem seinen bewegte, lebendig und sicher, als sei ihre Anwesenheit allein schon ein hinreichendes Zeichen dafür, daß für ihn das Schlimmste vorerst vorüber war.

Nachdem er das Badezimmer betreten und das Licht angeschaltet hatte, betrachtete er sich erst einmal im Spiegel. Er war überrascht. Zuerst dachte er, daß er aussah, als sei gar nichts passiert. Er fragte sich, ob man nicht *sehen* mußte, daß er sich dicht neben einem Freund aufgehalten hatte, der umgebracht worden war. Was sollte sich verändert haben? Es gab keinen Unterschied.

Aber allmählich fiel ihm doch auf, daß etwas anders war. Diese Unterschiede erschienen nach und nach wie die Details einer Fotografie im Entwicklerbad.

Zuerst war da das Blut. Flecken in der Größe von Stecknadelköpfen auf der linken Schulter seiner Anzugjacke. Er hatte keine Ahnung, wie sie dorthin gelangt waren. Es schien irgendwie unmöglich, wenn er sich vergegenwärtigte, was geschehen war. Aber sie waren da, und an der rechten Seite seines Kinns entdeckte er eine rostrote Schmierspur. Dann fiel ihm mit einem Gefühl des Ekels ein, daß er Nina im Arm gehalten hatte. Hatte sie den Fleck berührt? Aber ihr Kopf hatte an seiner linken Schulter gelegen, die linke Seite seines Kinns hatte ihr Haar berührt. Die linke Seite? Seine Blicke kehrten wieder zu den winzigen Flecken zurück. Er wußte noch nicht einmal, wessen Blut das war.

Fluchend streifte er die Jacke ab und schleuderte sie auf den Fußboden. Er drehte die Dusche auf, da er noch etwas anderes als seinen eigenen Atem hören wollte.

Erneut wandte er seine Aufmerksamkeit dem Spiegel zu und

suchte nach einem sichtbaren Hinweis auf das, was er durchgemacht hatte. Er sah die grauen Strähnen an seinen Schläfen, die ersten Vorboten von Falten in seinen Augenwinkeln. Sie waren nicht neu. Während er sich weiterhin erforschte, zog er sein Hemd aus und ließ es hinter sich auf den Fußboden fallen. Er untersuchte seine Brust, seine Schultern, seinen Hals. Er war in guter Form. Er stützte seine Hände auf den Waschtisch und beugte sich näher zum Spiegel. Es war dort, etwas war anders, aber er konnte es nicht eindeutig erkennen. In zwei Wochen oder in einem Monat würde er es sehen. Eine zusätzliche Linie um seine Augen, ein halbes Dutzend zusätzlicher grauer Haare. Jetzt konnte er noch nichts davon entdecken, aber es war bereits vorbestimmt. Er fragte sich, wo genau er die Veränderung finden würde.

Er richtete sich auf, nahm die Beretta aus dem Halfter an seinem Rücken und legte sie in einen der Handtuchschränke. Dann zog er die Schuhe aus, seine Socken und seine Hose. Er warf alles auf die Anzugjacke.

Er stand unter dem kalten Wasserstrahl, als wäre es Sauerstoff, der ihn am Leben erhielt. Er konzentrierte sich auf seine Empfindungen, auf die einzelnen dünnen Strahlen aus dem Brausekopf. Er hörte die Badezimmertür gehen und öffnete die Augen. Durch den Wasserschleier vor seinen Augen sah er Nina hereinkommen und seine Kleider aufheben. Er wollte sie spontan daran hindern, dann tat er jedoch nichts. Er stand einfach da und verfolgte, wie sie seine Brieftasche und das Lederetui mit seiner Dienstmarke aus der Jacke nahm. Er hatte es vergessen. Sie tastete die anderen Taschen ab und legte die Jacke beiseite, dann griff sie nach der Hose. Sie nahm Taschentuch und Kamm aus der rechten Gesäßtasche, dann etwas Kleingeld aus den Vordertaschen. Plötzlich zuckte sie zurück, hielt die Hose weit von sich. Er beobachtete, wie sie dumpf das Blut an seinem Hosenbein anstarrte. Sie hatte es unten im Haus nicht bemerkt. Seltsamerweise schämte er sich dafür, daß sie es entdeckt hatte, als hätte sie ihn bei einer Unaufrichtigkeit oder einem geheimen Laster ertappt.

Es war eine absurde Reaktion. Er schloß die Augen und streckte die Hände aus, um sich gegen die kühle Marmorwand zu stützen.

Nina war nach unten gegangen und hatte ihnen beiden starke Gin Limes gemixt, die sie nun ins Schlafzimmer brachte. Haydon knipste die Lampen aus, und sie saßen zusammen auf dem kleinen Sofa unter dem langsam rotierenden Deckenventilator und blickten durch die großen Schlafzimmerfenster hinaus in die Nacht. Nach ein paar Minuten des Schweigens erzählte er ihr alles, was an diesem Tag geschehen war, vom ersten Mordopfer bis zum letzten. Zweimal mußte er innehalten, als er von Mooney sprach, die Trauer schnürte ihm die Kehle zu, daß er fast keine Luft mehr bekam und kaum mehr weiterreden konnte. Sie lehnte sich in der Dunkelheit an ihn, und er wartete, bis sie aufhörte zu weinen.

Er war selbst überrascht, wie seltsam der Tag gewesen war, und nun hatte auch sein Bericht über die Ereignisse den üblichen Rahmen gesprengt. Noch niemals hatte er sich so frei und ausführlich über die Details seiner Arbeit geäußert. Er hatte die Geschehnisse mit einer gleichmütigen, gründlichen Vollständigkeit geschildert, und obgleich er Nina die brutalen Einzelheiten und eine Analyse seiner eigenen Empfindungen ersparte, hatte er sie an mehr teilhaben lassen, als er ursprünglich beabsichtigt hatte. Er fing einfach an zu reden, wissend, daß sie es hören wollte, und daß er zum ersten Mal den Wunsch hatte, daß sie es sich anhörte.

Als er seinen Bericht beendet hatte, saßen sie still beieinander, und Haydon konnte Ninas Erleichterung spüren. Etwas Ähnliches hätte er schon bei vielen anderen Gelegenheiten in der Vergangenheit tun sollen. Er wußte nicht, warum er es nicht getan hatte, aber er war froh, daß er es diesmal geschafft hatte.

Er drückte das hohe kalte Glas gegen seinen Hals. Er konnte spüren, wie die Schlagader dagegen pulsierte.

Sie fragte: »Was ist denn mit seiner Familie, Stuart?«

Darüber hatte er auch schon nachgedacht, auf dem Bürgersteig.

»In Houston gibt es niemanden. Ich glaube, eine Schwester lebt in Atlanta, dann ein Bruder, ich nehme an, er wohnt in Arlington, Virginia. Darum wird Captain Mercer sich kümmern müssen.«

»Sind sie verheiratet?«

»Er hat mal von den Kindern seiner Schwester erzählt. Sein Bruder... mir scheint, als sei der auch nicht verheiratet.«

»Das ist aber seltsam, nicht wahr? Zwei Brüder, beide Junggesellen. Nie verheiratet.«

Haydon nickte. Es schien, als würde jedermann für die meiste Zeit seines Lebens als mehr oder weniger durchschnittlich angesehen, bis er starb. Dann fingen die Menschen an, ihn etwas eingehender zu betrachten als je zuvor, und entdeckten, daß er eigentlich ungewöhnlich war. In Wahrheit war jeder unter seiner Fassade ungewöhnlich, aber nur wenige Menschen nahmen sich die Zeit, sich eingehender mit einem anderen zu beschäftigen. Es war ein allzu menschlicher Fehler, die Mitmenschen so zu akzeptieren, wie sie sich selbst darstellten. Etwas anderes zu tun, war emotional aufwendig und, wie einige behaupten würden, unzulässig. Ja, Ed Mooney war ein ungewöhnlicher Mensch, jetzt noch mehr als am Morgen, und er würde morgen noch ungewöhnlicher sein, wenn die Medien mit ihren Hintergrundinterviews anfingen und in den Zeitungen die ersten gründlichen Beschreibungen des freundlichen Detectives aus dem Morddezernat, den alle gut leiden konnten, abdruckten. Ein ganz besonders tragischer Verlust.

»Was geschieht als nächstes?« erkundigte sich Nina.

»Morgen fahre ich ins Büro und setze mich an meinen Bericht. Das muß ich vor allem anderen erledigen. Eine ganze Menge Leute brauchen eine Darstellung der Abläufe.« Er nahm einen Schluck von seinem Gin. »Dann muß ich mich mit den verschiedenen Leuten unterhalten, die über die Schießerei Ermittlungen anstellen.«

»Setzen sie dich an einen Schreibtisch?«

»Vorerst ganz bestimmt. Dazu sind sie verpflichtet, zumindest bis ich mit den internen Aufklärern gesprochen habe.«

»Was dann?«

»Dann hängt es von Bob ab, von Captain Mercer und vielleicht auch vom Polizeipsychologen, wann ich wieder meinen normalen Dienst versehen kann.«

»Ist das der Weg, wie es immer gemacht wird?«

»Ja.« Er wußte, was sie dachte. »Der Psychologe ist reine Routine in Fällen, bei denen ein Beamter erschossen wurde. Und vor allem in einer solchen Situation... mit Mooney, meine ich.«

»Wenn du wieder zurückgehst, arbeitest du dann an demselben Fall weiter?«

»Ich hoffe es.«

»Willst du überhaupt damit weitermachen?«

»Natürlich.«

»Was denkst du über die Untersuchung an sich?« fragte Nina. »Was meinst du, was da los ist?«

Haydon trank den Rest Gin aus seinem hohen Glas. Seine geringe Alkoholverträglichkeit und Ninas Gegenwart wirkten zusammen, um ihn zu beruhigen. Er war dankbar, einen Grund zu haben, sich gehenzulassen, eine Entschuldigung, sich nicht zu sehr den Kopf zu zerbrechen.

»Ich weiß nicht«, sagte er. »Aber es dürfte wohl ziemlich kompliziert werden, und das begreift allmählich jeder. Ich habe den Verdacht, daß es eine lange und verwickelte Untersuchung wird, und was ich in den nächsten Tagen herausbringen kann, dürfte ziemlich entscheidend sein. Eigentlich ein schlechter Zeitpunkt, an einen Schreibtisch verbannt zu werden.«

»Aber kannst du denn nicht weiter daran arbeiten? Ist nicht immer eine Menge Papierkrieg zu erledigen? Du brauchst doch nicht auf der Straße zu sein, um der ganzen Sache weiterzuhelfen.«

»Nein«, sagte er, »das muß ich nicht.«

Seine Augen hatten sich mittlerweile an die Dunkelheit gewöhnt, und Haydon konnte die Umrisse der Möbel in der Dunkelheit erkennen. Er sah die dunkle mit glatten Flächen versehene Kaminuhr in einem Regal auf der anderen Seite des Zimmers und konnte sie ticken hören. Die Uhr war alt und nicht unbedingt teuer, hatte ein deutsches Uhrwerk und ein französisches Gehäuse. Er hatte noch eine weitere alte Uhr in der Bibliothek; beide behielt er wegen der Gleichmäßigkeit. Der Klang der Zeit, definiert und abgemessen.

Er nahm Nina in den Arm, ehe er einschlief. Aber es war ein trügerischer Schlaf die ganze Nacht hindurch. Zweimal wachte er auf, saß schwitzend im Bett, mit wild schlagendem Herzen und unregelmäßigem Atem. Nina saß neben ihm. Sie schwieg. Sie brauchte auch nichts zu sagen. Nach dem zweiten Mal stand er auf, ging ins Badezimmer und trank etwas Wasser. Er wusch sein Gesicht und betrachtete sich im Spiegel. Als er wieder ins Bett zurückkehrte, schlief er, aber nur unruhig, und bewegte sich dabei in dem düsteren Grenzland von Traum und Halluzination. Immer wieder erschreckten ihn die ohrenbetäubenden, blendenden Feuerstöße, die aus dem fahlen Bambusdickicht auf ihn zurasten; und immer wieder ertönte der furchtbare kehlige Schrei todgeweihter Verblüffung aus Mooneys Kehle.

18

Haydon saß auf der Holzbank in der Freiluftdusche des Badehauses und betrachtete die Splitter frühmorgendlichen Lichts, das durch die Lindenblätter gefiltert wurde. Er trug nur seine Pyjamahose und Sandalen. Eine Tasse Kaffee stand neben ihm auf der Bank, während er sich vorbeugte und Cinco, der mit gekreuzten Pfoten auf den Steinen vor ihm lag, mit einem Stück Frühstücksspeck fütterte. Immer wenn der Collie ein Stück Speck hinuntergeschluckt hatte, schaute er Haydon mit seinen alten, wäßrigen Augen an, um herauszufinden, ob es mehr gab. Wenn Haydon ihm das nächste Stück zeigte, schlug Cinco zweimal mit dem Schwanz auf die Steine, und Haydon reichte es ihm. So ging es, bis kein Speck mehr da war.

Als Cinco seufzte und sich langsam auf den Steinen entspannte, lehnte sich Haydon an die Wand des Badehauses und trank den Rest seines Kaffees in kleinen Schlucken. Die Steine drückten kalt gegen seine nackten Schultern. Diese wenigen Minuten in der Luft des frühen Morgens mit den Vögeln, die laut zwitschernd um die Futterstellen in den Bäumen vor dem Gewächshaus herumflatterten, waren weitaus beruhigender und entspannender, als es die ganze Nacht gewesen war. Da sie wußte, daß Haydon schon früh in die Stadt fahren mußte, war Nina vor ihm aufgestanden und hatte das Frühstück fertig zubereitet, als er herunterkam. Sie hatten gemeinsam im Sonnenzimmer gegessen, und dann war Haydon hinausgeschlendert, um nach Cinco zu sehen. Der Morgen hatte ihn wieder in die Welt des Normalen zurückgeholt. Der Morgen und Nina.

Sie wußte, daß er ins Präsidium mußte, dennoch bat sie ihn, zu Hause zu bleiben, und meinte, niemand könne ernsthaft von ihm erwarten, daß er zur Arbeit erschien. Und in fast allen Fällen hätte sie damit recht gehabt. Aber Mooneys Tod war kein losgelöster Vorfall gewesen. Auf irgendeine Weise spielte er eine integrale Rolle im Rahmen einer umfangreicheren Ermittlung. Niemand außer Haydon konnte die Informationen liefern, die das Präsidium brauchte. Nur er und Mooney hatten mit bestimmten Leuten geredet, hatten bestimmte Informationen eingeholt. Nur er hatte gewisse Zusammenhänge aufgezeigt und Verbindungen erkannt. Daran konnte er nichts ändern, und er konnte auch nicht die Augen vor seiner Verantwortung verschließen.

Er war bereits unterwegs in die Stadt, bevor der Hauptverkehr die Straßen verstopfte. Er freute sich wirklich nicht darauf, in die Einsatzzentrale zurückzukehren und die unbeholfene, fast schmerzhafte Art über sich ergehen lassen zu müssen, in der die anderen Detectives ihm klarmachen wollten, daß es ihnen leidtat und sie verstanden, wie ihm zumute war, es aber doch nicht schafften, denn Männer wußten wirklich nicht, wie Männer getröstet werden konnten. Er hatte schon früher erlebt, daß sie ihre eigenen Gefühle mit Rücksicht auf den Überlebenden unterdrückten. Sie akzeptierten stillschweigend, daß er Zeit brauchte, um zu begreifen, warum der Tod ihn nur gestreift und dafür seine mörderische Hand auf die Schulter eines anderen Mannes gelegt hatte.

Wenn es nach Haydon gegangen wäre, dann hätte er mindestens einen Monat lang mit niemandem ein Wort gewechselt. Er hätte sich hinter unüberwindliche Mauern zurückgezogen und sich in seinem eigenen Schweigen versteckt. Aber es ging nicht nach ihm, und wenn er sich schon nicht zurückziehen konnte, um niemanden zu sehen, dann bemühte er sich eben um das Gegenteil und suchte Kontakt zu allen.

Als er das Morddezernat betrat, war es halb sieben, eine halbe Stunde, bevor die Tagesschicht begann. In den Räumen war es relativ ruhig. Er ging sofort in sein Büro, ohne nach rechts oder links zu schauen, und schaltete den Computerterminal ein. Er vermied es, Mooneys Nische anzusehen, während er seine Jacke auszog und hinter der Tür aufhängte. Fast hätte er aus Gewohnheit eine Tasse Kaffee geholt, aber er unterdrückte diesen Impuls und ließ sich vor dem Monitor nieder.

Er hatte höchstens zehn oder fünfzehn Minuten getippt, als er Dystal sagen hörte: »Haben Sie letzte Nacht etwas Schlaf bekommen, Stu?«

Haydon drehte sich mit dem Sessel um und sah den massigen Lieutenant an, der am Türrahmen lehnte und eine dampfende Tasse Kaffee in der Hand hielt.

»Es ging«, sagte Haydon. »Und Sie?«

»Spät ins Bett und früh wieder aufgestanden.« Er war frisch rasiert und duftete übertrieben nach Aftershave. Irgendwann während der vergangenen beiden Tage war er beim Friseur gewesen. Er sah blitzsauber aus, und die Spitzen seiner braunen Schuhe lugten auf Hochglanz poliert unter den Hosenbeinenden hervor. Doch seine frische Erscheinung überdeckte kaum die Auswirkungen einer Nacht, in der er höchstens zwei Stunden Schlaf bekommen hatte. Haydon wußte, ohne danach zu fragen, daß Dystal, ehe er am vergangenen Abend nach Hause gefahren war, noch einen Abstecher in die Leichenhalle gemacht hatte.

»Ich werde den ganzen Verein um acht Uhr zu einer Konferenz zusammentrommeln«, sagte Dystal. »Wir müssen eine ganze Menge nachholen. Da es noch einige Zeit dauern wird, ehe Sie einen vollständigen Bericht vorlegen können, würde ich es begrüßen, wenn Sie uns einfach erzählen, was Sie in Erfahrung gebracht haben.« Dystal nippte vorsichtig an seiner Kaffeetasse und schaute Haydon prüfend an. »Und zwar von A bis Z. Alle wollen erfahren, wie der Stand der Dinge ist, und jeder muß Bescheid wissen. Immerhin haben wir in dieser Schicht fast fünfunddreißig Detectives, die sich mit dieser Sache befassen, bis sich irgendeine Spur ergibt. Auf diese Art und Weise bringen Sie es auf einmal hinter sich, und alle Leute hören die Fakten, die sie für die weiteren Schritte brauchen. Würden Sie das tun?«

»Okay«, meinte Haydon. Dystal hatte recht. »Haben Sie eine Zigarette?«

Dystal holte die weiße Schachtel aus seiner Hemdtasche, schüttelte für Haydon ein Stäbchen heraus und gab ihm Feuer. Die Zigarette war furchtbar, wie Haydon es erwartet hatte, aber er inhalierte den Rauch trotzdem so tief wie möglich.

»Danke, daß Sie Nina angerufen haben«, sagte er.

»Ich dachte, daß sie nicht zu sehr überrascht werden sollte«, meinte Dystal. »Auch so ist es noch schlimm genug.«

Was er eigentlich meinte, war, daß er wollte, daß sie auf Haydons Gemütszustand vorbereitet war.

Lapierre und Nunn tauchten zusammen auf und wünschten einen guten Morgen. Da Lapierre damit betraut worden war, die Ermittlungen zu koordinieren, erklärte Dystal ihm, daß er Haydon gebeten hatte, den anderen Detectives eine mündliche Schilderung seiner bisherigen Untersuchungen und Ergebnisse zu geben.

»Das ist gut«, sagte Lapierre und musterte Haydon mit seinen ruhigen, grauen Augen. »Wir müssen uns so schnell wie möglich einen Überblick verschaffen. Robert und ich sitzen an einer Liste möglicher Beteiligter und ihrer Beziehungen untereinander. Stuart, wenn Sie sich die Liste kurz anschauen wollen, dann können wir sie gleich vervielfältigen lassen, um sie bei der Konferenz zu verteilen. Haben Sie noch eine Idee, was wir den Leuten sonst noch mitgeben können?«

Haydon schüttelte den Kopf. »Ich versuche, den Bericht noch heute fertigzubekommen.« Er hörte, wie sich die Einsatzzentrale mit den Detectives der Tagesschicht füllte. Mittlerweile hatte jeder von Mooney gehört, sei es von Kollegen oder über die Nachrichten, und es herrschte nicht der übliche Lärm, der sonst den allmorgendlichen Dienstantritt begleitete.

»Okay«, sagte Dystal und straffte sich, »ich habe jetzt zu tun. Ich werde in ein paar Minuten über Lautsprecher die Konferenz bekanntgeben. Wir sehen uns dann.«

Als er sich abwandte, zog er gleichzeitig die Bürotür halb hinter sich zu.

Ohne eine weitere Bemerkung vertieften sich Lapierre und Nunn in ihre Arbeit. Während der nächsten Dreiviertelstunde beschäftigte sich Haydon konzentriert mit seinem Bericht und unterbrach diese Tätigkeit nur, um sich die Liste anzusehen, die Lapierre erwähnt hatte.

Um acht Uhr erschienen alle im Versammlungsraum. Sämtliche Stühle waren besetzt, und ein paar Detectives standen oder hockten an den Wänden. Dystal sagte ein paar Worte darüber, wie die Ermittlungen organisiert werden mußten, und dann übergab er das Wort an Haydon, der seine und Mooneys Aktivitäten vom vorhergehenden Morgen bis zum Abend schilderte. Er versuchte, Fragen zuvorzukommen, indem er die Folge der Ereignisse so detailliert wie möglich beschrieb, als lese er seinen schriftlichen Bericht vor. Die Detectives hörten schweigend zu, und Haydon wußte, daß jeder aufmerksam seinen Ausführungen folgte und nach möglichen Fehlern suchte, die Mooney das Leben gekostet hatten. Wenn er sich an ihrer Stelle befunden hätte, dann wäre Haydon genauso an die Sache herangegangen, nicht, um einen Schuldigen zu finden, sondern als eine Art Test der eigenen Fähigkeiten. Wenn ein anderer und sein Partner in der gleichen Situation gewesen wären wie Mooney und Haydon, hätte es für sie genauso geendet? Wenn der Zufall der einzige Schuldige war, wer von ihnen würde an diesem Morgen einen Vortrag halten, und wer läge in der Leichenhalle?

Als Haydon seinen Bericht beendet hatte, erkundigte sich Dystal, ob es noch irgendwelche Fragen gäbe, und als niemand sich meldete, nahm Haydon Platz. Lapierre erhob sich nun und verteilte Fotokopien seiner Namensliste.

»Als erstes muß ich folgendes mitteilen«, sagte Lapierre. »Wir haben auf keinen dieser Namen einen Hinweis vom Computer unserer Rauschgiftabteilung bekommen, auch nicht von den Computern der DEA. Nun, so ganz stimmt das nicht. Der Fahrer der Limousine wurde zweimal wegen Marihuanabesitzes verhaftet. Einige von uns haben auf Hinweise in dieser Richtung gehofft, aber die werden wir wohl nicht bekommen. Das betrifft auch die DEA-Archive in Mexiko. Vielleicht ergibt sich später irgend etwas in Verbindung mit falschen Namen, aber bislang gibt es keinerlei Akten über Leute mit den aufgeführten Namen.

Die Druckerzeugnisse, die wir gestern abend in dem Haus unter der Belgrano-Adresse fanden, scheinen jedoch in eine ganz andere Richtung zu deuten. Als nächstes müssen wir uns an das FBI wenden und gründlich nach radikalen rechtsgerichteten Gruppierungen suchen, um festzustellen, ob es in diesem Bereich Verbindungen gibt. Diese neofaschistische Propaganda ist uns mittlerweile vertraut, aber der Unterschied ist der, daß alles in Spanisch gedruckt war. Das Opfer des Attentats ist ein Mexikaner, und es ist möglich, daß die Schützen die gleiche Nationalität haben.«

Haydon hörte in der folgenden Stunde nur mit halbem Ohr Lapierres ausführlichem und methodischem Vortrag und der darauf folgenden Verteilung der Aufgaben auf die verschiedenen Ermittler-Teams zu. Obgleich er selbst eine kontrollierte, fast schon distanzierte Haltung an den Tag legte, verabscheute er die von der Kultur geforderte Gewohnheit, die von ihnen verlangte, auf Mooneys Tod mit einer geradezu geschäftsmäßigen Art zu reagieren. Er war genauso schuldig wie jeder andere, der sich damit befaßte, und er wußte, daß Mooney genauso gehandelt hätte. Der Tod war ein komplizierter Vorgang, sogar für die Überlebenden. Wenn es eine angemessene Art gab, sich damit auseinanderzusetzen, dann kannte er sie nicht. Selbst in den höchstentwickelten Gesellschaften, vielleicht gerade in den hochentwickelten Gesellschaften, war und blieb der Tod die wohl verwirrendste aller menschlichen Erfahrungen, für die es niemals eine einleuchtende Erklärung oder ein echtes Verständnis gab.

Er hatte den Bericht beendet und war von den Ermittlern des Staatsanwaltes, von den Detectives der Inneren Abteilung und von den Ermittlern der Kommission für die Aufklärung von Erschießungen von Beamten im Einsatz befragt und von jeglicher Verantwortung freigesprochen worden. Nun war er durch den Einsatzraum gegangen und blickte durch die verglaste Trennwand in Bob Dystals Büro. Dystal versuchte, das Telefongespräch zu beenden, und winkte Haydon zu sich.

»Klar, klar«, sagte Dystal gerade. »Und wie. Hmm. Das kannst du wohl annehmen. Fände ich gut. Wir reden noch.« Er legte auf, lehnte sich in seinem Drehsessel zurück und streckte sich dabei, so daß der Sessel knarrte, als würde er jeden Moment zusammenkrachen. »Setzen Sie sich, Stu«, sagte er, während er sein Gesicht mit den fleischigen, schweren Händen massierte.

Haydon kam herein, schloß die Tür hinter sich und setzte sich auf den Stuhl vor Dystals Schreibtisch. Auch er war müde. Der Tag war endlos lang gewesen.

»Sie haben mit den Leuten des Staatsanwalts und den anderen gesprochen?«

Dystal nickte. »Ich glaube, es wird keine Probleme geben.«

»Wie lange?«

»Ein paar Tage, denke ich.«

»Am Schreibtisch?«

»Ja.« Dystal betrachtete Haydon. »Sie sind da ein bißchen empfindlich, Stu. Bei all den Schießereien, die vorgekommen sind. Sie wollen den Medien keinen Anlaß geben, sie wieder bei lebendigem Leib zu rösten. Daher gehen sie in dieser Sache besonders sorgfältig vor.«

Haydon saß einen Moment reglos da. Dystal zog eine Schublade ein Stück heraus und legte einen Fuß darauf. Dann nahm er einen Gummiring vom Schreibtisch, hakte seine Daumen hinein, spannte ihn und begann mit den Zeigefingern daran herumzuzupfen.

»Was haben Sie vor?« fragte er forschend.

»Ich werde den Antrag stellen, für einige Zeit beurlaubt zu werden.«

Dystal studierte ihn mit hochgezogenen Augenbrauen und spielte weiter mit dem Gummiring. »Beurlaubung«, murmelte er.

»Das ist doch unter den gegebenen Umständen nicht so ungewöhnlich oder?«

»Nein.« Dystal schüttelte unmerklich den Kopf. »Ich glaube kaum, daß jemand es für ungewöhnlich hält und daran Anstoß nimmt.« Er schnippte den Gummi in den Stahlpapierkorb, wo er mit einem dumpfen Laut landete. »Außer mir vielleicht.«

Haydon wartete.

»Irgendwie kann ich mir nicht vorstellen, daß Sie tatsächlich jetzt ein wenig Luft holen wollen«, meinte Dystal. »Wie kommt es wohl, daß ich nicht glaube, daß Sie die ganze Sache tatsächlich anderen überlassen wollen?«

»Ich brauche nur ein paar freie Tage«, sagte Haydon.

»Sie meinen, Sie müssen sich nicht unbedingt für ein paar Tage an einem Schreibtisch festbinden lassen«, hielt Dystal ihm entgegen. »Es ist schließlich eine entscheidende Phase in dieser Untersuchung.«

Haydon schwieg. Er gab Dystal die Chance, die Vorschriften einzuhalten und die vorgeschobenen Gründe für den Antrag zu akzeptieren.

Die Miene des massigen Lieutenants wurde plötzlich sorgenvoll und müde. Der Erfolgsdruck und der Schlafmangel drückten sich plötzlich in einer körperlichen Reaktion aus, während Haydon ihn betrachtete. Dystal nahm den Fuß wieder von der Schublade und drehte sich ein wenig, um Haydon direkt anzusehen.

»Hören Sie gut zu, Stu.« Er verstummte, als ihm die Augen fast zuzufallen drohten. »Wollen Sie wirklich, daß ich es tue? Muß ich Ihnen erst erklären, was Sie da vorhaben? Kommen Sie uns ja nicht in die Quere, sonst halten wir uns an Sie. Sobald einer meiner Leute Ihnen irgendwo während seiner Arbeit begegnet, muß er es melden. Dann müssen wir Sie vorladen, notfalls zwangsweise vorführen. Also wirklich, das Ganze ist so dämlich, daß ich noch nicht einmal ernsthaft darüber nachdenken will.«

»Ich brauche ein paar Tage dienstfrei«, wiederholte Haydon, als hätte Dystal überhaupt nichts gesagt. »Ich fühle mich seelisch und körperlich völlig erschöpft«, sagte er und benutzte die Phrase, die er aus den Akten solcher Fälle kannte. »Es würde mir sicher guttun. Ich könnte mir von Fry etwas geben lassen, um das zu untermauern. Sie wollen sowieso, daß ich mit ihm rede.«

Dystal ergriff ein Stück Papier, das auf seinem Schreibtisch lag, betrachtete es, dachte nach und zerknüllte es gründlich zu einem kleinen festen Ball, preßte es zusammen und drückte es mit seinen runden Fingern in seine Handfläche, bis die Muskeln seines dicken Unterarms sich aufblähten und zitterten. Seine Kiefermuskeln arbeiteten genauso hart und heftig. Dann hielt er inne, öffnete die Hand und schnippte die murmelgroße Papierkugel über den Tisch. Sie landete in einem durchsichtigen Plastikaschenbecher in der Form des Staates Texas.

Er schaute hoch.

»Ich erledige den Papierkram für diese Sache, bevor ich heute abend Schluß mache.« Er wollte noch etwas anderes sagen, verschluckte es jedoch. Dann meinte er: »Ich verlasse mich darauf, daß Sie mir Bescheid sagen, wenn ich etwas wissen sollte.«

»Falls ich etwas höre, ja«, antwortete Haydon.

19

Haydon verließ Dystals Büro, ging durch den Einsatzraum direkt zum Flur. Er blickte weder nach rechts noch nach links, redete mit niemandem und gab auch niemandem Gelegenheit, ihn anzusprechen. Er nahm die Treppe anstatt den Fahrstuhl, und das abgehackte Geräusch seiner Schritte hallte in der Leere des Treppenhauses wider. Er trat durch die Hintertür des Polizeipräsidiums nach draußen in die drückende Hitze des Nachmittags, eilte über die Asphaltfläche des Werkstatthofs der Fahrbereitschaft und weiter ins Parkhaus. Der Fahrstuhl kam nicht schnell genug, seine Türen schlossen sich zu träge. Die Fahrt war quälend langsam. Haydon wartete diesmal nicht ab, bis die Klimaanlage kühle Luft in den Wagen blies, ehe er die Abfahrtsrampe der Garage hinunterfuhr.

Erst als er die Garage hinter sich hatte und auf der Washington in Richtung Innenstadt rollte, spürte er, wie sich die Enge in seiner Brust löste und in Erleichterung überging. Wenn er das alles nicht schon früher durchgemacht hätte, wäre er überzeugt gewesen, einen Herzanfall zu erleiden. Aber er kannte sich, obgleich er Jahre gebraucht hatte, um die Zeichen als das zu erkennen, was sie wirklich waren.

Er hatte erste Regungen von Klaustrophobie gespürt, während er vor dem Computerterminal gesessen und seinen Bericht abgeschlossen hatte. Es war ihm schwergefallen, sich auf die Einzelheiten zu konzentrieren, und mehrmals hatte er sich dabei ertappt, wie er geistesabwesend auf den Bildschirm starrte und überhaupt nicht begriff, was er gerade geschrieben hatte. Ehe er damit fertig gewesen war, hatte er schon gewußt, daß er nicht fähig sein würde, in dem vom Polizeipräsidium vorgeschriebenen Rahmen weiterzumachen. Als er Dystals Büro betrat, hatte er seine Entscheidung längst getroffen. Soweit es ihn betraf, war er draußen. Es hatte ihn eine ungeheure Selbstkontrolle gekostet, das Gespräch zu führen und hinter sich zu bringen. Er wollte die Beschränkungen des Präsidiums abschütteln. Wenn Dystal nicht mitgespielt hätte, wäre er wahrscheinlich aus dem Dienst ausgeschieden. So wichtig war ihm die Sache plötzlich. Innerhalb einer halben Stunde war es zu einer absoluten Notwendigkeit geworden.

Selbst jetzt, um vier Uhr, war er in weniger als fünf Minuten beim Republic Bank Center. Er lenkte den Wagen in die Garageneinfahrt, nahm sein Ticket aus dem summenden Ausgabeschlitz und sah sich nach einem Parkplatz um.

Wieder folgte ihm der Klang seiner eigenen Schritte über den Granitboden des Korridors. Von einem Münzfernsprecher aus rief er Frank Siddons Anwaltskanzlei im siebenundvierzigsten Stock an und ließ sich mit Mitchell Garner verbinden.

Garner war ein guter Mann in einem aufregenden Gebiet. Er hatte sich auf internationales Recht spezialisiert und vertrat zusammen mit einem anderen Anwalt sämtliche Klienten der Firma, die in mexikanische Rechtsstreitigkeiten verwickelt waren. Haydons Vater, dessen Anwaltstätigkeit sich auch häufig auf mexikanisches Recht erstreckt hatte, hatte Frank Siddons vor fast acht Jahren davon überzeugt, daß er einige Spezialisten für mexikanisches Recht in seine eigene Firma holen mußte. Der erste Mann, den Siddons einstellte, Edward Rhodes, war eine Autorität auf dem Gebiet des mexikanischen Handelsrechts, und 1980 war Garner aufgrund seiner Erfahrung in mexikanischem Strafrecht in die Sozietät aufgenommen worden. Nachdem Haydons Vater gestorben war, hatten Rhodes und Garner Haydon bei der Klärung rechtlicher Komplikationen im Zusammenhang mit den unfangreichen mexikanischen Geschäften seines Vaters geholfen. Außerdem hatten sie die nötigen behördlichen Schritte für Gabrielas Neffen und Nichten unternommen.

Als sich Garner am Telefon meldete, übermittelte er ihm sofort sein aufrichtiges Beileid.

»Ich habe gefrühstückt und das Fernsehen eingeschaltet«, sagte er. »Gewöhnlich tue ich das nicht, aber ich hatte gerade Janice gesagt...« Er verstummte verlegen, als wäre es ihm peinlich. »Wie geht es Ihnen, Stuart?«

»Mir geht es gut«, sagte Haydon. »Aber ich muß Sie sprechen.«

»Natürlich, klar. Kommen Sie herauf.«

»Lieber nicht. Ich bin jetzt nicht in der Stimmung, mit Frank zusammenzutreffen oder mit sonst jemandem. Können Sie nicht runterkommen?«

»Klar. Wo sind Sie?«

»Ich bin im Augenblick im Parterre, aber warum treffen wir uns nicht auf der Brücke im zweiten Stock?«

»Wollen Sie irgendwohin, wo man sitzen kann?«

»Nein. Die Brücke ist am besten.«

»Ich komme sofort.«

Garner tauchte ohne ein Wort zu sagen neben Haydon auf. Er atmete etwas schneller, da seine rundliche Gestalt allmählich ihren Tribut zu fordern begann. Sein blondes, schon vorzeitig schütter gewordenes Haar war kurz geschnitten und erinnerte an die konservativen Einflüsse Washingtons. Er trug ausschließlich weiße oder hellblaue Hemden mit Buttondownkragen und gestreifte Krawatten. Im vergangenen Jahr war er dazu übergegangen, Hosenträger zu benutzen. Sie sahen bei ihm sehr gut aus und paßten zu seinem Stil und seinem Auftreten.

»Es tut mir leid, Ihnen Ungelegenheiten zu bereiten«, sagte Haydon und sah Garner dankbar an. »Ich bin froh, daß Sie sich Zeit für mich genommen haben.«

»Kein Problem.« Garner versuchte ein krampfhaftes Schlukken zu überspielen.

Haydon sah Neugier in Garners Augen funkeln.

»Ich komme gleich zur Sache«, sagte Haydon und starrte wieder ins Nichts. »Die Adresse an der Chicon, wo Ed gestern abend getötet wurde, war auch der Schauplatz eines anderen Mordes, den Ed und ich gestern früh entdeckt haben. Ein Mann wurde vor den Toren dieses großen alten Hauses aufgefunden, das unbewohnt zu sein schien. Nachdem wir uns dort umgeschaut hatten, fuhr ich in die Countyverwaltung, um in Erfahrung zu bringen, wer die Steuern für dieses Anwesen bezahlt. Es stellte sich heraus, daß sich während der letzten vier Jahre eine Firma darum gekümmert hat: die Teco Corporation.«

Haydon glaubte erkennen zu können, daß sich Garners Augen

bei der Nennung des Namens leicht verengten, aber er unterbrach seinen Vortrag nicht.

»Gestern abend, als wir das Haus in Augenschein genommen haben, haben wir in einem der Zimmer einiges an interessanter Literatur gefunden. Es sieht nach radikaler rechtsgerichteter, teilweise sogar faschistischer Propaganda aus. Antijüdisch, antihomosexuell, antikommunistisch. Ziemlich starker Tobak. In Spanisch. Das Zeug wurde in Guadalajara, Jalisco, gedruckt. Ich habe mich mit dem Büro des Außenministeriums in Austin in Verbindung gesetzt und herausgefunden, daß die Firma vor vier Jahren gegründet worden ist. Sämtliche Vertreter sind mexikanische Staatsbürger. Zwei wohnen in Guadalajara, zwei in Colima, mehrere in Mexico City.« Er holte ein Stück Papier aus der Tasche und reichte es Garner. »Der eingetragene Repräsentant ist ein Mexiko-Amerikaner hier in Houston: Enrique Cordero Rulfo.«

Garner sah sich die Liste der Vorstandsmitglieder an. Sein Gesicht zeigte keine Reaktion, und Haydon gewann den Eindruck, daß die Namen ihn nicht so sehr beeindruckten wie etwas, das er bereits gehört hatte.

Nachdem er jeden Namen gelesen hatte, schüttelte Garner den Kopf und sah Haydon an. »Von der Teco Corporation habe ich noch nie etwas gehört«, sagte er, »aber ich glaube, ich weiß jetzt, was es damit auf sich hat.« Er betrachtete das Papier, ohne es bewußt zu sehen, und dachte nach. Dann faltete er es zusammen, klappte es wieder auf, fuhr mit den Fingern am Falz entlang.

Garner schien sich nicht ganz im klaren darüber zu sein, wie er beginnen sollte. Er drehte sich zum Geländer um und schaute durch die großen Fenster, die bis zum Fußboden reichten, auf die Louisiana Street.

»Das Attentat auf die Limousine steht ebenfalls damit in Verbindung, nicht wahr?« fragte er.

»Das ist so gut wie sicher.«

»In den Nachrichten hieß es, sie hätten einen Mexikaner namens Sosa erwischt, Sosa Real.«

»Das ist richtig. Kennen Sie ihn?«

»Ich glaube, ja.«

Haydon fragte sich, wen Garner sonst noch kennen könnte. Er beschloß, Gamboa einstweilen nicht zu erwähnen.

»Stuart, ich sage Ihnen, was mir spontan in den Sinn kommt. Okay?« Er runzelte nachdenklich die Stirn. »Die Staaten Guadalajara und Colima sind die Zentren der rechten politischen Strömungen in Mexiko. In Guadalajara kommt diese Einstellung im wesentlichen aus der Autonomen Universität, die vor einigen Jahrzehnten von konservativen, reichen Katholiken gegründet wurde. Diese Universität soll ihre Studenten angeblich mit rechtsradikaler Philosophie bekannt machen. Daran ist natürlich nichts Verwerfliches. Die Nationale Universität in Mexico City vermittelt praktisch die genau entgegengesetzte Richtung. Tatsächlich ist jedoch die Universität in Guadalajara weitaus mehr als nur ein Bildungs- und Lehrinstitut mit konservativer Tendenz. Es wurde behauptet, daß sie von der U.S. Agency for International Development und vom CIA finanziell unterstützt wird, und daß sie eine Zufluchtsstätte, eine Art Versteck für viele von Anastasio Somozas *guardia* ist. Sie ist außerdem die Wiege und das Zentrum eines geheimen Ordens namens *los tecos.*«

»Das Wort kenne ich nicht«, sagte Haydon.

»Es ist eine Abkürzung für *tecolote*, Eule.«

Garner stützte seine Unterarme auf das Eisengeländer, runzelte die Stirn und überlegte, wie er fortfahren sollte. Er hob eine Hand und strich sich mit den Fingerspitzen über die Stirn, auf der sich ein dünner Schweißfilm gebildet hatte. Er betrachtete seine Finger mit einem Ausdruck des Unwillens und rieb seine Hände gegeneinander.

»Über diese Organisation lassen sich nur wenige konkrete Hinweise bekommen. Die *tecos,* meine ich. Es ist eine fanatische geheime Organisation. Sie ist jedoch eindeutig im neofaschistischen Lager angesiedelt und radikal antikommunistisch. Antijüdisch. Fanatische Katholiken wie die *tecos* haben mit dem toleranten, dem liberalen und dem herkömmlichen gemäßigten Katholizismus nichts im Sinn. Sie sind überaus extrem einzustufen.

Zum Beispiel, als Papst Johannes Paul II. im Jahre 1983 Mexiko besuchte, bezeichneten ihre Propagandablätter ihn als einen homosexuellen Drogensüchtigen und als Antichrist. Diese Leute sind verrückt. Was sie zu einer so ernsthaften Bedrohung macht, Stuart, sind ihr Hintergrund und die Leute, die auf verschiedenen hierarchischen Ebenen und in verschiedenen Fraktionen tätig sind. Die *tecos* werden von einem bestimmten Lager mexikanischer Politiker und Geschäftsleute unterstützt. Sie pflegen engen Kontakt zur Verwaltung der Interamerican Development Bank, zu mächtigen Persönlichkeiten und zu militärisch bestens gerüsteten lateinamerikanischen Ländern, und sie haben Verbindung mit der Faschistischen Internationale. Sie sind militant.«

Garner verlagerte sein Gewicht auf den anderen Fuß und entfaltete die Liste mit den Namen der Vorstandsmitglieder der Tecos Corporation.

»Die *tecos* waren früher mal die Tochterorganisation von General John Singlaubs Antikommunistischer Weltliga. Vor ein paar Jahren wurde es offensichtlich, daß sie sogar für die Liga zu extrem waren. Schließlich wurden sie ausgeschlossen. Ein übergetretenes ehemaliges Mitglied der Todesschwadron in Honduras hatte ausgesagt, daß sie eine wichtige Rolle bei den Aktivitäten der dortigen Todesschwadron gespielt haben und auch in anderen mittelamerikanischen Ländern tätig waren.«

»Was meinen Sie damit, wenn Sie sagen, daß es nicht viele Hinweise auf die Organisation gibt?« fragte Haydon. »Was Sie mir erzählen, klingt nicht nach reiner Spekulation.«

Garner schüttelte den Kopf. »Man weiß, daß sie schuldig sind wie der Teufel selbst, aber es gibt keine Fakten, die vor Gericht Bestand hätten. Niemand hat jemals unwiderlegbare Beweise vorlegen können, daß die *tecos* an Gewalttaten in Mexiko oder sonstwo in Lateinamerika beteiligt sind. Und dann gilt auch, was mir einmal ein Reporter der *New York Times* erklärte: ›Sich Beweise über die *tecos* zu besorgen, ist genauso, als beginge man Selbstmord.‹ Es gibt nicht viele Leute in Mexiko, die bereit wären, unbequeme Fragen über diese Leute zu stellen.«

»Und was hat das alles mit Sosa zu tun?«

Garner schaute Haydon an. »Sie wissen, daß es gar nicht um Sosa geht, nicht wahr?«

Haydon blickte über das Geländer in das Herz des Gebäudes.

»Gamboas Name wurde in den Nachrichten nicht genannt«, meinte Garner. »Aber er steckt dahinter, nicht wahr? Er ist das Zielobjekt.«

»Ja, es ist Gamboa.«

»Na, okay. Dann haben Sie es mit Millionen von Verdächtigen zu tun. Im Augenblick ist Benigo Gamboa einer von dem halben Dutzend Männer, die den Haß der gesamten mexikanischen Bevölkerung auf sich gezogen haben.«

»Als Mitglieder der letzten Regierung López Portillos?«

»Er war Minister für öffentliche Arbeiten.«

»Meinen Sie, die *tecos* versuchen, Gamboa umzubringen?«

»Angesichts seiner Politik und seiner Verbrechen würde ich das ernsthaft in Erwägung ziehen.«

»Aber diese Art von Plünderung der öffentlichen Gelder durch eine abdankende Regierung ist eine uralte mexikanische Tradition«, sagte Haydon. »Die Präsidenten und ihre Kabinette haben ihr Amt immer mit zusammengestohlenem Vermögen verlassen. Das ist wohl der größte inoffiziell bestätigte Skandal der westlichen Hemisphäre.«

»Es ist immer das gleiche«, gab Garner zu. »Aber ›das Volk‹ wartet darauf, das letzte Wort zu haben. Sind Sie mit der Entwicklung da unten ein wenig auf dem laufenden?«

»Nicht so richtig.«

»Unter López Portillo geriet die institutionalisierte Korruption Mexikos außer Kontrolle. Haben Sie eine Ahnung, mit welcher Summe diese Kerle sich aus dem Staub gemacht haben?«

Haydon schüttelte den Kopf. »Mit Millionen, vermute ich.«

»Richtig irrwitzig wurde es mit Luis Echeverria Alvarez, der von 1970 bis 1976 Präsident war. Es wird geschätzt, daß Echeverria – persönlich – zwischen dreihundert Millionen und einer Milliarde auf die Seite geschafft hat... amerikanische Dollars, wohlgemerkt.«

Haydon sah Garner skeptisch an.

»Diese Zahlen wurden vom CIA ermittelt«, erklärte Garner nüchtern. »Dann kommt José López Portillo. Präsident von 1976 bis 1982, Echeverrias *tapado,* sein ausgewählter Nachfolger. Er raffte – eigenhändig – zwischen einer und drei Milliarden zusammen.«

»Gerüchte?«

Garner schüttelte den Kopf. »Die Summe ist bestätigt.«

»Wieder durch den CIA.«

»Die wissen eine ganze Menge«, sagte Garner. »Na ja, manchmal erreichen einen die Informationen auf verschlungenen Wegen, aber unterm Strich kann man ihnen Glauben schenken.«

»Und Gamboa hat dabei mitgemischt.«

»Er war einer der schlimmsten, einer der größten *sacadolares* – der Dollarräuber – von allen. Von 1979 bis 1982 schafften er und Typen seinesgleichen, Geschäftsleute und hochrangige Verwaltungsleute, zwischen fünfzehn und fünfundzwanzig Milliarden Dollar aus dem Land.«

»In Erwartung der Peso-Entwertung.«

»Richtig. Als es während der letzten Monate der Regierung von López Portillo dazu kam – zusammen mit der Verstaatlichung des Bankwesens –, hatten diese Leute ihre Schäfchen im trockenen. Die Vermögen – und ich spreche von unermeßlichen Summen – waren bereits in Banken außerhalb des Landes untergebracht. Sicher. Dann schossen die Preise nach oben. Der Ölpreis auf dem Weltmarkt sackte ins Bodenlose. Und Mexiko wurde zur zweitgrößten Schuldnernation der Welt. Der einfache Mexicano kann sich noch nicht mal das Mehl für die Tortillas für seine Kinder leisten, während diese Kerle auf der ganzen Welt ihre Villen und Landsitze haben.«

Haydon sagte nichts. Während ihres Schweigens konnte er das gedämpfte Gemurmel der Menschenscharen hören, die sich aus den Fahrstühlen in die grandiose Halle tief unter ihnen ergossen. Sie waren so weit weg, dachte Haydon. Er fühlte sich furchtbar einsam. Vorgestern um diese Zeit war Mooney noch seiner täglichen Routine nachgegangen, indem er sich mit einer

Flasche Bier vor seinen Fernseher gehockt hatte, um sich die Abendnachrichten anzusehen. Gestern um diese Zeit war er in seinem Büro und wühlte sich durch Berge von Papierkram einer Untersuchung, in die er schon sehr bald etwas investieren sollte, das sich am Ende als für immer verloren erwies.

»Benigo Gamboa Parra verließ das Land mit fast anderthalb Milliarden«, fuhr Garner fort, wobei seine Stimme fast nachdenklich klang. »Er hat Häuser in Los Angeles, Miami, hier, Gstaad, London. Er hat riesige Ländereien. Ein Sohn studiert in Harvard Jura. Ein Sohn ist in Monterrey im Importgeschäft tätig. Er hat zwei Töchter und eine Ehefrau, die stets auf der Liste der bestangezogenen Persönlichkeiten geführt werden.«

Garner wandte sich um, damit er wie Haydon über das Geländer nach unten schauen konnte. »Während er im Amt war, kam es zu zahlreichen Finanzskandalen, was eigentlich recht ungewöhnlich in einer Gesellschaft ist, die Bestechung als etwas Alltägliches und Normales empfindet.«

»Und welcher Art waren diese Skandale?«

»Der wahrscheinlich größte betraf eine Sache, die gerade erst wieder in den Nachrichten Erwähnung fand. Als Minister für öffentliche Arbeiten war seine Behörde verantwortlich für die Erteilung von Bauaufträgen. Eine große Anzahl von Gebäuden in der Innenstadt von Mexico City wurden vom Staat errichtet. Natürlich vergab Gamboa die Aufträge an die Baufirmen, die bereit waren, die höchsten Bestechungssummen zu zahlen. Um seinen Geldforderungen nachkommen zu können, mußten die Bauunternehmer woanders Einsparungen vornehmen, das hieß, daß sie den Aufwand bei ihren Bauverfahren und Baumaterialien drastisch zusammenstrichen. Sie unterschritten bestimmte Grenzwerte für öffentliche Bauten, nahmen für Betonteile schwächere Armierungen, gaben sich mit weitaus flacheren Fundamenten zufrieden, kürzten und strichen, was immer gerade noch möglich war... dann schmierten sie die Baukontrolleure.« Garner zuckte mit den Achseln und schüttelte den Kopf. »Bei den Erdbeben brachen daraufhin die Regierungsgebäude zusammen wie Sandburgen, und viel mehr waren sie letztendlich auch nicht. Natürlich war Gamboa zu diesem Zeitpunkt längst nicht mehr im Lande.« Er sah Haydon an. »Er ist ein Bastard, Stuart. Mit Regierungsangehörigen und Geschäftsleuten wie ihm – und Mexiko hat von dieser Sorte mehr als genug – ist es ein Wunder, daß das Land überhaupt noch lebensfähig ist. Diese Männer haben ihre eigenen Leute zu ihrem Vorteil bis aufs Blut ausgesaugt. Es ist unglaublich.« Er hielt inne. »Die Wahrheit ist, Stuart, wenn jemand es schaffen sollte, ihn umzubringen, dann dürfte die Welt insgesamt ohne ihn besser dran sein.«

»Sie haben erwähnt, daß die *tecos* von reichen mexikanischen Geschäftsleuten und Politikern unterstützt werden«, sagte Haydon. »Ist das nicht auch eine ziemlich genaue Beschreibung von Gamboa? Wie kommt es, daß er sich mit seinen eigenen Leuten überworfen hat?«

»Es sind nicht Leute wie er«, sagte Garner und schüttelte erneut den Kopf. »Ich weiß, es könnte so aussehen, als verfolgten sie die gleichen Interessen, aber das ist nicht der Fall. Gamboa hat sein persönliches Vermögen zusammengerafft, indem er die Öffentlichkeit angezapft, sie raffgierig beraubt und die Langzeitwirkung seines Tuns völlig mißachtet hat. Wenn die Wirtschaft zusammenbricht, zum Teufel damit. Er hat sich einfach in ein Flugzeug gesetzt und sich irgendwohin fliegen lassen, wo das Leben angenehmer war. Er war tatsächlich bereit und entschlossen, die mexikanische Wirtschaft zu ruinieren, um sich selbst zu bereichern. Er und Portillo. Für sie war das Land nur eine bequeme Einkommensquelle.

Die Denkweise der mit den *tecos* in Verbindung stehenden Geschäftsleute ist eine andere. Sicher, auch sie wollen ihre Vermögen auf Kosten anderer Menschen zusammentragen, aber sie betrachten dieses Bemühen eher unter einem längerfristigen Aspekt. Sie sind überzeugte Nationalisten; sie wollen Mexiko nicht zerstören. Sie haben den Staat vielleicht im Würgegriff, kontrollieren verschiedene Industriezweige, Handelsbereiche und politische Parteien mit einem geradezu mafiaähnlichen Bestechungssystem, aber sie würden den Staat niemals zu Tode würgen. Sie lassen ihm genug Luft zum Atmen, damit er am Leben bleibt. Sie sehen es sogar mit Wohlwollen, wenn das Land aufblüht, solange sie sich in den Kulissen verstecken und die Fäden ziehen können. Sie wissen genau, was geschieht, wenn sie die Gans, die goldene Eier legt, vernichten. Gamboa hat sich einen Teufel um das Schicksal der Gans geschert.«

Haydon dachte nach. Nach einiger Zeit fragte er: »Haben Sie jemals von einem Lucas Negrete gehört?«

»Mein Gott. Das ist ein wirklich übler Kerl«, sagte Garner. »Hängt der etwa auch in der Sache drin?«

»Irgendwie«, meinte Haydon.

»Verdammt noch mal, Stuart, was zum Teufel geht hier vor?« Garners Finger beschäftigten sich mit dem Stück Papier, fuhren an den Kanten entlang, drehten es um und strichen es glatt.

»Der Posten des Polizeichefs des Verwaltungsbezirks von Mexico City war unter López Portillo ein wahrer Traumjob«, erzählte er. »Er war sozusagen der Freibrief für ganz offenes Banditentum. Er gab ihn seinem Freund Arturo Durazo Moreno, der zu jener Zeit wegen Drogenhandels in den Vereinigten Staaten gesucht wurde. Als Kriegsherr des Distrikts wurde Durazo unglaublich reich, indem er die Gelder abschöpfte, die nach oben stiegen wie Fettaugen in der Suppe.

Er war genauso dreist wie gierig. Er gründete seine eigene persönliche Brigade – eine Art Geheimpolizei, die den Namen Jaguars trug. Negrete war deren Chef. Es waren legalisierte Terroristen, und sie genossen den Schutz der mexikanischen Regierung. Negrete wurde berühmt wegen der Vorbereitungen für einen Vorfall, der später unter dem Namen ›Tula-River-Massaker‹ bekannt wurde. Als Durazos rechte Hand war Negrete für das Kassieren der Schmiergelder von den kolumbianischen Drogenkartellen verantwortlich, die Mexiko als Zwischenstation benutzten, ehe die Ware endgültig in den Norden transportiert wurde. Einmal versuchte eine Gruppe von Kolumbianern, ihn aus dem Geschäft zu drängen. Ich vermute, sie wurden ein bißchen frech und tollkühn. Negrete arrangierte ein Treffen mit ihnen vor den Toren der Stadt am Tulafluß, um die Angelegenheit zu besprechen. Die Jaguars töteten siebenundachtzig Kolumbianer. Und so geht es weiter. Eine Geschichte nach der anderen. Sie glauben es einfach nicht.«

Haydon meinte: »Laut Gamboa ist Negrete sein ›Sicherheitsberater‹.«

Garner stieß einen leisen Pfiff aus. »Da haben Sie aber was Wichtiges erfahren, Stuart. Das ist was für das FBI.«

»Die wissen bereits Bescheid.«

»Aber das Houston Police Department hängt weiter an der Sache dran, nicht wahr?«

»Stimmt.«

Garner schüttelte den Kopf und holte seinen Schreibstift wieder aus der Tasche. Er schrieb einen Namen und eine Adresse auf den Zettel und reichte ihn Haydon.

»Ich bin mal für diese Frau im Zusammenhang mit den *tecos* tätig gewesen«, sagte Garner. »Ich muß sie vorher anrufen, um mich zu erkundigen, ob sie mit Ihnen reden will. Die Frau hat eine Menge hinter sich. Ich hätte großes Verständnis, wenn sie sich weigern würde.«

Haydon nahm den Zettel an sich und nickte. »Ich bin Ihnen sehr dankbar«, sagte er. »Aber tun Sie mir einen Gefallen, Mitchell. Schildern Sie ihr … meine Situation. Erklären Sie ihr, daß es für mich sehr wichtig ist.«

20

Sie fuhren mit dem Mietwagen auf der Navigation nach Osten, während hinter ihnen das funkelnde Panorama der Stadt vor dem rötlichen Nachglanz des Sonnenuntergangs zum Leben erwachte. Die Straßen des East End vor ihnen waren düster und verlassen. Hinter Wayside sahen sie den ersten erleuchteten Derrickkran und dann am Ende einer Seitenstraße die breiten Finger der Dockkräne am Wendebecken. An der Seventy-seventh Street beschrieb die Navigation einen Fünfundvierzig-Grad-Bogen nach rechts und schmiegte sich an den Schiffskanal an. Plötzlich ragten links von ihnen die Frachter im Booth Rail Yard auf, Leviathane, eingebettet in stinkende und kabbelige Fluten, in ihren Slips ächzend, befleckt mit Seepocken, als Schutz vor der Nacht mit Lampen behängt. Im weichen Schimmer von Millionen winziger Glühbirnen lag die netzartige Welt der Docks in einem Dschungel von Kränen und Derrickkränen, Masten und Tauen, Lagerhäusern, Silos, Förderbändern, Schleppern und Leichtern. Sie passierten die Canal Street rechts von ihnen, und dann stieg die Navigation an, schwang sich über alles hinaus, überspannte den Brays Bayou, der sich zur Stadt zurückschlängelte. In der näheren Entfernung überquerte der lange, elegante und leuchtende Bogen der Sherman Bridge den Schiffskanal dicht unterhalb von Brady Island.

Auf der anderen Seite des Brays Bayou bogen sie von der Navigation auf die Cypress ein und rollten über eine kleine Brücke mit niedrigem Geländer nach Brady Island und zu einem weitflächigen, hell erleuchteten Parkplatz. Der Platz war nur zu einem Drittel besetzt. Es war noch zu früh für die meisten Dinnergäste, die die beiden eleganten Restaurants aufsuchten, die nebeneinander an der Kanalseite der Insel standen. Sie fuhren nach links auf Shanghai Red's zu, ein Restaurant mit einer Filmstudioatmosphäre, eine phantasievolle Imitation von verrosteten Wellblechlagerhäusern in jenem berühmten chinesischen Hafenort gleichen Namens. Sie fuhren langsam an der Restaurantfront vorbei, sahen sich die Wagenreihen an und setzten die Fahrt fort.

Am Ende des Parkplatzes befand sich ein kettenähnlicher Zaun, der ihn von einer Ansammlung von Lagerhäusern mit tief heruntergezogenen Dächern trennte. Sie fuhren bis zum Ende des asphaltierten Platzes und umrundeten den Zaun zu einer asphaltierten Fahrstraße hin, dann weiter um ein Gebüsch welker Sonnenblumen zu einem Sandplatz. Auf der Insel gab es keine Lagerhäuser der Hafenbehörde. Nur auf der anderen Seite des schmalen Kanals, wo die Frachter an den Kais lagen, konnte man die langen numerierten Schuppen des offiziellen Hafens von Houston erkennen. Unweit des nördlichen Endes der Sherman Bridge deutete eine dichte Ansammlung von Straßenlaternen auf die Tore der Haupteinfahrt zum Hafen hin. Links von ihnen setzten sich die Lagerhäuser fort bis zum Hafenbecken.

Blas parkte den Wagen am Rand der Sandfläche gegenüber von drei Frachtern, die vor den Lagerhäusern 27, 28 und 29 auf der anderen Seite des Hafenarms lagen. Stoßstangenhoch wucherndes Unkraut markierte das Nordufer der Insel, einen anderthalb Meter tiefen Abbruch zum Kanal. Er schaltete das Licht und den Motor aus.

»Steigen wir aus, damit wir etwas hören können«, sagte er. Sie öffneten die Türen.

Die Geräusche klangen fern und erstickt, ein stampfender Benzinmotor irgendwo auf dem Wasser, ein summender Elektromotor auf dem erleuchteten Deck eines der Schiffe, die Stimme eines unsichtbaren Mannes auf dem Deck eines anderen Schiffs, das schwere, metallische Dröhnen eines Schotts, das zugeschlagen wurde.

»Scheiße«, sagte Rubio.

»Was ist los?«

»Das ist nicht gut. Das gefällt mir nicht.« Wenn er innerlich angespannt war, dann war das Pfeifen seiner Lippenscharte noch deutlicher zu hören.

»Warum?«

»Ich mag das Wasser nicht, arbeite auch nicht gern am Wasser.«

»Ist schon in Ordnung«, sagte Blas. Was *ihm* nicht gefiel, war Rubios plötzliche Wachsamkeit. Damit hatte er nichts mehr, worauf er sich hätte stützen können. Wenn Rubio nervös war, dann war Blas es auch. Er verließ sich sehr auf die Instinkte des Indianers.

»Hmm.« Rubios Stimme klang skeptisch.

Blas holte tief Luft und sog den Geruch von fauligem Schlamm ein.

Sie beobachteten die Docks und blickten in die falsche Richtung, als ein Innenbordmotorboot unter der Sherman Bridge auftauchte, dessen Maschine im unruhigen Wasser laut brummte. Als es etwa hundert Meter entfernt war, steuerte es in einem sanften Bogen auf sie zu, näherte sich in einem flachen Winkel, ging mit den Maschinen auf halbe Kraft, bis sie schließlich endgültig stehenblieben, während das Boot auf die überhängende Uferböschung vor ihnen zutrieb. Dann war Stille.

Es war zu dunkel an der Grenze zwischen Ufergestrüpp und Wasser, als daß Blas hätte erkennen können, was im Gange war. Er konnte die andere Seite des Bootes sehen, das auf der eigenen Bugwelle und ihren Ausläufern auf und ab tanzte. An Bord selbst bemerkte er keine Bewegung.

Rubio legte den Sicherungshebel seiner Mac-10 um und konzentrierte sich auf das Gestrüpp oberhalb des Bootes. Sie vernahmen Schritte auf dem Glasfiberrumpf, dann sprang jemand. Sie konnten hören, wie ein Mann beim Heraufklettern trockene Pflanzen zertrat.

»Verdammtes Unkraut«, schimpfte der Mann, als sein Kopf über dem verfilzten Dickicht sichtbar wurde, und dann trat der Mann in voller Größe auf den Sandplatz. Er trug eine Uniform des Hafenpersonals und eine Mütze mit einem NRA-Emblem. »Heh, Jungs«, knurrte er mit halblauter Stimme und sah sie an. Er war untersetzt, die Uniform umspannte seinen Bauch, und die hochgekrempelten Ärmel entblößten kräftige Muskeln. »Seid ihr sicher, daß ihr hier richtig seid? Ich hatte eigentlich einen ganz bestimmten Freund erwartet. Und ihr seid es sicher nicht.«

»Wir gehören zur Teco Corporation«, sagte Blas und benutzte den vereinbarten Code. »Ireno López hat für uns gebürgt.«

Der Mann betrachtete sie einen Moment prüfend. Dann sagte er: »Na ja. In Ordnung, ich denke, ihr wißt, was ihr tut.«

Blas entspannte sich ein wenig. Er hatte Angst, daß Rubio den Mann mit einem Feuerstoß in sein Boot zurückwerfen würde, wenn er einen geringen Fehler beging.

»Nur ihr beide?« fragte der Mann.

»Ja.«

»Gut«, sagte er. »Ich bin Tucky Waite.« Er streckte die Hand aus und reichte sie Blas, dann Rubio. »Habt ihr vielleicht auch Namen? Ich würde sie gern wissen.«

»Ich heiße Blas, das ist Rubio.« Verdammte Texaner, dachte er. Wie sehr er doch ihre Vertrautheit haßte. Sie rechneten nie mit der Möglichkeit, daß irgend jemand sie vielleicht nicht leiden konnte. Blas nahm den Geruch wahr, diesen ekligen Gestank von Bier und altem Schweiß.

»Ich bin allein in dem Boot«, erklärte Waite und zog seine Hose hoch. »Hat ein bißchen gedauert, bis ich es festgemacht hatte.« Er grinste sie an. Er war Ende Dreißig. Als er die Hand hob, um den Schirm seiner Mütze nach hinten zu schieben und sich die schweißnasse Stirn zu kratzen, erkannte Blas die schwarzen Umrisse einer Tätowierung auf seinem kräftigen Unterarm. »Soweit wir es sehen konnten, ist euch niemand auf die Insel gefolgt«, sagte er. »Habt ihr was bemerkt?«

Blas schüttelte den Kopf. Es schien wirklich alles in Ordnung zu sein, aber wer war »wir«?

»Okay. Dann hört zu: Drüben vor Shanghai Red's steht ein schwarz-silberner 85er Chevy Pickup. Fahrt dorthin und folgt dem Jungen. Wir müssen uns einen besseren Platz suchen, um die Ratten zu schlachten.« Er warf einen Blick auf Rubios Mac-10. »Hübsche kleine Dinger.« Er lutschte nachdenklich an seinen Zähnen. »Aber ich glaube nicht, daß ihr die brauchen werdet. Ehrlich gesagt, diese Dinger machen mich nervös.« Er schenkte Rubio ein träges Grinsen und zwinkerte, bevor er Blas musterte. Er drehte sich um und machte Anstalten, durch das Gestrüpp wieder nach unten zu steigen. »Folgt nur dem Truck. Ich treffe euch nachher.«

»Wie weit ist es?« fragte Blas.

»Nicht weit«, klang Waites Stimme aus der Dunkelheit. Sie hörten ihn durch die verdorrten Pflanzen stampfen und dann einen hohlen Laut, als er wieder ins Glasfiberboot kletterte.

Als sie zum Parkplatz kamen, rollte der Pickup schon aus seiner Parklücke. Er war mit Sumpfreifen und einer langen Antenne ausgerüstet. Sie befand sich seitlich hinter dem Fahrer am Rand der Ladefläche und klemmte mit der Spitze in einer Aussparung in der Regenrinne des Führerhauses. Zwei verchromte Nebelscheinwerfer waren auf dem Dach der Kabine montiert.

Blas hielt sich ein kurzes Stück hinter dem Wagen und ließ gerade genug Abstand, um nicht eingeklemmt zu werden, falls sich jemand hinter sie setzen sollte. Die Querstraßen und Bäume wurden spärlicher, dann verschwanden sie ganz und machten ebenen grasigen Flächen Platz, auf denen vereinzelt verlassene Schuppen und verrostete Maschinen standen. Sie überquerten zwei Eisenbahngleise und gerieten in das bläuliche Licht der Verladestation einer chemischen Fabrik und Ölgesellschaft, deren Lampenschein von den Wolken ihrer eigenen Dampfmassen reflektiert wurde.

Der lange Anstieg der Sherman Bridge zum Loop 610 erhob sich vor ihnen. Sie fuhren darunter hindurch und gelangten erneut auf Straßen mit Bäumen und barackenähnlichen Gebäuden, einigen Bars und Cafés und unbebauten Grundstücken, umgeben von einem seichten Ausläufer des Schiffskanals mit Pontons, einem Eisenbahngleis und Sims Bayou.

Ein Arm schob sich aus dem Seitenfenster auf der Fahrerseite des Pickup und deutete eine Linkskurve an. Blas folgte dem Zeichen, ließ sich aber etwas weiter zurückfallen.

»Warum hat er den Blinker nicht gesetzt?« fragte Rubio wachsam.

Blas schüttelte den Kopf. Er stellte sich ebenfalls diese Frage. Er hatte die Seitenstraßen aufmerksam betrachtet und auf einen Verfolger gewartet, aber bisher war niemand aufgetaucht.

Erneut winkte der Arm aus dem Seitenfenster, diesmal, um eine Rechtskurve anzudeuten. Sie gelangten jetzt zu den Kais, den Schuppen und Gassen. Dahinter erhoben sich die riesigen zylindrischen Umrisse von Öltanks. Sie fuhren an den Lagerhäusern vorbei und verfielen ins Schrittempo, als sie auf einen langen von Tanks gebildeten Korridor zufuhren. Durch die Querstraßen konnte Blas gelegentlich einen kleinen Pier am Kanal erkennen – weniger als hundert Meter entfernt.

Als der Pickup in eine der Seitenstraßen abbog, kurbelten Blas und Rubio die Fenster runter. Das Wageninnere füllte sich mit der säuerlichen Luft der petrochemischen Betriebe und Raffinerien. Sie stoppten vor dem letzten Lagertank an der Straße. Vor ihnen verlief eine kleine Straße, weiß von zermahlenen Muschelschalen, am Rand des Kanals entlang. Ein schmaler Holzsteg ragte ins Wasser. Am Ende des Piers erkannte Blas eine Wellblechhütte und das Heck eines Bootes, das aus dem Schuppen hervorlugte.

Die Seitentür des Pickup wurde geöffnet, und ein schlaksiger junger Mann stieg aus und schaute zu ihnen herüber. Er trug die obligatorische Baseballmütze und ein dunkles T-Shirt, das in eine enge Jeans hineingestopft war, die in hochschaftigen Cowboystiefeln steckten. Um seine schmalen Hüften war ein Westerngürtel mit einer Schnalle, die etwa halb so groß war wie eine Wagenradkappe, geschlungen. Während er sie beobachtete, griff er in seine Gesäßtasche und holte eine runde Dose Kautabak hervor. Er legte sich eine Portion auf die Unterlippe, dann kam er auf sie zu.

Blas öffnete die Tür und stieg aus, ehe der junge Mann den Wagen erreicht hatte.

»Seid ihr bereit?« erkundigte sich der Junge.

»Ja.«

»Okay. Tucky ist unten im Schuppen. Er hat das, was ihr haben wollt.«

»Ist er allein?«

Der Junge nickte. »Geht dein Mann mit?« Er sah zu Rubio im Wagen.

»Nein.« Blas bedeutete Rubio mit einer Geste, er solle aussteigen, und meinte: »Ich glaube, ihr beide solltet hierbleiben. Ich gehe allein.«

»Das läuft nicht so, wie Tucky gesagt hat«, sagte der Junge ruhig. Seine Unterlippe spannte sich um das Kautabakstück.

»Ich kann den Wagen nicht allein zurücklassen«, erklärte Blas.

Der Junge sah ihn mit einem unsicheren Stirnrunzeln an und streifte den Mietwagen mit einem begehrlichen Blick. Das fahle Licht, das den Himmel ausfüllte, tanzte über sein Gesicht, als die Dampfwolken der Chemiefabrik wie ein Giftnebel über sie hinwegtrieben. »Ich verstehe, was du meinst«, sagte er.

Blas war überzeugt, daß er es nicht wußte, aber es war ein gutes Zeichen, daß er nicht protestierte. Dann bemerkte Blas den Draht und den Knopf im Ohr des Jungen. Er war sicher, daß er auch irgendwo einen Sender versteckt hatte. Diese Leute waren vorsichtig.

Rubio lehnte sich an den Kotflügel des Wagens und legte die Mac-10 auf die Motorhaube. Der Junge sah die Waffe an, dann Rubio und schließlich Blas.

»Wenn du über den Pier gehst, dann halte dich rechts«, sagte er. »In der Mitte sind nämlich ein paar lose Bretter.« Er betrachtete Blas von oben bis unten. »Du nimmst keine Mac mit«, sagte er. Es war keine Frage.

Blas gab keine Antwort, da er wußte, daß der Junge damit Waite am anderen Ende des Drahtes über die Tatsachen informiert hatte. Er warf Rubio einen Blick zu und überquerte das muschelweiße Straßenstück. Links lag die Stadt; rechts erstreckte sich der flache Grund des Bayou, und ein Stück weiter entfernt standen vereinzelt Güterwaggons.

Blas zweifelte nicht daran, daß noch weitere Männer da draußen waren, nicht nur der Texaner und der hagere Junge. Er hielt sich rechts, wie ihm geraten worden war, und näherte sich der dunklen Öffnung des Schuppens. Er machte den grünlichen Schein einer Kerosinlampe aus, der von der Wasseroberfläche gegen die Decke des Schuppens geworfen wurde. Er blieb zehn Schritt von der Tür entfernt stehen.

»Komm rein«, sagte Waite. »Es ist alles okay.«

Es gab Augenblicke bei jeder Operation, in denen man blind ein klares Risiko eingehen mußte. Es gab keine andere Möglichkeit, wenn das Vorhaben beendet werden sollte. Man vertraute auf etwas Unsicheres und hatte kein Recht, zu erwarten, daß man bekam, was man sich erhoffte. Dies waren die Augenblicke, für die er lebte, aber heute hatte er ganz einfach Angst. Sein Mund füllte sich mit dem abscheulichen und vertrauten Jodgeschmack, als das Bild von Teodoro, wie er schießend und fallend unter die Limousine geriet, im grünlichen Schein der Schuppenöffnung aufflackerte.

Als er eintrat, sah er die untersetzte Gestalt Waites auf dem Bug des Bootes sitzen, einen halben Meter vom Pier entfernt. Sein Blick schweifte schnell durch den Schuppen. Viel war nicht zu sehen. Nur der Pier und das Boot. Es sei denn, irgend etwas war dort versteckt. Die einzigen Geräusche waren das Plätschern des Wassers gegen den Glasfiberrumpf und das Zischen der Laterne, die an einem Draht von einer der Dachstreben herunterhing.

»Jetzt kommt der haarige Teil.« Waite grinste.

»Ich muß zuerst sehen, was Sie haben«, entgegnete Blas. Er bemerkte den Draht, der sich aus Waites Hemdtasche herausringelte und zu seinem Ohr führte.

»Das meine ich ja.« Waite lachte. »Ich will sehen, was *du* hast.«

Blas knöpfte sein Hemd auf, um den Geldgürtel zu entblößen.

»Ich werd' verrückt«, sagte Waite und war aufrichtig überrascht. »Einfach so.« Er stand auf und ging zu einem der kurzen Pfähle. Er griff nach einem Baumwolltau, zog einen Krabbenkorb hoch und stellte ihn auf den Pier. Er ging vor dem Korb in die Hocke und holte ein ziegelförmiges Paket heraus, das in schwarze Plastikfolie eingewickelt war. Aus einer Scheide an seinem Gürtel nahm er ein Taschenmesser und klappte es auf. Mit einer geschickten Bewegung schnitt er ein zehn Zentimeter großes Quadrat in die Plastikhülle. Er richtete sich auf, trat zurück und grinste Blas an.

Blas kniete sich hin und kratzte ein erbsengroßes Stück von dem grauen gummiartigen Block ab. Er kostete es, dann holte er ein kleines Glasröhrchen aus der Tasche und tupfte etwas Flüssigkeit auf die Probe.

»Insgesamt wiegt der ganze Brocken dreizehn Komma sieben fünf Pfund«, sagte Waite. »Im Wasser sind drei weitere Portionen. Insgesamt fünfundfünfzig Pfund.«

Blas stand auf, nahm den Geldgürtel ab und reichte ihn Waite. »Zählen Sie«, sagte er.

Während Waite das Geld auf dem Bug des Bootes ausbreitete und zählte, hievte Blas die anderen drei Pakete hoch, testete sie und legte sie dann in einer Reihe auf den Pier. Befriedigt über diesen Inhalt wickelte er sie wieder ein, knöpfte sein Hemd zu und stopfte es sich in die Hose.

Waite war ebenfalls fertig und drehte sich auf dem Boot um. »Ich bin zufrieden«, sagte er. »Und du?«

»Nicht ganz. Der Zünder.«

Waite sah Blas verschlagen an und grinste. »Stimmt«, sagte er. »Das war abgemacht.« Er nahm das Geld an sich und kroch ins Boot. Er wühlte in einer Holzkiste herum und tauchte schließlich mit einer Kaffeekanne mit Plastikdeckel wieder auf. »Fang«, sagte er und warf sie Blas zu.

»PETN«, sagte Waite. »Das beste.«

Blas überprüfte den Inhalt und nickte. Es waren gute Exemplare, frisch und stabil. Manchmal konnten die berühmten »Waffenhändler« höchstens Schlußverkaufsqualität anbieten.

»Ich hab' auch etwas mitgebracht, um den ganzen Mist zu transportieren«, knurrte Waite und hob eine kleine Eiskiste hoch. Er sprang damit auf den Pier und holte einen Beutel mit zerstoßenem Eis und einen Sechserpack Bier heraus. Er legte die vier Würfel RDX auf den Boden der Kiste und bedeckte sie mit dem Eis, dann nahm er die Bierdosen aus dem Pappbehälter und legte sie darauf. »Die Zünder trägst du am besten selbst«, sagte er. »Moment mal.« Er nahm eine Bierdose heraus und öffnete sie zischend. »Willst du auch eins?«

Blas schüttelte den Kopf. Mein Gott!

Jeder nahm ein Ende der Eiskiste, und sie verließen den Schuppen. Sie gingen über den Pier, wichen vorsichtig den losen Brettern in der Mitte aus und setzten dann ihren Weg über die Straße zum Pickup fort.

»Bueno«, sagte Blas zu Rubio, als sie sich dem Wagen näherten.

Rubio ging hinten um den Wagen herum, öffnete die Klappe und hielt sie fest, während Blas und Waite die Eiskiste hineinstellten. Nachdem er die Klappe zugeschlagen hatte, gingen sie nach vorn.

»Es hat Spaß gemacht, mit euch zu verhandeln, Jungs«, sagte

Waite. Er trank von seinem Bier und legte eine Hand beiläufig auf seine Uniformtasche. Er verhielt sich, als wären sie soeben von einem Angelausflug zurückgekehrt. »Ich sage jetzt meinen Leuten Bescheid, damit sie euch rauslassen. Wir haben uns ein wenig abgesichert«, erklärte er in einem fast entschuldigenden Tonfall und wies mit einem Kopfnicken auf die beiden Öltanks, die die Straße flankierten. »Dissy, Ruby«, sagte er zu seiner Hemdtasche gewandt. »Laßt sie raus. Das Geschäft ist gelaufen.« Dann zu Blas, grinsend: »Die Girls haben Infrarotgeräte. Ohne die wäre man glatt geliefert.« Er schmatzte, nachdem er einen weiteren Schluck Bier getrunken hatte. »Findet ihr allein zurück?«

Blas nickte. »Wir schaffen es schon.« Wenn dieser Mann echt war, dann hatten sie eine Entdeckung gemacht. Er und Rubio stiegen in den Wagen.

»Na schön«, sagte Waite freundlich, trat ans Wagenfenster und lehnte sich wie ein guter Nachbar gegen die Tür. »Sagt euren Leuten, sie sollten sich ruhig bei uns melden, wenn sie noch mal was brauchen sollten. Wir sind ganz gut im Geschäft.«

Blas startete den Motor und legte den Gang ein, während Waite zurücktrat, um sie vorbeizulassen.

»Ihr werdet ein hübsches Feuerwerk erleben.« Waite grinste und winkte ihnen mit der Bierdose zu.

Rubio legte den Sicherungsflügel seiner Mac-10 erst um, als sie unter der Sherman Bridge hindurchgefahren und auf den Broadway eingebogen waren.

21

Sie wohnte in einer kleinen Straße, die von der Canal abzweigte, in einem von fünf Bungalows, die sich einen Hof teilten. Die Anlage wurde vor der Straße zum Teil durch eine Reihe dünnblättriger Rizinusbäume abgeschirmt. Ein Gehsteig verlief von der Straße unter den Bäumen hindurch bis zur Mitte des Hofs und teilte sich dann in fünf Wege auf, von denen jeder zu einem der Häuschen führte. Die Flächen zwischen den Wegen waren mit sorgfältig gepflegten Blumen und Gemüsesorten bepflanzt: orangefarbene und rote Zinnien, Okrapflanzen, lavendelfarbene Petunien, Tomaten, gelbe Kürbisse, Lantana, Kantalupen, Narzissen, Bohnen und Hibiskus. Die Abendluft war schwer vom Duft frisch gewässerter Pflanzen.

Zwei Häuser waren dunkel; in dem Vorderzimmer eines anderen waren die bläulich flimmernden Reflexionen eines Farbfernsehers zu sehen. Auf der anderen Seite saßen mehrere Leute hinter dem Geländer ihrer Vorderveranda. Haydon nahm den mittleren Fußweg, der zum Haus Nummer drei führte. Er fing den Essensgeruch von heißen Maistortillas und Zwiebeln auf, während er zum kleinen Zementvorbau ging. Der Vorgarten und seine Begrenzung aus verschränkt liegenden Holzblöcken war in einem verblaßten Lachsrot gehalten und vollgestellt mit Terrakottatöpfen voller Begonien, deren kleine Blüten standhaft ihren rosigen Schimmer im abnehmenden Tageslicht behielten. Dazwischen standen vereinzelt schwere Tongefäße, die mit präkolumbianischen Motiven verziert waren. Haydon entdeckte zu seiner großen Überraschung, daß sie mit einer buntleuchtenden Mischung von Bromelien bepflanzt waren: Guzmanias, Neoregelias und Tillandsien.

Haydon beugte sich über einen von ihnen, als er hinter der Fliegentür eine Bewegung wahrzunehmen glaubte. Er drehte sich nicht um, sondern betrachtete eingehend die scharlachrote Blüte zwischen den langen, schlanken Blättern. Er ließ sie ihn aus der Sicherheit ihrer Anonymität beobachten, als gestattete er einem mißtrauischen Tier, seine freundlichen Absichten aus der Ferne zu prüfen. Sie verhielt sich still, während er sich einer anderen Blüte zuwandte, und nach einigen Sekunden fragte er sich, warum sie noch nichts gesagt hatte. Dann hatte er das unangenehme Gefühl, daß sie längst wußte, daß er sie gehört hatte, und wahrscheinlich nach dem Grund dafür suchte, warum er sich entschieden hatte, sich nicht vorzustellen.

Als er sich umdrehte, sah er zu seiner Überraschung durch

den weichzeichnenden Filter der Fliegentür eine Frau, die viel jünger wirkte als die fünfundvierzig Jahre, die sie, wie er wußte, zählte.

»Entschuldigen Sie«, sagte er. »Ich bin Stuart Haydon.«

»Ja.« Sie öffnete die Fliegentür, trat in den Vorgarten und streckte ihm die Hand in einer Art entgegen, die eine schlichte, verinnerlichte Würde vermittelte. »Ich bin Renata Islas.«

Sie war einen Kopf kleiner als Haydon mit seinen einsachtzig. Sie trug ein schlichtes schwarzes Baumwollkleid, das fast bis zu ihren nackten Füßen herunterreichte und sich in einer Art um die Hüften schmiegte, die deutlich machte, daß sie nicht das Opfer der Rundlichkeit, die viele Frauen im mittlerem Alter auszeichnet, geworden war. Ihr schwarzes Haar war mit grauen Strähnen durchsetzt, obgleich dieses Grau an ihr verfrüht wirkte. Es fiel ihr bis auf die Schultern, doch Haydon hatte den Eindruck, daß sie es meistens hochfrisiert trug und es gerade erst ausgebürstet hatte.

»Ich hoffe, es macht Ihnen nichts aus, hier draußen zu sitzen«, sagte sie und wies auf zwei altmodische Verandastühle aus Holz. »Ich habe keine Klimaanlage.« Sie lächelte, und ihre großen dunklen Augen fixierten ihn mit einem größeren Interesse, als die leichte Art, in der sie mit ihm redete, vermuten ließ.

»Das ist gut so«, sagte Haydon und wartete, bis sie Platz genommen hatte. »Ich habe Ihre Bromelien bewundert.«

»Sie erinnern mich an zu Hause«, sagte sie. »Lebendig sein, heißt Farben zeigen.« Sie trug kein Make-up, aber ihre Farben waren elegant mit jener besonders raffinierten Schattierung, wie man sie oft im zimtfarbenen Teint südamerikanischer Frauen beobachten kann.

»Sie erinnern Sie an Jalisco?«

»Nein, nicht an Jalisco. An die Heimat meiner Kindheit, Acala in Chiapas, in der Nähe des Grijalvaflusses. Sie wachsen dort wild.«

Sie saßen einige Sekunden schweigend im lavendelfarbenen Licht, das der Dämmerung vorausging.

»Sie wollen über die *tecos* sprechen.« Sie redete mit der unverblümten Direktheit von jemandem, der entschieden hatte, sich durch ein Unglück nicht entmutigen zu lassen.

»Das ist richtig«, erwiderte er.

»Er hat Ihnen erzählt, wie ich sie kennengelernt habe?« fragte sie und meinte Garner.

»Nur, daß es eine persönliche Tragödie war.«

»Eine persönliche Tragödie.« Sie wiederholte die Phrase, als wäre damit jemand anderer gemeint. »Wieviel wissen Sie von ihnen?«

Sie hörte schweigend zu, als er die Frage beantwortete. Sie sah ihn nicht an, während er redete, sondern starrte ständig geradeaus – fast so, als versuchte sie, ihn oder das, was er sagte, zu ignorieren.

Als er geendet hatte, meinte sie: »Ich habe gestern abend und heute die Nachrichten gesehen, über das Attentat auf die Limousine. Bearbeiten Sie diesen Fall?«

»Ja.«

Sie lehnte den Kopf gegen die hohe Lehne des alten Sessels und betrachtete den Hof. Sie schien das deutlich sichtbare Heben und Senken ihrer Brust beruhigen zu wollen.

Sie fuhr sich mit der Hand durch die Haare und strich die in Unordnung geratenen Strähnen aus ihren dunklen Augen. Sie murmelte etwas auf Spanisch, dann meinte sie: »Was wollen Sie von mir?«

»Alles hören, was Sie mir von den *tecos* erzählen können.«

»Die *tecos* sind Wahnsinn«, sagte sie. »Der reine Irrsinn. Das sollten Sie als erstes wissen. Die eine Hälfte ihres Gehirns ist völlig blind, und in der anderen Hälfte brennt ein Feuer. Gottes Lieblingssöhne, die Verteidiger von allem, was recht und heilig ist.« Sie sah Haydon an. »Wissen Sie... Gott könnte seiner Welt unendliche Qualen ersparen, wenn er zuließe, daß all seine Lieblingssöhne Fehlgeburten wären. Denn dann brauchte der ganze Rest – wir nicht so geliebten Kinder – nicht so häufig um Gnade zu flehen, und zwar in diesem Leben genauso wie im nächsten.

Mr. Garner erzählte mir, daß der Polizist, der gestern abend getötet wurde, Ihr Freund war. Das tut mir für Sie leid. Das ist auch der einzige Grund, warum ich bereit war, mit Ihnen zu reden. Ich kenne Ihr Herz nicht, Mr. Haydon, aber ich hoffe, daß Sie ein Mensch sind, der zum Haß fähig ist. Wenn Sie keine persönliche Tragödie erlebt hätten, dann hätte ich Sie nicht empfangen. Ich möchte mit Gleichmut und Gleichgültigkeit nichts zu tun haben. Wenn Sie hassen, wenn auch nur in einem geringen Maß, will ich Ihnen helfen. Vielleicht lernen Sie es, einen genauso großen Haß zu empfinden wie ich.«

Sie wandte sich ab, schluckte und leckte sich mit der Zunge sacht über die Lippen. Sie schaute auf, als sie die totale Kontrolle über sich zurückgewonnen hatte, und meinte: »Wenn Sie meinen, daß Sie es mit den *tecos* zu tun haben, dann stehen Sie einem ganz speziellen Element der *tecos* gegenüber: *los tecos de choque,* den Schocktruppen, dem wirklich geheimen Teil der Brigade.

Die Eule wurde als Symbol der antikommunistischen Brigade der Autonomen Universität von Guadalajara ausgewählt, weil die Augen dieses Vogels immer wachsam sind. Die ›antikommunistische Bastion von Mexiko‹ nennen sie sich. Ihre Gegner erklären das Symbol völlig anders. Sie meinen, es wurde ausgewählt, weil sie häßliche Werke im Schutz der Dunkelheit vollbringen.«

Sie hob die Schultern und schüttelte niedergeschlagen den Kopf. »Die simple Tatsache ist die, daß sie die Todesschwadronen sind. Wen töten sie? Kommunisten. Woher wissen sie, daß jemand ein Kommunist ist? Schließlich ist die kommunistische Partei in Mexiko erlaubt – genauso wie hier. Töten sie die Kommunisten in der kommunistischen Partei? Nein. Die *tecos* stellen ihre eigenen Listen auf. Und da die *tecos* dem extrem rechten Flügel zuzurechnen sind…« Sie ließ den Satz unvollendet.

»Können Sie mir irgend etwas über ihre Operationsmethoden verraten?« fragte er.

»Das Attentat auf die Limousine war typisch«, sagte sie. »Mexikaner, alle südamerikanischen Mörder, haben immer eine besondere Vorliebe für das Gewehr. Die Terroristen im Mittleren Osten benutzen seit über zehn Jahren ausschließlich Bomben, aber die Südamerikaner? Nein, für sie sind immer noch Gewehre das Beste. Und sie haben eine Vorliebe für Motorräder. Abgesehen von ihrer Beweglichkeit paßt es zum Bild des Machismo. Cowboys. Bomben sind zu ... unpersönlich. Latinos ziehen es vor, die Leute anzuschauen, die sie töten, ihnen nahe zu kommen. Das ist mutiger, intensiver. *Mano a mano!* Aber das könnte sich ändern«, fügte sie hinzu. »Im März wurden die Sicherheitsleute der chilenischen Regierung durch eine Bombe in einem Hotelzimmer in Concepcion getötet. Sie wurden angelockt durch eine illegale Radiosendung. Im Juni explodierte eine Autobombe vor dem Präsidentenpalast in Lima. Sie wurde der linksgerichteten Gruppierung des Leuchtenden Pfades zugeschrieben. Ich glaube, es wird in Zukunft immer öfter damit gearbeitet, mit der Bombe, meine ich.«

»Kennen Sie irgendwelche Namen?«

»Nur gerüchteweise. In Mexiko gibt es gegenseitige Hilfsorganisationen, Eltern und Familien der *desaparecidos.*« Sie sah ihn an. »Kennen Sie das Wort? Wenn man es übersetzt, ergibt sich ein geisterhaft passiver Sinn: ›die Verschwundenen‹. Man hört plötzlich auf zu existieren. Man geht einfach verloren.« Sie hielt inne, als dächte sie noch einmal über die Bedeutung nach. »Wir treffen uns regelmäßig und vergleichen unsere Notizen«, fuhr sie fort. »Um unsere Protestaktionen gegen die Regierung zu koordinieren und die Behörden anzutreiben, daß man nach unseren Vermißten suchen. Es ist eine mühsame, frustrierende Aufgabe. Meistens völlig fruchtlos. Wir haben jedoch im Laufe der Zeit einige Informationen zusammengetragen. Einige stammen aus Augenzeugenberichten. Andere sind eher zufällig zu uns gelangt. Einiges ist reine Spekulation. Die meisten würden vor keinem Gericht Bestand haben. Aber wir sind Eltern und Ehemänner und Ehefrauen, keine amtlichen Staatsanwälte, und wir tun, was wir können. Es ist keine Sünde, daß derartig angestrengte Bemühungen nur so wenig Erfolg haben. Die Sünde besteht darin, überhaupt nichts zu tun.«

»Haben Sie Zugang zu diesen Informationen?« fragte Haydon.

Sie nickte. »Der Grund dafür, daß ich hier in Houston bin, ist der, daß ich versuche, auf dieser Seite der Grenze Unterstützung für unsere Arbeit zu finden. Es gibt hier Familien, die uns helfen könnten. Es gibt gesetzliche Druckmittel, die in einigen Fällen angewendet werden können. Das müssen die Menschen wissen.«

»Was können Sie mir anbieten?«

Sie war still. Ohne ein Wort erhob sie sich aus dem alten Holzsessel. So leise, wie sie auf die Veranda gekommen war, verschwand sie durch die Tür in der Dunkelheit des Hauses. Haydon wartete, und nach ein paar Minuten hörte er das scharfe Klicken eines Lichtschalters. Durch das Fliegengitter des offenen Fensters neben seinem Sessel sah er eine Türöffnung hinter dem Vorderzimmer. Er sah ihren Schatten auf der Tür. Das Licht erlosch.

Eine andere Lampe flammte auf, diesmal im Wohnzimmer. Haydon schaute wieder durch das Fenster und sah sie in einem alten Lehnsessel sitzen, in einem Kegel trüben Lichts einen dikken aufgeschlagenen Aktenordner auf dem Schoß. Sie blätterte ihn durch, schlug Seiten um, zog einen Zettel heraus, betrachtete ihn, legte ihn zurück, blätterte weiter. Schließlich hielt sie inne. Sie hatte etwas in der Hand, das aussah wie ein Umschlag. Sie las etwas, als wäre auf dem Kuvert etwas notiert worden. Sie griff nach unten zu einem niedrigen Tischchen neben dem Sessel, nahm einen Bleistift in die Hand und schrieb etwas auf ein anderes Stück Papier, dann wandte sie sich wieder dem Ordner zu.

Haydon wartete.

Nach einer Weile ging das Licht im Wohnzimmer mit einem Klicken wieder aus, und sie trat durch die Fliegentür nach draußen. Sie ging auf Haydon zu und reichte ihm ein Stück Papier, obgleich es mittlerweile zu dunkel war, um es zu lesen. Sie setzte sich nicht wieder hin, sondern ging zum Rand der Veranda und pflückte eine Blüte ab und spielte mit ihr, während sie über den Hof hinweg ins Dämmerlicht blickte. Grillen zirpten in ihrer vertrauten, fremden Sprache. Das einfache Kleid und das lange, unfrisierte Haar verwandelten sie in die *indio*- Frau, die sie vielleicht einmal gewesen war. In der graziösen Haltung ihrer Hüfte, die als dunkle Silhouette vor dem Abendhimmel zu sehen war, erkannte Haydon eine Frau vom Grijalva.

Nach einigen Sekunden sagte sie: »Nur selten stoßen wir auf irgendwelche Verbindungen in die Vereinigten Staaten. Gewöhnlich sind hier nur Leute, die aus Angst vor den *tecos* aus Mexiko geflohen sind und herkommen, um bei ihren Freunden oder Verwandten zu leben. Auch wenn sie als Illegale über die Grenze kommen, helfen wir ihnen, wo wir können. Wir denken nicht über internationale Beziehungen oder über Einwanderungsquoten oder über die Prozedur nach, die man durchmachen muß, um politisches Asyl zu erhalten. Wie Sie wissen, scheint das auf die Südamerikaner im Augenblick sowieso nicht anwendbar zu sein.«

Sie erwähnte da eine schmerzliche Wahrheit. Ein Pole oder Iraner bekam viel eher politisches Asyl als jemand, der aus Guatemala stammte. Ein politischer Flüchtling mußte sich eben vor der »richtigen« bösen Regierung in Sicherheit bringen.

»Allerdings, dieser Mann – Rubio Arizpe –, dessen Namen ich Ihnen aufgeschrieben habe, hat bei zwei Gelegenheiten seine Opfer bis nach Texas verfolgt. Einen tötete er in San Antonio, den anderen hier in Houston.«

»Sind Sie sich dessen sicher?«

»Genauso sicher wie bei allen anderen Informationen. Wir sind sicher. Aber wir können es vor Gericht nicht beweisen.«

»Haben Sie sich denn an die Polizei gewandt?«

»Beide Morde sind unaufgeklärt. Ein Freund, ein Anwalt in San Antonio, hat sich dort mit dem Morddezernat in Verbindung gesetzt, um nachzuforschen, ob dieser Name in den Fahndungslisten steht. Sie haben ihre Computer befragt, die Liste der gesuchten Verbrecher, alles Mögliche…«

»Sie meinen das National Crime Information Center.«

»Ja, das. Aber es gab keinen Hinweis auf diesen Mann.«

»Haben Sie denn auch Ihre Geheimdienstlisten konsultiert?«

»Ja. Nichts.«

»Und was ist mit Houston?«

»Ja. Mr. Garner hat es hier versucht. Nichts.«

»Was wissen Sie über diesen Mann?«

»Nur, daß er aus Guadalajara stammt und daß er einige Male von den Familien der *desaparecidos* gesehen wurde.«

»Haben Sie ein Foto von ihm?«

»Nein.«

»Warum nehmen Sie an, daß er diese Leute nach Texas verfolgt hat?«

»Wahrscheinlich, weil er sehr viel Zeit hier verbracht hat und sich hier auskennt.«

»Aber er ist doch mexikanischer Staatsbürger, oder?«

»Soweit wir wissen, ja.«

»Haben Sie sich mal erkundigt, ob er hier Verwandte oder Familie hat?«

»Ja. Es gibt im Telefonbuch den Namen Arizpe nur achtmal, aber niemand gibt zu, ihn zu kennen.«

»Und in San Antonio ist es das gleiche?«

Sie nickte.

»Wenn Sie keine Fotografie von ihm haben, wie können diese Leute ihn dann identifizieren?«

»Wie ich Ihnen schon sagte, vergleichen wir unsere Notizen. Dieser Mann wurde von jemandem in Guadalajara identifiziert, der seinen Bruder kannte und sie zusammen gesehen hatte. Daher kennen wir seinen Namen. Seitdem war es immer recht einfach, zu erfahren, wann er wieder an einer Sache beteiligt war – das heißt, wenn es Zeugen gab. Sie haben ihn immer als den Mann mit *un iabio muesca,* als den Mann mit der schartigen Lippe, beschrieben. Seine Unterlippe ist fast in der Mitte gespalten. Ein Schnitt, glaube ich, keine natürliche Mißbildung. Das ist Pech für ihn, denn dadurch wird er immer schnell identifiziert.«

»Hat er noch andere besondere Merkmale?«

»Er ist Indianer, nicht sehr groß und ziemlich dunkel. Das ist alles, was ich von ihm gehört habe. Außer den Dingen, die nur Ehefrauen und Müttern und Töchtern wichtig sind.«

»Und was ist das?«

»Er ist teuflisch grausam.«

Haydon sah sie an. Er konnte die Muskeln ihres Halses erkennen. Sie waren straff, angespannt, und er vermutete, daß diese Frau schon seit langer Zeit keine ruhige, friedliche Nacht mehr erlebt hatte. »Vielen Dank«, sagte er. Er schwieg einen Moment, dann fragte er: »Wie lange machen Sie das schon?«

»Drei Jahre.« Sie zögerte, schaute auf die kleine Blume zwischen ihren Fingern. »Meine ›persönliche Tragödie‹, Mr. Haydon, ist die, daß ich einen Sohn und einen Ehemann an die *tecos* verloren habe. Ich habe sechs Jahre lang in diesem Alptraum gelebt. Ich weiß, wovon ich rede.«

Haydon hörte dieses Wort schon wieder. Verloren. Es war ihm niemals so seltsam vorgekommen wie am vergangenen Abend auf dem sandigen Gehsteig vor dem Belgrano-Anwesen und jetzt hier. Moralisch oder spirituell, ohne Hoffnung. Verloren. Keine Zeit und keine Gelegenheiten mehr. Verloren. Wie unterlegen und geschlagen. Verloren. Wenn eine Sache weg ist und wiedergefunden werden kann, dann wurde sie verlegt. Aber wenn eine Sache weg ist, und nie mehr gefunden werden kann, dann ist sie... verloren. Wie Geld. Wie Ehemänner und Söhne. Das Wunder des »Niemals wieder«.

22

Nach einer halben Stunde verlangsamte er die Fahrt einen Block von Gamboas Anwesen entfernt, wobei er an einem Wagen vorbeirollte, den er als Wachtposten identifizierte. Haydon bog in die Einfahrt ein, hatte seine Polizeimarke bereits hervorgeholt und hielt sie aus dem offenen Fenster, als er auf das Grundstück fuhr. Er wurde sofort angehalten, kaum daß seine Hinterräder von der Straße auf den Gehsteig gerollt waren. Da waren die gleichen Gestalten vor seinen Scheinwerfern, der gleiche metallische Schimmer automatischer Waffen, die absichtlich offen gezeigt wurden, und dahinter die Umrisse anderer Männer, die in der Dunkelheit umhergingen und ihn aus der Ferne beobachteten. Da war auch wieder die Taschenlampe, die ihm ins Gesicht leuchtete; und auch diesmal unterdrückte er mühsam seinen Zorn.

»Würden Sie bitte auf Standlicht umschalten, wenn Sie weiterfahren?«

Haydon betätigte den Schalter.

Der Mann am Fenster betrachtete Haydons Marke. Er war ein anderer Mann als am Tag zuvor, etwas dicker, mit straffer Haut und einem buschigen Schnurrbart.

»Können wir etwas für Sie tun, Señor?« Er senkte den Lampenstrahl.

»Ich möchte zu Mr. Negrete. Mr. Gamboa meinte, er würde mir gern behilflich sein.«

»Erwartet er Sie?«

»Nein.«

Der Mann sprach mit jemandem auf der anderen Wagenseite. Haydon beobachtete, wie der Hals des Mannes sich in seinem engen Kragen bewegte, während sein Kopf von der Dunkelheit verschluckt wurde. Es gab eine erregte Diskussion, und Haydon fragte sich, ob irgendwelche Informationen über ihn hierhergelangt waren. Der Wagen lief im Leerlauf. Mehrere Männer redeten jetzt miteinander. Einer sprach in ein Funkgerät. Schließlich erschien das Gesicht des Mannes wieder an Haydons Fenster.

»Señor Negrete läßt fragen, ob Sie ihn um zehn Uhr morgen vormittag aufsuchen können.«

»Nein.«

Der Mann runzelte die Stirn und bückte sich etwas tiefer, als hätte er Haydon nicht richtig verstanden. »Wie bitte, Sir?«

»Ich sagte, nein. Morgen paßt es mir nicht. Jetzt im Augenblick ist es prima. Dies ist kein Höflichkeitsbesuch. Es handelt sich um eine offizielle polizeiliche Angelegenheit.«

Der Mann starrte Haydon für einen Moment an, dann verschwand sein Kopf wieder in der Dunkelheit. Ein Ruf ertönte quer über den Rasen, erneut das Knistern des Funkgeräts, ein

Ruf zurück. Dann tauchte das Gesicht des Mannes wieder im Fenster auf.

»Wenn Sie diesem Mann dort folgen würden«, sagte er und richtete den starken Lampenstrahl auf eine Gestalt vor Haydons Wagen.

Haydon fuhr langsam über die Zufahrt, und das bernsteinfarbene Licht der Standscheinwerfer wurde vom Rücken seines Führers reflektiert. Diesmal ging er an der erleuchteten Treppe zur Loggia vorbei bis zu einer schmalen Einfahrt, die durch eine wandähnliche Buschhecke führte. Der Führer wandte sich um und gab Haydon ein Zeichen, den Motor und die Standscheinwerfer auszuschalten. Er kam um den Wagen herum zur Tür und öffnete sie.

Haydon stieg aus, und sein Begleiter schloß die Tür. Schweigend gingen sie durch ein Wäldchen. Der Führer trug seine Maschinenpistole lässig über der Schulter, und eine Schnalle des Gurtes klirrte bei jedem Schritt. Es war außer den Schritten auf dem Asphalt das einzige Geräusch, während sie auf die blassen, seegrünen Gartenleuchten zugingen. Sie gelangten in ein freies Gelände mit einem erleuchteten Swimmingpool. Wege schlängelten sich durch üppigen Pflanzenbewuchs, gesäumt von kleinen Lampen.

Sie gingen an der Hinterfront des Hauses entlang, beschrieben eine Kurve und folgten dem Rand des Schwimmbeckens zu einem Badehaus am anderen Ende. Zwei oder drei Wächter lungerten in Liegestühlen im Badehaus herum und rauchten. Ihre dunklen Gesichter wurden vom Licht des Swimmingpools erhellt.

Haydons Begleiter sagte etwas auf Spanisch zu ihnen, und sie antworteten müde. Das war die Langeweile der Soldaten im Lager. Als Haydon schon annahm, sie würden nun das Badehaus betreten, wandten sie sich nach rechts in die Dunkelheit, gingen durch Bananenpflanzen und Hibiskusbüsche. In der Dunkelheit tanzten Glühwürmchen.

Sie kamen zu einem matt erleuchteten Bungalow mit einem Steinpatio an seiner Front, der geschützt unter einem Dach aus

Palmwedeln lag. Der Begleiter sprach mit zwei Männern in Bambussesseln, öffnete, ohne anzuhalten, die Haustür und wich zurück, um Haydon den Vortritt zu lassen.

Der Bungalow wirkte nur von außen rustikal. Drinnen gab es unzählige Fernsehmonitore und Reihen von elektronischen Geräten der Überwachungsanlagen, die die Häuser und Anwesen vieler Reicher in Houston beschützten. Da waren Telefone, tragbare Funksprechgeräte auf einem Aktenschrank. Eine Kanne Kaffee, der stark, aber nicht frisch aussah, stand auf einer Heizplatte in der Nähe der Tür. Zwei Maschinenpistolen und eine Anzugjacke hingen an einer Wandgarderobe. In dem Raum war es dank der Klimaanlage fast kalt, und er war voller Schatten. Das einzige Licht kam von zwei schwachen Schreibtischlampen und von dem aschgrauen Lichtschein der Monitore. Es stank nach schalem Zigarettenrauch.

Der Führer schloß die Tür, und Haydon war allein mit einem dünnen Mann Ende Vierzig, der mit weißem Hemd und Krawatte bekleidet hinter einem Schreibtisch stand und Haydon aus leicht geschwollenen, roten Augen ansah, die für seinen Kopf zu groß erschienen. Sein Gesicht war länglich und schmal mit einer ebenso schmalen, spitzen Nase. Seine Oberlippe war klein und zur Mitte hin leicht vorgeschoben. In dem schwachen, unnatürlichen Licht wirkte er erheblich dunkler als die meisten Mexikaner, obgleich er keine indianischen Gesichtszüge hatte. Sein glattes Haar war eingeölt und ordentlich gescheitelt. Eine großkalibrige Pistole klemmte in einem Schulterhalfter unter seinem Arm, und er rauchte eine Zigarette, an der er zweimal zog, ehe er zu reden begann.

»Ich bin Lucas Negrete. Wie kann ich Ihnen behilflich sein?« Er streckte Haydon seine Hand entgegen, aber die Nüchternheit seines Gesichtsausdrucks paßte nicht besonders gut zu seinen Worten oder Aktionen. Sein Händedruck war fest, und er hielt Haydons Hand einen winzigen Augenblick länger als nötig und schaute ihn dabei eindringlich an.

»Ich muß ein paar Dinge klären im Zusammenhang mit den Morden«, sagte Haydon und zog seine Hand zurück.

Negrete sah ihn ausdruckslos an. »Haben Sie Fragen zu meiner Aussage?«

»Ich weiß nicht«, sagte Haydon. »Ich habe den Bericht noch nicht gelesen.«

Negretes Gesicht blieb ausdruckslos. »Ich verstehe nicht.«

»Die Detectives, mit denen Sie sich heute unterhalten haben, führen eine formelle Untersuchung der Attentate durch«, erklärte Haydon. »Aber dieser ›Vorfall‹ hat verschiedene Ebenen und einige Unklarheiten. Daher gibt es auch Ermittlungen in verschiedenen Ebenen.«

Diese indirekte Ausdrucksweise entging Negrete nicht. Mexikaner hatten die feinsinnige Kunst der Verschleierung erfunden, wie Negretes Boß am vorhergehenden Abend überzeugend demonstriert hatte. Für sie war es eine völlig natürliche Sache, Konfrontationen aus dem Weg zu gehen oder unangenehme Tatsachen zu beschönigen oder einfach zu lügen. Direktheit bedeutete so etwas wie ein Eingeständnis. Man mußte im Leben flexibel sein; Abschweifungen und Umwege ließen einem alle Möglichkeiten. Haydon erwartete, daß ihm diese Indirektheit zum Vorteil gereichte. Negrete würde ganz gewiß Haydons unorthodoxe Vorgehensweise nicht kritisieren. Das war etwas, womit, wie er zu wissen glaubte, Negrete höchst vertraut war.

Negrete nickte, schloß die Augen und nahm einen letzten Zug von seiner Zigarette, ehe er sie ausdrückte.

»Bitte setzen Sie sich doch, Mr. Haydon«, sagte Negrete und bot ihm einen Sessel vor seinem Schreibtisch an. Er setzte sich ebenfalls und stützte seine Unterarme auf die Tischplatte. Seine hagere Gestalt erweckte den Eindruck eines einzigen straffen, sehnigen Muskels.

»Als ich gestern mit Mr. Gamboa sprach«, begann Haydon, »deutete er an, daß er keine Ahnung hat, wer den Wunsch haben könnte, ihn zu töten. Er erzählte mir ein wenig von seiner politischen Tätigkeit und meinte, daß alle Politiker Feinde haben, und er sagte überdies, daß die Bedrohung möglicherweise, wenn überhaupt, nur von jemandem kommen könne, der irgendeinen politischen Groll gegen ihn hegt. Ist das auch Ihre Auffassung?«

»Das ist natürlich eine Möglichkeit«, sagte Negrete. »Sicher. Aber es gehört eigentlich nicht zu meinen Angelegenheiten, die Ideen und Auffassungen von jemandem zu kennen, der Mr. Gamboa töten will. Das wäre sowieso auf jeden Fall unmöglich. Ich bin nur sein Sicherheitsberater. Es ist die Aufgabe meiner Männer und natürlich auch die meine, sein Leben zu schützen, und das ist unser einziges Ziel.«

Negrete hatte nach einem Walkie-talkie gegriffen, als er sich gesetzt hatte, und während er Haydon antwortete, drückte er mit der flachen Hand das Ende der ausgezogenen Antenne herunter, bis sie vollständig im Gehäuse des Geräts verschwunden war.

»Haben Sie keinen Verdacht? Sie haben keine Idee, wer dieses Attentat in Szene gesetzt haben könnte?«

»Ich wünschte, ich könnte Ihnen helfen«, sagte Negrete. Er legte das Funksprechgerät beiseite und griff nach der Zigarettenschachtel auf seinem Schreibtisch. Er bot Haydon eine an, der jedoch ablehnte, und nahm sich selbst eine heraus, strich mit den Fingern darüber, glättete das Papier und beobachtete seine Finger dabei.

»Los tecos de choque«, sagte Haydon und beobachtete Negretes Gesicht, »scheinen in die Sache verwickelt zu sein.«

»Tatsächlich?« Negrete war nicht überrascht und zündete die Zigarette an. Er ließ den Mund etwas offen und gestattete dem inhalierten Rauch, sich zwischen seinen Lippen und aus der Nase hervorzukräuseln.

»Sie hatten keinen Verdacht in dieser Richtung?«

»Keinen, Señor.«

»Sie wissen, wer die *tecos* sind?«

»Ich habe von ihnen gehört.«

»Und was haben Sie gehört?«

»Nur Klatsch und Gerüchte.«

»Über was?«

»Ich habe nur den Namen gehört«, wich Negrete aus und wischte das Thema mit einer Handbewegung beiseite. »Ich erinnere mich noch nicht einmal an die Begleitumstände und den

Grund.« Er hielt inne. »Vielleicht, so glaube ich, sind es irgendwelche kommunistischen Terroristen.«

Diese letzte Bemerkung war beinahe eine Frechheit, aber sie verriet Haydon, daß Negrete Bescheid wußte, und sie vermittelte ihm einen ersten Eindruck davon, wie der Geist dieses Mannes arbeitete.

»Wissen Sie, ob die *tecos* jemals in den Vereinigten Staaten aktiv geworden sind?«

»Woher soll ich so etwas wissen?«

Die Lampen auf dem Schreibtisch befanden sich für Negrete in einer ungünstigen Höhe, da sie unvorteilhafte Schatten auf die seltsamen Proportionen seiner Gesichtszüge warfen. Wenn er an seiner Zigarette zog, sanken seine Wangen ein und betonten die vorstehenden Wangenknochen. Diese Gewohnheit sowie die übertriebene Anordnung der Schatten schuf einen Eindruck von Habgier.

»Haben Sie schon mal von Rubio Arizpe gehört?«

»Nein, Señor.« Die Antwort kam zu glatt, die Stimme klang zu flach, zu ausdruckslos.

Haydon beschloß, einen anderen Weg einzuschlagen. »Wie viele Männer arbeiten hier in Houston für Sie?«

»Sechs.«

»Ich brauche ihre Namen und Adressen und ihre Visa. Wenn Sie mir das alles jetzt nicht geben können, dann lasse ich morgen früh jemanden herkommen, der die Papiere abholt.«

Negrete zeigte weder eine aufgesetzte Lässigkeit noch reagierte er mit herausfordernder Frechheit. Sein Gesichtsausdruck änderte sich überhaupt nicht.

»Warum brauchen Sie die Namen, Mr. Haydon? Ist irgendwer von meinen Männern verdächtig?«

Haydon musterte Negrete. Er wollte irgendwie hinter die zur Schau gestellte gleichgültige Fassade blicken. »Ich kann mir die Belastungen Ihrer Tätigkeit sehr gut vorstellen, diese Verantwortung. Es ist keine einfache Aufgabe, einen Mann wie Mr. Gamboa zu beschützen. Vielleicht ist es noch nicht einmal möglich. Aber ich frage mich, ob Sie sich dieser Verantwortung richtig bewußt sind.« Er hielt kurz inne, um auf die Bedeutung des nun Folgenden hinzuweisen. »Dies ist nicht das Mexiko eines López Portillo. Arturo Durazo kann Houston nicht kontrollieren. Und das Buffalo Bayou ist nicht der Tulafluß.«

Diesmal fiel Negretes selbstbeherrschte Maske. Seine Augen glänzten, und ein Kiefermuskel zuckte unter seiner dunklen Haut, dann entspannte er sich wieder. Haydon spürte tatsächlich eine Veränderung, einen Energiestoß, der die Atmosphäre zwischen ihnen auflud. Es war ein überraschendes Gefühl, ganz anders als der Ärger, den Haydon erwartet hatte.

Aber innerhalb weniger Sekunden hatte sich Negrete wieder gesammelt und redete in demselben Ton, wie er ihn zuvor angeschlagen hatte.

»Ich fürchte, man hat Ihnen da falsche Informationen zukommen lassen, Mr. Haydon. Ich denke, Sie sollten vielleicht mal die Zuverlässigkeit Ihrer Quellen überprüfen.«

»Meine Quellen sind gut.«

Negrete legte den Kopf schief. »Ich weiß ja nicht, was Sie gehört haben, Señor, aber ich kann Ihnen versichern, daß es mein einziges Bestreben ist, das Leben von Mr. Gamboa zu schützen. Ich habe nicht die Absicht, dafür zu sorgen, daß ich hier unerwünscht bin.« Er betrachtete die Zigarette in seinen Fingern und studierte den aufsteigenden Rauchfaden. Haydon erkannte zu seinem Erstaunen etwas ganz Neues. Negretes Augen, die Haydon nur wegen ihrer Geschwollenheit und Rötung aufgefallen waren, waren das einzig Bemerkenswerte in diesem seltsamen Gesicht. Sie waren tatsächlich hübsch oder eher schön – die klischeehaft mandelförmigen Augen einer Frau.

Negrete erwiderte seinen Blick. Einen Moment lang musterten sie sich gegenseitig, und dann meinte Negrete: »Ich hoffe allerdings, daß Ihnen klar ist, daß Mr. Gamboa in den Vereinigten Staaten nicht ohne Einfluß ist, genauso wie in Mexiko.«

Haydon antwortete darauf nicht sofort, um die Spannung zu steigern. »In diesem Fall, Mr. Negrete, kann ich Ihnen versprechen, daß das überhaupt keine Bedeutung hat. Es ist tatsächlich völlig irrelevant. Ich bin hergekommen, um Ihnen mitzuteilen, daß Sie beobachtet werden. Ihr Werdegang in Mexiko ist bekannt. Wenn ich entscheide, daß sich Ihre Anwesenheit in Texas nicht mit dem ›öffentlichen Wohl‹ verträgt, schicke ich Ihre Akte auf die Reise. Und anschließend lasse ich Sie innerhalb von vierundzwanzig Stunden außer Landes schaffen.«

Negrete stand abrupt auf, sein langes Gesicht sank ein, als er die Hand vor den Mund hielt und an seiner Zigarette zog. »Haben Sie sonst noch etwas auf dem Herzen?« Rauch sickerte zwischen seinen Lippen hervor und verhüllte sie. Seine schönen Augen schienen in Öl zu schwimmen.

Haydon spürte das heiße Flattern in seiner Magengrube. Er geriet plötzlich in Wut, nicht über Negretes überhebliche Geste, mit der er ihn entließ, nicht über sein Katz-und-Maus-Spiel und auch nicht über seine Dreistigkeit. Haydon war wütend über die Ungeduld, die andeutete, daß seine Ermittlungen nicht die volle Aufmerksamkeit des Mexikaners verdienten, als ob die Morde der vergangenen vierundzwanzig Stunden mit einer flüchtigen Geste krassen Unmuts abgetan werden konnten.

Haydon stand langsam auf und überlegte, was er sagen sollte, wenn er in diese mandelförmigen Augen blickte. Er streckte seinen Arm aus, bis sein drohend aufragender Finger nur noch wenige Zentimeter von Negretes Nase entfernt war.

»Mein Partner wurde von diesen Leuten getötet.« Er sprach in verhaltenem Ton und mit genau berechneter Betonung, aber seine Stimme klang angespannt. Seine Kehle war trocken und wund vor unterdrückter Wut. »Sie stehen mit ihnen in Verbindung. Das heißt, daß Sie auch mit den Morden in Zusammenhang zu bringen sind. Sie werden es mit mir zu tun bekommen. Mir gehört ein Stück von Ihnen, Mr. Negrete, und wenn der Zeitpunkt da ist, komme ich her und hole es mir.«

Er hielt den Finger weiterhin vor Negretes Nase, während die sanften Augen des Mexikaners daran vorbeischauten und Haydons Blick begegneten. Je länger sie so dastanden, desto wütender wurde Haydon. Negrete schwieg. Sie waren wie versteinert, die einzige Bewegung in ihrer Umgebung war der Rauch von Negretes Zigarette, der zwischen ihnen aufstieg.

Plötzlich drehte sich Haydon um und verließ den Bungalow. Der Mann, der ihn hergebracht hatte, stand von seinem Platz auf, wo er gehockt und mit einem anderen Wächter geschwatzt hatte. Er sah sofort, daß etwas nicht in Ordnung war, blickte auf die Tür des Bungalows, dann beeilte er sich, Haydon einzuholen, der zwischen den kleinen Lampen eilig ausschritt. Er stürmte an den Bananenstauden, dem Badehaus und dem Swimmingpool vorbei und ging durch den dunklen Pflanzentunnel zur vorderen Zufahrt.

Der Wächter rannte voraus und öffnete die Tür des Wagens. Haydon startete den Motor und schaltete die Scheinwerfer ein. Er war schon auf der Zufahrt, ehe Gamboas Männer Gelegenheit bekamen, ihre Aufgaben zu erfüllen.

Haydon holte mehrmals tief Luft und versuchte sich zu beruhigen. Mein Gott, was hatte er riskiert? Sein erster Impuls war, sich Vorwürfe zu machen: Es war ein dummer Auftritt gewesen; er war nicht vernünftig vorgegangen. Er hätte alles besser machen können. Dann, in einem flüchtigen Moment, erkannte er, daß keins der alten Argumente noch Bedeutung hatte. Was hatte er schließlich getan? Er hatte die Geduld verloren. Mooney war ermordet worden, verdammt noch mal, und er machte sich Vorwürfe, daß er in Wut geraten war. Was in seiner Wirklichkeit würde zuerst zusammenbrechen? Wo würde seine Welt zuerst zerreißen und ihn abstürzen lassen?

23

Er war noch einen Block vom Tor seiner Einfahrt entfernt, als er die zu beiden Seiten des Tores geparkten Wagen bemerkte. Es waren insgesamt drei, und seine Scheinwerfer erhellten die großen, hellen Buchstaben der Senderbezeichnungen auf den Seitenflächen. Er sah die Türen aufspringen, als Kameramänner und Reporter auf die Straße stürmten. Er betätigte die Fernbedienung für das Tor, und ohne wie sonst abzubremsen, lenkte er den Wagen in die Öffnung zwischen den zurückschwingenden Eisengittern, trieb die Journalisten auseinander, die ihm Fragen durch die geschlossenen Fenster zubrüllten und den Wagen mit einem wahren Blitzlichtgewitter bombardierten. Das Tor schloß sich hinter ihm, ohne daß er sich eine einzige Frage hatte anhören müssen. Er hatte stur auf den Weg geblickt, der von den Scheinwerfern aus der Dunkelheit gerissen wurde, weil er ihre Gesichter nicht sehen wollte.

Die Hausfront war so weit vom Tor entfernt, daß die Kameras nutzlos waren, und als Haydon aus dem Wagen stieg, hörte er, wie sie auf der Straße ihre Motoren anließen. Sie wußten, daß dies ihre einzige Chance gewesen war. Es hätte keinen Sinn, noch länger hier herumzulungern.

Das Haus war dunkel bis auf das Licht in der Wageneinfahrt und in der Eingangshalle. Er benutzte seinen Schlüssel, um ins Haus zu gelangen, und schaltete die Außenbeleuchtung ab, während er die Alarmanlage für die Nacht aktivierte. Es tat gut, wieder zu Hause zu sein. Während er durch die Vorhalle ging, schaute er die geschwungene Treppe hinauf zu der Lampe im Korridor vor dem Schlafzimmer. Sie brannte nicht. Nina war entweder noch nicht im Bett, oder sie hatte sie untypischerweise nicht angeknipst. Gabriela schlief längst in ihrem Hausflügel.

Er bemerkte, daß keine Post auf dem kleinen italienischen Tischchen in der Halle lag, als er daran vorbeiging, und dann sah er die schwache Farbveränderung auf dem Marmorfußboden, das zaghafte Licht einer einzelnen Lampe. Sie mußte ihn gehört haben, denn als er das Zimmer betrat, schaute sie erwartungsvoll zur Tür.

Sie lächelte leicht und hielt ihm ihr Gesicht entgegen, als er durch das Zimmer zu ihr kam und sich bückte, um ihr einen Kuß zu geben. Sie saß in einem der ledernen Armsessel, hatte die Füße hochgezogen und ein Exemplar von Marguerite Duras *Der Liebhaber* auf dem Schoß liegen.

»Es tut mir leid, daß ich keine Gelegenheit hatte, dich vor ihnen zu warnen«, sagte sie.

»Waren sie lange da draußen?«

»Den ganzen Abend.«

»Du hättest schlafen gehen sollen«, sagte er, ging zu seinem Schreibtisch und knipste die Lampen mit den grünen Schirmen an.

»Ich habe angenommen, daß du eine Menge zu tun hast«, sagte sie. »Aber ich hatte nicht erwartet, daß du so spät kommst.«

Haydon zog seine Jacke aus, hängte sie über die Lehne eines Stuhls und lockerte seine Krawatte, während er sich in einen Sessel in ihrer Nähe fallen ließ.

»Entschuldige«, meinte er. »Ich hätte dich anrufen sollen.«

»Möchtest du etwas zu trinken?«

Er schüttelte den Kopf und sah sie an. Noch bevor er etwas sagte, erkannte er diese nahezu unmerkliche Veränderung in ihrem Gesicht. Jedesmal, wenn er das sah, konnte er nicht erklären, warum es geschah. Kein einziger Muskel zuckte, nichts regte sich, aber irgend etwas übermittelte den Gehalt dessen, was sie dachte.

»Es hat einige Veränderungen gegeben«, sagte er und bemerkte die Sorge in ihren Augen.

Er erzählte ihr alles und fing wie am Abend vorher ganz vorn an, doch diesmal schilderte er das System der Ermittlungsarbeiten. Er gab ihr Hintergrundinformationen zu den Hauptpersonen, erklärte auch Details – wie er es am vorhergehenden Abend nicht getan hatte – über die Morde, erzählte ihr von den *tecos* und Renata Islas. Er redete ohne Eile, nahm sich Zeit für Ausführlichkeit, für genaue Erklärungen, für Hintergrund. Je länger er sprach, desto mehr fiel ihm ein. Er erwähnte Ideen und Verdachtsmomente, staunte über Möglichkeiten, während sein Geist die Rätsel jeder Einzelheit zu ergründen versuchte. Er erzählte ihr sogar von seinen Gedanken und Gefühlen, die ihn vor Stunden zu seiner Entscheidung gebracht hatten, die Ermittlung unabhängig und auf eigene Faust fortzusetzen.

Als er endete, starrte er die Rücken der Bücher im Regal an. Er wußte nicht mehr, was er sonst noch sagen sollte. Nicht über den Fall.

Nina betrachtete ihn eine Weile stumm, dann legte sie ihr Buch auf den Lampentisch neben ihrem Sessel.

»Du hast keinen Zweifel bei der Sache?« fragte sie.

Er sah sie an. »Du weißt, daß ich sie habe.«

»Aber du tust es trotzdem.«

»Ja«, sagte er. »Ich muß.«

»Du mußt?«

Er erkannte sofort, wie albern das geklungen haben mußte. Er verriet ihr nichts darüber, was er tatsächlich empfand.

Fast in entschuldigendem Ton meinte er: »Mooney hat direkt hinter mir gestanden, Nina, und eine Hand auf die Scharniere des Tors gelegt, damit sie nicht quietschten. Er war hungrig und freute sich aufs Abendessen, verdammt noch mal... Wir...« Haydon hatte Mühe, die Herrschaft über seine Stimme zu behalten. »Eigentlich, wenn man alles genau bedenkt, hätte eigentlich ich es sein müssen. Ich befand mich vor ihm. Der Schütze hat vielleicht auf mich gezielt... Valverde. Ich weiß, daß er mich gesehen und entschieden hat zu schießen... Ich habe mich gebückt, und wahrscheinlich hat er geglaubt, er hätte mich getroffen, ich weiß nicht...« Haydon verstummte einen Moment. Sein Herz hämmerte, und er versuchte tief Luft zu holen, ohne daß Nina es bemerkte. Warum tat er das? »Selbst als meine Ohren noch von dem Gewehrfeuer dröhnten, wußte ich, daß ich geschossen hatte, aber ich konnte mich nicht richtig daran erinnern – ich starrte nur in die Dunkelheit und dachte: Mein Gott – ich lebe! Ich bin lebendig! Eine Flut von Gedanken, Emotionen, sehr klar, sehr bestimmt, aber ungeordnet. Unverblümte Erleichterung, Euphorie darüber, am Leben zu sein. Ich kann mich nicht so gut an die Angst erinnern wie an das nackte Grauen. Dann hatte ich augenblicklich Schuldgefühle. Als wäre *ich* für all das verantwortlich, was gerade geschehen war. Dafür, daß Mooney starb. Er! Ja, Herrgott, nicht ich! Er!« Haydon ballte die Hände zu Fäusten. »Als sei sein Tod automatisch mein Glück gewesen. Ganz gewiß konnte so etwas nicht uns *beiden* zustoßen.« Er hielt inne. »Dann traf mich die kalte, nackte Wahrheit: Es bedeutete gar nichts, die Euphorie, die Schuld, der Fatalismus.

Nichts davon hatte irgendeine Bedeutung. Es hätte genauso leicht ich sein können – aber er war tot, und ich war am Leben. Ich meine, es war reiner… Zufall.«

Haydon beugte sich in seinem Sessel vor. Er betrachtete den schlichten Goldreif an seiner linken Hand. Dreizehn Jahre. An seiner rechten Hand, der goldene Siegelring den er während einer Fahrt durch Italien gekauft hatte, als er achtzehn gewesen war. Seine Stempelfläche war noch immer glatt, ein jugendliches Zugeständnis an magisches Denken, das er niemals abgelegt hatte. Zweiundzwanzig Jahre. Er spürte Ninas Blicke auf sich und fuhr fort: »Ich habe einen Artikel gelesen. Es muß vor etwa einem Jahr gewesen sein. Über eine Gruppe von Physikern, die die Eigenschaften von Turbulenzen und Unordnung untersuchten. Chaos. Wenn du in einem geschlossenen Raum eine Zigarette auf einen Aschenbecher legst, dann steigt der Rauch in einer geraden, nicht schwankenden Säule auf. Bis zu einem bestimmten Punkt – wer weiß schon, bis zu welchem Punkt? Plötzlich zerbricht die Rauchsäule in Wirbel und Fasern, aus keinem sichtbaren Grund. Kein Prinzip der Physik erklärt dieses Phänomen. Es passiert einfach. Genauso ist es mit den Sturmwolken, turbulenten Winden, die unmöglich vorherzubestimmen sind, die niemand begreifen kann.«

Das längliche Gesicht von Lucas Negrete, seine ernsten, mandelförmigen Augen, die den Rauch seiner eigenen Zigarette betrachteten, kam Haydon urplötzlich in den Sinn. Er erschrak und war für einen kurzen Moment aus dem Konzept gebracht. Dann verdrängte er das Bild und redete weiter.

»Diese Physiker«, sagte er, »haben eine Theorie, daß das Chaos nicht völlig zufällig ist, daß es nach bestimmten Gesetzen funktioniert, auch wenn diese noch nicht richtig erkannt und definiert wurden. Sie können zwar nicht erklären, warum die Rauchsäule sich plötzlich kräuselt, zu tanzen beginnt und zerfasert, aber sie können voraussagen, daß sie nicht plötzlich in gerader Linie zur Seite wegkippt und sich horizontal ausbreitet. Das wird sie niemals tun. Der Grund dafür ist der, daß die Rauchsäule in ihren Möglichkeiten begrenzt ist und bestimmten physikalischen Gesetzen unterworfen ist. Sie nennen das die ›unbekannte Anziehung‹, und sie stellt die Grenze der Zufälligkeit des Chaos dar.«

Er sah Nina an, doch sie erwiderte nichts. Er erwartete auch nicht, daß sie es tat. Er strich sich mit seinen Händen über das Gesicht. Als er fortfuhr, redete er sowohl mit sich selbst als auch mit ihr, als würde er laut nachdenken.

»Die Vernunft ist für uns von so ungeheurer Bedeutung«, sagte er, »daß wir uns nicht vorstellen können, ohne diesen nimmermüden Zug ihrer Stärke zu leben. Traditionsgemäß war die Unordnung immer die äußere Grenze gewesen – dann beginnt das Chaos, versagt die Vernunft. Auf eine sehr reale Weise versuchen diese Männer, die Idee des Irrationalen auszumerzen. Es ist eine Methode, die Angst zu beherrschen, die mit dem Unerklärlichen einhergeht.« Er zögerte. »Ich bin mir nicht ganz sicher, ob es eine Antwort auf jede Frage gibt, einen ›Grund‹ für jeden Vorgang, jede Handlung oder jeden Gedanken. Aber ich kann verstehen, warum sie das gern glauben wollen. Man muß nach Antworten suchen, oder man wird zu einem Spielball der Fragen.«

Nina starrte ihn an. Er sah, daß ihre Nasenflügel flatterten – ein sicheres Zeichen dafür, daß sie Schwierigkeiten hatte, nicht die Geduld zu verlieren.

»Das verstehe ich nicht«, sagte sie.

»Ich möchte den Dingen nur auf den Grund gehen.«

»Mach mir nur nicht weis, daß die Chancen für dich besonders gut stehen.«

»Nein. Aber das ist keine Entscheidung, bei der die Frage nach den Chancen eine Rolle spielt.«

»Für dich vielleicht nicht.«

Diese Rüge traf. Er wußte, daß sie recht hatte, und daß das noch nicht alles war.

»Du weißt, wie ich über deine Arbeit denke«, sagte sie. »Ich würde mich freuen, wenn du sie an den Nagel hängen könntest, aber nicht auf diese Art und Weise. Nicht in Form einer Entlassung nach Abschluß dieser Untersuchung.«

»Dazu wird es gewiß nicht kommen«, meinte er. »Ich habe zu viele Jahre unter jenem Vorfall auf dem Friedhof gelitten, um jetzt einen ähnlichen Fehler zu machen.«

»Hast du das wirklich, Stuart?« konterte Nina. »Hast du dich wirklich so sehr geändert? Glaubst du wirklich, du kannst es dem System überlassen, Gerechtigkeit zu üben – diesmal?«

Haydon spürte die Wucht ihrer Worte. Nina war nie jemand gewesen, der sich um harte Fragen herumdrückte, aber sie war auch nie rachsüchtig gewesen. Sie war verletzt worden, und jetzt verursachte sie ihrerseits Schmerzen. Das war nicht typisch für sie, und er haßte es, sie so zu sehen. Er erkannte, wieviel er ihr angetan hatte, und er schämte sich dafür. Ihr Verhalten zeigte ihm paradoxerweise, wie sehr sie ihn beschützen wollte.

»Ich werde so etwas nicht wieder tun«, sagte er. »Ich weiß noch nicht einmal, ob ich es wieder tun *könnte*. Und du kennst mich in solchen Situationen.«

Nina sah ihn weiterhin unverwandt an.

»Sieh mal«, sagte Haydon, »ich arbeite schon lange genug innerhalb des Systems, um zu wissen, daß man in diesen Dingen keine freie Hand hat. Es gibt gewisse bürokratische Abläufe. Sie sind notwendig, um Mißbrauch zu verhindern, aber sie sind nicht gerade vorteilhaft und zweckdienlich. Manchmal behindern sie eine Ermittlung. Ich habe dieses Mal keine Lust, das Spiel mitzuspielen. Ich habe Dystal versprochen, daß ich mich von Zeit zu Zeit melde. Und das werde ich tun.«

»Du gehst aber ein höheres Risiko ein«, stellte Nina fest. »Du hast keine Rückendeckung, niemand hilft dir. Und niemand weiß, wo du gerade bist.«

»Das habe ich berücksichtigt«, sagte Haydon. Und sah sie an.

»Und was hast du dir ausgedacht?«

»Ich wollte dich fragen, ob du mir hilfst. Ich lasse dich wissen, wohin ich gehe und was ich jeweils tue. Wenn irgend etwas schiefgehen sollte, kannst du Dystal benachrichtigen.«

Nina starrte ihn an.

»Das glaube ich dir nicht«, sagte sie, aber sie glaubte ihm doch.

Dann schwiegen beide. Sie schauten sich nur an, wobei Nina versuchte, etwas zu entdecken, was nicht da war. Haydon zeigte keine Reue, weil er keinen Grund dafür hatte.

Dann wandte sich Nina ab und sah zum großen Eßtisch. Er wünschte, er könnte erkennen, was ihr durch den Kopf ging, was sie dachte. Ihre Blicke kehrten zu ihm zurück, dann stand sie auf, strich sich eine Haarsträhne zurück und verschränkte die Arme. Sie ging zu den Glastüren, die auf die Terrasse führten. Sie wandte ihm den Rücken zu. Ihr Morgenmantel aus perlmuttfarbener Seide schmiegte sich um ihre Hüften und floß dann wie ein dünner Wasservorhang um ihre Beine. Sie kam zurück, ging langsam an einer Karaffe mit Brandy auf einem Tisch vorbei, streckte einen nackten Arm aus, um den Kristallstopfen in einer Geste nervöser Grübelei zu berühren. Dann blieb sie direkt vor ihm stehen und sah ihn herausfordernd an.

»Ich weiß nicht, was du vorhast«, sagte sie wütend. »Ich erkenne wirklich nicht, welchen Sinn das alles haben soll. Die Sache ist größer, als du denkst. Die politischen Verhältnisse Mexikos, die kennst du ja zur Genüge... du kannst doch nicht... es ist der reine Wahnsinn, anzunehmen, daß du irgend etwas ändern kannst, allein.« Sie suchte zornig nach den richtigen Worten. »Wenn es... verflucht noch mal, du hast den Mann erschossen, der Ed getötet hat. Was willst du sonst noch?«

Ihre Stimme wurde brüchig. Sie hörten es beide, und er sah, wie sich ihr Gesicht verkrampfte, weil sie auf sich selbst wütend war, daß sie es hatte geschehen lassen. Sie fuhr herum und ging zum Kamin, strich sich wieder eine Haarsträhne aus dem Gesicht, massierte ihren nackten Arm und kehrte zu ihm zurück. Er wußte, was sie empfand. Er hatte gegen seine Natur gehandelt, als er sich bemüht hatte, ihr seine Gefühle für seine Arbeit zu erklären. Das hatte er selten versucht und niemals zur Zufriedenheit geschafft in all den Jahren ihrer Ehe. Sie hatte mit einem totalen Mangel an Verständnis reagiert. Aber sie irrte sich. Sie hatte ihn nicht im Stich gelassen, nicht dieses Mal, niemals in all den Jahren.

Für einen Moment stand sie da wie eine Wachsfigur, und ihr

Gesicht war bar jeden Ausdrucks. Dann wurde ihr Blick weicher, und er bemerkte, daß sich ihre Schultern allmählich lokkerten. Sie trat auf ihn zu, hob ihm die Arme entgegen, und das Lampenlicht hinter ihr drang durch die Seide. Er sah die seitliche Wölbung ihrer Brüste, die Konturen des Zwischenraums zwischen ihren leicht gespreizten Oberschenkeln.

»Wenn ich jemals denke, daß ich dich verstehe«, sagte sie und legte ihre Hände an sein Gesicht, »dann wird das unser Ende sein. Ich glaube, ich könnte das nicht ertragen.«

Er schlang seine Arme um ihre Hüften und drückte sie an sich, legte seinen Kopf gegen ihren flachen Bauch, während er ihren Duft einsog, die sachte Bewegung ihres Atmens spürte und mit der Form und Festigkeit ihres Körpers verschmolz.

24

»Was hat er gesagt?« Benigo Gamboa saß hinter einem französischen Barockschreibtisch aus dem siebzehnten Jahrhundert mit vergoldeten Sphinxfiguren an den Ecken. Die beiden Männer hielten sich in einem kleinen Arbeitszimmer neben der Bibliothek auf, und Gamboa hatte sich bereits umgezogen, um zu Bett zu gehen. Er trug einen gestreiften Seidenpyjama und einen Hausmantel aus burgunderroter Seide, der an der linken Seite vom Gewicht eines aus schwerem Goldfaden gestickten Familienwappens leicht herunterhing. Das gedämpfte Licht einer versenkten Deckenleuchte erhellte lediglich den Schreibtisch und die vordere Hälfte seines Körpers. Sein welliges graues Haar war makellos frisiert wie immer, bildete jedoch einen seltsamen Kontrast zu seinem müden Gesichtsausdruck und den unvorteilhaften dunklen Schatten, die seine getönten Brillengläser um die schlaffen Augen erzeugten. Der prächtige Schreibtisch war völlig leer. Nicht ein Stück Papier lag darauf, noch nicht einmal ein Brieföffner oder Schreibutensilien. Es lag schon eine lange Zeit zurück, daß Benigo Gamboa solche Hilfsmittel gebraucht hatte, um seine Geschäfte zu erledigen. Nun arbeitete er nur noch mit seiner Stimme. Seine Worte und sein Reichtum waren genug.

»Um die Wahrheit zu sagen, ich glaube, er hat einfach ziellos herumgestochert«, antwortete Negrete. Er saß in einem Lehnsessel, und seine Zigarette leuchtete hell auf, als er daran zog.

»Er hat etwas gesucht?«

»Und er wollte eine Warnung loswerden.«

»Mir steht jetzt nicht der Sinn nach irgendwelchen verdammten Ratespielchen«, sagte Gamboa.

»Er sagte, dies sei nicht das Mexiko von Portillo und daß Durazo Houston nicht kontrolliere.« Negrete verzichtete darauf, Haydons Hinweis auf den Tulafluß zu erwähnen.

»Dieser Hurensohn«, schnaubte Gamboa. »Was, zum Teufel, will er damit bezwecken?« Er verstummte und wälzte finstere Gedanken.

Aus der Dunkelheit wanderte ein Rauchwirbel ins Licht. Negrete sagte: »Er weiß etwas von den *tecos*.«

Gamboa, der in seinem Sessel zusammengesunken war, hob nun den Kopf und richtete seinen Blick auf die undeutlich erkennbare Gestalt Negretes.

»Er sagte, daß die *tecos de choque* in den Attentatsversuch verwickelt seien«, meinte Negrete.

»Er hat das gesagt?«

Negrete nickte in der Dunkelheit. Er bezweifelte, daß Gamboa ihn sehen konnte. »Er hat mich gefragt, ob ich jemals den Namen Rubio Arizpe gehört hätte.«

Der alte Mann zeigte keine Reaktion, aber Negrete wußte, daß für Gamboa der Name Arizpe genauso war wie eine schlechte Diagnose von seinem Leibarzt. Plötzlich konnte das eigene Leben nicht mehr als eine selbstverständliche Sache angesehen werden.

»Dieser Haydon weiß etwas«, vermutete Negrete. »Er hat mich gewarnt. Er war ziemlich sauer wegen seines Freundes, der getötet wurde.«

Gamboa funkelte ihn wütend an. Negrete erkannte, daß er erschöpft aussah. Alt und erschöpft. Diese *teco*-Sache machte ihm furchtbare Angst. Was auch so sein sollte. Vor Fanatikern mußte man sich hüten wie vor dem Teufel und den Wahnsinnigen. Die normalen Neigungen und Bedürfnisse anderer Menschen hatten bei ihnen keine Geltung; sie konnten nicht mit Pesos, Frauen oder Macht bestochen werden; man konnte sie nicht kaufen. Bis zu einem gewissen Punkt dachten sie sogar nicht einmal wie normale Menschen. Mit einem Fanatiker konnte man nicht diskutieren oder verhandeln. Negrete war auch nervös. Gamboa in Mexiko zu beschützen, wo jeder gleichermaßen die Regeln mißachtete und die meisten Angehörigen der Polizei und der *federales* den Nutzen und die Bedeutung der *mordida* kannten und einen seine Angelegenheiten nach eigenem Geschmack regeln ließen – das war die eine Sache. Aber sich zu bemühen, den alten Mann auf dieser Seite der Grenze am Leben zu erhalten, wo man ständig über die Schulter schauen mußte, um die Polizei und die *tecos* im Auge zu behalten, das war etwas völlig anderes.

»Arizpe.« Gamboa sprach den Namen leise aus, fast so, als nannte er den Namen seiner teuren Geliebten. Er starrte in die Dunkelheit vor seinem Schreibtisch und erinnerte dabei an einen müden alten Hund.

Negrete konnte nicht entscheiden, ob sein Boß tatsächlich ihn ansah oder einfach nur in die Richtung blickte, aus der seine Stimme erklang. Gamboa stellte die Fragen. Es schien eine seltsame Umkehrung des Szenarios zu sein: der Scheinwerfer war auf den Frager gerichtet, während sich der Befragte im Schutz der Dunkelheit aufhielt.

»Dieser kleine mösenlippige *chingón*«, sagte Gamboa ohne einen Anflug von Leidenschaft. »Diese verdammten Irren haben tatsächlich ihre besten Jungs geschickt, oder?« Er empfand einen grimmigen Stolz angesichts der Tatsache, daß für ihn wieder mal nur das Beste gut genug war, selbst wenn es um seine Mörder ging. »Und er hat nichts von Medrano gesagt?«

»Nein.«

»Wie hat er denn Arizpes Namen ohne den von Medrano erfahren können?« Ein angedeutetes amüsiertes Lächeln. »Das ist doch seltsam, was? Er scheint doch nicht soviel zu wissen, dieser schlaue Cop. Du brauchst dir seinetwegen keine Sorgen zu machen.«

Negrete lehnte sich innerlich auf. Gut. Sehr gut, Señor Gamboa. Er brauchte sich also nicht den Kopf wegen des Detectives zu zerbrechen, genauso wie er sich nicht um die Fahrtrouten zu kümmern brauchte. Gamboa hatte auf Negretes sorgfältige Vorsichtsmaßnahmen ungehalten reagiert, aber Negrete hatte auf seinem Standpunkt beharrt. Es war nur ein seltsames Gefühl in der Magengegend gewesen, das ihn dazu gebracht hatte, Gamboa in einen anderen Wagen zu setzen, als sie von Charlie T's wegfuhren. Der alte Mann hatte es nicht gewollt und war auf dem Parkplatz wütend geworden, als Negrete sich für diesen Wechsel in letzter Minute entschied. Er hatte sich fast geweigert. Dann hatten die *tecos* auf die Limousine gefeuert. Gamboa hatte nie mehr ein Wort darüber verloren. Er hatte lediglich einen Wutanfall bekommen, weil Sosa dabei umgekommen war, das war alles. Kein »Danke, Lucas, daß du mir wieder mal das Leben gerettet hast«. Nichts. Also brauchte Negrete sich jetzt wegen den Detectives keine Sorgen zu machen: Vielen Dank, Benigo, für diesen sehr guten Rat. Gamboa hatte nur eine einzige gute Entscheidung getroffen: nämlich Lucas Negrete einzustellen.

»Diese Scheiß-*tapatios*.« Gamboas Gedanken wandten sich jetzt dem Feind zu. »Die mit ihrem beschissenen Stolz. Mit ihrer verdammten Ehre. Sie kennen die Bedeutung des Wortes ›Pragmatismus‹ nicht.« Er wandte angewidert den Kopf ab. »Beschissene Romantiker.« Seine Schultern waren hochgezogen, als er seine Unterarme auf die glänzende Holzoberfläche des Schreibtisches legte und mit dem Daumennagel einer Hand geistesabwesend den Windungen der Holzmaserung folgte. Dann sah er wieder auf Negrete.

»Was tust du nun?«

»Wir suchen noch immer –«

Gamboas Hand zuckte hoch. »Keine Namen«, schnappte er.

»Den Typ mit den Sprengstoffen, dessen Namen Ireno genannt hat. Die Jungs haben sein Haus gefunden, und sie beobachten es, aber er ist nicht da. Noch nicht.«

Gamboa schaute auf die Tischplatte und wischte mit der offenen Hand langsam über ihre glatte, polierte Oberfläche. Negrete beobachtete die Geste. Dies war die Seite an Gamboa, die nur Negrete kannte, die Seite, die Gamboa vor der übrigen Welt verbarg, sogar vor seiner Familie und seinen Partnern. Es war die Seite, die seine Seele am meisten offenbarte, der wahre Benigo, den Jesus Christus am Tag des Jüngsten Gerichts offenlegen würde, bevor der Satan ihn mit sich in die Hölle schleppte. Wenigstens glaubten das diese Katholiken. Die *tecos* glaubten an Gerechtigkeit. Negrete beurteilte das etwas anders. Er sah Benigo, der ein sehr angenehmes und bequemes Leben führte, und es war völlig bedeutungslos, was nach seinem Tode mit ihm geschah. Tatsache war, ein übler Zeitgenosse zu sein, war für Gamboa eine wunderbare Sache gewesen. Es hatte ihm alles verschafft, was er sich je gewünscht hatte, und während der vergangenen fünf Jahre hatte Negrete an ihm gehangen wie ein Pilotfisch. Als sich die guten Seiten des Lebens für Benigo eröffneten, hatte auch Lucas Zugang gewonnen. Sicherheitschef dieses Mannes zu sein, war verdammt noch mal viel besser, als Durazo zu dienen. Diese Arbeit war respektabler, nicht so schmutzig, nicht so gefährlich. Wenigstens hatte das so lange gegolten, bis die *tecos* aufgetaucht waren. Nun war es genauso gefährlich wie alles andere, was er für Durazo in Mexico City getan hatte. Die *tecos* bedrohten nicht nur Gamboa, sondern ein sehr angenehmes Leben, das Negrete so bald noch nicht beendet sehen wollte.

Deshalb konnte er mit dem, was Benigo Gamboa als nächstes sagte, nur einverstanden sein.

Der alte Mann brach die Wischbewegung seiner Hand abrupt ab und preßte die Handfläche auf die glänzende Oberfläche des Schreibtisches.

»Es ist mir verdammt noch mal völlig egal, wie du es anfängst, Lucas«, sagte Gamboa und blickte auf. »Es ist mir egal, ob du ihnen die Eier durch die Nasenlöcher rausreißt, aber ich will nicht, daß diese *tecos* noch einmal versuchen, mir den Garaus zu machen. Mach ihnen das unmißverständlich klar.« Er hielt inne. »Jedesmal, wenn du jemanden in die Finger bekommst, der mit ihnen zu tun hat, töte ihn. *Con venganza.* Ich will diese Eule Stück für Stück verspeisen«, sagte er, wobei er die Finger einer Hand krümmte, sie zur Faust ballte und dann aufschnellen ließ. »Und ich will, daß er es sieht, wenn ich wieder einmal zubeiße. Ich will, daß er weiß, wie es sich anfühlt, wenn man lebendig aufgefressen wird, wenn mein Mund nach ihm schnappt und zubeißt, ihn zerfleischt von seinem Arsch bis hinauf zu seinem verdammten Schädel!«

25

Er war sich gar nicht bewußt, daß er tatsächlich aufgewacht war, denn die Nacht hatte für ihn nur wenig Schlaf bereitgehalten. Er schaute ins Licht der Morgensonne, deren Strahlen auf das sienabraune Holz der Bettpfosten brannte, und dabei spürte er die kühle Brise des Deckenventilators und war dankbar, daß die Träume endlich vorüber waren. Wenigstens in den wachen Momenten seines Lebens gelangte er in den Genuß des Gefühls, von einem Zustand in den anderen hinüberzugleiten. Die Nachtwelt war unbarmherzig gewesen, hatte ihn von einer Qual in die andere geschleudert in einer nicht enden wollenden Folge von Phantasmagorien. Während er dalag, war das alles beherrschende Gefühl, das ihn vor allen anderen erfüllte, das einer unendlichen Erleichterung beim Anblick der Morgensonne.

Nina lag nicht im Bett. Seine Uhr zeigte auf zwanzig vor neun. Er schleuderte das Laken von sich und tappte ins Badezimmer, um sein Gesicht zu waschen und sich die Zähne zu putzen. Beim Hinausgehen griff er nach seinem leichten Baumwollmantel am Fußende des Bettes und ging die Treppe hinunter. Er roch den Frühstücksduft, ehe er den halben Weg zurückgelegt hatte, und er eilte durchs Eßzimmer in die Küche. Gabriela preßte Orangen aus.

»Buenos dias«, sagte sie, wischte sich die Hände an einem Handtuch ab und hob die Kaffeekanne hoch. »Kaffee?« Sie sah

ihn an und runzelte besorgt die Stirn, während sie das kolumbianische Gebräu in seine Tasse schüttete. »Sie sehen aus, als hätten Sie nicht allzugut geschlafen«, stellte sie fest.

»Habe ich auch nicht.« Er zog die Tasse und die Untertasse auf dem massigen Fleischerhauklotz, den sie in der Mitte der Küche als Arbeitstisch benutzten, zu sich heran. »Wo ist Nina?«

»Auf der Terrasse. Wollen Sie schon etwas essen? Es gibt *migas*.«

»Hat Nina gegessen?« Er schüttete Sahne in seinen Kaffee und rührte um, bis er die richtige Farbe hatte.

Gabriela schüttelte den Kopf. »Nur Kaffee, mehr nicht. Sie wollte auf Sie warten. Sind Sie bereit?«

»Sicher«, sagte Haydon. »Und wie ist es mit Ihnen?«

»Ich habe schon gefrühstückt, zweimal«, antwortete Gabriela grinsend. »Ich bin keine Schlafmütze.«

Haydon ging mit seiner Tasse durch die Glasveranda und auf die Terrasse, wo Nina im fedrigen Schatten einer Flamboyana saß. Die beiden Morgenzeitungen lagen auf dem Tisch, aber Nina las schon wieder in ihrem Buch, hatte die nackten Füße auf einen anderen Sessel gelegt und eine Tasse Kaffee auf dem gußeisernen Tischchen neben sich stehen.

»Wie lange bist du schon auf?« fragte er, blieb in der Türöffnung stehen und nahm einen ersten Schluck von Gabrielas Kaffee.

Sie sah ihn an und lächelte. »Guten Morgen.« Sie hob die Hand und blickte auf ihre Armbanduhr. »Seit halb sieben. Ich bin aufgewacht und konnte nicht mehr einschlafen. Wie fühlst du dich? Du hast heute nacht sehr unruhig geschlafen, hast dich die ganze Zeit herumgewälzt.«

Er setzte sich an den runden Tisch. Nina sah morgens nie schlecht aus; Schlaf erfrischte sie immer, wie es sein sollte, selbst wenn sie nur wenig davon bekam. Das war eine der ersten Eigenschaften gewesen, die er bei ihr bemerkt hatte.

»Und wie hast du geschlafen?« fragte er, ohne auf ihre Frage zu antworten.

Sie lächelte. »Ich hatte schon bessere Nächte.«

Die Zeitungen lagen mit der Frontseite nach oben, und er konnte die Schlagzeilen über die Schießerei an der Richmond und West Loop und über Mooneys Tod lesen. Die Meldungen standen nun schon den zweiten Tag auf der ersten Seite. Es gab auch eine Meldung über einen tropischen Sturm, der mittlerweile Hurrikandimensionen angenommen hatte und auf den Golf von Mexiko zuraste, eigentlich war es noch zu früh im Jahr für einen Hurrikan.

Er griff nach dem *Chronicle* und schlug ihn auf. Polizeisprecher meinten, es sei noch nicht eindeutig nachgewiesen, daß die Morde miteinander in Verbindung standen, aber daß das nur Gerede war, ließ sich auf Anhieb erkennen. Die Reporter gingen nicht so weit, ihre eigenen Schlüsse zu ziehen, aber im Licht der wenigen Informationen, die aus dem Polizeipräsidium drangen, zählten sie Tatsachen auf, die den Lesern gestatteten, ihre eigenen Urteile zu fällen: Die Detectives Ed Mooney und sein Partner Stuart Haydon waren am Dienstagvormittag mit den Ermittlungen zu einem Mord an derselben Adresse in der Chicon beschäftigt, wo Detective Mooney am Dienstagabend erschossen wurde. Beide Detectives gehörten auch zu der Ermittlergruppe am Schauplatz des »terroristenmäßigen« Attentats am Dienstagnachmittag. Motorräder wurden bei dem Attentat benutzt, und ein Motorrad und eine »Motorradwerkstatt« wurden auf dem Chicon-Anwesen entdeckt, wo Detective Mooney am Dienstagabend den Tod gefunden hatte. Ein Reporter äußerte die Vermutung, daß der Mexikaner Sosa Real das eigentliche Ziel des Anschlags gewesen sei und gewiß nicht die beiden Amerikaner in seiner Begleitung.

Es gab auch eine eingerahmte Meldung weiter hinten im ersten Teil der Zeitung, die auf den Leitartikel Bezug nahm und sich mit den Möglichkeiten und dem Umfang des »Latino-Terrorismus« beschäftigte, der sich in den USA immer weiter ausbreitete und besonders Texas bedrohte. Mehrere Experten und Behördenvertreter wurden befragt, die meinten, daß in der Tat das, was auf dem West Loop passiert war, ein klassisches Terroristen-Attentat gewesen sei. Sie stellten Vermutungen über die

Gründe an – verstärkter Drogenschmuggel aus Südamerika, wachsende politische und wirtschaftliche Spannungen in Mittelamerika und im benachbarten Mexiko, zunehmende Aktivitäten illegaler Einwanderer in allen texanischen Städten – und meinten, sie befürchteten, daß dies nicht der letzte Vorfall dieser Art bliebe.

Ein zweiter begleitender Artikel beschäftigte sich mit der Meldung, daß die Waffengeschäfte in der Stadt am Mittwoch einen Käuferansturm zu vermelden hatten.

Benigo Gamboa Parras Name wurde an keiner Stelle erwähnt. Haydon schob die Zeitung weg und griff nach der *Post,* als Gabriela das Frühstück auf einem Tablett brachte und auf den Tisch stellte. Haydon schenkte ihnen beiden frischen Kaffee ein und widmete sich der Lektüre der *Post.* Er aß geistesabwesend und achtete mehr auf die Artikel. Wenngleich die *Post* mehr Fotos brachte, waren die Informationen im Grunde doch die gleichen. Nachdem er den letzten Artikel gelesen hatte, lehnte er sich zurück.

»Hast du das alles gelesen?« fragte er.

Nina nickte und tupfte sich den Mund mit einer Serviette ab. »Viel steht nicht drin, oder?«

Er schüttelte den Kopf. »Ich kann mir gut vorstellen, daß Captain Mercer ziemlich einsilbig ist, aber ich habe den Verdacht, daß es in Wahrheit auch nicht viel gibt, was man zurückhalten müßte.«

»Was werden sie jetzt tun?«

Haydon schob eine Hand in seine Bademanteltasche und stellte die Tasse auf den Unterteller. »Sie werden wohl auf den Lebensretter hoffen, den anonymen Tip. Ich denke schon, daß jeder auf seinem Spezialgebiet tätig ist, daß die Alkohol-, Tabak- und Waffenagenten ihre Fallen aufstellen, daß die Antiterroreinheit des FBI das gleiche tut. Wahrscheinlich versucht auch die DEA in Guadalajara zu helfen. Und Interpol.«

»Und wer koordiniert das alles jetzt?«

»Ich denke, diese unmögliche Aufgabe ist Pete in den Schoß gefallen.«

»Unmöglich?«

»Angesichts so vieler Agenturen und Abteilungen ist die vielbeschworene ›Kooperation‹ wohl eher ein frommer Wunsch«, sagte Haydon. »Aufsehenerregende Ermittlungen wie diese verhelfen einem zu einer Karriere, oder sie beenden sie. Agenturen und Dienststellen sind meistens nur so gut wie ihre Chefs. Das FBI müßte eigentlich in diesem Rennen vorn liegen. Sie haben dort eine besondere Abteilung für solche Dinge, aber ich habe meine Zweifel, daß sie bereitwillig ihre Informationen weitergeben. Jeder wird sich darüber ärgern, aber alle werden sich ganz genauso verhalten.« Er trank seinen Kaffee. »Du wirst in den Zeitungen nichts darüber lesen, aber die Agenten werden sich gegenseitig auf die Füße treten. Wer immer das beste Informantennetz hat, wird das Rennen gewinnen.«

»Was ist denn mit dem, was Renata Islas dir erzählt hat?«

»Ich denke, daß die DEA in Guadalajara Leute hat, die mehr Informationen über die *tecos* liefern können.«

»Ich meine diesen Mann mit der schartigen Lippe.« Wie immer kam Nina sofort zum Kern, das heißt zu Haydons zentralem Punkt.

»Sie sagte, es gibt bei der Polizei keine Unterlagen über ihn«, antwortete er ausweichend.

»Das ist es ja. Willst du das nicht weitergeben?«

»Doch.«

Drei Blaumeisen tauchten kreischend aus dem hellen Morgenlicht auf und fielen in die Flamboyana. Sie stritten und balgten sich schamlos wie eine Familie mit schlechtem Benehmen, die ihre Streitigkeiten in der Öffentlichkeit austrägt ohne Sinn für Scham. Sie tobten zwischen den Ästen herum, lösten einen dichten Schauer abgebrochener Blüten aus, und dann waren sie wieder verschwunden.

»Wann?«

»Sobald ich alles überprüft habe.«

»Wie willst du das denn schaffen?« Nina war ungewöhnlich neugierig. Das gefiel ihm, aber was ihm nicht paßte, war der Drang zur Vorsicht, den er verspürte, wenn es darum ging, ihr zu antworten. Es war schon seltsam, wenn einem das Gefühl in der Magengegend sagte, man solle wachsam sein – es war wohl der sechste Sinn, auf den er vertraute. Es gab keinen Grund für dieses Gefühl, bis auf die Tatsache, daß sie ein Interesse an diesem Fall zeigte, das jemand anderem sofort einen Platz auf Haydons Verdächtigenliste verschafft hätte. Das gefiel ihm nicht. Ihm gefiel das Gefühl nicht, das dadurch bei ihm erzeugt wurde. Es war eine Sensibilität, die in den Dienst gehörte, auf die Straße, aber nicht in sein Zuhause.

»Ich glaube nicht, daß diese Leute in Houston in der bekannten Art und Weise operieren können, wenn es nicht irgendeine Organisation am Ort gäbe, die sie unterstützt«, sagte er. Er schüttelte die roten Blütenblätter von einer Zeitung. »Sie müssen Hilfe haben. Irgend jemand hier muß mit Leuten in Mexiko Kontakt haben. Ich glaube, daß der Jemand hier der Anwalt ist, der für die Teco Corporation die Rechtsgeschäfte wahrnimmt: Enrique Cordero Rulfo.«

Nina fischte den Schnipsel eines Blütenblattes aus ihrer Kaffeetasse. »Meinst du nicht, daß er längst verhört wurde?«

»Ich meine schon, aber die einzigen Verbindungen zu ihm, von denen sie wissen, sind die offensichtlichen. Er wird auf Fragen dazu längst die passenden Antworten bereithalten.«

»Demnach wirst du ihn nach Arizpe fragen?«

Haydon nickte. »Ich muß sowieso mit ihm sprechen. Er ist wirklich die einzige Spur, die ich habe.«

»Weil er direkt mit den *tecos* in Mexiko Kontakt hat.«

»Nun, das ist eine recht naheliegende Annahme. Aber es könnte auch einen Zwischenträger geben. Durchaus möglich, daß Cordero überhaupt nicht mit ihnen zu tun hatte. Aber auch wenn es Kontakte gibt, können wir nicht von der Annahme ausgehen, daß er irgend etwas über die Todesschwadron hier wußte. Es ist möglich, daß sie ihn über solche Aktionen gar nicht informieren. Vielleicht ist es für sie auf diese Art viel sauberer, falls die Dienste des Anwalts jemals in einem Strafprozeß gebraucht werden.«

Nina klappte das Buch zu und legte es beiseite.

»Also, was meinst du?« fragte sie.

Haydon trank seinen restlichen Kaffee. »Ich denke, es sieht ziemlich schlecht aus«, erwiderte er. »Ich glaube, daß Gamboa irgendwann erschossen wird, ganz gleich, was irgendwer von uns dagegen zu unternehmen versucht.«

Ninas Augen funkelten überrascht, und dann runzelte sie die Stirn. »Warum bist du so pessimistisch?«

»Weil wir es hier mit der falschen Seite der Münze zu tun haben«, sagte er. »Das FBI hat Informanten in allen möglichen ausländischen Dissidentenorganisationen, die in den Staaten tätig sind, aber die Mexikaner werden nicht als Bedrohung betrachtet. Mexiko ist ein Schauplatz. Eine Anzahl radikaler Gruppen arbeitet von dort aus. Es ist sozusagen ein gesperrtes Gelände. Das FBI hat eine ganze Menge terroristischer Missionen vereitelt, die in Mexiko geplant worden waren, die jedoch in den Vereinigten Staaten durchgeführt werden sollten.« Er betrachtete ein winziges gelbes Staubgefäß, das er zwischen seinen Fingern hin- und herrollte. »Aber die Mexikaner selbst wurden niemals als Quelle oder Ursprung eines politisch motivierten Terrorismus betrachtet. Bisher wurden ihre politischen Kriminellen als relativ harmlose Gruppe angesehen. Eigentlich nur dem Namen nach Aktivisten. Das heißt, wenn man vom linken Flügel spricht. Aber diese Vorfälle haben ihren Ursprung bei der politischen Rechten, bei ›unseren‹ Leuten da unten. Und darauf sind wir ganz einfach nicht vorbereitet.«

Haydon stand auf und sammelte das auf, was von den *migas* noch übrig war, nahm sich eine frische Tasse Kaffee und ging zum Badehaus. Cinco hatte gedöst, aber Haydon entweder gewittert oder gehört, ehe er um die Ecke der Trennwand der Freiluftdusche kam. Der Hund mühte sich in eine sitzende Position, wobei sein zerfranster alter Schweif einen schlappen Wedelversuch machte. Haydon setzte sich zu ihm auf die Steine, kraulte seine Ohren und hielt die Schüssel mit den *migas* auf dem Erdboden fest, damit sie nicht wegrutschte, während Cinco fraß. Gabriela liebte den alten Collie genauso wie Haydon, und jede Mahlzeit, die sie zubereitete, war eine Mahlzeit für vier.

Haydon schaute Cinco beim Fressen zu. Er dachte an die vielen Stunden, die sie so im sommerlichen Schatten oder im winterlichen Sonnenschein miteinander verbracht hatten, während jeder seinen Gedanken nachhing und keiner auch nur die entfernteste Idee hatte, was gerade den Geist des anderen beschäftigte. Sie hatten nichts gemeinsam als das unerklärliche Vergnügen der Gesellschaft des anderen.

Als der alte Collie seine Mahlzeit beendet hatte, sah er Haydon an, dann saß er einige Minuten lang träge blinzelnd da. Nach einer Weile legte er sich wieder hin und schloß die Augen. Langsam schob er eine Vorderpfote über den Steinboden, bis er damit Haydons Bein berührte. Er drückte schwächlich dagegen und ließ die Pfote seufzend liegen. Sein Atem wurde gleichmäßig und zufrieden. Haydon brachte es für eine lange Zeit nicht übers Herz, sich zu bewegen, und schließlich, als er es doch tat, war Cinco fest eingeschlafen.

26

Für Haydon war es das wichtigste, *nicht* vor den anderen Detectives mit Enrique Cordero Rulfo zu sprechen. Das letzte, was er sich wünschte, war, daß sie schon am ersten Tag nach seiner Beurlaubung auf seine Spur stießen. Er brauchte sich keine Sorgen zu machen. Dystal hatte keine Zeit versäumt. Das erste, was Cordero sagte, war: »Was soll das denn? Es ist keine zwei Stunden her, da habe ich mit den Detectives des HPD gesprochen.«

»Es tut mir leid«, sagte Haydon und verstaute seine Polizeimarke wieder in der Tasche. »Aber die Verwaltung hat entschieden, die Vorfälle als getrennte, aber parallel verlaufende Ermittlungen zu untersuchen. Es gibt keinen Beweis, daß sie in irgendeinem Zusammenhang zueinander stehen, daher diese doppelte Untersuchungstechnik. Wir hoffen, daß wir dadurch schneller auf eine Spur stoßen.«

Cordero sah Haydon aus seinem hochlehnigen Sessel hinter

seinem Schreibtisch an und nickte skeptisch. In dem Büro war es ein wenig zu warm. Die roten Minifensterläden waren fest geschlossen, um den Lärm des Verkehrs, der auf dem Southwest Freeway vor den Fenstern vorbeibrauste, abzuhalten. Corderos Büro befand sich in einem Geschäftszentrum und wurde von einer Computersoftwarefirma auf der einen Seite und einer Vertriebsagentur für Kosmetikartikel auf der anderen eingerahmt.
»Mein Gott.« Cordero verdrehte die Augen und blickte flehend zur Decke. »Ich weiß nicht, was ich Ihnen erzählen könnte, was Ihre Vorgänger noch nicht gehört haben.«

»Darf ich mich setzen?« fragte Haydon.

»Ja sicher, nun machen Sie schon«, sagte Cordero und gab sich geschlagen. Er schob das Plastikkäppchen auf einen Filzstift und warf ihn zusammen mit einem Stapel Schriftstücke auf den Schreibtisch.

»Vielleicht stelle ich nicht die gleichen Fragen«, sagte Haydon.

Cordero legte den Kopf zur Seite und grinste affektiert. Er war Mitte Dreißig, ein wenig rundlich, mit einem ordentlichen Haarschnitt und einem fetten Hals, der über den Kragen seines weißen Hemdes quoll. Seine Augen waren leicht vorstehend, sein Mund hatte etwas Puttenhaftes, als hätte jemand ihm die Wangen zusammengedrückt und ihn aufgefordert, »Hutschi-putschi« zu sagen. Sein olivbrauner Teint hatte einen leicht kupferroten Schimmer.

Haydon versuchte sich in Corderos Rolle zu versetzen. Laut den Unterlagen über die Teco Corporation war Cordero seit vier Jahren ihr Rechtsvertreter. Die Gesellschaft wurde von reichen und erfolgreichen Geschäftsleuten gegründet. Sie hätten sich eine der größeren Anwaltskanzleien der Stadt aussuchen können, um sich von ihr vertreten zu lassen. Statt dessen hatten sie sich für diesen jungen Mann entschieden, dessen Kanzlei sich damals in einer weitaus schlechteren Lage befunden haben mußte als jetzt. Aber auch jetzt war sie nicht besonders beeindruckend. Haydon war bereit, darauf zu wetten, daß er ein Verwandter von irgendeinem der Vorstandsmitglieder war. Ein

Neffe. Nein, vielleicht ein intelligenter, brillanter Neffe, jedoch einer, der eine der weniger bedeutenden juristischen Fakultäten diesseits oder jenseits der Grenze besucht hatte und bei dem man sich darauf verlassen konnte, daß er Formulare ordentlich ausfüllen konnte, daß er die alljährliche Umsatzsteuererklärung rechtzeitig und ordnungsgemäß abgab – was sicherlich ein müheloses Unterfangen war, da die Firma gar nicht als Handelsunternehmen registriert war –, und der wichtige Botengänge diesseits der Grenze erledigte.

Haydon ließ sich all das durch den Kopf gehen, während er Corderos Posaunenengelgrinsen betrachtete. Er beschloß, daß er nicht mit einer Frage beginnen würde, sondern mit einem ernüchternden Rat, der ganz sicher den Unsinn ausräumte, den Cordero offensichtlich mit ihm vorhatte.

»Einer Ihrer Klienten erwägt eine Änderung bezüglich seiner Rechtsvertretung«, sagte Haydon. »Er steckt bis zum Hals in Schwierigkeiten, die weit außerhalb Ihres Kalibers liegen, Mr. Cordero.« Er hielt inne. »Teilen Sie Rubio Arizpe mit, daß er einen neuen Anwalt braucht.«

Cordero sah aus, als wäre gerade eine Karaffe Eiswasser in seinen Schoß ausgeleert worden und als versuche er verzweifelt, darüber hinwegzugehen. Er stützte sich auf die Ellbogen und fuhr aus seinem schwarzen Kunstleder-Managersessel empor. Dabei hob er ein Bein ein wenig, als wollte er einen Wind fahren lassen. Er gab keine Antwort, vielleicht konnte er es auch nicht.

Haydon hob erwartungsvoll die Augenbrauen, aber Cordero sagte kein Wort. Er drehte nur seinen kantigen Kopf auf seinem schwammigen Hals. Das Grinsen war zu einem Ausdruck ausgesprochenen Unbehagens verkommen. Corderos selbstsicheres Auftreten war bemitleidenswert oberflächlich gewesen. Es konnte keinen Zweifel an seiner Reaktion auf die Nennung von Arizpes Namen geben.

Haydon nahm sich vor, nur noch einen einzigen gewagten Schuß zu versuchen. Er wußte, daß Lapierres Taktik geordnet und korrekt gewesen wäre. Er war immer darauf bedacht, die Beweise, die vor Gericht nicht zugelassen wurden, nicht zu erwähnen und andere Beweise beizubringen. Der Nachteil dieser Vorgehensweise lag darin, daß sie sehr langsam war. Haydon zweifelte nicht daran, daß Lapierres Männer schon nach wenigen Stunden mit einem Durchsuchungsbefehl erscheinen würden, um Corderos Akten durchzusehen, daß Cordero nichts davon gesagt worden war und daß Cordero bis zum Besuch dieses Morgens überhaupt nicht darüber nachgedacht hatte. Haydon hatte auch keinen Zweifel, daß Cordero auf diese Möglichkeit aufmerksam gemacht worden war und daß er zwischen jetzt und der Rückkehr der Detectives sein Büro von den meisten, wenn nicht allen potentiell belastenden und informativen Dokumenten reinigen würde.

»Sie verstehen, was auf Sie zukommt, nicht wahr, Mr. Cordero?«

»Was meinen Sie?«

»Sie haben die Zeitungen gelesen und die Nachrichten im Fernsehen verfolgt?«

Cordero nickte, versuchte sich überheblich zu geben, hatte damit jedoch wenig Erfolg, denn es stand in seinem Gesicht deutlich zu lesen, daß er keine Ahnung hatte, was Haydon im Schilde führte.

Seine Sorge war durchaus berechtigt, denn bis zu diesem Moment wußte nicht einmal Haydon selbst, was er tun würde. Plötzlich wurde es ihm klar, daß ein Gespräch mit Cordero nichts bringen würde, weil Cordero gewiß nicht preisgab, was Haydon wissen mußte. Cordero war intellektuell vielleicht ein bißchen schwerfällig, aber er war kein Selbstmörder. Und außerdem gab es keine sichere Erkenntnis, daß er auch nur andeutungsweise etwas Wichtiges wußte. Haydon wollte das, was Cordero *hatte.*

»Ich will ganz ehrlich zu Ihnen sein, Mr. Cordero«, sagte Haydon, stand auf und lehnte sich gegen Corderos Schreibtisch. »An Ihrer Stelle wäre ich nervös. Sie schützen eine Organisation, die während der vergangenen achtundvierzig Stunden sieben Menschen ermordet hat. Einer war sogar ein Polizeibeamter. Das FBI wird Sie richtig durch die Mangel drehen. Wir alle werden Ihnen auf die Pelle rücken, und – wenn Ihnen das auch bisher noch nicht so vorgekommen ist, dann ist jetzt der Zeitpunkt, einmal intensiv darüber nachzudenken – Sie sind unser einziger Kontakt zu den *tecos.* Sie sitzen ganz schön in der Klemme, und wir werden jeden erdenklichen Druck ausüben, um Sie noch mehr in die Ecke zu treiben.«

Cordero schüttelte den Kopf, und seine dicken Wangen bebten. »Jemand verwechselt da etwas«, sagte er. »Ich arbeite für die Teco Corporation, richtig. Das wissen Sie, klar. Aber dieser Mann... ich kenne diesen Mann nicht, diesen Rubio... Arizpe. Jemand hat da wirklich etwas durcheinandergebracht.«

»Niemand hat etwas durcheinandergebracht, Mr. Cordero.«

»Und doch hat jemand Mist gebaut.«

»Nein«, sagte Haydon.

»Aber sicher.« Corderos Stimme wurde ein wenig lauter, als er versuchte, seine Position zu halten. Er stemmte sich wieder auf seinen Ellbogen hoch.

Haydon holte eine seiner Visitenkarten heraus und schrieb etwas auf die Rückseite.

»Wenn Sie doch mal den Mund aufmachen wollen, ganz inoffiziell, da ist meine private Telefonnummer. Sie würden die Lage für sich erheblich erleichtern.« Er legte die Karte auf die Kante von Corderos Schreibtisch. »Ich würde damit nicht allzu lange warten«, fügte er hinzu.

Er verließ Corderos Büro und schloß die Tür hinter sich. Das Vorzimmer war so klein, daß er sich sofort umdrehen mußte, um das Namensschild auf dem Schreibtisch von Corderos Sekretärin lesen zu können. Linda Solis war genauso rundlich wie Cordero und hatte die straffsten und hochstehendsten Brüste, die Haydon je gesehen hatte. Sie bildeten eine tiefe Schlucht im V-Ausschnitt ihres roten Kleides und wölbten sich stolz ihrem ovalen Kinn entgegen. Er lächelte, bedankte sich bei ihr und ging auf den Korridor.

Er lief bis zum nächsten Flur und hielt Ausschau nach einem Telefon. Als er eins fand, rief er erst einmal zu Hause an, dann griff er nach dem Telefonverzeichnis, das an einem Draht neben dem Wandapparat hing. Er fand, was er suchte, redete einige Minuten mit Nina und hängte ein. Da er nicht wußte, wie lange er warten mußte oder wo Cordero seinen Wagen geparkt hatte, kehrte er in den Hauptflur zurück und lehnte sich neben der Notausgangstür an die Wand, von wo aus er Corderos Büro beobachten konnte.

Er mußte länger warten als erwartet – neun Minuten –, ehe Cordero in den Flur stürmte und durch den Vordereingang das Haus verließ. Haydon folgte ihm und kam gerade rechtzeitig zur Glastür, um Cordero in einem neuen Oldsmobile aus dem Parkplatz herausschießen und in die Auffahrt zum Expressway einbiegen zu sehen. Er wartete fünf Minuten, ehe er in Corderos Büro zurückkehrte. Es war fast zwanzig Minuten her, seit er es verlassen hatte.

»Hallo«, sagte er zu der Sekretärin. »Ich bin schon wieder da. Ich habe eine Nachricht bekommen, daß Mr. Cordero mich dringend sprechen müsse.«

Die Augen der Sekretärin weiteten sich, und sie legte den Kopf mit der festen schwarzen Haarkrone schief. »Tatsächlich?« Sie dachte darüber nach. »Nun, davon weiß ich nichts. Er ist gerade weggegangen«, meinte sie. Ihr Gesichtsausdruck machte deutlich, daß die Situation ihr Rätsel aufgab. Haydon vermutete, daß Cordero Miß Solis an vielen seiner Geschäftsgeheimnisse nicht teilhaben ließ.

»Wann ist er denn wieder zurück?«

»Das hat er nicht gesagt.« Sie trommelte sacht mit den zwei roten künstlichen Fingernägeln gegen die Unterseite ihres Kinns, während sie ihn ansah.

»Ich denke, ich warte ein paar Minuten, für den Fall, daß das Ganze kein Irrtum war.«

»In Ordnung«. Sie lächelte. »Aber das kann ich mir nicht vorstellen.«

»Darf ich mal Ihr Telefon benutzen?« fragte Haydon.

»Aber sicher.« Sie lächelte und schob es ein winziges Stück in seine Richtung. Sie blieb auf ihrem Platz sitzen, während Haydon sich über sie beugte und wählte. Während er auf das Rufzeichen wartete, blickte sie zu ihm hoch und ertappte ihn dabei, wie er in ihren Ausschnitt schielte. Sie lächelte und legte wie eine wertvolle Verzierung die Finger einer Hand auf ihren Busen, nahm sie jedoch gleich wieder weg, um einige Formulare und Schriftstücke auf ihrem Schreibtisch zu ordnen.

Haydon fragte am Telefon, ob irgendwelche Anrufe für ihn eingegangen seien, sagte ja auf eine Frage und legte dann auf. Er bedankte sich bei Miß Solis, die strahlend versicherte, es sei doch selbstverständlich. Er setzte sich in einen der Sessel, um zu warten, und griff nach einer alten Ausgabe des *Private Pilote*-Magazins. Er blätterte es durch und warf dann einen Blick auf den Postaufkleber. Es schien, als interessiere sich das pummelige Häschen fürs Fliegen. Miß Solis bekam einen Anruf, und Haydon schaute von der Zeitung hoch und beobachtete sie. Sie kicherte über irgend etwas, versprach, sie würde Mr. Cordero ganz gewiß Bescheid sagen, verabschiedete sich sehr freundlich und lächelte still vor sich hin, während sie eine Nachricht notierte. Haydon widmete sich wieder dem Magazin. Miß Solis tippte acht oder zehn Buchstaben auf ihrer roten Schreibmaschine und hielt dann inne, um etwas aus ihrer Handtasche zu holen, die unter dem Schreibtisch stand.

Sie wühlte in dem roten Lederbeutel herum, als das Telefon erneut klingelte. Sie lauschte, ihr Gesicht nahm einen ernsten Ausdruck an, dann zeigte es nur noch Unglauben.

»Nein... nein, ich bin nicht verheiratet. Eine Schwester, ja. Ja, sie heißt Juanita, nein... Jua-ni-ta. Sind Sie sicher? Wann war das?... Aber sie kann gar nicht fahren. Ja, o mein Gott!« Sie machte ein Kreuzzeichen auf ihrem voluminösen Busen. »Siebzehn-siebzehn Cord. Nein, nein... C-o-r-d. Ja! O mein Gott!« Sie schlug wieder ein Kreuzzeichen mit ihren übergroßen roten Fingernägeln. »Ich bin gleich da. Sagen Sie ihr, daß ich komme, daß ich schon auf dem Weg bin.« Sie begann zu weinen. Große, dicke Tränen traten ihr in die Augen, als wären sie der Saft einer heftig ausgepreßten Frucht. Mascara hinterließ Streifen auf ihren Wangen. »Ja! Ja, sofort. Auf Wiederhören... bis gleich!« Sie legte den Hörer mit einer heftigen Geste auf die Gabel.

»Gibt es ein Problem?« erkundigte sich Haydon.

Linda Solis stopfte hastig alles zurück in ihre Handtasche. Ohne Haydon anzusehen, sagte sie: »Dieser Hurensohn von Roland hat mit meiner Schwester im Wagen einen Unfall gebaut. Ich weiß, daß er es ist. Juanita kann ja nicht mal Auto fahren.« Ein Schluchzer löste sich aus ihrer Kehle, und sie zupfte ein Papiertaschentuch aus einem geblümten Karton. »Ich muß schnellstens zu Ben Taub. Bestellen Sie Mr. Cordero, wo ich bin. Ich muß sofort weg!«

Sie sprang von ihrem Sessel auf, umrundete den Schreibtisch und eilte zur Tür, während sie in ihrer Handtasche nach den Wagenschlüsseln suchte. Sie blieb in der offenen Tür stehen und gestikulierte mit dem klirrenden Schlüsselbund.

»Hören Sie«, erklärte sie. »Wenn Sie gehen, dann legen Sie einfach diesen Riegel um, ehe Sie die Tür hinter sich schließen. Aber vergessen Sie es nicht.« Sie wirbelte mit einem lauten Schniefen herum und rannte durch den Korridor zur Foyertür.

Haydon wartete, bis sie draußen war, ehe er zur Tür ging und den Riegel umlegte. Er trat an das Fotokopiergerät und schaltete es ein, dann ging er in Corderos Büro. Dort standen drei Aktenschränke. Die Schubladen waren mit Buchstaben beschriftet.

27

Enrique Cordero folgte dem Verkehrsfluß auf dem Southwest Freeway nach Westen, unter dem Alameda-Verteiler hindurch und über die Ausfahrt nach Elgin. Wenn Cordero nervös war, dann kaute er an seinen Fingernägeln, wie ein Hund einen Knochen abnagt, und im Augenblick lenkte er nur mit der linken Hand und hatte den rechten Ellbogen hochgereckt, während er versuchte, mit den Zähnen ein Stückchen Nagelhaut an der Außenseite seines Ringfingers zu erwischen. Er arbeitete eifrig, doch seine Gedanken waren weit weg, während er durch die Straßen unweit des Campus der Universität von Houston fuhr.

Zu seiner Überraschung sah er Ferretis unter einem Baum neben einer Ansammlung von Zeitungsverkaufskörben gegenüber dem Café stehen, wo sie sich verabredet hatten. Cordero war überzeugt, daß Ferretis seinen Wagen erkannte, aber er verließ seinen Platz auf dem Bürgersteig nicht, als Cordero auf den Parkplatz einbog und bis zur Hinterfront des Restaurants fuhr. Er umrundete das Gebäude, ging nach vorne und sah, daß Ferretis immer noch auf seinem Platz stand und angeregt in seiner Zeitung las. Es war fast Mittag, und die jungen Leute von der Universität würden schon bald das Dutzend Restaurants und Bistros rund um den Campus stürmen, um dort das Mittagessen einzunehmen. Cordero ging hinein, um eine freie Nische zu suchen. Ferretis würde nicht mit ihm reden, es sei denn, sie fanden eine dieser hochlehnigen Nischen. Ferretis war wählerisch.

Cordero entschied sich für die letzte Nische, was bedeutete, daß sich nur noch eine weitere Nische neben ihnen befand. Er setzte sich und bemerkte, daß er von seinem Platz aus Ferretis durch das Fenster sehen konnte. Er benahm sich seltsam. Cordero bestellte einen mexikanischen Corona und erklärte der Serviererin, daß er noch auf jemanden warte. Er knabberte an einem Fingernagel und beobachtete Ferretis, der sich zwei weitere Zeitungen kaufte, ihre Titelseiten überflog, ehe er sich schließlich umsah, sie unter den Arm klemmte und vom Bordstein heruntertrat, um die Straße zu überqueren.

Als Professor Ferretis hinter zwei Mädchen hereinkam, die sich beeilt hatten, noch vor ihm die Tür zu erreichen, dauerte es einige Sekunden, bis sich seine Augen an das Dämmerlicht gewöhnt hatten. Schließlich entdeckte er Cordero in der Nische. Ferretis hatte sechs Monate gebraucht, diesem dämlichen Heini klarzumachen, ihm nicht wie ein Schwachsinniger zuzuwinken. Und ein Jahr hatte es gedauert, ihm beizubringen, wie man per Telefon ein Treffen arrangierte, ohne seine Absichten zu verraten. Cordero war schon immer ein Dorn in seinem Fleisch gewesen. Die altersschwache Klimaanlage lief auf höchster Leistungsstufe, und eine ranzig riechende Brise wehte über die Tische hinweg.

Ferretis ging zu Cordero, nahm auf der anderen Tischseite Platz und legte die Zeitungen auf die Sitzbank neben sich.

»Was hast du da draußen getan?« fragte Cordero.

»Du hast doch Scheiße im Gehirn«, sagte Ferretis. Er legte die Unterarme auf die mit Plastik beschichtete Tischplatte vor sich. »Wurdest du verfolgt?«

Cordero sah ihn fragend an. »Nein. Warum?«

»Nein. Warum?« Ferretis schüttelte den Kopf, äffte Corderos Einfältigkeit nach, und eine Strähne seines langen, glatten schwarzen Haars, das stets aussah, als bedürfte es einer gründlichen Wäsche, fiel ihm ins Gesicht. Er schob sie verärgert nach hinten und funkelte Cordero durch die dicken Gläser seiner Brille an. »Das ist sicher das erste Mal, daß du daran gedacht hast, nicht wahr?« sagte Ferretis. »Nun, *ich* habe daran gedacht. Ich habe versucht, mich zu vergewissern, ob du nicht eine ganze Prozession hergelockt hast.«

Die Serviererin kam, und sie bestellten, ohne lange nachzudenken und auf die Speisekarte zu schauen.

Cordero überging den Vorwurf. »Die Polizei war bei mir«, sagte er. Er bohrte sich den Ellbogen in den Bauch und widmete sich der Nagelhaut seines Ringfingers aus einer anderen Richtung.

Ferretis sah ihn an. »Cordero, das war sicher eine Überraschung.«

»Nein, natürlich nicht. Aber sie waren zweimal da.«

»Was meinst du damit?« Ferretis nahm die Brille ab und polierte die dicken Gläser mit einem Zipfel seiner *guayabera*.

»Zwei Detectives kamen um halb zehn. Haben mich alles gefragt, was sie mich laut deiner Voraussage fragen sollten.«

»Und du hast ihnen alles erzählt, was sie wissen wollten«, sagte Ferretis sarkastisch.

»Nein! Ich war total cool. Sie haben mir nicht auf die Zehen getreten. Ich sagte, ich hätte niemals jemanden von der Teco Corporation persönlich getroffen. Das ist für mich nur ein Klient wie alle anderen auch. Ich habe einen Brief von der Firma bekommen und bin dann für sie tätig geworden. Eine routinemäßige Firmenvertretung. Ich mache ihnen die Steuer, und meine Sekretärin sorgt für die pünktliche Bezahlung der monatlichen Abgaben für das Belgrano-Anwesen. Ich selbst bin niemals dort gewesen. Das war alles, worüber geredet wurde. Alles ganz harmlos.«

»Harmlos. Von wegen.« Ferretis war irritiert, weil eine der Düsen der Klimaanlage in der Decke so eingestellt war, daß sie die kalte Luft direkt auf ihn herabblies. Er schwitzte, weil er lange in der Sonne gestanden hatte, daher spürte er, wie der kalte Wind durch sein dünnes Hemd blies. Im Augenblick war es nur ein angenehmes Gefühl, doch in drei Minuten würde er frieren.

Enrique Corderos Wangen blähten sich auf wie die eines Trompeters, als er einen Mundvoll Corona nahm und ihn einen Moment im Mund hielt, ehe er ihn schluckte. »Wirklich, Daniel«, sagte er, »kein Problem. Aber der zweite Detective war seltsam. Er tauchte zwei Stunden später auf. Sagte, daß er eine zweite Ermittlung vornimmt, die parallel zur ersten läuft. Er sagte, ich soll Rubio Arizpe bestellen, daß er einen guten Anwalt brauchen wird, einen, der besser ist als ich –«

»Wie bitte?!« Ferretis warf sich förmlich nach vorne. »Was hast du gesagt?«

»Ich sagte, er riet mir –«

»Nein, verdammt noch mal! Was hast du ihm erzählt?«

»Nichts.«

»Nichts?«

»Ich habe nichts gesagt!«

»Verdammt!« stieß Ferretis wieder heiser hervor. »Was hast du getan? Hast du ihn etwa auf deine dämliche Art angestarrt?«

»Was hätte ich denn sagen sollen?«

»Du scheinst nicht zu begreifen, Enrique. Du hast keine Ahnung. Was ist, um Gottes willen, passiert?«

»Er sagte, daß ich ziemlich in der Klemme sitze, weil ich der einzige Kontakt zu den *tecos* sei, und sie würden mir auf den Pelz rücken – die Polizei und das FBI.«

»Und...«

»Und ich habe ihm versichert, daß ich von diesem Arizpe noch nie etwas gehört habe.«

»Und...«

»Er gab mir seine Karte, für den Fall, daß ich mich mit ihm einmal ganz inoffiziell unterhalten will.«

Ferretis lehnte sich zurück. »Mein Gott.« In einer vollkommenen Welt brauchte man sich nicht mit den Verwandten anderer Leute herumzuschlagen. »Dann gib mir mal das Band.«

Cordero griff in seine Jackentasche und holte eine kleine Kassette hervor, die er auf den Tisch legte. Ferretis schob die Kassette in einen Recorder, den er mitgebracht hatte, und stöpselte einen Kopfhörer ein. Er spulte das Band zurück, was Cordero noch nicht getan hatte, und hörte sich die Gespräche an. Das war eine Vorsichtsmaßnahme, die er eingeführt hatte, sobald er erfahren hatte, daß das Belgrano-Versteck aufgedeckt worden war. Da Cordero der einzige war, der dazu in Verbindung stand, befand er sich in einer überaus verwundbaren Position, die am ehesten zu Fragen animieren würde. Er wußte nicht, ob er sich auf diesen leicht unterbelichteten Neffen verlassen konnte und ob er ihm genau schildern würde, was er der Polizei gesagt hatte. Auf diese Art und Weise bekam Ferretis die ganze Geschichte erzählt. Er konnte jetzt selbst hören, wie dämlich Cordero sich angestellt und welchen Mist er gemacht hatte.

Das Band dauerte etwa vierzig Minuten, und er hörte konzentriert zu, während er sein gegrilltes Steak, Kartoffelpüree und Kichererbsen aß, die er mit mehreren Gläsern geeistem Instanttee herunterspülte. Er aß mit der rechten Hand, während er den Mittelfinger seiner anderen Hand nutzte, um sein Ohr vor den Cafégeräuschen abzuschirmen. Er ignorierte Cordero völlig, während er aß und sich das Band anhörte. Ein Dessert war im Preis für das gummiartige Steak enthalten: ein Stück trockener weißer Kuchen mit gelbem Zuckerguß, das Ferretis mit drei Bissen vertilgte. Er hatte seine Mahlzeit beendet, ehe das Band ganz durchgelaufen war, und saß da und pulte mit einer Ecke der Rechnung, die die Serviererin gebracht hatte, zwischen seinen Vorderzähnen herum.

Schließlich zog er den Kopfhörer aus seinem Ohr und betätigte den Rückspulknopf des Kassettenspielers.

»Hast du Haydons Visitenkarte?« fragte er.

»Klar.« Cordero mußte in drei Taschen nachsehen, ehe er sie fand.

Ferretis nahm die Karte und betrachtete sie, drehte sie um und schaute auf die Telefonnummer, die Haydon auf die Rückseite geschrieben hatte. Er steckte die Visitenkarte in seine Tasche und funkelte Cordero an, der seinen zweiten Corona trank und seinen Ringfinger so rot gekaut hatte wie ein Wiener Würstchen.

»Ich weiß nicht, ob ich diese Sache mit der Parallelermittlung glauben soll«, sagte Ferretis. »Irgendwie klingt das nicht echt, aus mehreren Gründen.« Er wollte Cordero schon fragen, was er davon hielt, verwarf aber die Idee, als er seinen großäugigen Neffen ansah, der ihm gegenübersaß und offensichtlich eifrig darum bemüht war, der erste Mensch zu sein, der tatsächlich ein Stück seiner eigenen Anatomie auffraß.

»Enrique«, sagte Ferretis. »Hör mir gut zu. Ich will, daß du zurückfährst und alles aus deinen Akten heraussuchst, was irgendwie mit den *tecos* zu tun hat. Ich möchte, daß die Firmenunterlagen die einzigen Beweise sind, die die Polizei in die Hand bekommen kann. Wenn du in deinen Unterlagen irgendwelche Namen stehen hast, dann weg damit. Und dann kehrst du nach Mexiko zurück.«

»Aber die Polizei hat gesagt –«

»Verdammt, es ist unwichtig, was sie gesagt hat. Du verschwindest. Du fliegst aber nicht. Gehe auf keinen Fall an einem Schlagbaum über die Grenze. Begib dich zu unseren Wohnungen in Brownsville und laß dich von Hernan mit dem Boot nach Matamoros bringen. *Comprende?*« Ferretis beugte sich vor und sprach nun sehr deutlich und langsam. »Enrique. Begib dich auf direktem Weg von hier zu deinem Büro. Beeil dich. Dann tank deinen Wagen auf und fahr sofort nach Brownsville. Geh auf keinen Fall in deine Wohnung. *Comprende?*«

Cordero nickte. Er wirkte eingeschüchtert. Er war das reinste Hasenherz. Dieser dämliche Neffe konnte die ganze Sache verderben. Trotzdem durfte Ferretis es nicht riskieren, selbst hinzufahren und die Akten verschwinden zu lassen. Besser Cordero als er, und wenn Cordero es schaffte, aus dem Land zu verschwinden, dann hatten sie etwas Luft. Er hatte nicht damit gerechnet, daß so etwas so bald geschehen mußte. Er wußte, daß er sich nicht auf Cordero verlassen konnte, und er würde niemals erfahren, welcher Wahnsinn den ansonsten zuverlässigen Valverde dazu gebracht hatte, am Belgrano-Haus auf die Detectives zu schießen. *Dieser* Mord konnte ihnen die gesamte Polizeimacht auf den Hals ziehen. Der Mord an Detective Ed Mooney war jenes unvorhergesehene Ereignis, das als ständige Bedrohung in jeder Geheimoperation steckt. Ganz gleich, wie genau und minuziös der Plan aussah, ganz gleich, wie erfahren und umsichtig seine Ausführung stattfand, man hatte es immer mit dem Risiko unbekannter Faktoren zu tun.

»Du solltest dich jetzt lieber auf den Weg machen«, sagte Ferretis. »Wenn du im Büro fertig bist und die Stadt verlassen hast, dann ruf mich von einem Münzfernsprecher aus an.«

Cordero nickte wieder.

»Irgendwelche Fragen?«

Cordero schüttelte den Kopf und schluckte.

»Okay, dann mach dich auf den Weg.«

Ferretis blieb sitzen und lutschte das Eis aus seinem Teeglas. Er nahm die Visitenkarte, auf die Haydon seine Telefonnummer geschrieben hatte, aus der Tasche und betrachtete sie noch einmal. Wie, in Gottes Namen, war der Mann an Rubios Namen herangekommen? Rubio hatte keine Verbindungen in den Vereinigten Staaten. Ferretis wußte, daß Arizpe auch schon früher in Texas aktiv gewesen war, aber das war rein geschäftlich gewesen. Er war ein Einzelgänger, der keine Spuren hinterließ. Die Leute in Guadalajara hatten sogar berichtet, daß sie die Akten im National Crime Information Center überprüft hatten – keine Spur von Arizpe oder Medrano. Wie, zum Teufel, konnte dieser Cop so gut Bescheid wissen?

Ja, er erinnerte sich an den Namen. Dieser Mann war der Partner des toten Detectives, und es war seltsam, daß er Cordero allein und neben den anderen Detectives einen Besuch abgestattet hatte. Seltsam genug, so daß Ferretis glaubte, daß es eine bestimmte Bedeutung hatte und eine Bedrohung darstellte. Andererseits sah mittlerweile alles Unerwartete bedrohlich aus. Er konnte es sich nicht erlauben, das gleiche zu tun, was Valverde getan hatte. Die Operation würde zwei krasse Fehler nicht verkraften. Wenigstens er müßte rein analytisch vorgehen und sich bereit halten, um völlig rational auf alles Unerwartete zu reagieren.

Es war gut sechsunddreißig Stunden her, seit er mit Blas gesprochen hatte. Er hatte keine Ahnung, inwiefern der Mord in der Nähe des Verstecks Blas' Pläne beeinflußte, wie immer die auch aussehen mochten. Blas hatte gesagt »bald«. War es eher jetzt oder später? Der Mord an dem Polizisten war ein Stich ins Wespennest, und das machte es ihnen nicht leichter. Aber Blas hatte solche Krisen schon des öfteren gemeistert.

Die Frage war, was es bedeutete, daß dieser Detective von Arizpes Existenz und von seiner möglichen Beteiligung wußte.

War es ein hinreichend kritischer Faktor, so daß Ferretis den toten Briefkasten benutzen mußte, um Blas und Rubio zu warnen? Ferretis versuchte sich über die Folgen der Tatsache klarzuwerden, daß er von allem Kenntnis bekommen hatte. Erstens, warum sollte ein Detective im Zuge einer Ermittlung dieser Art jemandem einen derartigen Wink geben? Warum »warnte« er den Hauptverdächtigen? Dafür kam ihm nur eine Begründung in den Sinn, und je mehr Ferretis darüber nachdachte, desto mehr Sinn machte es: Haydon wußte überhaupt nichts über Rubio Arizpe. Er klopfte einfach auf den Busch und versuchte auf diese Art und Weise, etwas zu erfahren. Er hoffte, jemanden in Panik zu versetzen. Es war der Schritt eines Mannes, der nichts zu verlieren hatte, wenn er so handelte. Ferretis würde das Risiko eingehen. Er würde den toten Briefkasten nicht benutzen. Noch nicht.

Unterdessen mußte er dafür sorgen, daß die Dinge nicht ins Rutschen gerieten. Er hatte soeben mit dem Hauptunsicherheitsfaktor gesprochen. Cordero war die aktuelle und akute Gefahrenstelle. Wenn er während der nächsten zwei oder drei Stunden nicht anrief, dann mußte er ihn suchen lassen. Cordero durfte auf keinen Fall noch einmal mit der Polizei reden, selbst wenn er praktisch nichts von dem Attentat wußte.

Das zweite Problem war, daß die *tecos* sich nicht mit dem Posten in Mexico City in Verbindung gesetzt hatten, da es Mordaufträge in den Vereinigten Staaten zur Folge gehabt hätte, und außerdem war eins ihrer Ziele einer ihrer eigenen Männer. Gamboa hatte ihnen jedoch Probleme bereitet, eine Menge Probleme, und sie reagierten vielleicht gar nicht so empfindlich, falls ihm etwas zustieß. Aber die *tecos* wollten nicht das Risiko eingehen, abgezogen zu werden, daher hatte ein Treffen auf höchster Ebene stattgefunden, und es war entschieden worden, daß der Plan ohne vorherige Beratungen weiterverfolgt werden sollte. Nun war er sicher, daß sie ihnen auf der Spur waren, aber er hatte keine Signale erhalten, die ein Treffen forderten, womit er eigentlich seit der Schießerei am Belgrano-Anwesen gerechnet hatte. Das erschien ihm seltsam, obgleich er nicht vorhatte, auf ein solches Signal zu reagieren, bevor Gamboa tot war oder der Versuch, ihn zu töten, abgebrochen wurde.

Das dritte Problem war Celia Moreno. Er hatte erwartet, auch von ihr zu hören.

Wenn man es genau betrachtete, dann waren die *tecos* ziemlich gefährdet.

28

Haydon wußte nicht so recht, was er eigentlich in Corderos Akten gefunden hatte. Er hatte ein Adreßbuch fotokopiert, das er in einer der unteren Schubladen von Corderos Aktenschrank gefunden hatte. Er hoffte, daß es Namen enthielt, die in der weitaus offensichtlicheren Rolodexkartei auf Linda Solis' Schreibtisch nicht zu finden waren. Die Akten selbst, Schubladen voller Hängeordner, waren zu umfangreich. Er suchte nach Namen, die er bereits kannte, und fand, was ihn gar nicht überraschte, keinen einzigen. Nichts sonst schien von Wert zu sein, bis er auf einen stählernen Aktenbehälter voller Bankauszüge stieß. Diese lieferten den Beweis, daß den Mexikanern die Belgrano-Villa seit vier Jahren gehörte und daß sie schon eine Weile vor den Morden der letzten Tage in Houston aktiv gewesen waren. Die *teco*-Aktivitäten waren nicht nur auf Mexiko beschränkt.

Aus den Bankauszügen ging hervor, daß Cordero als eine Art Schatzmeister der Organisation in Houston tätig gewesen war. Es gab Auszüge von Konten bei drei verschiedenen Banken. Es schien, als bezögen Cordero und seine Sekretärin ihre Gehaltsschecks von einem dieser Konten, das auf den Namen von Corderos Firma, Enrique Cordero Rulfo, Rechtsanwalt, lief. Der Inhaber des zweiten Kontos war die Teco Corporation. Steuern, Hilfsdienste und Wartung des Belgrano-Anwesens wurden von diesem Konto bezahlt. Einzahlungen wurden immer in bar vorgenommen. Ein drittes Konto, ebenfalls auf den Namen der Teco Corporation eingerichtet, erhielt gleichbleibende monatliche Bargeldeinzahlungen und verzeichnete regelmäßige Bargeldabhebungen im gleichen Betrag, so daß der Kontostand niemals zweitausend Dollar unterschritt. Die Regelmäßigkeit der Einzahlungen und Abhebungen war offensichtlich beabsichtigt, und dafür gab es vermutlich zwei Gründe. Erstens, die *tecos* wollten nicht die Aufmerksamkeit von Bankinspektoren erregen, die seit den Skandalen mit der Geldwäscherei besonders wachsam auf große, unregelmäßige Bargeldbeträge achteten. Zweitens sah es so aus, als ob Cordero Gelder für einen bestimmten Zweck ausgab, nicht zufällig bei Bedarf, sondern stets in derselben Höhe. Vermutlich bezahlte er eine oder mehrere Personen oder Organisationen.

Cordero war eindeutig ein Geldverteiler. Haydon vermutete, daß ein Großteil des Geldes zu Executive Limousines oder zu Valverde persönlich geleitet worden war. An die dortigen Akten kam Haydon nicht heran, weil Dystal sie am Abend des Mordes unter Verschluß genommen hatte. Aber er konnte den zweitbesten Schritt versuchen. Er hoffte nur, daß Celia Moreno mit ihm redete, und daß er wieder der zweite Besucher war und nicht der erste.

Sie wohnte in einer Eigentumswohnung auf der Woodway nicht weit vom West Loop entfernt. Sie lag im Herzen des Dollar-Jet-set und war weit teurer als das, was sie sich als Sekretärin von Jimmy Valverde hätte leisten können. Ihre Mitbewohnerin öffnete die Tür. Sie war mit einer weiten Shorts und einem knappen Oberteil bekleidet, das drei Zentimeter unter ihren Brüsten aufhörte. Ihr gesträhntes blondes Haar wurde mit einem weißen Stirnband aus dem Gesicht gehalten, und rosafarbene Ledergewichte waren an ihren Handgelenken und Fußknöcheln befestigt. Der Duft von Giorgio-Parfüm wehte ihm mit einem Strom kühler Luft und dem pulsierenden Rhythmus von Aerobicmusik entgegen.

Celia, so schien es, war um zehn Uhr an diesem Vormittag zur Beerdigung ihres Bruders gegangen und hielt sich im Haus ihrer Mutter bei der Familie auf. Haydon fragte nach der Adresse. Das Mädchen hob die Arme, streckte sich zum Rhythmus der Musik und entblößte dabei die sanften Rundungen der Unterseite ihrer Brüste. Sicher, sagte sie, ob er nicht hereinkommen wolle, während sie sie holte? Haydon erwiderte, er würde lieber warten, wo er war. Sie grinste ihn an, reckte sich noch mehr und nannte ihm die Adresse. Während er die Treppen hinunterstieg, die von algerischem Efeu gesäumt waren, fragte er sich, wie eng wohl die Beziehung zwischen Celia Moreno und ihrer Mitbewohnerin war.

Die Familie der Morenos wohnte nördlich der City im Latino-Viertel. Haydon fand die Straße, brauchte aber nicht nach der Adresse zu suchen. Die Automobile der Familie parkten unter den Bäumen auf beiden Seiten der stillen Wohnstraße, und als Haydon aus dem Jaguar stieg, konnte er das Gemurmel der Menschenmenge im Garten des blaßblauen Hauses an der Ecke hören. Er konnte auch den Duft der Pekanbäume in der Mittagshitze riechen.

Als er über den Gehsteig ging, kam er an einem halben Dutzend kleiner Kinder vorbei, die, immer noch in ihrer Beerdigungskleidung, zwischen den Stoßstangen der Wagen Fangen spielten. Er sprach sie auf spanisch an, aber sie starrten ihn nur wortlos an. Er hörte, wie ein kleines Mädchen ein anderes auf englisch fragte, was der Mann gesagt hatte.

Haydon trat zwischen die Wagen und gelangte auf den Seitenplatz. Er ging an einer Gruppe gelber, sonnenblumengroßer Windräder vorbei, die im Rasen steckten und deren gelbe Plastikblüten sich nicht bewegten. Der niedrige Maschendrahtzaun, der den Garten einfriedete, verbarg sich unter einer dichten Reihe Geißblattbüsche. Das Tor stand bereits offen, und Haydon trat in das friedliche Durcheinander eines großen Familientreffens. Mit Tischdecken dekorierte Tische waren am äußeren Rand des Gartens aufgestellt worden und beladen mit hausgemachten Speisen, die die Frauen vernünftigerweise nach Fleisch, Aufläufen, Gemüse, Salaten, Brot, Desserts und diversen Getränken geordnet hatten. Eine Wanne voller Bierflaschen stand am Ende des letzten Tisches auf dem Erdboden.

Sie aßen bereits, und ein paar Leute gingen herum, um ihre Teller zu füllen. Mehrere Frauen standen hinter den Tischen und verscheuchten Fliegen von den Schüsseln, während andere gelegentlich durch die Fliegentür in der Hinterfront des Hauses ein und aus gingen und zusätzliche Schüsseln oder frische Kannen mit Eistee oder rotem Punsch brachten. Die Leute benutzten fast alles als Sitzgelegenheit, was vorhanden war. Die meisten Männer gaben sich damit zufrieden, sich hinzuhocken, oder sie hatten sich ins Gras gesetzt.

Zwei junge Chicanos entdeckten Haydon sofort und kamen auf ihn zu. Sie hatten Pappteller in den Händen und einen finsteren Ausdruck in den Gesichtern.

Sie sprachen ihn auf spanisch an und schalteten sofort auf englisch um.

»Suchen Sie jemanden?« fragte der größere und neigte den Kopf nach hinten. Er hatte einen ziemlich dicken Bauch, und es sah so aus, als würde ihm nach einer weiteren Scheibe Braten die Hose platzen.

»Ich will zu Celia«, sagte Haydon.

»Welcher?«

»Der Schwester von Esteban.« Das hatte eine unangenehme Wirkung auf die beiden *vatos.* Sie reagierten, als hätte Haydon eine abfällige Bemerkung über Celias Jungfräulichkeit gemacht.

»Sind Sie ein Freund, oder was?«

»Wir kennen uns, aber ich glaube kaum, daß sie sich noch an meinen Namen erinnert.«

»Und wie lautet Ihr Name?«

»Stuart Haydon.«

»Wir haben hier eine Familienfeier«, sagte der andere. Er sah aus, als trüge er seinen Anzug ausschließlich zu Hochzeiten und Beerdigungen. Die Anzughose, die er anhatte, war viel zu groß, und der Schritt befand sich fast in Höhe der Knie.

»Sie sollten vielleicht zu einem anderen Zeitpunkt noch mal herkommen, oder?« Der rundliche Frager verlagerte sein Gewicht.

»Ich muß sie aber ganz dringend jetzt sprechen«, beharrte Haydon. »Wenn Sie ihr nur bestellen würden –«

»Heh«, sagte der massige Mann drohend. »Ich habe gesagt später.«

Das war laut, und die allgemeine Unterhaltung im Garten verstummte abrupt. Alle drehten sich nach ihnen um. Haydon sah kein einziges Augenpaar, das ihn nicht wütend anfunkelte.

In genau diesem Augenblick ging die Fliegentür auf, und Celia kam heraus. Sie half einer alten Frau, die Verandastufen zu überwinden. Haydon nahm an, daß es ihre Mutter war. Sobald sie die Stufen hinter sich hatten, blickte Celia auf, um den Garten zu durchqueren, und bemerkte die Stille. Sie folgte den Blicken der Versammelten zum Gartentor und sah Haydon. Sie starrte ihn länger an, als ihm lieb sein konnte, ehe sie ihre Mutter der Obhut einer anderen Frau anvertraute. Die beiden Jungen hatten sie beobachtet, seit die Tür aufgegangen war, und als sie eine knappe Kopfbewegung machte, wandten sie sich ab und entfernten sich wortlos von Haydon.

Während sie auf ihn zukam, sah Haydon sie zu seiner Überraschung lächeln. Sie hakte sich bei ihm unter und drehte ihn unauffällig um, während sie mit ihm durch das Gartentor in den Seitenhof ging. Sie schwieg, bis sie zu dem hohen Pekanstamm unweit der Autos gelangten, dann ließ sie seinen Arm abrupt los und drehte sich zu ihm, um ihn anzusehen.

»Woher wußten Sie, daß ich Ihren Verwandten nicht gesagt habe, daß ich ein Detective bin?« fragte er.

»Ich habe mich darauf verlassen«, sagte sie kühl. »Das ist der ungünstigste Moment, um mit mir zu sprechen.«

»Es tut mir leid«, sagte er. »Aber ich glaube, daß ich es nicht aufschieben kann.« Sie war kleiner, als er sie in Erinnerung hatte, doch nicht weniger hübsch. Das schwarze Leinen ihres Kleides sah an ihr sogar noch besser aus als die rosafarbene Seide. Die blaßgrauen Perlen waren einfach perfekt.

»Warum waren Sie nicht bei den Detectives, die heute morgen hier waren? Das hatte ich jedenfalls erwartet.«

Haydon war erleichtert. »Es hat irgendwie nicht geklappt«, sagte er. »Das mit Ihrem Bruder tut mir leid.«

Sie sah ihn an, als könne sie nicht glauben, daß er tatsächlich die Frechheit besaß, so etwas zu sagen. »Mein Gott!« Sie schüttelte den Kopf, ließ einen Blick über den Garten schweifen und schaute dann wieder zu ihm. »Was, zum Teufel, wollen Sie?«

Er war überrascht, Tränen in ihren Augen zu sehen, und entschied sofort, bei ihr keine Tricks zu versuchen.

»Zuerst«, begann er, »sollten wir uns darüber einig werden, daß wir von Anfang an ehrlich zueinander sind und die Sache schnell hinter uns bringen, okay?«

Sie sah ihn an und wartete. Haydon mußte sich schon weiter vorwagen.

»Ich gehe davon aus, daß Sie der Polizei erklärt haben, Sie wüßten nicht, wer die *tecos* sind.« Er hielt inne, betrachtete sie und versuchte etwas zu erkennen. »Ich gehe weiterhin davon aus, daß Sie weitaus intelligenter sind, als Sie an dem Nachmittag in Valverdes Büro zu erscheinen versuchten, und daß Sie eine günstige Gelegenheit auf Anhieb erkennen.«

Ihr Ausdruck veränderte sich nicht.

»Ich bin bereit, mich ganz weit hinauszulehnen«, fuhr Haydon fort. »Aber ich möchte, daß Sie sich darüber im klaren sind, daß ich – wenn Sie Ihren Nutzen daraus ziehen – in der Lage bin, darauf entsprechend zu reagieren. Ich werde nicht zögern, etwas zu unternehmen. Ich will nichts anderes als ehrliche Antworten, und dafür biete ich Ihnen an, Ihnen in jeder erdenklichen Weise behilflich zu sein, wenn Sie es wünschen.«

Sie schwieg noch immer, aber ihre ablehnende Haltung hatte sich verflüchtigt, und sie hörte aufmerksam zu. Er konnte erkennen, daß sie schon Pläne für die Zukunft machte.

»Sie haben die Zeitungsmeldungen über Valverde gelesen?« fragte er.

»Ja.« Ihr Ausdruck entspannte sich ein wenig, aber in ihrem Geist war mehr als Mitgefühl oder gar Trauer, was das anging.

»Ich bin vorübergehend vom Dienst suspendiert. Das ist praktisch Vorschrift nach einem Mord an einem Beamten«, sagte er und schönte die Wahrheit etwas. »Aber ich setze die Ermittlung unabhängig fort.« Er überließ es ihr, daraus Schlüsse zu ziehen. »Es gibt drei Gründe, warum ich finde, daß Sie mir erzählen sollten, was Sie wissen«, fuhr er fort. »Erstens, weil ich es früher oder später sowieso herausbekomme. Zweitens, wenn Sie mir jetzt helfen, könnte Ihnen das Pluspunkte einbringen, die Sie später vielleicht noch dringend brauchen werden. Drittens, weil ich glaube, daß Sie nicht wußten, daß Ihr Bruder mit den anderen zusammen getötet werden würde und Sie jetzt anfangen, Ihre Mitwirkung in dieser Sache etwas anders zu sehen.«

»Sie sind ein ganz schön selbstsicherer Scheißer, nicht wahr?« stellte sie fest.

»Ich habe Ihnen gesagt, daß ich nicht allzuviel Zeit vergeuden will, und ich habe noch einen langen Weg vor mir. Das sind meine Anmerkungen zu der Sache. Jetzt erklären Sie mir, in welchem Punkt ich mich irre.«

»Eine Frage: Wenn Sie vorübergehend suspendiert sind und in dieser Angelegenheit ›unabhängig‹ tätig sind, dann erklären Sie mir doch mal, was Ihr Wort in der amtlichen, offiziellen Welt zählt. Wenn Sie nicht legitimiert sind, zu ermitteln, dürften Ihre Versprechungen nicht viel Wert haben.«

»Ich habe nicht behauptet, daß ich nicht legitimiert bin«, erwiderte Haydon. »Ich habe gewisse inoffizielle Freiheiten eingeräumt bekommen. Sie können nicht von mir erwarten, daß ich Ihnen alle Einzelheiten schildere.«

»Warum nicht? Das ist doch genau das, was Sie auch von mir verlangen, oder nicht?«

»Sie scheinen nicht erkennen zu wollen, daß es zwischen uns einen kleinen Unterschied gibt. Ich war nicht in ein Attentat verwickelt. Ich brauche keine Hilfe, um zu vermeiden, daß ich den Rest meines Lebens in einem Staatsgefängnis verbringen muß, weil ich an einem politischen Mordkomplott beteiligt war.«

Sie sah ihn ausdruckslos an, und dann stahl sich ein leichtes, zynisches Grinsen in ihr Gesicht.

»Mein Gott, wenn Sie wüßten«, sagte sie. Sie lachte humorlos, dann senkte sie den Blick.

Haydon betrachtete sie, während sie bemüht war, ihre Tränen zurückzuhalten. Er versuchte sich an das Gesicht des Mädchens zu erinnern, das ihn hinter dem Rücken ihres lüsternen Chefs frech angegrinst hatte, während sie aus dem Zimmer hinausstolziert war und ihre rosafarbene Strumpfhose zurückgelassen hatte. Sie hatte sehr wohl gewußt, daß ihre Beziehung zu Valverde offenkundig gewesen war, aber sie hatte sich deswegen nicht im mindesten geschämt. Entweder hatte es ihr überhaupt nichts ausgemacht, erwischt zu werden. Oder sie hatte sich verstellt und ihre Rolle bis zum letzten ausgespielt. So oder so wäre es interessant, sich mit ihr zu beschäftigen.

Haydon blickte zum Tor und sah die beiden *vatos* dort stehen, Bier trinken und sie beobachten. Celia sah sie auch und wandte sich wieder zu ihm um.

»Sie gehen jetzt besser«, sagte sie und wischte sich über ihre Augen. »Kommen Sie, ich bringe Sie zu Ihrem Wagen.«

Während er sich umdrehte, schlüpfte sie wieder in ihre Rolle, legte den linken Arm beiläufig um seine Taille. Er spürte, wie ihre Hand für den Bruchteil einer Sekunde auf seiner Beretta verharrte und wie sie beide sich versteiften. Gleichzeitig dachte Haydon blitzartig an die beiden *vatos,* und fast genauso schnell hatte ihre Hand seine Pistole verlassen, blieb jedoch auf seinem Rücken liegen, während sie auf seinen Wagen zugingen.

Er schloß den Wagen auf, öffnete die Tür und ließ die aufgestaute heiße Luft heraus, während er in die Tasche griff und eine Visitenkarte herausholte. Indem er Celia als Deckung vor ihren beiden Cousins benutzte, schrieb er seine Telefonnummer auf die Rückseite der Karte und reichte sie ihr.

»Das ist meine Privatnummer«, sagte er. »Falls Sie doch mal mit jemandem reden wollen.«

Sie schob die Karte wortlos zwischen die Knöpfe ihres Leinenkleides.

Haydon schaute sie an. »Ich werde nicht still in der Ecke sitzen und warten«, sagte er. »Das Angebot gilt nicht unbegrenzt.«

Celia Moreno sagte nichts und trat vom Wagen zurück. Haydon stieg ein. Er startete den Motor und verließ die Wagenreihe. Er schaute nicht in seinem Rückspiegel nach hinten. Später fragte er sich, ob sie auf der Straße gestanden und ihm nachgeschaut hatte, oder ob sie augenblicklich kehrtgemacht hatte und zu ihrer trauernden Familie hinter der Geißblatthecke zurückgekehrt war.

29

Während der Heimfahrt dachte Haydon über den unbekannten Toten und die angebundene Ameise nach. Die Ereignisse hatten sich so überstürzt, daß die Leiche überhaupt nicht mehr wichtig war. Und es war nicht wahrscheinlich, daß man ihr noch einmal Beachtung schenken würde. Wenn alles vorüber war, wurde er wahrscheinlich als Unbekannter beerdigt, und das Geheimnis der Ameise verschwand mit ihm in der Erde. Haydon überlegte, was wohl geschehen wäre, wenn ein anderes Detective-Team mit dem Fall betraut worden wäre. Was wäre gewesen, wenn nicht er und Mooney als erste am Fundort eingetroffen wären? Er hätte niemals die Motorradspuren im Staub entdeckt und wäre niemals mit Mooney noch einmal hingefahren, um nachzuschauen. Mooneys Kopf wäre nicht auf seinem Schoß gelegen, und er hätte nie das dunkle Rinnsal beobachtet, das über die Bordsteinkante geflossen war. Herrgott im Himmel! Es war ein so unglaublicher Vorgang, daß er sich ihm immer wieder mit Gewalt ins Bewußtsein drängte. Diese Endgültigkeit; Mooneys totales und unabänderliches Verschwinden.

Er fuhr durch das Tor und in eine Wasserwolke, die seine Windschutzscheibe benetzte und die Welt jenseits des Glases verschwimmen ließ. Er schaltete die Scheibenwischer ein und ließ sie einige Male hin- und herlaufen, während er die Reichweite der Rasensprenger verließ und vor dem Haus vorfuhr. Als er aus dem Wagen stieg und die geschwungene Auffahrt hinuntersah, konnte er verfolgen, wie Dampf vom Pflaster aufstieg. Die Rasensprenger auf beiden Seiten des Tores hatten die schweren Gitterstäbe der Torflügel in einen dichten Nebel gehüllt, der in der Hitze aufwallte und sich langsam setzte.

Haydon entspannte sich ganz bewußt, während er durch die Eingangshalle in die Bibliothek ging. Er warf die Fotokopien aus Corderos Büro auf den großen Tisch und zog seine Jacke aus. Durch die Terrassentür gewahrte er Pablo auf einem smaragdgrünen Rasenflecken, wo er die Linden stutzte.

In diesem Moment trat Nina aus einem schmalen Schattenstreifen auf der Westseite der Terrasse ins Sonnenlicht. Sie hielt einen Gartenschlauch in der Hand und wässerte die Steinguttöpfe mit den Bougainvilleas, die an der Kalksteinbalustrade aufgereiht waren. Sie trug ein leichtes Hemdblusenkleid aus weißem Sommerleinen und war barfuß. Während sie von einem Topf zum nächsten ging, ließ sie Wasser auf den Plattenboden rieseln, um ihn abzukühlen, dann trat sie in die dunkle Pfütze, wackelte mit den Zehen und kniff die Augen in dem ungebrochenen Licht zusammen, während sie den Schlauch in den Topf hielt und zusah, wie das Wasser in die Erde um die Bougainvillea sickerte. Haydon wußte genau, was sie dachte. Nina hatte keinen Geist, der auf Reisen ging und abschweifte. Wenn sie die Blumen goß, dann dachte sie ausschließlich ans Blumengießen.

Er umrundete den Schreibtisch und ging zur Terrassentür und blieb dort für einen Moment stehen, um ihr zuzusehen; dann trat er auf eine der kleinen Platten. Sie drehte sich in der Hüfte, hielt den Schlauch dabei weiter in den Topf und überschattete die Augen mit der freien Hand. Sie sah ihn, lächelte und deutete an, daß sie nur noch zwei Töpfe zu gießen hatte.

Er nickte und winkte. Sie widmete sich wieder den Blumen, während er sie weiterhin beobachtete, das weiße Kleid, den Sonnenschein, das Lächeln, das ihm noch immer vor Augen stand. Er wollte seine Augen nicht von ihr wenden und überlegte, was für einen erstaunlichen Kontrast sie zu den deprimierenden Ereignissen bildete, die ihn während der vergangenen beiden Tage beschäftigt hatten. Sie stellte alles dar, was im Leben positiv war, unbelastet durch die düstere Feierlichkeit des Todes, frei von Angst und von der Qual der Angst. Sie war sein Gegenpart, Erhalterin seines oft schwankenden inneren Gleichgewichts. Sie waren so lange zusammen, daß er ihre Anwesenheit und den Rhythmus ihres gemeinsamen Lebens fast genauso empfand wie den Rhythmus seines eigenen Atems. Fast. Er dachte daran, was für eine kostbare Erscheinung sie war, und er hoffte, daß er sich niemals den Frevel leisten würde, sie als selbstverständlich hinzunehmen. Er wandte sich vom Fenster ab.

Er setzte sich an den Tisch und griff nach dem Stapel Papier, auf dem er Corderos Adreßbuch fotokopiert hatte. Einige Seiten wiesen nur einen Eintrag auf, und ein paar andere waren völlig leer. Die Notizen waren genauso unterschiedlich wie die in anderen persönlichen Adreßbüchern, obgleich es in diesem Fall eine Menge Eintragungen mit mexikanischen Adressen und Telefonnummern gab. Haydon blätterte die Seiten um, las die Namen, kennzeichnete diejenigen, mit denen er sich noch etwas eingehender beschäftigen wollte.

Am unteren Rand der letzten Seite und schräg über die Linien des Adreßbuchs geschrieben fand er vier Reihen mit einer Serie von Buchstaben. Zwei dieser Serien waren farblich etwas dunkler als die anderen beiden und legten den Verdacht nahe, daß sie vielleicht ausradiert und neu geschrieben worden waren, wobei die Bleistiftstriche auf den vom Radiergummi aufgerauhten Papierflächen etwas stärker zutage traten.

Chiffren, so wußte Haydon aus Erfahrung, waren aus der Sicht des Erfinders meistens sehr einfach, obgleich er auch wußte, daß es zum Beispiel im militärischen oder geheimdienstlichen Bereich komplizierte Codes gab. Aber in den Fällen, bei denen einfache Bürger versuchten, unauffällig Daten für eine spätere Verwendung festzuhalten, ohne daß die Aufzeichnungen von jedem zufälligen Betrachter verstanden wurden, waren die Chiffren meist leicht durchschaubar. Und oft basierten sie auf einem System, das als Elemente die sechsundzwanzig Buchstaben des Alphabets und/oder die Zahlen null bis neun verwendete.

Haydon vermutete, daß Cordero die vier Reihen geschrieben hatte, daß die vier Reihen eine Liste darstellten, und daß die Liste aus Namen oder Telefonnummern oder einer Kombination aus beiden bestand. Wenn die Buchstaben Telefonnummern darstellten, und es waren nur vier, dann sagte das über Cordero, daß er sie sich nicht so ohne weiteres merken konnte und das Auffinden eines solchen Hinweises riskiert hatte.

Haydon schrieb verschiedene Kombinationen der Buchstaben auf ein Papier.

Wenn jeder Buchstabe eine einstellige Zahl darstellte, dann besaßen nur die zweite und die vierte Serie die richtige Anzahl Stellen – zehn –, um eine Ortsnetzvorwahl und eine Anschlußnummer sein zu können. Die erste und die dritte Reihe hatten elf Stellen.

Alle Buchstaben in jeder der vier Serien gehörten zu den ersten zehn des Alphabets, bis auf den jeweils ersten Buchstaben in der ersten, dritten und vierten Serie, welche die Buchstaben V, W und L waren.

Wo Doppelbuchstaben erschienen, waren es Vokale, außer bei der zweiten Serie, deren erster Buchstabe ein F war, das doppelt vorhanden war.

Wenn A für die 1, B für die 2 und so weiter stand, ergab keine der Ziffernkombinationen eine existierende Ortsvorwahl für Bezirke in Houston und Umgebung. Wurde die Kodierung umgedreht, so daß A für 26 stand und B für 25 und so weiter, waren die Ergebnisse genausowenig erfolgreich.

Er studierte die Liste, suchte nach Mustern und Abweichungen, als er hörte, wie sich die Terrassentür in der Halle öffnete und wieder schloß. Er drehte sich in seinem Sessel halb um und wartete, daß Nina um die Ecke bog.

»Hast du Glück gehabt?« fragte sie, als sie in der Türöffnung erschien. Ihr Haar war ein wenig zerzaust, strähnig von der Feuchtigkeit, und versuchte sich aus der Klammer zu lösen, die es im Nacken zusammenhielt. Die Hitze auf der Terrasse hatte ihrem Teint gutgetan und ein helleres Rot auf ihre Wangen gezaubert. Sie blies eine Locke weg, die ihr in die Stirn hing, und wischte sie mit dem Handrücken zurück. »Ich will mir erst mal die Hände abspülen«, sagte sie. »Dann können wir reden.« Sie verschwand.

Als sie zurückkam, hielt sie ein hohes Glas mit Eiswasser in der Hand. In dem Wasser schwammen zerdrückte Minzeblätter.

»Möchtest du auch so was?« fragte sie und blieb in der Tür stehen.

»Nein, danke«, sagte Haydon.

Sie setzte sich und stellte das Glas auf einen Korkuntersetzer, den sie mitgebracht hatte.

Er zeigte ihr die Kopien der Bankauszüge, die er in Corderos Büro gemacht hatte, sowie die Seiten aus dem Adreßbuch. Dann erklärte er ihr, was er mit den Buchstabenreihen versuchte.

Nina schüttelte den Kopf, betrachtete den Stapel Papier und seinen vollgeschriebenen Notizblock.

»Ich weiß nicht, wie du es schaffst, auf diese Art Beweise zu bauen«, sagte sie. »Nichts scheint zusammenzupassen.«

»Manchmal findet man gar nichts«, sagte er und lockerte seine Krawatte. »Und die meisten Dinge passen nicht zusammen. Das macht das Ganze ja so frustrierend. Man verbringt so viel Zeit damit, in Dingen einen Sinn zu erkennen, die eigentlich gar keinen Sinn haben. Aber das weiß man nie, wenn man mit seiner Arbeit anfängt.«

Haydon lehnte sich zurück und starrte auf die Schriftstücke und Zettel, auf seine eigenen Notizen zu den Buchstabenreihen, die überhaupt nicht zu sein brauchten, als was er sie ansah. Plötzlich spürte er Ninas Blicke auf sich. Er wandte sich zu ihr um.

»Bob hat angerufen, kurz bevor du herkamst«, erzählte sie. »Morgen ist die Gedenkfeier. Um zehn Uhr. In der Kirche des Guten Hirten.«

Haydon schaute aus dem Fenster. »Gedenkfeier?«

»Er wird nicht hier beerdigt. Bob sagte, daß sein Bruder die Leiche nach Arlington überführen läßt. Sie haben dort oben ein Familiengrab.«

Wer, zum Teufel, glaubte, daß Mooney in Arlington sein sollte? Niemand hatte sich mit ihm deswegen in Verbindung gesetzt. Sie hatten ihn nicht gefragt. Es war völlig unsinnig, anzunehmen, daß Mooney den Wunsch gehabt hatte, in Arlington zu bleiben. Was, zum Teufel, brachte sie auf die Idee, daß Mooney sich das gewünscht haben könnte? Mooney hätte ihnen gesagt, daß er es nicht wollte, wenn er die Gelegenheit gehabt hätte. Es war, soweit Haydon es beurteilen konnte, völlig unvorstellbar, daß sich Mooney in Virginia hätte beerdigen lassen wollen. Mein Gott, Mooney war seit fünfzehn Jahren nicht mehr in Virginia gewesen.

Es passierte in weniger als ein paar Sekunden. Flüchtig. Er erkannte so schnell, wie töricht er war, daß er sich selbst als Dummkopf sehen konnte. Es war nicht seine Sache, zu überlegen, wo Mooney zur letzten Ruhe gebettet würde. Es war auch ganz gewiß nicht mehr an Ed Mooney, diese Entscheidung zu treffen. Wie jeder andere, der vom Tod überrascht wird, hatte er dieses Privileg in dem Augenblick verloren, als er starb. Als sich Haydon das Ganze noch einmal durch den Kopf gehen ließ, war er sicher, daß es Mooney am Ende sowieso völlig gleichgültig gewesen wäre. Man hätte ihn ein Jahr lang jeden Tag fragen können, und er hätte ständig nur geantwortet, daß es ihm wirklich egal sei. Was, zum Teufel, sollte es ihm schon ausmachen?

Haydon fragte sich, wo die Leiche jetzt sein mochte. In der

Leichenhalle oder bei einem Begräbnisunternehmen oder schon unterwegs nach Arlington, Virginia? Er fragte nicht danach, aber er wollte es wissen.

»Zehn Uhr?« fragte er. Er hatte es nicht vergessen, aber er hatte zu lange geschwiegen.

»Ja«, sagte Nina, schwieg einen Augenblick und fuhr dann fort: »Und Bob wollte auch wissen, ob du bei der Messe irgend etwas sagen möchtest.«

Ja, bei Gott, das wollte er. Er wollte eine ganze Menge Dinge sagen, ein ganzes Buch voller Worte, hundert Bücher. Er wollte... viele Dinge sagen.

»Nein«, antwortete er.

30

Haydon beschäftigte sich weitere zweieinhalb Stunden mit dem Code, stellte Vermutungen an, schrieb weitere mögliche Versionen auf, verwarf sie, änderte seine Technik minimal, versuchte es noch einmal umgekehrt, schrieb erneut Probekolonnen auf und benutzte sogar einen kleinen Taschenrechner, um seine Formeln gegenzurechnen.

Eine der wesentlichen Schwierigkeiten beim Entziffern eines Codes bestand nicht unbedingt darin, das Muster der aufgeführten Symbole zu erkennen, sondern festzustellen, was nicht Teil des Musters war, Buchstaben zu identifizieren, die rein willkürlich hinzugefügt worden waren und keine andere Bedeutung hatten, als ein Muster vorzutäuschen, wo gar keines existierte. Es war dieser wandernde Buchstabe, nach dem Haydon als erstes Ausschau hielt. Er hatte die Idee, daß die Doppelbuchstaben am ehesten dafür in Frage kämen, da sie an verschiedenen Stellen in jeder Serie erschienen. Mit dem Rechner verglich er die Buchstaben-zu-Zahl-Äquivalente für jede Serie, wobei er den Doppelbuchstaben eigene Werte zuordnete.

Er füllte mehrere Seiten mit Zahlenkombinationen in seiner

seltsamen Handschrift, einem stilisierten, sparsamen Gekritzel, das, wie Nina einigermaßen berechtigt behauptete, eher assyrischer Keilschrift glich als arabischen Zahlen. Nichts führte zum Ziel. Als nächstes entschied er, das einzige Vorkommen eines Konsonantenpaars – die beiden F an erster Position der zweiten Reihe – als die einzigen willkürlichen Störfaktoren zu betrachten, während die Doppelvokale als einziffrige Zahl behandelt wurden, da sie sich unter den ersten neun Buchstaben des Alphabets befanden. Er hatte noch immer keinen Fortschritt gemacht. Keins der Systeme, das er aus der Bearbeitung der zweiten Reihe erhielt, war erfolgreich, wenn er es auf die anderen drei anwendete. Er ging seine verschiedenen Schritte rückwärts Stück für Stück durch und überprüfte noch einmal seine anfänglichen Annahmen.

Nach und nach begriff er, daß der erste Buchstabe in jeder der vier Reihen nichts mit der Kombination numerischer Äquivalente, die darauf folgten, zu tun hatte. Es war tatsächlich ein Buchstabe und nicht ein Symbol, das eine Zahl bedeutete. Tatsächlich stand er für sich selbst. Alle anderen stellten Zahlen dar. Aber der Schlüssel zu dem Kryptogramm war die Verdoppelung der Vokale. Der zweite Vokal war der wahre Irreführer. Wenn EE in der Reihe vorkam, dann stand es nicht für 55, sondern für 5. Der zweite Buchstabe in jedem Paar war das irreführende Element.

Haydon dechiffrierte jetzt jede Serie mit Hilfe dieser Methode und kam zu dem Ergebnis, daß er vier Houstoner Telefonnummern vor sich hatte, vor denen jeweils ein Buchstabe stand: V, F, W und L. Er vermutete, daß diese Buchstaben Abkürzungen von Namen waren, und er riet einfach, daß der erste Valverde lautete. Er nahm ein Telefonbuch und überprüfte jede der vier Nummern. Er war nicht überrascht, daß sie nicht verzeichnet waren.

Er sah auf die Uhr. Jack Crowells Schicht bei der Telefongesellschaft endete in zwei Stunden. Crowell meldete sich, als das erste Rufzeichen noch nicht einmal verstummt war. Sobald er Haydons Stimme erkannte, sagte er, wie leid es ihm wegen Mooney täte. Er habe es gerade erst in der Zeitung gelesen. Haydon wechselte das Thema so schnell wie möglich, ohne unhöflich zu sein, und erklärte Crowell, daß er vier geheime Nummern hätte. Crowell freute sich über die Gelegenheit, helfen zu können, und sagte, er würde zurückrufen, sobald er sie hätte.

Haydon stand auf, legte seine Hände auf sein Kreuz dicht über dem Gesäß und dehnte seinen Rücken nach hinten. Er hatte seinen Sessel während der zweieinhalb Stunden, die er an dem Code gearbeitet hatte, nicht verlassen. Nun kündigte sich für ihn die Möglichkeit an, einige echte Hinweise zu bekommen, obgleich er nichts hatte als kodierte Telefonnummern. Wenn sich herausstellte, daß V tatsächlich für Valverde stand, dann, so glaubte er, konnte er bei den anderen auch ziemlich sicher sein.

Dann hatte er eine Idee. Er nahm den Telefonhörer und wählte Corderos Nummer. Es klingelte zweimal, ehe eine männliche Stimme in der Leitung ertönte. Er erkannte die Stimme von Ryan Coates und legte auf. Er wünschte, er hätte früher angerufen, und fragte sich, wie lange Lapierres Männer schon dort waren. Er war gespannt zu hören, ob Cordero rechtzeitig zurückgekommen war, um das Adreßbuch verschwinden zu lassen.

Als sein eigenes Telefon klingelte, griff er sofort nach einem Bleistift.

»Da sind sie, Stuart«, sagte Crowell. »Sind Sie bereit?« Er nannte Valverdes Namen als ersten; die Adresse war der Autoverleih, obgleich es nicht die Firmennummer war. Der nächste Anschluß war auf Daniel B. Ferretis eingetragen. Dann Tucker Waite. Und schließlich Ireno H. Lopez. Haydon bedankte sich bei Crowell und legte auf.

Er starrte auf die Liste, dann beugte er sich über seinen Schreibtisch und angelte sich das Einwohnerverzeichnis von Harris County. Die Adresse von Ferretis befand sich in Meyerland, einer von der oberen Mittelklasse bewohnten Gegend am Braes Bayou südlich von Bellaire. Er fand die Straße und markierte die Seite mit einer Büroklammer. Tucker Waite wohnte auf der anderen Seite der Stadt, in einem Teil namens Port Houston, einer Gegend, die nicht besonders einladend war. Ireno

Lopez wohnte in einer Art Apartment auf der Lacona, unweit der Sixty-ninth-Street.

Haydon schlug das Verzeichnis bei dem Buchstaben A auf, fand aber keinen Eintrag unter dem Namen Rubio Arizpe. Seine einzige Hoffnung bestand nun darin, daß einer der vier Männer aus Corderos Adreßbuch mit Arizpe in Verbindung stand. Bis jetzt kannte er nur seinen Namen, und es bestand nur ein vager Verdacht, daß Arizpe etwas mit den Morden zu tun hatte.

Haydon schrieb sich die vier Adressen auf und kritzelte eine Nachricht für Nina, die mit Gabriela zum Einkaufen gegangen war, auf ein Blatt Papier.

Er fand die Lacona, eine düstere kleine Straße, deren Pflaster fast vollständig mit dem kalkweißen Sand bedeckt war, das von den Randstreifen stammte. Es gab auch eine Schmiede zur Rechten. Sie nahm zwei Bauplätze ein. Ein Platz gehörte einem heruntergekommenen Schrotthandel mit einem verlassenen Schweißwagen und rostigen Haufen verbogenen Stahls, der andere wurde besetzt von einem Wellblechbarackenunternehmen mit fettigen Holztüren, die offenstanden. Die rostigen Blechwände hatten den ganzen Tag Hitze gespeichert und das Innere der Werkstatt zu einem finsteren Backofen gemacht.

Links von Haydon, gleich gegenüber der Schmiede, befand sich La Concha Courts, eine Ansammlung ungestrichener Holzhütten auf beiden Seiten einer salpeterweißen Zufahrt, die bis zum nächsten Block führte. Es waren armselige Bauten, die vorwiegend von armseligen Männern bewohnt wurden, die für eine oder zwei Wochen ein Bett und ein Zimmer brauchten, um sich mit Huren zu vergnügen und den einen oder anderen Rausch auszuschlafen.

Jede Hütte hatte einen dazugehörigen Autostellplatz, und während Haydon in die Zufahrt einbog und an den Hütten entlangfuhr, bemerkte er, daß der Autostellplatz vor Nummer acht leer war. Da er nicht das Risiko eingehen wollte, von einem mißtrauischen Eigentümer der Polizei gemeldet zu werden, parkte er vor einer Hütte unweit des Eingangs, wo ein Schild an einer ramponierten Fliegentür lehnte mit der Aufschrift: »Verwaltung«. Er stieg aus, ging zur Tür und klopfte.

»Que quiere?« Die Stimme klang nach jahrelangem Whisky- und Zigarettenkonsum und drang aus einer undurchdringlichen Finsternis hinter der Fliegentür hervor.

Haydon spannte sich. Er hielt seine Marke vor seinem unsichtbaren Gesprächspartner hoch. »Detective Haydon, Houston Police Department. Würden Sie bitte zur Tür kommen?«

Er hörte ein kehliges Knurren, gefolgt von dem unmißverständlichen Knattern sich entspannender alter Sofafedern. Gequälte Atemzüge erklangen, und ein fetter Mann erschien auf der anderen Seite des Fliegengitters. Er trug ein dreckiges Unterhemd und eine graue Anzughose, die während ihres ganzen Lebens noch nicht einmal gereinigt worden war. Er betrachtete Haydon, kaute etwas mit seinen zahnlosen Kiefern, wobei seine Lippen obszön flatterten und sich faltig aufeinanderpreßten.

»Wie bitte?« fragte er.

»Ich möchte mit Ireno Lopez sprechen. Ist er zu Hause?«

Der Verwalter drückte die Schutztür auf, walzte auf den kleinen Holzabsatz und blickte die salpeterweiße Zufahrt entlang zum Häuschen Nummer acht. Er hatte den Hals einer Bierflasche zwischen seine ersten beiden Finger geklemmt.

»No está?«

»Wann ist zurück?«

Der dicke Mann zuckte mit den Achseln, blickte Haydon mit leeren Augen an und kaute.

»Wie lange ist er schon fort?«

»Zwei, drei Tage.«

»Wann haben Sie ihn zum letztenmal gesehen?«

Der fette Mann starrte Haydon ausdruckslos an, hatte die Lippen eingesogen, daß sie aussahen wie eine zerbeulte Lampenfassung, und atmete mühsam durch die Nase, wobei er jeweils beim Ausatmen ein tiefes Stöhnen ausstieß. Er schien die Frage nicht gehört zu haben und darauf zu warten, daß Haydon etwas sagte. Haydon machte gerade Anstalten, die Frage zu wiederholen, aber der Mann meinte: »Montag. *Estuvo ahí.* Montag.«

Etwas von dem, was er kaute, flog aus seinem Mund.

»Vormittags oder nachmittags?«

»Er ist morgens abgehauen.«

»Wo hat er gearbeitet?«

Der fette Mann hob grunzend die Schultern.

»Wie lange hat er hier gewohnt?«

Der Mann verlagerte sein Gewicht von einem Brett des Verandabodens auf ein anderes, hielt immer noch die Fliegentür mit der linken Schulter auf. Er nahm einen Schluck von seinem Bier und spülte hinunter, worauf er herumgekaut hatte. Eine Bohrmaschine heulte in der Schmiede auf, und jemand schlug mit einem Hammer auf Stahl. Schwärme von Zikaden umschwirrten in auf und ab tanzenden Wellen die Bäume, die ihre Äste über die Häuschen der La Concha Courts breiteten.

»Er hat vielleicht sechs Wochen hier gewohnt.« Der Bauch des Mannes erzitterte unter einem halb unterdrückten Rülpser.

»Sie werden mich in sein Zimmer lassen müssen«, sagte Haydon.

»Momentito.« Der fette Mann wandte sich um und verschwand wieder in der Finsternis. Als er zurückkehrte, kam er gar nicht erst heraus, sondern schob einen Arm durch den Spalt der Fliegentür und reichte Haydon einen Schlüssel.

Haydon bedankte sich, stieg in seinen Wagen und rollte über den weißen Sand bis zur Nummer acht.

Die Tür war nicht richtig in den Rahmen eingepaßt und bot eher symbolische Sicherheit. Die Luft in der Hütte war heiß und schal nach der aufgestauten Hitze mehrerer Tage. Die Hütte bestand aus einem Zimmer mit einem Doppelbett, einem Sofa, einem Lehnsessel und einem Klapptisch mit drei Chromrohrstühlen. Eine Seite des Raums war für eine Küchenzeile reserviert, die aus einem einzelnen emaillierten Spülbecken, einem zweiflammigen Gasherd und einem winzigen Kühlschrank bestand. Die andere Hälfte der Naßzelle wurde vom Badezimmer eingenommen mit einem Eckwaschbecken aus Porzellan, einer windigen Kommode und einer Duschkabine aus Stahl, von der die weiße Farbe abzublättern begann.

Haydon holte ein Paar Chirurgenhandschuhe aus seiner Jakkentasche und streifte sie über. Der Medizinschrank war fast leer bis auf eine flache Blechschachtel Aspirintabletten, einen Wegwerfrasierer, eine Dose Heftpflaster, eine Zahnbürste und ein billiges Aftershave. Er hob den Deckel des Wassertanks der Toilettenspülung hoch, warf einen Blick hinein und legte den Deckel wieder zurück. Über einer Metallstange hing ein schmuddeliges Handtuch. In der Duschkabine lag ein ziemlich aufgebrauchtes Stück Ivoryseife – Haydon roch es schon von weitem. Im Badezimmer stank es nach gipshaltigem Wasser.

Lopez schien die Küche nur selten benutzt zu haben. Es gab keine Kochutensilien außer einer Kaffeekanne, die völlig sauber war. Eine kleine Dose Kaffee stand auf der Anrichte neben der Spüle sowie eine Packung Plätzchen. Als Haydon den Kekskarton hochnahm, um hineinzusehen, huschten drei oder vier Kakerlaken aus dem Wachspapier. Winzige Krümel Kakerlakendreck waren auf der Anrichte dicht vor der Wand verstreut. Im Kühlschrank fand er eine halbvolle Milchtüte, zwei überreife Pfirsiche, eine verschrumpelte Paprika und drei Flaschen Bier.

Haydon bückte sich und schaute in den kleinen Abfalleimer aus Plastik. Drei Pfirsichkerne, drei leere Bierflaschen, eine Heftpflasterverpackung, alles mit Zigarettenasche und -kippen bedeckt, die daraufgeschüttet worden waren.

Der Kleiderschrank bestand aus Stahl, zeigte das übliche schmuddelige Krankenhausgrün und war nahezu vollkommen leer – bis auf weitere Kakerlaken –, nur in der obersten Schublade lagen einige abgenutzte Unterhosen, einige Paar schwarze Nylonsocken, ein einziges durchlöchertes Unterhemd. Die anderen Schubladen waren leer.

Ein paar Zeitungen und Illustrierte in spanischer Sprache lagen verstreut auf dem alten fleckigen Sofa. Haydon hob das Polster auf dem Lehnsessel hoch und entdeckte ein Päckchen mit Kondomen, eine Vierteldollar- und zwei Centmünzen. Er legte das Polster zurück und kniete sich auf den schmuddeligen Linoleumboden, um unter das Bett zu schauen. Ein Schuhkarton stand am Fuß des Bettes. Haydon zog ihn heraus und stellte fest, daß er mit einem grauen Lappen bedeckt war, der Fettflecken aufwies. Er roch nach leichtem Maschinenöl. Er hob den Lappen hoch und fand drei Schachteln mit Geco-BAT-9-mm-Parabellum-Patronen, zwei Reservemagazine für eine 45er Mac-10 und einen Schalldämpfer für eine Pistole. Es gab auch eine abgegriffene Straßenkarte von Houston, die so gefaltet war, daß sich River Oaks genau in der Mitte befand. Ein kleines Quadrat war mit Kugelschreiber auf der Inverness an der Stelle eingezeichnet, wo sich Gamboas Adresse befand. Charley T's an der Greenway Plaza war umkreist worden, und die Route die Richmond hinunter bis zur Kreuzung West Loop war ebenfalls markiert worden. Auch andere Routen von Inverness zu einigen Orten, die, wie Haydon vermutete, Gamboa öfter besuchte, waren markiert.

Ansonsten war nicht mehr viel in dem Karton. Ein paar Schraubenzieher und eine kleine Ösenzange zum Waffenreinigen, einige Ersatzschrauben, eine Dose Öl und eine Tube Schmierfett.

Haydon erhob sich schnell, ging hinaus zu seinem Wagen, wo er einen faltbaren Stadtplan aus dem Handschuhfach holte, und kam wieder zurück ins Haus. Er hockte sich neben den Karton und übertrug von der gefundenen Karte die Markierung auf seine eigene, breitete erstere ganz auseinander und untersuchte auch ihre Rückseite, damit er nichts übersah. Es gab verstreute Notizen, die zu entziffern er sich gar nicht erst die Mühe machte.

Als er alles erledigt hatte, legte er den Plan wieder in den Karton und bedeckte diesen mit dem Lappen. Als er sich bückte, um den Karton wieder an seinen ursprünglichen Platz unter dem Bett zu schieben, gewahrte er an einem Ende des Kartons einen vergilbten Aufkleber mit der nahezu unlesbaren Aufschrift: »Zapatos Canada, Calle Hidalgo No. 1262, Guadalajara, Jalisco.« Mooney hatte sich total geirrt. Er wäre sicherlich enttäuscht gewesen. Ein kanadischer Mexikaner hätte seiner Vorstellung von Extravaganz durchaus entsprochen.

Haydon hatte noch eine Aufgabe zu erledigen, bevor er wieder aufbrach: das Bett. Er hob die Matratze hoch und hielt sie aufrecht, während er mit den Händen an den Kanten entlangfuhr, aber er fand nichts. Dann tastete er das Laken ab; eine Tagesdecke gab es nicht. Auf dem unteren Laken fand er mehrere dunkle Schamhaare, eins davon schien heller als die anderen zu sein. Er war versucht, sie einzusammeln und sie in seinen Gummihandschuh zu wickeln, aber er überlegte es sich anders. Er würde Vanstraten bitten, die Untersuchungen vorzunehmen und dabei den Schauplatz zu untersuchen, als hätte es niemand vor ihm getan. Dennoch, die Haare waren da, und Haydon hatte eine Ahnung, daß sie zu etwas paßten, was er bereits wußte.

Vom Kopfende des Bettes aus betrachtete er eingehend das Kopfkissen, schaute darunter nach und ließ seine Blicke über den Bettrand wandern. Er entdeckte mehrere lange Haare.

Haydon richtete sich auf und sah sich noch einmal in dem Zimmer um. Ein winziger Altar war in einer Ecke auf dem Rand des Nachttischchens aufgebaut worden. Er warf einen Blick auf die Plastikblumen und hinter das Bild eines ziemlich feminin aussehenden Jesus Christus, der im Garten Gethsemane auf dem Erdboden saß und zu einem düsteren, bedrohlich wirkenden Himmel aufblickte.

Haydon ging zum Telefon, wählte die Nummer des Polizeipräsidiums und fragte nach Bob Dystal. Als Dystal an den Apparat kam, sagte Haydon: »Hier ist Stuart.«

»Was ist los?« In Dystals Stimme schwang Wachsamkeit und Vorsicht mit.

»Dies ist ein anonymer Tip, Bob.«

Eine kurze Pause trat ein. »Und welcher?«

»Sie sollten die Laborleute zu La Concha Courts, 802 Lacona Street schicken. Das liegt an der Sixty-ninth. Sprechen Sie mit dem Verwalter der Anlage. Er hat mir erzählt, daß der Bewohner, Ireno Lopez, seit Montagmorgen nicht mehr in seinem Zimmer war. Auf dem Bett liegen einige Haare, vom Kopf und aus der Schamgegend. Ein Pappkarton unter dem Bett enthält einen interessanten Stadtplan. Auf dem Schuhkarton befindet sich ein Aufkleber von Zapatos Canada. Unser namenloses Opfer vom Belgrano-Anwesen trug Canada-Schuhe.«

»Das gefällt mir nicht«, sagte Dystal.

»Lopez hat eine geheime Telefonnummer.« Haydon nannte ihm die Nummer und verstummte. Dann: »Haben Sie Cordero geschnappt?«

»Nein, wir haben Mist gebaut. Er ist weg!« knurrte Dystal. Dem Klang seiner Stimme nach zu urteilen mußte sich Dystal mindestens in den Hintern gebissen haben. Es war ein schwerer Fehler.

»Ich habe Lopez' Nummer in Corderos Büro gefunden.«

»Verdammt noch mal!«

Haydon wollte eigentlich wissen, ob sie Corderos kleines Adreßbuch an sich genommen hatten, aber er wollte nicht darüber sprechen, falls sie es nicht gefunden hatten.

»Eine Sache noch. Sie müssen Lucas Negrete überwachen. Er war ein ziemlich scharfer Polizeibeamter vor fünf oder sechs Jahren in Mexico City und trug dort die Verantwortung für einige Gewalttätigkeiten. Insgesamt arbeiten sechs Männer für ihn, und ich glaube, daß sie sehr viel mehr für Gamboa tun, als nur Wache stehen.«

»Sind Sie auch dort, wenn wir hinkommen?«

»Nein, ich melde mich wieder bei Ihnen«, sagte Haydon und legte auf, ehe Dystal Zeit fand, ihm weitere Fragen zu stellen.

Er verschwand durch die Hintertür und verschloß sie. Sein Anzug war durchgeschwitzt. Er brachte den Schlüssel zu dem fetten Mann zurück, der ihn aus der Dunkelheit bat, nur die Fliegentür ein Stück zu öffnen und den Schlüssel hineinzuwerfen. Haydon bedankte sich bei der Stimme des fetten Mannes und erhielt ein Grunzen als Antwort.

31

Als Haydon wieder auf die Wayside zurückgekehrt war, fuhr er in Richtung Nordosten. Er zog seine Anzugjacke aus, als er vor der Ampel an der Kreuzung Navigation warten mußte, dann schaute er nach der nächsten Adresse. Tucker Waite. Stang Street.

Es war kurz vor sieben Uhr, als er am Athens Bar and Grill an der Ecke Clinton und McCarthy vorbeifuhr. Für den Bruchteil einer Sekunde überlegte er, ob er schnell etwas Kaltes trinken sollte, doch er verlangsamte noch nicht einmal seine Fahrt, als er in die McCarthy einbog. Die Sonne stand tief am Horizont hinter der Stadt, obgleich es mindestens noch zwei Stunden bis zum Einbruch der Dunkelheit dauerte. Die Viertel Port Houston und Pleasantville waren eine Ansammlung unregelmäßig verlaufender Straßen, die von der nur dünn besiedelten Market Street im Norden, dem Clinton Drive und dem Wendebecken im Süden, dem East Loop North Freeway im Osten und der Port Authority North Railyards im Westen begrenzt wurde.

Innerhalb dieser Grenzen erstreckten sich kahle Streifen verdorrter Wiesenlandschaft. In einigen Straßen standen nur ein paar wenige Häuser, voneinander getrennt durch unbebaute Grundstücke, auf denen es niemals mehr gegeben hatte als gierige Unkrautpflanzen, die sich durch Müllberge rankten. Stellenweise konnte man verrottete Bahngleise im Dickicht erkennen, vergangen und vergessen.

Die Stang Street war eine der besonders spärlich besiedelten Straßen, die auf einem einsamen kleinen Feld mit dürrem Strandgras und vereinzelten Büschen endete. Haydon verlangsamte sein Tempo und suchte nach den Hausnummern. Waites Haus stand etwa dort, wo die Asphaltierung endete und die Straße als Sandweg um einen mit Dünengras bewachsenen Hügel herumführte. Haydon näherte sich dem Haus, aber er war unschlüssig, wie er sich einführen sollte. Dann erinnerte er sich daran, daß er vergessen hatte, Nina anzurufen.

Die der Straße abgewandte Seite des Hauses wurde von einem

freien Geländestück durch eine dichte haushohe Hecke von Wacholderbüschen abgeschirmt. Zur Straße hin stand eine Holzgarage etwa dreißig Meter vom Haus entfernt. Eine der Doppeltüren stand offen, und man sah das Heck eines alten Pickup, der auf Zementblöcken aufgebockt war. Ein Angelboot auf einem verrosteten Trailer stand in der Zufahrt. Der ramponierte Evinrude-Außenbordmotor sah aus, als sei er seit Jahren nicht mehr in Betrieb gewesen. Einer der Trailerreifen hatte keine Luft mehr.

Ein Weg führte schnurgerade von der Vorderveranda weg. Am Ende des Weges befand sich ein festgewalzter Fleck im Gras, wo jemand gewohnheitsmäßig einen Lastwagen oder einen Pkw parkte. Das Haus war mit weißen Asbestplatten verkleidet, und die grünen Aluminiumvordächer über den Frontfenstern waren im Laufe der Jahre durch die sengende Sonne blaßgebrannt worden.

Da Haydon kein Fahrzeug sehen konnte, das den Eindruck machte, als würde es zur Zeit benutzt, stellte er seinen Wagen neben den Trailer, so daß er von der Kreuzung aus nicht zu sehen war. Er schaltete den Motor aus, öffnete das Handschuhfach, und holte ein dünnes Lederetui heraus und schob es in seine Jackentasche.

Noch hatte die Hitze nicht nachgelassen, und der Verkehr, der die lange Abfahrt der Sherman Bridge zum Loop hinunterrollte, glitzerte wie eine Kette von Juwelen, die die letzten grellen Strahlen der Julisonne reflektierten. Haydon drehte das Fenster auf der Hafenseite herunter und stieg aus. Ein heißer Atemhauch wehte über die Hügel aus Sand und abgestorbenen Grasbüscheln hinweg und brachte das aufreizende Schnarren der Grashüpfer auf den Feldern mit.

Er ging zur Hausfront, stieg die in Fertigbauweise angelegte Treppe zur Haustür hoch und klopfte. Auf dem rechten Teil der Veranda stand ein Oleanderbusch, und aus dem Schatten ragte das Hinterteil eines schlafenden Deutschen Schäferhundes.

Plötzlich fühlte sich Haydon in eine eisige Woge düsterer Vorahnung getaucht, während sich seine Blicke auf die reglosen

Flanken des ausgestreckten Hundes konzentrierten. Langsam stieg er wieder die Treppe hinunter und sah die Kette, die an einem Stahlstab an der Verandaseite befestigt war. Sie schlängelte sich um den Oleander herum bis zu dem Hund. Haydon kauerte sich nieder und zog an der Kette, bis sie nicht mehr nachgab. Er zog dann fester daran und betrachtete aufmerksam den Oleander. Das Blut war nahezu perfekt getarnt, bis er einen einzelnen Spritzer gewahrte, und dann wurde alles auf einmal sichtbar.

Er machte weiter und zog an dem Hund, bis er den Zustand seines Schädels erkannte. Dann ließ er die Kette fallen, zückte seine Beretta und huschte zur Hausseite und in den Schutz der Wacholderhecke.

Die Jalousien der beiden vorderen Fenster waren geschlossen, und die fleckigen Rolläden der beiden hinteren Fenster waren heruntergelassen. Es gab noch einen anderen Hund, der an der Hintertür angekettet war und dessen Schädel unter der Holztreppe lag. Haydon machte sich nicht mehr die Mühe, nachzusehen. Er ging zur Vorderseite des Hauses, blickte die Straße hinunter und kehrte dann zur Holztreppe zurück. Er stieg über den Kadaver des zweiten Hundes hinweg die Treppe hinauf und öffnete die Tür mit dem Fliegengitter. Er hielt sie mit dem Fuß auf, während er sich sanft gegen die Haustür lehnte. Sie war nicht abgeschlossen. Langsam legte er ein Ohr an die Holztür und lauschte. Nichts. Die Muskeln zu beiden Seiten seines Halses waren straff gespannt, während er langsam die Tür aufschob.

Es war die Küche. Eine magere nackte Frau mit Lockenwicklern und ein stämmiger Mann in der Uniform des Hafenpersonals mit hochgekrempelten Ärmeln und ausgeprägten Oberarmmuskeln saßen sich an einem Holztisch in der Mitte des Raums gegenüber. Sie waren geknebelt und an ihre Stühle gefesselt. Ihre Hände lagen flach vor ihnen auf der Tischplatte, die Handflächen nach unten, und dicke Nägel waren mitten durch die Hände getrieben, damit sie an Ort und Stelle liegenblieben. Beiden hatte man ins rechte Ohr geschossen, und überall waren Unmengen von Blut. Die Frau hatte ein Dutzend oder mehr Zigarettenbrandflecken um ihre Brüste herum. Nur vier von ihren zehn Fingern wiesen eine frische Schicht Nagellack auf, aber an zwei Fingern steckten Nadeln unter den Nägeln. Einige Nadelspitzen waren hinter der Nagelwurzel aus dem Fleisch ausgetreten. Die Finger des Mannes waren anders behandelt worden. Sie waren an den Gelenken verdreht und standen in grotesken Winkeln von der Hand ab, die Kuppen waren völlig zertrümmert. Haydon erkannte die Technik und erinnerte sich an den unbekannten Toten in der Leichenhalle. Der Mann und die Frau hatten sich irgendwann während der Folter erbrochen. Die Oberfläche des Tisches sah entsetzlich aus.

Haydon mußte gegen Übelkeit ankämpfen, und er konnte sich nicht dazu durchringen, einen tiefen Atemzug zu tun, so sehr stank es in dem Raum. Er ging um den Tisch herum, und seine Augen saugten sich plötzlich an der Tür fest, die weiter ins Haus führte. Von der Küchentür aus konnte er ins Wohnzimmer sehen, dessen Möbel in totaler Unordnung waren. Er zuckte nach links herum zum Schlafzimmer. Ein großer, magerer junger Mann in Jeans und einem schwarzen T-Shirt lag ausgebreitet und auf dem Rücken auf dem Fußboden. Seine Schultern und sein Kopf schwammen in einer dunklen Pfütze. Ein Spiegel im Bad war mit derartiger Wucht zerschlagen worden, daß die Glassplitter sich über den ganzen Raum und bis in den Korridor verteilt hatten, die Toilette war übergelaufen, und der Duschvorhang war heruntergerissen worden. Ein weiteres Zimmer – leer.

Er verstaute seine Beretta wieder im Halfter und holte erneut die Latexhandschuhe hervor. Er wußte nicht, wonach er suchte oder wonach die Täter Ausschau gehalten hatten, aber er erkannte schon bald, daß sie jede Schublade in dem Haus durchwühlt hatten. Sie hatten unter jedem Kissen oder Polster, unter jeder Matratze nachgeschaut, hatten jedes Bild umgedreht, jede Tasche an jedem Kleidungsstück in jedem Schrank durchsucht. Und sie hatten, natürlich, mit diesen Leuten geredet und wahrscheinlich etwas erfahren.

Als er in die Küche zurückkehrte, blieb Haydon neben dem Kühlschrank stehen. Sein Blick hatte am Rand irgend etwas in

Augenhöhe berührt. Er tastete den Kühlschrank ab und fand neben einem Sony-Radio eine offene Brieftasche. Das Bild des Mannes, der an den Tisch genagelt worden war, befand sich auf dem Führerschein: Lawrence Tucker Waite. Die Brieftasche war ebenfalls gefilzt worden. Es war kein Geld mehr da, aber die Kreditkarten steckten noch darin.

Haydon blickte auf, dachte nach, und erst in diesem Moment bemerkte er, daß die Frau nicht richtig auf dem Stuhl saß, sondern leicht erhöht, und daß ihr Rücken seltsam gebogen war. Seine Augen folgten der Linie ihres nackten Körpers bis zum Fußboden. Er entdeckte einen Wischmop unter dem Tisch, dessen Stiel zwischen ihren Beinen nach oben ragte. Von dort aus, wo er stand, unterstrichen ihre vorgestreckten Arme die Schmalheit ihrer Taille und die seitlichen Ausbuchtungen ihres Brustkorbes. Es war völlig egal, wer sie war, sie hatten ihr auf jeden Fall mehr genommen als nur ihr Leben. Er ging durch die Küche und zur Hintertür hinaus und kämpfte gegen das beklemmende Gefühl in seiner Brust an.

Am Fuß der Holztreppe spuckte er aus und rang nach Luft, unfähig, den Geruch aus seiner Nase zu verbannen oder den Geschmack in seinem Mund loszuwerden. Er wischte sich den Schweiß von der Stirn, zuckte bei der Berührung mit dem Latexmaterial der Handschuhe zusammen. Er zerrte an den Handschuhen und riß sie sich in dem hektischen Bemühen, seine Hände zu befreien, herunter.

Seine Beine zitterten, und er fühlte sich einer Ohnmacht nahe. Was für ein absurder Anblick das wäre, wenn er vor einem Haus umfallen würde, das voller Leichen war, ein paar Meter entfernt von einem toten Hund.

Er schleppte sich zu seinem Wagen und lehnte sich dagegen, legte die Hände auf das Dach. Sein Kopf sank zwischen seine Arme, bis er spürte, wie die Sehnen in seinem Nacken sich fast bis zum Zerreißen spannten.

Es war Corderos Liste. Eine *teco*-Liste. Keine Todesliste, aber warum waren dann Ireno Lopez – wenn der unbekannte Tote Lopez war – und Tucker Waite getötet worden? Waren sie Kontaktpersonen oder Helfer der *tecos* gewesen, die, sobald sie ihren Zweck erfüllt hatten, aus Sicherheitsgründen liquidiert worden waren? Wenn ja, warum war Lopez vor den Toren des eigenen Verstecks aufgefunden worden? Irgendwie paßte das alles nicht zusammen. Außerdem erschien es auch nicht wie ein einleuchtendes Szenario im Licht der Foltern, die jedem Mord vorausgegangen waren. Warum verfuhren die *tecos* so mit ihren eigenen Leuten?

Die Leute, die das getan hatten, was Haydon im Haus vorgefunden hatte, suchten nach Antworten, und sie hatten auch bei dem Unbekannten beziehungsweise bei Ireno Lopez, wenn er es denn wirklich war, danach gesucht. Was Haydon wissen mußte, war: Wie lauteten die Fragen, und wer stellte sie?

Er löste sich von seinem Wagen und sah zum Haus. Die Schatten waren nun lang geworden, breiteten sich aus, gingen ineinander über, vermischten sich wie ein wachsender Fettfleck. Er hatte die Hintertür offengelassen, nunmehr ein unheimliches Rechteck im weißen Kubus des Hauses, ein Durchgang zu einer abscheulichen Szene. Es gab sehr wenig über die Befragung zu erfahren, wenn man die beiden Leichen in der Küche sah, doch wenn man die Kraft hatte, den Mut, sie lange genug zu betrachten, dann würde man neue Erkenntnisse über die dunkleren Bereiche der menschlichen Natur gewinnen.

Haydon ging zurück zur Holztreppe und zog die Küchentür zu, wobei er den Türknauf mit den Latexhandschuhen anfaßte. Er ging dann zur Salzfichte an der Treppe und brach einen kräftigen, dichtbelaubten Zweig ab, den er dazu benutzte, um seine Fußabdrücke bei den Treppen zu verwischen. Er stieg in seinen Wagen und setzte zurück auf das Pflaster. Er ließ den Motor im Leerlauf vor sich hintuckern, stieg aus und vergewisserte sich, daß keine seiner Reifenspuren in dem Staub der zermalmten Muschelschalen zu entdecken war.

Er fuhr zum Clinton Drive und entschied sich gegen die Benutzung der öffentlichen Telefone im Athens Bar and Grill. Er würde nach einer Zelle Ausschau halten, sobald er wieder auf der Wayside war. Die Stadt begann zu funkeln, während das

Licht des späten Nachmittags in den Abend hinüberglitt und zu einem dunkleren Blau verblaßte. Nicht weit von der Harrisburg fand er neben einem Haushaltswarengeschäft eine Telefonzelle. Vor der Zelle stieg er aus. Eine gelbe Neonreklame, die sich über die gesamte Front des Ladens spannte, warf einen gelben Schein auf den Parkplatz und verlieh Haydons Leinenanzug einen hellen Orangeton. Er rief Nina an.

»Ich hab' mir schon Sorgen gemacht«, sagte sie. »Ist mit dir alles in Ordnung?«

»Mir geht's gut. Gab es irgendwelche Anrufe?«

»Celia Moreno, vor etwa einer halben Stunde. Sie will dich sprechen.«

»Hat sie nicht gesagt, weshalb?«

»Nein. Ich sagte, daß du unterwegs bist, aber jeden Moment zurückkommen müßtest. Sie will in einer Stunde noch einmal anrufen – so gegen halb neun.«

Er sah auf die Uhr. »Hat sie keine Nummer hinterlassen?«

»Das wollte sie nicht.«

»Wenn sie anruft, ehe ich wieder zurück bin, dann versuch eine Nummer von ihr zu bekommen. Frag sie, ob sie zu Hause ist.«

»Bist du auf dem Weg hierher?« fragte Nina.

»So gut wie. Ich muß nur noch einen Besuch machen. Vielleicht auch zwei.«

»Ist alles in Ordnung? Du klingst... du klingst ein bißchen angespannt.«

»Mir geht's gut. Ich komme bald heim.«

Er legte auf und warf einen weiteren Vierteldollar ein. Er fragte die Telefonauskunft nach der Nummer von Celia Moreno. Es war keine verzeichnet. Er fragte nach C. Moreno. Auch darunter war nichts zu finden. Er kannte den Namen ihrer Mutter nicht, aber er erinnerte sich an die Adresse. Er griff nach seinem Telefonbuch und wußte, daß er auch dort nichts finden würde.

Fluchend schob er einen weiteren Vierteldollar ins Telefon. Als sich die Zentrale meldete, identifizierte Haydon sich und fragte nach Lieutenant Dystal. Er sagte, er wüßte, daß sich Dystal an einem Verbrechensschauplatz aufhielt, aber er müßte dringend sofort mit ihm reden. Er nannte die Nummer seiner Telefonzelle und erklärte, daß er zehn Minuten warten würde. Er öffnete die Falttür, um die erstickend heiße Luft im Innern herauszulassen. Er beobachtete durch den gelben Lichtschein die Wagen auf der Wayside. Zwei Kinder auf Fahrrädern kamen von der Straße und gingen in den Laden. Gelbe Chicanos mit einem gelben Lachen im Gesicht. Eine gelbe Frau in einem ausgebeulten Baumwollkleid trottete über den gelben Kalksand, trug in der einen Hand eine Papiertüte mit leeren Limonadenflaschen und hielt an der anderen ein gelbes Kind. Das kleine Mädchen betrachtete Haydon, der stumm in der Telefonzelle stand. Die Frau beachtete ihn überhaupt nicht.

Als das Telefon klingelte, schloß Haydon schnell die Tür.

»Nun, wir haben die Adresse gefunden«, sagte Dystal. Haydon konnte im Hintergrund das Knistern in den Funkgeräten der anderen Polizeifahrzeuge hören.

»Da ist noch etwas.«

Dystal wartete. Das Schreckliche seiner augenblicklichen Situation füllte das Schweigen zwischen ihnen aus. Haydon war nicht der einzige, der für das zahlen mußte, was er tat, aber Dystal bewältigte es weitaus gleichmütiger.

»Da sind drei Leichen in der Stang Street, Nummer 119 in Port Houston. Ein Mann, Weißer, liegt im hinteren Zimmer. Eine Frau und ein Mann namens Lawrence Tucker Waite, beide ebenfalls Weiße, sind in der Küche. Waites Führerschein steckt in einer Brieftasche, die auf dem Kühlschrank liegt. Wer die anderen beiden sind, weiß ich nicht. Es ist eine sehr schlimme Szene, Bob. Sie wurden alle erschossen, aber die beiden in der Küche wurden auch gefoltert.«

»Allmächtiger Gott!«

»Bob, als ich in Corderos Büro war, habe ich ein Adreßbuch kopiert, das ich in seinem Schreibtisch gefunden habe. Ich dachte, Lapierres Leute würden es finden, aber ich vermute, Cordero hat es an sich genommen, ehe er verschwand. Auf der letzten Seite des Buchs befanden sich vier verschlüsselte Telefonnummern. Ich habe sie dechiffriert. Es sind die Nummern von vier Leuten: Valverde, Ireno Lopez, Lawrence Waite und jemand namens Daniel Ferretis. Von ihm weiß ich überhaupt nichts, aber seine Adresse ist 2855 Dumfries in Meyerland.«

»Ich schick' sofort ein paar Leute hin«, sagte Dystal. »Haben Sie noch mehr Überraschungen auf Lager?«

»Nein. Aber ich glaube, Celia Moreno weiß etwas. Sie hat versucht, mich zu erreichen, will aber bei Nina nicht ihre Nummer hinterlassen. Ich versuche sie irgendwie zu erwischen.«

»Stu, sind Sie später zu Hause? Ich muß mit Ihnen reden.« Dystals Stimme klang freundlich und entspannt, aber Haydon wußte, daß er sich doch besser bereithalten sollte.

»Ich bin da«, versprach er.

»Es könnte spät werden.«

»Das ist schon in Ordnung«, sagte Haydon. »Bis später.«

32

Blas und Rubio saßen an einem Fenster in einem Schnellimbiß an der Ecke Kirby und Norfolk und studierten einen Stadtplan, als die Straßenlaternen erst flackerten und dann aufflammten. Es lag zwei Tage zurück, daß sie sich mit Professor Ferretis getroffen, das Geld in Empfang genommen hatten und aufgefordert worden waren, sich entweder zu beeilen oder die Sache abzublasen. Seitdem hatten sie keine Verbindung mehr mit ihm aufgenommen, obgleich Blas weiterhin morgens und abends an ihrem vereinbarten toten Briefkasten vorbeifuhr, um zu sehen, ob irgendein Zeichen hinterlassen worden war.

Weil sie jetzt nur noch zu zweit waren, waren eine umfangreichere Planung und ein erhöhtes Maß an Wachsamkeit erforderlich geworden, um Gamboa zu beobachten. Sie waren für den ganzen Mittwoch – bis auf die paar Stunden, in denen sie das RDX von Waite auf dem Schiffskanal gekauft hatten –, den Donnerstag und nun den Donnerstagabend auf seiner Spur geblieben. Sie hatten sorgfältige Vorsichtsmaßnahmen getroffen, hatten nicht weniger als vier Wagen gemietet, jeden in einer anderen Farbe und von einem anderen Fabrikat, und hatten sie auf Parkplätzen verstreut im westlichen Teil der Stadt stehengelassen, wo Gamboa sich in einer relativ begrenzten Umgebung bewegte. Sie wechselten regelmäßig die Fahrzeuge, so daß Negretes Männer, die nun noch vorsichtiger und mißtrauischer waren als je zuvor, sie unmöglich entdecken konnten. Sowohl Blas als auch Rubio hatten eine Menge Erfahrung mit Verfolgungen, und sie waren äußerst umsichtig und erfolgreich. Sie benutzten starke Walkie-talkies und verständigten sich mit kurzen, knappen Wortfetzen.

Blas kannte Negrete, und was während der vergangenen beiden Tage passiert war, amüsierte ihn. Er konnte sich die Wut des Söldners sehr gut vorstellen, weil er für die Bewachung und den Schutz eines Mannes engagiert worden war, dessen Ego allen vernünftigen und strengen Sicherheitsregeln entgegenstand. Trotz Negretes gewissenhafter Berücksichtigung jeder Einzelheit hatte er sich nicht gegen das verinnerlichte Selbstvertrauen eines mächtigen und reichen Mannes durchsetzen können, der nicht begreifen wollte, daß er von einem Attentäter getötet werden könnte. Wahrscheinlich war Gamboa bereit, Negretes vorausschauende Schutzmaßnahmen über sich ergehen zu lassen, aber nur bis zu einem bestimmten Punkt. Das wußten sie nur, weil Blas das Glück hatte, im Besitz von Irenos Aufklärungsberichten zu sein. Ireno hatte Informationen gesammelt, drei Wochen bevor Blas und die anderen in Houston eingetroffen waren. Gamboa änderte seine Fahrtwege ständig, aber nach einigen Wochen war es klar, daß nur eine kleine Anzahl von Routen benutzt wurde. Er wechselte auch seine Eßplätze, aber er aß nur in einer kleinen Anzahl Restaurants. Er variierte auch seinen Zeitplan, aber um höchstens eine Stunde.

Blas vermutete, daß Gamboa im Glauben an seine eigene Bedeutung die Realität nicht mehr ernst nahm und nur selten einen Gedanken an den Tod verschwendete. Außerdem wurde Negrete, ein Mann, der für Geld so ziemlich alles fertigbrachte, überaus gut dafür bezahlt, daß er ihm sein Leben erhielt. Wenn schon aus keinem anderen Grund, so fühlte Gamboa sich deshalb sicher, weil er wußte, daß sich der Söldner, den er zu seinem Schutz angeheuert hatte, sehr viel Mühe gab, diese lukrative Geldquelle nicht versiegen zu lassen. Es war offensichtlich, daß Gamboa mehr von Arroganz als von Weisheit und Weitsicht geleitet wurde, sonst wäre er nämlich niemals in dieser Stadt geblieben.

Aber der Attentatsversuch hatte trotzdem Wirkung gezeigt. In den vergangenen zwei Tagen waren zusätzliche Leibwächter in der Limousine mitgenommen worden, und nun fuhr ein Wagen voraus, und ein zweiter bildete die Nachhut. Die Sicherheitsmaßnahmen rund um das Haus waren ebenfalls verstärkt worden. Und es wurden deutlich mehr umherfahrende Streifenwagen der Polizei in Gamboas Gegend gesichtet.

Die besorgniserregendste Veränderung war jedoch etwas ganz anderes. Zweimal hatten Blas und Rubio Wagen mit Leibwächtern beobachtet, ausgerüstet mit Ferngläsern und Funksprechgeräten, die einen Block von Gamboas Anwesen entfernt in beiden Richtungen an der Inverness parkten. Sie schrieben Autokennzeichen auf, und es konnte kein Zweifel bestehen, daß diese Nummern stichprobenweise überprüft wurden. Obgleich Blas und Rubio vier verschiedene Fahrzeuge von vier verschiedenen Unternehmen gemietet hatten, um das Risiko, entdeckt zu werden, so niedrig wie möglich zu halten, könnte sie diese neue Taktik ans Messer liefern. Wenn die Stichproben eine deutliche Zunahme von Mietwagenverkehr auf der Inverness ergaben, hatte diese Beobachtung bestimmt eine weitere intensive Untersuchung zur Folge. Daher hatten Blas und Rubio mittlerweile begonnen, sich vorwiegend auf Quer- und Seitenstraßen zu bewegen und nur dann direkt an dem Anwesen vorbeizufahren, wenn auf der Inverness keine Beobachtungsfahrzeuge zu sehen waren.

Aber die Wartezeit war beinahe vorüber. Während sich Blas über die Mappe beugte und die letzten Tropfen seiner vierten Tasse Kaffee trank, formulierte er seine Pläne. Er hatte viele

Stunden damit verbracht, die Aufzeichnungen, die Lopez zu Gamboas Fahrtrouten angefertigt hatte, sowie ihre eigenen Beobachtungen während der zwei Tage nach dem Attentatsversuch zu studieren. Es stimmte schon, daß man nicht voraussagen konnte, wann Gamboa wo sein würde, aber es gab nur eine begrenzte Anzahl von Möglichkeiten für ihn, dorthin zu gelangen, wohin er wollte. Am Ende ließ sich sagen, daß die kürzesten Wege jeweils am häufigsten benutzt wurden.

Gamboa betrieb sehr viele Geschäfte und einen großen Teil seiner Freizeitgestaltung in der Greenway-Plaza-Gegend und im Bereich der Bürocenter an der Post Oak. Zwischen der River Oaks und dem Southwest Freeway gab es nur vier von Osten nach Westen verlaufende Straßen, die geradewegs bis zur Post Oak führten: die San Felipe, Westheimer, Alabama und Richmond. Es gab keine Nebenstrecken, keine stillen Wohnstraßen, durch die man unauffällig fahren konnte. Von der Inverness aus war die San Felipe die nächste Route. Früher oder später, im Verlauf einer Vierundzwanzig-Stunden-Phase, würde Benigo Gamboas Limousine mit Sicherheit diese Straße benutzen.

Der Punkt an der San Felipe, von dem aus zugeschlagen werden sollte, mußte genau berechnet werden. Das RDX nahm etwa genau den gleichen Raum ein wie zwei Schuhkartons, obgleich es in eine Form geknetet werden mußte, um die Wucht der Explosion zu lenken und zu verstärken. Und das war ein wesentlicher Teil des Problems. Um seine beste Wirkung zu entfalten, müßte sich das RDX direkt unter der Limousine befinden, wenn es explodierte, und das ließ sich auf einer belebten öffentlichen Straße wie der San Felipe nur sehr schwer bewerkstelligen. Statt dessen könnte es in einem Briefkasten oder in einer Mülltonne an der Straße deponiert werden. Aber dann würde mehr als die Hälfte der Explosionswucht vergeudet und in der vom Wagen abgewandten Richtung wirksam werden.

Es könnte in die Gosse gelegt werden, getarnt als Abfall – ein zerfledderter Karton. Allerdings mußte der Sprengstoff eventuell bis zu vierundzwanzig Stunden an Ort und Stelle bleiben, und in dieser Zeitspanne würde er sehr wahrscheinlich vom städtischen Reinigungsdienst aufgesammelt oder irrtümlich durch ein vorbeifahrendes Fahrzeug zum Detonieren gebracht werden.

Rubio sah auf die Uhr. »Ich muß los«, lispelte er. »Ich möchte sehen, ob er heute abend irgendwelche Besucher hat. Der alte Bastard unternimmt nicht viel nach Sonnenuntergang. Er verkriecht sich in der Dunkelheit wie eine Krähe.«

Blas nickte und schaute auf den Stadtplan. »Wir müssen uns für irgend etwas entscheiden«, sagte er.

»Das ist dein Problem, klar? Ich werde meinen Teil schon erledigen.« Rubio grinste schief; seine Unterlippe bewegte sich rechts und links von der Scharte nicht in der gleichen Weise. Die Nerven waren links beschädigt worden.

»Ich werde die Entscheidung heute abend treffen«, sagte Blas. »Wir können es uns nicht leisten, die Sache noch länger vor uns herzuschieben.«

»Bueno.« Rubio schob den Stuhl zurück, während er sich den Mund ein letztes Mal mit einer Papierserviette abwischte. Er stand auf und verließ den Schnellimbiß.

Blas schaute ihm nach. Er hatte noch nie gehört, daß sich Rubio von jemandem verabschiedete. Blas hatte schon vor langer Zeit festgestellt, daß diese Gewohnheit auf einem Aberglauben basierte. Wenn Rubio sich von einem trennte, konnte man aus seinem Verhalten niemals ablesen, ob er nur fünf Minuten oder ein ganzes Jahr wegblieb.

Blas bat die Serviererin, ihm die Tasse nachzufüllen, und schaute ihr zu, wie sie die Rechnung für den einzigen anderen Gast ausschrieb. Dann ging sie hinter die Theke, um die Kaffeekanne von der Heizplatte zu nehmen. Sie war eine Mexikanerin, und als Blas und Rubio hereingekommen waren, hatte er ihr freundliches, knappes Lächeln sehr wohl bemerkt, obgleich er nicht reagiert und sie ansonsten ignoriert hatte. Er mußte sich den Stadtplan einprägen. Als sie ihm vor einiger Zeit zum dritten Mal seine Tasse vollgeschenkt hatte, ohne auch nur einen Seitenblick zu ernten, hatte sie die Botschaft begriffen und sich keine Mühe mehr gegeben, noch einmal zu lachen.

Doch nun, als sie zum Tisch kam und auch Rubios Tasse füllen wollte, stoppte Blas sie mit einer knappen Geste.

»Nein, er kommt nicht zurück.«

Sie zuckte mit den Achseln, schenkte seine Tasse voll, stellte den Plastikbehälter mit der Sahne hin und machte Anstalten, sich abzuwenden.

»Wie heißt du?« fragte er.

Sie sah ihn an, überrascht. Ein zaghaftes Lächeln.

»Yolanda.« Ein kluges Mädchen. Bei Fremden nie den Nachnamen nennen. Die Kellnerinnentracht stand ihr recht gut, und ihr langes mädchenhaftes Haar wurde an den Schläfen mit einfachen Schleifen zurückgehalten. Ihr Mund war groß und wohlgeformt. Sie hatte ein Grübchen am Kinn.

Er sagte etwas auf Spanisch zu ihr. Sie lächelte verlegen.

»Ich spreche kein Spanisch«, sagte sie und schob eine Hüfte vor.

Er war nicht überrascht, aber enttäuscht.

»Du bist in Houston geboren?«

Sie nickte. »Richtig.« Sie lächelte immer noch und freute sich über sein Interesse.

»Warst du jemals in Mexico?«

»Nur in Matamoros.« Es schien, als wünschte sie sich insgeheim, ihn mit Acapulco oder Cancun oder Mexico City beeindrucken zu können.

»Hast du dort Verwandte?«

»In Brownsville. Meine Großmutter wohnt dort.«

Er nickte und erwiderte ihr Lächeln, hatte aber schon entschieden, daß dieses Gespräch nicht gut war. Er hätte nicht damit anfangen sollen. Sie stand noch immer mit der Kaffeekanne da, aber sie konnte auch erkennen, daß sein Interesse abnahm, und war ein wenig verwirrt.

»Wenn Sie noch etwas brauchen…«, sagte sie.

»Nein«, erwiderte er und öffnete den Plastikbehälter mit der Sahne. »Im Augenblick nur Kaffee. Danke, Yolanda.«

Sie antwortete mit einem angedeuteten Achselzucken. Daß er ihren Vornamen benutzte, schien ihre Enttäuschung zu lindern.

Ihr Lächeln flackerte wieder auf, diesmal jedoch ein bißchen traurig.

Blas war wütend auf sich selbst, aber er hielt sich nicht damit auf. Er goß Sahne in seine Tasse und rührte um, dann trank er vorsichtig. Der Kaffee war heiß, aber stark. Wenn die Temperaturen auf dreißig Grad stiegen, dann herrschte in den Imbißrestaurants keine große Nachfrage nach Kaffee. Er stellte die Tasse beiseite und betrachtete wieder die Karte. Er war müde, sehr müde. Noch einmal fuhr er mit dem Bleistift an der San Felipe entlang. Vom River Oaks Boulevard bis zum West Loop gab es genau ein Dutzend Kreuzungen an der San Felipe. Einige Straßen endeten dort. Er war sicher, daß Negretes Männer besonders auf diese Punkte achteten.

Dann verharrte sein Bleistift, und er starrte konzentriert auf etwas, als sehe er es zum ersten Mal, obgleich er es mindestens das hundertste Mal betrachtete. Er staunte über sich selbst, daß er diese Möglichkeit nicht schon lange vorher erkannt hatte. Es war ein perfekter Ort, so perfekt, daß er plötzlich eine große Erleichterung verspürte. Nun hatte er keine Zweifel mehr daran, daß sie die Sache erledigen würden wie geplant.

33

Nachdem Haydon den Telefonhörer auf die Gabel gelegt hatte, öffnete er die Tür gerade so weit, daß das Licht ausging, und lehnte sich gegen die Glaswand der Zelle. Er dachte an Mooney. Es war so verdammt unwirklich. Er wäre jetzt sicher in dem Laden, würde sich zwei süße Brötchen kaufen und sicherlich auch dem kleinen Mädchen mit den goldenen Ohrringen etwas holen, so selbstverständlich, als wäre sie mit ihm dort hineingegangen. Und er würde aus den Augenwinkeln die beiden Jungen, die ihre Fahrräder draußen stehengelassen hatten, beobachten, um sich zu vergewissern, ob sie im Süßwarengang ein Päckchen Kaugummis stibitzten. Aber Mooney existierte nicht mehr – er spielte überhaupt keine Rolle mehr. Außer daß er ein Teil des Puzzles war, oder genauer, sein Tod war Teil einer größeren Sache. Er war eine Zahl in einer großen Gleichung, ein unbekannter Faktor. Ein Kandidat für ein Verhör durch die einzigartige polizeiliche Ermittlerin Voyant. Mein Gott! Wie war er jetzt ausgerechnet auf die gekommen? Es war total verrückt.

Mooney hatte früher immer eine kleine Nummer auf Lager gehabt, in der er den in dem Stoßseufzer »Wenn doch die Toten reden könnten« enthaltenen Wunsch frustrierter Kollegen des Morddezernats durch den Kakao zog. Dann spielte er die berühmte Mordermittlerin Claire Voyant. Der weibliche Detective Voyant hatte eine ungewöhnliche Art, ihre Fälle zu lösen, indem sie nämlich die Toten befragte, Aussagen von den Mordopfern einholte, da sie in neunundneunzig von hundert Fällen die einzigen waren, die wußten, wer sie umgebracht hatte. Diese Detektivin erschien wie der Wirklichkeit gewordene Traum eines Angehörigen des Morddezernats, doch es stellte sich immer wieder heraus, daß die über alle Maßen verblüffte Superermittlerin entdecken mußte, daß die Geister der Opfer – mit Mooneys Worten – »einen Scheißdreck wußten«, wer sie getötet hatte. Claire war die frustrierteste aller frustrierten Ermittlerpersönlichkeiten, und in all den Jahren, in denen Mooney Geschichten von ihr erzählt hatte, die durch Mooneys ganz speziellen Humor kosmische Bedeutung gewannen, klärte sie niemals auch nur einen einzigen Fall dank ihrer einmaligen Fähigkeit auf, die Mordopfer zum Reden zu bringen.

Haydon wurde klar, daß er nie mehr etwas von der polizeilichen Ermittlerin Claire Voyant hören würde. Wenn sie ihre Technik in einem einzigen letzten Mordfall angewandt hätte, nämlich in dem ihres Schöpfers und Kollegen Mooney, hätte sie sicherlich die Ironie erkannt, daß sogar Ed Mooney einen Scheißdreck darüber wußte, wer ihn an jenem Abend aus der Dunkelheit erschossen hatte.

Haydon schwitzte erbärmlich in der Zelle, aber er blieb dort stehen und grübelte. Er erinnerte sich an die Wölbung von Mooneys Bauch, als er vor ihm auf dem Rücken lag. Er erinnerte sich an den Lärm der Gewehrschüsse und an Mooneys entsetzliches Todesröcheln, die grellen Blitze und das Dröhnen der Schüsse.

Haydon hörte sein eigenes Herz in seinen Ohren hämmern. Er spürte Schweiß auf jedem Quadratzentimeter seines Körpers. Er sah sich selbst in der Telefonzelle stehen, als würde er sich selbst von einem etwas höheren Standort aus betrachten.

Er verließ die Zelle und fuhr nach Hause.

Er saß in der Bibliothek, hatte die Jacke ausgezogen, die Krawatte gelockert, die Ärmel ein Stück aufgekrempelt und trank einen Gin Lime, den er sich sofort, nachdem er das Haus betreten hatte, gemixt hatte. Er hatte auch für Nina einen zubereitet, und sie saß ihm gegenüber und trug das gleiche weiße Leinenkleid, in dem er sie am Nachmittag gesehen hatte. Auch sie hatte einen ernsten Gesichtsausdruck, der eine große innere Anspannung verriet. Er hatte ihr soeben erzählt, was er in den La Concha Courts und in der Stang Street vorgefunden und was er Dystal gemeldet hatte. Dann war er verstummt.

»Celia Moreno hat nicht wieder angerufen?« fragte er nach einigen Sekunden.

Nina schüttelte den Kopf. Sie hatte ihr Glas auf den niedrigen Tisch neben ihrem Sessel gestellt und sich zurückgelehnt, die Arme verschränkt, so daß es fast aussah, als würde sie sich selbst umarmen. Diese Haltung hatte sie schon eingenommen, als sie seinem Bericht über die Ereignisse des Nachmittags gelauscht hatte. Vielleicht hätte er ihr nicht alles erzählen sollen. Er hatte wirklich nicht über die Wirkung nachgedacht, die das alles auf sie ausüben könnte. Bei der inneren Anspannung und Erregung, unter der er stand, hatte er ganz einfach alles erzählt, und das war nicht besonders klug gewesen. Sie machte sich große Sorgen um ihn, und die Schilderung dessen, was er in der Stang Street gesehen hatte, machte es ihr gewiß nicht leichter. Sie war an solche Dinge nicht gewöhnt. Daß er zu ihr über seine Fälle sprach, jedenfalls in derart detaillierter Form, war für sie beide etwas völlig Neues. Wenn die Sache mit Mooney nicht gewesen wäre, wäre es wohl nie soweit gekommen.

Haydon wußte, daß sie sich noch immer wünschte, er würde alles Dystal überlassen und sich völlig aus dem Fall heraushalten. Aber dies war eine Angelegenheit, über die sie sich nicht mehr äußern würde.

Er trank seinen Gin, und in Gedanken ging er noch mal die Ereignisse des Tages durch. Er siebte sämtliche wichtigen und unwichtigen Teile des Falles durch und versuchte das eine Bruchstück zu identifizieren, das ihm die richtige Richtung weisen würde. Er suchte das, was nicht ins Bild paßte.

»Irgendwo in diesem Durcheinander«, sagte er, »muß es eine direkte Verbindung zu Rubio Arizpe geben. Diesen einen wichtigen Kontakt müssen wir noch finden. Cordero. Er wußte etwas, aber jetzt ist es zu spät, um etwas aus ihm herauszuholen.«

Er beugte sich vor, umschloß sein Glas mit beiden Händen und stützte die Unterarme auf seine Knie. »Negrete hatte die reinste Hölle entfesselt«, sagte er. »Er hat große Verwirrung gestiftet.« Er hielt kurz inne. »Es ergibt keinen Sinn, daß die *tecos* ihre eigenen Leute umbringen, ich meine Lopez vor der Belgrano-Villa und jetzt Waite. Es muß Negretes Werk gewesen sein. Dystal sollte etwas mit ihm unternehmen. Ich weiß nicht, wie sie ihn mit der Sache in Verbindung bringen können. Einfach wird es sicher nicht.«

»Wer ist denn noch übrig?« fragte Nina. »Von den bekannten Leuten, meine ich?«

»Der einzige, von dem ich weiß, ist Ferretis.«

»Was haben Lopez und Waite für die *tecos* getan? Welche Rolle haben sie gespielt?« Sie runzelte in angestrengtem Nachdenken die Stirn.

»Ich habe keine Ahnung«, sagte er.

»Schön, wer waren nun die anderen beiden Leute, die mit Waite in diesem Haus waren? Gehörten sie zu den *tecos*?«

Haydon schüttelte erneut den Kopf.

»Mir scheint, daß Rubio Arizpe, wenn er der andere Motorradfahrer war, gewiß grausam genug ist, um auch diese Leute umgebracht zu haben«, meinte Nina. »Das muß nicht unbedingt Negretes Werk gewesen sein.«

»Auch daran habe ich schon gedacht«, erwiderte Haydon und drückte seine Limonenscheibe ins Eis. »Aber andererseits kann ich mir keinen Grund für diese Foltern denken. Und nicht nur das, denn falls er ein Profi ist – und ich wette, daß er es ist –, hätte er sicherlich kaum den Wunsch, soviel Aufsehen zu erregen. Eine solche Sache ist für die Polizei wie ein Alarmzeichen. So etwas verursacht einen großen Wirbel. Arizpe wird sich wünschen, am liebsten völlig unsichtbar zu sein oder wenigstens fast – bis er sich an Gamboa heranmacht und sein Glück versucht.«

Nina griff nach ihrem Glas und trank. Sie fuhr sich mit den Fingern durchs Haar, eine Geste, die an Renata Islas erinnerte. Es gab zwischen Frauen Verbindungen, die nichts mit Sex zu tun hatten. Zumindest nicht offensichtlich. Es war eine Kommunikation mittels Gesten und Bewegungen, die Haydon nicht immer verstand, die er jedoch mit stets gleicher Bewunderung beobachtete. Es war eine geschlechtstypische Ausdrucksweise.

»Was macht dich eigentlich so sicher, daß dieser andere Attentäter Rubio Arizpe ist?« fragte Nina plötzlich. »Vielleicht hast du nur deshalb bisher keine Verbindung zu ihm gefunden, weil es überhaupt keine gibt. Stößt du nicht immer wieder im Laufe deiner Fälle auf Spuren und Hinweise, die keine Ergebnisse erbringen? Renata Islas hat dir nur einen Namen genannt und eine Beschreibung gegeben. Mehr nicht.«

»Das und die Information, daß er hier schon früher tätig gewesen ist.«

»Dafür hat sie keinen Beweis.«

»Nein. Jedenfalls nicht die Art von Bestätigung, die wir gern hätten. Dennoch glaube ich, daß diese Sache mehr ist als nur eine Vermutung«, sagte Haydon. »Denn wenn es nicht Arizpe ist, treibt sich da draußen jemand anderer herum, von dem wir bisher noch gar nichts wissen. Und das wäre ein beträchtlicher Rückschlag. Ich wehre mich einfach gegen den Gdanken, daß wir uns noch immer an diesem Punkt befinden.«

»Hast du Bob von Arizpe erzählt?«

»Dazu habe ich wirklich noch nicht die Zeit gehabt. Ich werde ihn über alles informieren, wenn er heute abend herkommt.«

»Vielleicht ist dein gesuchter Attentäter Cordero oder Ferretis.«

Haydon lächelte sie an. »Wenn du Cordero persönlich kennengelernt hättest, würdest du ihn ganz schnell von deiner Verdächtigenliste streichen. Ich habe nicht die geringsten Zweifel, daß er eine Rolle bei der Planung des Ganzen gespielt hat, aber er ist wirklich alles andere als ein aktiver Mörder.«

»Und Ferretis?«

»Keine Ahnung, aber es erscheint mir etwas seltsam, daß sich eine Organisation von militanten rechtsextremen Mexikanern, die ihre Finger in den Aktivitäten der Todesschwadronen in Mexiko und Mittelamerika hat, eines Mannes als Mörder bedienen sollte, der in einem von der oberen Mittelschicht geprägten Meyerland wohnt. Das ist einfach zu unwahrscheinlich.«

»Ich glaube, du hast recht«, sagte Nina. Sie starrte auf ihr Glas, strich mit dem Daumen vom Rand zum Boden und verwischte die Kondenswassertropfen. »Meinst du wirklich, daß Negrete in dieser Sache einen besseren Überblick hat als du?«

»Nun, er hat mit Lopez und Waite einige sehr eindringliche ›Gespräche‹ geführt.« Haydon nickte unwillkürlich. »Er weiß etwas. Ich hoffe nur, daß Dystal zu Ferretis kommt, bevor Negrete dort ist. Und ich hoffe, daß Celia Moreno...«

Haydon verstummte und sah Nina an. Ohne etwas zu sagen, stand er auf und ging durch die Bibliothek zu seinem Schreibtisch. Er blätterte einen Papierstapel durch, bis er die zusammengehefteten Blätter der Kopien von Corderos Adreßbuch fand. Er war ein Idiot gewesen. Ganz gewiß hatte er es schon gesehen, als er zum ersten Mal die Namen durchgegangen war. Er suchte die Seite mit M. Dort war sie – hinter Bernardo Montez – C. Moreno.

Er wählte die Nummer, und es klingelte viermal, ehe jemand abnahm. Es war die Stimme einer Frau, aber es war nicht Celia.

»Hier ist Stuart Haydon«, sagte er. »Ist Celia da? Ich rufe aufgrund ihres Anrufs vor einer Stunde zurück.«

»Nein. Sie ist nicht da. Ich bin ihre Wohnungsgenossin. Sie ist vor einer halben Stunde weggegangen.«

»Wissen Sie, wo ich sie erreichen kann?«

»Hmm...« Das Mädchen zögerte. »Falls Sie anrufen, soll ich Sie fragen, mit wem Sie heute im Garten ihrer Mutter gesprochen haben.«

Haydon verstand. »Außer mit ihr habe ich mich noch mit zwei jungen Männern unterhalten, ich glaube, es waren ihre Cousins. Sie waren der Meinung, daß ich dort nichts zu suchen habe.«

Die junge Frau wiederholte, was er gesagt hatte, und dann kam Celia Moreno ans Telefon.

»Hallo?« Ihre Stimme klang leise, als böte ihr dieses Verhalten irgendeinen Schutz.

»Hier ist Stuart Haydon.«

»O Gott.« Sie erkannte seine Stimme. »Hören Sie, ich muß Sie sprechen, aber nicht am Telefon.«

»Sie wissen, daß Sie wahrscheinlich in Gefahr sind, nicht wahr?« fragte er.

»Ich glaube schon«, erwiderte sie mit brüchiger Stimme.

»Ich komme vorbei und hole Sie ab.«

»Nein, ich bleibe nicht hier. Ich verschwinde. Nikki und ich, wir beide gehen weg.«

Gut. »Wo dann?«

Eine Pause trat ein, und Haydon konnte sich vorstellen, daß sie versuchte, sich eine Erklärung des Weges zu ihrem Treffpunkt auszudenken, ohne diese Information an den weiterzugeben, der vermutlich ihr Telefon angezapft hatte.

Er half ihr. »Wissen Sie, wo ich heute die junge Frau bei ihrer Gymnastik beobachtet habe...«

»Wie bitte?«

»Kennen Sie den Ort, an dem ich das Mädchen heute turnen sah? Decken Sie die Sprechmuschel ab, und fragen Sie Nikki danach.«

Es gab eine kurze gedämpfte Unterhaltung, und dann kam sie wieder ans Telefon. »Ja, ich verstehe.«

»In der Nähe gibt es eine Tankstelle, die die ganze Nacht geöffnet hat.«

»Die nächste?«

»Ja. Ich hole Sie dort ab. Warten Sie im Gebäude bei den Angestellten. Dort ist alles gut erleuchtet.«

»Ich werde dort sein.«

»Ich brauche etwa zehn bis fünfzehn Minuten, um hinzukommen«, erklärte er. »Ist das schlimm?« Er wollte nicht, daß sie in Panik geriet, bevor er dort erschien.

»Nein, das ist in Ordnung. Ich werde dort sein.«

»Ich bin schon unterwegs«, sagte Haydon und legte auf.

34

Haydon kam in dem Verkehr gut voran, und als er um die Ecke mit ihren ausladenden Fichten einbog und die blauweiße Neonreklame der Tankstelle sah, waren die von ihm prophezeiten fünfzehn Minuten gerade erst verstrichen.

Die Tankstelleneinfahrt glitzerte naß. Er parkte seinen Wagen unweit der Eingangstür. Zwei Angestellte in Gummistiefeln arbeiteten draußen; einer rollte Wasserschläuche auf, während der andere mit einem Gummischieber die letzten Schaumreste über die geschwungene Einfahrt zur Straße hinunterschob. Ein dritter Angestellter hielt sich in dem hellerleuchteten Laden auf, aber Celia war nicht bei ihm.

Haydon ließ den Motor seines Wagens weiterlaufen und stieg aus, als der Angestellte im Laden hochblickte. Er saß hinter seiner Theke und verfolgte das Geschehen auf dem Bildschirm eines Farbfernsehers, der auf einem Ausstellungsregal mit Öldosen stand. Als er Haydon entdeckte, blickte er zu den anderen beiden Männern hinüber, sah, daß sie beschäftigt waren, und erhob sich widerstrebend und ging zur Tür.

»Ja, bitte, Sir?« fragte er.

»Ich war mit einer jungen Frau hier verabredet«, sagte Haydon. »Dunkles Haar, gutaussehend.«

»Nee«, sagte der Mann, schüttelte den Kopf und massierte seinen Ellbogen, während er in der Türöffnung stehenblieb. »Hier war heute abend ganz bestimmt keine solche Frau, das ist sicher.«

Das hatte Haydon nicht erwartet; ihr Wohnhaus stand nur fünf Blocks von der Tankstelle entfernt. Er wollte gerade etwas zu dem Mann sagen, als dessen Augen abirrten und er seine Blicke auf etwas richtete, das sich hinter Haydon abspielte. Haydon drehte sich um und bemerkte Celia, die auf einem Fahrrad ins Licht der Tankstelle fuhr.

Sie bremste neben Haydons Auto und stieg vom Rad.

»Es tut mir leid«, sagte sie, und ihr Gesicht verriet ihre innere Anspannung bei dem Bemühen, ruhig zu erscheinen. »Ich habe Nikki geholfen, ein paar Sachen in den Wagen zu packen.«

»Gut«, sagte Haydon. Dies war eine völlig andere Celia. Sie trug einen langen, durchsichtigen, lavendelfarbenen Rock, den sie hochgerafft hatte, indem sie eine lila Kordel unter dem Rocksaum von vorne nach hinten und zwischen ihren Beinen durchgezogen hatte, so daß der Rock zu einer weiten Flatterhose umgewandelt wurde. Ihre Bluse war aus schwarzem Satin mit Spitze über ihrem Brustansatz. Ihr dunkles Haar hatte sie wegen der Abendhitze im Nacken hochgesteckt; einige Strähnen hatten sich bereits gelöst.

Haydon sah den Angestellten an, der Celia musterte.

»Kann sie das Fahrrad für eine Weile bei Ihnen im Laden unterstellen?«

Der Mann wandte sich wieder Haydon zu.

»Ja, ich glaube schon«, sagte er. Er kam um den Wagen herum und nahm Celia das Fahrrad ab. Er lächelte sie an, als sie sich bei ihm bedankte. Dann schaute der Mann Haydon mit einem völlig anderen Ausdruck an, während Celia die Kordel um ihre Taille löste und den Rocksaum fallenließ.

»Ich habe ab sechs Uhr morgens frei, Kumpel«, sagte der Tankwart zu Haydon. »Danach kann ich für nichts mehr garantieren.«

»Wir bleiben nur kurze Zeit weg«, sagte Haydon. Celia ging zur Beifahrerseite und tupfte sich mit einem Papiertuch, das sie aus einer Rocktasche geholt hatte, den Schweiß von der Stirn.

Während der Angestellte das Fahrrad in den Laden schob, stiegen Celia und Haydon in den Wagen. Haydon lenkte ihn aus dem grellen Neonlicht in die unregelmäßig verstreuten Schatten der Straße.

»Sie werden alles für unglaublich halten«, sagte sie und begann zu reden, ehe Haydon eine Bemerkung machen konnte. Sie stellte die Düsen der Klimaanlage so ein, daß sie ihr die gekühlte Luft ins Gesicht bliesen, und wischte sich mit dem Papiertuch den Hals ab. Sie hob das Vorderteil ihrer Bluse und wedelte damit auf und ab. »Ich jedenfalls finde es unglaublich.«

Haydon wartete.

Sie musterte ihn mit einem Seitenblick, dann fragte sie: »Wohin fahren wir?«

»Nirgendwohin. Ich fahre einfach nur herum, während Sie erzählen.«

Sie betrachtete ihn und versuchte seine Absichten zu ergründen. Das Wageninnere füllte sich mit dem Duft ihres Parfüms, der von der kühlen Luft mitgenommen wurde, die über sie hinwegwehte. Haydon stellte nebenbei fest, als daß die Angst noch nicht so sehr von ihr Besitz ergriffen hatte, daß sie darüber dieses winzige frauliche Detail vergessen hätte. Andererseits sagte das bei einer Frau wie ihr herzlich wenig über die Psyche aus. Wahrscheinlich hatte sie es sich eilig aufgetupft, sozusagen in einer völlig automatischen Geste, genauso selbstverständlich wie ein letzter flüchtiger Bürstenstrich durchs Haar. Dann ertappte er sich dabei, daß er sich fragte, an welchen Stellen ihres Körpers sie es wohl aufgetragen haben mochte.

»Okay«, sagte sie. »Okay.« Sie schaute einen Moment aus dem Fenster, während ihre Hände in ihrem Schoß mit dem Papiertuch spielten. Dann wandte sie sich um, drückte ihre Schultern gegen die Lehne des weißen Ledersitzes und blickte starr geradeaus durch die Windschutzscheibe auf die Scheinwerferstrahlen, die der gewundenen Straße folgten.

»Valverde und mein Bruder waren *tecos«,* begann sie. »Sie gingen beide in Guadalajara zur Schule, wo sie auch vor einigen Jahren angeworben wurden. Mein Bruder taugte eigentlich gar nicht fürs College. Er brach sein Studium ab und kam nach Houston. Valverde machte weiter, beendete sein Studium mit einem Wirtschaftsdiplom und blieb mehrere Jahre dort. Vor etwa drei Jahren kam er nach Houston und begann im Mietwagengeschäft. Er setzte sich mit meinem Bruder in Verbindung, und Esteban wurde daraufhin Fahrer bei ihm.

Ich bin hier aufs College gegangen, dann auf die Universität von Houston. Ich habe mein Diplom in politischen Wissenschaften. Einer meiner Professoren war Dr. Daniel Ferretis.«

Haydon hatte sich keine Gedanken darüber gemacht, wohin er fahren wollte, und als er den Namen des Professors hörte, vergaß er sogar, daß er überhaupt fuhr.

»Es war bekannt, daß Dr. Ferretis bei weiblichen Studenten Zensuren als Gegenleistung für gewisse sexuelle Nettigkeiten änderte, und in jedem Semester wurden zwei oder drei Mädchen aus seinen Kursen in sein Büro gebeten. Dann fragte er sie, ob sie ihren Notendurchschnitt nicht entscheidend aufbessern wollten. Nicht alle sind auf diesen Vorschlag eingegangen, aber es waren immer noch genug, so daß er diese Gewohnheit beibehielt und es immer wieder mal versuchte. Als ich eines Tages an die Reihe kam, machte er vor seinem Angebot noch ein wenig zwanglose Konversation. Er erwähnte, daß er gelegentlich Gastvorlesungen an der Autonomen Universität von Guadalajara abhielt, und ich erzählte, daß mein Bruder dort studiert hat. Er war überrascht und neugierig. Er stellte eine Menge Fragen, und ich erzählte ihm von meinem Bruder und Jimmy Valverde. Er war verblüfft, daß ich Valverde kannte oder zumindest wußte, wer er war.« Sie zögerte. »Ich habe seitdem sehr viel über alles nachgedacht. Es kommt einem vielleicht so vor, als ob jemand dem Zufall erheblich nachgeholfen hätte, aber ich kann keinen Grund dafür sehen, daß es etwas anderes gewesen sein soll. Ich meine, im Leben muß es doch tatsächlich auch solche Zufälle geben, oder etwa nicht?«

Wahrscheinlich mehr, als wir zu akzeptieren bereit sind, dachte Haydon. Wir sind ein vernunftbestimmtes Volk, und wenn die Logik solche Dinge nicht erklären kann, dann wird unser Zynismus es versuchen. Aber er sagte nichts. Er hatte nur den Wunsch nach einer Zigarette.

»Eines führte zum anderen, aber nicht zum Sex. Ich hatte entdeckt, daß es etwas gab, was Dr. Ferretis noch viel mehr interessierte. Ich kann mich nicht mehr entsinnen, wann das Thema *tecos* plötzlich aufkam, aber Ferretis fing an, mich anzuwerben. Ich hatte durch Esteban schon viel von ihnen gehört, deshalb war mir längst einiges von dem bekannt, was Ferretis mir erzählte. Es gefiel mir nicht. Ich hielt dieses ganze Bruderschaftstheater für einen Schwindel, und dann war da dieser Rassenhaß... Ich konnte mich dafür einfach nicht begeistern. Aber ich tat so, als wäre ich interessiert. Ich dachte, daß ich damit meinen Noten ganz gewiß nicht schaden würde.

Ich spielte die Rolle der wißbegierigen Studentin recht überzeugend, und er mimte genauso perfekt den allwissenden Professor. Je mehr er mir erzählte, desto ›beeindruckter‹ gab ich mich. Sehr bald verriet er mir, daß er und Valverde und noch einige andere eine Art Sympathisantengruppe der *tecos* in Houston gegründet hatten. Sie wuschen Gelder, die die hohen Tiere der *tecos* diesseits der Grenze verstecken wollten, und sie erwiesen sich allgemein als nützliche Helfer.«

Sie verstummte und sah wieder aus dem Fenster, während sie ihre makellos manikürten Finger vor die Belüftungsdüsen hielt und sie im kalten Luftstrom drehte. Geistesabwesend, während sie sich in Gedanken zurechtlegte, was sie als nächstes sagen würde, raffte sie auf einer Seite den dünnen Stoff ihres Rockes zusammen und zog ihn hoch bis knapp über ihre Knie. Sie wedelte mit dem Stoff.

»Auf mich wartete eine Riesenüberraschung«, fuhr sie fort. »Nachdem es zwei Monate so weitergegangen war, ließ ein älterer Student, mit dem ich öfter ausgegangen war und den ich mittlerweile ziemlich gut kannte, die Bombe hochgehen. Eines Abends saßen wir gemütlich in meiner Wohnung und tranken etwas – ich hatte damals nur ein winziges Zimmer am Universitätsgelände –, als er plötzlich mit der Wahrheit herausrückte und mir erklärte, daß er für das FBI arbeitete. Ich meine, es kam nicht unbedingt aus heiterem Himmel. Wir hatten uns oft über Politik unterhalten. Er kannte meine Ansichten, meine Einstellung zu den Dingen. Er erzählte, daß er nur nebenbei für das FBI arbeitete, das aber schon seit einer ganzen Weile. Er sagte, es wäre eigentlich keine große Sache. Er würde sich nur bei einigen politischen Gruppierungen aufhalten und sich etwas Taschengeld verdienen, indem er Berichte über alles anfertigte, was bei diesen Vereinen so vor sich ging. Eigentlich war es nur der neueste Klatsch – wer ihre Freunde waren, worüber sie sich unterhielten, wo sie sich gewöhnlich aufhielten, welche Ideen in ihren Köpfen herumgeisterten. Er fragte mich, ob ich kein Interesse daran hätte, das gleiche auch bei den *tecos* zu tun. Es sei ein bequemer Weg, nebenbei ein bißchen Geld zu verdienen.« Sie holte tief Luft, atmete zischend aus, sagte: »Mein Gott«, und fuhr fort: »Nun, ich hatte eine Menge über die sechziger Jahre gelesen, über die Kent-State-Aktivitäten und darüber, wie das FBI diese radikalen Gruppen infiltriert hatte. Ich wußte, worum er mich bat, und ich wußte auch, wie es von den Studenten der siebziger Jahre beurteilt würde, wenn es jemals herauskam. Aber ich fand die Angelegenheit gar nicht so schrecklich. Ich kann verstehen, daß die Regierung diesen Weg einschlagen muß. Was sie mit den Informationen anfangen, ist eine ganz andere Sache. Wenn das FBI die Methoden dazu benutzt, um unsere Grundrechte zu mißbrauchen, dann ist das die eine Sache, doch wenn es sie einsetzt, um unsere Grundrechte zu sichern, dann ist das etwas anderes. Ich glaube nicht, daß man das Recht eines Staates, sich heimlich Informationen zu verschaffen, nur deshalb verurteilen kann, weil die Regierung irgendwann einmal in der Geschichte dieses Recht mißbraucht hat.«

Sie sah ihn an, ein wenig unsicher, wie er glaubte.

»Jedenfalls habe ich es getan«, berichtete sie. »Ich habe Berichte darüber geschrieben, was ich über die *tecos* hörte.«

»Haben Sie diese Berichte Ihrem Freund gegeben?« wollte Haydon wissen.

»Anfangs ja. Bis sie sicher sein konnten, daß ich wußte, was ich tat. Dann schickte ich die Berichte einfach an ein Postfach.«

»Wie haben Sie Ihre Bezahlung bekommen?«

»Das war wie in einem Abenteuerroman. Zuerst gab Rich, mein Freund, es mir. Als ich schließlich ein Postfach im Postamt der Universität erhielt – übrigens auf Betreiben meines Freundes Rich –, wurde mir das Geld dorthin geschickt. Es war einfach an jedem Fünften des Monats in meinem Postfach. Bargeld in einem Briefumschlag. Ich glaube, daß dort auch noch andere Geschäfte gemacht wurden. Nachdem ich mein Diplom geschafft hatte und die Universität verließ, beantragte ich ein Postschließfach in der Post auf der Timmons.«

»Wie sind Sie mit den *tecos* in Verbindung geblieben?«

»Die Dinge hatten sich zu dieser Zeit ganz gut entwickelt, und Dr. Ferretis hatte mir einen Job bei Valverde verschafft. Es war seltsam, aber nachdem ich ein ernsthaftes Interesse an der Bewegung zeigte, ließ Ferretis die sexuelle Seite völlig außer acht. Auf einmal war der Umgangston ein rein geschäftlicher. Bei Valverde hatte ich nicht soviel Glück. Wie dem auch sei, im gleichen Maße, wie die Qualität meiner Informationen zunahm, erhöhte das FBI meine Gratifikation. Das hat mich, das muß ich zugeben, ziemlich verblüfft. Valverde hat mich auch ganz gut bezahlt, so daß ich die Eigentumswohnung beziehen konnte, in der ich im Augenblick wohne. Ferretis, Valverde und schließlich auch Cordero haben mich nach und nach ins Vertrauen gezogen. Ich wurde zu einem richtigen Mitglied mitsamt dem ganzen Helfer-Hokuspokus, der dazugehört. Ich bin sogar nach Guadalajara gefahren, wo Ferretis mit mir angegeben hat.« Sie nickte heftig, als antwortete sie mit Nachdruck auf eine Frage, die sie in ihrem Kopf formuliert hatte. »Ich kann nur sagen, daß ich diese Leute mit der Zeit immer mehr haßte. Nach und nach lernte ich es, alles, wofür sie einstanden, mehr zu verabscheuen, als Sie es sich vorstellen können. Über sie Informationen zu besorgen und weiterzugeben, wurde für mich zu einer Manie. Jedesmal, wenn ich einen Bericht abschickte, fühlte ich mich ein wenig besser.«

»Wie war das mit Ihrem Bruder?« fragte Haydon. »Wie haben Sie es verkraftet, gegen ihn zu arbeiten?«

»Oh, Esteban war zu oberflächlich, um ein echter *teco* zu sein.

Er hat für sie so wenig wie möglich getan. Im Grunde war er nicht mehr als ein einfacher Chauffeur, der für Valverde arbeitete. Seine Zugehörigkeit zu den *tecos* hatte anfangs überhaupt keine Auswirkungen.«

Haydon war die ganze Woodway entlanggefahren und kehrte auf der San Felipe zu ihrem Ausgangspunkt zurück. Nach einiger Zeit bog er links ab und hielt in einem Wäldchen neben dem Gelände des Golfclubs. Für einen Moment verlor Celia den Faden. Sie hatte ihr zerfetztes Papiertaschentuch in den Aschenbecher gestopft und spielte nun mit der violetten Kordel, die sie ständig um eine Hand wickelte und wieder löste.

Haydon betrachtete ihr Profil, ihren Hals und die Schultern, die Wölbung ihrer Brüste, um die sich der Spitzeneinsatz der Bluse schmiegte. Seine Blicke fielen auf ihr Bein, wo der weite Rock etwas höher gerutscht war und die samtige Haut ihres Schenkelansatzes entblößte. Das war keine gewollte Geste, sie war viel zu sehr in ihre sorgenvollen Gedanken vertieft, um jetzt an derartige Spielereien zu denken. Wenn er ganz ehrlich zu sich war, mußte er zugeben, daß er praktisch alles an ihr mehr als nur ein wenig verführerisch fand. Er konnte gar nicht so tun, als betrachtete er das als Berechnung. Er hätte sie unter allen Umständen anziehend gefunden.

Er erinnerte sich daran, wie er in Valverdes Büro gestanden und die langen rosafarbenen Strümpfe unter dem Sofakissen hervorgezogen hatte. Und er erinnerte sich an die Art und Weise, in der sie ihn angelacht hatte. Sie war zu jung, um in dieser Liga zu spielen, aber sie schien durchaus fähig zu sein, auf sich selbst aufzupassen. Bis zu diesem Moment. Offenbar war sie zu der Überzeugung gelangt, daß sie einige Schwierigkeiten unterschätzt hatte, und daß ihr die Kontrolle über die Situation irgendwie entglitten war. Oder, was vermutlich noch eher zutraf, sie erkannte allmählich, daß sie im Grunde niemals die Kontrolle über die Ereignisse gehabt hatte. Auf jeden Fall war das eine sehr ernüchternde Erkenntnis in einer Situation, in der es um Leben und Tod ging.

»Ich habe erfahren, daß sie Gamboa töten wollen«, sagte Celia. »Obgleich sie mich praktisch in alles eingeweiht haben – jedenfalls habe ich angenommen, daß sie es tun –, betraf ein solches Projekt ausschließlich die *tecos de choque,* ihre Todesschwadronen, und nicht einmal Valverde wußte über die Vorbereitungen Bescheid. Ich konnte kaum fassen, daß ich eine solche Sache herausbekommen hatte. Ich schickte dem FBI eine knappe Nachricht, und man rief mich noch am selben Abend an. Elkin war am Telefon. Er sagte, er brauche Details. Er bedrängte mich und meinte, daß viele Menschen in Gefahr seien. Verdammt noch mal, hat er tatsächlich geglaubt, daß ich das nicht wußte? Ich war ein nervliches Wrack. Das war auch der Punkt... der Punkt, an dem ich Valverde nachgegeben habe...« Sie verstummte, wartete einen Moment und meinte dann: »Ich bekam das Bißchen heraus, was er sonst noch wußte.«

Sie spielte nun heftiger mit der Kordel, als ob die Spannung, mit der sie sie um ihre Hand wickelte, ein äußeres Anzeichen für die Intensität ihrer Wut und Angst war. »Esteban wußte von alldem nichts«, fügte sie hinzu. »Ich kannte weder die genaue Uhrzeit noch das Datum, aber ich hatte Angst um Esteban und bekam von Valverde die Versicherung, daß ihm ganz gewiß nichts passieren würde. Ich machte mir Sorgen, denn ich wußte, daß er Sosas Fahrer war.«

»Sie wußten, wie es ablaufen würde?« fragte Haydon. »Daß sie ein Attentat auf einen der Wagen verüben wollten?«

»Nein. Nein, ich wußte es nicht. Valverde hatte nur irgendwann einmal angedeutet, daß das möglich sein könnte. Genaues wußte er auch nicht. Wie dem auch sei, er konnte mich überzeugen und beruhigen«, sagte sie nachdenklich. »Konnte er so etwas einem Freund antun, meinem Bruder? Er beruhigte mich jedesmal, wenn er mich auszog. Nach einer Weile fand in unserer sexuellen Beziehung eine gründliche Veränderung statt. Ich vermute, daß er es auch bemerkt hat. Anfangs hatte ich den Sex immer eingesetzt, ihn zu manipulieren, aber nun stellte sich heraus, daß er den Sex benutzte, um *mich* zu manipulieren. Mir wurde klar, daß mein Körper zu Estebans Lebensversicherung geworden war.«

Sie straffte die Kordel. »Am Ende erwies sie sich als wertlos«, meinte sie.

»Warum wurde Gamboa als Ziel ausgewählt?«

»So wie die *tecos* es betrachten, und so entsprach es wohl auch den Tatsachen, war er einer von dem halben Dutzend mexikanischer Politiker aus der Regierung Lopez Portillos, der, zusammen mit anderen, mehrere Milliarden Dollar aus Mexiko herausgeholt hat. Praktisch hat er das mexikanische Volk bestohlen. Die *tecos* wollten an diesen Politikern ein Exempel statuieren und auf diese Weise der Regierung de la Madrid eine Warnung zukommen lassen.«

»Sie sagen, er war einer von einem halben Dutzend. Gibt es Pläne, auch die anderen zu ermorden?«

Sie wandte ihm ihr Gesicht zu, und er sah, daß sie geweint hatte. Ihre nassen Wangen glänzten im Lichtschein der Armaturenbrettbeleuchtung. »Ja.«

»Hier?«

»Nein. In anderen Städten. Einen in Miami; einen in San Diego; einen in Los Angeles; einen in Paris.«

»Wann?«

»In möglichst kurzer Zeit. Idealerweise innerhalb von einem oder höchstens zwei Tagen, um die Wirkung zu verstärken.«

Mein Gott, dachte Haydon. Was, um alles in der Welt, hatte er da aufgedeckt?

»Und Sie haben all das an das FBI weitergemeldet?«

»Ja.« Sie sah ihn stirnrunzelnd an, betrachtete ihn aufmerksam und wartete darauf, in seinem Gesicht Anzeichen des Begreifens zu erkennen. »Verdammt noch mal«, stieß sie hervor. »Sehen Sie es denn nicht? Das FBI stoppt die Sache gar nicht. Ich dachte, sie hätten die volle Kontrolle über alles. Ich nahm an, daß ich etwas wirklich Wertvolles leiste, aber sie schalten sich einfach nicht ein. Sie lassen zu, daß die Morde passieren.«

»Haben Sie jemals versucht, mit ihnen Kontakt aufzunehmen?«

»Natürlich habe ich das! Ich bekomme keine Antwort!«

»Was ist mit Rich?«

»Zum Teufel, der ist schon vor Wochen verschwunden«, erklärte sie ungehalten.

»Sagt Ihnen der Name Rubio Arizpe etwas?«

Sie schüttelte den Kopf. »Nein.«

»Und wie ist es mit Ireno Lopez?«

Sie funkelte ihn wütend an, und in ihren Augen stand das nackte Mißtrauen. »Was geht hier vor? Woher kennen Sie diesen Namen? Wissen Sie etwa längst über alles Bescheid?«

»Nein. Das tue ich nicht. Wer ist er?«

Sie überlegte, wie sie antworten sollte. »Einer von den *tecos de choque.«*

»Er ist einer der Attentäter?«

»Er sollte es sein«, sagte sie. »Aber das muß ich erklären. Er ist der einzige, den ich kenne, und das auch nur, weil er drei Wochen vor den anderen hergeschickt wurde, um sich über Gamboas Gewohnheiten, seine Aktivitäten und seine Sicherheitsmaßnahmen zu informieren. Valverde konnte nicht den Mund halten und erzählte mir von ihm. Das FBI weiß darüber Bescheid. Ich habe ihnen alles weitergemeldet. Alles!«

»Wer hat ihn getötet?«

»Lucas Negrete. Sie glauben, daß Negretes Leute ihn bei seinen Beobachtungen bemerkt, ihn geschnappt und gefoltert haben, um Informationen über das geplante Attentat zu erhalten.«

»Meinen Sie, daß Lopez geredet hat?«

Sie nickte. »Deshalb bricht ja alles zusammen, und deshalb habe ich Angst, daß Negrete mich erwischt. Ich habe keine Ahnung, ob er überhaupt weiß, daß ich existiere, aber ich will nicht, daß dieser Bastard mich in die Finger bekommt.«

Einige Sekunden sagte keiner von ihnen etwas, und dann meinte sie: »Ich verstehe das alles nicht.« Sie legte sich eine Hand auf den Bauch und holte tief Luft. »Das Ganze macht mich richtig krank.«

Haydon schaute durch die Windschutzscheibe auf die Greens des Golfplatzes, die sich bis zu den Fichten erstreckten. Garner hatte recht gehabt – diese Leute mußten die besten Beziehungen haben. Man konnte einen Plan von solchen Ausmaßen in den

Vereinigten Staaten ohne umfangreiche Hilfe von wichtigen Stellen nicht durchziehen. Aber er konnte sich nicht dazu durchringen, die Möglichkeiten zu akzeptieren, die sich aus Celias Geschichte ergaben.

»Was soll ich denn jetzt tun?« fauchte sie ihn an, als ihre Nerven zu versagen drohten. »Ich habe keine Ahnung, warum mir das FBI keinen Schutz oder Unterstützung gewährt. Wo, zum Teufel, sind sie geblieben?« Sie begann zu weinen und vergrub ihr Gesicht in den Händen. Sie lehnte den Kopf gegen das Seitenfenster und weinte, bis ihre Schultern bebten. Sie raffte den Stoff ihres Rockes zusammen und preßte ihn gegen ihr Gesicht, um ihre Tränen zu stoppen. Ein Schluchzen drang aus ihrer Kehle, während Haydon ihr ein Taschentuch reichte. Sie sammelte sich wieder, tupfte mit dem Taschentuch ihre Augen ab und versuchte die dunklen Mascaraflecken zu entfernen.

»Mein Gott«, sagte sie schließlich, und ihre Stimme klang belegt und rauh. »Was für ein Durcheinander. Ich kann es gar nicht fassen.«

Haydon sah sie an. Sein Instinkt sagte ihm, daß sie die Wahrheit erzählte – so, wie sie sie kannte. Aber er hatte auch das ziemlich sichere Gefühl, daß sie belogen worden war. Er glaubte einfach nicht, daß sie mit dem FBI zusammengearbeitet hatte.

»Sie werden wohl nicht mehr nach Hause zurück können«, sagte er.

»Ja«, meinte sie und putzte sich die Nase. »Ich weiß.«

»Warum sind Sie mit dem Fahrrad zur Tankstelle gekommen, anstatt mit dem Wagen zu fahren?«

»Sie kennen den Wagen. Ich habe Angst vor… Autobomben… und davor, ich weiß nicht, darin erschossen zu werden, so wie Esteban. Mein Gott!« Sie putzte sich erneut die Nase mit Haydons Taschentuch. »Ich werde es waschen«, versprach sie und zerknüllte es im Schoß. Sie schaute ihn an. »Was soll ich denn jetzt tun? Lassen Sie mich genauso wie das FBI im Stich?«

Sie gab sich Mühe, ihrer Stimme einen festen Klang zu verleihen, sie tapfer erscheinen zu lassen, aber Haydon hatte ihre fahrigen Gesten sehr wohl bemerkt. Sie hatte Todesangst.

Er schaltete die Wagenscheinwerfer ein und setzte langsam aus dem Wäldchen zurück, wobei die Scheinwerferstrahlen über die Fichten wanderten.

Sie fixierte ihn. »Was nun?« fragte sie nervös.

Haydon lenkte den Wagen auf die Straße und beschleunigte bis zur ersten scharfen Kurve. »Ich glaube, Sie sollten lieber zu mir nach Hause kommen«, entschied er.

35

Haydon stoppte an der ersten Telefonzelle, die er an der Straße sah. Er rief erst einmal zu Hause an.

»Nina«, sagte er, »ich bringe Celia Moreno mit. Würdest du Gabriela bitten, eines der Gästezimmer vorzubereiten?«

»Was ist denn los?«

»Ich glaube, sie ist der Schlüssel zu allem«, sagte er und betrachtete Celia durch die Glasscheibe der Telefonzelle. »Aber sie muß für ein paar Tage versteckt werden.«

»Okay.«

»Ich rufe nur noch Bob an, dann kommen wir nach Hause.«

Nina stellte keine Fragen mehr. Haydon legte auf und wählte die Nummer der Telefonzentrale, wo man die Nummer der Telefonzelle notierte und weitergab. Er wartete, lehnte sich gegen den Aluminiumrahmen der Zelle und beobachtete Celia. Sie wischte sich immer wieder die Augen ab. Sie klappte die Sonnenblende des Wagens herunter, begutachtete sich in dem beleuchteten Spiegel auf der Rückseite, schüttelte ihre Haare, fuhr mit den Fingern hindurch und strich über ihre Augenbrauen. Dann klappte sie in einer frustrierten Geste die Sonnenblende wieder hoch. Sie stützte einen Ellbogen auf den Fensterrahmen und begann an einem roten Daumennagel zu knabbern, während sie den Straßenverkehr beobachtete.

Das Telefon klingelte, und Haydon griff nach dem Hörer.

»Hier ist Dystal.«

»Bob, hören Sie, ich bin in einer Telefonzelle. Bei mir ist Celia Moreno. Haben Ihre Leute Daniel Ferretis angetroffen?«

»Nicht ganz«, antwortete Dystal. »Sie sind hingefahren. Er war nicht da, dafür aber eine sehr besorgte Ehefrau. Sie sagt, daß er am frühen Nachmittag aus seinem Büro in der Universität von Houston angerufen hat – er ist Professor und unterrichtet politische Wissenschaften – und ihr mitgeteilt hat, es würde heute abend bei ihm sehr spät. Aber mittlerweile ist es schon viel später, als er prophezeit hat.«

»Was ist mit seinem Büro? Haben Sie dort nachgeschaut?«

»Sicher, natürlich. Es wurde durchsucht.«

»Verdammt.«

»Sie überprüfen gerade die Abteilung für politische Wissenschaften und beschaffen sich die Namen der anderen Professoren, die an diesem Nachmittag unterrichtet haben, sowie die Namen der Studenten seines Nachmittagskurses, um in Erfahrung zu bringen, ob jemand irgend etwas bemerkt hat. Das wird eine Weile dauern. Was ist mit der Moreno? Weiß sie etwas, was uns helfen könnte?«

»Sogar sehr viel. Ich will sie zu mir nach Hause mitnehmen. Sie bleibt für einige Zeit dort. Was sie zu erzählen hat, wird Sie sicherlich interessieren.«

»Na ja, das in der Stang Street ist eine verdammt schlimme Sache, aber ich glaube, Pete hat alles im Griff. Ich komme zu Ihnen, sobald ich kann.«

»Es gibt eine ganze Menge zu besprechen.«

»Hören Sie«, sagte Dystal. »Ich bringe es jetzt nur ungern zur Sprache, aber ich glaube nicht, daß ich Sie noch länger decken kann. Dafür ist mittlerweile zuviel passiert, Stu. Das müssen Sie verstehen.«

»Ich verstehe es«, sagte Haydon. »Und ich weiß zu würdigen, was Sie getan haben.«

»Ich bin schon unterwegs«, sagte Dystal und legte auf.

Haydon verbannte Dystals letzte Bemerkungen aus seinem Bewußtsein, ging zu seinem Wagen und stieg ein.

Während sie nach Richmond fuhren und dann in Richtung

Osten, sprang Haydons Geist so weit voraus, wie seine Phantasie es mit den verfügbaren Fakten vermochte. Er achtete nicht mehr auf Celia.

»Was geschieht jetzt?« fragte sie schließlich.

»Sie werden bei uns wohnen, bis wir uns über einige Punkte im klaren sind.«

Aus den Augenwinkeln bemerkte er, wie sie ihn anstarrte.

»Ich meine jetzt, heute abend«, sagte sie.

»Ich habe meinen Vorgesetzten, Lieutenant Dystal, angerufen. Er kommt ebenfalls in mein Haus, und ich möchte, daß Sie mit ihm noch einmal die ganze Geschichte durchgehen. Und zwar von Anfang an.« Er betrachtete sie. »Haben Sie Kopien von Ihren Berichten ans FBI angefertigt?«

»Nein, das war streng verboten.«

»Es ist ja klar, daß wir alles wissen wollen, was Sie uns erzählen können.«

Er bemerkte, daß sie ihn weiterhin anstarrte, aber sie sagte nichts mehr. Nach einer Weile lehnte sie sich zurück und blickte aus dem Wagenfester auf ihrer Seite.

Weniger als einen Block vom Haus entfernt, betätigte Haydon die Fernbedienung des Tores, und sie fuhren über die gepflasterte Einfahrt, ohne anzuhalten. Er drehte sein Fenster herunter, um den Duft des feuchten Rasens in der Nachtluft hereinzulassen, einen Geruch, der ihn in Sommernächten trotz der bedrückenden Hitze oft auf die Terrasse lockte. Sie rollten bis zur Garageneinfahrt, und Celia richtete sich auf und musterte durch die Windschutzscheibe das alte Kalksteinhaus mit dem belgischen Satteldach. Als Haydon davor stoppte, konnten sie durch die hohen Vorderfenster in den Wohnraum schauen. Das Kerzenlicht färbte das weiße Innere gelbbraun.

»Mein Gott«, sagte Celia, lehnte sich gegen Haydon und schaute durch das Fenster in der Hausfront. Er spürte ihre volle Brust an seinem Oberarm.

In der Eingangshalle stellte Haydon Celia Gabriela vor, die – aufgeregt über den unerwarteten Gast – sofort gekommen war, als sie die Tür gehört hatte. Sie erkundigte sich, ob Celia sich auf ihrem Zimmer frischmachen wollte, und die beiden entfernten sich durch den Korridor.

»Wir sind in der Bibliothek.«

Er wandte sich um und stieg die Treppe zum Schlafzimmer hinauf. Nina saß vor dem Spiegel und bürstete ihr Haar. Sie hatte gebadet und ein frisches Kleid angezogen.

»Wie ist es gelaufen?« fragte sie, hielt inne und wandte sich zu ihm um.

Er zog sofort seine Anzugjacke aus und schleuderte sie aufs Bett, während er auf sie zuging und sie küßte.

»Besser«, sagte er, »ich glaube, wir kommen jetzt voran.« Er lockerte seine Krawatte, ging ins Bad, drehte das kalte Wasser auf und ließ es laufen, während er sich die Ärmel hochkrempelte. »Wenn Celia Moreno nur die Hälfte von dem weiß, was ich vermute, dann könnte sie bei dem Fall für uns den Durchbruch bringen und vielleicht entscheidend mithelfen, daß Gamboa nicht umgepustet wird. Wenn wir noch genügend Zeit haben.«

Er nahm seine Uhr ab und legte sie auf den marmornen Toilettentisch. Dann ging er ins Bad und wusch sich. Während er sich mit einem Handtuch abtrocknete, kehrte er ins Schlafzimmer zurück.

»Bob ist auch unterwegs hierher«, sagte er.

»Was geschieht denn nun mit Celia Moreno?«

»Im Grunde befindet sie sich hier in einer Art Schutzhaft. Ich wollte heute abend nicht einmal mehr in ihre Wohnung fahren, um einige Kleider einzupacken. Sie hat nur das bei sich, was sie am Leib trägt. Wir müssen morgen in ihre Wohnung, um ihr für die nächsten Tage ein paar Sachen zu holen.«

Er hängte das Handtuch wieder ins Badezimmer und kam zum Schminktisch zurück. Nina überlegte gerade, ob sie das Haar hochstecken oder auf die Schultern fallen lassen sollte.

»Warum läßt du es nicht offen?« fragte er und legte die Uhr um sein Handgelenk. »Macht es dir etwas aus, an dem Gespräch teilzunehmen? Ich würde gern deine Meinung hören.«

»Meine Meinung zu was?« fragte sie.

»Zu Celia Moreno.«

Der Summer vom Tor zur Einfahrt ertönte, und Haydon ging zur Wand und drückte auf den Knopf der Sprechanlage.

»Hier ist Dystal.« Die Stimme des Lieutenants klang müde. Haydon betätigte den Türöffner und ging mit Nina nach unten.

Celia kam mit Gabriela durch den Korridor, als Haydon und Nina das Ende der Treppe erreichten und Dystal an der Haustür klingelte. Ein kleines Chaos entstand, bis alle sich miteinander bekannt gemacht und begrüßt hatten, und dann bat Haydon sie in die Bibliothek. Dystal und Celia lehnten das Angebot zu einem kleinen Imbiß ab, äußerten aber den Wunsch nach einem Drink.

Als sie schließlich beisammensaßen, fühlte Celia Moreno sich sichtlich unbehaglich. Haydon hatte Verständnis dafür. Er wußte zwar nicht, was sie erwartet hatte, aber diese Situation war es gewiß nicht. Er beobachtete, wie sie Nina anschaute. Selbst für eine clevere junge Frau, die daran gewöhnt war, sich in Kreisen aufzuhalten, in denen Chic und gutes Aussehen eine Selbstverständlichkeit waren, mußte Nina eine Klasse darstellen, neben der alles andere verblaßte.

Haydon selbst fühlte sich auch nicht unbedingt wohl. Er war sich sehr wohl bewußt, daß Dystal die Dienstvorschriften ziemlich verletzt hatte, indem er ihm freie Hand gelassen hatte, und daß er früher oder später erklären mußte, wie all die neuen Erkenntnisse neben den offiziellen Ermittlungen, die von Lapierre geleitet wurden, zu ihm gelangt waren. Sicher konnte man einen großen Teil dieser Informationen als vertrauliche Tips bezeichnen, aber bestimmt nicht alles. Er und Dystal würden sich etwas ausdenken müssen.

»Celia«, begann Haydon, »ich habe Lieutenant Dystal nur einige Erklärungen zu Ihrer Herkunft und Ihrer derzeitigen Lage gegeben. Ich möchte, daß Sie mit Ihrem Bericht ganz von vorn anfangen, so wie Sie es mir gegenüber getan haben. Bemühen Sie sich, so viele Einzelheiten wie möglich zu schildern.« Er sah sie an. »Ich werde alles auf Tonband aufnehmen. Das ist eine übliche Praxis. Es gibt keine andere Möglichkeit, das Gesagte festzuhalten, und wir brauchen später etwas, worauf wir uns bei unseren Fragen beziehen können.«

»Schön«, sagte sie, »aber ich habe vorher eine Frage.« Sie sah ein wenig ängstlich aus. »Inwieweit betrifft dies alles meine Position beim FBI? Ich meine, könnte es nicht so gedreht werden, daß ich mit meiner Aussage irgendwelche Beweismittel gegen sie weitergebe? Könnten sie mich nicht möglicherweise deswegen belangen? Wo stehe ich, falls es zu Streitigkeiten zwischen den staatlichen Organen kommt?«

Haydon schaute wieder zu Dystal. Die Augen des Lieutenants waren auf die junge Frau gerichtet, als existierte die übrige Umgebung überhaupt nicht. Celias Hinweis auf das FBI hatte bewirkt, daß sein Interesse an dieser Frau erheblich zunahm. Er wollte sich nichts entgehen lassen, und wenn sie ihre Aussage beendet hatte, hatte er sich längst eine fundierte Meinung darüber und über Celia Moreno gebildet.

»Ich glaube nicht, daß es zu Konflikten kommt, Celia«, sagte Haydon. »Ich erkläre Ihnen das später. Einstweilen gebe ich Ihnen mein persönliches Versprechen, daß Sie sich durch Ihre Bereitschaft, mit uns zu reden, nicht in gesetzliche Schwierigkeiten begeben.« Es war ein Versprechen, das keinerlei Wert besaß. Dystal zuckte mit keiner Wimper.

Haydon stand auf und schaltete das Tonband ein. Das Mikrofon stand auf einer kleinen Vitrine zwischen ihnen, damit es ihre sämtlichen Stimmen aufnahm. Er nannte das Datum, den Grund und die Namen der bei dieser Unterhaltung Anwesenden.

»Okay, Celia. Fangen Sie an.«

36

Blas Medrano fuhr zum La Colombe d'Or und suchte seine Suite auf. Es war kurz nach acht, als er sich an den Schreibtisch im Wohnraum setzte und das Telefonbuch aufschlug. Er sah unter »Eisenbahnen« nach und fand die Southern Pacific Transportation Company. Unter diesem Namen waren mehrere Nummern aufgeführt, daher rief er die Zentralverwaltung an. Ein automatischer Anrufbeantworter teilte ihm mit, daß das Büro zur Zeit nicht besetzt sei, und nannte ihm die Öffnungszeiten und weitere Telefonnummern der Abteilungen für den Fahrgästeservice, den Frachtdienst und der Bahnmeisterei, um eventuelle Schäden zu melden.

Er machte sich einige Notizen zu den Fragen, die er stellen wollte, und ging in Gedanken die einzelnen Stufen seines Plans durch. Dann griff er wieder zum Telefonhörer.

»Bahnmeisterei.« Die Stimme der Frau klang nach Telefon- oder Einsatzzentrale.

»Ich möchte mit jemandem sprechen, dem ich einen Gleisschaden an einer Straßenkreuzung melden kann«, sagte er. Er sprach mit einem übertriebenen Chicanodialekt, weil er wußte, daß er seinen mexikanischen Akzent sowieso nicht verheimlichen konnte und daß in den folgenden Untersuchungen eine weniger typische Stimme einfach als mexikanisch bezeichnet werden würde.

»Um welche Kreuzung handelt es sich, Sir?«

»Oh, die Stelle, wo die Gleise über die Richmond gehen«, sagte er und schaute auf seinen Stadtplan.

Nach einer kurzen Pause meinte die Frau: »Das ist Mr. Barnards Abschnitt. Einen Augenblick, ich verbinde Sie.«

Eine andere Frau meldete sich.

»Lisa Welch. Guten Tag.«

»Ich möchte einiges darüber wissen, wie Sie Ihre Straßenüberquerungen instand halten.«

»Wie bitte?«

»Überprüfen Sie die Abschnitte in regelmäßigen Zeitabständen, oder bringen Sie sie erst dann in Ordnung, wenn es nötig ist oder wenn jemand einen Schaden meldet, oder was?«

»Wollen Sie einen Gleisabschnitt melden, der ausgebessert werden muß, Sir?« Sie wurde leicht ungehalten.

»Ich wollte eigentlich nur wissen, wie Sie dabei verfahren.«

»Sie wollen also gar keinen Schaden melden?«

Er merkte, daß es problematisch war, sein Anliegen plausibel zu machen, daher mußte er einiges erklären.

»Lady, es tut mir leid, wenn ich Sie belästige.« Er versuchte, zerknirscht zu klingen. »Aber wenn Sie nicht zu sehr beschäftigt sind, würde ich Sie gern einiges fragen.« Er hörte sie dramatisch seufzen, aber er fuhr gleich fort: »Sehen Sie, ich bin ein eingefleischter Eisenbahnfan. Seit Vietnam sitze ich im Rollstuhl. In der Zeit, in der ich mich allmählich daran gewöhnt habe, saß ich die ganze Zeit an meinem Fenster. Ich habe in nächster Nähe einer Eisenbahnstrecke gewohnt, deshalb habe ich angefangen, mich für die Züge zu interessieren, für die Zeiten, die Arbeitstrupps und so weiter. Ich habe mir ein Fernglas besorgt und sie den ganzen Tag beobachtet. Schon bald wußte ich genau, was auf der Strecke los war. Ich habe mir die Kennziffern der Lokomotiven gemerkt, so daß ich feststellen konnte, wie oft sie nach Osten oder Westen fuhren, ich habe die Fahrpläne auswendig gelernt und mir eingeprägt, welche Ladung die Züge transportierten. Sie wissen schon, Salpeter, Öl, Vieh. Dazu die verschiedenen Waggontypen. Der längste Zug, der je bei mir vorbeigefahren ist, hatte hundertachtundsechzig Waggons. Wie dem auch sei, sehen Sie, ich bin gerade von Laredo hergezogen und habe keine Ahnung davon, was hier bei der Eisenbahn üblich ist, nach welchem Plan Sie arbeiten. Nun ja, da unten wußte ich über alles perfekt Bescheid. Zuerst wollte ich mich über Ihre Arbeitstruppe erkundigen. Es ist ein Hobby von mir, denn ich muß in diesem Rollstuhl sitzen. Ich habe sonst nichts zu tun.«

Mehrere Sekunden herrschte Stille. Blas konnte sich gut vorstellen, was die Frau dachte. Er wäre ziemlich verblüfft gewesen, wenn sie jetzt einfach aufgelegt hätte.

»Ja, nun, also«, sagte sie schließlich. Sie wollte nicht unfreundlich und ablehnend zu einem Mann sein, der nicht mehr gehen konnte. Wenn seine Beine in Ordnung gewesen wären, hätte sie längst aufgelegt. »Was wollen Sie wissen?«

»Und Sie haben ganz bestimmt Zeit… ich meine…?«

»Ja, ja. Das ist schon okay.«

»Das ist ja prima. Na ja, in Laredo habe ich sie so ausgiebig beobachtet, daß ich alles über die Reparaturtrupps und auch über die Techniker erfuhr. Wie viele zu jeder Schicht gehören, welche Farbe ihre Uniformen haben. Bei einem Trupp waren sogar Frauen. Sie haben genauso gearbeitet wie die Männer. Sie waren sehr gut. Sie haben diese riesengroßen grünen Trucks mit dem Namen der Eisenbahn in gelben Lettern auf der Seite gelenkt: Santa Fé Railroad Company. Fahren Ihre Leute auch besondere Lastwagen, und haben sie ebenfalls Uniformen?«

»Okay, ich verstehe schon. Ja, die Trupps sind mit orangefarbenen Kipplastwagen unterwegs. Gewöhnlich gehören drei oder vier Leute zu einem Trupp. Zwei Straßenarbeiter, ein Winker, ein Vorarbeiter. Aber keine Frauen.«

»Und tragen sie Uniformen?«

»Nein, keine Uniformen.«

»Fahren sie immer in diesen großen Lastwagen herum? Ich meine, wenn sie irgendwo arbeiten, fahren sie dann mit dem großen Truck dorthin?«

»O ja. Sie brauchen sie ja wegen des Asphalts.«

»Wie viele Schichten haben Ihre Leute denn?«

»Es gibt nur eine. Von sieben Uhr morgens bis drei Uhr am Nachmittag.«

»Tatsächlich? Ich dachte, bei Ihnen gäbe es auch eine Nachtschicht.«

»Also, nach drei Uhr nachmittags arbeitet hier niemand mehr an den Gleisen.«

»Mann, das hätte ich in einer so großen Stadt nicht erwartet. In Laredo habe ich sie auch nachts bei ihrer Arbeit gesehen. Es hat richtig Spaß gemacht, sie nachts durch das Fernglas zu beobachten. Ich hatte gehofft, ich würde hier auch mal einen nachts arbeitenden Trupp beobachten können.«

»Sie arbeiten nur dann nachts, wenn ein echter Notfall vorliegt, zum Beispiel ein durch einen Gleisschaden hervorgerufener Verkehrsstau, oder wenn die Signaltrupps ausrücken müssen.«

»Die Signaltrupps?«

»Ja, die Signaltrupps arbeiten immer, wenn sie gebraucht werden«, sagte sie. »Wenn an den Kreuzungen etwas mit den Signalen nicht stimmt, dann müssen sie sofort in Ordnung gebracht werden, ganz gleich wann. Es darf nicht geschehen, daß Schranken sich nicht schließen lassen oder daß die Lichtsignale nicht funktionieren. Wenn es zu derartigen Defekten kommt, müssen sie umgehend behoben werden. Das ist ein Gebot der Sicherheit.«

»Ja, stimmt, so etwas darf nicht vorkommen. Wie viele Leute gehören denn zu einem Signaltrupp?«

»Nur zwei.«

»Sie sind doch auch mit diesen großen Kipplastern unterwegs, nicht wahr?«

»Nein, sie haben keine großen Ausrüstungsgegenstände, sondern nur elektronische Geräte, eher kleines Werkzeug. Für diese Leute haben wir S-10-Chevys. Sie wissen schon, das sind diese kleinen Lieferwagen.«

»Stimmt. Auf den Seitenflächen steht doch auch der Name der Gesellschaft, oder?«

»Nein. Darauf steht kein Name.«

»Demnach erscheinen sie an der betreffenden Kreuzung und fangen einfach an zu arbeiten, was?«

»Ja, so ähnlich.«

»Stellen sie dabei Absperrungen auf?«

»Nein, einer von ihnen stellt sich mit einer Flagge auf die Straße und leitet den Verkehr um.«

»Und sie haben auch keine Uniformen?«

»Nein. Na schön, sie tragen diese gelben Schutzhelme und die hellorangefarbenen Plastiksicherheitsjacken, aber das ist auch schon alles.«

»Das ist interessant.« Blas machte sich eilig Notizen. Er überflog sie und versuchte sich darüber klarzuwerden, was er sonst noch fragen sollte. »Nun, dann weiß ich wenigstens Bescheid, wonach ich Ausschau halten muß. Es macht mir wirklich großen Spaß, diesen Arbeitern zuzusehen. Ich habe ein sehr starkes Fernglas. Manchmal kann ich sogar erkennen, was sie dort tun.«

»Das ist ja schön«», stellte Lisa fest. »Sonst noch was?«

»Nein, ich denke, im Augenblick nicht. Vielleicht rufe ich irgenwann noch mal an.«

»Das wäre nett.«

»Vielen Dank, daß Sie sich soviel Zeit für mich genommen haben. Ich wünsche Ihnen noch einen schönen Abend.«

»Ich Ihnen auch«, sagte Lisa. Ihre Stimme klang viel freundlicher. Sie hatte etwas geleistet, was in die »Gute-Tat«-Kategorie paßte.

Blas studierte seine Notizen, dann sah er auf die Uhr. Er zog das Sprechfunkgerät zu sich heran, rief Rubio an und vereinbarte ein Treffen auf einem der Parkplätze in der Nähe des Medizinischen Zentrums. Eilig packte er das RDX und die Schalttafel in einen Reisekoffer und legte den Futaba-Funksender in die Leinenflugtasche. Er ging zu dem kleinen Mahagonitisch und goß sich einen Schluck Brandy ein. Er brannte noch in seiner Kehle, als er mit dem Koffer und der Tasche die Suite verließ.

Sie fanden auf dem Southwest Freeway einen Autoverleih, der S-10-Chevys vermietete. Blas verstaute sein Gepäck in dem Lieferwagen, und Rubio folgte ihm nach Sharpstown, wo er vor einem großen Discountmarkt stoppte. Rubio paßte auf den Chevy auf, während Blas den Laden betrat und Schutzhelme, graue Arbeitsoveralls, Handscheinwerfer mit orangefarbenen Linsen, batteriebetriebene Warnblinklampen, eine Hacke und eine Schaufel, einen großen grauen Werkzeugkasten, eine Kollektion Elektrikerwerkzeug und eine lederne Tasche kaufte.

Die Kreuzung, wo die Gleise der Southern Pacific die San Felipe überquerten, erschien auf den ersten Blick als ein im höchsten Maße ungeeigneter Ort für das, was Blas vorbereiten wollte. Die Stelle war nur wenig mehr als einen Block von der östlichen Grenze des exklusiven Geschäftszentrums Post Oak

Park und vom eleganten Remington Hotel entfernt, das in der südöstlichen Ecke des Parks stand. Der West Loop Freeway verlief zwei Blocks dahinter mit Apartmenthäusern auf der linken Seite und einer Exxon-Tankstelle dort, wo die San Felipe unter der Freewayüberführung querte. Westlich des Loop und die Kreuzung überragend befand sich eine ganze Reihe von Bürogebäuden, und rechts davon stand die riesige Säule des Five Oak Place. Kurz, es war eine dichtbebaute Gegend.

Doch außer der Tatsache, daß Benigo Gamboa oft über diese Kreuzung fuhr, reizte Blas gerade, daß diese Kreuzung von so vielen Menschen eingesehen werden konnte. Es war eine Gegend scheinbarer Sicherheit, und solche Situationen waren für Terroristen das Geschenk einer selbstgefälligen Gesellschaft.

Sie fuhren einige Male unter den Gleisen hindurch, Blas im Lieferwagen, Rubio in einem anderen Mietwagen, wobei jeder die Kreuzung aus unterschiedlichen Blickwinkeln in Augenschein nahm. Blas hatte fast eintausend Dollar für den Sender ausgegeben, der das Funksignal in einen digitalen, binären Code umwandelte. Bei einem so ausgerüsteten Sender war die Wahrscheinlichkeit, daß der Empfänger Signale aus anderen Quellen auffing, nicht so groß wie bei anderen Geräten. Doch das Risiko war lediglich reduziert, ganz ausgemerzt war es nicht. Von dem Augenblick an, in dem er den Sprengstoff an Ort und Stelle packte und den Empfänger einschaltete, bestand die Möglichkeit, daß die Ladung durch ein falsch abgestrahltes, stärkeres Signal zur Detonation gebracht wurde.

Um halb elf war der Verkehr deutlich spärlicher geworden, und sie fuhren in die unterirdische Garage der Galleria und zogen die Kleider an, die Blas besorgt hatte. Während Rubio fuhr, begann Blas die RDX-Würfel mit Drähten miteinander zu verbinden – je zwei. Die beiden Pakete verdrahtete er noch nicht miteinander. Das wollte er erst dann tun, wenn sie sich an ihrem Einsatzort befanden.

Es war fast elf Uhr, als Rubio den Lieferwagen an der Kreuzung abbremste, aufs Bankett lenkte und parallel zu den Gleisen manövrierte. Blas stieg aus und entfernte mit dem Schraubenzieher den Deckel des Kontrollkastens. Rubio nahm Hacke und Schaufel von der Ladefläche, während Blas ein paar lose Drähte effektvoll aus dem Kontrollkasten heraushängen ließ.

Rubio stellte die Warnleuchte mitten auf der Fahrspur auf, schraubte eine orangefarbene Linse in seinen Handscheinwerfer und leitete die vereinzelt auftauchenden Fahrzeuge an der Baustelle vorbei, während Blas in dem Schotter zwischen den Gleisen zu graben begann.

Wenige Minuten später klebten seine Kleider wie Zellophan an seinem Körper. Er verdrängte die Vorstellung, ersticken zu müssen. Das Schotterbett war lange nicht ausgewechselt worden und erwies sich als betonhart. Blas brauchte die Spitzhacke, dann entfernte er mit der Schaufel das gelockerte Geröll und hackte weiter. Glücklicherweise brauchte er nicht allzu tief zu graben. Der weiße kalkige Staub bedeckte seine neuen flachen Straßenschuhe, rieselte seitlich im Innenrist hinein, bis der Zwischenraum mit kleinen Geröllbröckchen gefüllt war. Seine Füße rutschten auf der Schräge des Gleisbettes immer wieder ab.

Rubio ging auf und ab und sagte kein Wort. Er leitete die Wagen um und ging ab und zu zum Kontrollkasten. Er tat so, als arbeitete er an der Verdrahtung und warf dabei Blas gelegentlich prüfende Blicke zu. Das einzige, weshalb sie sich Sorgen machen mußten, war, daß jemand in einem der vorbeifahrenden Wagen saß, der genau wußte, wie die Lichtsignale an der Eisenbahnkreuzung funktionierten, und daß das Aufgraben des Schotters nichts mit der Ampelkontrolle zu tun hatte.

Er packte den Sprengstoff nicht in eigene Behälter, sondern grub trichterförmige Löcher und formte die plastische Masse entsprechend um. Dadurch konnte er die Explosionsrichtung bestimmen. Der festgestampfte Salpetersand des Gleisbettes war die ideale Basis für den Sprengstoff. Die gesamte Wucht der Ladung konzentrierte sich auf der Grundfläche von vierzig mal fünfzig Zentimetern und war direkt aufwärts gerichtet. Die Ladung befand sich damit so dicht wie irgend möglich am Wagen.

Um zwanzig vor zwölf hatten sie ihr Werk fast beendet. Blas war mittlerweile unter dem heißen Overall schweißnaß, und seine Arme zitterten von dem hastigen Graben. Er bedeckte die Sprengladungen mit einer zentimeterdicken Erdschicht und verlegte die Drähte, die die beiden Ladungen miteinander verbanden, unter einem Schienenstrang. Er legte eine Leitung auf der östlichen Gleisseite zu einem kleinen Hang und einem dichten Büschel dürren, von der Sonne braungefärbten Johnsongrases. Es war die nächstliegende Deckung, die den Werkzeugkasten, der den Empfänger und den Auslöser enthielt, verbergen konnte.

Mittlerweile fuhren nur noch vereinzelte Automobile vorbei. Blas ging zum Chevy und packte den Empfänger und die Schalteinheit aus der Flugtasche in den Werkzeugkasten um. Der stabile Kasten bot den beweglichen Teilen der Schalttafel hervorragenden Schutz. Als er die Steuereinheit nach seinen Vorstellungen installiert hatte, schaltete er den Empfänger ein und führte zwei Leitungsdrähte durch den Boden des Werkzeugkastens nach draußen. Dann schloß er den Kasten. Es bestand keine Gefahr, solange er die Leitungsdrähte nicht mit den Drähten der Sprengladungen verband. Er hob den Werkzeugkasten von der Ladefläche und ging damit hinüber zu dem Grasbüschel. In weniger als drei Minuten hatte er die Leitungsdrähte zu den RDX-Ladungen mit Plastikklemmen verbunden. Die Sprengladungen waren nun scharf. Er überzeugte sich, daß das Gras den Werkzeugkasten vollkommen verbarg, ehe er zum Chevy zurückrannte.

Nach weiteren zehn Minuten hatten sie alles wieder auf der Ladefläche verstaut, den Kontrollkasten der Ampelanlage wieder in seinen alten Zustand versetzt und noch einmal das Schotterbett in der Umgebung der beiden Sprengladungen auf verräterische Spuren überprüft. Sie hatten nun auf der Kreuzung der Southern Pacific Railroad mit der San Felipe unweit der East Briar Hollow Lane genügend Sprengstoff vergraben, um sämtliche Fenster des Remington Hotels in einen Splitterregen zu verwandeln, wenn es zur Explosion kam. Sie fuhren weg und verschwendeten keinen Gedanken mehr an ihr Werk.

37

Während Celia Morenos Bericht machten weder Dystal noch Haydon sich Notizen. Sie verließen sich vollständig auf die Tonbandaufnahmen als zukünftiges Arbeitsmaterial. Während der vierzig Minuten, in denen Celia redete, schaute Haydon mehrmals zu Dystal. Der massige Lieutenant verlor sie keine Sekunde aus den Augen und hatte die Eiswürfel in seinem Drink fast vollständig schmelzen lassen, ehe er nach dem Glas griff und einen ersten Schluck nahm.

Celia Moreno saß aufrecht in ihrem Sessel, hatte die Füße dicht nebeneinander gestellt, und der Rock fiel über ihre Knie bis auf den Boden. Sie hielt ihr Glas mit beiden Händen fest und stützte die Arme auf die Knie. Ihre Geschichte erzählte sie nun viel glatter und geordneter als beim ersten Mal, und sie flocht geschickt die Antworten auf all die Fragen ein, die Haydon ihr schon vorher gestellt hatte. Von Zeit zu Zeit unterbrach sie ihre Darstellung, um einen Schluck von ihrem Drink zu nehmen.

Als sie schließlich ihren Bericht beendete, richtete sich Dystal, der ebenfalls vornübergebeugt in seinem roten Ledersessel gekauert hatte, auf und trank mehrere Schlucke aus seinem Glas, als wäre es mit Wasser gefüllt. Seine Blicke ruhten noch eine Weile auf Celia, und dann sah er Haydon an.

»Nun, das bringt ja Licht in eine ganze Menge Dinge«, sagte er mit einem knappen Zwinkern in Haydons Richtung. Sie hatte mindestens ebenso viele neue Fragen aufgeworfen, wie sie beantwortet hatte. Er schüttelte den Kopf, dann wandte er seine Aufmerksamkeit wieder Celia zu. »Miß Moreno, wie lautete die Nummer des Postfachs, an das Sie Ihre Berichte geschickt haben?«

»Postfach 1821, Hauptbahnhof.«

»Aha. Und dieser Bursche namens Rich Elkin war der einzige, durch den Sie mit dem FBI Kontakt hatten?«

»Ja.«

»Hat er Ihnen jemals so etwas wie einen Ausweis gezeigt, irgendeinen Nachweis, daß er tatsächlich für das FBI arbeitete?«

Es dauerte einen Moment, ehe sie antwortete. Sie hatte offenbar die Bedeutung dieses Gedankens schon lange vor diesem Abend in Erwägung gezogen.

»Nein«, sagte sie. »Ich fürchte, nein.«

»Aha. Schön, haben Sie vielleicht ein Foto von diesem Mr. Elkin?«

»Nein, das habe ich nicht.«

Dystal lächelte freundlich. »Na ja, es ist wohl nicht mehr so wie früher. Die Leute tauschen keine Fotos mehr aus. Das Leben rollt eben zu schnell an einem vorbei.« Er wollte sie ein wenig trösten. Er hatte nicht die Absicht oder den Wunsch, sie in Verlegenheit zu bringen oder ihr mehr Unbehagen zu bereiten, als sie bereits empfinden mußte.

»Noch etwas«, meinte er dann. »Als Sie allein weitergemacht haben, hat er zu diesen Berichten jemals irgendeine Bemerkung gemacht? Meinen Sie, daß er sie je zu Gesicht bekommen hat?«

Sie dachte einen Moment lang nach. »Ich habe keine Ahnung, ob er sie zu sehen bekam, aber nachdem wir erfahren haben, daß Ireno Lopez in Houston eingetroffen war, rief er mich zweimal an und ließ durchblicken, daß ›sie‹ wissen wollten, ob ich seit meinem letzten Bericht neue Informationen hätte.«

Dystal nickte nachdenklich. »Sie sagten, Elkin sei vor mehreren Wochen in der Versenkung verschwunden. Haben Sie eine Ahnung, warum es dazu gekommen ist?« wollte er wissen.

»Nein.«

»Wo wohnt er?«

»Das weiß ich nicht, jetzt jedenfalls«, sagte Celia, und ihre Stimme verriet wieder eine leichte Verlegenheit. »Als wir noch miteinander befreundet waren, da wußte ich es, aber... er hat sich mehr und mehr zurückgezogen, seit ich die Berichte selbst weggeschickt habe. Einmal habe ich noch versucht, ihn anzurufen und nur eine Tonbandnachricht gehört, daß sein Anschluß stillgelegt worden ist. Ich habe die Auskunft angerufen, aber er war nicht mehr eingetragen.«

»Haben Sie ihn nach seiner Adresse gefragt, als er Sie das nächste Mal anrief?«

»Ja. Er sagte nur, daß in seinem Leben zur Zeit einige wichtige Veränderungen stattfinden und daß er in Ruhe gelassen werden will. Er hat mich regelrecht abgeschoben. Abgesehen von diesen Telefonanrufen habe ich nie mehr etwas von ihm gehört.«

Dystal leerte sein Glas und lehnte einen neuen Drink dankend ab.

»Miß Moreno«, sagte er langsam, »als Sie sich in Mexiko aufhielten, um die *tecos* zu treffen, sind Sie doch eine Woche dort geblieben, ist das richtig?«

»Ja. Es war tatsächlich genau eine Woche.«

»Und Sie haben eine ganze Reihe Angehörige dieser Vereinigung kennengelernt?«

»Ja.«

»Schön, morgen bitten wir Sie, für uns einen kleinen Bericht über diese Reise anzufertigen. Es soll eine Art Wertung sein. Sie liefern uns Namen, Beschreibungen und ähnliche Dinge, so gut Sie können. Für uns wäre es eine große Hilfe. Mr. Haydon hat eine Schreibmaschine, die Sie benutzen können. Okay?«

Celia Moreno nickte.

»Nun, als ersten Punkt dieses kleinen Vorhabens werden Sie uns alles erzählen, was Sie über die *tecos de choque* wissen. Ich denke an Gerüchte, verborgene Hinweise, Vermutungen, kurz alles, was Ihnen im Zusammenhang mit ihnen durch den Kopf geht und wo wir einhaken können. Sie wissen, was ich meine?«

Celia nickte wieder.

»Wir brauchen dies so schnell wie möglich.«

Ein weiteres Nicken.

»Das ist gut. Ich bin Ihnen für Ihre Hilfe sehr dankbar, Miß Moreno«, sagte er und erhob sich mit einem unterdrückten Stöhnen. »Ich bin sicher, daß wir uns noch öfter unterhalten werden. Stu«, sagte er dann und wandte sich an Haydon, »haben Sie hier noch ein anderes Telefon im Haus, das ich ungestört benutzen kann?«

»Klar. Wir können ins Wohnzimmer gehen.«

Die beiden Männer entschuldigten sich. Haydon blieb kurz bei Nina stehen und bat sie, für Dystal eine Kopie des Tonbands vorzubereiten, dann folgte er dem Lieutenant in den Wohnraum. Als sie eingetreten waren, drehte sich Dystal um und baute sich vor Haydon auf.

»Okay. Und jetzt will ich *alles* hören. Lassen Sie nichts aus, Stu. Jetzt nicht mehr.«

Haydon schloß die Doppeltüren zum Wohnraum. Er fing mit seinem Besuch bei Mitchell Garner an und erzählte von Renata Islas, von seinem kurzen Treffen mit Lucas Negrete, davon, wie er Corderos Adreßbuch kopiert hatte und von seiner ersten Begegnung mit Celia Moreno. Er schilderte, wie er Corderos Geheimcode entschlüsselt hatte und seine Fahrt zu den La Concha Courts und zu Waites Haus. Er endete damit, daß er Celia an der Tankstelle abgeholt hatte.

Während Haydons Bericht hielt Dystal den Kopf gesenkt, wobei er die Spitzen seiner Nacona-Stiefel betrachtete. Haydon ging auf und ab, blieb am Fenster stehen und blickte auf die beleuchtete Rasenfläche, ging dann zum schwarzen Ebenholzflügel, wo er unbewußt mit den Fingern über die Rahmen einiger Fotografien strich, und weiter zu einer Kollektion Rötelzeichnungen über dem Kaminsims und wieder zurück.

Als Haydon endete, setzte sich Dystal auf den üppigen Diwan aus hawaiianischer Baumwolle. Haydon nahm auf dem Klavierstuhl Platz und sah ihn quer durch den Raum an.

»Niemand kann behaupten, daß Sie allein nicht viel herumgekommen wären«, sagte Dystal. »Auf andere Weise wäre es nicht so gut gelaufen. Dieses verdammte Adreßbuch war der Schlüssel. Das hat uns verdammt noch mal sehr gefehlt.«

»Celia Moreno hat uns eine Menge Zeit erspart«, sagte Haydon. »Wir hätten wahrscheinlich Wochen gebraucht, um einen kleinen Teil dieser Einzelheiten herauszubringen.«

»Ja, ohne dieses Mädchen wären wir gewiß keinen Schritt weitergekommen«, gab Dystal zu. »Das ist die größte Schweinerei, von der ich seit langer Zeit gehört habe. Die Leichen liegen verstreut von hier bis nach Hondo, und dieses kleine Luder taucht auf und erzählt davon, als wäre es nicht mehr als Büroklatsch.« Er verengte seine Augen, als er Haydon musterte. »Was meinen

Sie, wem, zum Teufel, sie all ihre Beobachtungen gemeldet hat?«

»Nicht dem FBI.«

»Nein, natürlich nicht, aber es ist nicht schwer, das zu überprüfen. Wenn dieser Rich Elkin echt ist, dann schnappe ich ihn mir. Aber ich glaube, daß das Mädchen ganz schön an der Nase herumgeführt worden ist.«

»Das Ganze war ein ziemlich raffiniertes Arrangement«, sagte Haydon.

»Ja«, pflichtete Dystal ihm bei, »das war es. Haben Sie irgendwelche Vermutungen?«

Haydon schüttelte den Kopf. »Fast wünsche ich, daß es wirklich das FBI war. Wahrscheinlich wird uns nicht gefallen, was wir erfahren, aber wenigstens hätten wir dann etwas Handfestes. Jetzt gibt es praktisch nichts. Wir haben es mit Auswanderern zu tun; mit ausländischen radikalen Gruppen, die von reichen Leuten mit beträchtlicher Macht unterstützt werden. Bis gestern wußten wir noch nicht einmal, daß so etwas wie die *tecos* existiert. Wer weiß, was wir morgen oder übermorgen entdecken? Ich glaube nicht, daß wir dem Ursprung der ganzen Affäre bedeutend nähergekommen sind.« Er hielt inne. »Aber wenn wir der Sache auf den Grund gehen – falls wir es schaffen –, würde es mich nicht überraschen, wenn wir auch dort auf unsere eigenen Leute stoßen.«

»Unsere eigenen Leute?«

»Ich glaube, daß das, was wir bis jetzt haben, nur eine Nebensache ist. Es ist aber auch möglich, daß es alles von dem großen Zirkus ist, was wir jemals zu sehen bekommen dürfen. Ich frage mich schon die ganze Zeit, wer die bevorstehende Ermordung eines früheren Kabinettmitglieds der mexikanischen Regierung beobachten, aber nicht beeinflussen möchte – eines bekanntermaßen korrupten Ministers, der noch in sehr viel mehr Dinge verwickelt sein könnte, als wir bisher aufgedeckt haben. Und wer hat denn das Können und die Raffinesse, Celia Moreno in der Weise einzusetzen und zu benutzen? Kommt Ihnen die Methodik des Ganzen nicht irgendwie bekannt vor?«

Dystal starrte Haydon an. »Was – Sie meinen das Außenministerium?«

»Dieser Gedanke ist mir in der Tat gekommen.«

»Verdammt, Stu. Das zu akzeptieren fällt mir ein wenig schwer.«

Die beiden Männer schwiegen für eine Minute, in der Dystal nachdachte und Haydon sich fragte, wie bizarr seine Überlegung für den Lieutenant geklungen haben mußte.

Dann meinte Dystal: »Na schön, hören Sie, es ist ein wenig verrückt, aber vielleicht liegen wir gar nicht so sehr daneben. Ich werde im Augenblick sicher keine Möglichkeit verwerfen. Unterdessen müssen wir die aktuelle Lage klären. Sobald ich dem FBI einen Hinweis auf die anderen potentiellen Mordopfer zukommen lasse, werden sie mit dem Mädchen reden wollen. Sind Sie ganz sicher, daß Sie sie nicht lieber in einem Motel unterbringen wollen? Ich weiß nicht, ob das FBI mit diesem Arrangement einverstanden ist.«

»Warten wir einfach ab, was sich weiterhin entwickelt.«

»Schön.« Dystal richtete seine Blicke wieder auf die Spitzen seiner Stiefel. »Meinen Sie, daß Rubio Arizpe unser Mann ist?«

»Laut Renata Islas war er schon zweimal aus dem gleichen Grund in Texas.«

»Ich werde Ihnen verraten, was wir tun müssen. Wir müssen zusehen, daß diese Islas uns weiterhilft. Setzen Sie sich noch einmal mit ihr in Verbindung, vielleicht bringen Sie sie sogar her, damit auch sie ihre Erinnerungen aufschreibt und wir sie dann mit dem Bericht von der Moreno vergleichen können. Setzen Sie sich mit den Leuten in Mexiko in Verbindung, die ihr von Arizpe erzählt haben. Ich werde in dieser Sache die Hilfe des FBI anfordern. Sie und die Jungs vom CIA haben da unten ihre Geheimdienstableger. Wir packen ihnen die Schlange in die Hosentasche und sehen uns an, wie ihnen das gefällt. Eigentlich sollten sie diese Terroristenaktivitäten ständig unter Kontrolle haben.«

»Und was wollen Sie in der Zwischenzeit mit Negrete tun?«

»Ich will mir diesen Burschen holen«, sagte Dystal und funkelte Haydon an. »Wir sind hier schließlich nicht in Beirut, verdammt noch mal. Sie haben ihm gesagt, daß wir ihn im Auge behalten?«

Haydon nickte.

»Nun, genau das werden wir auch tun. Und ich schicke jemanden dorthin, um die Liste mit den Namen der Leute zu holen, die für ihn arbeiten.«

Haydon nickte wieder.

»Am liebsten würde ich die Hälfte davon gleich aus dem Land jagen, aber wir wissen nicht, wer an der Waite-Schweinerei oder an der Lopez-Sache beteiligt war. Wir müssen sie alle genau im Auge behalten. Ich rede mal mit dem Staatsanwalt und erkundige mich, welche Verfügung wir bekommen können, um jeden der Burschen auf Gamboas Anwesen festzusetzen. Und ich werde eine Einsatztruppe gründen, die rund um die Uhr arbeitet und nichts anderes zu tun hat, als einen Fall gegen Negrete aufzubauen. Ich habe die Leute vom Labor angewiesen, das Waite-Haus auseinanderzunehmen und mit einem Mikroskop zu untersuchen. Die Täter müssen etwas hinterlassen haben. Irgendwo in diesem Haus finden wir irgendein Beweisstück.«

»Sollten wir nicht jemanden mit den Sprengstoffhunden zu Gamboa schicken?«

»Ja, das tun wir. Wenn die Hunde seinem Anwesen erst einmal eine Unbedenklichkeitsbescheinigung verschafft haben, liegt es allein an den Bewohnern, dafür zu sorgen, daß es auch so bleibt. Wenn wir es schaffen, die ganze Bande unter dieser Adresse zusammenzuhalten, dann werden wir sozusagen die Hälfte unserer Läuse auf einen Schlag los.«

»Ich hoffe nur, daß Sie Ferretis noch nicht in die Finger bekommen haben.«

»Ja, das hoffe ich auch. Das war ein großer Fehler, Stu. Als Sie diese Namen erfuhren, hätten Sie sie sofort an uns weitergeben sollen. Wir hätten sie alle gleichzeitig aufgesucht. Im Augenblick sehe ich keine andere Möglichkeit, auf den Grund der Sache zu gelangen, außer durch den Professor.« Dystal verzog das Gesicht und erzeugte zwischen den Zähnen einen zischenden Laut. »Verdammt noch mal. Was für eine Sauerei.«

Haydon sah ihn an. Der massige Lieutenant hockte niedergeschlagen auf dem Sofa.

»Bob«, meinte Haydon, »wahrscheinlich ist all dies eine Folge der mexikanischen Fluchtgelder. Was halten Sie von den Summen, die ich Ihnen genannt habe?«

»Es ist einfach zuviel Geld.«

»Halten Sie diese Beträge für glaubhaft?«

»Ich weiß nicht.« Dystal hob hilflos die Schultern. »Vertrauen Sie Ihrer Informationsquelle?«

»Unbedingt.«

»Dann betrachte ich die Zahlen wohl als zutreffend. Allerdings ist es nur schwer verständlich, warum sich eine ganze Nation etwas Derartiges von ihren Politikern gefallen läßt.«

»Garner meint, daß der größte Teil des Geldes in die Staaten geflossen ist«, sagte Haydon.

Dystal seufzte, dann nickte er langsam. »Das überrascht mich nicht.«

»Er sagt, es sei in bar hierhergelangt, in umfangreichen Lieferungen. Man bekommt gar nicht genug Leute zusammen, um es zu verteilen. Eine, zwei Milliarden.«

Dystal schwieg und starrte durch die hohen Fenster an der anderen Seite des Zimmers. Müde wandte er sich wieder zu Haydon um und sagte: »Denken Sie an die bei größeren Geldbewegungen üblichen Meldungen?«

»Daran und an die Vorgänge innerhalb jeder Bank, die Millionen an Bargeld annimmt. Gehen wir einmal davon aus, daß der Einzahler nachgewiesen hat, daß das Geld nicht aus Drogengeschäften stammt. Fünfzig Millionen, fünfhundert Millionen, neunhundert Millionen. Es übersteigt jede Vorstellung. Was haben Portillos Leute den Bankiers erzählt? Welche Banken wurden angesprochen? Meinen Sie nicht, daß sie offenlegen mußten, woher das Geld kam? Wie lauteten die entsprechenden Erklärungen? Meinen Sie, daß eine Bank angesichts all der Unruhe, die während der vergangenen Jahre durch die Geldwaschpraktiken der Drogenkartelle ausgelöst wurde, eine solche Menge Bargeld annimmt, ohne die amtlichen Stellen zu informieren? Was haben die Mexikaner diesen Stellen erzählt? – ›Es handelt sich nur um Mr. Portillos Notgroschen aus dem mexikanischen Nationalvermögen‹?«

»Was meint Garner denn dazu?«

»Ich habe mir das erst so richtig durch den Kopf gehen lassen, nachdem ich mich von ihm verabschiedet hatte.«

Das Telefon klingelte. Haydon erhob sich und ging zu dem kleinen Rosenholzschränkchen, auf dem es stand, und meldete sich.

»Es ist für Sie, Bob.«

Dystal kam ächzend auf die Füße und schlurfte durch den Raum.

»Hier ist Dystal.« Er hatte sein gesamtes Körpergewicht auf einen Fuß verlagert. Ein Hosenbein war an der oberen Kante des Stiefelschafts hängengeblieben. Er lauschte, murmelte eine Antwort, dann eine knappe Frage.

»Okay«, sagte er. »Geben Sie mir Bescheid, sobald Sie wieder etwas herausgebracht haben. Das wäre nett.«

Dystal gab das Gehörte gleich an Haydon weiter. »Waite arbeitete bei der Hafenbehörde. Die Tote war seine Frau, Ruby. Der andere Mann hieß Don Farrell. Ein Nachbar hat ausgesagt, daß Farrell auch eine Ehefrau namens Cissy hatte. Sie versuchen gerade, sie zu finden.«

Dystal ging zu den Fenstern. Er hatte eine Hand in der Hosentasche vergraben und klimperte mit dem Kleingeld. Er wandte Haydon den Rücken zu und ließ die Schultern in seinem Jackett herunterhängen, das ohnehin nicht besonders gut saß. Als er sich schließlich umdrehte, waren seine Augen trübe vom Schlafmangel.

»Na schön, Stu. Was wollen Sie tun?«

Haydon hatte darauf gewartet.

»Ich spare uns beiden eine Menge Zeit, Bob. Ich möchte nicht eingeengt von amtlichen Vorschriften arbeiten. Jedenfalls nicht in dieser Sache.«

»Nun, eigentlich hatte ich mit so etwas gerechnet. Ich sage es Ihnen ganz ehrlich, Stu, ich bin mit der Absicht hergekommen,

Ihnen den Hahn abzudrehen. Diese Angelegenheit ist so abwegig, so fern aller Vorschriften, daß sie mein Gewissen belastet und mir völlig gegen den Strich geht.« Er schaute mit einem entschuldigenden Blick unter seinen buschigen Augenbrauen hervor. »Und mein Strich wird von Jahr zu Jahr ausgeprägter und widerspenstiger. Ich gebe nicht gern zu, daß man sehr viel mehr leisten könnte, wenn man sich nicht allzu streng an die Regeln und Vorschriften hält. Je älter ich werde, desto mehr liebe ich diese Regeln, Stu. Mein Gott, es kann doch keine anständige Gesellschaft ohne anständige Regeln geben und ohne anständige Menschen, die wissen, wofür diese Regeln gut sind.«

Dieser letzte Satz wurde mit einiger Hitzigkeit ausgesprochen, und Dystal verstummte abrupt.

»Mir gefällt ganz und gar nicht, was Sie tun, Stu«, fuhr er fort. »Wenn wir uns in einer Abstimmungssituation befänden, würde ich gegen Sie stimmen.« Er zog die Hand aus der Tasche und wischte sich damit über den Mund. Haydon hörte das scharrende Geräusch der Bartstoppeln unter der Handfläche. »Trotzdem bleibt die Tatsache, daß wir ganz schön dumm aussehen würden, wenn Sie nicht gehandelt hätten. Das weiß ich sehr wohl.«

Dystal verzog das Gesicht, als hätte er Mühe, die richtigen Worte zu finden. »Halten Sie in Zukunft keine Informationen mehr vor mir zurück.« Er runzelte die Stirn, und seine Stimme klang hart. »Tun Sie das nie wieder. Das geht zu weit.« Sein Blick ließ Haydon nicht los, und er versuchte ganz offen, auf diese Art und Weise Haydons Glaubwürdigkeit einzuschätzen. Dystal hob seine schwere, massige Hand und richtete einen Zeigefinger auf Haydon. »Geben Sie Nina zu jeder Zeit Bescheid, wo Sie sich gerade aufhalten. Ich möchte Sie stets schnellstens erreichen können.« Er ließ die Hand sinken. »Und bei Gott, Stu, seien Sie vorsichtig!«

Haydon war barfuß und ohne Hemd. Er trug nur seine weißen *calzones,* als er die Terrasse überquerte, die Stufen hinunterstieg und zum Badehaus ging. Er hatte ein paar Scheiben Räucherschinken bei sich, die von den Sandwiches übriggeblieben waren, die er und Nina und Celia verzehrt hatten, nachdem Dystal nach Hause gefahren war. Und er hatte auch eine Flasche Macon Chardonnay in der Hand. Er zerbrach sich nicht mehr den Kopf darüber, was für Cinco gut oder schlecht war. Er dachte nur daran, was der alte Collie am liebsten mochte.

Der Deckenventilator hinter der Gitterwand stand niemals still, ob bei Tag oder bei Nacht, und rührte ständig die Luft um, heiß oder kalt, schwer oder leicht. Haydon wartete einen Moment, um seinen Augen Gelegenheit zu geben, sich an das Dunkel hinter der Gitterwand zu gewöhnen. Während er mit nackten Füßen auf den kühlen Steinen stand, konnte er das schwache, rhythmische Rauschen des Ventilators hören und dazwischen gelegentlich den unregelmäßigen Atem von Cinco. Schließlich erkannte er die helleren Umrisse des alten Hundes auf dem Steinboden, ging zu ihm hin und kniete nieder.

Zu seiner Überraschung hatte Cinco die Augen geöffnet und beobachtete ihn. Haydon legte den Schinken auf den Boden, und der Schweif des Hundes wischte über die Steine. Mit Haydons Hilfe richtete er sich auf und fraß einige Stücke von dem Schinken, während Haydon ihn hinter den Ohren kraulte. Nach ein, zwei Minuten griff Haydon nach Cincos Schüssel und füllte sie etwa zu einem Viertel mit Weißwein, Cinco ließ von dem Schinken ab und betrachtete die Schüssel, bewegte sich in ihre Richtung. Haydon schob sie ihm entgegen. Der alte Hund begann zu saufen und ignorierte den Schinken völlig. Haydon grinste. Eine lebenslange Gewohnheit. Er erinnerte sich an den Nachmittag, an dem der wilde kleine Welpe, der auf der Terrasse um seinen Sessel herumtobte, zum ersten Mal Wein gesoffen hatte. Der Hund hatte jeden Tropfen aufgeleckt, und Haydon hatte gelacht und ihm noch mehr eingeschüttet. Dann war Cinco davongewankt und hatte sich in den nächsten Schatten neben dem Haus gelegt. Er war sofort eingeschlafen, mit der Nase auf dem Schaft eines Gummistiefels, den Pablo auf der Terrasse liegengelassen hatte.

Während Cinco neben ihm schlabberte, trank Haydon aus der Flasche.

»Stuart.« Ninas Stimme klang leise.

»Hier bin ich«, antwortete er.

Sie stand an der Wand, so wie er es vorher getan hatte, und wartete, bis ihre Augen etwas erkennen konnten. Der Mond schien durch ihr Nachthemd hindurch, und er sah, daß sie darunter nackt war und das Hemd sie wie eine seidige milchige Aura umhüllte.

»Ich höre Cinco trinken«, bemerkte sie.

»Das ist ihm lieber als der Schinken.«

»Hat er Wasser? Von dem Schinken wird er heftigen Durst bekommen, wenn er ihn doch noch fressen sollte.«

»Ja.«

»Jetzt sehe ich dich.« Sie kam langsam zu ihm und streckte eine Hand aus. Sie berührte seine Schulter, während sie neben ihm in die Knie ging.

»Hast du nachgeprüft, ob die Alarmanlage eingeschaltet ist?«

»Sie ist.«

»Ich hätte etwas dagegen, wenn sie sich aus dem Staub machen würde.«

»Warum sollte sie?«

»Keine Ahnung. Möchtest du einen Schluck?«

Sie nahm ihm die Flasche aus der Hand und trank ein wenig, dann gab sie sie ihm zurück. Sie saßen dicht nebeneinander.

»Sie scheint sehr nett zu sein«, stellte Nina fest.

Sofort erschien vor Haydons geistigem Auge ein Bild von ihr, nackt und auf dem Sofa mit Valverde. Bemüht, alles zu tun, was Valverde sich wünschte.

»Es fällt einem schwer, sich vorzustellen, daß sie in diese Affäre verwickelt ist. In ein Attentat.«

»Sie hat mit dem Attentat nichts zu tun.«

»Schön, aber sie weiß davon. Sie schien nicht einmal zu begreifen, wie gefährlich ihre Position war.«

Haydon dachte wieder an ihre Position auf dem Sofa. »Sie wußte, was sie tat«, sagte er.

»Aber sie scheint völlig durcheinander zu sein. Ihr Bruder ist ums Leben gekommen. Sie hat eine Menge durchgemacht. Sie scheint nicht gerade perfekt darauf vorbereitet zu sein, alles zu bewältigen.«

»Das ist sie wahrscheinlich nicht«, sagte Haydon. »Derartige Dinge erlebe ich sehr oft. Menschen – und es werden ständig mehr – finden es reizvoll, gewisse Grenzen zu überschreiten. Sie betrachten es als Leben am Abgrund. Sie glauben, daß sie um etwas betrogen werden, wenn ihr Leben langweilig wird. Sie glauben, daß sie sich mehr als das schuldig sind. Wenn am Ende alles zusammenbricht und sie zu verschlingen droht, sind sie fassungslos. Sie können einfach nicht glauben, daß so etwas ihnen passiert. Ihre Glückssträhne hätte doch eigentlich niemals aufhören dürfen.«

Nina streckte die Hand aus, nahm die Flasche an sich, trank und gab sie zurück. Sie hakte sich mit dem rechten Arm bei ihm ein.

»Irgendwie kann ich mir nicht vorstellen, daß sie nur wegen der Aufregung mitgemacht hat«, sagte Nina. »Anfangs vielleicht, aber ich glaube, daß sich das bei ihr im Laufe der Zeit geändert hat.«

»Schon möglich, daß du recht hast«, sagte er. Und er wurde sich zunehmend sicher, daß es so war. Trotz der Tatsache, daß er in seiner Beurteilung ihrer Person eher zum Zynismus neigte, mußte er zugeben, daß Celia Moreno Situationen hatte durchstehen müssen, in denen auch ein Profi schwach geworden wäre. Und sie setzte sich damit auseinander, ertrug es, ohne total zusammenzubrechen. Sie hatte tatsächlich fest daran geglaubt, innerhalb des richtigen Systems tätig zu sein. Es war kein gedankenloser Spaß gewesen. Er hatte kein Recht, ihre Motive mit einer herablassenden Geste abzutun.

Sie schwiegen, und Cinco schleckte den Wein auf und stieß

dabei die Schüssel vor sich her. Haydon schob sie zurück und schüttete noch etwas Wein hinein. Cinco trank nicht sofort weiter, sondern hockte still da und blinzelte schläfrig. Dann, nach einigen Sekunden, trank er weiter.

»Findest du sie attraktiv?«

Haydon war überrascht. »Sehr sogar«, gab er zu.

»Nun, das ist ehrlich«, sagte Nina, und ihre Stimme klang ausdruckslos. »Es tut mir leid, daß ich dich danach gefragt habe.«

Haydon grinste und gab ihr einen liebevollen Rippenstoß. »Du wolltest doch wohl nicht, daß ich lüge, oder?« Er sah sie an und konnte ihr Lächeln erkennen.

Nach einer Weile fragte sie: »Was ist mit Bob? Was läuft dort?«

»Wir haben es so gelassen wie bisher.« Er wußte, daß sie darüber enttäuscht war.

»Aber was ist denn nun mit ihr? Sollte sie nicht offiziell in Schutzhaft genommen werden?«

»Ich vermute, dort befindet sie sich bereits.«

»Was meinst du?«

»Ich weiß nicht, wie Bob in der Angelegenheit verfährt, aber ich denke, daß er irgend etwas getrickst hat. Vielleicht hat er mich offiziell dienstbereit gemeldet, ohne mich zu informieren. Auf diese Weise kann er seinen Vorgesetzten erklären, daß er mir im Zusammenhang mit diesem Fall einen ganz speziellen Auftrag erteilt hat. Ich habe keine Ahnung, aber ich vermute, daß er und Captain Mercer irgend etwas in dieser Richtung ausgetüftelt haben. Was immer es ist, du kannst dich darauf verlassen, daß er die möglichen Risiken einkalkuliert hat.«

»Mir kommen sie aber wie ziemlich große Risiken vor.«

»Der Druck, der sowohl von der Verwaltung als auch von den Politikern wegen dieses Falls auf ihn ausgeübt wird, ist weitaus größer als jeder Tadel, den er bekommen könnte, weil er mich auf diese Weise weiterarbeiten läßt. Er steht praktisch mit dem Rücken zur Wand. Und daß das FBI ihm im Nacken sitzt, macht die Sache auch nicht einfacher.«

»Genau dieser Teil der Angelegenheit macht mir große Sorgen«, sagte Nina, als hätte sie nur darauf gewartet, daß er endlich darauf zu sprechen kam.

»Was?«

»Das, was Celia über ihre Berichte erzählt. Ich weiß nicht, wo geschwindelt wird, ob jemand sie belogen hat oder ob sie uns etwas vormacht.«

»Und in beiden Fällen ergibt sich automatisch die Frage, warum?«

Cinco hatte sich wieder ausgestreckt und war eingeschlafen.

»Ich weiß nicht, wie lange er es noch macht«, meinte Haydon und betrachtete den alten Collie. »Ich frage mich, ob seine Tage und Nächte ineinander übergehen, und ob ihn überhaupt noch etwas interessiert.«

»Schläft er?«

»Ich weiß es nicht. Es scheint so.«

Nina nahm wieder die Weinflasche und hob sie hoch, um zu trinken. Sie ließen die Flasche zwischen sich hin- und hergehen. Haydon genoß die Situation. Er war Nina dankbar, daß sie ausgerechnet jetzt zu ihm gekommen war. Er wußte nicht, wie lange sie dort gesessen hatten, aber es war lange genug für seinen Geist, um sich an Orten aufzuhalten, an denen er sein wollte, und an anderen, die er lieber gemieden hätte. Er verdrängte des öfteren Eindrücke von Mooney, die nun viel zu häufig in seiner Einbildung auftauchten, wie einzelne, unterbrochene Bildsequenzen, die in einen Film geschnitten waren, in den sie nicht gehörten. Mooney konnte zu jeder Zeit erscheinen – oder eher Mooneys Leiche, blutend –, während Haydon in einer Zeitung las oder sich rasierte oder vor einer auf Rot geschalteten Ampel stehenblieb. Er fragte sich, ob er nicht im Begriff war, den Verstand zu verlieren.

Der Mond war weitergewandert.

Nina hatte gerade die Flasche, trank, dann setzte sie sie ab und reichte sie ihm.

»Du kannst den Rest haben«, sagte sie und berührte mit einem Finger ihre Unterlippe dort, wo sie ein wenig verschüttet hatte. »Ich habe dich immer für einen sehr zurückhaltenden Menschen gehalten«, fuhr sie fort. »Ich dachte, du verschließt dich, und es fällt dir schwer, dich jemand anderem ganz zu geben. Aber ich glaube, daß ich mich geirrt habe. In gewissem Sinne gibst du dich tatsächlich weg. Ich meine, wenn du arbeitest. Du verläßt deine Hülle und versuchst in den Geist eines anderen einzudringen, versuchst so zu werden wie der jeweilige Mensch, mit dem du es zu tun hast, damit du über ihn etwas erfährst, was er vor dir verbergen möchte. Das Traurige ist – zumindest ich empfinde es als traurig –, daß du dich an Menschen verschwendest, die dich gar nicht haben wollen. Es sind allesamt flüchtige Geister, Menchen, die sich auf einer emotionalen Flucht befinden. Du versuchst ständig an Leute heranzukommen, die dich unermüdlich wegstoßen. Du scheinst aus irgendeinem Grund von solchen Erscheinungen und Situationen angezogen zu werden.« Sie hielt inne. »Aber ich habe es bisher noch nie so gesehen.«

Haydon betrachtete ihre Silhouette. »Was hat dich dazu gebracht, darüber nachzudenken?«

Sie antwortete nicht darauf.

»Komm«, sagte er. Er erhob sich, dann zog er sie hoch, und sie verließen Hand in Hand das Badehaus, schlenderten über den Weg und betraten den im Mondschein friedlich daliegenden Rasen. Dort war es wärmer als unter dem Ventilator des Badehauses. Der Mond schien so hell, daß er unter den Bäumen Schatten erzeugte, und er war so groß, daß man ihn unmöglich übersehen oder vergessen konnte. Sie gingen an den Linden vorbei, deren schwerer Duft in den Schatten hing und die Luft erfüllte. Dann verließen sie die Baumgruppe und spazierten über einen ansteigenden Rasenhang zu einer üppig wuchernden Flamboyana, deren Äste ein Dach bildeten. Das Laub schien das Mondlicht regelrecht zu zersplittern.

Sie blieben auf den Lichtsplittern stehen, und Haydon schob den dünnen Seidenstoff von Ninas Schultern und ließ ihn ins Gras rieseln. Sie legten sich nieder, und er berührte sie, streichelte sie und war dankbar, daß sie so war, wie sie war.

39

Daniel Ferretis lümmelte sich im Fahrersitz des alten Volvo, so daß nur seine Augen oberhalb der Türkante zu sehen waren und durch das heruntergedrehte Fenster zu der fahl erleuchteten Parkgarage hinüberblickten. Er schwitzte heftig, auch vor Angst, und seine schwere Brille rutschte ständig auf seiner kleinen Nase nach unten. Es half nicht viel, sie einfach mit einer vielerprobten Bewegung seines Mittelfingers wieder hochzuschieben, denn die Nasenpolster waren mittlerweile so fettig, daß sie gleich wieder hinunterglitt. Er mußte die Brille abnehmen und sie mit einem Zipfel seiner *guayabera* trockenreiben. Der Zipfel war das einzige Stück, das noch trocken war. Der Rest war schweißdurchtränkt und klebte an seinem weißen, schlaffen Fleisch. Aber er beklagte sich nicht. In Anbetracht der Ereignisse des Nachmittags, die dazu geführt hatten, daß er sich an dieser Stelle befand, konnte er von Glück reden, daß er überhaupt noch schwitzen konnte.

Aufgrund eines unglücklichen Zufalls mußte er im zweiten Semester der Sommerschule einen Kurs abhalten. Es war ein vorgeschriebener Fortgeschrittenenkurs, und kein Mensch, der daran teilnahm, interessierte sich für das Thema. Als hätten sie es mit einer besonders unangenehm schmeckenden Medizin zu tun, hatten seine Studenten den Wunsch, diesen Kurs so schnell wie möglich hinter sich zu bringen. Das galt auch für ihn; er hatte ganz andere Dinge im Sinn. Um das Ganze noch lästiger zu machen, handelte es sich um einen Nachmittagskurs. Eine ganz ungünstige Tageszeit für ihn, vor allem bei der herrschenden Sommerhitze. So trafen sie eine Übereinkunft, und er kam jedesmal in den Übungsraum und verteilte mehrere Bögen, auf denen der Lehrstoff zusammengefaßt war. Die Studenten konnten sich so bis zum Test am Wochenende alles Wichtige einprägen. Ferretis bot sich an, Fragen zu beantworten, aber bis jetzt hatte noch nie ein Student etwas wissen wollen, deshalb entließ er die Klasse immer sofort.

So war es bis heute gewesen. Ihm war das Mädchen schon am

ersten Tag aufgefallen, nicht, weil sie besonders eindrucksvoll, sondern gerade, weil sie so unscheinbar war. Sie hatte keine großen runden Brüste. Sie hatte keinen zierlichen strammen Hintern. Sie hatte kein blondes Haar, kein schwarzes Haar, auch kein braunes Haar, sondern schlaffes, glanzloses Strohhaar, das die Farbe vergilbten Zeitungspapiers hatte. Kurz gesagt, sie war keine Kandidatin für eine in privatem Gespräch zu verhandelnde Notenaufbesserung. Heute, als er gefragt hatte, ob es noch irgendwelche Unklarheiten gebe, hatte sie zaghaft, aber entschlossen die magere Hand gehoben.

Er brauchte zwanzig Minuten, um ihr zu antworten. Nicht, weil er geschwätzig war, sondern weil sie weitere Fragen stellte, und dann eine weitere und noch eine. Er reagierte mit erzwungener Geduld – sie könnte ja tatsächlich eine Spionin der Verwaltung sein – und lieferte ihr was fürs Geld, was die kleine Schlampe auch frech beanspruchte. Während er gewöhnlich schon fünfzehn Minuten nach Entlassen seines Kurses wieder in sein Büro zurückkehren konnte, schaffte er es an diesem Tag ganze dreißig Minuten später und gerade rechtzeitig, um zwei Männer vor seiner Bürotür stehen zu sehen. Einer bückte sich zum Schloß und stocherte darin herum, und der andere hielt Wache, obgleich dieser Mann in dem Sekundenbruchteil, den Ferretis brauchte, um zu sehen, zu begreifen und blitzschnell zurückzuweichen, gerade in entgegengesetzter Richtung den Gang hinunterblickte.

Ferretis rannte die Treppe hinunter, dann über den Hof, der Erby Hall von einem anderen Gebäude trennte, und lief in den ersten Stock, wo er sich einen leeren Unterrichtsraum auf der Südseite suchte. Als er einen gefunden hatte, schloß er die Tür hinter sich ab und begab sich an die Fenster und beobachtete die beiden Eingänge der Erby Hall. Sein Herz hämmerte wild, und von dem schnellen Laufen hatte er Seitenstechen. Er strich sich über seinen Bauch.

Die beiden Männer hielten sich eine halbe Stunde in dem Gebäude auf, aber es kam ihm vor wie der Rest des Nachmittags. Es war lange genug für ihn, um sich darüber klarzuwerden, daß diese beiden Männer sehr gut in eine ganze Reihe von Szenarios hineinpaßten, von denen jedes für sich den Anfang von seinem Ende markierte. Er war kein besonders aufregender Mann, aber das hieß nicht, daß er unfähig war, sich aufzuregen. Nun jedoch war er völlig verblüfft. Sie wußten über ihn Bescheid. Er hatte niemals ernsthaft in Erwägung gezogen, daß man ihn mit den bisherigen Ereignissen in Verbindung bringen könnte. Er hatte alles so sorgfältig geplant. So klug. Sie? Er wußte nicht, wer sie waren. Dennoch überraschte es ihn, daß überhaupt jemand Verdacht geschöpft hatte. Aber es konnte gar keine andere Erklärung geben. Warum sonst sollte jemand in sein Büro einbrechen wollen?

Als die Männer am östlichen Ende des Gebäudes auftauchten, zuckte er zusammen. Er konnte sie nun etwas genauer erkennen und lief dann zur Tür. Er jagte die Treppe hinunter und auf den großen Vorplatz, auf dem glücklicherweise reger Betrieb herrschte. Er entdeckte sie sofort und folgte ihnen im Abstand von rund fünfzig Metern durch das Gedränge der Studenten und Studentinnen. Als sie einen der Parkplätze betraten, nahm er eine Abkürzung zur Ausfahrt und war rechtzeitig dort, um sie durch die Fenster der umstehenden Automobile beobachten zu können. Er merkte sich die Zulassungsnummer.

Ein kurzes Telefonat von einem Münzfernsprecher im Gebäude der studentischen Selbstverwaltung mit der zentralen Fahrzeugregistrierung des Staats lieferte ihm die Information, daß der Wagen auf einen Mr. Ramón Sosa Real angemeldet war.

Er ging nicht in sein Büro zurück. Während der nächsten Viertelstunde tat er überhaupt nichts und versuchte nur, sich zu beruhigen und zu einem Entschluß zu gelangen, was er als nächstes tun sollte. Wenn Negrete wußte, wo sich sein Büro befand, würde er auch so gut wie alles andere wissen. Wo er wohnte, zum Beispiel. Welchen Wagen er fuhr.

Dieses letzte Problem löste er, indem er einen weiteren Vierteldollar in den Münzfernsprecher einwarf und Lucinda Breman anrief, eine schlanke, langbeinige Professorenkollegin, deren Büro sich am selben Gang befand wie sein eigenes. Er erzählte ihr, daß sein Wagen in die Werkstatt gebracht werden müßte und daß er deshalb zwei Tage ohne einen fahrbaren Untersatz sei. Ob er sich ihren zweiten Wagen kurz ausborgen könne? Lucindas Ehemann, Cliff, war vor kurzem mit einer anderen Frau durchgebrannt und hatte Lucinda mit leeren Konten, einem Apartment, das sie sich von ihrem Gehalt nicht leisten konnte, und seinem 1968er Volvo mit defekter Klimaanlage zurückgelassen.

Sie ging zu einer Tankstelle einen Block vom Campus entfernt, holte ihn ab und nahm ihn mit in ihre Wohnung. Während der Fahrt hatte sie angefangen, sich über ihre Situation auszulassen, und als sie am Ziel waren und er mit ihr nach oben ging, war sie in Tränen aufgelöst und verblüffte ihn, indem sie sich plötzlich und ohne Einleitung auszog und ihn anflehte, mit ihr zu schlafen. Er kam sich vor, als würde all das jemand anderem passieren. Es war eine seltsame Erfahrung, mit einer schluchzenden Frau zu schlafen, die es dennoch schaffte, sich zu einem ansehnlichen Rausch hitziger Leidenschaft hochzupeitschen, die er bei ihr noch nicht einmal unter den idealsten Bedingungen erwartet hätte. Anschließend bewies sie eine völlig andere Art von Leidenschaft, indem sie ihn anschrie, zu verschwinden, dabei nackt auf ihrem Bett stand, ihm seine Kleider entgegenschleuderte, dann zu einem Schrank stolperte und ihn auch mit Cliffs Sachen bewarf. Er zog sich im Wohnzimmer an, band seine Schuhe zu, während er ihrem Weinen und Jammern im Schlafzimmer lauschte. Dann nahm er die Wagenschlüssel vom Eßtisch und verließ die Wohnung.

Der Tank des Volvo war natürlich leer. Er tankte und rief von einem Münzfernsprecher aus zu Hause an. Er erklärte Melva, daß er wohl etwas später kommen würde, weil er noch an einer Lehrerkonferenz teilnehmen mußte. Es war eigentlich egal, was er sagte. Er belog sie sowieso schon so lange, und sie nahm ihm alles ab.

Als nächstes versuchte er mit Blas Medrano Kontakt aufzunehmen. Cordero hatte sich aus dem Staub gemacht; es waren also nur noch er selbst, Blas und Rubio übrig. Er hatte keine Ahnung, wo Blas sich aufhielt, deshalb war der tote Briefkasten ihr einziges Kommunikationsmittel. Er mußte in Erfahrung bringen, ob Blas etwas über diese jüngste Entwicklung wußte. Nun konnte er erkennen, daß es ein Fehler gewesen war, anzunehmen, daß Haydons Wissen um die Existenz von Rubio Arizpe nicht wichtig gewesen war – er hätte Blas Mitteilung davon machen müssen. Nun hatte er doppelt Grund, den toten Briefkasten zu benutzen. Irgendwo gab es eine undichte Stelle. Er mußte wissen, ob Blas etwas passiert war.

Sie hatten eines der Parkhäuser in einer stillen Straße in der Gegend nördlich vom Hermann Park ausgesucht. An der nordöstlichen Ecke des Hauses befand sich ein parkähnliches Gelände, auf dem eine Gruppe kleiner Palmen stand, neben denen sich ein Betonpfosten befand – eine sechseckige Stele, die aus den vierziger Jahren stammte und ein Straßenschild trug. Wenn sich in dem toten Briefkasten eine Nachricht befand, so wurde ein kleines, zu einem Dreieck gefaltetes Papier hinter das höhere der beiden Stahlbänder, die die Säule umgaben, geschoben. Die Nachricht selbst war im ersten Stock der Garage zu finden, eingeklemmt zwischen der Betonsäule und der Wand von Abstellplatz Nummer 28.

Ferretis fuhr zu dem vereinbarten toten Briefkasten und umrundete den Block. Er sah nichts an der Betonsäule, selbst als er den Block ein zweites Mal umrundete und den Boden absuchte, für den Fall, daß das Papierdreieck durch einen unglücklichen Zufall heruntergefallen war. Aber dort war nichts. Okay. Danach fuhr er zum Hermann Park und stoppte den Volvo im Schatten eines Catalpa-Baums. Er fand auf dem Rücksitz einen Stenoblock und riß ein Stück Papier heraus. Während er nach dem Filzstift griff, den er immer bei sich hatte, wurde ihm schlagartig bewußt, daß er die Nachricht nicht verschlüsseln konnte. Der Schlüssel war in seiner Garage zu Hause versteckt. Und es war verdammt noch mal zu riskant, dorthin zu fahren! Er zögerte. Scheiße! Nun, es war nicht zu ändern. Er hatte keine Zeit mehr. Himmelherrgott! Alles brach allmählich zusammen. Er schrieb die Nachricht an Blas auf.

C ist nach Mexiko geflohen. Die Polizei weiß, daß A beteiligt ist, und sucht nach ihm. Negretes Männer sind in mein Büro eingebrochen und suchen mich. Ich kann nicht nach Hause. Gab es eine undichte Stelle? Ich muß das wissen. Sei vorsichtig. Ich bleibe in der Versenkung, bis ich von dir höre. F.

Der Schweiß von seinen Händen verschmierte die Schrift ein wenig, während er den Zettel zusammenfaltete, aber die Nachricht war dennoch deutlich lesbar. Er war derart schweißnaß, daß er einen säuerlichen Geruch wahrzunehmen begann. Es war nicht sein typischer Körpergeruch, sondern es war der Geruch von feuchter Wolle.

Er löste ruckartig den Blick von dem Zettel. Mein Gott, dachte er plötzlich. Was für ein lächerlicher Gedanke. Wolle war in Houston etwas völlig Fremdes, besonders im Juli. Was, zum Teufel, war mit ihm los? Fing es etwa auf diese Weise an, daß Wirklichkeit und Halluzination nahtlos ineinander übergingen und er zwischen beiden hin- und hersprang? Verlor er etwa die Kontrolle? Konnte er sich noch auf sich selbst verlassen? Himmel noch mal! Er sollte jetzt nicht solche Überlegungen anstellen, das durfte er nicht zulassen!

Er überlegte, ob es noch irgend etwas gab, was er der Nachricht hinzufügen mußte, und entschied sich, daß sie ausreichte. Jedes weitere Wort hätte unprofessionell gewirkt. Er riß einen weiteren Zettel aus Cliffs Notizbuch und faltete ihn zu einem Dreieck. Er schloß die Wagentür, die er einen Spaltbreit geöffnet hatte, um die Gerüche hinauszulassen und vielleicht, wie er hoffte, einen Hauch frischer kühler Luft einzufangen, startete den Wagen und fuhr zurück zum Parkhaus. Er umrundete den Block und stoppte an der Grünanlage. Er stieg aus, ließ den Motor des Volvo laufen, während er sich auf die Zehenspitzen stellte und das Papierdreieck hinter das Stahlband klemmte.

Der einzige Nachteil des toten Briefkastens im Parkhaus bestand darin, daß es jedesmal mehr als einen Dollar kostete, eine Nachricht zu hinterlassen oder abzuholen. Er zog das Ticket aus dem Ausgabeschlitz, wartete, bis sich die Schranke hob, und fuhr in den ersten Stock. Ein Wagen parkte auf Stellplatz 28. Ferretis hielt an, ließ den Motor des Volvo laufen und schob die zusammengefaltete Nachricht hinter die Säule. Er vergewisserte sich, daß sie vom Mittelgang aus nicht zu sehen war, und daß sie sich fest und sicher an Ort und Stelle befand und nicht herausrutschen konnte. Als er wieder in seinen Wagen gestiegen war, fuhr er zur obersten Etage und fand einen Stellplatz, von dem aus er die Stadt überblicken konnte. Er hatte sowieso für eine Stunde bezahlt und hatte nichts anderes vor. Tatsächlich war es sogar am besten, wenn er für einige Zeit in Deckung blieb.

Die oberste Etage war fast leer. Er schaute über die Baumwipfel hinweg auf die Hochhäuser der Innenstadt. Er mußte sich alles in Ruhe durch den Kopf gehen lassen. Was, zum Teufel, war eigentlich passiert? Plötzlich schien alles schiefzugehen. Wie schätzte er tatsächlich seine Chancen ein, unbehelligt aus all dem hervorzugehen? Früher, wenn er sich in Gedanken in die Zeit nach dem Attentat versetzte, hatte er sich immer gesehen, wie er am nächsten Morgen die Zeitung aufschlug und die Meldung über den Vorfall las. Von allen Einwohnern der Stadt war er der einzige, der die Wahrheit kannte. Selbstzufrieden konnte er die Untersuchungen verfolgen und dabei jenes erhebende Gefühl wahrer, anonymer Macht empfinden. Er war der Mann hinter den Kulissen. Die einzige Position von Macht und Einfluß.

Aber nun konnte er sich viel eher etwas anderes vorstellen. Ständige Angst. Eine nicht abnehmende Anspannung. Schlaflose Nächte. Unsicherheit. Noch vor sechs Monaten hatte er nicht die geringsten Zweifel daran gehabt, daß er unbehelligt davonkommen würde, aber jetzt, da das ersehnte Ziel erreichbar schien, hatte er Angst, daß er am nächsten Morgen seinen Namen und nicht die Meldung von dem erfolgreichen Attentat in den Zeitungen lesen würde.

Er schämte sich wegen seines plötzlichen Pessimismus und seiner Angst. Es schien, als verwandelte er sich bereits beim ersten Auftauchen einer echten Gefahr in einen Jammerlappen.

Wieviel Zeit blieb ihm nach dem Attentat? Das würde er niemals erfahren. Vielleicht hatte er alles völlig falsch geplant. Vielleicht war er zu naiv gewesen, als er glaubte, er könnte nach diesen Ereignissen so weiterleben wie bisher. Es schien jetzt völlig klar zu sein, daß er eigentlich mit Blas und Rubio zusammen sein sollte. Nur ein Idiot würde zurückbleiben wollen. Es wäre klug, zu verschwinden. Zuschlagen und dann fliehen. War es nicht genau das, was sie beabsichtigten? Natürlich.

Dann dachte er wieder an das Nächstliegende. Wenn er mit Blas Verbindung aufnehmen mußte, warum sollte er dann überhaupt eine Nachricht hinterlassen? Warum wartete er nicht, bis er ihn persönlich traf? Er konnte sich mit Blas unterhalten, wenn er erschien, um die Nachricht abzuholen. Es war doch im Grunde dumm, schriftliche Botschaften zu hinterlegen, wenn er auch mit ihm persönlich reden konnte.

Er schlug die Türen des Volvo zu, startete den Motor und jagte die Ausfahrtrampe hinunter in die erste Etage. Er suchte sich einen Platz mit ungehindertem Blick auf den toten Briefkasten, setzte den Wagen rückwärts hinein – nur für alle Fälle – und schaltete den Motor aus. Er befand sich nun nicht an der Außenseite des Gebäudes, hier herrschte kein Wind mehr, und es war ziemlich dunkel, aber er fühlte sich sicherer. Und noch besser würde es ihm gehen, wenn er mit Blas gesprochen hätte.

40

Cissy Farrell saß mit übereinandergeschlagenen Beinen in der Mitte ihres Bettes in Cappy's Cash Motel und betastete mit zitternden Fingern, zwischen denen eine frisch angezündete Zigarette klemmte, ein Fieberbläschen in ihrem Mundwinkel. Ihre Augen waren verquollen vom Weinen und von zuviel Bier, und ihre gebleichten Haare standen an einer Seite hoch, wo sie mit ihrer verschwitzten Hand einige tausendmal nervös hindurchgefahren war. Sie trug Jeans und eines von Donnys karierten Westernhemden mit Druckknöpfen. Sie hatte den Schwarz-Weiß-Fernseher eingeschaltet, aber den Ton abgedreht. Nachdem sie die letzten Tropfen des lauwarmen Biers geleert hatte, ließ sie die Dose über die Bettkante auf den Fußboden fallen, wo sich bereits eine Menge leerer Dosen angesammelt hatten. Ein Werbespot für ein Jubiläumsalbum mit Country-and-Western-Hits flimmerte in einer Unterbrechung über den Bildschirm, und Cissy hatte für einen kurzen Moment das Gefühl, als müßte sie sich übergeben. Sie wartete ab, und als sich ihr Magen beruhigt zu haben schien, wandte sie ihre Aufmerksamkeit wieder dem Fieberbläschen zu, dann brach sie erneut in Tränen aus.

Sie ließ sich auf dem Bett nach hinten fallen, streckte ihre Beine und ließ sie über die Kante hängen, während ihre Arme seitlich herunterfielen und Zigarettenasche verstreuten. Verängstigt und stockbesoffen von dem Bier, das sie mit Donnys Lieferwagen besorgt hatte. Dabei hatte sie die beiden Autos vor Tuckys und Rubys Haus stehen sehen. Sie wußte nicht, was sie mißtrauisch gemacht hatte, vielleicht, daß es gleich zwei waren, aber sie hatte angehalten, sie beobachtet und nur ein seltsames Gefühl empfunden. Also fuhr sie weg. Sie hatte keine Ahnung, was sie tun sollte, aber sie wollte sich die Wagen noch einmal ansehen, um ganz sicherzugehen. Sie fuhr zurück und blickte über die Sandflächen und verdorrten Wiesen zu Tuckys und Rubys Haus. Die beiden Wagen standen noch immer dort, deshalb fuhr sie weiter.

Sie hielt vor einem indianischen Alternativladen und überlegte, ob es gut oder schlecht war, wenn sie anrief, entschied jedoch sehr bald, daß sie einfach Bescheid wissen mußte. Sie wählte die Nummer. Niemand meldete sich. Sie ließ es neunmal klingeln, bis sie einhängte. Allmählich bekam sie Angst. Aber sie hatte keine Ahnung, ob es die Polizei war oder die Mexikaner, und sie wußte auch nicht, was sie tun sollte, denn sie hatte nicht mit so etwas gerechnet, als sie losgefahren war, um Bier zu holen.

Sie fuhr zurück und passierte die Stang Street ziemlich zügig. Die beiden Wagen standen noch immer dort. Während der nächsten zwei Stunden hatte sie dieses Manöver mindestens ein dutzendmal wiederholt. Sie fuhr zu ihrem und Donnys Haus in

Pasadena, aber hielt dort nicht an, obgleich sie keine fremden Wagen in der Umgebung entdecken konnte. Vielleicht wurde das Gebäude beobachtet, oder jemand wartete im Haus. Sie hatte wenig Lust, verhaftet oder vergewaltigt zu werden, je nachdem, was ihr drohen mochte.

Nach einer Weile mußte sie an einer Tankstelle anhalten und Sprit nachtanken, denn der gottverdammte Lieferwagen schaffte nur zehn Meilen pro Gallone, so wie Donny ihn repariert hatte. Sie bezahlte das Benzin und kaufte noch drei Tüten Chips. Sie öffnete den Verschluß einer Bierdose und riß eine Tüte auf, dann fuhr sie los, um ein weiteres Mal Tuckys Haus zu beobachten.

Diesmal waren die Wagen verschwunden. Sie bog in die Straße ein und fuhr zum Haus.

Sie wünschte sich, sie wäre weitergefahren.

Allmächtiger Gott im Himmel!

Oh, verdammter Herrgott!

Sie rannte hinaus, warf die Tür krachend hinter sich zu und übergab sich. Sie hatte solche Angst, daß sie schon an dem Türgriff des Lieferwagens riß, ehe sie fertig war, aber sie bekam die Tür nicht auf, und dann schaffte sie es, sprang hinein und jagte mit qualmenden Reifen los. Sie erbrach sich erneut in ihren Schoß, während sie durch den Verkehr lenkte. Sie war so entsetzt, daß sie erst anfing zu weinen, als sie schon fast in Lyons direkt am East Freeway war. Ihr Schluchzen klang irgendwie seltsam, so wie ein Husten und Röhren. Sie dachte, daß sie nie mehr normal werden würde oder daß sie es nicht schaffte, den Pick-up auf dem Freeway zu halten. Sie fuhr um die gesamte Stadt herum und versuchte, sich zu sammeln und ihren Geist in Gang zu setzen. Sie wußte nicht, was sie tun sollte, und das Fahren an sich half ihr, die Gedanken an den furchtbaren Anblick in dem Haus zu verdrängen.

Sie fuhr immer weiter in dieser Spätnachmittagshitze, bis ihre Jeans völlig durchnäßt war. Sie hatte vielleicht sogar in die Hose gemacht, sie wußte es nicht. Plötzlich dachte sie daran, sich in Cappy's Cash Motel ein Zimmer zu nehmen. Sie tat es und zahlte im voraus. Es war ihr sogar gleichgültig, daß sie dem Typen am Empfang, der sie mit schmierigen Blicken taxierte, den Rücken zuwenden mußte, als sie hinausging, und er ihre nasse Hose sehen mußte. Es machte ihr nichts aus, sie wollte nur schnellstens auf ihr Zimmer, die Tür abschließen, sich hinlegen und trinken, bis sie die Besinnung verlor, denn sie wollte nicht an Tucky und Ruby denken und... Sie nahm das Bier und die Chips mit und schaltete den Fernseher ein. Sie sah sich an, was gerade lief, und nach einer Weile schoben sich die entsetzlichen Bilder wieder in den Vordergrund, ganz gleich, was gerade über den Bildschirm flimmerte. Sie drehte den Ton weg und versuchte, die Texte von den Lippen der Schauspieler abzulesen. Sie konzentrierte sich so sehr darauf, daß ihr Geist sich um nichts anderes mehr kümmern konnte.

Verdammt noch mal, wie viele Stunden und wie viele Dosen Bier war es jetzt her? Die Nacht war Stunde um Stunde verstrichen, und einige Fernsehkanäle brachten Testbilder. Dann schlug sie die Augen auf und starrte auf den quadratischen Lampenschirm an der Decke und auf einen dunklen Punkt genau in der Mitte, der nichts anderes war als ein paar tote Insekten. Nun, die Polizei war es nicht, demnach waren es die Mexikaner, und wenn es die Mexikaner waren, kannten sie auch Donnys Wagen. Sie würden sie finden. Sie verzog das Gesicht, um zu weinen, aber sie konnte nicht einmal mehr das. Ihr Körper zitterte, als würde er von Schluchzen geschüttelt.

Dann schlug sie die Augen auf. Sie mußte an das Gewehr denken, das hinter der Sitzbank des Lieferwagens versteckt war. Schlaff wie ein Putzlappen warf sie sich herum und fiel mit dem Gesicht zuerst auf den Fußboden. Sie roch den schmutzigen Bettvorleger und spürte, wie die Innenseite ihrer Oberlippe darüberrutschte. Sie glaubte, sich dabei auch auf die Zunge gebissen zu haben. Sie zog die Arme an und stützte sich auf, dann stemmte sie ihren Oberkörper in die Höhe und entdeckte die Wagenschlüssel neben dem Telefon auf dem kleinen Tischchen am Bett. Während sie sie betrachtete, schmeckte sie Blut und spürte den stechenden Schmerz am seitlichen Rand ihrer Zunge.

Ihre Arme gaben nach, und sie prallte wieder auf den Fußboden, aber sie spürte nichts, denn der Teppich kam ihr so weich vor wie ein Bett.

Wenn sie Glück hatte, würde sie das Bewußtsein verlieren oder einschlafen, und dann konnten sie sie ruhig holen, denn ohne Donny hatte alles sowieso keinen Sinn. Diese verdammten Bastarde. Sie sah wieder Ruby und Tucky vor sich. Sie waren wie die Figuren in einem Wachsfigurenkabinett, und sie sahen ziemlich echt aus, aber nicht echt genug – denn wer könnte schon tatsächlich so aussehen wie sie? Es war einfach zu schlimm, um es zu begreifen. Und dann sah sie Donny, der überhaupt nicht aussah wie eine Wachsfigur, sondern ganz einfach nur tot. Das erfüllte sie mit Schmerz und Trauer, und sie weinte, während sie ihre Nase auf den Teppich preßte und ihr Mund von dem Geschmack ihres eigenen Blutes, wo sie sich gebissen hatte, erfüllt war. Genauso wie das Gewehr tauchte der Gedanke an ihre Mutter plötzlich in ihrem Kopf auf, und sie wußte es nicht genau, aber sie meinte, sie hätte die Hand erhoben und nach dem Telefon getastet.

41

»Was hältst du davon?« fragte Blas. Sie standen ein ganzes Stück von der Eisenbahnkreuzung entfernt am St. Regis Place, einer kurzen Straße, die parallel neben den Gleisen auf der westlichen Seite verlief. Er hatte die Kreuzung eine Zeitlang betrachten wollen, hatte zusehen wollen, wie die Autos über die Gleise fuhren. Es waren um diese nächtliche Stunde nicht sehr viele.

»Es sieht gut aus«, sagte Rubio. »Aber ich hoffe, daß wir nicht allzu lange warten müssen.«

Blas nickte in der Dunkelheit des Wagens. Er fragte sich, was Rubio wirklich dachte. Er hätte gern gewußt, ob der Indianer, wenn der Augenblick kam, sei es in naher oder ferner Zukunft, eine Vorahnung von seinem nahenden Tod hätte. Falls das

Schicksal diese Operation als den Zeitpunkt des vorbestimmten Endes ausgewählt hatte, war es dann möglich, daß Rubio schon darüber Bescheid wußte? Wie mochten solche Dinge ablaufen?

»Besorgen wir uns irgendwo einen Kaffee, und schauen wir uns noch mal die Stadtpläne an«, schlug Blas vor.

Er startete den Mietwagen, fuhr zur San Felipe, wandte sich nach links und lenkte ihn auf den Parkplatz eines kleinen Schnellimbisses. Der Laden war leer, und sie entschieden sich für eine Nische mit Fenster, durch das man die erleuchteten Wolkenkratzer in Richtung Galleria sehen konnte.

Nachdem die Serviererin ihnen Kaffee gebracht hatte, holten sie vergrößerte Kopien der Karte von River Oaks und der Gegend um Post Oak hervor. Sie zogen jeder die Kappen von besonders dünn schreibenden Filzstiften ab und fingen an, die Straßennamen sowie jeweils einen zweiten zugeordneten Namen durchzugehen. Sie schrieben den zweiten Namen über den ursprünglichen und benannten so jede Straße in direkter Nachbarschaft der Eisenbahnkreuzung um. Blas' Strategie sah vor, daß Rubio schon früh am Morgen beginnen sollte, Gamboas Aktivitäten zu überwachen. Er sollte ihn ständig beobachten, während sich Blas in der Nähe der Kreuzung an der San Felipe aufhalten würde. Sie wollten sich nicht eher per Funk miteinander verständigen, bis Gamboa nicht in die Nähe der Kreuzung vordrang. Falls alles dafür sprach, daß Gamboa die Kreuzung überfahren wollte, würde Rubio ständig seinen jeweiligen Standort mit knappen chiffrierten Koordinaten angeben.

Blas hatte auf diese Weise genügend Zeit, sich eine Position zu suchen und den genauen Moment zu bestimmen, wann sich Gamboas Limousine über der Eisenbahnkreuzung und den fünfundzwanzig Kilo RDX befand.

Nachdem sie sich frischen Kaffee bestellt hatten, probten sie die Standortangaben. Rubio zählte mit seiner schwerfälligen Aussprache die jeweilige Fahrtrichtung in Form der neuen Straßennamen auf und beschrieb so mehrere verschiedene Routen, während Blas den Anweisungen auf seiner eigenen Karte folgte. Nach zahlreichen Übungsläufen studierte jeder noch einige Zeit stumm seinen Stadtplan, bis Blas sich erkundigte: »Irgendwelche Fragen?«

»Nein.«

»In Ordnung«, sagte Blas. Wenn Rubio zufrieden war, dann wußte Blas, daß ihm kein Fehler unterlaufen war. Gamboas Männer würden den Code niemals entschlüsseln. Der Indianer war bisher dank seiner fundierten Kenntnis bei jeder Operation am Leben geblieben. »Fahren wir ins Hotel zurück und versuchen wir, noch etwas Schlaf zu bekommen. Wann willst du einsatzbereit an Ort und Stelle sein?«

Rubio überlegte. »Nicht später als sieben Uhr. Nur um auf Nummer Sicher zu gehen.«

»Gut. Dann melde ich mich um sieben Uhr per Sprechfunk.«

»Bueno.«

Blas erhob sich, verließ das Restaurant und überließ Rubio das Bezahlen. Er überquerte die San Felipe auf seinem Weg zu den Parkplätzen, wo ein anderer Mietwagen abgestellt war. Während er den Wagen aufschloß, wurde ihm bewußt, wie sehr die Anspannung der vergangenen Tage seine Energie aufgezehrt hatte. Er hatte keine Zeit mehr gefunden für sein tägliches Training in einem Fitneßzentrum. Er fühlte sich innerlich klein und geschrumpft, und seine Schultern kamen ihm schmal und verkrampft vor.

Er beugte sich über das Lenkrad und betrachtete diese andere Stadt innerhalb der City: den Komplex von bunten Lichtern, der die Gebäude von Post Oak Central markierte, die durch smaragdgrüne hellerleuchtete Rasenflächen voneinander getrennt waren; die Bürotürme und Hotels, die den Kern der Galleria umgaben und funkelten wie überdimensionale Pyritstäbe; und dahinter, wie ein gigantisches Mutterschiff alles überragend, stand der von innen beleuchtete Transco Tower.

Sie war wunderschön, diese zweite Stadt. Unwirklich und überwältigend. In geographischer Lage und geistiger Haltung so unendlich weit entfernt von den tiefen, ausgedörrten Schluchten der Barranca de Oblatos und des Rio Santiago. So unendlich weit weg von dem grenzenlosen Nachthimmel der Wüste Jaliscos mit ihren sparsameren Lichtern, viel verworrener, viel feiner, aber durch die Fülle der Symbole und Mythen in der Phantasie viel größer gemacht.

Er ließ den Motor des Wagens an. Er dachte nicht über seine Route nach, sondern nahm nur die entsprechenden Kurven und Abzweigungen, um zum Southwest Freeway zu gelangen, auf dem er nach Montrose gelangen konnte. Die Ampel war rot, und er erkannte mit dumpfem Unbehagen die Kreuzung.

Richmond und West Loop.

Er blickte aus dem Fenster und sah, dreißig Meter entfernt im grellen Licht der Unterführung, den Asphalt, wo Teodoro seinen Ruhm begründet und sein Leben beendet hatte. Blas konnte noch immer die Flecken sehen, dunkler als der dunkle Asphalt. Dort hatte der Junge gelernt, mit einem Lächeln auf den Lippen zu leiden, dort hatte er die Befriedigung erlangt, für Gott und Mexiko sterben zu dürfen.

All das, Teodoro, dafür, daß du dich von einem Auto hast überfahren lassen, dachte Blas. Und all das dafür, daß sich dein Blut mit Kühlflüssigkeit vermischt hatte.

Es bedeutete nichts. Vielleicht sogar weniger als nichts.

Als die Ampel auf Grün umsprang, fuhr Blas auf den Freeway und schlug die östliche Richtung ein, dann nahm er die Ausfahrt nach Montrose und fuhr zu den kleineren Straßen nördlich des Hermann Park.

Er erwartete nichts, aber er näherte sich der Kreuzung an der Ecke des Parkhauses mit der üblichen Vorsicht. Er bremste am Betonpfeiler und entdeckte das weiße Papierdreieck. Er hatte plötzlich das Gefühl, als hätte sich jemand in der Dunkelheit der Rückbank erhoben und mit der Spitze eines Messers seinen Nakken berührt. Seine Müdigkeit verflüchtigte sich, die Dumpfheit, die sich in ihm ausgebreitet hatte, als er an sein Bett im La Colombe d'Or dachte, war schlagartig vergessen.

Er zögerte nicht. Ein Beobachter, der die Kreuzung im Auge gehabt hätte, hätte nichts Auffälliges bemerkt, lediglich einen Wagen, der sich näherte, stehenblieb, weiterfuhr und ein paar Blocks weiter im dichter werdenden Verkehr verschwand.

Aber Blas würde nicht den schlimmen Fehler begehen, noch einmal an dieser Stelle vorbeizufahren, auch wenn eine halbe Stunde verstrichen war. Solche Fehler waren anderen schon zum Verhängnis geworden. Wenn ein Mann nicht beim ersten Mal auf seine Augen vertraute, konnte ein neuer Versuch sein Todesurteil bedeuten.

Er würde auch nicht den Fehler machen, mit dem Wagen in die Garage zu fahren. Es war ein geeigneter Ort für einen toten Briefkasten unter weniger schwierigen Bedingungen. Aber jetzt, da der Anschlag schon in wenigen Stunden stattfinden sollte und Negrete ebenso durch die Stadt streifte wie die Polizei, konnte er nicht auf die Sicherheit der äußeren Bedingungen vertrauen. Der Briefkasten war für einen Notfall gedacht, und ein Notfall konnte bedeuten, daß alles plötzlich gefährdet war… sogar der Briefkasten selbst. Allein schon die Tatsache, daß dort eine Botschaft wartete, machte den Ort verdächtig.

Nachdem er den Wagen auf einem der Parkplätze des Park Plaza Medical Centers abgestellt hatte, ging er zum Parkhaus zurück. Die Gehsteige waren alt und von ehrwürdigen Bäumen gesäumt. Er überquerte mehrere Straßen, hielt sich stets auf der Häuserseite des Gehsteigs und im Schatten der Bäume. Nur seine Füße wurden gelegentlich vom weißen Licht erfaßt.

Er blieb neben einer Nandinahecke stehen und schaute zu dem Parkhaus auf der anderen Straßenseite hinüber. Die Einfahrt befand sich auf der anderen Seite und war von seinem Standort aus nicht zu sehen. Er rührte sich nicht. Er schwitzte. Und beobachtete. Das war nicht gut, überhaupt nicht gut. Sie konnten sich in den dunklen Schattenstreifen verstecken, die jede Ebene markierten, im Schatten der Vorgärten, hinter einem dunklen Fenster in einem der alten Häuser. Es gab Augenblicke bei jeder Operation, dachte er wieder, in denen man sich ganz eindeutig in eine ungewisse Gefahr begab und kein Recht hatte, zu erwarten, das zu bekommen, was man sich erhoffte.

Er trat aus den Baumschatten und überquerte die Straße ohne Eile für den Fall, daß er beobachtet wurde. Er wäre nicht überrascht gewesen, hätte er diese schlagartig aufflackernde Gewißheit erfahren, von der er glaubte, daß sie in dem Augenblick auftauchte, in dem eine Kugel den Kopf traf.

Aber es passierte nichts, und er gelangte wieder in den Schatten, als er sich dem Parkhaus näherte. Ohne zu zögern kletterte er über die niedrige Begrenzungsmauer in die Schwärze des Parterres. Er spürte den leichten Anstieg und wußte, daß er sich auf der Auffahrt in die erste Etage befand. Als er die erste Etage erreichte, blieb er stehen, drückte sich flach gegen die Wand und schaute sich um. Viele Wagen standen nicht auf der Parkfläche, und alle hatten die Seitenfenster hochgedreht und waren abgeschlossen. Ein Beobachter würde das nicht tun können, ohne über kurz oder lang zu ersticken.

Der Abstellplatz Nummer 28 befand sich links von ihm um die Ecke. Er ging einige Schritte zur Seite und gelangte zur anderen Seite der Rampenmauer und blickte durch den Mittelgang zum Platz 28. Auch hier standen nicht viele Fahrzeuge. Er überprüfte sie, so gut er konnte, wünschte sich, er hätte jetzt ein Fernglas, und strapazierte seine Augen bei dem Bemühen, etwas zu erkennen, was nicht ins Bild paßte. Und dann gewahrte er es. Er sah nur dunkle Rücklichter… und ein Paar Frontscheinwerfer. Ein Wagen, zwei Plätze vom Briefkasten entfernt und auf der anderen Seite des Mittelgangs, war rückwärts auf den Stellplatz gesetzt worden. Aufgrund der im Winkel angelegten Stellplätze stand der Wagen so, daß seine Frontpartie von ihm wegwies, aber er wußte, daß der Rückspiegel so eingestellt war, daß er einen klaren Überblick über den Mittelgang in seine Richtung lieferte.

Er ging in die Hocke, zog die Heckler aus dem Hosenbund und kroch unter den Frontpartien der geparkten Wagen vorwärts, wobei er sich zwischen den Vorderrädern und der Betonmauer hindurchzwängte. Insgesamt sechs Fahrzeuge standen zwischen ihm und dem Wagen, der ihm aufgefallen war. Nach dem vierten Fahrzeug hielt er inne und beruhigte seinen Atem. Als er seinen Atem wieder unter Kontrolle hatte, erhob er sich vorsichtig, bis er durch die Fenster der beiden letzten Automobile blicken konnte. Der Wagen, dem sein Interesse galt, hatte die Fenster heruntergedreht, und er konnte jemanden hinter dem Lenkrad sitzen sehen.

Er legte sich flach auf den Boden, griff in seine Jackentasche, holte den Schalldämpfer hervor und schraubte ihn auf den Lauf der Heckler. Als er festsaß, legte er die Waffe behutsam auf den Garagenboden und wischte sich sorgfältig den Schweiß von seinen Händen. Dann nahm er die Heckler wieder auf, kroch weiter und verharrte am Heck des Volvo. Er blickte an seiner Flanke entlang und vergewisserte sich, daß der Rückspiegel auf die Auffahrtrampe gerichtet war. Das bedeutete, daß der Fahrer, solange er sich nicht umdrehte, niemanden bemerken würde, der sich auf dieser Seite dem Wagen von hinten näherte. Geduckt arbeitete sich Blas zum vorderen Fenster auf der Beifahrerseite vor und lehnte sich sacht gegen die Tür. Der Mann hinter dem Lenkrad verlagerte sein Gewicht in seinem Sitz, und der Wagen schaukelte knarrend in der Federung.

Blas erhob sich in einer einzigen fließenden Bewegung, riß die Heckler hoch und schob sie durch das Fenster. Der Lauf mit dem Schalldämpfer war nur wenige Zentimeter von Ferretis' entsetztem Gesicht entfernt. Ferretis' Augen hinter den dicken Gläsern vergrößerten sich eulenhaft. Dabei klaffte sein Mund in einem Ausdruck dumpfer Verblüffung auf, als erwarte er schicksalsergeben seinen eigenen *coup de grâce.*

42

Sie erstarrten in Haltung, Geist und Körper. Blas konnte sich nicht dazu durchringen, den Lauf der Heckler zu senken, da er die möglichen Folgen, die sich aus Ferretis' Anwesenheit an diesem Ort ergaben, noch nicht durchdacht hatte. Er hatte Männer gekannt, die durch Freunde und Mitstreiter den Tod gefunden hatten. Das Überleben war ein elementares Bemühen und einzigartig. Es gab dabei keinen Platz für eine andere Person. Ein Überlebender opferte alles und jeden für sich selbst.

Ferretis sah aus, als würde er jeden Augenblick explodieren. Blas glaubte, daß er im Augenblick noch nicht einmal atmete. »Was soll das?« flüsterte Blas.

»Probleme«, war alles, was Ferretis darauf erwidern konnte. Seine Stimme klang, als würde er im nächsten Moment erstikken. Sein Hals bog sich nach hinten und bildete dabei einen bizarren Winkel zum Körper, während er versuchte, sein Gesicht so weit wie möglich vor der Mündung der Heckler zurückzuziehen.

»Sind Sie allein?«

Ferretis nickte.

»Ist jemand hinter Ihnen her?«

Ferretis nickte.

Blas brannte innerlich vor Wut. »Werden Sie verfolgt?« Noch während er die Frage stellte, gaukelte seine Phantasie ihm ganze Heerscharen von Bewachern vor, die sich in den finsteren Winkeln des Parkhauses versteckten.

Ferretis schüttelte den Kopf.

»Sind Sie sicher?«

Ferretis nickte, aber Blas glaubte, ein fast unmerkliches Zögern festgestellt zu haben.

»Wer?«

»Ne... Negrete.«

Ferretis' gepreßte Antwort brachte Blas dazu, seine Heckler sinken zu lassen. Er drehte den Lauf zur Seite, blieb neben dem Fenster hocken und betrachtete das glänzende Gesicht des Professors. Das schwere Brillengestell saß tief auf seiner Nase, und fettige Haarsträhnen klebten auf seiner bleichen Stirn. Blas fixierte ihn und ging seine Möglichkeiten in Gedanken durch.

Er griff mit der linken Hand nach oben, riß die Abdeckung von der Innenbeleuchtung des Volvo herunter, drehte die Glühbirne heraus und ließ sie fallen. Vorsichtig öffnete er die Tür und schlängelte sich neben Ferretis auf den Beifahrersitz. In dem Wagen herrschte ein ekelhafter Gestank.

»Erzählen Sie«, sagte er, wandte sich dem Professor zu und preßte seinen Rücken gegen die Tür. Er hielt immer noch die

Heckler in der Hand, obgleich die Mündung nun auf Ferretis' Füße zielte. Er hörte den Professor schlucken.

»Haben Sie die Nachrichten gehört? Im Radio?« Ferretis wies auf das Autoradio, als wäre diese Geste eine ausreichende Erklärung.

»Nein.«

»Waite ist… tot… zwei andere Leute ebenfalls. Gefoltert. Mein Gott, gefoltert!« Ferretis hatte immer noch Mühe, seine Stimme unter Kontrolle zu halten.

»Das kam in den Nachrichten?«

Ferretis nickte mit starren Augen.

»Was ist passiert?«

»Die Meldung war ziemlich vage. Sie wurden in Waites Haus gefunden – ermordet, hieß es, und gefoltert.«

»Drei Leute?«

»Ja. Waite, ein anderer Mann und eine Frau.«

»Und deshalb sind Sie hergekommen?«

»Nein – das habe ich erst erfahren, als ich schon hier war.« Er deutete wieder auf das Radio.

»Und?«

Ferretis berichtete ihm alles, was geschehen war: Haydons Besuch bei Cordero, Negretes Männer in seinem Büro, seine Entscheidung, am toten Briefkasten auf Blas zu warten. Er redete schnell und verhaspelte sich, als er die Ereignisse aufzählte. Als er schließlich verstummte, starrte er Blas hilfesuchend an und fügte hinzu: »Alles bricht zusammen. Sie sind uns dicht auf den Fersen!«

Blas betrachtete Ferretis eingehend. Der große Taktiker hielt sich nicht besonders gut. Es war eine unverzeihliche Dummheit von ihm gewesen, zum toten Briefkasten zu kommen und zu warten. Es könnte sich als ein tödlicher Fehler erweisen, eine gründliche Fehlentscheidung. Blas musterte Ferretis' teigige Gesichtsfarbe und den wilden Blick seiner Augen hinter der lächerlichen Intellektuellenbrille. Wo war der gnadenlose Theoretiker, der immer so schnell bereit war, Menschenleben für die Sache zu opfern? Wo war der Mann voller Ideen, dessen Überzeugung ihn mit einem inneren Feuer zu erfüllen schien? Nicht hier. Das war nicht Ferretis. Er war keiner der zu allem entschlossenen Erneuerer.

»Also, verdammt noch mal, Medrano. Was, zum Teufel, ist hier im Gange?«

»Reden Sie leise«, mahnte Blas, dessen eigene Stimme völlig ruhig klang. Aber in seinem Innern brannte die Wut. Er mußte sich sehr zurückhalten, um sich nicht auf den Professor zu stürzen und mit der Heckler auf ihn einzuschlagen. Er schwenkte die Pistole herum. »Ich weiß nicht«, sagte er. »Ich höre von all dem zum ersten Mal.«

»Bei uns gibt es eine undichte Stelle«, meinte Ferretis trotzig.

»Es gibt kein Leck.«

»Wie, zum Teufel, kommt es dann, daß Negretes Männer über mich Bescheid wußten?«

»Wahrscheinlich haben sie das aus Ireno herausgeprügelt«, erwiderte Blas. »Die eigentliche Frage ist, wie der Detective an Rubios Namen gelangt ist. Und warum er meinen Namen nicht erwähnt hat.«

Ferretis nahm seine Brille ab und polierte die Gläser mit einem Hemdzipfel. »Im Augenblick ist das gleichgültig. Wir müssen retten, was zu retten ist.«

Blas schaute ihn an. »Was meinen Sie damit?«

»Wir müssen einen Plan entwickeln«, sagte Ferretis und setzte seine Brille wieder auf. »Wir müssen von hier verschwinden. Wenn wir bleiben, ist es nur eine Frage der Zeit, bis Negrete oder die Polizei oder sonst jemand uns aufgreift.«

»Wir haben unseren Auftrag noch nicht erledigt.«

»Scheiß auf den Job. Sie haben Ihre Chancen bei Gamboa bereits vertan. Wir müssen uns zurückziehen und über weitere Operationen beraten. Tot nützen wir niemandem mehr.«

Blas blickte über den Mittelgang auf die Betonmauer. In der Öffnung zwischen der Mauer und der Decke konnte er die Spitzen der Bäume neben dem Parkhaus erkennen und dahinter die Lichter der Innenstadt. Er konzentrierte sich wieder auf Ferretis. Zurückziehen. Neu formieren. Planen. Der Mann versteckte seine Angst hinter einer Pseudostrategie. Und dann hieß es auch noch, *wir* müssen uns zurückziehen, *wir* müssen von hier verschwinden. Hatte Blas ihn richtig verstanden?

»Ja, ich glaube, ich weiß, was Sie meinen«, sagte Blas.

»Haben Sie das Geld noch?« fragte Ferretis plötzlich.

»Den größten Teil davon.«

»Wir werden das Geld brauchen«, sagte Ferretis und plante schon, was zu tun war. »Wir chartern ein Flugzeug auf einem privaten Flugplatz... nein, Moment mal, das wäre nicht allzu klug. Ein Mietwagen. Ja, wir mieten einen Wagen und fahren weg von hier... wir verschwinden nach Brownsville, genauso wie Cordero.«

»Und was ist mit Ihrer Familie?«

»Ein Opfer... ein Opfer, das ich wohl bringen muß. Ich kann sie ja später nachkommen lassen. Aber ich darf nicht hierbleiben. Auf keinen Fall. Vielleicht, wenn das Ganze nicht passiert wäre, wenn Ireno nicht bei Negrete geplaudert hätte. Vielleicht dann. Aber nicht jetzt.«

Der Wagen schaukelte leicht, als Ferretis mit einem Fuß fester auftrat. Blas empfand augenblicklich eine tiefe Abscheu vor diesem kindlichen Ausdruck innerer Erregtheit. Er dachte außerdem an Ireno, an sein »Plaudern«, während Negretes Männer ihn zu Tode prügelten. Ireno kannte Negrete genausogut, wie Blas ihn kannte, er hatte während der ganzen Zeit gewußt, was mit ihm geschehen würde.

»Ich muß den Job erledigen, bevor ich etwas anderes tun kann«, meinte Blas kühl.

»Was meinen Sie damit? Es ist zu spät! Das Risiko wäre zu groß!«

»Es ist alles vorbereitet.«

Ferretis glotzte ihn an. »Und wann?«

»Bald.«

Ferretis fuhr sich mit einer Hand durch sein strähniges Haar. Er war wie vom Donner gerührt, verwirrt, als ob diese neue Möglichkeit sein gesamtes Weltbild ins Wanken bringen würde.

»Sie brauchen mir nicht zu helfen, aus der Stadt zu verschwinden«, meinte Blas und betrachtete ihn aufmerksam. »Tun Sie das, was Sie Cordero empfohlen haben. Sie schaffen es schon.«

Ferretis starrte Blas mit Panik in den Augen an.

»Moment mal. Sie sind verrückt. Dieser Schrotthaufen schafft es niemals bis nach Brownsville. Ich komme nie dort an.«

»Dann mieten Sie sich einen Wagen.«

»Und wenn bereits nach mir gefahndet wird?«

»Wie kommen Sie denn darauf, daß die Polizei über Sie Bescheid weiß? Sie machen sich doch wegen Negrete so große Sorgen.«

»Geben Sie mir Ihre falschen Papiere«, flehte Ferretis verzweifelt. »Wenigstens das müssen Sie tun, ich bitte Sie!«

»Das kann ich nicht«, erwiderte Blas und musterte ihn mit einem Ausdruck von Abscheu. »Fahren Sie nach Rosenberg. Es liegt auf dem Weg – besorgen Sie sich dort einen Mietwagen.«

»O nein.« Ferretis' Stimme zitterte.

Blas verabscheute dieses Schauspiel. Es war peinlich. Feigheit war etwas Beschämendes. Er öffnete die Wagentür, stieg aus und schloß die Tür. Er bückte sich und sah Ferretis durch das offene Fenster an.

»Fahren Sie zum Highway 59 und weiter nach Rosenberg.«

»Einen Moment, verdammt noch mal«, sagte Ferretis heiser und stieg auch aus. Er stand auf einem Bein, hatte das andere noch im Wagen und starrte Blas über das Wagendach hinweg an. »Sie können mich nicht so einfach im Stich lassen. Sie haben schließlich eine Verantwortung...«

Dann hörten sie beide es.

Zwei Wagen. Einer, mit heulendem Motor und quietschenden Reifen, raste die Auffahrt hinauf. Plötzlich tanzten seine Scheinwerferstrahlen über die Wände, als er in den Mittelgang einbog. Funken stoben hoch, als das Chassis auf den Betonboden krachte.

Blas bemerkte Ferretis' verwirrten, erstarrten Blick und brachte die Heckler in Hüfthöhe in Anschlag. Er feuerte drei Schüsse in Ferretis' Magengrube. Drei scharfe Schläge schleuderten den Professor gegen den Wagen hinter ihm.

Ein Fahrzeug jagte den Mittelgang herunter, die Scheinwerfer blendend hell, während der andere Wagen aus der Auffahrt sechs geparkte Fahrzeuge entfernt auftauchte. Seine Scheinwerfer wischten über die Wände und richteten sich auf den ersten Wagen. Blas feuerte in jede Richtung zwei Schüsse ab, während er vor den Fahrzeugen den Mittelgang in einem Spurt überquerte und mit einem verzweifelten Satz über die Begrenzungsmauer in der Dunkelheit verschwand.

43

Haydon schwang die Beine über die Bettkante und ließ das Telefon noch einmal klingeln. Er wußte, daß es draußen noch dunkel war, während er den Hörer abnahm und im Licht der Nachttischlampe, die Nina soeben angeknipst hatte, auf seine Uhr schaute. Es war zwanzig nach drei.

»Hier ist Bob, Stu«, meldete sich Dystal. »Dieser Hurensohn Negrete hat uns schon wieder eine Schweinerei beschert.«

»Was ist los?« Haydon mußte sich räuspern.

»Sind Sie richtig wach?«

»Klar. Schießen Sie los.« Die Flasche Wein, die Haydon mit Nina vor wenigen Stunden geleert hatte, vermittelte ihm ein Gefühl, als wäre sein Schädel mit Blei gefüllt.

»Ferretis wurde ermordet. Der Nachtwächter in einem Parkhaus in der Nähe der Warwick hörte, wie zwei Wagen durch das Gebäude rasten, und lautes Gebrüll in der zweiten Etage. Die Wagen tauchten wieder auf und verschwanden. Er ging hinauf, um nachzusehen, und fand ihn. Drei Neun-Millimeter-Kugeln mitten in den Bauch.«

»Ist das alles?«

»Ja, ich habe auch schon nachgefragt, aber es sieht so aus, als wäre er einfach umgelegt worden. Nichts sonst. Er hatte keinerlei Ausweispapiere bei sich. Jemand hat seine Sachen durchsucht und alles mitgenommen. Sie haben ihn nach dem Foto erkannt, das sie vorher von seiner Frau bekommen haben. Sie kam auch selbst zum Tatort und identifizierte die Leiche.«

»Hat sich der Nachtwächter die Autokennzeichen gemerkt?«

»Nein, aber wir haben eine gute Beschreibung von den Wagen. Dann das nächste. Cissy Farrell wurde in einem Motel am Gulf Freeway aufgestöbert. Stockbesoffen. Sie hatte das Telefon vom Tisch geworfen, und der Nachtportier hat nachgesehen und dann die Polizei benachrichtigt. Sie stellten ihren Namen fest und nahmen sie mit. Im Augenblick schläft sie im Präsidium ihren Rausch aus.«

»Sind Sie unterwegs?«

»Zum Teufel, nein. Ich sitze im Augenblick in der Unterhose auf meiner Bettkante. Ich dachte nur, Sie sollten dabei sein, wenn wir uns mit ihr unterhalten.«

»Richtig. Ich bin in einer halben Stunde da.«

Haydon legte auf und massierte seinen Nacken.

»Was ist passiert?« Nina legte ihm eine Hand auf den Rücken.

»Ferretis wurde vor ein paar Stunden umgebracht, und Cissy Farrell ist im Polizeipräsidium.« Er stand auf. »Ich muß schnellstens hin.«

Er schleuderte seine Pyjamahose aufs Bett und ging nackt unter die Dusche. Er drehte das kalte Wasser auf, setzte sich auf die Marmorbank, die in die Wand der Kabine eingebaut war, und ließ den kalten Schauer auf seinen Kopf und Rücken prasseln. Er dachte an die Szene, die er in Waites Küche gefunden hatte, und fragte sich, wie die junge Frau es geschafft hatte, ohne Foltern davonzukommen. Cissy. Er versuchte sich vorzustellen, wie sie aussah.

Nachdem er sich abgetrocknet hatte, schlang er sich das Badetuch um die Hüften und rasierte sich. Er spritzte sich Aftershave ins Gesicht und entschied sich vor seinem Kleiderschrank für einen anthrazitfarbenen Zweireiher mit Nadelstreifen. Wenn er sich nicht täuschte, würde er wohl keine Zeit mehr haben, sich vor der Begräbnisfeier für Mooney umzuziehen. Er setzte sich in einen der Sessel vor den Kleiderschränken und band sich die Schuhe zu. Nina schaute ihm zu.

»Wie fühlst du dich?« wollte sie wissen.

»Ganz gut.« Er erhob sich, nahm ein frisches Hemd aus dem Schrank und zog es an, dann suchte er ein Paar Manschettenknöpfe in einer Schublade. »Nina«, meinte er, während er die Manschettenknöpfe befestigte, »würdest du bitte darauf achten, daß Celia mit ihrem Bericht über die *tecos* anfängt? Irgendwo in ihrem Kopf ist eine Information verborgen, die die ganze Affäre aufklären kann.«

»Was ist mit Renata Islas?

»Ich versuche mich mit ihr zu treffen, nachdem wir uns mit Cissy Farrell unterhalten haben.« Er wählte eine Krawatte aus und schob sie sich unter den Hemdkragen. »Es ist eine gute Idee, sie zusammenzubringen.«

Er holte seine Beretta aus der Kommodenschublade und legte das Halfter um. Nachdem er sein Jackett vom Bügel genommen hatte, ging er zu Nina und gab ihr einen Kuß. »Laß Celia nicht aus den Augen.«

»Okay«, erwiderte sie. »Paß auf dich auf.«

Um vier Uhr morgens sind die Straßen von Houston leer wie nie, und Haydon schaffte die Fahrt über Montrose und Memorial Drive in kürzester Zeit. Die Nachtschicht hatte noch drei Stunden Dienst vor sich, und einige Detectives von Lapierres Einsatztruppe saßen in ihren Büros. Andere waren zu dem Parkhaus gefahren, in dem Ferretis gefunden worden war.

Haydon betrat sein Büro, in dem einer der Nachtschichtdetectives vor einem Computerterminal saß. Der Beamte drehte sich um, sah, wer hereingekommen war, wollte etwas sagen und hielt dann inne, als er merkte, daß Haydon mitten im Raum stehengeblieben war und Mooneys Nische anstarrte.

Mooneys Kaffeetasse, ein Geschenk von einem anderen Detective, der sie von einem Sommerurlaub in Irland mitgebracht hatte; seine üppigen Pin-ups, die er in der Nische direkt neben den Boxterminen an die Wand geheftet hatte; seine Karikatur auf einem gelben Notizpapier, die als freundschaftliche Geste von einem Mann angefertigt worden war, der seine Frau zerstükkelt hatte, aber ansonsten, wie Mooney meinte, »ein netter, begabter Bursche« war; seine Cartoons, die er aus zahlreichen Magazinen ausgeschnitten hatte... alles... war verschwunden. Sein Tisch war leer; nichts war von Mooney übriggeblieben.

Darauf war Haydon nicht vorbereitet gewesen. Mooney war nun Vergangenheit, nur noch eine Erinnerung.

»Das mit Ed tut mir leid«, sagte der Detective. Er hieß Harker und war ein junger Beamter mit welligem blondem Haar und einem ordentlich gestutzten Schnauzbart. »Ich wünschte, ich gehörte auch zu dieser Einsatztruppe.«

Haydon nickte, machte kehrt und verließ das Büro.

Er stand an der Kaffeemaschine und rührte Kaffeeweißer in einen Plastikbecher mit Kaffee und dachte an die leere Nische, als Dystal neben ihm auftauchte und sich ebenfalls einen Becher Kaffee einschenkte.

»Guten Morgen«, sagte er. Seine Stimme klang noch ziemlich belegt und verschlafen. Die beiden Männer vermieden es, sich anzusehen, während sie nebeneinander standen und in ihren Kaffeebechern rührten. »Okay. Die offizielle Version über Ihre Position ist folgende. Sie führen eine Art getarnte Untersuchung durch, etwas Geheimes. Die Einzelheiten sind noch nicht ganz klar, aber... nun, Sie brauchen mit niemandem darüber zu reden, und wir haben die ein oder zwei Leute eingeweiht, die informiert sein müssen. Sie werden Ihnen keine Fragen stellen. Wir mußten natürlich einiges erzählen, denn Pete koordiniert den Ablauf der Untersuchung und darf nicht glauben, daß Sie gegen ihn arbeiteten. Wir wollten nicht, daß die Ermittlungen durch persönliche Rivalitäten gestört werden.«

Haydon hatte keine Ahnung, was alles getan worden war, und er wollte es auch nicht wissen.

Dystal stieß einen tiefen Seufzer aus. »Wenn wir sie hereinbringen, dann können Sie fragen, was Sie wollen.« Er schlürfte seinen Kaffee deutlich hörbar. »Sie bringen sie jetzt her. Pete war in der City, wo man Ferretis getötet hat. Er wird in einer Minute hier sein.«

Im Einsatzraum herrschte Ruhe.

»Haben Sie über Rich Elkin etwas herausbekommen?«

»Ich habe Moyer aus dem Bett geholt, um ihm einige Fragen zu stellen, nachdem ich von Ihnen weggefahren bin. Ich habe ihm nicht alles erklärt, aber ich habe ihm deutlich gemacht, daß die Sache verdammt wichtig ist und daß ich schnellstens Bescheid wissen muß. Er wollte sich heute früh bei mir melden, und dann zapfen wir auch seine Verbindung nach Mexiko an und schauen, was dort für uns getan werden kann.«

Cissy Farrell wartete in Dystals Büro zusammen mit einer Aufseherin, als die drei Detectives eintraten. Sie saß auf einem Stahlrohrsessel mit gerader Lehne, eine hagere Frau Mitte Zwanzig. Sie sah mitleiderregend mager und teigig aus. Sie rauchte nervös und trank eine Coke, die sie am Rand von Dystals Schreibtisch abstellte, wo sie auf der Platte feuchte Ringe hinterließ. Ihr Haar war so schmutzig, daß es aussah, als wäre es naß, und die verquollenen Tränensäcke unter ihren Augen waren schlimm. Sie hatte eine schmale Nase, schmale Lippen und braune Augen, die leicht hervorstanden. Sie zitterte.

»Also, Mrs. Farrell«, begann Dystal, beugte sich zu ihr vor und schlug einen onkelhaften Ton an, »wissen Sie, warum wir Sie hergebracht haben und uns mit Ihnen unterhalten wollen?«

Sie schüttelte den Kopf und nahm die Haltung eines geprügelten Hundes ein.

»Nun, der Hotelmanager hat die Polizei gerufen, weil Sie betrunken waren. Als man Sie abtransportieren wollte, erkannte man, daß Sie jemand waren, nach dem wir suchten. Wissen Sie, warum wir an Ihnen interessiert sind?«

Die junge Frau zuckte mit den Achseln und führte müde die Zigarette an ihre farblosen Lippen.

»Wissen Sie, was mit Ihrem Mann passiert ist, Mrs. Farrell?«

Sie erstarrte in ihrer zusammengekauerten Haltung. Es schien sogar, als schlüge während der nächsten zwei Minuten noch nicht einmal ihr Herz, und dann sagte sie: »Verdammt noch mal.« Es klang nicht wütend oder ängstlich, sondern qualvoll. Sie schien jedoch viel zu schwach zu sein, um zu weinen, und ihre Hand bewegte sich wieder zu ihrem Mund. Während sie den Zigarettenrauch ausatmete, nickte sie.

»Nun, Schätzchen, ich tue es wirklich ungern«, sagte Dystal freundlich, »aber ich muß Ihnen ein paar Fragen stellen. Wissen Sie überhaupt etwas darüber?«

Die junge Frau nickte. Sie hielt den Kopf weiterhin gesenkt und sah Dystal von unten herauf an.

»Beruhigen Sie sich, so gut Sie können«, sagte er, »und erzählen Sie mir, was Sie wissen oder was Sie zu wissen glauben.«

Cissy zog an ihrer Zigarette. »Ich will Straffreiheit«, sagte sie.

»Straffreiheit?« Dystal runzelte die Stirn und richtete sich etwas auf.

»Hm.«

»Von was, Schätzchen? Sie werden in dieser Sache nicht verdächtigt.«

»Aber ich weiß einige Dinge.«

»Nun, Sie brauchen keine Immunität, nur weil Sie einiges wissen.«

»Auch wenn es sich um kriminelle Vorgänge handelt?« meinte sie und zog wieder an ihrer Zigarette.

»Um welche kriminellen Vorgänge geht es denn?«

»Waffen und...« Sie verstummte und griff nach ihrer Cola. Sie nahm ein paar kleine Schlucke und beschäftige sich wieder mit ihrer Zigarette.

»Waffen und was?«

Ihre Stimme klang erschöpft. »Sprengstoff.«

Dystal zuckte noch nicht einmal zusammen. Er behielt seine freundliche, ruhige Art bei, als hätte sie von Scherzartikeln gesprochen. »Nun, Kleines, wir haben von nichts eine Ahnung. Wir wissen nur, daß wir Ihren Mann und Ihre Freunde tot in diesem Haus gefunden haben, und wir wissen nicht, warum, wann oder wie sie gestorben sind und wer es getan hat. Wenn wir in dieser Sache weiterkommen wollen, dann werden Sie uns einiges verraten müssen. Wir brauchen dringend Ihre Mithilfe.«

»Ich verlange Schutz.«

Dystal schaute zu Haydon und Lapierre. Was sie jetzt auf keinen Fall wollten, war, daß sie nach ihrem Anwalt verlangte. Dystal beugte sich wieder zu ihr vor.

»Hören Sie, Lady, wir werden dafür sorgen, daß Ihnen nichts zustößt, aber Sie müssen schon etwas ausführlicher werden.«

Cissy rutschte nach vorne, drückte ihre Zigarette in Dystals Aschenbecher aus. Sie suchte in ihrer Handtasche, fand eine Zigarettenpackung, nahm sich einen Glimmstengel heraus und zündete ihn an.

»Ich und Donny, wir haben Ruby und Tucky vor zwei Jahren kennengelernt«, sagte sie und räusperte sich. »Bei einer Waffenausstellung. Donny ist ganz wild auf Pistolen, Sechsschüsser, Westerncolts. Er hatte einen Hombre, einen Dakota, einen Texas Ranger und andere Waffen. Er hat damit immer auf dem Grundstück seines Daddy hinter dem Galena Park geschossen. Immer nur auf Dosen und solche Dinge. Tucky hatte bei dieser Ausstellung auch einen Stand, und wir sind stehengeblieben, um uns seine Sachen anzusehen. Wir haben uns angefreundet. Ruby war auch da, und ich bin auf Anhieb mit ihr bestens zurechtgekommen, während unsere Jungs sich unterhalten haben. Wir waren beide Fans von Waylon Jennings.«

Cissy schlug die Beine übereinander und beugte sich ein wenig vor, als versuchte sie, einen Krampf zu vertreiben.

»Tucky war ein richtig fanatischer Waffenfreak. Er hat damit gehandelt und war auf jeder Ausstellung. Seine Spezialität sind Überlebensausrüstungen und die entsprechenden Waffen. Wir waren sogar mit ihm und Ruby in einem Überlebenscamp in der Nähe von Conroe, zwei- oder dreimal, glaube ich, und Donny war richtig wild darauf. Diese Leute haben sich total militärisch gegeben. Angriffswaffen, Tarnkleidung, alles, was dazu gehört. Alle Frauen konnten genausogut schießen wie die Männer. Ich habe es auch gelernt. Wir haben unsere Gesichter angemalt und Kriegsspiele veranstaltet. Es war lustig. Na ja. Wir wurden richtige Freunde, und nach einigen Monaten hat Tucky meinen Donny in seine Nebentätigkeit eingeweiht. Er war Nachtwächter am Schiffskanal, aber er hat ein Nebengeschäft betrieben und verbotene Gewehre gekauft und wieder verkauft. Maschinengewehre. Vollautomatisches Zeug. Und später handelte er auch mit Sprengstoff. Donny war von Anfang an daran beteiligt.«

Als sie verstummte, um an ihrer Zigarette zu ziehen, fragte Dystal: »Woher haben sie diese Schußwaffen und den Sprengstoff bekommen?«

»Das weiß ich nicht. Es hatte irgend etwas mit dem Schiffskanal zu tun, die Sachen sind auf Schiffen oder so gekommen. Das war Tuckys Angelegenheit. Ich und Ruby, wir haben uns am Anfang von allem ferngehalten.«

Cissys Stimme drohte an dieser Stelle zu versagen, und sie drückte ihre Zigarette in dem Aschenbecher aus. Sie nahm erneut einen Schluck aus ihrer Cola, und als sie die Dose auf den Schreibtisch zurückstellen wollte, stieß sie sie um.

»O verdammt!« Sie griff danach und sprang auf. »Das tut mir furchtbar leid«, sagte sie und beugte sich über die verschüttete Cola, wobei ihre Arme zitterten. Dystal suchte in einer Schreibtischschublade nach Papiertaschentüchern.

»Ist schon gut, das ist doch nicht schlimm, Lady«, sagte er. »Machen Sie sich nichts daraus. Es ist nichts passiert.«

Aber Cissy sank in ihrem Sessel zusammen und weinte. Dystal wischte die Cola auf, warf das Papiertuch in seinen Papierkorb, legte eine frische Serviette unter die Dose und schob sie wieder zu der jungen Frau hin.

»Mrs. Farrell, ich weiß, daß Sie aufgeregt sind, aber halten Sie durch und reden Sie weiter. Sie brauchen sich keine Sorgen zu machen. Okay? Und jetzt erzählen Sie«, sagte er und schob die Cola noch ein kleines Stück in ihre Richtung. »Nehmen Sie einen Schluck, und fahren Sie fort.« Er gab ihr eine Serviette, damit sie sich die Nase putzen konnte.

Nach einigen Sekunden begann sie wieder zu reden.

»Ich habe keine Ahnung, an wen Tucky verkauft hat. Donny hat das ganze Geschäft erst allmählich kennengelernt, deshalb wußte er am Anfang nur herzlich wenig. Das, was er wußte, hat er mir nicht verraten. Er war eher ein stiller Typ. Aber vor einem Monat waren wir bei Tucky und Ruby zum Abendessen eingeladen. Wir versammelten uns in der... Küche..., und Tucky war sehr aufgeregt. Er sagte, daß er mit einem Mexikaner Kontakt aufgenommen hat, und daraus könnte sich etwas ganz Großes entwickeln. Er meinte, daß der Mexikaner eine Ladung RDX, fünfundzwanzig Kilo auf einmal, kaufen wollte und daß dabei eine Menge Geld zu verdienen war. Aber er brauchte uns alle, um das Geschäft durchzuziehen. Er traute den Mexikanern nicht, wenn es ums Bezahlen ging.«

»Moment mal«, unterbrach Haydon sie. »Erinnern Sie sich noch, ob er den Namen des Mexikaners genannt hat?«

»Meistens nannte er ihn nur den Mexikaner«, sagte Cissy und zündete sich eine neue Zigarette an. »Aber ich erinnere mich, daß sein Name irgendwie nach einem Mädchen klang. Äh...« Sie legte den Kopf in den Nacken und starrte zur Decke. »Irene. Ja, eher Irene-o.«

»Prima. Erzählen Sie weiter.«

»Na ja, nach zwei Wochen, als alles organisiert und das Lieferdatum und der Übergabeort mit dem Mexikaner vereinbart worden war, hat Tucky die Operation mit uns geprobt, als wäre es eine militärische Mission. Wir hatten alle winzig kleine Mikrofone, damit wir uns gegenseitig hören und miteinander reden konnten. Er wollte den Handel unten am Kanal durchziehen. Ich und Ruby waren auf Öltanks mit Nachtsichtgeräten postiert, und wir sollten den Jungs Feuerschutz geben. Aber es funktionierte alles wie am Schnürchen.«

»Mit wem hat Mr. Waite auf dem Kanal Geschäfte gemacht?« fragte Lapierre. »War es immer derselbe Mann?«

»O nein, Sir. Es waren zwei andere Burschen, aber das wußten wir. Der Mexikaner und Tucky hatten ein paar Parolen vereinbart, und diese beiden Burschen kannten die Worte.«

»Wissen Sie ihre Namen noch?«

»Nur die Vornamen, die habe ich im Kopfhörer mitbekommen. Einer hieß Rubio. Ruby mußte darüber lachen, denn er klang fast so wie ihr eigener Name. Und der zweite Name klang wie Blahs. Das weiß ich aber nicht sicher. Ich kann kein Mexikanisch.«

»Und sie haben fünfundzwanzig Kilo RDX gekauft?« erkundigte sich Dystal.

Cissy nickte.

»Wissen Sie sonst noch etwas von diesen Kerlen?«

Cissy schüttelte den Kopf.

»Hatten Sie denn Gelegenheit, diese Männer etwas eingehender zu betrachten?« fragte Haydon.

»Eigentlich nicht. Mit diesen Nachtsichtgeräten kann man nicht besonders viele Einzelheiten erkennen, außerdem sind sie herumgelaufen und haben sich unterhalten – mit dem Rücken zu uns. Nee, viel kann ich über sie nicht sagen.«

»Sind sie die Typen, vor denen Sie beschützt werden wollen?« fragte Dystal.

»Ja«, gestand sie heiser.

»Warum könnten sie Sie töten wollen?«

»Um mich zum Schweigen zu bringen, vermute ich.«

»Meinen Sie, daß die anderen auch deshalb getötet wurden?«

»Ich vermute es.«

»Wo waren Sie, als das geschah?«

»Ich war weg, um Bier zu holen. Und als ich zurückkam, habe ich zwei Autos vor Tuckys Haus gesehen. Ich bin nervös geworden und mit dem Wagen durch die Gegend gefahren, bis sie verschwunden waren, und dann... bin ich reingegangen... und habe sie gefunden.«

Ihre Stimme versagte, und sie fing wieder an zu weinen.

»Daraufhin sind Sie ins Motel gegangen, um sich zu verstekken?« fragte Dystal.

Cissy nickte und schluchzte. Haydon sah ihre Schulterblätter unter dem Westernhemd, und dieser Anblick erinnerte ihn an den blassen Rücken von Ruby Waite.

»Können Sie uns die Wagen beschreiben?« fragte er.

Sie schniefte, räusperte sich und hustete. »Ich weiß nicht. Sie waren hell. Ich habe keine Ahnung. Mehr kann ich über die Fahrzeuge nicht sagen. Ich kenne mich mit den Marken nicht aus. Und außerdem waren sie ein gutes Stück von mir entfernt.« Sie schüttelte den Kopf. »Ich weiß es nicht.«

»Mrs. Farrell«, sagte Lapierre, »haben Sie eine Ahnung, was die Männer mit dem Sprengstoff vorhatten, den sie von Mr. Waite geliefert bekamen?«

»Nein.«

»Haben Sie niemals gehört, daß Mr. Waite oder jemand anderer spanische Namen im Zusammenhang mit dieser oder anderen Aktionen nannte?«

Sie schüttelte den Kopf.

»Waren die Männer aus Houston?«

»Das weiß ich nicht.«

»Wissen Sie, wie Mr. Waite mit ihnen Kontakt aufgenommen hat?«

»Nein, Sir. Nur daß es von diesem Ireno arrangiert worden ist und daß dann diese beiden Mexikaner aufgetaucht sind und die Lieferung übernommen haben.«

»Wann hat die Transaktion stattgefunden?« wollte Haydon wissen.

»Äh...« Cissy betrachtete das Ende ihrer Zigarette, die zwischen ihren knochigen Fingern zitterte. »Also, heute ist Freitag, nicht wahr? Dann müßte es Mittwochabend gewesen sein.«

Die Männer sahen das Mädchen schweigend an, und dann sagte Dystal: »Okay, Lady. Wir danken Ihnen für Ihre Hilfe. Ich werde Sie hinausbegleiten und Sie in einen schöneren Raum bringen, anstatt Sie in dieser Zelle sitzen zu lassen. Wir werden uns später weiter unterhalten. Wollen Sie etwas zum Frühstück?«

Cissy nickte. »Ich sollte wirklich zusehen, daß ich was in den Magen bekomme«, sagte sie.

44

Um halb neun hatten Dystal und Captain Mercer ihre Einsatzbesprechung mit den hohen Tieren des Houston Police Departments und den Presseleuten der Stadt. Der Bürgermeister hatte sich eingefunden, desgleichen verschiedene Mitglieder des Stadtrats. Alle wollten, daß dieser Fall so schnell wie möglich aufgeklärt wurde. Die Lobby im Parterre war mit Reportern und

Fernsehkameras vollgestopft, und eine ganze Menge Leute lungerte herum und wartete darauf, daß die Nachrichtenleute endlich ihre Arbeit begannen. Die Entdeckung der Leichen im Haus der Waites am Abend vorher und die Schießerei in dem Parkhaus während der frühen Morgenstunden waren in den ersten Fernsehnachrichten des Tages gemeldet worden. Die Reporterteams waren genauso unausgeschlafen wie die Polizei, und da die Ermittler selbst nur wenige Hinweise über die Morde hatten, blieb den Reportern genug Raum für eigene Spekulationen. Und die allgemeine Aufregung erschien durchaus gerechtfertigt. Innerhalb von drei Tagen hatte ein lateinamerikanisches Unterweltsmassaker stattgefunden, und in seinem Verlauf waren sechs amerikanische Bürger – darunter sogar ein Polizeibeamter – getötet worden. In Anbetracht dessen hatten die Öffentlichkeit und die Law-and-Order-Politiker nicht gerade den Eindruck, ausreichend mit Informationen versorgt zu werden. Die meisten nahmen an, daß die gesamte Drogenszene aus Miami nach Houston umgezogen war.

Der in der Houstoner Einsatzfiliale verantwortliche Spezialagent des FBI war schon seit halb acht tätig und hatte feststellen können, daß Rich Elkin weder FBI-Agent noch freier Informant war. Der Computer lieferte überhaupt keine Daten über einen Richard Elkin. Die Agenten der Drug Enforcement Administration in Mexico City und Guadalajara führten ebenfalls ihre Computer-Checks durch, und zwar nicht nur über ihre Elkins, sondern auch über ihre Rubios und Blases. Das Bureau of Alcohol, Tobacco und Firearms tat das gleiche.

Auch die amerikanische Botschaft in Mexico City machte Überstunden. Mexiko war der einzige Ort der Welt, an dem das FBI und sein dem Außenministerium unterstehendes Pendant, die Central Intelligence Agency, in einer Form widerwilliger Partnerschaft zusammenarbeiteten. Den amerikanischen Botschaften auf der ganzen Welt waren ja ein oder zwei FBI-Agenten als »Rechtsberater« zugeordnet – und das waren stets rein formelle Posten. Aber in Mexico City bestand das FBI-Personal aus über zwanzig Leuten, und die waren als Agenten aktiv. Was die CIA anging, so war Mexico City für sie einer der wichtigsten Posten auf der ganzen Welt. Mexiko stellte eine reale Pufferzone zwischen den Vereinigten Staaten und den manchmal unsicheren und mit dem Kommunismus sympathisierenden Ländern Lateinamerikas dar, und es wimmelte dort aus dem gleichen Grund auch von Agenten des KGB. Mit ihren mehr als dreihundert Angestellten war die sowjetische Botschaft an der Calzada de Tacubaya in Mexico City die größte diplomatische Mission der Welt. Sie war außerdem vollgestopft mit der raffiniertesten elektronischen Ausrüstung, die dem KGB zur Verfügung stand. Mexico City war das Dorado ost-westlicher Spionageaktivitäten.

Vertreter sowohl des FBI als auch der CIA in Mexico City verfügten sicherlich über ausgiebige Unterlagen zu den einzelnen dort tätigen Extremistengruppen, aber Haydon und Dystal waren Realisten und hegten wenig Hoffnung, aus diesen Quellen rechtzeitig Informationen zu erhalten. Unterdessen mußten sie sich mit dem zufriedengeben, was sie hatten.

Lapierre war von allem ins Bild gesetzt worden, worüber Haydon und Dystal am vorhergehenden Abend gesprochen hatten, und jetzt saßen die drei Männer in Dystals Büro, um den derzeitigen Stand der Dinge zu rekapitulieren und zu werten.

»Auf der Beifahrerseite des Volvo wurden drei Neun-Millimeter-Hülsen gefunden«, sagte Lapierre. Obgleich er stets freundlich und bescheiden auftrat, erkannte man allmählich, daß Pete Lapierre die Belastung, eine Spezialistengruppe zu leiten, die einer Menge politischem Druck ausgesetzt war, spürte. Er reagierte, indem er sich geradezu übertrieben auf seine Dienstvorschriften berief. Haydon empfand großes Unbehagen, weil er sich vor der offiziellen Verantwortung drückte.

»Zwei auf dem Wagenboden, eine auf dem Beifahrersitz, was darauf hinweisen könnte, daß die Pistole innerhalb des Autos abgefeuert wurde. Die Beifahrertür war geschlossen, aber Ferretis' Tür stand offen«, las Lapierre aus seinem Notizbuch vor, obgleich er wahrscheinlich sämtliche Details auswendig hätte aufzählen können. »Ferretis scheint sich bei geöffneter Tür außerhalb des Fahrzeugs befunden zu haben, als er erschossen wurde. Auf dem Mittelgang vor dem Volvo befanden sich Bremsspuren aus beiden Richtungen, die etwa fünf Meter voneinander entfernt endeten. Es sieht so aus, als wären sie vor den Volvo gefahren und praktisch Stoßstange an Stoßstange stehengeblieben. Die Bremsspuren des Wagens, der von der Ausfahrt gekommen war, sind doppelt vorhanden, was den Schluß nahelegt, daß der Wagen nach dem Anhalten im Rückwärtsgang zurückgesetzt und in eine freie Lücke gelenkt wurde und dann die Ausfahrt, gefolgt von dem zweiten Wagen, hinuntergerast ist. Der Nachtwächter sagte aus, daß sie dicht hintereinander das Parkhaus verlassen haben.«

Lapierre hielt inne, nahm einen Schluck aus seiner dampfenden Kaffeetasse, dann fuhr er fort. »Vier weitere Patronenhülsen vom Kaliber neun Millimeter wurden gefunden. Zwei auf dem Mittelgang selbst, eine von einem der Wagen verformt, und zwei an der äußeren Begrenzungsmauer. An der Mauer waren außerdem dreiundsiebzig Fünfundvierziger-Hülsen. Direkt unterhalb der Mauer, auf dem Erdboden, fanden wir zusätzliche achtundzwanzig Fünfundvierziger-Hülsen zwischen zerdrücktem Buschwerk.«

»Verdammt noch mal«, schimpfte Dystal. »Schon wieder diese Mac-10er.«

»Das waren sie ganz bestimmt«, bestätigte Lapierre. »Wenn sie entsprechend modifiziert sind, jagen zwei Männer innerhalb von Sekunden so viele Kugeln hinaus.«

»Demnach nehmen Sie an, daß sie auf jemanden geschossen haben, der über die Mauer gesprungen ist«, sagte Dystal. Auch bei ihm wurde nach und nach eine gewisse Verkrampftheit bemerkbar. Dystal fraß seine Wut und den Druck, der auf ihm lastete, in sich hinein. Abgesehen von dem tiefen Schmerz, den er über Mooneys Tod verspürte, empfand der stämmige Polizeileutenant den allgemeinen Wirbel, den die Morde in Houston ausgelöst hatten, als persönlichen Angriff. Er war wütend über die plötzliche Unordnung, über die brutale und unbarmherzige Art und Weise, mit der Gamboa und sein Spießgeselle Negrete den Tod austeilten. Für Dystal gab es niemanden, der über dem Gesetz stand, und er war ein erklärter Gegner aller, die sich selbst als darüber erhoben.

»Genau.«

»Aber der Nachtwächter hat keine Schüsse gehört«, meinte Dystal säuerlich.

Lapierre schüttelte den Kopf.

»Wissen Sie, dieses Gewerbe ändert sich ständig und schnell.« Dystals Stimme troff vor Hohn. »Ich war vor zwei Monaten bei einer dieser Waffenausstellungen. An einem der Stände hat jemand Einzelteile für einen Mac-10-Schalldämpfer für neunzig Bucks angeboten. Zehn Meter weiter gab es den entsprechenden Transportbehälter für neununddreißig fünfundneunzig. Nimmt man beides zusammen, könnte man schon zwanzig Jahre wegen Herstellung und Besitzes bekommen. Aber das Zeug lag da offen zum Verkauf herum.«

Er hob seine buschigen Augenbrauen und wackelte ungeduldig mit seinem Fuß, der auf der Schublade lag, die er ein Stück herausgezogen hatte.

»Dann waren das in den Wagen wohl Negretes Jungs«, stellte er fest und schaute Lapierre und Haydon fragend an. »Sie dachten vermutlich, daß sie beide in der Falle haben – nur konnte einer entwischen.« Er blinzelte Lapierre an. »Das ist ein ganz hübscher Sprung aus dieser Höhe. Vielleicht hat er sich die Knochen gebrochen. Warum lassen wir nicht die Notaufnahmestationen der Krankenhäuser überprüfen?«

Lapierre machte sich eine entsprechende Notiz.

»Also«, sagte Dystal, »wer hat Ferretis erschossen?«

»Nach Cissy Farrells Aussage über das Sprengstoffgeschäft«, ergriff Haydon das Wort, »wissen wir jetzt, daß wir es noch mit einem weiteren *teco* zu tun haben: Name Blas. Ich glaube, wir müssen ihn als neuen Beteiligten ansehen. Wenn Cissy zwei Namen genannt hätte, die wir noch nie gehört haben, dann hätte ich vielleicht angenommen, daß die *tecos*, die den Sprengstoff gekauft haben, unter falschen Namen aufgetreten sind. Aber sie hat von Rubio und von Ireno gesprochen und sie als Beteiligte genannt. Daher gehe ich davon aus, daß wir Blas durchaus als echten Namen ansehen können.«

Er hielt inne und überlegte, wie er fortfahren sollte.

»Da Rubio und Blas den Sprengstoff gekauft haben, können wir von der Annahme ausgehen, daß sie das Killerteam sind. Aus irgendeinem Grund hat sich einer von ihnen – oder beide – mit Ferretis getroffen. Die Umstände könnten durchaus ähnlich gewesen sein wie im Fall des Attentats auf die Limousine. Von Negretes plötzlichem Auftauchen überrascht, haben Rubio oder Blas oder beide Ferretis erschossen, um zu verhindern, daß er lebendig geschnappt und so lange gefoltert wird, bis er redet.«

Lapierre nickte. »So sehe ich das auch. Wir müßten heute nachmittag vom Labor genug erfahren, um feststellen zu können, ob die drei Neun-Millimeter-Patronenhülsen im Volvo aus derselben Waffe stammen, aus der die Neun-Millimeter-Hülsen auf dem Garagenboden abgefeuert wurden. Und das gleiche gilt für die Fünfundvierziger-Hülsen.«

»Allmächtiger Gott«, meinte Dystal. »Eine ganze geballte Polizeimacht ist hinter diesen beiden Mexikanern her.«

»Und das ist nur das eine Szenario«, warf Lapierre ein.

»Stimmt«, sagte Dystal. »Richtig. Sehen Sie denn noch eine andere Möglichkeit?«

Lapierre schüttelte den Kopf. »Ich glaube, ich weiß viel zuwenig von dem, was da vorgeht, um eine Theorie zu konstruieren.«

»Was haben die denn Ihrer Meinung nach in dem Parkhaus zu suchen gehabt?« fragte Dystal. »Und wie, zum Teufel, konnte Negrete wissen, daß sie sich dort aufhielten?«

»Vielleicht haben sie von Ferretis' Rolle durch Waite erfahren«, sagte Haydon. »Und anstatt ein weiteres Gespräch zu führen, hatte er sich vielleicht entschlossen, Ferretis zu beschatten, in der Hoffnung, daß der Professor sie irgendwann zu den anderen beiden führen würde.«

Dystal sah Lapierre an. »Ihre Leute haben in den Büschen doch keine Blutspuren gefunden, oder? Einer von ihnen hätte ja getroffen sein können.«

»Nichts.«

»Ist auch egal«, sagte Haydon, »wir müssen Negrete aus dem Verkehr ziehen. Bisher sind wir nicht an diese Leute herangekommen, weil er immer längst vor uns dort war.«

Dystal ließ sein Bein schwer auf den Fußboden fallen. Er stützte seine Ellbogen auf die Tischplatte und fixierte Haydon und Lapierre.

»Erstens.« Er reckte einen dicken Zeigefinger hoch. »Es wird wohl einige Zeit dauern, bis wir dem Staatsanwalt genügend gerichtsrelevante Beweise vorlegen können, damit er uns gestattet, Negrete zu verhaften. Es ist zwar sonnenklar, was da im Gange ist, aber es hat keine Beweiskraft und ergibt sich nur aus Schlußfolgerungen. Zweitens.« Ein zweiter dicker Finger schnellte hoch. »Dieser Hurensohn hat seine eigene kleine Armee auf die Straße geschickt. Er und seine Jungs haben diesen Ireno, die beiden Waites und Farrell ausgeschaltet. Stu hat recht, wir müssen ihn kaltstellen, ganz schlicht und einfach. Drittens.« Dystal reckte drei Finger in die Höhe, zeigte sie Haydon und Lapierre und schüttelte langsam den Kopf. »Wir haben auch nicht den Hauch einer Spur, die uns zu diesen amoklaufenden Arschlöchern führen könnte, die Benigo Gamboa mit fünfundzwanzig Kilo RDX in die Luft sprengen wollen. Wir haben mittlerweile Freitagmorgen, und seit Dienstagnachmittag, als die Limousine beschossen wurde, laufen wir nur herum und sammeln Negretes Scheißhaufen auf – immer einen Tag zu spät.«

Stille trat ein.

»Also was tun wir?« fragte Dystal schließlich und ließ beide Hände mit einem dumpfen Laut auf den Tisch fallen. »Wir schnappen sie uns. Und zwar alle. Mercer verhandelt im Augenblick mit dem Staatsanwalt, um einen Weg zu finden, die Sache zu arrangieren. Wir schaffen Negrete hierher und machen ihm klar, daß er uns entweder helfen kann oder daß er andernfalls des Landes verwiesen wird. Wir holen auch seine Jungs. Wir haben ja die Liste, die Stu Negrete aus dem Kreuz geleiert hat, und die DEA in Guadalajara überprüft sie für uns. Jeder, der da unten in der Kartei steckt, kann entweder mit uns kooperieren, oder er wird aus dem Verkehr gezogen. Wenn jemand nicht in der Kartei vermerkt ist, dann heißt es für ihn entweder Mitarbeit oder Deportation. Und dabei schaffen wir sie nicht einfach nur über die Grenze und lassen sie laufen wie normale Illegale, sondern wir veranstalten einen Riesenwirbel und blasen das Ganze zu einer Staatsaktion auf. Wir ziehen Gamboa mit hinein und verschaffen ihm einen Haufen mieser Publicity.«

Dystal wollte noch etwas hinzufügen, als sein Telefon klingelte. Er sagte »Scheiße«, und meldete sich.

»Hier ist Dystal.« Er lauschte, sah Lapierre an und sagte: »Also, mich laust der Affe. Klar mache ich das, Moment mal.« Er klemmte den Telefonhörer zwischen seinem muskulösen Hals und der Schulter ein und griff nach Bleistift und Notizblock. »Okay«, sagte er und begann mitzuschreiben, wobei er gelegentlich ein »Hmm«, »Augenblick« und »Aha« murmelte, während er notierte, was ihm durchgegeben wurde. Schließlich sagte er: »Heißen Dank, Robert. Wir melden uns wieder.«

Er betrachtete seine Notizen, schüttelte den Kopf und blickte auf.

»Das war Nunn im Parkhaus«, sagte er. »Sie haben die Umgebung des Volvo genauestens abgesucht, und einer der Jungs entdeckte ein Stück Papier in einem Spalt an einer Betonsäule, direkt an der Stelle, an der unser Unbekannter über die Mauer gesprungen ist. Es war eine Nachricht.«

Er las vor, was Nunn ihm durchgegeben hatte:
C ist nach Mexiko geflohen. Die Polizei weiß, daß A beteiligt ist, und sucht nach ihm. Negretes Männer sind in mein Büro eingebrochen und suchen mich. Ich kann nicht nach Hause. Gab es eine undichte Stelle? Ich muß das wissen. Sei vorsichtig. Ich bleibe in der Versenkung, bis ich von dir höre. F.

»Er hat Blas geschrieben«, sagte Haydon sofort.

Dystal nickte.

»›C‹ ist Cordero«, meinte Lapierre. »›A‹ ist Rubio Arizpe. ›F‹ ist Ferretis.« Er hatte mitstenografiert und betrachtete den Text auf seinem Notizblock.

»Dann leitet wahrscheinlich dieser Blas und nicht Rubio die ganze Sache«, meinte Dystal mehr zu sich als zu den anderen. Er las die Nachricht noch einmal und klopfte mit dem Ende seines Bleistifts auf den Zettel. »Eine verdammte Schweinerei«, fügte er hinzu.

»Das Parkhaus war ein toter Briefkasten«, sagte Haydon. »Negrete wußte, daß die Nachricht dort versteckt war.«

Dystal nickte. »Ja, stimmt. Negrete scheint verdammt viel mehr zu wissen, als er dürfte.« Er sah Lapierre an. »Pete, nehmen Sie sich so viele Männer, wie Sie brauchen, um die Kerle einzukassieren. Und zwar jeden. Wenn Mercer mit dem Staatsanwalt nichts ausgekocht hat, wenn Sie mit den Kerlen hier anrücken, denken wir uns selbst etwas aus.«

Er wandte sich an Haydon. »Stu, Sie bringen diese Islas mit der Moreno in Ihrem Haus zusammen und löchern die beiden mit Fragen. Wir müssen alles über die Kerle mit dem Sprengstoff in Erfahrung bringen.«

Dystal erhob sich. »Ich werde erst mal den anderen Agentendiensten auf die Pelle rücken und mich unbeliebt machen. Diese *tecos* sind nicht aus dem Nichts aufgetaucht – irgend jemand müßte Namen nennen können –« Er brach mitten im Satz ab und schnippte mit den Fingern. »Stu, setzen Sie sich noch mal mit Mitchell Garner in Verbindung.«

»Eine Sache noch«, sagte Haydon. »Warum verteilen wir nicht eine Beschreibung von Rubio Arizpe an die Medien? Wir haben zwar nur Renata Islas oberflächliche Beschreibung, aber sie ist doch recht eindeutig: eine deutliche Scharte in der Mitte der Unterlippe, Indianer, sehr dunkel, mittelgroß. Die Erwähnung der Scharte allein müßte uns schon weiterbringen. Vielleicht können wir mit einer Zeichnung aufwarten, ehe die Abendzeitungen in den Druck gehen, aber ganz bestimmt bis zu den Sechs-Uhr-Nachrichten.«

»Dann los«, sagte Dystal.

45

Es war ein klarer heißer Julimorgen, und in der Kirche des Guten Hirten gab es nur noch Stehplätze. Die Sonne setzte die Farben in den bunten Glasfenstern in Brand und überschüttete die weißen Mauern des hohen Chors und die schweigende Schar Trauergäste mit einem Schauer vielfältigster Farbschattierungen. Haydon empfand die Trauerfeier als eintönig, völlig fern jeglicher Realität und Emotion. Mooneys Bruder und Schwester hatten die Leiche bereits nach Arlington überführt, und deshalb war kein Familienmitglied bei dieser Feier anwesend. Nina war bei Celia Moreno geblieben. Nur Mooneys Berufskollegen, dazu eine in fünfzehn Jahren entstandene Sammlung von Freunden und Feinden – vorwiegend Männer – und eine Gruppe älterer und pensionierter Prostituierter, die ihn aus seinen Jahren bei der Sitte kannten und die wahrscheinlich die einzigen Menschen auf Erden waren, denen Mooney mit völlig unverhohlener Zartheit begegnet war, hatten sich hier versammelt.

Der Chief sagte ein paar Worte. Es war eine kurze, allgemeine Abhandlung über Brüderlichkeit, Ehre, Dienst und Pflicht. Captain Mercer hielt die Ehrenrede. Mit ernster Stimme schilderte er Mooneys Werdegang und sprach mit kurzen persönlichen Worten von Ed Mooneys Leben. Es war Mercer hoch anzurechnen, daß er, anstatt die Erinnerung mit einer traditionellen Rückschau zu verfälschen, die mehr mit Euphemismus zu tun hatte als mit korrekter Reminiszenz, ehrlich, aber auch freundlich die jähzornige Seite von Mooneys Charakter erwähnte. Mooney hatte gute und enge Freunde, aber er hatte es ihnen stets schwergemacht. Es war nie leicht gewesen, mit ihm auszukommen, aber der Wert seiner Freundschaft lag auch nicht in seiner Umgänglichkeit. Er war ein Mann gewesen, der wachsam reagierte, und der Menschen und Begleitumständen mißtrauisch begegnete, die für bare Münze genommen werden wollten. Er war nur wenigen Mißverständnissen unterlegen und hatte das Leben genommen, wie es kam, ohne damit zu hadern.

Haydon saß nicht in den ersten Reihen bei den Vertretern des

Präsidiums und der Stadtverwaltung, wozu man ihn aufgrund seiner engen Beziehung zu Mooney eingeladen hatte. Statt dessen hatte er einen Platz im hinteren Viertel der Bankreihen gefunden, direkt neben einer der mächtigen Säulen, die bis zur gewölbten Decke aufragten. Er saß hinter einer Frau mittleren Alters in einem marineblauen Kostüm, das ihr ein wenig zu eng zu sein schien. Man konnte sehen, wie ihr Büstenhalter am Rücken tief ins Fleisch schnitt. Sie trug das Kostüm mit einer gewissen Grazie, und ihr seidiges blondes Haar war verwegen zu einer Mähne frisiert, die viele bei ihr als etwas zu jugendlich kritisiert hätten. Eines von Mooneys ›Girls‹. Haydon beobachtete sie, und wenn sie den Kopf von Zeit zu Zeit nach vorn beugte, tauchte er in einen Balken weinroten Lichts von hoch oben ein. Es war ein symbolträchtiger Anblick. Was hatte sie Mooney bedeutet? Was war er für sie gewesen, daß sie sich an diesem Ort eingefunden hatte, der sowohl ihm als auch ihr so unendlich fremd war? Sie saß inmitten von Fremden, die so seltsam von ihm redeten und die sie aus seinen Erzählungen so grundlegend anders kannte. Haydon verspürte plötzlich eine große Zuneigung zu ihr, weil sie soviel gemeinsam hatten. So unsentimental es der übrigen Welt auch erscheinen mochte, war es doch Ausdruck einer Zuneigung, die ehrlicher war als alle Feierlichkeiten und Worte.

Die Umstände von Mooneys Tod hatten ihn um die Art von Begräbnis gebracht, das er am liebsten gehabt hätte. Ein großes Festmahl nachher, oder wenn das nicht, dann doch wenigstens einen abschließenden Umtrunk, bei dem man herumstand und alte Freunde wiedersah und sich gegenseitig Geschichten erzählte und Erinnerungen auffrischte. Aber so sollte es nicht sein. Nach einem letzten Gebet leerte sich die Kirche schnell, ohne daß sich noch irgendwelche zwanglosen Unterhaltungen ergaben. So gut wie jeder der Anwesenden hatte wertvolle Zeit geopfert, um dorthin zu kommen, und sobald der Gottesdienst beendet war, richteten alle ihre Aufmerksamkeit wieder in andere Richtungen. Mooneys Tod hatte eine Ermittlung ausgelöst, deren Dringlichkeit schnell jede ausgiebige und ruhige Betrachtung seines Lebens verdrängte.

Haydon blieb auf der anderen Seite der Hofarkaden, die die Kirche von den Amtsräumen der Kirche trennten, stehen und warf einen Vierteldollar in den Münzfernsprecher, der sich in dem zum vorderen Teil des Gebäudes führenden Durchgang befand. Es war halb elf. Es dauerte eine knappe Minute, um vom Empfang zu Garners Sekretärin und dann zu Garner selbst durchgestellt zu werden.

»Ich bin es wieder«, sagte Haydon. »Ich brauche noch mal Ihre Hilfe.«

»Gern«, erwiderte Garner.

Haydon brachte ihn auf den aktuellen Stand und schilderte so viele Details, wie er unter den gegebenen Umständen verantworten zu können glaubte.

»Ich bin gerade im Begriff, Renata Islas anzurufen und sie zu fragen, ob ich sie abholen und zu mir nach Hause mitnehmen kann, um zusammen mit Celia Moreno noch weitere Einzelheiten zusammenzutragen. Wenn Sie meinen, Sie könnten auch noch etwas beisteuern, möchte ich Sie bitten, ebenfalls rüberzukommen. Oder wenn Sie glauben, Sie könnten jemanden in Mexiko um Unterstützung bitten... wir sind am Ende der Fahnenstange angelangt, Mitchell. Wir wissen nicht mehr weiter.«

»Ich fürchte, daß die Geheimdienste Ihnen nicht viel liefern werden«, sagte Mitchell. »Sie haben da unten zwar eine Menge Informanten, aber sie befinden sich in heftiger Konkurrenz, und dann sind ihre Verbindungen zum Teil so heikel... aber klar, ich komme zu Ihnen. Es interessiert mich, was Celia Moreno zu erzählen hat. Um wieviel Uhr?«

»Sagen wir um halb zwölf. Wir werden einen kleinen Imbiß einnehmen, während wir uns unterhalten.«

Renata Islas hörte sich Haydons Zusammenfassung der Ereignisse an, die seit ihrem ersten Gespräch stattgefunden hatten. Er rechnete mit einer Absage, aber sie erklärte sich sofort einverstanden, mit Celia zu sprechen. Mit einer dritten Vierteldollarmünze rief er Nina an, informierte sie von seinen Plänen und bat sie, Gabriela Bescheid zu sagen, sie möge doch für sie alle ein paar Sandwiches vorbereiten.

Es war bereits Mittag, als sich alle eingefunden und an dem großen Tisch in der Bibliothek Platz genommen hatten. Während sie sich von den Sandwiches, dem kalten Braten und frischen Salat, die auf Platten und in Schüsseln auf der Mitte des Tisches aufgebaut waren, bedienten, erklärte Haydon, was Celia Moreno im Laufe des Vormittags getan hatte, und schlug vor, sie sollten mit der Lektüre ihrer Aufzeichnungen beginnen und sie als Ausgangspunkt für den weiteren Informationsaustausch benutzen.

Celia hatte ihre Zeit gut genutzt. Sie hatte auf der Schreibmaschine immerhin sieben Seiten getippt: Namen aufgeführt, deren Beziehungen untereinander beschrieben und Aufgaben innerhalb der *tecos*-Organisation mit zwei bis drei Sätzen erläutert. Es waren die Namen von Wirtschaftsunternehmen und Organisationen sowie von Einzelpersonen. Es gab jedoch nur sehr wenige Verbindungen zu den *tecos de choque*. Die meisten Informationen bezogen sich auf den Teil der Organisation, der sich der Öffentlichkeit als eine Art national gesinnter Bruderschaft darstellte, die von der Autonomen Universität von Guadalajara beherbergt und unterstützt wurde. Es war die Fassade, die Dr. Ferretis ihr vorgestellt hatte. Seine eigene Zugehörigkeit zum kämpfenden Teil des Geheimbundes war vor ihr verborgen worden.

Während sie in der einen Hand die Sandwiches hielten und mit der anderen jeweils nach erfolgter Lektüre die Namenslisten weiterreichten, saß Celia mit dem Rücken zu den Terrassentüren und beobachtete sie. Sie war nachdenklich geworden; die Nachricht von Ferretis' Tod als Krönung all dessen, was bisher geschehen war, hatte sie mit einiger Unruhe erfüllt. Haydon hatte außerdem den Verdacht, daß sie allmählich zu gewissen Schlußfolgerungen gelangt war, was ihre eigene Verwundbarkeit betraf.

Er saß am Ende des alten Eßtisches neben seinem Schreibtisch und beobachtete sie. Es war keine Zeit gewesen, und Haydon hatte es auch nicht für klug gehalten, mit ihr in ihre Wohnung zu fahren, um ein paar Kleider zu holen, daher trug sie eine von Ninas cremefarbenen Seidenblusen und einen kakaobraunen Leinenrock. Celia war etwas kleiner als Nina, aber sie trug die ein wenig zu großen Sachen, als wären sie bewußt so geschnitten, daß sie besonders weit und lose fielen. Die meiste Zeit richtete sie ihren Blick auf Renata Islas.

Renata saß Celia direkt gegenüber, las aufmerksam die Seiten und ließ dabei ihre dunklen indianischen Augen zügig an den Zeilen entlangwandern. Sie konzentrierte sich intensiv auf diese Tätigkeit und schien die Umgebung völlig aus ihrem Bewußtsein auszuschließen. Haydon hatte den Eindruck, daß die Namen der Leute und der Straßen in Guadalajara für sie eine Welt auferstehen ließen, die sich keiner von ihnen ausmalen konnte und die wiederzusehen sie mit großem Schmerz erfüllte. Er erinnerte sich an das, was sie über das Hassen gesagt hatte, und fragte sich, ob diese Geisteshaltung das beeinflußte, was sie empfand.

Mitchell Garner saß neben Renata und hatte sich über den Tisch gebeugt. Er hatte seinen Kugelschreiber aus der Tasche genommen und hielt ihn locker in der rechten Hand, spielte damit und benutzte ihn gelegentlich, um etwas zu markieren, was er gelesen hatte. Er las sehr schnell und war immer schon fertig, wenn Renata ihm eine neue Seite reichte. Während er wartete, aß er sein Sandwich wie jemand, der daran gewöhnt ist, mit Speisen und Papierkram gleichzeitig zu jonglieren.

Nina saß auf der anderen Tischseite neben Celia. Haydon spürte ab und zu ihren prüfenden Blick, mit dem sie ihn musterte.

Nachdem schließlich alle die Listen gelesen hatten, rutschte Celia unbehaglich auf ihrem Stuhl hin und her.

»Also«, sagte Haydon. »Wir müssen Hinweise oder wenigstens eine Spur finden, ganz gleich, wie vage sie auch ausfallen mag.«

»Ich habe eine Frage«, meldete sich Renata sofort und schaute Haydon an.

Er nickte. »Nur zu.«

»Wenn Sie sich nicht geirrt haben«, sagte Renata und wandte sich an Celia, »dann haben Sie den Verdacht unserer Vereinigung bestätigt hinsichtlich der Zugehörigkeit einiger dieser Geschäftsleute. Es freut mich, einige der Namen auf dieser Liste zu finden. Können Sie mir etwas genauer erklären, welche Rolle sie tatsächlich spielen? Ich denke zum Beispiel an diesen Mann«, sagte sie, drehte das Blatt, das vor ihr lag, herum und deutete auf einen der Namen.

Celia nickte. »Sicher, aber wissen Sie in etwa über die Organisationsstruktur der *tecos* Bescheid?«

»Nur ein wenig«, erwiderte Renata. »Aber tun Sie so, als wüßte ich überhaupt nichts. Erklären Sie alles.«

Celia nickte. »Na schön. Die Brigade ist in Guadalajara auch unter der Bezeichnung Organisation oder Bewegung bekannt und steht in enger Beziehung zu der dortigen Universität. Die meisten Professoren, Verwaltungsbeamten und Universitätsvertreter sind Mitglieder, deshalb kann die Bewegung ohne Behinderungen innerhalb des Universitätssystems existieren und aktiv sein. Es gibt innerhalb der Bewegung im großen und ganzen drei Ebenen – das Universitätspersonal, das ich gerade erwähnt habe; die Studenten, die letztendlich nur wenig mehr sind als Spione bei ihren Mitstudenten, bei ihren Professoren, also praktisch bei jedem anderen; und die *tecos de choque*, die der disziplinare Ableger der Brigade sind. Die Zugehörigkeit zur Universität stellt lediglich eine Art legaler Tarnung für sie dar. Auf Universitätsebene fungiert die Brigade als eine Art Kampfverband ohne Uniform, eine geheime Organisation, von deren Existenz jedermann weiß, von der jedoch nur die Einzelheiten kennen, die ihr angehören.

Wenn die Organisation einen Studenten findet, den sie für sich rekrutieren möchte, tritt sie an ihn heran. Wenn er Interesse äußert, wird er aufgefordert, ein ›Gesuch‹ um Aufnahme auszufüllen. Dieses Gesuch ist geradezu abenteuerlich, nämlich ein sechzig Fragen umfassendes Dokument, in dem der Antragsteller nachdrücklich darauf hingewiesen wird, daß er alle Fragen wahrheitsgemäß beantworten muß. Falls festgestellt werden sollte, daß er falsch oder unvollständig geantwortet hat, dann muß er« – nun deutete sie mit beiden Händen in der Luft Anführungsstriche an – »›mit dem Fluch Gottes und der Strafe rechnen, wie sie allen Spionen und Verrätern gebührt‹.«

Sie hielt inne und blickte in die Runde. »Wahrscheinlich wiederhole ich jetzt Dinge, die Sie alle längst wissen.«

Renata nickte und lächelte geduldig. »Ja, aber fahren Sie bitte fort. Gerade was die kleinen Dinge angeht, fällt jede Geschichte anders aus.«

Celia sah sie etwas seltsam an, schaute zu Haydon; dann setzte sie ihren Bericht fort. »Die Fragen sind sehr detailliert und betreffen die ideologischen Standpunkte und persönlichen Lebensumstände der Eltern des Studenten, ihrer Brüder und Schwestern, Freunde, Freundinnen oder Ehefrauen, Lehrer, Arbeitgeber und Nachbarn. Praktisch jedes Menschen, den er kennt. Er wird aufgefordert, die Namen dieser Leute sowie ihre Adressen, Telefonnummern, politischen Ansichten und alle möglichen weiteren Informationen aufzuschreiben. Aber vor allem anderen wird ihm die Idee eingeimpft, daß die Interessen der Bewegung, der Brigade, in seinem Leben absoluten Vorrang haben müssen, daß sie noch über der Rücksicht und Achtung blutsverwandtschaftlicher Bindungen und der Einheit der Familie rangieren.

In den Wochen nach Ausfüllen des Aufnahmeantrags muß der Student sich zwei ausgedehnten Verhören durch einen ›Prüfer‹ unterziehen. Dazu gehören auch überraschende Besuche im Heim des Studenten, um sich mit ihm und seiner Familie zu unterhalten, die – in den meisten Fällen jedenfalls – überhaupt keine Ahnung hat, was vor sich geht. Sie werden überprüft und ausgeforscht, bis die Brigade eine umfangreiche Akte über sie besitzt, und diese Akte ist für die *tecos* stets verfügbar. Dieser Mann«, sagte sie und wies auf den Namen, nach dem sich Renata erkundigt hatte, »und die über und unter ihm aufgeführten sind ihrer Funktion nach Prüfer und Ermittler.

Sehr oft sind diese Männer selbst Absolventen der Universität und waren während ihrer Studentenzeit *tecos*. Die Gruppe der *teco*-Absolventen der Universität ist sehr groß, und die Gefolgschaftstreue und Loyalität zueinander wirkt bis in geschäftliche und politische Bereiche hinein. Nach fast fünfzig Jahren ihres

Bestands kann man sich sehr leicht vorstellen, wie gründlich sie es geschafft haben, ihren Einfluß auf jeden Bereich der Gesellschaft dort auszudehnen.«

»Welchen Sinn hat dieses gierige Sammeln von Daten und Informationen?« wollte Garner wissen.

»Macht«, sagte Celia. »Sehen Sie, es ist eine Gestapomentalität. In ihrem Kampf gegen den Kommunismus ist jeder verdächtig, der kein *teco* ist. Wenn sie jemals jemanden unter Druck setzen oder auf irgendeine Art und Weise benutzen wollen, dann verfügen sie über genügend Informationen, um entscheiden zu können, wie sie es am besten anfangen. Stellen Sie sich nur die zahllosen Verbindungen vor, über die man mit jener Art von Datenbank Kenntnis erlangen kann.«

»Einer dieser Männer ist im Versicherungsgeschäft tätig«, sagte Renata. »Ein anderer ist Krankenhauschef, ein weiterer verdient sein Geld im Transportwesen.«

»Das stimmt. Die meisten stehen im Beruf, auf dieser Ebene sowieso. Wenn man sich die *tecos de choque* etwas eingehender betrachtet, dann könnte man den Eindruck haben, daß sie nicht so wählerisch sind, wen sie einsetzen. Dieser Teil der Organisation besteht aus Gangstern und paramilitärischen Typen. Die anderen beiden Formationen der Brigade behaupten, nichts von ihrer Existenz zu wissen. Sie ignorieren sie einfach.«

Garner wandte sich an Haydon. »Stuart, haben Sie die Liste der Vorstandsmitglieder der Firma gerade zur Hand?«

Haydon griff nach einem Bogen Papier und reichte ihn Garner.

»Als ich das neulich sah, erkannte ich nur zwei Namen«, sagte er und betrachtete wieder die Liste. »Mir fiel ein, daß sie beide in Mexico City wohnen und als Rechtsanwälte tätig sind.«

»Darf ich mal sehen, bitte?« fragte Renata Islas und beugte sich zu Garner vor. »Diese Männer bildeten diese Teco Corporation?« fragte sie nach einigen Sekunden.

»Korrekt«, sagte Garner. »Kennen Sie jemanden davon?«

Sie schaute noch einmal auf die Liste, etwas länger diesmal. Dann nickte sie. »Drei.«

Garner war überrascht. Haydon sah sie an.

»Die beiden mit Adressen in Guadalajara: Einen kenne ich, von dem anderen habe ich schon mal gehört. Ich habe außerdem von einem der Männer aus Colima erfahren. Sie sind ebenfalls Rechtsanwälte.« Sie schüttelte langsam den Kopf und betrachtete einen der Namen mit einem Ausdruck des Ekels. »Der dort, und ich kann es einfach nicht glauben, wurde 1982 von einem Mann und einer Frau engagiert, die zu unserer Gruppe gehören. Er hat sie im Zuge einer Untersuchung vertreten, die das Verschwinden ihres Sohnes aufklären sollte. Er konnte noch nicht einmal die grundlegendsten Fragen ihres Falles aufklären. Jetzt kann ich auch verstehen, warum nicht.«

Garner wandte sich jetzt an Celia Moreno. »Haben Sie, als Sie dort waren, bemerkt, ob Rechtsanwälte häufiger in die Aktivitäten der Brigade verwickelt waren als die Vertreter anderer Berufssparten?«

»Nein, eigentlich nicht. Ich kann mich nur erinnern, einen kennengelernt zu haben. Zumindest war er der einzige, der mir als Rechtsanwalt vorgestellt wurde.«

»Ich habe so eine Ahnung«, sagte Garner, »daß diese Vorstandsmitglieder nichts anderes als Strohmänner sind – Rechtsanwälte, die engagiert wurden, um die Interessen anderer Männer zu vertreten, so daß die Namen ihrer Klienten nicht auf einem der Öffentlichkeit zugänglichen Dokument erscheinen müssen.«

»Mrs. Islas«, sagte Haydon, »können Sie irgendwelche Namen mit den Rechtsanwälten in Verbindung bringen? Haben Sie jemals etwas von einem ihrer Klienten oder von Firmen gehört, die sie vertreten?«

Es trat Stille ein, während Garner und Renata Islas die Liste der Vorstandsmitglieder der Teco Corporation studierten.

»Mitchell«, ergriff Haydon nach einiger Zeit das Wort, »gibt es in Ihren Akten Informationen über sie? Gibt es eine Möglichkeit, daß Sie sich über die Klienten dieser Männer informieren können?«

»Ich habe bisher mit keinem von ihnen zu tun gehabt«, sagte

Garner, »ich müßte einige Bekannte in Mexiko anrufen. Aber angesichts der Tatsache, daß diese Gruppe auch die Gesellschaft Jaliscos unterwandert hat, bin ich nicht so sicher, ob ich ehrliche Antworten erhalte, wenn ich mich nach den *tecos* erkundige. Wenn ich könnte, wie ich wollte –«

»Da!« Renata Islas legte plötzlich einen Finger auf einen der Namen. »Da. Dieser Mann... dort gibt es eine Verbindung.« Sie schaute Haydon mit einem Ausdruck des Triumphs an. Sie klopfte mit dem Finger auf den Namen und starrte ihn an. »Dieser Mann, Mauricio Luquin Spota, ist Rechtsanwalt bei einer Firma, die in Guadalajara gut bekannt ist. Hernán und Ramón Rivas. Die Rivas-Brüder sind mit einer sehr großen und alten *tapatio*-Familie befreundet, der ein älterer Mann namens Apolinar Medrano Mallen vorsitzt. Dieser Apolinar ist ein eleganter alter Mann mit einer sehr interessanten Herkunft. Er hat drei Söhne und drei Töchter. Der mittlere Sohn... ja, der mittlere Sohn... sein Name lautet Blas.«

46

Renata schien selbst überrascht zu sein, daß ihr diese Verbindung aufgefallen war. Die Blicke aller waren auf sie gerichtet, und alle warteten darauf, daß sie sich ausführlicher äußerte, aber sie saß nur da, starrte den Namen an und preßte die Lippen zusammen.

»Apolinar Medrano Mallen«, sagte sie schließlich, als stellte sie ihn vor, »kann seinen Familienstammbaum bis zu den ersten Siedlern in der Mitte des sechzehnten Jahrhunderts zurückverfolgen. Er ist ein *criollo* ohne einen einzigen Tropfen indianischen Blutes in der ganzen Linie. Das verleiht ihm ein ausgeprägtes Gefühl für seinen Stand. Das Wort *tapatio*, das als Spitzname für die Bewohner Guadalajaras benutzt wurde, stammt von einem alten indianischen Ausdruck ab, der bedeutet ›dreimal so edel‹. Keine Gruppe glaubt das mehr von sich als die reiche Elite von Guadalajara, und von der ist keiner glühender davon überzeugt als Apolinar Medrano. Er ist mit dem Stolz eines Mannes erfüllt, der Männer mit Reichtum und Einfluß und Macht in der Familie hat, und er ist stolz in dem Glauben an die Kraft seiner eigenen Bestimmung und der seiner Erben. Sein Katholizismus ist genauso rigoros wie der Fanatismus innerhalb der islamischen Welt heutzutage. In jeder Generation hat sich eine Medrano-Tochter dem weltlichen Leben verweigert und wurde eine Braut Christi.

Apolinars Vater, Blas' Großvater, war einer der Gründer der Autonomen Universität von Guadalajara Ende der dreißiger Jahre, und als junger Mann war Apolinar einer der Initiatoren der National Action Party, kurz als PAN bekannt, die die Opposition der Institutional Revolutionary Party darstellt. Im Lauf der Jahre paßte sich die PAN den politischen Strömungen an, und Apolinar stand immer extrem weit rechts. Er rief die MURO ins Leben, eine faschistische Clique innerhalb der Universität. Und, natürlich, war er auch einer der Gründer der *tecos*. Er ist eine politische und finanzielle Macht, mit der sich jeder arrangieren muß, der sich in Mexiko mit rechtsgerichteten Politikern einlassen will.«

Renata verstummte und trank von ihrem Eistee.

»Was wissen Sie von Blas?« erkundigte sich Haydon.

»Sehr wenig, aber ich kenne eine Frau, die mit ihm zusammen die Universität besucht hat. Die Medranos sind genauso wie die Kennedys in den Vereinigten Staaten. Was sie tun und was sie nicht tun, ist stets ein beliebtes Gesprächsthema. Zum Beispiel, obwohl ich sie nicht persönlich kenne, weiß ich, daß der ältere Bruder Rechtsanwalt in Mexico City ist und daß der jüngere Bruder eine der Firmen der Familie in Guadalajara leitet. Blas' Schwestern sind mit Männern verheiratet, die ebenfalls im Dienst des Familienimperiums stehen. Einer in Mexiko, einer in Colima. Über ihre Aktivitäten kann man alles in den Zeitungen nachlesen. Aber von diesem Blas weiß ich nichts. Warum? Das macht mich mißtrauisch.«

»Wie lautet sein voller Name?«

»Blas Medrano Banda. Seine Mutter, Soilana Banda, stammt ebenfalls aus einer reichen *tapatio*-Familie. Das ist für sie sehr wichtig. Macht findet stets zu anderer Macht.«

Haydon schob seinen Teller beiseite, sah zu Garner und wandte sich an Renata.

»Sie sagen, Sie kennen eine Frau, die eine Kommilitonin von ihm war. Könnte sie noch mehr von ihm wissen als Sie? Kann man ihren Informationen vertrauen?«

»Ja – auf beide Fragen. Sie kennt die Familie selbst zwar nicht so gut, aber sie hat Verbindung zu Leuten, die es tun. Sie und Blas waren Mitglieder in den gleichen Universitätsvereinen, und sie hat mit ihm zusammen einige Lehrveranstaltungen wie Vorlesungen und Seminare absolviert.«

»Wie alt ist er?« fragte Garner.

Renata überlegte einen Moment lang. »Die Frau ist Anfang Dreißig.«

»Können Sie sie anrufen?« fragte Haydon. »Könnten Sie irgendwelche Informationen von ihr bekommen?«

»Ich glaube schon, daß sie bereit ist, einiges zu erzählen. Sie hat unserer Gruppe bisher immer geholfen.«

Haydon erhob sich und ging zu Renatas Stuhl. »Würden Sie sie freundlicherweise jetzt gleich anrufen?« fragte er und half ihr, den Stuhl zurückzuschieben. »Da drüben steht ein Telefon. Stellen Sie die Fragen so, wie Sie es für richtig halten. Verlassen Sie sich auf Ihr Gefühl. Sehen Sie zu, daß Sie soviel wie möglich über ihn herausbekommen – seine Vorlieben, das, was er nicht mag, seine Gewohnheiten, seine äußere Erscheinung, sein Leben seit Verlassen der Universität, seine Reisen.«

»Ich verstehe«, sagte Renata.

»Und fragen Sie nach einem Foto. Ist es möglich, daß sie so etwas besitzt?«

»Ich werde sie fragen.« Renata bückte sich und griff nach einer Tasche neben ihrem Stuhl. »Ich habe ein Telefonbuch von Guadalajara mitgebracht. Ich ahnte, daß wir es brauchen.«

Haydon ging mit ihr zur anderen Seite des Raumes, redete noch einige Minuten mit ihr und kam dann zum Tisch zurück.

»Stuart, wie willst du entscheiden, ob er der richtige Mann ist?« fragte Nina mit gedämpfter Stimme. »Du kannst sein Foto doch nicht auf einen vagen Hinweis hin von den Medien verbreiten lassen.«

Haydon schüttelte den Kopf, während er sich setzte. »Ich weiß es nicht. Mal abwarten, was sie sagt.« Haydon beobachtete Renata, die sich auf spanisch mit jemandem unterhielt. Er wandte sich an Celia.

»Wir sind in der ganzen Sache noch immer nicht weitergekommen. Hat Valverde jemals irgendwelche Verstecke erwähnt, andere Adressen außer dem Belgrano an der Chicon Street?«

»Nein«, antwortete sie. »Nichts. Er meinte, daß diese Männer Profis sind, daß sie herkommen, den Job erledigen und wieder verschwinden, ohne eine Spur zu hinterlassen.«

»Nun, so ganz haben sie das nicht geschafft«, schnappte Haydon. »Sind Sie wirklich völlig sicher, daß Sie mir alles erzählt haben?«

Er reagierte selbst überrascht, als er den angespannten, scharfen Unterton seiner eigenen Stimme wahrnahm. Celia erwiderte seinen Blick, ihr Kinn zitterte, und sie blinzelte zweimal heftig.

Celia gab ihm keine Antwort, vielleicht konnte sie es auch gar nicht. Haydon sagte nichts mehr. Er lehnte sich auf seinem Stuhl zurück und schaute durch die Terrassentüren nach draußen. Die Terrasse lag jetzt im Licht der grellen Mittagssonne. Während er in seinen eigenen Überlegungen versank, verlor er jegliches Zeitgefühl.

»*Bueno*«, sagte Renata laut und riß Haydon zurück in die Gegenwart. Er drehte sich um, bemerkte, daß die anderen sie beobachteten, während sie am Telefon stand und sich darauf konzentrierte, die letzte Information auf einem Zettel zu notieren.

»Wir haben Glück«, meinte sie, kam zu ihnen herüber und schob sich den Stuhl zurecht, um sich zu setzen. Als sie fortfuhr, wandte sie sich an Haydon.

»Meine Freundin bestätigt, daß Blas tatsächlich während seiner Universitätszeit ein *teco* war. Dabei haben seine Fähigkeiten und der Einfluß seines Vaters ihn schon, als er das College besuchte, in die Lage versetzt, sich aus den Niederungen extremer campuspolitischer Strömungen zu befreien und eine unauffälligere, aber weitaus einflußreichere Position zu erlangen. Angeblich war er bereits während seiner Collegezeit regelmäßig in Mexico City. Er hat ein Mädchen von dort geheiratet, das schon nach einem Jahr gestorben ist. Einige Zeit später soll er sich für ein Jahr oder länger in den Vereinigten Staaten aufgehalten haben, aber meine Freundin war sich dessen nicht ganz sicher. Dann gab es Gerüchte, daß er sich als Söldner in Mittelamerika verdingt hätte, doch keiner von denen, die ihn etwas besser kannten, glaubte, daß das zutraf. Während der letzten fünf oder sechs Jahre hat meine Freundin niemanden getroffen, der direkten Kontakt mit ihm gehabt hat. Einige vermuten, daß er wieder mit den *tecos* Verbindung hat und für sie häufig auf Reisen ist. Eine Person behauptet, sicher zu wissen, daß er sich Anfang der achtziger Jahre in Frankreich aufgehalten hat, und im Laufe der vergangenen beiden Jahre will man ihn in Tegucigalpa und in Guatemala City gesehen haben.«

Sie betrachtete ihre Notizen, die sie auf einen Stenogrammblock geschrieben hatte, und blätterte weiter.

»Mal sehen... vor dem Eintritt in die Universität von Guadalajara besuchte er eine private Jesuitenschule und betrieb sehr ernsthafte religiöse Studien. Er hatte offensichtlich die Absicht, eine katholische Universität zu besuchen, aber Apolinar befürchtete, daß er am Ende noch den Wunsch äußerte, die Priesterlaufbahn einzuschlagen, und überredete ihn, sich für eine staatliche Universität zu entscheiden.«

»Wie sieht er aus, was haben Sie über seine Persönlichkeit erfahren?« unterbrach Haydon.

»Na ja, attraktiv, sehr attraktiv sogar. Belesen, intelligent. Nicht aufdringlich, aber auch nicht gerade zurückhaltend und still. Sehr angenehm, sehr höflich. Meine Freundin konnte sich daran erinnern, daß er elegante Kleidung bevorzugte. Größe etwa einssiebzig. Er war kräftig gebaut, aber kein Athlet. Er liebte seine Mutter, hatte jedoch zu seinem Vater eine eher reservierte Beziehung. Apolinar versuchte alle seine Söhne zu unterdrücken und zu lenken, aber Blas scheint zumindest gegen seine Unbeugsamkeit rebelliert zu haben; trotzdem war er derjenige, der sich am intensivsten bemüht hat, dem gerecht zu werden, was sein Vater sich von ihm wünschte.«

Renata hielt inne. »Es tut mir leid, ich habe alles mitgeschrieben, was sie gesagt hat. Ich weiß, daß einiges davon nicht unbedingt geeignet ist, uns jetzt weiterzuhelfen.«

»Nein«, sagte Haydon schnell. »Alles ist wichtig, jedes noch so winzige Detail. Fahren Sie fort. Was sonst noch?«

»Nun, ich glaube, das war es im wesentlichen«, sagte sie und blätterte wieder ihre Notizen durch. »Sie wollte wissen, warum ich so viele Fragen stellte.«

»Und was haben Sie ihr gesagt?«

»Daß ich ihr alles erklären würde, wenn ich wieder zurückkäme.«

»Und was ist mit dem Foto?«

»O ja. Sie hat sogar mehrere.«

»Und welches ist das aktuellste?«

»Eins von 1980.«

»Haben Sie sie gefragt, ob man alles darauf gut erkennen kann?«

»Ja, das habe ich. Es sind Familienfotos, die eine seiner Schwestern einer Freundin geschenkt hat, die sie dann an Consuela weitergab.«

»Schön, wunderbar«, sagte Haydon. Er überlegte kurz. »Okay, ehe wir weitermachen, möchte ich noch etwas überprüfen. Können Sie Medranos Nummer im Telefonbuch von Guadalajara finden?«

»Ich habe bereits nachgeschaut, aber sie scheint nicht eingetragen zu sein.«

»Wir müssen Blas finden, bevor wir die nächsten Schritte tun«, erklärte Haydon. »Es wäre ein unverzeihlicher Fehler, sein Bild veröffentlichen zu lassen und später feststellen zu müssen, daß er völlig harmlos ist, mit der ganzen Sache überhaupt nichts zu tun hat und jederzeit leicht per Telefon hätte erreicht werden können.«

»Der beste Weg, das festzustellen, ist, einen der Rivas-Brüder anzurufen«, schlug Renata vor. »Wir würden es niemals schaffen, ein Mitglied der Familie direkt zu erreichen – es gibt einfach zu viele Zwischenstationen, zu viele Leute, deren Aufgabe darin besteht, Störenfriede abzuwimmeln. Hernán Rivas dürfte wissen, was zu tun ist«, sagte sie und schlug das Telefonbuch auf. »Da.« Sie malte einen Kreis um eine Nummer und reichte Haydon das Buch.

Haydon nahm es entgegen und drehte sich zu seinem Schreibtisch um. Es war genauso schwierig, an den mexikanischen Sekretärinnen vorbeizukommen, wie an denen von Garner. Er sprach mit zweien, nannte seinen Namen, wartete, sprach mit einer weiteren, versicherte ihr, daß es äußerst wichtig und vertraulich sei. Als Rivas schließlich in der Leitung war, verbarg er nicht sein Mißtrauen, Haydon erklärte, wer er war und sagte, daß er dringend mit Blas Medrano reden müsse. Als Rivas ihn nach dem Grund fragte, erwiderte Haydon, daß die Houstoner Polizei berechtigte Gründe habe, anzunehmen, daß Blas in einen Mord am vergangenen Abend verwickelt sei. Falls er jedoch zu sprechen sei, könne er diesen Irrtum vielleicht aufklären. Rivas tat das als geradezu lächerliche Geschichte ab, da er persönlich wüßte, daß sich Blas wegen Familienangelegenheiten in Costa Rica aufhalte. Haydon erkundigte sich, wie er Blas in Costa Rica erreichen könne, aber Rivas entgegnete, daß er irgendwo auf dem Lande und nicht zu erreichen wäre. Haydon bedauerte das und sagte, daß er unter diesen Umständen den Vorschriften entsprechend verfahren, den Haftbefehl bestehen lassen und eine Fahndungsmeldung herausgeben müßte. Rivas wurde nervös und protestierte. Er wollte die Namen von Haydons Vorgesetzten wissen. Haydon nannte ihm die Namen und versprach, den Haftbefehl bis sechs Uhr an diesem Abend zurückzuhalten. Falls Rivas ihm einleuchtende Gründe dafür nennen könnte, warum er den Haftbefehl nicht weiterleiten sollte, könnte er Haydon noch einmal unter seiner Privatnummer oder im Morddezernat anrufen. Haydon bedankte sich für seine Mithilfe und legte auf.

Er drehte sich um und stand auf. »Mitchell, ich habe ein paar

Fragen«, sagte er und ging zur Bibliothekstür. Draußen im Korridor ging er in Richtung Eingangshalle und blieb auf halbem Weg stehen und sah Garner, der ihm gefolgt war, an.

»Ich möchte einen Jet chartern und Renata hinschicken, um die Bilder zu holen.« Er schaute auf die Uhr. »Es ist jetzt fast halb zwei. Sie müßte um halb drei vom Hobby-Flugplatz starten können. Ich glaube, der Flug selbst dürfte zwei Stunden dauern. Wenn ihre Freundin sie am Flughafen erwarten würde, könnte sie um fünf schon wieder in der Luft sein und rechtzeitig zurückkommen, um die Bilder in den Abendnachrichten um zehn Uhr zu veröffentlichen und um sie noch in den Morgenausgaben der Zeitungen zu placieren.«

»Ist das die einzige Möglichkeit, die Bilder herzubekommen? Hat die DEA denn nicht eine Satellitenverbindung in die Staaten?«

»Nein. Alles in dieser Art wird von diplomatischen Kurieren oder einfach mit der Post transportiert. Mitchell, Sie müssen sie begleiten. Sie darf auf keinen Fall allein reisen. Sie können sich jetzt gleich ein Taxi rufen, und ich werde alles arrangiert haben, bis Sie auf dem Flugplatz eintreffen. Richland Charter Flights. Ich habe diese Firma schon früher für Flüge nach Mexiko in Anspruch genommen.«

»Okay«, sagte Garner. »Dann muß ich aber vorher noch ein paar Telefongespräche führen und einige Termine absagen.«

»Sie können das Telefon im Wohnzimmer benutzen, wenn Sie ungestört sein wollen. Außerdem haben Sie dort eine eigene Leitung.«

»Lassen Sie mir fünf oder zehn Minuten Zeit«, bat Garner und wandte sich zu den Doppeltüren des Wohnzimmers um.

Haydon kehrte in die Bibliothek zurück und erklärte Renata, was er vorhatte. Sie war sofort einverstanden.

»Ich rufe jetzt gleich den Charterservice an«, sagte er. »Ich mache die Buchungen und laß mir die Ankunftszeit in Guadalajara nennen. Dann müssen Sie Ihre Freundin anrufen und ihr mitteilen, wann sie Sie am Flughafen erwarten soll. Wir wollen keine Zeit damit vergeuden, daß Sie noch in die Stadt fahren.«

Sobald Haydon die Charterbestätigung hatte, die Ankunftszeit in Guadalajara kannte und ein Taxi bestellt hatte, telefonierte Renata. Um Viertel vor zwei rollte ein Taxi die Zufahrt herauf. Haydon gab Garner zweihundert Dollar für den Fall, daß sie irgendwelche unvorhergesehenen Ausgaben hätten, und dann waren sie auch schon unterwegs. Haydon kehrte ins Haus zurück und wählte Dystals Nummer.

47

Als er an einer Ampel warten mußte, nahm Blas die Eispackung von seinem linken Handgelenk weg, das in seinem Schoß lag, und untersuchte die Schwellung. Er hatte die Eispackung von dem Moment am frühen Morgen darauf liegen lassen, als er in seine Suite zurückgekehrt war. Obwohl er nicht so schwer verletzt war, wie er erwartet hatte, verhinderten die Schmerzen und die Schwellung eine genauere Untersuchung des Gelenks. Aber trotzdem war die Hand nicht sein Hauptproblem.

Er hatte großes Glück gehabt. Als er über die Begrenzungsmauer in die Dunkelheit gesprungen war, hatte er keine Ahnung gehabt, was sich unter ihm befand, und er hatte damit gerechnet, auf Beton zu landen. Aber ein Zwerglorbeer hatte ihm eine weiche Landung beschert und ihm wahrscheinlich das Leben gerettet. Auf Beton hätte er sich vermutlich von dem Aufprall nicht so schnell erholt. Er war gegen die Gebäudemauer gerollt, bevor die Männer über ihm die Begrenzungsmauer erreicht und angefangen hatten, in die Büsche zu schießen. Er hatte sich an die Mauer gepreßt und dem Knattern der Maschinenpistolen, dem seltsamen Klatschen der im Buschwerk einschlagenden Kugeln und dem Klirren der leeren Patronenhülsen in den zerfetzten Büschen gelauscht – spanische Flüche, das Zuschlagen der Wagentüren und dann Stille. Blas war erst losgerannt, als er das Aufheulen der Wagenmotoren und die quietschenden Reifen vernommen hatte.

Da die Polizei gewöhnlich keine vollautomatischen Waffen mit sich führte, wußte er, daß er Negrete und seinen Leuten entkommen war. Er versteckte sich in einem dunklen Oleanderdikkicht, sein Handgelenk pochte wie wild, und sein Körper war schweißnaß. Negretes Wagen kurvten durch die Straßen in nächster Umgebung des Parkhauses. Wenn er den Mietwagen irgendwo am Straßenrand anstatt auf einem Parkplatz abgestellt hätte, dann wären sie sicherlich darauf gestoßen. Als sie schließlich beim ersten Ton einer Polizeisirene in der Ferne verschwanden, stand Blas auf und ging ohne große Eile zu seinem Wagen auf dem Parkplatz des Krankenhauses.

Er funkte Arizpe an, und sie trafen sich in einem Imbißrestaurant an der Richmond. Blas erzählte Arizpe, was geschehen war, daß die Polizei über ihn Bescheid wüßte, daß Negrete offensichtlich an Waite herangekommen war, daß er Ferretis verfolgt hatte bis zu dem toten Briefkasten. Nach einigen Überlegungen entschieden sie, daß das, was Negrete aus Waite herausbekommen haben mochte, nicht ausreichte, um sie in irgendeiner Form zu gefährden, und entschlossen sich, ihre Pläne nicht zu ändern. Sie konnten keine Antwort auf die Frage finden, wie die Polizei an Arizpes Namen gelangt war, glaubten aber, daß die Behörden darüber hinaus so gut wie nichts wußten, weil sie sonst niemals zugelassen hätten, daß Cordero die Stadt verließ. Negrete wußte zwar, daß sie das RDX besorgt hatten, aber sie waren die einzigen beiden Personen, die den Standort des Sprengstoffs kannten. Sie hatten keinerlei Spuren für die Polizei oder Negrete hinterlassen. Die schwächsten Punkte dieser Operation waren immer die Kontaktleute in Houston gewesen, und auf die eine oder andere Art waren sie alle ums Leben gekommen, bis auf den rechtzeitig geflüchteten Cordero. Die einzige noch bestehende Gefahr war die, daß Arizpes Überwachung der Kreuzung bemerkt wurde, und daß Gamboa durch irgendeine unvermittelte Änderung der Routine die Eisenbahnkreuzung auf der San Felipe mehrere Tage lang nicht überqueren würde. Sie kamen überein, etwas zu schlafen und dann die weiteren Schritte ihres Plans hinter sich zu bringen.

Blas kehrte ins La Colombe d'Or zurück. Niemand wußte, daß er dort abgestiegen war, noch nicht einmal Rubio. Er kannte auch nicht Rubios Basis, ein Arrangement, das eine alte Sicherheitstaktik darstellte, die sie routinemäßig achtundvierzig Stunden vor einem entscheidenden Schlag anwendeten. Sie befreite beide von der Anspannung, die durch die unterschwellige Furcht erzeugt wurde, daß einer von ihnen ohne Wissen des anderen geschnappt und den Aufenthaltsort verraten könnte.

Um sieben Uhr morgens saß Blas im Auto und fuhr zu einem Schnellimbiß unweit des Post Oak Boulevards, wo er und Rubio sich am Abend vorher unterhalten hatten. Er kaufte die Morgenzeitungen und frühstückte, während er die Artikel über die Morde an Ferretis und Waite las. Die Polizei, die immer noch keine Einzelheiten ihrer Ermittlungen an die Öffentlichkeit dringen ließ, erklärte, daß sie sich auch der vom FBI und von der DEA gesammelten Daten bediente. Ein besonders rühriger Reporter hatte schließlich in Erfahrung gebracht, daß die Limousine, obgleich offiziell auf Sosa Reals Namen gemietet, von Benigo Gamboa Parra benutzt wurde, dessen Heim schwer bewacht zu werden schien. Obgleich die Schlagzeilen riesig waren, fielen die Artikel über die Morde tatsächlich ziemlich vage aus.

Blas ließ die Zeitung liegen, als er das Restaurant verließ, und nahm sich vor, dieses Lokal nicht mehr aufzusuchen. Wären seine Gedanken nicht ganz woanders gewesen, dann wäre er zum Frühstück sowieso nicht hierhergekommen. Glücklicherweise hatte er es dank eines Schichtwechsels mit anderen Serviererinnen zu tun. Sein zweites Erscheinen dort innerhalb von wenigen Stunden war niemandem aufgefallen.

Während der nächsten drei Stunden fuhr Blas die Straßen eines groben Rechtecks ab, das sich innerhalb einer Gegend zwischen Post Oak Boulevard und Sheperd Street im Westen und Osten und zwischen dem Southwest Freeway und der San Felipe im Süden und Norden befand. Zweimal machte er halt, um Kaffee zu trinken und zu tanken. Er bekam in der Zeit zwei Meldungen von Rubio, die besagten, daß sich nichts Bedeutendes tat.

Dann, während er sein geschwollenes Handgelenk vor der

Ampel untersuchte, funkte Rubio ihn an und forderte ihn auf, eine Telefonzelle an der Kirby aufzusuchen und eine Nummer zu wählen. Blas gehorchte. Rubio nahm am anderen Ende in einer Zelle den Hörer ab.

»Irgend etwas ist im Gange«, sagte Rubio mit ausdrucksloser Stimme. »Vor etwa zwanzig Minuten, um kurz nach elf, habe ich drei Polizeiwagen in die Inverness einbiegen sehen. Ich bin an Gamboas Haus vorbeigefahren. Es sieht so aus, als würden sie Negretes Jungens einsammeln. Sie haben sich auch den Wachtposten an der Straße weiter unten geschnappt. Wie viele genau sie mitgenommen haben, weiß ich nicht, aber ich habe mindestens vier gesehen.«

»Haben sie Polizisten in der Umgebung des Hauses postiert?«

»Nein.«

»Jetzt sind keine Wächter mehr dort?«

»Ich habe niemanden gesehen.«

Blas spürte plötzlich so etwas wie ein inneres Alarmsignal. »Ist Gamboa noch im Haus?«

»Ich habe ihn nicht wegfahren sehen.«

»Was hältst du davon?«

»Keine Ahnung. Vielleicht haben sie Negrete diese Waite-Sache angehängt. Ich weiß es nicht.«

»Das ging zu schnell«, sagte Blas. Er schaute durch die schmutzige Glasscheibe der Zelle hinaus ins Sonnenlicht. »Vielleicht haben sie einen Verdacht gegen ihn, vielleicht ist es auch nur ein Trick. Du hast nicht gesehen, ob sie auch Negrete mitgenommen haben?«

»Nein.« Nach einer Pause sagte Rubio: »Das gefällt mir nicht.«

Blas dachte an Rubios dunkles Gesicht, den Schimmer eines weißen Zahns in der Scharte seiner Unterlippe. Dann sah er Negretes Gesicht vor sich. Seine schönen, glänzenden Augen, die breite Stirn und das schmale Gesicht, das dem Kopf einer Ameise so ähnlich war. Wie der sprichwörtliche Herr, der seinem Hund ähnlich wird, rief Negrete stets beim Betrachter die Erinnerung an das Insekt wach, nach dem er seinen Spitznamen bekommen hatte. *El Hormiga Negro.* Die Schwarze Ameise. Blas hatte Irenos Gesicht durch das Fernglas gesehen und erinnerte sich an den Nagel und an die Ameise. In bestimmten Teilen Mexikos war Negretes Unterschrift berüchtigt. Blas hatte die Ergebnisse seiner Arbeit schon früher gesehen, und er hatte auch die Angst bemerkt, die sie hervorrief. Und nun, für einen kleinen Moment, sah er Rubios Stirn... den Nagel... die Ameise, die am Ende einer Schnur tanzte wie eine winzige Marionette. »Meinst du, es wäre zu riskant, die Überwachung fortzusetzen?«

»Ich weiß es nicht. Das ist mir egal. Vielleicht ist es auf diese Art einfacher. Ich würde nur gern wissen, wo sich Negrete herumtreibt.«

»Vielleicht hat die Polizei in den Häusern in der Nachbarschaft Leute stationiert. Vielleicht versuchen sie uns herauszulocken.« Blas dachte kurz nach. »Rubio, fahr am besten nicht mehr an dem Haus vorbei.«

»Was soll ich tun?«

»Laß mich überlegen.«

Die Telefonzelle war wie ein Glasofen. Das gottverdammte Ding befand sich noch nicht einmal im Schatten. Er stand da, hielt den Telefonhörer fest und wußte, daß mit jeder Minute, die Rubio sich nicht in der Inverness befand, Gamboas Chancen wuchsen, unbehelligt durchzuschlüpfen. Aber er mußte sich über die Gründe für den Abtransport von Negretes Männern klarwerden. Wenn Rubio etwas zustieß, mußte er das Ganze abblasen. Es wäre der absolute Wahnsinn, wenn er selbst Gamboas Bewegungen überwachte. Dort zog er eine Grenze. Jede Mission reduzierte sich am Ende auf zwei allerletzte Möglichkeiten: das Ziel ausschalten und das eigene Leben erhalten. Er würde alles und jeden opfern, um ersteres zu erreichen.

»Angesichts all dieser Aktivitäten könnte sich der alte Mann auf die Reise begeben«, sagte Rubio.

»Es ist gefährlich.«

»Willst du die Sache abblasen?«

»Noch nicht.«

»Okay, dann muß ich schnellstens wieder zurück.«

Rubios sachliche Feststellung wischte Blas' Zögern weg. Der Indianer hatte recht. Er war bereit, ein blindes Risiko einzugehen...

»Melde dich öfter«, sagte Blas. »Jede halbe Stunde.«

»*Bueno*«, sagte Rubio und legte auf.

...und er hatte kein Recht, das zu erwarten, was er sich erhoffte.

48

Haydon erzählte Dystal, wie Renata Islas auf Blas Medranos Namen gestoßen war und was er daraufhin unternommen hatte, und erkundigte sich, wie die Dinge beim Lieutenant standen. Er lehnte sich an seinen Schreibtisch, und während er Dystals texanisch schleppender Baßstimme lauschte, schaute er zu, wie Nina und Celia die Teller und Gläser abräumten.

»...es herrschte eine ziemlich große Verwirrung. Lapierre erzählte, daß einige von den Jungs ihre Waffen nicht rausrücken wollten, und für einige Zeit war die Atmosphäre etwas aufgeladen. Aber Gamboas Junge, Efren, kam raus und beruhigte sie. Und dann hatten wir Glück. Drei von diesen Typen hatten Mac-10er bei sich – umgebaut für automatischen Betrieb. Also konnten sie gleich an Ort und Stelle drei Verhaftungen vornehmen. Dumm ist, daß sie nur insgesamt vier von den Kerlen erwischten. Negrete war nirgendwo zu sehen. Und wenn dieser Bastard die Wahrheit gesagt hat, dann sind zwei weitere Kerle ebenfalls verschwunden.«

Während er die beiden Frauen beobachtete, kam es Haydon so vor, als sei etwas Unerwartetes eingetreten. Nina und Celia hatten plötzlich eine Art geschwisterliches Verständnis füreinander entwickelt und schienen sich miteinander sehr wohl zu fühlen.

»Haben sie das gesamte Anwesen abgesucht?« fragte Haydon, aber seine Gedanken weilten bei Nina und Celia. In gewisser

ser Weise wunderte er sich nicht über die Zuneigung der beiden. Nicht wegen der Dinge, die er von Celia wußte, sondern aufgrund seines Wissens um Nina und ihre Eigenheiten. Die Fassade geradezu theatralischen Selbstvertrauens, die Celia gezeigt hatte, als er sie zum ersten Mal bei Valverde gesehen hatte, die Wut, die sie bei ihrer Mutter so offen demonstriert hatte, die Angst, die sie erfolglos hinter einer erzwungenen Sturheit im Wagen zu verbergen versucht hatte, als sie von den *tecos* erzählt hatte, all das war nun in eine unverhohlene Verwundbarkeit eingemündet. Sie hatte nicht nur einen Bruder verloren, sondern sie hatte am Ende auch erkannt, daß sich ein Projekt, dem sie sich voller Leidenschaft während der vergangenen sechs Monate mit Haut und Haaren verschrieben hatte, als eine trickreiche Spiegelfechterei entpuppt hatte. Sie hatte keine Ahnung, *was* sie getan hatte. Das Opfer eines derart grandiosen Betrugs zu sein, war demoralisierend, und es war typisch für Nina, daß sie spürte, wie schrecklich diese plötzliche Verwundbarkeit das Mädchen treffen mußte. Es war außerdem typisch für sie, auf diese direkte und unberechnende Art und Weise zu demonstrieren, daß sie Mitleid hatte. Diese Art von Ehrlichkeit war nur selten bei Menschen vergeudet, die sich aufrichtig danach sehnten.

»Ja, das haben sie getan«, berichtete Dystal, »und sie fanden eine weitere umgebaute Mac-10 in Negretes Hütte. Ich weiß nicht, wie der Staatsanwalt uns in dieser Sache vorgehen läßt, aber ich möchte Gamboa wegen Besitzes aller vier Macs anklagen, und das dürfte uns ausreichende Gründe für eine Ausweisung liefern.« Dystal senkte die Stimme, und Haydon hatte Mühe, ihn zu verstehen. »Das ist zwar eine ziemlich fadenscheinige Angelegenheit, aber ich glaube, daß der Wind hier unten mittlerweile aus einer anderen Richtung weht. Wir haben einige Vertreter der Stadt und einen Senator auf unserer Seite, die Wirbel veranstalten, und es müßte eigentlich die allgemeine Überzeugung vorherrschen, daß es ohne Ziel keine Schützen geben wird. Soweit ist es gekommen. Sie wissen schon, nichts wie weg mit dieser Affäre, so schnell wie möglich, damit wieder Ruhe einkehrt.«

Das hatte Haydon befürchtet. Die Morde waren auch an diesem Morgen in den Fernsehnachrichten das beherrschende Thema gewesen, und die Stadtpolitiker setzten alles daran, zu vermeiden, in den nationalen Medien als Little Mexico behandelt zu werden, als ein Paradies für die Akteure in den politischen Intrigen Lateinamerikas. Sie könnten sich aus dieser Situation herausmanövrieren, wenn sie verkünden konnten, daß Benigo Gamboa Parra das Ziel einer unbekannten Gruppe von Radikalen in Mexiko war und daß er sich ganz zufällig in Houston befand, als man beschloß, sich an ihn heranzumachen. So etwas passierte nun mal. Hätte er in Happy Valley, Texas, gewohnt, wäre die Spur der Gewalt ihm dorthin gefolgt. Es hatte überhaupt nichts mit der geographischen Lage Houstons zu tun oder mit seiner Bevölkerungsstruktur. Es war einfach ein unglücklicher Zufall.

Benigo Gamboa hatte sich in Mexiko selbst an allen möglichen politischen Intrigen beteiligt, und nun sollte er die Folgen seiner Aktivitäten eben auch diesseits der Grenze in vollem Umfang zu spüren bekommen.

»Demnach werden sie ihn also wegschicken?«

»Genau. Je eher, desto besser. Sie wollen nicht, daß er in dieser Stadt auf einer Bombe in die Luft fliegt.«

»Und wie sieht Gamboas Reaktion bisher aus?«

»Der Mann ist sauer, daß wir ihm seine Miliz weggenommen haben. Pete teilte ihm mit, daß wir ihm genügend uniformierte Beamte dalassen würden, die ihre Plätze einnehmen könnten, aber er meinte nur, daß er sie verdammt noch mal nicht braucht. Er meinte, er würde einige Telefongespräche führen und die ganze Angelegenheit klären.«

»Also haben Sie niemanden zurückgelassen?«

»Jedenfalls niemanden, den man sehen kann. Wir haben Bewacher in den oberen Stockwerken der Häuser auf beiden Seiten der Straße und in beiden Richtungen postiert. In verschiedenen Einfahrten sitzen Männer in Zivilfahrzeugen. Er steht unter Beobachtung, aber er weiß es nicht. Ich kann mir vorstellen, daß er ganz schön ins Schwitzen kommt.«

»Was hat er über Negrete gesagt?« Hinter Haydon nahm Nina soeben die letzte Platzdecke vom Tisch. Er wandte sich um und schaute ihr nach, als sie aus der Bibliothek ging und die Tür hinter sich schloß.

»Niemand wußte, wo er sich aufhält. Er war zufälligerweise gerade unterwegs. Tatsächlich fragte Gamboa Pete, wo er ist.«

»Ich würde gern wissen, wen Gamboa anrufen wollte.«

»Nun, wenn es jemand mit großem Einfluß ist, werden wir es noch früh genug erfahren.«

»Ist das Labor mit den Untersuchungen vorangekommen?«

»Ein wenig«, antwortete Dystal. »Ein Teil des Schamhaars und des Kopfhaars auf dem Bett in den La Concha Courts gehörte Ireno Lopez, demnach haben wir in dieser Richtung eine gesicherte Erkenntnis. Es fanden sich auch beide Arten von Haaren von jemand anderem. Und im Haus der Waites, nun, dort gibt es eine Menge Fingerabdrücke. Sie haben ein paar gefunden, die weder den Waites noch den Farrells gehören, aber die sind noch nicht identifiziert. Wir nehmen Fingerabdrücke von den Kerlen, die wir mitgebracht haben, und die Ballistiker prüfen gerade nach, ob aus ihren Mac-10ern die Kugeln abgefeuert wurden, deren Hülsen wir im Parkhaus gefunden haben. Bisher wissen wir, daß das Blut sowohl den Waites gehörte wie auch Donny Farrell.«

Einen Moment schwiegen beide, dann sagte Haydon schließlich: »Das ist eine harte Nuß. Ich kann mich nicht erinnern, daß jemals so viele Leute derart intensiv mit so wenig Erfolg gearbeitet haben.«

»Wir hatten es auch noch nie mit einem ausländischen Attentäter zu tun, der bei uns sein Unwesen trieb, Stu«, sagte Dystal. »Wenn sie praktisch aus dem Nichts auftauchen, ohne häuslichen Background und ohne familiäre, häusliche Bindungen, und sich auf Leute stürzen, die keine amerikanischen Bürger sind, gibt es nicht viel, was wir tun können.«

»Wenn diese Bilder keinen Erfolg bringen«, sagte Haydon, »dann ist es zu spät, um noch etwas anderes zu versuchen. Entweder ist Gamboa längst geflohen, oder sie haben ihn doch noch erwischt. Ich kann mir nicht vorstellen, daß es noch vierundzwanzig Stunden so weitergehen kann.«

»Ich auch nicht. Ich glaube, Sie haben recht.«

»Es gibt zwei Fragen, auf die wir, wie ich fürchte, wohl nie eine Antwort bekommen werden«, sagte Haydon. »Wer waren Celia Morenos anonyme Kontaktleute, und warum haben sie Informationen über die *tecos* gesammelt? Und wer hat Gamboa und anderen korrupten Politikern und Geschäftsleuten geholfen, ihre Millionen aus dem Staatsschatz Mexikos außer Landes zu schaffen?«

Dystal schnaubte. »Sie sind ja wohl schon lange genug in diesem Geschäft tätig, um zu wissen, daß man nicht gerade oft Antworten auf solche Fragen erhält.«

Haydon wußte, worauf Dystal anspielte. Beide Männer hatten längst angefangen zu begreifen, daß es hier um weitaus mehr ging, als das Polizeipräsidium bewältigen konnte. Als Detectives der Mordabteilung standen sie in der Hackordnung viel zu weit unten, um eine einleuchtende Erklärung für die Vorgänge erwarten zu können. Niemand würde ihnen die verwickelteren Zusammenhänge auseinandersetzen. Sie waren nichts anderes als Straßenfeger; niemand verlangte von ihnen, festzustellen, wer den Schmutz hinterlassen hatte. Tatsächlich hatte auch niemand den Wunsch, daß sie es versuchten.

Lucas Negrete saß auf der Rückbank des neuen Mietwagens, während er auf dem Southwest Freeway stadteinwärts fuhr. Er war wütend, und seine Zeit wurde knapp. Die drei Männer hatten den Wagen, der auf Ramón Sosa Reals Namen zugelassen war, auf einem Parkplatz der Greenway Plaza geparkt, waren von dort mit einem Taxi zu einer Autovermietung in der Nähe gefahren und hatten unter Vorlage falscher Papiere einen Lincoln gemietet. Nun fuhren sie in die Stadt, um zwei Motelzimmer zu mieten. Negrete kannte genau das richtige Motel, das er brauchte, an der South Main, so nahe am Freeway, daß die Zimmer auf der Südseite und im zweiten Stock eine Geräuschkulisse hatten, als befänden sie sich *auf* der Überführung in einem nicht enden wollenden dahindonnernden Verkehrsstrom. Es war das lauteste Zimmer in der ganzen Stadt.

Während der Fahrer, ein athletischer junger Mann namens Sisenso mit Löckchen und asiatischen Augen, sich auf den Verkehr konzentrierte, war Negrete in einen Wust von Papieren vertieft. Er hatte ein Schreibbrett auf den Knien liegen, während er eine Liste von Zahlen notierte, von denen er eine gelegentlich Luis zurief, dessen bebrilltes Gesicht und phlegmatische Art eine brutale Persönlichkeit kaschierten. Luis antwortete mit ja oder nein und rief manchmal selbst eine Zahl.

Als sie das Motel erreichten, stieg Sisenso aus und ging hinein, um die beiden Zimmer zu buchen. Negrete und Luis fuhren mit ihrer Arbeit fort. Sie schauten noch nicht einmal hoch. Als der Fahrer zurückkam, stieg er ohne ein Wort in den Wagen und fuhr durch die Einfahrt zu dem Motelkomplex.

Das L-förmig angelegte Motel war sechs Stockwerke hoch, und die Stirnseite des kurzen Winkels berührte fast die Schnellstraße. Die unteren Zimmer gingen auf die hochgelegte Schnellstraße, dem ewig im Dämmerlicht liegenden Bauch der oben verlaufenden Autobahn mit ihren ölverschmierten Betonsäulen und rostbraunen Stahlträgern, durchhängenden Maschendrahtzäunen, verkommenen Landstreichern, Abfallhaufen und gierig nach Freßbarem suchenden Tauben über. Aus den Fenstern im zweiten Stock blickte man auf die silbern gestrichenen Leitplanken der Schnellstraße, und der dritte Stock befand sich mit den Fahrzeugen auf gleicher Höhe. Dieses Zimmer wurde nur selten vermietet. Die Motelleitung versuchte es zwar immer wieder, aber fast alle Leute gaben den Schlüssel wieder ab und verlangten ein anderes Zimmer oder ihr Geld zurück, so daß dieses Zimmer mittlerweile nur noch vermietet wurde, wenn es wirklich der letzte freie Raum des Motels war. Und auch dann verzichteten die meisten Leute darauf.

Die Männer hatten nur Aktenkoffer und Reisetaschen bei sich.

Die drei Männer betraten das erste der beiden Zimmer, die sie gemietet hatten. Sie stellten ihr Gepäck ab und gingen ins nächste Zimmer. Das Dröhnen des Verkehrs, der rund zehn Meter entfernt mit siebzig Meilen pro Stunde vorbeirauschte, wurde von Wolken scharfkantigen Sandes begleitet, der in heißen Wogen vom Asphalt hochgepeitscht wurde, die nach überhitztem Öl und Gummi stanken. Negrete gefiel, was er sah, und ihm gefiel noch besser, was er hörte... und nicht hören konnte.

Sie schlossen die Tür hinter sich ab und kehrten ins erste Zimmer zurück. Negrete und Luis nahmen an einem kleinen runden Tisch Platz, holten ihre Papiere heraus und setzten ihre Arbeit fort. Siseno schnappte sich die Schlüssel und ging wieder zum Wagen. Er hatte einige Blocks vorher einen Spirituosenladen gesehen.

Die Überprüfung von Autokennzeichen dauerte an. Während der vergangenen Woche war die Zulassungsnummer von jedem Wagen, der sich in der Inverness Street bis auf zwei Blocks Benigo Gamboas Haus genähert hatte, von Negretes Wachtposten notiert worden. Es war ein mühsames Unterfangen, die Eintragungen der einzelnen Tage miteinander zu vergleichen, aber Negrete hoffte, daß es sich am Ende auszahlte. Jeder, der Gamboa töten wollte, mußte sein Kommen und Gehen überwachen, und um das zu tun, mußte er sich dem Haus nähern. Irgendwo in diesem Wust von Autonummern gab es Wiederholungen, und eine dieser wiederholt auftauchenden Zulassungsnummern gehörte zu dem Wagen eines Mörders.

Etwa Mitte des Nachmittags hatten sie neun Wagen identifiziert, die an jedem der betreffenden Tage mehr als zweimal in der Straße aufgetaucht waren. Neben fünf dieser Wagen war ein »R« notiert, was hieß, daß sie als Fahrzeuge von Bewohnern der Straße erkannt worden waren. Die anderen vier mußten weiter überprüft werden. Negrete verließ seinen Platz am Tisch und nahm auf der Bettkante Platz. Aus seiner Brieftasche holte er einen Zettel, auf dem mehrere Telefonnummern standen, und wählte die der staatlichen Registrierungsstelle für Autokennzeichen. Nach wenigen Minuten wurde bestätigt, was er vermutet hatte, nämlich daß alle vier Wagen vier verschiedenen Autovermietungen gehörten.

Der mit einem harmlosen Gesicht gesegnete Luis, ausgestattet mit einem von Dutzenden mexikanischer Polizeiausweise und -abzeichen, die Negrete zur Verfügung standen, machte sich auf den Weg, um die Autovermietungen persönlich aufzusuchen. Wenn Negretes Verdacht sich wiederum als richtig erwies, könnte Luis nicht nur den Namen und vermutlich auch die Beschreibung der Person beschaffen, die den jeweiligen Wagen gemietet hatte, sondern auch die Farbe, das Fabrikat und das Modell des Wagens. Sie würden selbst zwei weitere Wagen anmieten, und dann würden sie zu dritt den Beobachter überwachen, ein heikles und gefährliches Manöver, das Negrete jedoch schon öfter erfolgreich durchgeführt hatte.

49

Nachdem er sein Gespräch mit Dystal beendet hatte, ging Haydon in der Bibliothek zwanzig Minuten lang auf und ab und ließ die Ereignisse der vergangenen Tage in Gedanken noch einmal Revue passieren. Später ging er hinaus und schlenderte zum Badehaus, um nach Cinco zu sehen. Der alte Collie schlief, natürlich. Haydon war zu unruhig, um sich zu ihm zu setzen, näherte sich ihm nicht und streichelte ihn nicht, aus Furcht, ihn zu wekken. Er ging zwischen den Zwerglorbeerbüschen weiter bis zum Gewächshaus und betrat es. Während er ziellos darin umherwanderte, nahm er nur die kräftigsten Farbschattierungen der zahllosen Bromelien wahr. Die feineren Farben und Tönungen, an denen er sich sonst zu erfreuen pflegte, blieben diesmal unbeachtet. Sein Geist war nicht in der Lage, sich auf sie einzustellen. Er kehrte zum Haus zurück.

Er war sich nie nutzloser vorgekommen. Lapierre und die Spezialtruppe hatten alle Hände voll zu tun mit der Bewältigung des Papierkriegs und mit dem Zusammentragen von Beweisen, um Negrete die Morde an Ireno Lopez, an den Waites, Donny Farrell und Daniel Ferretis nachzuweisen. Bob Dystal versuchte sein Möglichstes, die politischen Hindernisse zu überwinden, die sich seinem Bemühen entgegensetzten, die DEA und das FBI zur Zusammenarbeit zu bewegen, um nützliche Informationen über Blas Medrano zu erhalten. Sein Name wurde, nun da er bekannt war, in die Computer eingegeben und an die Agenten beider Dienste weitergeleitet. Renata Islas und Mitchell Garner würden in einer halben Stunde den Miguel Hidalgo International Airport in Guadalajara erreichen.

Haydon ging zu seinem Schreibtisch, öffnete den Humidor aus Rosenholz und nahm eine Allones corona maduro heraus. Er schnitt die Spitze ab, riß ein Zündholz an und setzte die Zigarre in Brand. Der Spaziergang hatte ihn zum Schwitzen gebracht. Er lockerte seine Krawatte, nahm die Manschettenknöpfe aus den Manschetten, legte sie auf seinen Schreibtisch und krempelte die Ärmel hoch. Während er die Zigarre aus dem Mund nahm, ging er zum Bücherregal und betrachtete die Titel auf den Buchrükken.

Er spürte, daß jemand hinter ihm aufgetaucht war, und drehte sich zu Nina um, die in der Türöffnung stand und ihn ansah.

»Woran denkst du, Stuart?« fragte sie. Sie hatte die Arme vor der Brust verschränkt und lehnte am Türpfosten.

»Wo ist Celia?« erkundigte er sich.

»Wir haben im Wohnzimmer gesessen und uns unterhalten. Sie ist ziemlich erschöpft. Sie ist auf der Couch eingeschlafen.«

Haydon nickte, ging zu einem der Sessel und setzte sich. Nina kam herüber und ließ sich auf dem kleinen Sofa nieder.

»Was hältst du jetzt von ihr?« fragte Haydon.

»Was meinst du mit ›jetzt‹?«

»Ich meine, nachdem du einige Zeit mit ihr verbracht hast.«

Nina musterte sein Gesicht einige Sekunden. Er bemerkte in ihren Augen einen Anflug von Wachsamkeit und einige Skepsis.

»Ich glaube, ich verstehe sie jetzt besser als vorher«, sagte Nina und redete trotz ihrer Vorbehalte weiter. »Was sie getan hat, erscheint nicht mehr so schrecklich, so unvernünftig. Ich kann jetzt nachvollziehen, wie es dazu hat kommen können.«

Haydon nickte und sah sie auffordernd an.

»Sie ist jung, Stuart. Hast du die Fähigkeit verloren, zu erkennen, wann du jemandem das Recht auf einen Irrtum einräumen solltest?«

Er wußte nicht, was er von ihr erwartet hatte, aber das ganz gewiß nicht. Ja, er vermutete, daß er wirklich die Fähigkeit verloren hatte, wie so etwas gemacht wird. »Ich weiß nicht«, sagte er.

Aber bei Celia Moreno wußte er es. Es lag nicht daran, daß er ihr das Recht auf einen Irrtum nicht zugestand, es war eher so, daß er zu sehr bereit zu sein schien, es ihr einzuräumen. Tatsächlich war er viel zu sehr von ihr eingenommen, und das zu begreifen, machte ihn wachsam in bezug auf jedes Urteil, das er sich über sie bildete. Er erkannte den Reiz, der von ihr ausging, und bewahrte deshalb eine größere Distanz zu ihr, als er es unter anderen Umständen getan hätte. Irgendwie kam er sich dabei ein wenig dumm vor. Das und alles andere, was er in den vergangenen vier Tagen erlebt hatte, machte ihn vorsichtig und ließ ihn jede Nuance seiner Emotionen analytisch beobachten.

Nina sagte: »Du hast meine Frage nicht beantwortet.«

»Ich sagte, ich weiß es nicht.«

»Nein, die andere.«

»Was ich denke?«

Sie lächelte.

»Ich dachte an Blas Medrano.« Haydon zog zweimal an seiner Zigarre und schmeckte das Aroma des dunklen Tabaks. »Renata meinte, daß er sehr belesen und intelligent und von Jesuiten erzogen worden ist. Ein junger Witwer. Ein Reisender. Der friedliche Sohn eines herrschsüchtigen Vaters. Attraktiv. Reich. Höflich.« Er betrachtete die Zigarre, während er sie zwischen seinen Fingern hin- und herrollte. »Ich würde mich gern mal mit ihm unterhalten«, sagte er.

»Mit ihm unterhalten?«

»Er scheint ein interessanter Mann zu sein.«

»Mein Gott, Stuart. Seine Politik ist verabscheuungswürdig.«

»Das sind auch die politischen Aktivitäten des Mannes, den er umbringen will, und ich kann dir versichern, wenn du ihn persönlich kennenlernen würdest, dann würdest du ihn charmant finden. Abgesehen davon haben wir überhaupt keine Ahnung von Medranos politischen Ansichten. Wir kennen nur die Politik der *tecos*.«

»Meinst du nicht, daß er sie vielleicht befürwortet?« meinte Nina trocken. »Und wessen Vater war es, der zu den Gründern der Organisation gehörte?«

»Der übermächtige Vater«, sagte Haydon. »Na schön. Aber ich nehme an, daß der Mann, der der Schilderung entspricht, die wir von Renata erhalten haben, ziemliche Schwierigkeiten hatte, nach den politischen Grundsätzen eines *teco* zu leben. Leicht konnte es ihm nicht fallen. Innerlich, meine ich.«

»Es ist sicherlich auch nicht gerade einfach, ein Mörder zu sein«, sagte Nina spitz. Dann: »Worauf willst du hinaus?«

»Ich will auf gar nichts hinaus. Ich dachte nur an diesen Mann, hinter dem wir her sind. Ich habe mich mit ihm beschäftigt.«

»Du verbringst viel Zeit damit, dich mit Leuten zu beschäftigen«, sagte Nina. Der Ausdruck ihres Gesichts verriet ganz deutlich, daß sie dies für eine zweifelhafte Tätigkeit hielt.

Er lächelte. »Das tue ich tatsächlich, nicht wahr?« Er sah auf die Uhr. »Sie müßten jetzt eigentlich am Flughafen sein. Renata unterhält sich mit ihrer Freundin Consuela. Sie sollten mich anrufen, wenn sie den Rückflug antreten.«

»Meinst du, die Fotos bringen uns weiter?«

»Sie sind das einzige, was wir in so kurzer Zeit bekommen können.« Er streckte seine Beine, schlug sie wieder übereinander und streifte die Asche von seiner Zigarre im Aschenbecher ab. Haydon seufzte. »Mein Gott«, sagte er und betrachtete die Asche. »Was für eine unglaubliche Kette von Ereignissen. Wenn man in so etwas hineingerät, hält man es nicht für möglich, und wenn man begreift, daß es tatsächlich passiert, verändert sich die Perspektive grundlegend. Es ist so, als fände bei den magnetischen Polen ein Wechsel statt. Es ist verwirrend, bringt einen leicht durcheinander, aber man erholt sich davon und paßt sich an. Und dann wird einem bewußt, daß nichts mehr so sein wird, wie es einmal gewesen ist.«

Blas verließ die Telefonzelle und stieg in den Wagen. Rubio hatte recht mit der Annahme, daß Gamboa eine kritische Zeit durchlebte. Blas bezweifelte, daß das Houston Police Department Gamboa ohne Schutz ließ, aber die Polizei mußte eine raffiniertere Methode der Abschirmung anwenden, als Negrete es getan hatte. Es war Negretes Stil – die mexikanische Methode –, die Waffen zu zeigen und damit auf dem Hof umherzustolzieren. Er wollte nicht nur am Ende gewinnen, er wollte dabei auch noch eine gute Figur abgeben. Nicht so die Anglos. Sie würden sich verstecken. Sie würden zuerst siegen und sich erst später damit brüsten. Blas verließ sich darauf, daß auch Rubio das wußte.

Er fuhr direkt zum La Colombe d'Or und begann, seine Sachen zusammenzupacken. Wenn es passieren sollte, dann innerhalb der nächsten vierundzwanzig Stunden. Diese Zeitspanne würde er in seinem Wagen verbringen können. Das war eine im Laufe der Zeit erworbene Fähigkeit.

Es dauerte einige Zeit, bis er alles zusammen hatte. Er wollte es vermeiden, auch nur einen winzigen Kupferdraht zurückzulassen, und sein linkes Handgelenk schmerzte wirklich heftig und verurteilte seine Hand praktisch zu völliger Nutzlosigkeit. Er schenkte sich ein Glas Brandy ein und machte sich an die Arbeit. Nachdem er seine Kleidung in die Koffer gelegt hatte, holte er seine Toilettensachen sowie die vom Hotel bereitgestellten Seifen und Kölnisch-Wasser-Proben aus dem Bad. Die kleinen Päckchen würden sich während der nächsten Stunden noch als praktisch erweisen. Er nahm einen Waschlappen, tränkte ihn in Alkohol und fing an, in den Räumen sorgfältig alle Fingerabdrücke wegzuwischen. Das machte er immer so. Es war eine mühsame Arbeit, aber sie war notwendig. Er wollte es ihnen nicht zu leicht machen.

Dabei achtete er sorgfältig auf die Zeit. Rubio gab die Meldung durch, daß er bereit war, als Blas seine Reinigungsaktion fast abgeschlossen hatte. Er mußte sich beeilen und fertig werden, damit er nicht mitten im Auszug begriffen war, wenn eine halbe Stunde später der nächste Anruf kam.

Als er sein Werk beendet hatte, standen die beiden Koffer mit seinen Kleidern vor der Tür der Suite. Daneben befanden sich auch die beiden Aktenkoffer, einer mit dem Geld, das er noch nicht ausgegeben hatte, und der andere mit dem Funksender gefüllt. Auf dem Rauchtisch deponierte er einen schlichten weißen Briefumschlag mit einem großzügigen Trinkgeld für den Mann und die Frau, die ihn während seines Aufenthalts betreut hatten. Dann bestellte er den Hausdiener.

Als er schließlich auszog, bezahlte er die Rechnung mit einer seiner Kreditkarten, notwendiges Hilfsmittel für den modernen Reisenden, vor allem für jemanden wie ihn, der es verabscheute, mehr als unbedingt nötig aufzufallen. Er hatte es schon immer für eine der absoluten Absurditäten des Reisens in den Vereinigten Staaten gehalten, daß Bargeld so gut wie überall Argwohn erregte.

Als er sich wieder auf der Straße befand, herrschte dichter Berufsverkehr. Er hatte vorgehabt, sich in die Nähe der San-Felipe-Kreuzung zu begeben, für den Fall, daß Gamboa beschloß, sich herauszuwagen.

Er aß früh bei Latouche's zu Mittag, einem Restaurant, das bei den Jungen und Wohlhabenden besonders beliebt zu sein schien. Für Blas befand es sich in perfekter Lage, nicht weit vom Loop entfernt, ein paar Blocks vor einer kleinen Straße, die in gerader Linie zur San Felipe führte und westlich der Eisenbahnkreuzung in sie einmündete. Er erklärte dem Oberkellner, daß er Arzt sei und das ziemlich unförmige Funkgerät anstelle des ansonsten üblichen unauffälligen Piepsers brauche, weil er ständig für die Life-Flight-Helikopter erreichbar sein müsse. Ob man ihm nicht einen etwas abseits stehenden Tisch geben könne, damit das gelegentliche Rauschen und Knistern aus dem Lautsprecher die anderen Gäste nicht störte? Der Oberkellner war sofort Feuer und Flamme und wies ihm einen Platz in einer abgetrennten Nische unter einem getönten Glasdach mit ungehindertem Blick nach Westen zu.

Zu seinen beiden Gläsern Dewar's mit Wasser bestellte er Austern à la Rockefeller, eine kleine Portion Rotbarsch grenobloise und frische mit Krabbenfleisch gefüllte Artischocken. Es war eine angenehme Mahlzeit, bei der er zusah, wie die Sonne hinter den funkelnden Türmen des West Loop District unterging und den Diamanten ihr Feuer verlieh.

Er hatte die Austern zur Hälfte verzehrt, als Rubio sich wieder meldete. Es war kein Code, der eine Antwort erforderlich machte, daher setzte Blas seine Mahlzeit ohne Unterbrechung fort. Er konzentrierte sich auf sein Essen, obgleich es ziemlich mühsam war nur mit einer Hand. Sein linkes Handgelenk war zu lädiert, um auch nur eine Gabel halten zu können. Er erinnerte sich an eine ähnliche Mahlzeit unter angenehmeren Umständen und an einen anderen Fisch – keinen Rotbarsch, aber etwas ähnliches – in einem hübschen kleinen Restaurant an der *malecón* in Montevideo. Und die Shrimps? Es hatte sensationelle Shrimps in Veracruz gegeben und, seltsamerweise, in einem winzigen Fischerdorf namens Monkey River Town in Belize oder, wie es damals hieß, British Honduras. Aber es war gleichzeitig auch der Ort gewesen, wo er den schlimmsten Alkohol seines Lebens getrunken hatte.

Er mußte ziemlich in Gedanken versunken gewesen sein, denn er wußte nicht, ob er ein Routinesignal versäumt hatte, oder ob das, was nun folgte, verspätet gesendet wurde, aber als das Rauschen aus dem kleinen Lautsprecher erklang, ergoß sich ein eisiger Schauer über seinen Hals und den Rücken, ehe er überhaupt seine Bedeutung begriff. Der Bissen blieb ihm im Hals stecken. Er brannte innerlich und war wie betäubt. Rubio schrie: »Negrete! Negrete!« Blas packte das Funkgerät und stürzte hinaus, blieb keuchend im Palmengarten stehen und starrte das Funkgerät an, als könnte er gleichzeitig darin sehen, was passierte. Rubio schrie: »Negrete! Negrete!« Dieses eine Wort immer wieder, das beinahe überdeckt wurde vom Dröhnen des Automotors, den Pistolenschüssen, den quietschenden Reifen und dem lauten Krachen der Kollision. Dann brüllten Männer, gefolgt von dem schneidenden, elektronischen Kreischen eines zerschmetterten Funkgeräts. Das geschah innerhalb von Sekunden.

50

Haydon war bereits im Büro der Richland Charter Flights gewesen, um die Gebühren zu bezahlen, und wartete auf dem Rollfeld, als der kleine Learjet landete. Er beobachtete ihn, wie er im Licht der späten Nachmittagssonne wendete und auf ihn zurollte. Haydon hatte seinen Wagen auf dem Weg des Flugzeugs zum Hangar geparkt, und er wartete im Wagen, dessen Warnlichter blinkten. Der Pilot zog den schlanken Jet herum, bis eine Flügelspitze fast den linken vorderen Kotflügel des Jaguar berührte, und schaltete die Turbinen aus. Haydon konnte hinter den Fenstern Leute sehen, die sich zum Ausgang bewegten, und dann senkte sich die Seitentür auf den Asphalt herab. Renata Islas erschien als erste, ihren Aktenkoffer in der Hand, dicht gefolgt von Garner.

»Hatten Sie einen guten Flug?« fragte Haydon, ergriff ihren Arm und hielt für sie die hintere Wagentür auf.

»Wundervoll«, sagte sie.

Garner ging um den Wagen herum zur Beifahrerseite, während Haydon Renatas Tür schloß und dem Pilot dankend zuwinkte. Haydon ließ den Motor an und steuerte über die Rollbahn zur Ausfahrt. Sie bogen in die Telephone Road ein und fuhren bis zum Gulf Freeway, der sie direkt in die Innenstadt brachte.

»Gab es irgendwelche Probleme?« erkundigte sich Haydon und klappte seine Sonnenblende herunter, während er sich in den Verkehr auf dem Freeway einfädelte.

»Überhaupt keine«, antwortete Renata, öffnete ihren Aktenkoffer und holte einen Umschlag hervor. »Consuela hat uns erwartet. Sehen Sie sich die mal an.«

Garner nahm ihr die Fotos aus der Hand und reichte sie Haydon nacheinander. Es waren insgesamt vier. Renata beugte sich vor und blickte über Haydons Schulter, um zu jedem Foto eine Erklärung zu liefern, während Haydon es betrachtete.

»Das erste ist das älteste. Es zeigt ihn während seines letzten Jahres an der Autonomen Universität von Guadalajara. Sehr attraktiv«, bemerkte sie, und das war er wirklich. Er hatte ein ausdrucksvolles Gesicht mit ausgeprägtem Kinn und kräftigen schwarzen Haaren. Er lächelte gelöst in die Kamera, und seine Zähne leuchteten weiß und regelmäßig wie die eines Filmstars. Seine Oberlippe war ebenfalls ausgeprägt und erinnerte an die einer Marmorskulptur. Seine Nase war etwas breiter, als Haydon sich vorgestellt hatte, und seine Augen hatten einen sanften Ausdruck.

»Diese Aufnahme«, sagte Renata, während Garner ihm das zweite Foto reichte, »stammt etwa aus der gleichen Zeit. Consuela hat mit ihm zusammen ein Seminar im ersten Collegejahr besucht. Das Foto wurde auf der Terrasse von einem der Universitätsgebäude aufgenommen. Die vier anderen Personen sind Freunde und für uns bedeutungslos. Consuela hat die Aufnahme gemacht.«

Die Freunde hatten sich zum Essen an einem gußeisernen Tisch versammelt. Wahrscheinlich war gerade Herbst, denn alle trugen leichte Pullover.

»Das nächste Bild wurde während eines Familientreffens im Haus der Medranos in Guadalajara aufgenommen. Das ist Tico, Blas' älterer Bruder, und Jorge, der jüngere. Außerdem sind da seine beiden Schwestern mit ihren Ehemännern, seine Mutter und Apolinar. Die anderen sind Cousinen, Onkel und Tanten.«

Das Geschehen schien sich im Garten oder im Hof des Hauses abzuspielen.

»Daß ich dieses Foto bekommen würde, hatte ich nicht erwartet«, sagte Renata. »Es ist das jüngste. Sein Hochzeitsfoto von 1980.«

Das war alles, was sie dazu bemerkte, als spreche das Foto für sich selbst. Nur zwei Personen waren auf dem Bild zu sehen, Blas und seine Braut auf den Treppen einer Kirche.

»Wie alt war er auf diesem Bild?« fragte Haydon.

»Sechsundzwanzig«, antwortete Renata. »Was meinen Sie?« fragte sie, während Haydon ihr das Hochzeitsbild über die Schulter zurückgab.

»Wir sollten zwei verwenden«, sagte er.

»Und welche beiden?« erkundigte sie sich. Sie schien nicht nur gespannt zu sein, was seine Auswahl der Fotos betraf.

»Ich würde meinen, das auf der Terrasse und das Hochzeitsbild.«

»Ja«, pflichtete sie ihm schnell bei. »Ich denke auch, daß dies die geeignetsten sind.«

»Das Collegebild ist zu alt«, erklärte Haydon, »und das im Kreise der Familie dürfte wohl zu klein sein, wie ich fürchte. Wenn man sein Gesicht ausreichend vergrößert hat, ist die Körnung sicherlich viel zu grob.«

»Ja«, sagte Renata und lehnte sich zurück. »Ich glaube, das stimmt.«

»Wie ist denn Ihre Meinung dazu, Mitchell?« fragte Haydon und sah Garner von der Seite an. Seit der Ankunft auf dem Flugplatz war er ungewöhnlich still.

»Ich bin einverstanden«, sagte Garner. »Ich glaube, man kann ihn nach diesen Fotos erkennen, es sei denn, er hat sich grundlegend verändert.«

»Gut. Dann nehmen wir also die«, entschied Haydon, und er streifte Garner mit einem weiteren Blick. Er blickte starr geradeaus in das näherkommende Lichtergewirr der City.

Haydon fuhr zum Fotolabor des Polizeipräsidiums in der Riesner Street und fragte Renata und Garner, ob sie in den Büros des Morddezernats auf ihn warten wollten, doch sie meinten, sie blieben lieber in der Vorhalle. Haydon lieferte die Fotos ab und veranlaßte, daß Kopien davon sowie Skizzen des Polizeizeichners von Rubio Arizpe umgehend an die Zeitungen und die Fernsehstationen geschickt würden. Gleichzeitig sollte eine Pressemitteilung und ein formelles Ersuchen herausgegeben werden, daß die Bilder so schnell wie möglich veröffentlicht werden sollten. Diese Bitte war eigentlich überflüssig. Die Medien warteten geradezu begierig auf jede Information über die Ermittlungsarbeiten.

Haydon machte auch noch einen schnellen Abstecher in Dystals Büro und erfuhr die Ergebnisse der ballistischen Untersuchung. Die Geschosse in dem Parkhaus, wo Ferretis' Leiche gefunden worden war, waren nicht aus den Mac-10ern von Gamboas Wächtern abgefeuert worden. Ein weiterer Beweis, daß Negrete und seine Begleiter tatsächlich die Hauptakteure innerhalb der Gruppe waren. Die wenigen in Waites Haus gefundenen Fingerabdrücke ließen sich jedoch nicht den Männern zuordnen, die sie verhaftet hatten.

DEA und FBI hatten noch immer keine weiteren Informationen. Sie wußten zwar von der Existenz der *tecos*, aber sie hatten nichts in ihren Akten, was diese Gruppe eindeutig mit Aktivitäten der Todesschwadronen in Verbindung brachte. Es gab eine Menge Gerüchte über die Beteiligung der *tecos* bei allen möglichen politischen Intrigen, darunter auch Drogenhandel durch einzelne reiche Politiker, aber kaum etwas war bisher eindeutig bewiesen worden. Im Grunde waren es die gleichen Informationen, die Haydon auch schon von Mitchell Garner erhalten hatte. Außerdem hatten sie auch nichts in ihren Akten über Blas Medrano, Rubio Arizpe oder Ireno Lopez.

»Tatsache ist«, sagte Dystal und fixierte Haydon aus seinem knarrenden Bürosessel hinter seinem Schreibtisch, »wenn sie diese Bilder zu Gesicht bekommen, werden sie sich mit den Informationen, die wir an sie weitergeben, nicht zufriedengeben. Sie werden uns nach den Quellen fragen.«

»Ich verrate nichts«, sagte Haydon.

»Nun, das habe ich erwartet«, meinte Dystal. »Aber ich dachte, Sie sollten darauf vorbereitet sein. Sie werden sich auf Sie stürzen wie Schmeißfliegen auf das Aas.«

»Haben Sie Neuigkeiten von Gamboa?« fragte Haydon und wechselte das Thema.

»Nichts, aber ich stelle mir vor, daß sie in seinem Haus mit der Pistole in der Faust herumschleichen.«

»Hat man das Haus und seine Umgebung nach Sprengstoff abgesucht?«

Dystal nickte. »Sie haben mit Hunden und Suchgeräten alles überprüft und nichts gefunden.«

»Was meinen Sie denn, wie sie das Zeug einsetzen?« fragte Haydon, drehte sich um und schaute durch die Trennscheibe von Dystals Büro. Im Einsatzraum herrschte nicht mehr Betrieb als an jedem normalen Tag. Die Ermittlungen waren organisiert worden. Die Untersuchung lief immer noch auf Hochtouren, aber man sah nichts mehr davon.

»Ich habe keine Ahnung, wie sie es anstellen könnten«, sagte Dystal. »Ich glaube, sie wissen, daß sie Mist gebaut haben, und haben sich zurückgezogen. Früher oder später werden sie ihn sicherlich erwischen, aber ganz gewiß nicht hier. Und nicht jetzt.«

»So sicher bin ich mir da nicht«, widersprach Haydon. »Aber es scheint immerhin, daß sie ein unerhörtes Risiko eingehen, wenn sie ihren Plan weiterverfolgen.«

»Bekomme ich von Ihnen noch irgend etwas Schriftliches über Blas Medranos Hintergrund?« erinnerte Dystal ihn.

»Morgen früh.«

»Zusammen mit Miß Morenos Aufzeichnungen«, sagte Dystal.

Haydon, der bereits im Begriff war, den Raum zu verlassen, nickte und winkte ihm von der Tür aus zum Abschied zu.

Auf der Fahrt zu ihrem Haus versicherte Renata Islas Haydon, daß sie keine Angst hätte, in ihren Bungalow in der kleinen Siedlung an der Canal Street zurückzufahren. Sie war guter Laune und gestand, daß sie sich so gut wie schon seit Jahren nicht mehr fühlte. Sie glaubte, endlich einen kleinen Erfolg in ihrem Kampf gegen die *tecos* verbuchen zu können. Haydon versprach ihr, sie über die Ereignisse auf dem laufenden zu halten, und bedankte sich dafür, daß sie den ziemlich hektischen und strapaziösen Hin- und Rückflug nach Guadalajara auf sich genommen hatte. Er begleitete sie ins Haus und bestand darauf, in ihrem Wohnzimmer zu warten, während sie alle Zimmer inspizierte. Sie lachte und meinte, daß sie das Haus seit nunmehr fünfzehn Jahren stets allein betreten hatte, und daß dieser Abend sich in nichts von den vorherigen unterscheide. Aber als sie ins Wohnzimmer zurückkehrte, wirkte ihr Lächeln irgendwie traurig. Sie bedankte sich und sagte, daß es guttue, wieder einmal miterleben zu dürfen, daß sich ein Mann in dieser Weise um sie kümmerte.

Haydon ging zurück zu seinem Wagen, stieg ein und startete den Motor. »Na schön«, sagte er, schaltete die Scheinwerfer ein und zog vom Bordstein weg. »Sie waren sehr geduldig, Mitchell. Was ist los?«

Garner drehte den Kopf in seine Richtung und sagte: »Wie viele Leute wußten, daß wir nach Guadalajara fliegen, Stuart?«

Haydon wurde sofort unruhig. »Nur wir und Dystal. Ich mußte ihn informieren. Warum?«

»Wir haben am Flughafen von Guadalajara bemerkt, daß wir verfolgt wurden«, erzählte Garner. »Sie wissen, daß ich in solchen Dingen kein Experte bin, aber ich habe diese beiden Typen sofort gesehen. Als wir auf dem Flughafen ankamen, war die Halle ziemlich leer. Sicherlich hätte ich sie nicht bemerkt, wenn Renata und ihre Freundin nicht sofort die Toilette aufgesucht hätten, sobald wir angekommen waren. Ich ließ sie ziehen und wollte mich ein wenig ausruhen, und dann überlegte ich es mir anders und folgte ihnen. Sie befanden sich auf der anderen Seite des Gebäudes, und ich sah, auf welchen Korridor sie zusteuerten. Ich war so weit hinter ihnen, daß mehrere Leute sich zwischen uns geschoben hatten.

Wie es der Zufall wollte, bogen alle ab, ehe die Frauen die Toilette erreicht hatten, bis auf diesen einen Burschen, der wohl annahm, daß sie den Ausgang am Ende des Korridors ansteuerten. Er versuchte zu ihnen aufzuschließen, als sie plötzlich die Toilette betraten. Er ging an der Tür vorbei, machte dann kehrt und blieb stehen. Ich begriff, daß er ihnen gefolgt war und offensichtlich unruhig wurde, weil er vermutete, daß ich ihn bemerkt hatte. Ich blieb ebenfalls stehen und drehte mich gerade noch rechtzeitig um, um zu sehen, wie ein zweiter Mann abrupt stehenblieb und sich zu einem ein paar Schritte entfernten Wasserkran umwandte. Wir waren nur zu dritt in dem Korridor. Der Mann, der die Frauen verfolgt hatte, schaute mich an, und der am Wasserkran trank ein paar Schlucke und kehrte dann in die Halle zurück. Der andere Typ und ich blieben, wo wir waren, bis Renata und Consuela herauskamen. Sie waren so in ihr Gespräch vertieft, daß sie ihn noch nicht einmal bemerkten, und zu dritt gelangten wir wieder in die Halle. Der Mann im Korridor folgte uns nicht sofort, sondern ließ den zweiten unsere Bewachung übernehmen, als wir durch die Halle gingen. Es war Zufall, daß ich sie entdeckt habe, aber ich bin sicher, daß meine Schlußfolgerungen richtig waren, was die beiden betraf.«

»Waren es Mexikaner?«

»Einer ja. Der andere war ein Amerikaner.«

»Wie alt war der Ami?«

Garner zögerte. »Ich weiß nicht. Ich schätze…«

»Jung genug, so daß es Elkin sein könnte?«

»Nein«, sagte Garner schnell. »Auf keinen Fall. Er war Anfang Vierzig. Er war es gewiß nicht.«

»War das alles, was passiert ist?«

»Das war es.«

Haydon schwieg einige Zeit. Dann meinte er: »Ich weiß nicht, was ich davon halten soll. Aber sobald wir zu Hause sind, werde ich Renata Islas Haus beobachten lassen. Ich weiß noch nicht, wie ich das einordnen soll. Ich habe das Gefühl, als wären wir weit davon entfernt, diese Affäre zu durchschauen. Und ich glaube außerdem, daß wir letztendlich nicht weiter vordringen werden.«

51

Blas fuhr. Es war das einzige, was er tun konnte, um das Gefühl zu gewinnen, daß er noch die volle Kontrolle über alles hatte. Wenn er sich still verhalten hätte, hätte er sehr bald geglaubt, daß sie genau wußten, wo er war. Er kannte das, denn es war ihm schon früher so gegangen. Mehr als nur einmal. Daher fuhr er und hielt das schmerzende Handgelenk im Schoß.

Er schwitzte heftig, aber das war keine Folge der Temperatur. Der neue Mietwagen verfügte über eine hervorragende Klimaanlage, die er auf höchster Leistungsstufe laufen ließ. Es war nicht die Hitze. Es war kalter Schweiß, der ihm auf die Stirn getreten war, als er Rubios Schreien gelauscht hatte: »Negrete! Negrete! Negrete!« Dann den krachenden Zusammenstoß der Automobile und schließlich das schrille elektronische Pfeifen des Funkgeräts. Er fühlte sich, als würde er in den Pazifik geworfen, in die grünen Fluten vor Cabo Corrientes, und versinken, tiefer und tiefer.

Er war sich nicht sicher, ob es ihn eines Tages nicht doch umbringen würde. Es war nicht die Konfrontation, vor der er Angst hatte, denn er war bei einer Schießerei noch nie in Panik geraten. Der Druck des Wartens machte ihn fertig. Er hatte keine Angst um Rubio gehabt und auch nicht um sich selbst. Er hatte zu schwitzen begonnen, weil der Schrei den Beginn des Wartens angekündigt hatte.

Das Warten war eine furchtbare Sache, denn dahinter lauerte der Tod, und wenn der Tod sich versteckte, war es schlimmer. Er hatte den Tod von Angesicht zu Angesicht gesehen, und er jagte ihm keine Furcht mehr ein. Das Grauen, aus der Nähe gesehen, verliert seine Bedeutung, denn man betrachtet sich selbst an diesem Punkt als verloren, und der Geist versieht einen mit einem Zustand der Würde. Zweimal war er schon so weit vorgedrungen, aber er war jedesmal zurückgekehrt. Der Tod hatte ihn nicht geholt, und sobald er wieder auf Distanz gegangen war, hatte der Geist ihm die Würde genommen, und das Grauen war an ihre Stelle getreten.

Mit der Dunkelheit stellte sich auch Anonymität ein. Die Scheinwerfer seines Wagens waren mit den Scheinwerfern der anderen Wagen identisch. Er tauchte in den nächtlichen Straßen unter.

Während er sich auf die Rücklichter des Wagens vor ihm konzentrierte, versuchte er seine Chancen auszurechnen, am Ende doch noch seine Mission erfolgreich abzuschließen. Wenn er sich selbst gegenüber ehrlich war, mußte er zugeben, daß es geradezu unmöglich erschien. Wie hoch war jetzt noch die Wahrscheinlichkeit, daß Gamboa von allen möglichen Flecken in der Stadt ausgerechnet jenen Quadratmeter Erdboden überqueren würde, an dem Blas den Sprengstoff vergraben hatte? Könnte er

Gamboas Haus eingehend beobachten und sich dabei trotzdem vor der Polizei verborgen halten? Nur wenn der Zufall ihm half. Wieviel Zeit hatte er noch, bis Rubio redete? Ja, Rubio würde sprechen. Wenn der Verhörer sich auskennt, und das tat Negrete ganz gewiß, ist es so gut wie ausgeschlossen, daß das Opfer nicht den Mund aufmacht. Hatte Ireno nicht auch geredet, Rubios indianischer Gefährte? Nur einmal in seinem Leben hatte Blas jemanden gesehen, der sich tatsächlich dagegen gewehrt hatte, zerbrochen zu werden. Es war eine Frau, nein, eigentlich noch ein Mädchen gewesen, und sie hatte nicht reden wollen trotz der furchtbaren und raffinierten Grausamkeiten, die ihrem Körper angetan wurden. Er hatte zugesehen, wie sie sie gebrochen und zerrissen und zerfetzt hatten, wie sie ihr Innerstes nach außen gekehrt und sie völlig zerfleischt hatten. Das schöne Mädchen hatte nicht geredet.

Rubio würde reden. Negrete wußte bereits von dem RDX; er brauchte von Rubio nur noch die Information über das Wo und Wann. Wo und wann? Wie lange könnte Rubio das Wo und das Wann für sich behalten? Vielleicht lautete die bessere Frage: Was würde Negrete tun, wenn er es schließlich wußte? Er konnte es nicht riskieren, den Sprengstoff selbst auszugraben. Er konnte auch nicht die Polizei benachrichtigen. Blas schloß aus den polizeilichen Aktionen dieses Tages, daß Negrete genauso auf der Flucht war wie er selbst. Nein, Negrete würde Gamboa warnen und hoffen, daß Gamboa ihm für diese Lebensrettung so dankbar war, daß er ihn ausreichend belohnte. Dann würde er nach Mexiko verschwinden. Das wäre wohl alles, was ihm noch blieb: die Hoffnung auf Belohnung. Es war typisch für Negrete, daß er tötete und sein eigenes Leben riskierte, um die Grundlage dafür zu schaffen.

Blas traf eine Entscheidung, schnell und sicher. An der nächsten Ampel bog er nach rechts ab, fuhr um den Block und steuerte dann zurück zum Loop. Er würde sich selbst bis zum Mittag des nächsten Tages Zeit geben, obgleich er annahm, daß es noch vorher passieren mußte. Er erwartete, daß Gamboa den Schutz der Nacht nutzen würde, um die Stadt zu verlassen. Die nächsten sechs Stunden waren nach seiner Berechnung die entscheidenden.

Rein technisch betrachtet war das Remington Hotel der ideale Ort, aber er wollte sich nicht der lästigen und umständlichen Prozedur der Zimmerbuchung unterziehen oder an einem Ort Aufmerksamkeit auf sich lenken, der weniger als dreihundert Meter von dem Punkt entfernt war, an dem er den Sprengstoff innerhalb der nächsten Stunden zur Zündung zu bringen hoffte. Das hieße, das Schicksal zu tollkühn herauszufordern, vor allem da die Explosion in dem Hotel einen riesigen Aufruhr verursachen und man sich an jeden erinnern würde, der das Hotel gleich nach dem Vorfall verließ.

Während der Tage der Planung hatte er die Gebäude am Loop in der Nähe der San-Felipe-Kreuzung nicht besonders sorgfältig in Augenschein genommen, aber ihm waren mehrere aufgefallen, von denen man einen ungehinderten Blick auf die Kreuzung hatte. Das größte Problem war, ein Gebäude zu finden, das ihm nicht nur einen guten Überblick bot, sondern gleichzeitig über einen Balkon verfügte. Architekten, die Büro- und andere Arbeitsplatzbauten für die tropische Hitze und Luftfeuchtigkeit Houstons planten, kannten nur glatte, mit gesicherten Fenstern versehene Wandflächen. Unglücklicherweise konnte sich Blas nicht darauf verlassen, daß der Furaba-Sender innerhalb eines Gebäudes korrekt funktionierte.

Immer noch mit einer Hand lenkend, näherte er sich der Post-Oak-Gegend von Süden und musterte die Gebäude zu seiner Linken auf ihre Sichtmöglichkeiten zur San Felipe, während er die Ausfahrt hinunterrollte. Die Wachmannschaften befanden sich seit Einbruch der Dämmerung in den Gebäuden und würden dort bis in die frühen Morgenstunden bleiben. Während er unter dem Expressway hindurchfuhr, entschied er, daß es drei Möglichkeiten gab: ein langes, breites Gebäude mit silbernen Bändern in der Fassade, das um die zwanzig Stockwerke hoch war und nördlich stand; ein weißes rechteckiges Gebäude, das südlich des ersten aufragte und etwa die gleiche Höhe hatte und sein schmales Ende mit Reihen von quadratischen Fenstern dem

Expressway zuwandte; und ein drittes Gebäude mit schwarzen Streifen und einer leicht gegliederten dreiteiligen Fassade mit goldenen Glasjalousien vom Erdboden hinauf zum Dach in jedem der drei Fassadenteile.

Blas folgte der San Felipe bis zum Post Oak Boulevard und bog im letzten Moment auf den Parkplatz desselben Schnellimbisses ab, den er vorher schon zweimal aufgesucht hatte. Obgleich er sogar seinen letzten Besuch als ein Risiko betrachtet hatte, das er lieber hätte vermeiden sollen, war das Restaurant nun die einzige Möglichkeit in der näheren Umgebung, wo er sich ohne Probleme seine Thermosflasche mit Kaffee füllen lassen konnte. Er nahm die Thermosflasche vom Nebensitz und stieg aus dem Wagen. Die Frau, die ihn bei seinem letzten Besuch bedient hatte, bereitete gerade Hamburger für zwei gelbhaarige Punker zu. Blas bezahlte den Kaffee und ging wieder. Er war nun von drei verschiedenen Serviererinnen in dem Restaurant gesehen worden. Das gefiel ihm gar nicht, aber es war besser, als von einer einzigen Serviererin zu drei verschiedenen Zeitpunkten beobachtet worden zu sein.

Er fuhr wieder auf die San Felipe, wandte sich nach links und fuhr durch die enge Schlucht zwischen den Gebäuden, die den West Loop District bildeten. Als er den Ambassador Way erreichte, fuhr er wieder nach links und näherte sich der Rückfront der drei Gebäude, die er sich vom Expressway ausgesucht hatte. Von der anderen Seite hatte er nicht gesehen, daß jedes Gebäude angebaute Parkhäuser hatte, deren höchstes zum letzten, südlich gelegenen Bau gehörte, dem Tri-Corp Plaza. Es war nicht nur das höchste Parkhaus, sondern es ordnete sich auch nicht ganz den Umrissen des Gebäudes unter und ragte zu beiden Seiten hervor.

Er betrachtete die Wege und Zufahrten, während die Scheinwerfer über Hecken und Ziersträucher strichen, bis er zur Parkhauseinfahrt kam. Eine Holzschranke, die von einer Magnetkarte aktiviert wurde, versperrte die Einfahrt. Blas lenkte den Wagen nach rechts, fuhr auf den Bordstein. Er hielt sich so dicht am Gebäude wie möglich und rollte langsam vorwärts, bis die

Schranke die Windschutzscheibe berührte. Er griff mit der rechten Hand aus dem Seitenfenster und drückte gegen die Holzschranke, stellte fest, daß sie innerhalb des Führungsmechanismus etwas Spiel hatte, das ausreichte, um das Ende der Schranke hochzuheben und aufs Wagendach zu legen. Dabei ließ er den Wagen zentimeterweise vorrollen. Er ließ die Schranke los und fuhr durch die Einfahrt, wobei die Schranke über das Dach scharrte, bis sie über das Heckfenster wieder herabsank.

Da er es vermeiden wollte, von den Büros beobachtet zu werden, fuhr Blas nicht bis zur obersten Etage, sondern nur bis zur vorletzten und dort zur nordwestlichen Ecke. Er setzte den Wagen dicht vor die niedrige Begrenzungsmauer. Von dort hatte er einen ungehinderten Blick auf die Eisenbahnkreuzung auf der San Felipe. Er griff unter den Vordersitz und holte ein starkes Nachtglas hervor und stellte es auf die Kreuzung und die Straße dahinter ein. Viel Vorbereitungszeit würde ihm nicht bleiben. Während die Kreuzung selbst frei vor ihm lag, war die Straße, die zu ihr führte, mit Bäumen gesäumt und konnte nicht eingesehen werden. Blas konnte zwar das Flackern vorbeifahrender Automobile zwischen den Bäumen wahrnehmen, aber die Fahrzeuge konnte er erst genau erkennen, wenn sie auf dem letzten freien Straßenstück vor der Kreuzung auftauchten. Es würde ziemlich knapp.

Er stieg wieder in den Wagen und setzte auf dem Mittelgang zurück bis zur ersten Leuchtstoffröhre, die an der Decke installiert war. Er stoppte und kletterte, sich unbeholfen mit seiner gesunden Hand abstützend, auf die Kühlerhaube, dann auf das Dach des Wagens. Er löste die lange Leuchtstoffröhre in ihren Fassungen, bis sie erlosch. Er fuhr zum nächsten Mittelgang, wo er die gleiche Prozedur wiederholte. Das gleiche machte er auch auf der nächstliegenden Zufahrtsrampe. Als er seinen Beobachtungspunkt wieder aufsuchte, befand er sich im undurchdringlichen Schatten.

Er stieg aus dem Wagen und nahm Aktenkoffer und Anzugjacke mit, legte den Aktenkoffer auf den Kotflügel und nahm den Sender heraus. Dann breitete er seine Anzugjacke auf der Betonmauer aus, stellte den Sender darauf und ließ sich auf der vorderen Stoßstange seines Wagens nieder. Er hängte sich das Fernglas um den Hals und peilte die Eisenbahnkreuzung an, indem er die Ellbogen auf die niedrige Mauer stützte und seine Jacke als Polster benutzte. Er übte es, das Fernglas nur mit der rechten Hand festzuhalten, während er so tat, als würde er mit der Linken den Schalter des Senders umlegen, eine Aktion, die eine Drehung seines Handgelenks erforderlich machte. Nach mehreren Versuchen, sitzend, kauernd, stehend, war er überzeugt, daß er es aus jeder Haltung schnellstens schaffen konnte, falls er überrascht wurde.

Er lehnte sich gegen den Kühlergrill. Er würde nicht mehr bis Mittag warten müssen, sondern höchstens bis zum frühen Morgen. Oder, was wohl realistischer war, bis zu den schwarzen, stillen Stunden nach Mitternacht. Bei Tagesanbruch würde er verschwinden, ob Benigo Gamboa Parra noch unter den Lebenden weilte oder nicht. Er hatte das Bedürfnis zu rauchen, hatte aber Angst, gesehen zu werden. Ein Becher Kaffee hätte ihm auch gut getan, aber auch das gönnte er sich nicht. Er würde das Koffein später viel nötiger haben.

Er fragte sich, ob der Werkzeugkasten noch immer unberührt in den Grasbüscheln stand. Er fragte sich auch, was im Augenblick mit Rubio geschah. Es war aber nur ein flüchtiger Gedanke; er verfolgte ihn nicht weiter. Er dachte daran, nach Hause zurückzukehren, nach Mexiko. Allein. Das war ihm schon zweimal vorher passiert. Dies wäre das dritte Mal, daß er nach einer Mission als einziger Überlebender zurückkäme. Das war die Art von Trip, die düstere Gedanken erzeugen konnte, wenn man nicht über ausreichende Selbstdisziplin verfügte.

52

Lucas Negrete wußte alles über die Folter. Seine ersten Meriten hatte er sich im Kampf gegen die ländlichen Guerilleros in Mexiko in den siebziger Jahren verdient und bei der von der Regierung gebildeten geheimen Einheit der Gegenrevolutionspolizei, bekannt unter dem Namen Weiße Brigade, gearbeitet, die im wesentlichen für das Verschwinden Hunderter politischer Dissidenten in dieser Zeit verantwortlich gewesen war. Er hatte außerdem einige Dinge in jener berüchtigten Ersten Militärkaserne im Herzen von Mexico City gelernt.

Er wußte, daß bei entsprechend langer Zeit die Folter stets und unweigerlich zum Erfolg führte. Früher oder später zerbrach jeder. Nun, natürlich gab es Geschichten – er hielt sie für zweifelhaft – von einem Mann oder einer Frau, die nicht entsprechend reagiert hatten, aber er selbst hatte so etwas noch nie erlebt. Er wußte, daß die Folter beim Beschaffen von Informationen zuverlässiger war als zur Erlangung von Geständnissen. Einige Menschen hatten derart niedere Schmerzgrenzen, daß sie praktisch alles gestehen würden. Geständnisse mit Hilfe physischer Qualen zu erlangen, war ein törichtes Unterfangen. Er maß unter Foltern erlangten Geständnisses kaum eine wesentliche Bedeutung bei. Aber den Schmerz als Mittel zur Beschaffung von Informationen einzusetzen, war eine ganz andere Sache. Nach spezifischen Kombinationen verschiedener Foltern konnte ein intelligenter Verhörspezialist durchaus zuverlässige Informationen herausholen – wenn sie vorhanden waren. Zeit und Technik waren wesentliche Faktoren in diesem Bestreben, und nichts von beidem half Lucas Negrete im Fall von Rubio Arizpe.

Es war nur wenig Zeit, wahrscheinlich nur zwei Stunden. Und die Techniken, die unter diesen Umständen am besten angewendet werden mußten, machten professionelle Bedingungen erforderlich. Negrete hatte nur das Motelzimmer und keine Instrumente, um punktmäßig und genau abgezirkelt Schmerz zu erzeugen. Aber er war nicht völlig unvorbereitet. Er hatte bestimmte Gegenstände mitgebracht, die er, obgleich er sie selbst noch nie benutzt hatte, als schnellwirkend kennengelernt hatte, wenn sie von anderen angewendet wurden.

Negrete trat ans Fußende des Bettes, so daß Rubio, der soeben erst anfing, wieder zu sich zu kommen, ihn über seinen nackten Bauch hinweg ansehen mußte. Seine sämtlichen Kleider waren entfernt worden, eine Routinemaßnahme bei jeder Folter, und er war mit gespreizten Armen und Beinen ans Bett gefesselt worden. Urbano hielt ein kleines Fläschchen Hirschhornsalz unter Rubios Nase, und er wachte keuchend auf.

»Ich bin hier unten, Rubio«, sagte Negrete. Er wartete einen Moment, bis er sicher sein konnte, daß sich der Indianer wieder orientieren konnte. Während er Rubio betrachtete, lauschte er zufrieden dem Dröhnen des Verkehrs auf dem Expressway. »Um Zeit zu sparen, sage ich dir gleich, daß wir wissen wollen, wo und wann Blas das RDX zünden wird. Da ich nicht erwarte, daß du mir das freiwillig verrätst, werde ich dich foltern.«

Negrete gab Siseno ein Zeichen und trat neben das Bett, damit der andere Mann seine Position zwischen Rubios Beinen einnehmen konnte.

»Ich weiß, daß du mit solchen Methoden der intensiven Befragung vertraut bist und dich psychologisch darauf vorbereitest, sie zu ertragen. Aber ich muß dir sagen, Kojote, daß dein indianischer Geist diesmal dafür nicht ausreicht.«

Erneut gab er Siseno ein Zeichen, der zwei kräftige Gummiringe von seinem Handgelenk streifte und sich bückte. Er nahm einen doppelt und legte ihn dicht über Rubios Hodensack und den anderen um seinen Penis.

»Wie du sehen kannst, Rubio, befinden wir uns nicht am günstigsten Ort für so etwas. Wir haben nicht die Instrumente. Ich bin sicher, daß du mit etwas ziemlich Primitivem und Schmutzigem rechnest.«

Negrete nickte Luis zu, der eine dicke Rolle chirurgischer Schlauchleitung aus einem Flugkoffer nahm und sie abrollte, während er damit ins Badezimmer ging. Negrete sah, wie Rubios Blicke ihm folgten.

»Du irrst dich«, sagte Negrete. »Du wirst sehr intensiv, aber auch recht sauber leiden.« Er zog einen Stuhl ans Bett und hob das Ende des Schlauchs vom Fußboden auf. Er griff in den Flugkoffer und holte ein Stück härteren Gummi heraus, das geformt war wie das Ende eines Klistierschlauchs, und fing an, es in das Ende des medizinischen Schlauchs zu schieben. Dabei fuhr er mit seinem Vortrag fort.

»Ich habe vor kurzem eine gründliche Ausbildung erfahren, Rubio, die ich gern an dich weitergebe. Ein Arzt hat mir diese Dinge beigebracht, deshalb kannst du dich auf das verlassen, was ich sage. Du wirst einige neue Worte kennenlernen, und in der Ekstase deines Schmerzes gelangst du vielleicht sogar zu mehr Weisheit.

Wie du weißt, hat jeder seine individuelle Fähigkeit, Schmerzen zu ertragen. Ja. Aber der physiologische Prozeß, durch den Schmerz erlebt wird, ist bei jedem der gleiche. Wenn ich dir eine Nadel unter deinen Fingernagel stoße, rege ich Nervenenden an, die komplizierte Folgen von chemischen Kettenreaktionen in kleinen Gebilden in Gang setzen, die... ich will lieber die richtige Bezeichnung benutzen: Rezeptoren heißen.« Er vollführte mit dem Schlauch eine schnelle Drehung und schob ihn ruckartig auf das Ende des Gummistücks.

»Diese Rezeptoren sorgen dafür, daß du zu schwitzen beginnst. Sie beschleunigen deinen Blutkreislauf, und sie setzen die Bildung der chemischen Stoffe in Gang, die dich Schmerzen empfinden lassen: Histamin, Serotonin, umfangreichere Peptide wie Bradykinin und die Prostaglandine.« Er hielt inne. »Das sind die richtigen Namen, Rubio«, bekräftigte er. »Ich habe sie mir gemerkt.«

Er hielt erneut inne, der Schlauch und die Endröhre baumelten in seiner Hand, und dann betrachtete er den dunklen Körper des Indianers, der hilflos auf den klammen Bettlaken lag. Lässig das schwarze Gummistück als Zeigestock benutzend, fuhr Negrete fort und strich mit der Tülle über Rubios Arm. »Diese chemischen Stoffe schicken die Schmerzinformation über die Nervenfasern zum Rückenmark« – die Tülle wanderte über Rubios

Schultern zu seinem Nacken – »dann zum Thalamus im Gehirn und schließlich zur Großhirnrinde – einem Ort, von dem du keine Ahnung hast, Rubio« – das Gummiende fuhr im Kreis über Rubios Stirn – »von dort wird dem Körper mitgeteilt, an welcher Stelle er Schmerz empfinden soll. Bei dem Beispiel mit der Nadel wären das die Fingernägel.« Negrete schlug mit dem Schlauch auf Rubios linke Hand.

Negrete ließ den Schlauch auf den Fußboden fallen und zündete sich eine Zigarette an.

»Wenn das alles lange genug andauert«, sagte er und atmete den Zigarettenrauch aus, »versucht sich der Körper vor dem Schmerz zu schützen und geht dazu über, andersgeartete chemische Verbindungen zu produzieren, die man als ›Schmerzhemmer‹ kennt. Diese chemischen Stoffe sammeln sich in der Schmerzzone und ermöglichen es dir, den Schmerz zu ertragen. Deshalb muß ich eine andere Art von Schmerz in einem anderen Bereich deines Körpers erzeugen, so daß du wieder die volle Intensität verspürst, bis deine Organe weitere Schmerzhemmer produzieren und mich zwingen, mir wieder etwas Neues einfallen zu lassen. Das ist der Grund, Kojote, warum eine wirkungsvolle Folter viel Zeit erfordert.«

Aus dem Badezimmer drangen Geräusche von Zangen und Schraubenschlüsseln, als Luis den Gummischlauch an den Wasserkran der Dusche anschloß.

Negrete rauchte seine Zigarette und hatte dabei eine Hand in der Tasche.

»Aber es gibt auch noch einen psychologischen Faktor. Einige Fachleute meinen, daß körperliche Foltern auch psychische Qualen bedeuten und vielleicht sogar andere chemische Verbindungen entstehen lassen, die die Schmerzhemmer abblocken, so daß jemand, der gefoltert wird, den Schmerz deutlicher verspürt als bei einem Unfall oder einer Krankheit.«

Er zuckte mit den Achseln, als wäre es jedem selbst überlassen, zu entscheiden, welche der Theorien den Tatsachen entsprach.

»Wie fühlst du dich da unten?« fragte er und wies mit einem Kopfnicken auf Rubios Schoß, während er aus beiden Nasenlöchern einen Rauchstrom ausblies. »Das soll dir nicht unbedingt Schmerzen verursachen, obgleich ich annehme, daß es weh tut. Es soll dich vom Pinkeln abhalten.« Er sah zum Badezimmer, dann wieder auf Rubio. Die Zigarette war fast bis auf den Filter runtergebrannt.

»Dieser Arzt hat mir erzählt, daß wahrscheinlich der schlimmste Schmerz, den der menschliche Körper erleiden kann, nicht von außen zugefügt wird, sondern von innen entsteht. In den Eingeweiden. Wenn ich dir jetzt in die Eingeweide stechen oder sie zerschneiden würde, dann würde das ganz gewiß sehr weh tun, aber dieser Doktor meint, daß der Schmerz der ›Ausdehnung‹ noch schlimmer ist. Das heißt, wenn die Därme anschwellen. Das ist der schlimmste Schmerz von allen. Er vermittelt einem nicht nur das Gefühl zu ersticken, sondern der Druck erzeugt auch in den Eingeweiden ein ganz spezielles Schmerzgefühl, das nur die Eingeweide empfinden können.«

Er nickte, bekräftigte damit diese Feststellung und zündete sich eine frische Zigarette an seiner aufgerauchten an, die er auf den Teppich warf und mit dem Fuß austrat. Weder sein Gesichtsausdruck noch der Klang seiner Stimme veränderten sich während dieses Monologs, sondern blieben allgemeinverbindlich. Während er sich noch einmal zu dem Tisch hinter ihm umdrehte, holte er eine Injektionsspritze und eine Ampulle aus dem Plastikkoffer. Er füllte die Spritze aus der Ampulle.

»Eine Sache noch, dann können wir endlich anfangen. Es heißt, daß einige der chemischen Stoffe, die der Körper erzeugt, wenn sein Nervensystem erregt wird, Substanzen sind, die Histamine genannt werden. Man findet sie in jedem Körpergewebe – du steckst sozusagen voller Histamine, Kojote – doch die größte Konzentration dieser Stoffe befindet sich in den Lungen. Histamine sind die stärksten bekannten schmerzerzeugenden chemischen Verbindungen.« Er zog die Nadel aus der Ampulle heraus und drückte gegen den Kolben, um die Luft daraus zu entfernen, und spritzte sich ein wenig von der Flüssigkeit auf den Hemdärmel. Er hielt die Injektionsspritze hoch, damit Rubio sie sehen konnte. »Histamine.«

Er griff in eine andere Tasche und holte ein Stethoskop hervor, das er sich um den Hals legte. Dann nahm er eine Blutdruckmanschette zur Hand und legte sie um Rubios rechten Arm. Er pumpte sie auf und las den Wert von der Skala ab. Er sah den Indianer an. »Geradezu bewundernswert, Rubio. Ich hätte angenommen, daß dein Herz bereits wie wild schlägt.« Seine Mundwinkel sanken in einem geringschätzigen Ausdruck herab. Er schaute zu Luis in der Badezimmertür, dann zu Siseno zwischen Rubios gespreizten Beinen.

»Wir werden folgendermaßen verfahren. Siseno wird den Schlauch in deinen Mund stecken, dann durch die Speiseröhre bis in deinen Magen schieben. Luis wird den Wasserkran im Badezimmer aufdrehen. Allmählich wirst du dann mit Wasser volllaufen wie ein Frosch im Teich. Mehrere Dinge werden daraufhin simultan geschehen.« Er beugte sich vor und übersetzte: »Das heißt ›gleichzeitig‹. Ich werde sofort Histamine in deine Brustwarzen injizieren, denn Histamine sorgen dafür, daß sich die Blutgefäße erweitern, und das wird dazu beitragen, daß dein Körper das Wasser noch schneller aufnimmt. Auf diese Weise beginnt eine allmähliche Ödembildung – das heißt, Flüssigkeit lagert sich zwischen den Zellen deines Körpergewebes ab. Auch in deiner Haut. Wenn es lange genug weitergeht, wirst du aufquellen wie eine Wasserleiche.«

Er nahm die Zigarette aus dem Mund, betrachtete Rubio abwartend und ließ ihm Zeit, sich den letzten Vergleich bildlich vorzustellen.

»Weißt du, was die Produktion von Histaminen in deinem Körper beschleunigt, Kojote?« Er nickte bestätigend, als hätte Rubio tatsächlich geantwortet. »Ja. Während wir das Wasser in dich hineinpumpen, wird dein Magen anschwellen und gegen deine anderen Organe drücken, vor allem gegen deine Lungen und sie dazu animieren, noch mehr Histamine in deinen Organismus auszuschütten. Ich werde Histamine in deinen Bauchnabel injizieren, und du wirst augenblicklich in einen Zustand der Überempfindlichkeit verfallen, während du anfängst zu erstikken. Der Druck in deinen Eingeweiden wird den schlimmsten

Schmerz auslösen, den du je verspürt hast, und die schnelle Produktion von Histaminen wird dich für Empfindungen überempfänglich machen, die nur wenige Menschen jemals verspürt haben.«

Negrete betrachtete Rubios ausdrucksloses Gesicht. »Aber hab' keine Angst, Indianer. Ich werde auf dein Herz achten und deinen Blutdruck überwachen.« Er warf die Zigarette auf den Fußboden und stellte seinen Schuh darauf. »Ganz gleich, was sonst noch passieren mag, sterben wirst du nicht. Ich denke jedoch, daß du mich noch darum bitten wirst, ehe wir fertig sind.«

Er wischte sich mit der Armbeuge über die Stirn. »Ach ja, wenn du dich entschließen solltest, mir mitzuteilen, was ich wissen will, dann nick einfach, und dann werde ich folgendes tun... falls ich dir glaube. Ich werde deine Schmerzen mildern, so daß du nicht in Lebensgefahr schwebst, während wir uns vergewissern, ob das, was du uns erzählt hast, der Wahrheit entspricht. Wenn es stimmt, rufe ich eine Ambulanz, die dich abholen wird. Wenn es nicht stimmt, komme *ich* dich holen. Ganz einfach, nicht wahr?«

Siseno ging um das Bett herum und hob den Gummischlauch auf. Während er sich über Rubio beugte, spuckte der Indianer plötzlich ohne vorherige Warnung aus, und ein dicker Schleimbrocken klatschte in Sisenos Gesicht.

»*Puta*!« kreischte Siseno und schlug augenblicklich mit aller Kraft zu. Seine Faust war karatemäßig geballt, und der hervorragende Knöchel des Mittelfingers erwischte Rubio am äußeren Winkel des linken Auges, trieb es aus seiner Höhle, so daß es plötzlich oben auf seinem Nasenrücken lag, aber immer noch am Sehnerv hing.

Rasend vor Zorn sprang Siseno aufs Bett, hockte sich rittlings auf Rubio und hebelte seinen Mund auf, während er das Schlauchende mit derartiger Wucht in die Kehle des Indianers rammte, daß es seine Speiseröhre aufriß. Er blutete bereits aus dem Mund, als Negrete, der mit der Injektionsnadel bereitstand, Luis ein Zeichen gab und das Wasser zu fließen begann.

53

Zur Zeit fahnden die Polizei von Houston und das FBI nach zwei Verdächtigen, die vermutlich in die Schießerei am vergangenen Dienstagnachmittag verwickelt waren, in deren Verlauf bei einem attentatsähnlichen Überfall auf eine Limousine auf der Kreuzung West Loop und Richmond Avenue sechs Menschen getötet wurden.

Die beiden Bilder von Blas Medrano und dann die Zeichnung von Rubio Arizpe erschienen auf dem Bildschirm und blieben dort stehen, während die Nachrichtensprecherin mit ihrem Bericht fortfuhr.

Die ganze Meldung dauerte knapp fünf Minuten und wurde von einem Bericht über einen Tanklastwagen abgelöst, der auf dem Gulf Freeway umgestürzt war.

Haydon drückte auf einen Knopf der Fernbedienung und schaute zu Nina und Celia, die ihm gegenüber in der Bibliothek auf dem Sofa saßen.

»War es das?« fragte Celia, wobei sie ihre Stimme erhob.

Haydon nickte. »Ihre Bilder waren etwa zwei Minuten lang zu sehen. Das ist eine ziemlich lange Zeitspanne. Lange genug.«

»Schön, und was passiert jetzt?« wollte sie wissen. »Ich meine, war das alles? Gibt es nichts, was Sie sonst noch tun können?«

»Wir warten. Alles, was sonst noch getan werden kann, wird getan«, meinte Haydon. »Der ganze Papierkrieg, Durchsuchen der Akten, Überprüfen von Adressen, Befragungen und Verhöre, das Feststellen der Herkunft der verwendeten Waffen. Das wird noch einige Zeit andauern.«

»Aber was ist, wenn sich die Leute, die sie irgendwann gesehen haben, heute abend nicht die Nachrichten angeschaut haben?«

»Die Meldung soll morgen früh noch einmal wiederholt werden.«

Celia zog die Beine aufs Sofa. Sie trug noch immer Ninas Rock und Bluse. Ihre Augenbrauen wölbten sich in einem Stirnrunzeln. Sie schien neuerdings ständig kurz vor einem Tränenausbruch zu stehen.

»Falls sich jemand melden sollte, müßte es während der nächsten halben Stunde oder so geschehen«, sagte Haydon. »Das heißt, Leute, die sie vielleicht gesehen haben, aber nichts weiter von ihnen wissen. Wie zum Beispiel ein Tankwart oder ein Verkäufer in einem Laden. Diejenigen, die mehr von ihnen wissen, warten vielleicht Tage oder Wochen, ehe sie reagieren, während sie sich über die Konsequenzen klarzuwerden versuchen. Oder sie melden sich überhaupt nicht.«

Haydon trank dunklen französischen Kaffee. Er war stark, und er hatte bereits zuviel davon getrunken, aber er hatte sowieso nicht vor, in absehbarer Zeit schlafen zu gehen. Er trug immer noch den Anzug, den er vor genau zwölf Stunden bei Mooneys Gedenkfeier getragen hatte.

Als das Telefon klingelte, zuckten beide Frauen zusammen. Haydon schaute auf die Uhr – es war einundzwanzig Minuten nach zehn – und ging zu seinem Schreibtisch.

»Hallo«, meldete er sich.

»Stu«, antwortete Dystal. »Wir haben Reaktionen auf die Fernsehnachrichten.« Haydon zog sich einen Notizblock heran und griff nach einem Bleistift.

»Die Telefone stehen nicht still«, fuhr Dystal fort. »Ein paar Verrückte sind dabei, aber auch durchaus handfeste Informationen. Also: Zwei Typen in unterschiedlichen Bekleidungsgeschäften in der Galleria sagen aus, daß Medrano am Dienstagabend bei ihnen erschien und sich völlig neu einkleidete. Er bezahlte bar und legte noch etwas drauf, damit die notwendigen Änderungen schnellstens vorgenommen wurden.

Anrufe von fünf verschiedenen Autovermietungen. Arizpe hat sich bei zweien je einen Wagen geholt; Medrano desgleichen sowie einen kleinen S-10 Chevy Pickup von einer dritten. Sie zahlten mit Kreditkarten, aber die Namen darauf lauteten nicht Arizpe und Medrano.

Anruf von einer Serviererin in einem kleinen Imbißcafé an der Kreuzung Norfolk und Kirby. Sie meinte, beide wären am Donnerstag nach Einbruch der Dunkelheit dort gewesen. Sie hätten getrunken und sich eine halbe oder auch eine Dreiviertelstunde mit einem Stadtplan beschäftigt. Sie meinte weiterhin, sie habe mit Medrano einige Worte gewechselt, und er sei ein richtig netter Bursche, höflich und zuvorkommend.

Anruf vom feudalen La Colombe d'Or an der Montrose. Ein Gast, auf den Medranos Beschreibung paßt, der jedoch eine Kreditkarte mit anderem Namen benutzt habe, sei gegen elf Uhr am Dienstagabend eingezogen und heute gegen fünf nach halb sieben wieder ausgezogen.

Anruf von einer Serviererin in einem Schnellimbiß an der San Felipe. Medrano war heute abend um Viertel vor neun dort. Und die Kollegin, die mit ihr in derselben Schicht arbeitet, meint, sie hätte ihn am Donnerstagabend zusammen mit Arizpe gesehen. Sie hätten gemeinsam irgendwelche Stadtpläne oder Landkarten studiert. Dann war da noch ein weiterer Anruf von einer anderen Serviererin, die dort die Morgenschicht hat – sie hat von zu Hause aus angerufen –, und sie meinte, sie hätte Medrano heute morgen gegen halb acht beim Frühstück gesehen.

Es gehen noch immer Anrufe ein, aber für den Anfang sieht es doch sehr gut aus.«

»Haben Sie eine Beschreibung der Wagen herausgegeben?«

»Natürlich.«

»Und was wird wegen des Imbißrestaurants unternommen?«

»Wir schicken jemanden in einem Zivilfahrzeug rüber, damit er ein Sandwich ißt und die beiden Frauen ausfragt. Wir werden den Laden beobachten. Er liegt günstig, und es läßt sich ziemlich einfach einrichten. Wenn Blas erscheint, schicken wir einen Mann rein, der als Taxifahrer verkleidet ist, um Gewißheit zu bekommen. Und dann warten wir ab, wie es weitergeht.«

Haydon hatte einen Stadtplan auf dem Schreibtisch ausgebreitet und zeichnete Kreise um die verschiedenen Adressen. »Er hält sich in einem bestimmten Bereich auf.«

»Ja, das tut er wohl. Sieht so aus, als hätte ich mich geirrt, nicht wahr? Verdammt noch mal, vor anderthalb Stunden hat er dort noch herumgehangen.«

»Hat er in dem Imbißladen gegessen?«

»Nein. Er hat sich seine Thermosflasche mit Kaffee füllen lassen. Vielleicht war er im Begriff, die Stadt zu verlassen und beabsichtigt, die ganze Nacht hindurch zu fahren.«

»Oder er wollte die Nacht auf irgendeinem Beobachtungsposten verbringen.«

»Sie meinen, er wartet ab, bis er Gamboa auf der Straße antrifft, wo er ihn ausschalten kann?«

»Das ist wahrscheinlich. Er und Arizpe haben sich aus irgendeinem Grund Karten und Pläne angesehen. Aber was ist mit dem RDX? Wie will er das einsetzen, wenn er einen fliegenden Überfall beabsichtigt?«

»Himmelherrgott, wer weiß schon, wo das Zeug abgeblieben ist? Vielleicht will er Gamboas Wagen kamikazemäßig rammen.«

»Warum die zahlreichen Mietwagen? Und warum war einer davon ein Lieferwagen?«

»Keine Ahnung«, sagte Dystal. »Wir versuchen festzustellen, was wann gemietet wurde. Vielleicht erhalten wir dadurch einen Hinweis.«

»Haben Ihre Leute in der Inverness nichts beobachtet?«

»Überhaupt nichts. Einige Kinder sind dort im Licht der Straßenlaternen auf ihren Skateboards herumgesaust...« Dystal redete mit jemand anderem, sagte dann »Moment mal« zu dem Betreffenden und meinte zu Haydon: »Ich bekomme gerade etwas herein. Ich melde mich gleich wieder.«

Haydon legte auf und starrte auf den Stadtplan. Er versuchte, ein gewisses Muster zu erkennen, die sich daraus ergebenden Möglichkeiten zu ergründen und sie auf ihre Wahrscheinlichkeit zu überprüfen.

»Stuart!« Ninas Stimme klang ungeduldig, und Haydon blickte auf und sah, daß beide Frauen sich erhoben hatten und ihn ansahen. »Was ist los?«

Er wollte antworten, aber das Telefon klingelte wieder, und er nahm sofort den Hörer ab, in der Hoffnung, daß Dystal den großen Durchbruch melden konnte.

»Mr. Haydon, hören Sie gut zu.« Es war nicht Dystal und auch sonst niemand, den er kannte. »Lucas Negrete ist im Begriff, Ihnen bei Medrano zuvorzukommen.«

Haydon war sprachlos. Er konnte nur zuhören.

»Negrete hat Rubio Arizpe.« Die Stimme klang ruhig und präzise. »Sie befinden sich in Zimmer 326 des Golden Way Motel auf der Main beim Southwest Freeway, Highway 59. Zwei weitere Männer sind bei Negrete.« Eine Pause trat ein. »Haben Sie das? Soll ich etwas wiederholen?«

»Nein, ich hab's«, erwiderte Haydon, und am anderen Ende wurde aufgelegt.

»Nina!« Haydon riß die Schreibtischschublade auf und holte seine Beretta heraus. Nina hatte sein Gesicht beobachtet und kam bereits auf ihn zu, während er das Magazin kontrollierte, ein Reservemagazin aus der Schublade nahm, sich vergewisserte, daß es gefüllt war, und es in die Tasche seiner Anzugjacke gleiten ließ, die über einer Stuhllehne hing.

»Hör zu«, sagte er in beschwörendem Ton. «Das war ein anonymer Tip, daß Negrete Rubio Arizpe im Golden Way Motel festhält. Du kennst es, es liegt zwischen Main und dem Freeway. Zimmer 326.« Er klemmte sich die Beretta in den Hosenbund, nahm den Telefonhörer in die Hand und wählte 66, wodurch automatisch die Nummer angewählt wurde, die ihn soeben angerufen hatte. »Ich gehe ins Wohnzimmer und telefoniere auf der anderen Leitung mit Dystal und bitte ihn, sofort jemanden rüberzuschicken. Du versuchst diesen Anruf zurückzuverfolgen, leg auf keinen Fall den Hörer auf, ehe dir nicht jemand am anderen Ende der Leitung erlaubt hat, es zu tun. Okay?«

»Ja, ich verstehe.« Er rief Dystal an. Es war besetzt, deshalb wählte er die 911. Als die Zentrale endlich durchkam, ließ Haydon Dystal nicht zu Wort kommen, sondern erklärte ihm knapp, was passiert war, bat ihn, jemanden zum Motel zu schicken, gleichzeitig den Telefonanruf zu identifizieren und informierte ihn, daß er selbst auch unterwegs zum Motel sei.

Dystal fluchte. »Warten Sie einen Moment! Hier ist die Hölle los. Ich hatte gerade Gamboa am Apparat. Er hat ein Flugzeug gechartert und will das Land verlassen. Die Maschine startet in einer Stunde vom Intercontinental Airport. Er läßt sich von einem Helikopter abholen und hinbringen, und er wünscht, daß wir ihn zum Helikopterflugplatz eskortieren.«

»Zu welchem?«

»Zu dem im Post Oak Park hinter dem Remington Hotel an der San Felipe... am Loop und dem verdammten Imbißladen genau gegenüber.«

»Halten Sie ihn auf.«

»Unmöglich. Ich hab's schon versucht. Er will nicht auf mich hören. Er hat Todesangst, und was ich ihm erklärt habe, war nur Öl auf sein Feuer. Er glaubt, er tut das Notwendige, um sein Leben zu retten. Er hat seine sämtlichen Leute bewaffnet, seinen Sohn, seinen Fahrer und sogar seinen verdammten Butler, oder wie er ihn auch nennen mag.«

»Halten Sie ihn auf«, wiederholte Haydon. »Diese Spur im Motel könnte unser entscheidender Hinweis sein. Ich rufe Sie von dort aus an«, sagte Haydon und knallte den Hörer auf die Gabel. Er rief Nina zu: »Wenn ich draußen bin, dann schließ das Tor, schalt die gesamte Außenbeleuchtung ein und aktiviere die Alarmanlage.«

Danach stürmte er durch die Haustür.

54

Haydon raste die Strecke zum Golden Way Motel.

Sein Geist funktionierte genausoschnell im Formulieren von Fragen wie beim Dirigieren des Wagens.

War der Tip echt?

Es erschien ziemlich unwahrscheinlich, daß er an der Nase herumgeführt worden war. Die Ermittlungen waren vom Standpunkt der Polizei aus derart schleppend vorangekommen, daß er für Negretes oder auch Medranos Ziele keinerlei Gefahr darstellen dürfte.

Wer war es? Und warum? Und woher hatte dieser Unbekannte seine Informationen?

Haydon blickte in die Kette von grellen Scheinwerfern des entgegenkommenden Verkehrs und erkannte, daß er einen Fehler gemacht hatte. Er hätte eine unauffällige Annäherung anordnen sollen. Die Hilfstruppen würden mit heulenden Sirenen angerauscht kommen – keine Chance, Negrete zu überraschen. Wenn er und seine Männer nicht versuchten, sich den Weg freizuschießen, würden sie die ganze Aktion in eine Belagerung umwandeln. So oder so gereichte es dem, was sie erreichen wollten, nicht zum Vorteil: eine schnelle Lösung, durch die sie vielleicht an die Information gelangten, die nötig war, um das Attentat zu verhindern. Haydons einzige Chance, das jetzt noch zu schaffen, bestand darin, an Negrete heranzukommen, ehe er begriff, daß die sich nähernden Sirenen ihm galten.

Haydon bog mitten im fließenden Verkehr nach links ab und raste in eine Querstraße, dann weiter in eine Einbahnstraße. Er gelangte einen Block von der Einfahrt zum Golden Way Motel entfernt wieder auf die Main Street und fädelte sich in den Verkehr ein. Hinter der Moteleinfahrt wendete er unter der Schnellstraße, schaltete seine Scheinwerfer auf Standlicht, während er auf den Gehsteig lenkte und zwischen den Betonpfeilern hindurch auf das Motel jenseits des schadhaften Maschendrahtzauns zufuhr.

Er schaltete auch das Standlicht aus, und der schwarze Wagen verschmolz mit der Dunkelheit ringsum, während er ausrollte und stoppte. Fünf Sekunden lang saß er in der pechschwarzen Dunkelheit und lauschte dem über seinem Kopf dahindonnernden Verkehr, während er das Motel beobachtete. Er kannte das Etablissement, kannte auch das System, nach dem die Zimmernummern verteilt waren, und wußte, daß er nun durch die Windschutzscheibe auf die Ziegelmauer von Zimmer 326 blickte.

Er betätigte die Zentralverriegelung, als er aus dem Wagen stieg, schlug die Tür zu und rannte auf den schadhaften Maschendrahtzaun zu, der den Stacheldrahtverhauen eines Kriegsgebietes glich. Er fluchte, als er gegen eine leere Flasche trat und sie klirrend über den Beton tanzte, bis sie an einem Stützpfeiler der Hochstraße zerschellte. Er kletterte auf den Zaun, blieb mit einem Schuhabsatz in dem Drahtgewirr hängen und landete schließlich auf der anderen Seite neben dem Seitenflügel des Motels. Er schaute zum Wandelgang des dritten Stocks, wo die Hälfte der Lampen vor den Zimmertüren durchgebrannt war, darunter auch die Lampe vor Zimmer 326.

Er überquerte die Grasfläche zwischen dem Swimming-pool und einer Hecke und platzte in die Anmeldung des Motels, wo ein erschrockener Nachtportier die mit Zeitungspapier ausgelegte Bodenschale eines Vogelkäfigs in der Hand hielt und Haydon über die Theke hinweg anglotzte.

»Polizei«, schnappte Haydon und hielt seine Marke hoch. »Ich brauche einen Hauptschlüssel.«

Der Angestellte blinzelte, wobei er seine Stirn runzelte, starrte das vor seinem Gesicht baumelnde Metallschild an und machte Anstalten, die Bodenschale irgendwo abzusetzen. Haydon brüllte: »Den Hauptschlüssel, verdammt noch mal!« Der Portier zuckte zusammen, ließ die Schale fallen und beeilte sich, den Schlüssel zu beschaffen.

»Es sind auch Streifenwagen unterwegs«, sagte Haydon, während der Portier ungeschickt eine Schublade unter der Theke aufzog und den Schlüssel auf eine mit Plastikfolie bedeckte Ausgabe eines Stadtplans knallte. »Gehen Sie in Deckung, und kommen Sie uns nicht in die Quere«, riet Haydon ihm und griff sich den Schlüssel.

Er rannte auf dem gleichen Weg zurück, den er gekommen war, als plötzlich der Schweiß aus seinen Poren trat. Nachdem er das Ende der Treppe bei den Limonaden- und Colaautomaten erreicht hatte, zückte Haydon seine Beretta und machte sich an den Aufstieg. Er hatte den Treppenabsatz im zweiten Stock erreicht, als er in der Ferne die ersten Sirenen hörte und sein Tempo steigerte. Als er schließlich im dritten Stock stand und den Wandelgang betrat, hielt er einen Augenblick inne, um sich einen kurzen Überblick zu verschaffen.

Hinter ihm lag der restliche Teil des Wandelgangs, der zum kürzeren, unteren Arm des L gehörte. Direkt rechts von ihm befand sich eine kleine Nische mit einem Eiswürfelbereiter und zwei Türen auf beiden Seiten, die wahrscheinlich zu Vorrats- oder Gerätekammern führten.

Das Geländer des Wandelgangs und der Hof befanden sich links von ihm, während er die Tür von 326 fixierte. Etwa sechs Meter weiter auf der anderen Seite von 326 war das Stahlgeländer der Schnellstraße zu sehen, auf der Personenwagen und Lkws in Augenhöhe vorbeirauschten. Ihm wurde bewußt, daß jeder, der vorbeifuhr und aus dem Fenster blickte und ihn mit gezogener Pistole auf dem Treppenabsatz knien sehen würde.

Aber er hatte im Augenblick brennendere Probleme:

Waren sie alle drei in einem Zimmer mit Arizpe zusammen?

Hatten sie irgendwo einen Wächter postiert?

Wenn ja, hatte man ihn dann nicht schon längst entdeckt?

Wenn er sie überrumpelte, wie groß war die Wahrscheinlichkeit, daß sie nicht ihre Schußwaffen in den Händen hielten? Sein Geist weigerte sich, sich eingehender mit den Mac-10ern zu befassen.

Die Sirenen wurden lauter.

Er schlich weiter, bis er neben der Tür von 325 stand. Er legte sein Ohr an die Tür, eine lächerliche Geste angesichts der Schnellstraße mit ihrem Güterzuggetöse, keine zehn Meter weit entfernt. Er testete den Türknauf, der nicht nachgab. Er ging weiter zu 326, verharrte neben dem Schiebefenster, um nachzusehen, ob zwischen den Vorhängen ein Spalt offengeblieben war. Das war nicht der Fall.

Er trat vor die Tür, wandte dem Expressway den Rücken zu und lehnte sich mit der Schulter gegen die Mauer auf der linken Seite der Tür. Ein Dieseltruck heulte vorbei, und eine Bö aus warmer Luft und feinem Sand zerrte an seinem Anzug. Der Ölgestank des Dieseltreibstoffs füllte seine Lungen, während er den Türknauf berührte. Diesmal erwies sich der Verkehrslärm der Schnellstraße als vorteilhaft für ihn und verhinderte, daß das leise Klirren und Knirschen des Türknaufs im Zimmer zu hören war. Aber es war abgeschlossen. Er versuchte mit der linken Hand den Hauptschlüssel ins Schlüsselloch zu schieben und hielt mit der Rechten die Beretta schußbereit hoch. Er konnte erwarten, daß die Sicherheitskette eingehängt war. Er drehte den Schlüssel.

Wie hoch war die Wahrscheinlichkeit, daß sie auf den Türknauf blickten, daß sie sehen würden, wie er sich bewegte?

Er hatte Angst, die Tür weit genug zu öffnen, um sich zu vergewissern, ob die Kette vorgelegt war. Das würden sie gewiß bemerken.

Die Sirenen ertönten bereits auf der Main Street und waren etwa drei Blocks weit entfernt.

Er baute sich vor der Tür auf und trat dagegen, wobei sich die Kette mit einem lauten Knall wie ein Pistolenschuß spannte, dann aber zerbrach, als Haydon auch schon in der Türöffnung kauerte und brüllte: »Polizei!«

Der Mann, der neben der nackten, aufgedunsenen Gestalt im Sessel saß, drehte sich um und streckte sich nach der Maschinenpistole auf dem runden Tisch. Er hatte seine Hände bereits darumgelegt, als Haydons Schüsse ihn hinter dem rechten Ohr und im Nacken trafen, seine Brille durch die Luft schleuderten und ihn auf den Tisch warfen, wobei die Arme flatterten wie Papierschlangen im Wind.

Haydons Augen fixierten die offene Badezimmertür. Der Gestank von Exkrementen und von irgendeiner Medizin. Er erwartete eine Reaktion aus dem Badezimmer. Dann der eisige Schock von Schüssen aus dem Zimmer nebenan, dann das Geräusch von jemandem, der über den Wandelgang rannte. Er wirbelte herum, sprang zur Tür und sah den ersten Streifenwagen mit Sirenengeheul von der Straße schlingernd in die Einfahrt einbiegen. Er beobachtete ihn noch immer, als die Mac-10er von irgendwo auf der Treppe das Feuer eröffneten und die Windschutzscheibe in Milchglas verwandelten, während der Wagen weiterraste, durch die Hecke rauschte, über den Gehsteig und in den Cola- und Limonadenautomaten am Fuß der Treppe krachte. Ein Höllenlärm erhob sich, und der Wandelgang erbebte. Das Blaulicht des Wagens blinkte noch immer und schleuderte Farbschlieren in den Hof.

Während der zweite Wagen über die Einfahrt jagte, rannte Haydon über den Balkon zur Ecke des L, sprintete durch den Verbindungsgang bis zum Geländer, das sich an der Rückseite des Motels befand und auf die leicht absinkende Fahrbahn des Freeways hinausging. Er sah Negrete auf der Zaunkrone und den zweiten Mann, der sich umwandte, um ihm Feuerschutz zu geben, wobei die feuerspuckende Mündung der Mac-10 heller aussah, als er je erwartet hatte, während er nach hinten gegen die Wand kippte. Augenblicklich kam er wieder auf die Füße und beobachtete, wie der zweite Mann den Zaun überkletterte. Negrete rannte weiter durch verdorrtes und knisterndes Unkraut und strebte der Deckung unter dem langgestreckten Bogen der abschwingenden Fahrbahn des Freeways entgegen. Haydon legte mit der Beretta zu einem Fernschuß auf den Mann auf dem Zaun an. Der Kerl erkannte plötzlich, daß er ohne Schutz und ohne Deckung war, und versuchte mit der Mac-10 zu feuern, während er rittlings auf der Zaunkante saß. Haydon schoß viermal, ein fünftes Mal, und der Mann wurde nach hinten geschleudert, wobei sich ein Fuß im oberen Draht verfing und er mit dem Kopf nach unten hängenblieb. Die Mac-10 feuerte noch einmal, der Rückstoß ließ seinen Arm umherzucken wie einen losen Wasserschlauch, und sie verstreute Fünfundvierziger-Patronen. Dann verstummte sie.

Negrete war in Montrose untergetaucht.

Haydon rannte zur Vorderseite des Motelhofs und weiter zum Verbindungsweg. Zwei Wagen rollten jetzt über die Einfahrt, ein weiterer kam gerade herein, und Sirenen ertönten. Polizisten rannten auf den Wegen hin und her, zwei kamen auf ihn zu.

»Ein Mann ist am Zaun hinter dem Motel«, rief Haydon. »Er hat eine Mac-10, aber ich glaube, er ist tot. Ein weiterer, ebenfalls mit einer Mac-10 bewaffnet, ist zu Fuß in Richtung Montrose geflüchtet, vielleicht auch zur Brandt, Flora, Westmoreland und den umliegenden Straßen. Holen Sie jedes verfügbare Team hierher. Er ist gefährlich. Sie müssen äußerst vorsichtig vorgehen. Sollten Fragen auftauchen, so finden Sie mich in Zimmer 326. Schicken Sie die Sanitäter und den Arzt rauf, sobald sie eintreffen.«

»Sind Sie Detective Haydon?« rief der Beamte. »Wir sollten uns nämlich bei Detective Haydon melden.«

»Ja, und beeilen Sie sich.« Er verstummte kurz. Dann: »Was ist denn mit den Leuten unten im Wagen?«

»Sie sind tot, Sir.«

»Machen Sie schnell«, wiederholte Haydon und ging zum letzten Zimmer am Ende des Gebäudes.

Drei Streifenpolizisten hielten sich in dem Zimmer auf, einer hatte sich hingehockt und untersuchte den Mann, den Haydon erschossen hatte, und die anderen beiden starrten auf den aufgedunsenen Arizpe. Sie wußten nicht, was sie tun sollten.

»Lebt er?« fragte Haydon und drängte sich zwischen sie.

»Ich...« Einer der Streifenpolizisten drehte sich um und verließ fluchtartig das Zimmer.

Rubios dunkler Körper hatte ein Aussehen angenommen, das eher abstrakt anmutete. Seine massige Gestalt allein war psychologisch verwirrend und erinnerte unwillkürlich an den Kadaver eines Tiers, geschlachtet und hergerichtet. Er lag eigentlich nicht richtig auf dem Bett, sondern ruhte zitternd auf verschiedenen punktförmigen Flächen, da die Folter dafür gesorgt hatte, daß sich jeder Muskel und jede Sehne in einem heftigen, nichtermüdenden Krampf kontrahierte. Sein Rücken war so weit durchbogen, daß er zu zerbrechen drohte, und sein aufgetriebener Bauch ragte in die Luft. Sein Kopf war zurückgeworfen, und sein Mund stand offen wegen eines Gummischlauchs, der sich zum Badezimmer schlängelte. Das Bett troff vor Nässe, die zum Teil von Wasser und zum Teil von etwas anderem herrührte, und Arizpes Haut glänzte von öligem Schweiß. Der Gestank war unerträglich.

»Mein Gott.« Der Streifenpolizist, der den toten Mann untersucht hatte, stand auf und drehte sich zu Rubio um. Sein Name war Aledo, und sein Blick verfolgte den Schlauch bis ins Badezimmer. »Verdammte Scheiße!«

Haydon sah das Stethoskop unter dem Bein des Mannes auf dem umgekippten Tisch, eilte hin und zog es heraus. Er bückte sich, während er es aufsetzte und die Stahlscheibe auf Arizpes Brust drückte. Da war ein Herzschlag, unregelmäßig zwar, aber er war da. Er wandte sich an Aledo. »Sorgen Sie dafür, daß das Wasser abgedreht ist.«

»Was, zum Teufel, ist das?« fragte Aledo, aber er wartete nicht auf eine Antwort.

Haydon zog sein Jackett aus und warf es über eine Lampe, während er auf das Namensschild des zweiten Polizisten blickte. »Thomas, helfen Sie mir. Wir müssen diesen Schlauch aus ihm herausholen.«

Der junge Streifenpolizist, der dünn und blond war, begann, seine Ärmel hochzukrempeln, während er Arizpes aus der Höhle gedrücktes Auge fixierte.

»Der Wasserkran ist zu!« rief Aledo.

»Sollten wir ihn nicht vorher losbinden?« erkundigte sich Thomas.

»Noch nicht«, erwiderte Haydon.

»Verfluchter Mist!« stieß Aledo hervor. Er war zum Bett zurückgekehrt. »Sehen Sie sich mal an, was sie mit seinem Schwanz gemacht haben, heh?«

Der junge Polizist stützte ein Knie auf das Bett und hielt Arizpes Kopf fest, während Haydon den Schlauch ergriff. Er wollte nicht herausrutschen.

»Vielleicht sollten wir ihn lieber so liegenlassen.« Thomas' Stimme klang, als hielte er die Luft an.

»Dann stirbt er«, sagte Haydon und zog weiter an dem Schlauch.

»Sie müssen ihn losschneiden«, meinte Aledo.

»Ja, okay.« Haydon zog fester an dem Schlauch, bis er nachgab. Schmutzigroter Schaum drang aus Arizpes Mund.

»Das kommt aus seiner Lunge.« Thomas redete schnell und abgehackt. »Irgend etwas stimmt nicht mit seiner Lunge.«

Aledo hatte sein Taschenmesser herausgeholt, durchschnitt die Nylonschnur um Arizpes Fußknöchel, machte dann an den

Handgelenken weiter, die er in dem Augenblick von ihren Fesseln befreit hatte, als das Ende des Schlauchs aus Arizpes Mund herausrutschte. Ein Schwall einer schleimigen Flüssigkeit quoll aus seinem Mund. Von seinen Fesseln befreit, begann Arizpe zu zittern, dann zu erschauern, als schüttelte jemand das Bett.

»Oh, verdammt«, stöhnte Thomas, stieß sich von dem Bett ab und wich zurück. Dabei warf er den Fernseher um. Haydon trat ebenfalls zurück, stolperte dabei über den Mann, den er erschossen hatte.

Arizpes Erschauern wurde immer heftiger, und sein monströs vergrößerter Bauch mit seinem hervortretenden Nabel wogte konvulsivisch. Plötzlich öffnete sich das unversehrte Auge des Indianers weit und verdrehte sich nach oben. Seine Arme begannen unkontrolliert herumzurudern, als er zu versuchen schien, sich aufzurichten. Dann klaffte sein Mund auf, und er würgte und spie einen dicken gebogenen Strahl hervor, der über die ganze Länge des Bettes und fast bis zur Wand spritzte.

»O mein Gott«, schrie Aledo, während Haydon ihn zur Tür stieß, wo die drei entsetzt stehenblieben. Arizpe, kein Mensch mehr, sondern ein aufgeblähtes Gebilde, das sich in seinen eigenen Säften aufbäumte, würgte immer aufs neue die Reste seiner eigenen zerfetzten Eingeweide heraus.

Haydons Sinne versagten. Aufgrund eines kurzfristigen Defektes der Synapsen weigerte sich sein Gehirn ganz einfach zu verarbeiten, was er gerade beobachtete. Als er sich erholte, war er in dem Zimmer allein, und das unwirkliche Schauspiel, das Grauen von Rubio Arizpes Leiden und Tod, erfüllte den Raum. Haydon verließ das Motelzimmer und schloß die Tür.

55

Ein halbes Dutzend oder mehr Streifenteams standen auf dem Hof des Golden Way Motel sowie mehrere Ambulanzwagen und die eintreffenden Übertragungswagen der Fernsehgesellschaften. Haydon stand eine Minute lang vor der Tür, die er soeben hinter sich geschlossen hatte, dann schaute er nach rechts, wo auf den Balkonreihen die Motelgäste standen. Die Blaulichter der Polizeiwagen zuckten über ihre Gesichter, die allesamt ihm zugewandt zu sein schienen, während ihre leeren Blicke wie Neonlichter aufzuflackern schienen.

Haydon sah zu Aledo und Thomas, die sich an das Geländer lehnten und ihn ansahen, als hätte jemand sie in den Magen geschlagen und ihnen jegliche Luft aus dem Körper getrieben.

»Mein Gott«, sagte Aledo. »Was für… was für eine Schweinerei.« Der alte Kämpe mußte einfach etwas von sich geben.

Der Wandelgang des ziemlich billig erbauten Motels erzitterte, als andere Polizeibeamte die Stufen hinauf- und hinunterrannten und sich untereinander und mit den Sanitätern der Ambulanzwagen durch laute Zurufe verständigten und Leute aus dem Weg scheuchten.

»Lassen Sie niemanden herein, ehe nicht ein Trupp Detectives der Mordabteilung hier ist«, sagte Haydon zu Aledo. Er schaute auch auf die offene Tür von Zimmer 325. »Dorthin auch nicht.«

Aledo mußte sich räuspern. »In Ordnung«, sagte er.

Haydon betrat das Zimmer 325, umwickelte den Telefonhörer mit einem Taschentuch und nahm ab. Er starrte unverwandt auf das Nachttischchen und wartete darauf, daß Dystal sich meldete. Draußen hallte das Rauschen und Knistern der Funkgeräte von den Motelwänden und den Pfeilern des Freeways wider.

»Lieutenant Dystals Büro.«

Haydon erkannte Nunns Stimme. »Robert, wo ist Dystal?«

»Unterwegs zu Gamboa. Bist du im Motel? Was, zum Teufel, ist dort los?«

Haydon schilderte es ihm kurz, dann fragte er: »Wer kommt raus zu uns?«

»Pete und Marshall, Singleton und Watts.«

»Und wie sieht's bei Gamboa aus?«

»Der alte Mann hat sich bereit erklärt, auf Dystal zu warten, aber abreisen wird er ganz bestimmt. Ich habe keine Ahnung, wie sie im einzelnen vorgehen wollen, aber ich weiß, daß der Lieutenant jede Menge Fahrzeuge um ihn postieren will.«

»Okay, danke«, sagte Haydon und sah Lapierre und John Marshall, die sich zwischen den Polizeiwagen auf dem Hof hindurchschlängelten und auf die Treppe zusteuerten. Er wandte sich an Thomas. »Leihen Sie mir mal bitte Ihr Funkgerät«, sagte er. Der junge Streifenpolizist hakte das Funkgerät von seinem Gürtel und reichte es ihm. Er hatte noch immer nicht sein inneres Gleichgewicht wiedergefunden. Das hatte auch Aledo noch nicht, nur hatte seine Erfahrung ihn gelehrt, zumindest den Eindruck von Verletzbarkeit zu kaschieren; er zündete sich mit zitternder Flamme eine Zigarette an. »Vielen Dank für Ihre Hilfe da drinnen«, sagte Haydon zu Thomas. Er zögerte einen Moment, wollte den Jungen fragen, ob er wieder okay sei, doch dann überlegte er es sich anders. »Ich gebe es Ihnen gleich zurück.«

Er ging den Wandelgang hinunter und traf mit Lapierre an der Treppe zusammen. Sie unterhielten sich kurz miteinander. Haydon schilderte den beiden Detectives, was geschehen war, und sagte, daß Negrete irgendwo mit einer Mac-10 unter dem Arm herumlief und sie beim geringsten Anlaß auch benutzen würde.

Haydon hatte sich bereits mit der Tatsache abgefunden, daß er die falsche Entscheidung getroffen hatte, als er den Mann auf dem Zaun erschossen hatte. Nicht ahnend, daß Arizpe dem Tode so nahe war, hatte er sich darauf verlassen, daß der Indianer die schnellere Informationsquelle über Medrano war, und hatte Negrete nicht verfolgt. Nun, da Arizpe sowie die beiden anderen Männer tot waren, hatte er Negrete und die aktuellste Information über Medrano verloren. Natürlich nur unter der Voraussetzung, daß sich Negretes Methoden, Informationen aus Arizpe herauszuholen, als erfolgreich erwiesen hatten.

»Ich glaube, die eingehenden Tips haben nichts Neues ergeben«, sagte Haydon.

»Nein«, meinte Lapierre angespannt und sah an Haydon vorbei zu Aledo und Thomas, die vor den Zimmertüren am Ende des Wandelganges standen.

»Okay, ich versuche Dystal und Gamboa am Helikopterflugplatz zu treffen«, sagte Haydon. »Ich komme hierher zurück, sobald er gestartet ist, und helfe Ihnen, hier alles abzuschließen.«

Während er die Treppe hinunterrannte, überlegte Haydon, wie die letzte Woche auf Lapierre gewirkt haben mußte. Es bestand kein Zweifel, daß er gründlich mißbilligte, wie Dystal mit Haydon verfahren war. Haydon konnte ihm wirklich keinen Vorwurf machen. Diese Woche war ein einziges Blutbad gewesen, und Haydon hatte sich die ganze Zeit eher am Rande des Geschehens herumgedrückt.

Anstatt wieder über den Zaun zu klettern, drängte sich Haydon durch das Gewimmel von Streifenwagen auf dem Motelhof, ging am Büro vorbei und auf die Zufahrt. Er eilte am Straßenrand entlang bis zur Betonfahrbahn, die unter dem Expressway verlief, und tauchte in die Schatten ein. Er schloß den Wagen auf, stieg ein und setzte zwischen den Pfeilerreihen bis zum niedrigen Bordstein an der Straße zurück. Schon nach wenigen Sekunden fuhr er die Rampe zum Southwest Freeway in Richtung des West Loop hinauf.

Für den Bruchteil einer Sekunde befand er sich über der Richmond-Kreuzung, wo alles vor drei Tagen im gleißenden Licht der Nachmittagssonne begonnen hatte. Dann war er plötzlich in einer anderen Stadt, im Post Oak District, wo der Transco Tower alles überragte und die Perspektive verschob, als wollte er mit Nachdruck verkünden, daß er real war und alles andere nichts als eine Miniatur.

Er setzte seinen Weg in das funkelnde Herz des Distrikts fort und nahm die San-Felipe-Ausfahrt. Der Helikopterflugplatz lag rechts von ihm, aber er wandte sich auf der San Felipe nach links und folgte der sanften Biegung der Straße vorbei an dem Schnellimbißrestaurant. Es quälte ihn geradezu, sich daran zu erinnern, daß Medrano vor wenigen Stunden dort hineingegangen war, um sich Kaffee zu holen. Warum hatte er sich noch vor kurzem in dieser Gegend aufgehalten, und warum hatte er das Imbißrestaurant so oft besucht? War der gehorsame Sohn tatsächlich fähig, ein Kamikazefahrzeug voller Sprengstoff zu lenken? Haydon hielt es nicht für möglich. Es wäre ein bisher nie unternommener Schritt einer lateinamerikanischen Gruppe, einer rechtsradikalen noch dazu.

Warum kurvte dann Medrano ständig durch diese Gegend? Er konnte doch wohl kaum gewußt haben, daß Gamboa sich entschließen würde, an diesem Abend zum Helikopterflugplatz zu fahren. Gamboa hatte es wahrscheinlich noch nicht einmal selbst gewußt bis vor vielleicht einer Stunde.

Haydon fuhr auf den Parkplatz in der Post Oak Plaza und parkte. Er schaltete Thomas' Funkgerät ein und rief Dystal. Ein Streifenbeamter meldete sich und erklärte, Dystal sei nicht in seinem Wagen, sondern stehe ein Stück von seinem Wagen entfernt vor Gamboas Haus, das sie soeben verlassen wollten. Ein statisches Rauschen erklang, während Haydon wartete, dann hörte er Dystal.

»Stu, ich hab' erfahren, was bei euch passiert ist. Ich hoffe, Sie sind in Ordnung.«

»Mit mir ist alles klar.«

»Allmächtiger Gott. Ich frage mich nur, was noch alles passieren kann, ehe wir den Mann von hier weggeschafft haben.«

»Wie werden Sie es machen?«

»Zum Teufel, ich konnte mich nicht entscheiden, ob ich ihn heimlich rausschmuggle oder ihn mit voller Festbeleuchtung begleite. Schließlich entschloß ich mich zur Festparade. Ich lasse zwei Fahrzeuge vorfahren und zwei folgen, und jedesmal, wenn wir zu einer Querstraße kommen, lasse ich einen Wagen vorfahren, um sie zu sperren, für den Fall, daß sie ihn von der Seite rammen wollen. Wir werden dabei keine Zeit vergeuden. Wo sind Sie?«

Haydon sagte es ihm. »Ich kann mich nicht mit der Vorstellung abfinden, daß er hier war.«

»Ja, ich weiß«, sagte Dystal. »Okay, sie kommen jetzt die Treppe herunter. Wir werden gleich von hier verschwinden.«

»Wer ist bei ihm?« fragte Haydon schnell.

»Hmm, es sieht aus, als wäre es sein Sohn und ein anderer Typ, der einen Aktenkoffer trägt. Nur die drei.«

»Ich treffe Sie am Helikopterflugplatz«, sagte Haydon.

»Gut.«

Haydon fragte sich, wo sich Medrano in diesem Augenblick aufhielt und ob Gamboa in zwanzig Minuten noch am Leben war oder nicht. Plötzlich wurde er sich seiner inneren Gespanntheit bewußt, eines Tempowechsels bei seinen Gefühlen. Er startete den Wagen und fuhr auf den Post Oak Boulevard.

Es würde zwanzig Minuten dauern, eher nur fünfzehn, bis sich Gamboa in der Luft befand. Medrano hatte nicht viel Zeit.

Nachdem er von Cissy Farrell von dem RDX gehört hatte und nach allen Spekulationen darüber, wie es eingesetzt werden könnte, vermutete Haydon, daß es aus der Ferne gezündet werden sollte. Es war die einzige Möglichkeit, an Gamboa heranzukommen, ohne sich ihm direkt zu nähern. Und da sich fünfundzwanzig Kilo nicht so einfach spazierentragen ließen, mußte sich der Sprengstoff an irgendeinem Ort befinden und per Fernzündung zur Explosion gebracht werden.

Aber wie würde Medrano Gamboa und das RDX zusammenbringen? Haydon kehrte in Gedanken an den Anfang der Ereignisse zurück – zum Dienstagmorgen und zu Ireno Lopez. Er hatte sich drei Wochen lang in Houston aufgehalten und Gamboas Aktivitäten beobachtet. Er hatte sicherlich Informationen darüber gesammelt, wo, wann und wie sich Gamboa zu bewegen pflegte. Das war die Art von Überwachung, die sie in die Lage versetzt hatte, die Limousine nur wenige Minuten nach ihrer Abfahrt von einem Restaurant anzugreifen, in dem Gamboa öfter aß. Nur Negretes Umsicht hatte den alten Mexikaner gerettet. Waren die von Lopez gesammelten Daten nach einem fehlgeschlagenen Versuch wertlos? Bestimmt nicht, wenn Gamboa seine Reisegewohnheiten und sonstigen Verhaltensweisen nicht grundlegend änderte – und das hatte er nicht getan. Tatsächlich war Gamboa, solange er seine Behausung nicht wechselte, genauso wie jeder andere Mensch in der Stadt, er mußte bestimmte

Straßen benutzen, um zu bestimmten Zielen zu gelangen. Das ließ sich nicht vermeiden. Da er häufig die Gegend von Post Oak aufsuchte, welche Zufahrtsmöglichkeiten standen ihm offen? Wenn er nicht einen geradezu lächerlichen Umweg machen wollte, gab es nur die Strecke San Felipe, Westheimer, Richmond und Southwest Freeway. Mehr noch, wenn er die San Felipe nicht nahm, war er vom Weg abgekommen. Die San Felipe stellte die nächste und direkteste Route zum Post Oak District dar. Sie bot gleichzeitig den nächsten und direktesten Weg zum Helikopterflugplatz; deshalb hatte Gamboa sie gewählt. Je kürzer die Zeitspanne war, die er sich ungeschützt draußen aufhielt, desto geringer war das Risiko, in einen Hinterhalt zu geraten und überfallen zu werden.

San Felipe. Haydon erreichte die Kreuzung mit dem Post Oak Boulevard und sah nach rechts zum Schnellimbiß, in dem sich Medrano noch vor zwei Stunden aufgehalten hatte. Woher konnte er wissen, wann das RDX gezündet werden mußte? Solange die *tecos* es nicht geschafft hatten, einen Peilpieper an der Limousine anzubringen – was sehr unwahrscheinlich war, da Gamboa nicht mehr die Fahrzeuge von Valverde benutzte –, würde Medrano den richtigen Zeitpunkt der Detonation nur durch visuelle Kontrolle bestimmen können, nämlich dann, wenn sich die Limousine möglichst nah bei der Sprengladung befand. Das RDX mußte demnach irgendwo auf der San Felipe und dort in der Umgebung der Kreuzung West Loop und San Felipe deponiert sein. Und Medrano konnte sich in jedem von einem ganzen Dutzend von Gebäuden verborgen halten.

Haydon fuhr über die San Felipe. Er rollte zur Loop-Unterführung, suchte die Straße nach Mülltonnen, Briefkästen, Ampelschaltkästen, eben nach allem Möglichem ab, was sich dicht genug an der Fahrbahn befand und groß genug war, um den Sprengstoff zu verbergen, ehe ihm klarwurde, daß er das gar nicht brauchte. Der Helikopterflugplatz befand sich in einem Parkgelände unweit der Zufahrtsstraße auf der anderen Seite, der Ostseite des Freeways. Gamboa kam gar nicht bis zum Freeway. Es war in der Tat wahrscheinlicher, daß Gamboas Chauffeur auf den Park Drive abbiegen würde, der die Ostgrenze des Parks bildete, zwei Blocks, bevor er den Freeway berührte.

Haydon beschleunigte, jagte durch die Kurve und schoß unter der Schnellstraße hindurch, während die Ampel von Gelb auf Rot umsprang. An dieser Stelle war die Straße ein Boulevard mit Grünstreifen in der Mitte. Wenn der Sprengstoff während der nächsten paar Minuten wirkungsvoll gegen Gamboa eingesetzt werden sollte, müßte er sich irgendwo auf der anderen Seite des Mittelstreifens, also auf der nach Westen führenden Fahrbahn, befinden.

Haydon fuhr langsamer über den Mittelstreifen. Selbst im schwachen Licht der Straßenbeleuchtung konnte er erkennen, daß die Straße in beiden Richtungen nicht verändert war. Er mußte hier mindestens eine Million mal vorbeigekommen sein, hatte jedoch nie die Details der Umgebung richtig zur Kenntnis genommen. Die Bäume des Parks standen etwa hundert Meter entfernt. Einen Block weiter stand eine Ampel, und dann verengte sich die Straße auf zwei Fahrspuren, wo sie die Eisenbahngleise kreuzte und in den engen und dicht mit Bäumen bestandenen Teil der San Felipe überging, der nach River Oaks führte. Haydon vernahm das dumpfe Röhren der Helikopterrotoren, drehte sich um und sah die blinkenden Positionslichter des Helikopters, der sich von Norden näherte. Die Maschine schwebte dicht über dem Expressway ein und verharrte einen Moment über den Parkbäumen, ehe sie zwischen ihnen heruntersank und außer Sicht geriet.

Haydon konnte es nicht verstehen. Das war nicht, was er erwartet hatte. Vielleicht befand sich der Sprengstoff hinter ihm, auf der anderen Seite des Freeways. Vielleicht hatte der törichte Gamboa schon wieder Glück. Haydon schaute durch die Windschutzscheibe und bemerkte die Blaulichter der Streifenwagen, die auf dem baumbewachsenen Stück der San Felipe auftauchten und sich der Eisenbahnkreuzung näherten. Dystal hatte nicht übertrieben. Der Konvoi beherrschte praktisch die ganze Straße. Die Scheinwerferstrahlen der ersten beiden Streifenwagen tanzten nach oben, als sie nebeneinander die leicht erhöht verlaufenden Gleise überquerten und dann nach rechts und links wegzogen, um die einmündenden Straßen, Briar Hollow auf der rechten und St. Regis auf der linken Seite, abzusperren. Der dritte Streifenwagen holperte über die Gleise, gefolgt von der Limousine.

Im ersten Augenblick der Explosion rührte sich die Limousine gar nicht, sondern leuchtete grellweiß auf. Ein orangefarbener, sonnengleicher Glanz erhellte die Fenster von innen, so daß Haydon die scharf konturierten Gestalten erkennen konnte, als geschähe mit ihnen überhaupt nichts. Feuer leckte aus den Fenstern. Und dann erfolgte die Explosion.

56

Die Nachwirkungen waren politisch, unübersehbar und letztendlich dennoch folgenlos. Die Meldungen von dem Attentat belebten die Medienflaute des Wochenendes. Die Tat war die Hauptmeldung in den Fernseh- und Rundfunknachrichten am Montag und schaffte es drei Tage hintereinander, die Titelseiten der Zeitungen zu füllen. In der darauffolgenden Woche wurde die Tat ausführlich in der *Newsweek*, der *Time* und dem *U. S. News & World Report* behandelt. Politische Morde sind immer eine große Sache, doch daß dieser spezielle Mord einen weitaus komplizierteren Hintergrund hatte, wurde allgemein erkannt.

Innerhalb von vierundzwanzig Stunden wurde eine staatliche Kommission gegründet, die eine unabhängige Untersuchung in die Wege leiten und kontrollieren sollte. Es schien, als hätte Benigo Gamboa Parra tatsächlich Freunde in einflußreichen Positionen gehabt. Sein Tod löste eine Woge aufrichtiger Verärgerung bei Mitgliedern des Kongresses aus, deren ernste und gewichtige Statements von den Nachrichtenkameras pflichtschuldigst aufgezeichnet und für die Nachwelt im *Federal Register* archiviert wurden.

Von Reportern zu einem Kommentar gedrängt, reagierte ein

Sprecher der Reagan-Administration ausweichend und meinte, er könne und wolle keine voreiligen Bewertungen von sich geben, aber er glaube, daß diese Tat ganz unzweifelhaft die Behauptung der Regierung bestätige, daß Mittelamerika und Mexiko ein fruchtbarer Nährboden seien, von dem aus kommunistische Terroristen Gewaltakte gegen die Vereinigten Staaten vorbereiten und in die Tat umsetzen könnten.

Es wurde der neu eingesetzten Kommission jedoch sehr schnell klar, daß das Gemetzel dieser vier hektischen Tage nicht von Kommunisten geplant und in Szene gesetzt worden war, sondern von der radikalen Rechten, und daß die Ursprünge in der undurchdringlichen und verschlungenen Welt mexikanischer Innenpolitik und ihrer Gesellschaft zu suchen waren, wo die Gesetze der Logik und der Vernunft nicht immer galten. Der Arbeitseifer der Kommission nahm rapide ab. Die bisherigen mühsamen Versuche der Drug Enforcement Administration, mit Mexiko zu einer Einigung auf Kooperation bei strafrechtlichen Operationen zu gelangen, hatten den Beweis erbracht, wie aufreibend und sinnlos solche Ermittlungen in diesem Land sein konnten.

Nichtsdestoweniger formulierte die Kommission höfliche diplomatische Anfragen und schlug die Bildung einer bilateralen Spezialtruppe vor. In den folgenden Wochen lobten Sprecher der Kommission öffentlich die Vertreter der mexikanischen Polizeikräfte für ihre »Bereitschaft zur Kooperation«, während sie gleichzeitig mitansehen mußten, wie die Untersuchung in einem Sumpf vager Kommuniqués und formeller, aber unproduktiver Konferenzen unterging. Anfragen an mexikanische Behörden und Bitten um Informationen über einen Geheimbund namens *los tecos* verschwanden in den unergründlichen Tiefen der mexikanischen Bürokratie.

Das Houston Police Department zog sich mit großer Erleichterung in den Hintergrund zurück. Haydon versuchte, als er erkannte, wie die Untersuchung durchgeführt wurde, sie zu ignorieren. Über kurz oder lang, so wußte er, würde sie auf die Rückseiten der Zeitungen verdrängt und am Ende vollkommen aus dem öffentlichen Interesse verschwinden. Dennoch ertappte er sich oft bei der Frage, wie sich Negrete der intensiven polizeilichen Fahndung nach der Schießerei im Golden Way Motel hatte entziehen können, und wie Blas Medrano es geschafft haben mochte, die Vereinigten Staaten unbehelligt zu verlassen.

Er hatte aber auch ein brennenderes Interesse an der Beantwortung einer der Schlüsselfragen des ganzen Falles. In Celia Morenos Leben hatte es einige dramatische Veränderungen gegeben. Von der Tatsache überaus beunruhigt, daß sie von einer unbekannten Institution benutzt worden war, wurde sie von der Angst beherrscht, daß sie am Ende wegen ihrer Rolle in diesem Spiel getötet würde. Sie zog sich völlig zurück und übersiedelte zu ihrer Mutter in das kleine ländliche Haus unter den Pekanbäumen. Sie nahm einen bescheiden bezahlten Sekretärinnenjob in einem Zahnärztehaus an und bemühte sich nach Kräften, so gut wie unsichtbar zu werden.

Haydon versuchte sie davon zu überzeugen, daß ihre Ängste völlig unbegründet waren, aber in Wahrheit war er sich dessen nicht allzu sicher. Er machte sich seine eigenen Gedanken über den schwer faßbaren Richard Elkin, und er setzte durch Mitchell Garner diskrete Nachforschungen über gewisse Kanäle des Außenministeriums in Gang. Unterdessen blieb er mit Celia in Verbindung. Jedesmal, wenn sie die Polizei alarmierte, um das Auftauchen fremder Fahrzeuge in der Umgebung ihres Hauses oder finstere Gestalten in den nächtlichen Straßen in der Nachbarschaft zu melden, erschien stets Haydon mit den Streifenwagen, blieb noch einige Zeit bei ihr und hörte sich ihre Sorgen bezüglich möglicher Mörder an. Celia war schon bald bei den Streifenpolizisten gut bekannt, die auf ihren Rundgängen auch an ihrem Haus vorbeikamen. Keiner der Wagen, die sie sah, keine der Zulassungsnummern, die sie notierte, und keiner der Männer, deren Beschreibung sie weitermeldete, hatte irgendeine Verbindung mit Bereichen, die auch nur im geringsten Maße Anlaß zu Mißtrauen geben konnten. Die Verschwörung gegen ihr Leben wurde zu einem stets bedrohlichen Ungeheuer ihrer eigenen Einbildung.

Dann, eines frühen Abends Ende September, erhielt Haydon einen Anruf von Mitchell Garner in seinem Heim.

»Stuart, es tut mir leid, Sie stören zu müssen, aber in meinem Büro sitzt ein Mann, der mit Ihnen reden möchte.«

Haydons Gedanken waren ganz woanders gewesen. Er war etwas verwirrt, dann spürte er plötzlich einen Adrenalinstoß, der seinen Herzschlag beschleunigte. »Die Anfragen?«

»Ja, genau die.« Garners Stimme klang leidenschaftslos geschäftsmäßig.

»Können wir uns bei Ihnen unterhalten?«

»Außer uns ist niemand hier.«

»Ich bin schon unterwegs.«

Haydon stellte seinen Wagen im Parkhaus unter der Republic Bank ab und fuhr mit dem Lift in den achtundvierzigsten Stock und ging auf die Tür zu, auf deren Schild schlicht »Anwaltskanzlei« zu lesen war. Er drückte auf einen schwarzen Knopf neben der Tür und lauschte auf das elektronische Klicken. Er drückte die Tür auf und stand Garner im menschenleeren Vorzimmer der Kanzlei gegenüber.

»Dies könnte durchaus das sein, worauf wir so sehnsüchtig gewartet haben«, sagte Garner, hielt sich dicht neben Haydon und sprach mit leiser und angespannter Stimme. Er hatte seine Krawatte gelockert, und das weiße Hemd unter seinen Hosenträgern war nach einem langen Tag hinter dem Schreibtisch klamm von Schweiß und zerknittert. »Er hat vor zwei Stunden angerufen. Er sagte, er wolle sich mit Ihnen über Ihre Anfragen unterhalten, und daß er im Außenministerium arbeite. Ich bat ihn zu mir. Als er hier erschien, nannte er mir einige Namen, die ich aus der Botschaft in Mexiko kenne. Er meinte, ich solle sie anrufen, um ihn zu überprüfen. Ich tat es. Er hatte mir ihre privaten Telefonnummern gegeben.«

»Und wir können ihm glauben?«

»Wir können den Männern vertrauen, die für ihn gebürgt haben«, sagte Garner. »Obgleich ich nicht annehme, daß sie eine Ahnung haben, warum er hier ist. Sie haben nicht danach gefragt. Ich hatte sogar den Eindruck, daß sie an Anrufe im Zusammenhang mit diesem Mann gewöhnt waren.« Garner hob vielsagend die Augenbrauen, dann machte er kehrt und ging zu seinem Büro.

Haydon folgte ihm.

Als sie das Büro betraten, erhob sich ein Mann Anfang Fünfzig aus einem Sessel. Er war hochgewachsen, etwa einsneunzig, mit sorgfältig frisiertem rötlichem Haar, das von grauen Strähnen durchsetzt war. Sein rosafarbener Teint schien von zuviel Sonne herzurühren. Es war jene Art von Haut, die niemals eine Bräunung annehmen würde. Er schien in kräftiger körperlicher Verfassung zu sein; seine Augen, blaßgrau und wachsam, registrierten Haydons Neugier mit ähnlicher Gespanntheit.

»Stuart Haydon«, stellte Garner vor. »Das ist Karl Heidrich.«

Heidrich lächelte etwas verkniffen und schaute Haydon in die Augen, während sie sich die Hand schüttelten. »Nehmen Sie Platz«, sagte er in einem Anflug von Höflichkeit, bot Haydon einen anderen Sessel an, als wäre dies sein Büro. Garner ging hinter seinen Schreibtisch.

Haydon beschloß zu schweigen und Heidrich die Initiative ergreifen zu lassen. Es schien etwas zu sein, woran Heidrich offenbar gewöhnt war.

»Ich halte mich nur für wenige Stunden in Houston auf«, verkündete Heidrich. »Meine Maschine startet um halb eins vom Intercontinental, daher bleibt uns nicht viel Zeit.«

Er sagte nicht, woher er kam und wohin er unterwegs war. Haydon musterte sein Gesicht. Es zeigte keinen Ausdruck des Unbehagens, und Haydon vermutete, daß sich Heidrichs vertrauliches Benehmen eher aus der Tatsache erklärte, daß er ständig auf Reisen war und viel mit fremden Leuten zusammenkam, als aus einer extrovertierten Persönlichkeit. Ihn umgab eine Aura der Selbstsicherheit, die weitaus intensiver erschien, als man sie gewöhnlich bei einem erfolgsgewohnten Manager antreffen konnte. Haydon ging davon aus, daß dieser Mann daran gewöhnt war, mit heiklen Situationen konfrontiert zu werden, sie schnellstens einzuschätzen und die Kontrolle darüber zu übernehmen.

»Ich komme gleich zum Wesentlichen, Mr. Haydon«, sagte Heidrich. »Mr. Garner hat mich überprüft.« Erneut der Anflug eines Lächelns. »Und ich bin sicher, daß er Ihnen längst verraten hat, daß ich zum Außenministerium gehöre. Einige Leute dort finden, daß Sie ein Recht auf einen gewissen Grad von Aufklärung in bezug auf Ihre Anfragen haben. Ich bin hergekommen, um zu versuchen, sämtliche Fragen zu beantworten, die Sie stellen.«

Er hielt inne und ließ seine Blicke zwischen Garner und Haydon hin- und herwandern.

»Das dürfte nicht allzu schwierig sein«, sagte Haydon. Er hatte nicht vor, noch mehr von sich zu geben. Er wußte verdammt genau, daß Heidrich jedes Gespräch kannte, das Haydon in dieser Angelegenheit mit den verschiedensten Dienststellen geführt hatte. Es war unsinnig, so zu tun, als wäre dem nicht so. Er schaute Heidrich schweigend an.

Der Schatten eines Ausdrucks von Belustigung breitete sich allmählich auf Heidrichs Gesicht aus und verschwand gleich wieder.

»Na schön«, sagte er und schlug die Beine übereinander, wobei er mit der Hand die Hose über dem oberen Knie etwas hochzog. »Sie wissen genau, daß Sie dem Glauben schenken können, was ich zu erzählen habe, aber Sie werden sich mit... leicht gekürzten Informationen zufriedengeben müssen. Wenn ich hier fertig bin, gehen wir davon aus, daß Ihr Wissensdurst gestillt ist. Ist Ihnen klar, was das bedeutet?«

»Ich denke schon«, erwiderte Haydon.

»Okay. Ich werde Ihnen keinen Vortrag über Auslandsbeziehungen halten«, sagte Heidrich. »Ich denke, Sie beide kennen die Auffassungen über die Bedeutung von Mittelamerika und Mexiko für die nationale Sicherheit. Dieses Thema wurde bis vor wenigen Jahren kaum in den öffentlichen Medien behandelt, die Haltung dazu war jedoch bei allen Präsidenten in diesem Jahrhundert stets die gleiche.

Infolgedessen hat die amerikanische Geheimdiensttätigkeit in Mexiko eine lange Tradition. Unser Netz von *orejas* – Ohren –

da unten ist in der ganzen übrigen Welt ohne Beispiel. Wir bezahlen sie für das, was sie tun, sehr gut. Angesichts ihrer armseligen Wirtschaft, wie sie sich heute darstellt, ist es nicht schwierig, sie anzuwerben. Wir haben sie in den Gewerkschaften, in Handelsorganisationen, in Universitäten, in Dissidentenvereinigungen, in der Polizei, in allen Bereichen der Regierung... auf allen Ebenen. Nur sehr wenig geschieht dort, dessen Entwicklung wir nicht schon lange vorher haben mitverfolgen können. Manchmal können wir, in geringem Maße, Ereignisse auch beeinflussen; manchmal gelingt uns das nicht. Manchmal wollen wir es, manchmal nicht.«

Heidrich griff in eine Innentasche seines Jacketts und holte eine Schachtel Zigaretten hervor. Er schüttelte eine heraus und verstaute die Schachtel wieder. Aus einer anderen Tasche nahm er ein Feuerzeug. Aber er zündete die Zigarette nicht an. Statt dessen benutzte er sie als Zeigestock und schien es mit dem Rauchen nicht eilig zu haben. Erneut streifte er Garner mit einem Seitenblick, dann konzentrierte er sich wieder auf Haydon.

»Benigo Gamboa war eine dieser Informationsquellen innerhalb der Portillo-Administration. Und in den Reihen der *tecos* hatten wir... Daniel Ferretis.«

Haydon zuckte zusammen wie vom Blitz getroffen. Gamboa. Ja. Das hatte er schon vermutet. In Gedanken ging er noch einmal sämtliche Ereignisse durch. Er hatte sich Ferretis' Rolle nicht erklären können, angesichts dessen, was passiert war. Die Wahrheit, oder wenigstens ihr kleiner Teil, den dieser Mann zu enthüllen bereit war, würde sich als ziemlich kompliziert erweisen. Er wartete ab.

Heidrich steckte das Feuerzeug in die Tasche. »Als Portillos Amtszeit als Präsident im Jahr 1982 zu Ende ging, hinterließ seine Regierung einen Wust von Finanzskandalen. Einige der Leute, mit denen wir zusammengearbeitet haben, darunter auch Gamboa, waren tief darin verstrickt. Wir halfen ihnen, das Land zu verlassen. Viele flüchteten aus Mexiko und nahmen enorme Summen mit. Wir dachten, daß das ihre eigene Angelegenheit wäre – eine rein mexikanische Sache. Wir haben uns nicht mit

Eigentumsfragen herumgeschlagen. Schließlich geschah das vier Jahre vor Marcos und Baby Doc. Damals waren die Verhältnisse etwas anders. Sie haben uns geholfen, daher haben wir uns revanchiert. Es gab keine moralischen Urteile, sondern nur die geschäftliche Seite. Einige von ihnen sind in die Staaten gekommen, aber sie haben eine Menge Feinde in Mexiko zurückgelassen.

Nachdem das Land genügend Zeit gehabt hatte, die Schäden zu sichten und zu bewerten und das wahre Ausmaß der finanziellen Verluste zu erkennen, schwangen die *tecos* sich zu Racheengeln auf. Die Gründe dafür zu benennen, wäre jetzt viel zu kompliziert, aber schließlich erfuhren wir von den Attentatsplänen... allerdings nicht durch Ferretis. In den Gruppierungen wie den *tecos*, also den beweglicheren und schwerer auszumachenden Organisationen, unterhalten wir meistens mehr als nur einen Informanten. Sie arbeiten stets für sich, keiner weiß, daß neben ihm noch andere existieren – auf diese Art und Weise gewinnen wir Kenntnis von verschiedenen Betrachtungsweisen. In diesem Fall hatte das wesentliche Bedeutung. Ferretis hielt uns hin und verstrickte sich selbst in die Ereignisse. Wir mußten unter Hochdruck arbeiten, um das in Erfahrung zu bringen und uns einen allgemeinen Eindruck von der neuen Konstellation zu verschaffen, aber wir haben es geschafft.«

Heidrich nahm einen tiefen Zug von seiner Zigarette und blies den Rauch zur Seite aus. Er schien seine Worte genau zu überdenken, ehe er weiterredete.

»Dadurch gerieten wir in eine etwas schwierige Lage«, sagte er. »Die Wahrheit ist, Mr. Haydon, Gamboa war für uns zu einem Problem geworden. Seit er in die Staaten gekommen war, hatte er sich so verhalten, als wären unsere Leute ihm eine Menge schuldig, obgleich wir ihm deutlich gemacht hatten, daß wir unsere Geschäfte und Gegengeschäfte für ausgeglichen und erledigt hielten. Er war allein auf sich gestellt. Aber Gamboa versuchte eine Partnerschaft wiederzubeleben, die er lieber hätte ruhen lassen sollen, indem er seine früheren Beziehungen zu uns als Hilfe bei seinen Geschäften auszunutzen versuchte. Sehr gewagt. Und sehr unerwünscht. Er nannte ein paar Namen bei dem Versuch, einige Grundstücksgeschäfte unter Dach und Fach zu bringen. Zu viele Namen. Er war eindeutig zu einer Gefahr geworden. Diese Sache mit den *tecos*... nun, wir dachten, wenn sie ihn erwischen, würden wir uns nicht sonderlich darüber aufregen.«

Haydon reagierte zum zweitenmal geschockt und staunte, daß man ihm das so einfach erzählte. Er sah Garner an, der Heidrich mit der unerschütterlichen Beherrschtheit eines erfahrenen Psychiaters betrachtete. Wenn er schockiert war, so war er entschlossen, sich das nicht anmerken zu lassen.

Dann verstummte Heidrich. Er sah Haydon an, rauchte und verriet durch nichts, daß er fortzufahren gedachte. Mit einer Haltung, die Haydon als aufgesetzte Überheblichkeit interpretierte, tat er so, als wäre er damit alles losgeworden, was er zu erzählen hatte. Vielleicht hatte er Haydons eigenes trotziges Schweigen bemerkt oder sogar seine Absicht erkannt. Heidrich war jemand, der sich in seinem ureigenen Spiel nicht übertölpeln ließ. Er war kein Untergebener, kein Botenjunge, der mit eingekniffenem Schwanz zu Haydon gekommen war, um die Untaten des Außenministeriums zu beichten. Wenn Haydon von ihm etwas wissen wollte, dann sollte er verdammt noch mal danach fragen. Vermutlich hatte Heidrich sich sogar dagegen gewehrt, herzukommen.

»Meine Sorge«, sagte Haydon, »galt Celia Moreno. Sie hat doch für Sie gearbeitet, oder nicht?«

Heidrich bewegte den Kopf in der Andeutung eines Nickens. »Ja«, sagte er, »das hat sie wohl. Wir hatten sie für einige Zeit auf unserer Liste. Wir haben sie so schnell wie möglich angeworben, nachdem wir hinsichtlich Ferretis Verdacht geschöpft hatten. Obgleich wir bereits von den Attentatsplänen wußten, haben wir sie diese Absichten selbst ›entdecken‹ lassen. Wir meinten, damit bekäme sie eine Motivation, die sie andernfalls nicht gehabt hätte. Außerdem durften wir ihr nicht zuviel erzählen. Sie war ja schließlich keine Professionelle. Was wir von ihr brauchten, waren die Details. Und davon wußten wir verdammt wenig, ehe sie aktiv wurde. Aber sie besorgte sie uns. Sie war gut, verdammt gut.«

Haydon erinnerte sich an Valverdes lüsternes Faunsgrinsen, als er Celia, mit nackten Beinen und in ihrem rosafarbenen Seidenkleid, betrachtet hatte.

»Elkin war also Ihr Mann.«

Heidrich nickte.

»Und das FBI hatte wirklich keine Ahnung von all dem?«

Heidrich schüttelte den Kopf, äußerte sich aber nicht weiter dazu. Er kehrte wieder zu Celia zurück. »Wir wissen, daß sie sich um ihre Sicherheit Sorgen macht«, sagte er. »Das braucht sie aber nicht. Sie hat das Richtige für die richtigen Leute getan.«

Das Richtige für die richtigen Leute, dachte Haydon. Wer, zum Teufel, gab Heidrich das Recht, moralische Urteile zu fällen?

»Warum dann dieses Verwirrspiel?« Haydon hatte Mühe, bei der Sache zu bleiben.

»Nun ja, wahrscheinlich hätte das Ganze etwas geschickter organisiert werden können«, gab Heidrich zu. »Aber wir hatten nicht allzuviel Zeit. Auf keinen Fall durften wir ein Risiko eingehen und ihr mehr erzählen, als wir ohnehin getan haben.«

»Und die Beschatter, die ich am Flughafen von Guadalajara bemerkt habe?« warf Garner ein.

Ein unbehagliches Grinsen huschte über Heidrichs Gesicht. »Das war ziemlich amateurhaft, nicht wahr? Wir wußten nicht genau, warum Sie dorthin geflogen sind. Diese Aktion hat uns ein wenig überrascht. Und Sie hatten in diesem Spiel einen erheblichen Vorsprung, was für uns ziemlich unangenehm war. Bis zu diesem Moment glaubten wir nicht, daß Sie auch nur den Hauch einer Chance haben könnten, das Attentat zu verhindern.«

Haydons Gedanken stürmten weiter und verhaspelten sich beinahe, als er versuchte, alles auf einmal zu begreifen.

»Demnach wußten Sie über Blas Medrano und über das, was er plante, Bescheid?«

Heidrich zuckte mit den Achseln und kniff ein Auge zusammen. »Das ist eine heikle Sache. Wir wußten Bescheid, und wir wußten es nicht.« Er sagte nichts mehr und schien überhaupt nichts dabei zu finden, es dabei zu belassen.

»Ich vermute, es war Ihr Mann, der mir den Tip mit dem Motel gegeben hat«, sagte Haydon. »Ich hatte bisher keinen Erfolg, darüber Klarheit zu bekommen.«

»Stimmt.« Heidrich drückte seine Zigarette in einem Aschenbecher aus. »Negrete hat durchgedreht. Wir befürchteten, daß er die Informationen so rechtzeitig aus Arizpe herausholte, um die ganze Sache zu stoppen. Wir wußten, daß Sie das nie schaffen würden. Sie konnten sich nicht auf solche Methoden stützen, und es war der einzige Weg, wie man den Indianer hätte zum Sprechen bringen können. Es war Pech, daß Negrete ihn erwischt hat. Wir haben nicht geglaubt, daß es dazu kommen könnte. Ironischerweise versuchten Sie beide, das gleiche zu erreichen, wenn auch aus unterschiedlichen Gründen.«

»Und Sie haben sich auf die *tecos* verlassen?«

Einen Moment lang sah Heidrich Haydon schweigend an. Dann hob er einen Arm, schaute auf seine Uhr und wandte sich wieder Haydon zu. »Das wär's«, sagte er.

Es gab keine Fragen mehr, nur noch Schweigen. Haydon schickte Garner einen fragenden Blick, aber der Anwalt hatte seinen Kugelschreiber aus der Tasche geholt und malte damit auf einem Stück Papier herum. Sein Gleichmut war verflogen. Er wirkte nur noch verlegen.

Haydon kämpfte mit der aufwallenden Wut, mit verschiedenen Arten von Wut. Wut auf sich selbst, weil er so reagierte, Mitleid, das er nicht rechtfertigen konnte, Abscheu, der an Überheblichkeit grenzte. Das Richtige für die richtigen Leute. Heidrich spielte ein kompliziertes Spiel auf seiner breiten und komplexen Tastatur, und Haydon rief sich ins Bewußtsein, daß er wohl kaum die Position des Richters einnahm. Er wußte aus Erfahrung, daß solche Kontroversen manchmal eine scharfe moralische Entscheidung notwendig machten, die, in der Rückschau, ihrem ursprünglichen Anliegen völlig entgegenzulaufen schien. Und er wußte, daß es einfacher war, jemanden dafür zu kritisieren, daß er diese Entscheidungen gefällt hatte, als diese Entscheidungen selbst zu treffen. Er hatte nicht die geringste Veranlassung, Heidrich derart ablehnend gegenüberzustehen. Doch er konnte nichts dagegen tun.

Es gab zuviel zu verstehen, und er verstand zuviel. Zu viele Geheimnisse, zuviel Häßlichkeit. Er stand auf, aber er konnte sich nicht überwinden, mit Heidrich zu reden oder ihn auch nur anzusehen. Er kam sich durchsichtig vor, als ob seine Entfremdung, seine Wut, seine Leere und sein Abscheu unverhüllt sichtbar waren. Dann begriff er, daß es ihm eigentlich gleichgültig war und er sich einen Dreck darum scherte. Niemand sagte etwas, als er das Zimmer verließ, und seine Schritte auf dem Teppich des langen dunklen Korridors verursachten keinen Laut.

Epilog

Er war nicht mit Absicht zurückgekommen, das heißt, er hatte es nicht geplant. Aber seine Scheinwerfer erfaßten das Straßenschild, und er bog spontan ab. Ein paar Sekunden später stand er auf der anderen Straßenseite – der Mauer des Belgrano-Anwesens gegenüber – und starrte sie durch den Nieselregen an.

Es war Mitte November. Die Dürre hatte im Oktober mit Unwettern aufgehört, die eher an den Frühling als an den Herbst denken ließen, und ihre Regenmassen hatten die Stadt wie eine rituelle Waschung überflutet. Die stählerne Hitze war ebenfalls durch die Unwetter gemildert worden, und der drückende Sommer hatte, einem bösen Geist nicht unähnlich, seinen Fluch gelockert. Es folgte eine Periode klarer, kühlerer und reinerer Tage, eine Zeit der Erneuerung am Ende eines langen heißen Jahres. Dann, in der ersten Novemberwoche, senkten sich dichte Nebelschwaden und düstere Wolken herab. Es regnete ständig. Haydon feierte seinen einundvierzigsten Geburtstag.

Er betrachtete die löchrige Mauer, die nach einer Woche Regen dunkle Flecken aufwies und sich unter einem unregelmäßigen Schattenmuster verbarg, und empfand weder Nervosität noch Beklemmung. Er schaltete die Scheinwerfer aus, und die Straßenlampen schickten ihr trübes Licht durch die Regenvorhänge. Die Scheibenwischer liefen unaufhörlich. Sie fuhren vor seinen Augen hin und her, und er blickte durch die polierte Glasscheibe auf das Tor in der Mauer. Der Regen würde eine weitere Rostschicht auf dem Tor hinterlassen. Er erinnerte sich an Mooneys Bemerkung über den Rost an jenem Morgen. Ein feiner Wasserfilm sammelte sich auf der Windschutzscheibe an, und die eisernen Torflügel verschwammen und waren schließlich nur noch verzerrt erkennbar. Ein Rinnsal bildete sich zögernd am oberen Fensterrand, perlte dann eilig herab, sehr schnell gefolgt von einem zweiten, das das erste vor sich herzutreiben schien. Die Scheibenwischer zuckten auf und ab. Das Glas war sauber, die Torflügel waren wieder so scharf und deutlich wie zuvor zu sehen.

Haydon betrachtete die Ärmel seines Regenmantels um seine ausgestreckten Arme, während seine Hände das Lenkrad umklammert hielten. Er konnte den schweren, regenfeuchten Geruch des Stoffes wahrnehmen. Er roch auch sein eigenes Rasierwasser, das zu neuem Leben erwacht zu sein schien, nachdem er sich draußen im Regen aufgehalten hatte.

Die Scheibenwischer fuhren hin und her.

Haydon streckte die Hand in Richtung Beifahrersitz aus, ergriff seinen dunkelgrauen Filzhut und setzte ihn auf. Er öffnete die Wagentür, stieg aus und schloß sie hinter sich ab. Draußen war es besser. Der geschlossene Wagen war ihm unangenehm geworden. Solange er ihn fuhr, war alles in Ordnung, aber in der Dunkelheit zu sitzen, im Regen, an diesem Ort, machte ihn mehr und mehr unruhig.

Ganz gleich, wie häufig es in den Barrios regnet, die Gehsteige sind immer sandig und voller Schmutz. Sie werden niemals ganz saubergespült. Er ging ein kurzes Stück, achtete nicht auf die fleckigen Mauern auf beiden Seiten der Straße, spürte bei jedem Schritt das Knirschen von Sand und Nässe unter seinen Ledersohlen. Sein Atem umflatterte in der kalten Novemberluft sein Gesicht. Er blieb stehen, blickte in beide Richtungen die Straße entlang und verließ den Gehsteig und ging auf die Torflügel zu. Zweimal trat er in Schlammpfützen, denen er hätte ausweichen können, wenn er darauf geachtet hätte.

Auf der anderen Seite blieb er stehen. Er spähte durch die Eisengitter auf das vernachlässigte Grundstück. Die Hände in den Taschen seines Regenmantels vergraben, hielt er den Atem an und lauschte. In dem fleckigen Dämmerlicht jenseits des Tores tropfte Wasser stetig in eine von einem Pflanzenblatt geformte

Schüssel. Alles war ins Gegenteil verkehrt. An jenem Morgen hatte die Sonne geschienen, und es waren mehrere Leute anwesend gewesen. Die Luft war pergamenttrocken gewesen, und die verdorrten Unkrautpflanzen hatten von den Insekten geraschelt, die zwischen den leeren Samenhülsen umhergehuscht waren. Zu seinen Füßen hatte ein toter Mann gelegen. Und Mooney war bei ihm gewesen. Nun war es dunkel, und er war allein. Die Nachtluft war schwer von Feuchtigkeit. Es gab keine Insekten, und die vertrockneten Unkrautpflanzen lagen schlaff am Boden. Es gab keinen toten Mann und nur den Geist von Mooney.

Haydon blickte nach unten in Taillenhöhe, wo die beiden Torflügel zusammenstießen. Die Kette war immer noch um die Stäbe geschlungen, aber sie wurde von einem anderen Vorhängeschloß gesichert. Er nahm eine Hand aus der Tasche und berührte einen Wassertropfen, der an der rostigen Kette hing. Er zerrieb ihn zwischen den Fingern und schob die Hand wieder in die Manteltasche.

Er sah hoch und starrte zwischen den aufragenden Zypressen hindurch zum oberen Stockwerk des alten Hauses. Es war schon am Tag schwierig, einen Blick auf den alten Bau zu erhaschen, und an diesem nebligen Abend hatte er nur eine Ahnung von seiner Nähe, aber immerhin eine Ahnung, die es so real erscheinen ließ, als hätte er es berührt, und als wäre er durch seine Räume gewandert. Durch die Schatten und verfilzten Büsche und Zypressen erzeugten die Straßenlampen einen winzigen Lichtreflex auf einer Glasscheibe in einem Fenster im oberen Stockwerk. Ja, das alte Haus stand immer noch da, hielt den Atem an, wollte, daß er weiterging, und endlich in Ruhe gelassen werden.

Haydon war sich seiner nassen Füße bewußt. Das dünne Leder der italienischen Schuhe eignete sich nicht für einen Spaziergang im Regen. Seine Füße wurden kalt, und die Unebenheiten des Gehsteigs, wo er mit der gepflasterten Einfahrt unter den Torflügeln zusammenstieß, vermittelten ihm den Eindruck, als stünde er auf der Leiche des Mexikaners. Dort hatte er gelegen. Genau an dieser Stelle. Haydon glaubte das Fleisch zu spüren, wie es auf den Knochen des Mannes hin- und herrutschte. Vor seinem geistigen Auge sah er, wie sich der Mexikaner unter ihm bewegte, zuckte – denn zu jeder Bewegung gibt es eine Gegenbewegung.

Er wandte schnell den Blick ab und schaute die Chicon hinunter zu dem einzigen roten Fleck einer winzigen Neonlampe im Fenster einer Cantina. Mein Gott. Warum dachte er solche Dinge? Er wandte sich schwerfällig ab und ging davon.

Haydon lauschte seinen eigenen Schritten, während er zur Ecke schlenderte.

Als er die Ecke erreichte, zögerte er nicht und umrundete sie. Er sah die lange Mauer, die in der Mitte von dem Eingang unterbrochen wurde. Von seinem Standort aus konnte er nicht das eiserne Gittertor erkennen, das größer war als er und die gesamte Mauerlücke ausfüllte. Er stand im gedämpften Lichtschein einer fernen Lampe und nahm die Arena von Mooneys Hinscheiden in sich auf. Der Gehsteig war schmaler, als er ihn in Erinnerung hatte, die Straße befand sich viel näher an der Mauer. Er fing wieder an zu gehen. Die Mauer war höher – er reckte eine Hand und ließ seine Finger über die Oberfläche gleiten – und rauher. Risse klafften darin, an die er sich nicht erinnerte. Er näherte sich dem Tor und blieb davor stehen. Er hatte vergessen, daß das Portal so schmal war.

Er blickte auf den Gehsteig. Ein dünner Wasserfaden tropfte von der Krempe seines Hutes herab und traf zu seinen Füßen auf den Punkt, wo Mooney jene letzte, unvergleichliche Empfindung durchlebt hatte. Von dort hatte er das Ende der Welt gesehen. Vielleicht hatte er den nächtlichen Himmel und die Sterne wahrgenommen, bis die Stäbchen und Zäpfchen seiner Netzhaut versagten und ihre funkelnden Bilder für immer irgendwo in den geheimen Windungen zu seinem Gehirn hängenblieben. Vielleicht hatte der Lärm bellender Hunde ihn in die Ewigkeit verfolgt. Was hatte er gerochen? Was hatte er geschmeckt? Und was, in Gottes Namen, hatte er gedacht?

Haydon betrachtete das Tor. Die glatten Bambusstäbe glänzten regennaß auf der anderen Seite. Schwarzer Bambus.

Seine Blicke fixierten das Tor. Er hatte es nie richtig betrachtet. Er trat einen Schritt vorwärts. Es war ein wundervolles Stück Schmiedekunst, von ungewöhnlicher Feinheit. Obgleich er sich an das Tor selbst nicht erinnerte, sah er noch jede Einzelheit von Mooneys Sterben vor sich. Es war der Mittelpunkt des Malstroms gewesen, ein vier Tage währender Strudel der Gewalt, der so viele Leben in seine gefräßige Mitte gerissen und verschlungen hatte. Er würde sich erinnern. Seine Erinnerung ließ ihn nie im Stich; sie verfluchte und tröstete ihn, aber niemals verweigerte sie ihm den Dienst. Mooneys Sterben war für ihn so real wie der Regen, ein zeitloser Moment im Auge seines Geistes.

Er strich mit einem Finger über die Verzierungen des Tores, dessen Eisen von Rostflecken bedeckt war und von kaltem Nebel troff. Langsam legte er seine Finger um einen Stab, umfaßte ihn, beobachtete, wie die Wolken seines Atems durch das Gitter wehten und vor dem schwarzen Bambus zerfaserten.

Unglaublich.

Plötzlich rüttelte er einmal heftig am Tor und stand still, lauschte dem Klirren der Kette und des Eisens, das vom nassen, dunklen Schlund der Nacht verschlungen wurde. Dann wandte er sich um und ging davon.

»Westliche Diplomaten erklären fast beiläufig, daß sie annehmen, daß sich hohe Regierungsbeamte während der sechsjährigen Amtszeit (1976 – 1982) des früheren Präsidenten José López Portillo, der sich angeblich zur Zeit in Europa aufhält, um Milliarden von Dollars bereichert haben.«

Newsweek
12. August 1985

»Wohlhabende Mexikaner und ihr Geld strömen in die Vereinigten Staaten... Die Zentralbank von Mexiko bestätigt, daß in den Jahren 1977 – 1984 mindestens 33 Milliarden Dollar außer Landes gebracht wurden. Andere Ökonomen meinen, daß es sogar 60 Milliarden Dollar waren... Einige internationale Wirtschaftsfachleute schätzen, daß allein in diesem Jahr 5 Milliarden Dollar das Land verlassen haben...

In Houston vertritt eine Anwaltskanzlei an die 2000 wohlhabende Mexikaner, die seit 1983 jedes Jahr mehr als 15 Millionen Dollar in amerikanische Unternehmen von Restaurants bis hin zu Kaufhäusern investiert haben.«

Wall Street Journal
11. Oktober 1985

»Der Umfang der mexikanischen Kapitalflucht, der auf mehr als 6 Milliarden Dollar pro Jahr geschätzt wird, dürfte der höchste der Welt sein...«

New York Times
25. Mai 1986

»Eine umstrittene Studie der CIA nannte Mexiko als das wichtigste Einflußgebiet der Außenpolitik der Vereinigten Staaten aufgrund der Wahrscheinlichkeit weiträumiger sozialer Unruhen.«

Newsweek
12. August 1985

»Mexikos augenblickliche Stabilität wird weniger durch einen Aufstand der Massen unter der Führung der Linken gefährdet als durch eine Revolution der durch rechtsgerichtete Kreise unterwanderten Mittelschicht...

In jüngster Vergangenheit gab sich eine reichlich mit finanzieller Unterstützung ausgestattete Gruppe mit dem Namen *los tecos* als die extremste rechtsradikale Macht im Lande zu erkennen.«

Alan Riding,
Leiter des brasilianischen Büros der *New York Times*, in *Distant Neighbors*
(Alfred A. Knopf, 1985)

»Die private Autonome Universität von Guadalajara ist die Heimat der größten neofaschistischen Bewegung, genannt *los tecos* (Die Eulen), die für ihre erbarmungslose Verfolgung angeblicher Linker bekannt sind.«

Juan O. Tamayo,
Knight-Ridder Newspapers
4. Januar 1985

»Ich habe mit diesen Leuten (den *tecos*) zu tun gehabt. Sie kamen zu mir, als ich noch beim Militär war, und boten uns ihre Dienste an. Um zu beweisen, daß sie es ernst meinten, prahlten sie damit, daß sie eine Todesliste mit Leuten in den Vereinigten Staaten aufgestellt hätten, Leuten, die sie ausschalten wollten. Damals schmiedeten sie ernsthafte Pläne, wie sie dabei vorgehen wollten; ich weiß nicht, ob sie jemals einen erwischt haben.«

Aus einem im März 1986 geführten Interview mit Col. Robert Eulalio Santivanez, dem früheren Chef der Spionageabwehr in El Salvador.

Scott Anderson und Jon Lee Anderson
Inside the League
(Dodd, Mead & Co., 1986)

Internationale Thriller

Desmond Bagley
Die Gnadenlosen
9695

Sol Stein
Um Leib und Leben
9791

Clive Cussler
Cyclop
9823

Stephen Coonts
Flug durch die Hölle
9821

Friedrich Nesnanskij
Drogen für den Kreml
9334

Tom Clancy
Die Stunde der Patrioten
9693

GOLDMANN